ORIENT-EXPRESS

PIERRE-JEAN REMY

ORIENT-EXPRESS

roman

FRANCE LOISIRS
123, boulevard de Grenelle, Paris

Edition du Club France Loisirs, Paris,
avec l'autorisation des Editions Albin Michel

© *Editions Albin Michel, 1979*

ISBN 2-7242-0712-2

Pour Antoine
et pour Claude Barma
qui le premier eut l'idée
de remettre cet Orient-Express
sur ses rails...

Ce livre est d'abord d'aventures. Roman d'aventures et d'amour au sens le plus ancien du mot roman. Roman nostalgique, aussi : les grands trains qui sillonnaient l'Europe ont fait place à de bien tristes express. Et puis roman pur, qui se greffe sur l'Histoire. Dès lors, tous les personnages sont des héros de romans, bien sûr, et n'ont rien de commun avec aucun personnage réel. On connaît la formule : « Toute ressemblance..., etc. » Quant à l'Histoire, elle est naturellement un cadre, une réalité, mais avec laquelle on a parfois osé jouer. C'est dire qu'il ne faudrait pas accorder aux détails précis qu'on s'est souvent plu à donner une trop rigoureuse véracité historique ; pas plus qu'il ne faudrait croire que l'Allemagne a quitté la S.D.N. parce que Hélène Petresco était dans le train de Bucarest un soir de 1933 ! Nous vivons en un monde où les trains peuvent encore arriver en retard et dont l'horaire des chemins de fer n'est pas le livre de raison. Dès lors, tout est affaire de décors...

L A jeune fille consultait sa montre : dix-neuf heures douze. Un seul sac de voyage à la main, elle attendait au bout du quai, au départ des grandes lignes de la gare de Lyon. Elle attendait, et il semblait bien qu'elle allait attendre en vain.

– Il se fiche du monde !

Elle avait parlé pour elle seule, presque à mi-voix, et un voyageur se retourna. Mais l'homme – il pouvait avoir quarante ans, l'air de n'importe quel journaliste, n'importe quel diplomate en voyage, et Dieu sait si cette race abonde, en avion, en bateau et en chemin de fer ! – eut beau tenter d'apercevoir le visage de la jeune fille, la mèche de cheveux qui barrait son front lui recouvrait toute la figure et on ne devinait rien d'elle, sinon des lèvres un peu fortes comme nous avons appris à les aimer. Et puis, une jeune femme qui se parle à elle-même sur le quai d'une gare, c'est après tout chose assez courante... Le voyageur pressé pressa donc le pas, se disant qu'on a somme toute bien des chances de retrouver en route qui on aperçoit sur un quai.

Se serait-il arrêté qu'il aurait pu voir que Lise Bergaud était jolie. Plus que jolie : l'une de ces jeunes femmes que l'on rencontre dans un train, dont on croise le regard en ce moment précis, unique, où le train va démarrer et qu'on regrettera ensuite toute une vie – sinon toute une vie, quelquefois plusieurs jours ! – de n'avoir pas abordée ! Lise Bergaud était donc jolie, mais elle était seule ; il était maintenant dix-neuf heures quinze et son train allait quitter la gare de Lyon sept minutes très exactement après. Ce qu'elle murmura alors – de nouveau pour elle-même et toujours à mi-voix mais n'importe qui pouvait l'entendre – ressemblait bien à un juron : elle se baissa pour ramasser son sac de cuir et, à grandes enjambées, se dirigea vers le Simplon-Express — ce qu'il reste aujourd'hui du Simplon-Express! — dont les derniers voyageurs se hâtaient vers les portières.

— L'imbécile!

Elle était seule et allait faire seule ce voyage de Venise : le photographe qui devait l'accompagner s'était perdu en route et elle en éprouva soudain une sorte de soulagement. Après tout, pourquoi pas? Savourer tous les moments d'un voyage solitaire, s'endormir à Paris et se réveiller dans les brumes bleues de la fin d'un été qui ne se décidait pas à virer à l'automne... Elle releva sa mèche et regarda autour d'elle.

Le train ne comportait que deux voitures-lits : un sleeping à l'ancienne et, à deux voitures de là, un wagon moderne aux cabines imbriquées les unes dans les autres, conçu à l'économie par des ingénieurs bricoleurs avant tout désireux de gagner de la place.

— Ils appellent ça un « spécial »!

Le conducteur qui avait pris le billet de Lise Bergaud se lamentait déjà sur ce qu'on avait fait de son train. Il était le premier. Plus tard, ce serait cette voyageuse, en face d'elle, lorsqu'elle dînerait. Ou ce chef de cuisine réduit à servir des assiettes de crudités dans un « gril-express » brinquebalant. Tous évoqueraient un autre temps, d'autres trains, mais Lise Bergaud, elle, ne pouvait rien remarquer : elle faisait le trajet pour la première fois, elle était heureuse de partir et voilà tout. Et puis cela l'amusait d'aller rencontrer à quelques kilomètres de Venise, dans l'une des plus belles villas de cette campagne vénitienne qu'elle imaginait encore échappée aux gravures du temps de Tiepolo ou de Canaletto, un vieux diplomate qui lui raconterait sa vie. Mais surtout, elle ne laissait rien derrière elle à Paris.

— Les hommes sont des imbéciles...

Cette fois, elle n'avait pas parlé à haute voix mais ce qu'elle avait pensé, elle l'aurait tout aussi bien affirmé à quiconque lui aurait soutenu le contraire. Aussi, ouvrant sa trousse de toilette, rectifiant d'un trait de pinceau devant la glace le dessin de ses sourcils, se sentait-elle étonnamment libre. Presque heureuse. Heureuse d'être redevenue ce qu'elle avait toujours été : libre. Heureuse que cet imbécile de photographe ait raté son train, heureuse que ce malheureux Michel X. ou ce Daniel Y. qui venait de la quitter pour une autre ait eu une si bonne idée : heureuse de se trouver jolie dans cette glace, d'avoir vingt-trois ans, un bon sujet de livre et une avance confortable de la part d'un éditeur compréhensif.

Bien sûr, la voiture-gril où elle pénétra donc quelques instants après pour le dîner n'était pas l'un de ces wagons-restaurants de jadis dont les petites lampes de Gallé aux abat-jour à glands éclairaient des panneaux de verre, mais qu'importait ? On l'a dit Lise Bergaud n'avait pas connu ces luxes-là ; aussi est-ce avec la meilleure humeur du monde qu'elle s'attabla face à un ragoût de veau, de mouton ou de quelque chose et à une vieille dame toutes perles au vent qui pérorait comme une perruche trop bien empanachée. Enorme et volubile, baguée d'or et attifée de soie mauve, la voyageuse évoquait les trains du passé et remarquait avec le plus pointu des accents pointus que les voyageurs, autour d'elle, ressemblaient bien plus à des serveurs italiens ou à des manœuvres yougoslaves qui rentraient chez eux qu'aux clients des sleepings et pullmans d'antan. Ah ! ces milliardaires brésiliens qui pour épater la galerie voyageaient avec des wagons à eux qu'ils faisaient venir de Manaos ! Et ces — pardonnez-moi l'expression — grandes filles de petite vertu qui vendaient mille francs le peu de pudeur qui leur restait dans un single en bout de train !

— Hé oui, ce sont des ouvriers yougoslaves ! Et alors ?

Le ton ironique de Lise Bergaud finit pourtant par renfermer définitivement la dame aux perles dans son silence, mais elle avait encore eu le temps de dire qu'à Venise, elle descendait au Gritti car au Danieli, vraiment, on y rencontrait n'importe qui ! Et lorsque le diplomate ou journaliste qui s'était retourné sur elle sur le quai de la gare vint remplacer la perruche bavarde, la jeune fille, qui prenait décidément plaisir à être seule, répondit évasivement à ses questions les plus précises, sinon les plus directes. Puis, quand il insista pour lui offrir un dernier verre — le train venait de dépasser Joigny —, elle refusa tout net et regagna sa voiture : elle en était arrivée à un moment de sa vie où elle souhaitait soudain ne plus voir aucun homme.

— Les hommes sont des imbéciles ! se redit-elle avant de s'endormir.

Et c'est vrai que ce pauvre Michel X. — qui l'avait quittée pour quelle petite dinde ? — était bien sot. Car, pour reprendre le mot sur elle qu'aurait Paul de Morlay, le vieux monsieur qu'elle allait interviewer à Venise dans la villa qu'il habitait près de Castelfranco, Lise Bergaud était l'image même de la jeune fille qu'à tout moment de sa vie on doit espérer — hors du temps, hors de l'âge — pouvoir rencontrer.

13

– Des imbéciles...

Lise Bergaud éteignit la petite veilleuse bleue qui était demeurée allumée au plafond et s'endormit. Un peu avant d'arriver à Mestre, le conducteur de la voiture lui apporta du café instantané parfaitement bouillant dans un gobelet de plastique, elle le trouva excellent et, comme le chauffeur que Paul de Morlay avait envoyé à la gare de Santa Lucia — Venise enfin, dans le matin qui naît — avait le regard très lourd d'un jeune et ténébreux voleur de grands chemins, elle se dit cette fois que les hommes étaient peut-être des imbéciles, mais qu'ils pouvaient quelquefois être sacrément beaux... Et cela lui fit chaud au cœur.

Il y a une cinquantaine d'années, la campagne autour de Venise était l'une des plus belles du monde. Qu'on imagine le fleuve Brenta, cette longue et plane rivière qui remonte toute la Vénétie à partir de l'Adriatique et qui, de méandre en détour, abrite des villas, des folies et des presque-palais, tous construits pour offrir aux familles patriciennes de la Sérénissime République un asile d'été pendant les grandes chaleurs : eh bien, de part et d'autre du Brenta, dans un paysage de plaines vertes, de bosquets — quelques collines vers le nord, et la villa Maser adossée à leurs pentes, le village d'Asolo perché sur un sommet —, c'étaient il y a cinquante ans les mêmes villas, les mêmes petits palais à l'infini.

Car ces villas vénitiennes qui sont, autant que les palais mêmes de Venise tout au long du Grand Canal, intimement liées au décor qui les a vues naître, constituent peut-être l'un des chefs-d'œuvre de l'architecture de tous les temps. Palladio, le grand Andrea Palladio, l'architecte qui réinventa Vicence et créa un style qui a pris son nom, a dessiné au xvie siècle les plus glorieuses d'entre elles. Les plus belles : la Rotonda, circulaire, ouverte aux quatre vents de l'Esprit et que Lord Burlington a imitée lorsqu'il a construit Chiswick House, près de Londres ; la Barbaro à Maser, où les fresques de Véronèse — ces femmes à des balcons, ces petites filles, ces servantes à l'entrebâillement d'une porte, ce chasseur vert sur fond d'un corridor — ouvrent des fausses perspectives et brossent à l'infini de vertigineux trompe-l'œil à vous couper le souffle ; et puis, la Caldogno, la villa Emo, toutes les autres... Mais il n'y a pas eu que Palladio pour imaginer ces frontons classiques, ces colonnes, ces perrons : à travers tout le xviie et le xviiie siècle, on a continué à construire ces superbes résidences d'été dont le modèle demeure peut-être la Malcontenta – circulaire aussi, et carrée – sous les ombres des saules du fleuve Brenta. Là règne en été – arbres et colonnes confondus, tapis vert, le fleuve devant – une lumière à nulle autre pareille. Mais de la nostalgique campagne qu'on vient de décrire, seules demeurent aujourd'hui les villas. Isolées. Hors de tout contexte et de tout paysage... Le reste, la campagne, est devenu un étrange univers de lignes à haute tension, une mine prodigieuse d'usines et de hangars, un foisonnement de poteaux et de baraques de bois –, quant au fleuve Brenta, il charrie des bouteilles vides, des sacs en matière plastique, des chiens et des rats crevés mêlés d'odeurs nauséabondes où l'ammoniac le dispute à l'œuf pourri. Voilà ce qu'en quelques mots Paul de Morlay aurait expliqué à sa visiteuse s'il avait été à ses côtés dans la vieille Bentley blanche qui avait pris, au sortir de Venise et de Mestre, la route de Castelfranco. De même, pourtant, que dans le train qui l'amenait, Lise Bergaud n'avait pas vraiment remarqué que le Simplon-Express n'était plus qu'un rapide ordinaire assurant le transport des travailleurs émigrés entre la France et l'Europe du Sud, de même, toute au plaisir de cette solitude qu'elle savourait soudain comme une drogue, la jeune fille ne voyait pas les lignes à haute tension, les poteaux monstrueux et les grotesques cheminées d'usines. Ils étaient là, et voilà tout. Mais, dans l'éblouissement d'un bref instant, il y avait aussi la noble perspective d'une allée d'arbres qui conduisait à une façade baroque, ou bien cette façade elle-même, son fronton, ses colonnes ; et cette image, aussitôt disparue qu'entr'aperçue, l'emportait sur les bidonvilles qui parsemaient la verte campagne.

Et puis, elle commençait à réfléchir au travail qui l'attendait. L'idée qu'elle avait eue était simple : Paul de Morlay, ambassadeur de France depuis longtemps à la retraite, avait pendant près de cinquante années côtoyé tous les grands de ce monde. De poste en poste, il avait si bien parcouru l'Europe, et sa vie était tellement intimement liée à l'histoire de tout un demi-siècle, qu'il ne faisait pas de doute que ce très vieux monsieur, que l'on disait charmant, aurait mille histoires à lui raconter, autant d'anecdotes et plus encore de souvenirs à évoquer dont elle pourrait, elle, faire un livre. Après tout, le lecteur aime ça, le souvenir vécu, les Mémoires immédiats et les autobiographies réécrites par d'autres ! Et qu'on n'ait pas encore pensé à faire parler Paul de Morlay devant un magnétophone – alors que n'importe quel berger de campagne ou athlète en demi-solde y avait été invité

– c'était sa chance à elle. Car Lise Bergaud était non seulement jolie – depuis sa douzième année : avant, elle ressemblait à un petit singe ; libre – depuis quarante-huit heures : jusque-là, elle dépendait des X., des Y. et autres Michel ; mais encore elle était ambitieuse – et cela, depuis toujours. Comme elle désirait écrire, recueillir les confidences d'un vieux monsieur qui avait beaucoup vécu lui semblait la meilleure des introductions au monde de l'édition. Ou du moins, la plus réaliste : la littérature viendrait après.

Lorsqu'elle arriva en vue de la villa Manni – où habitait Morlay – elle eut cependant un coup au cœur. Construite au début du xviiie siècle, la maison dégageait un charme presque nostalgique avec, comme à la Malcontenta, ces arbres immenses qui l'abritaient mais aussi, autour de la villa, ces prairies en désordre que peuplaient des statues très blanches – femmes toutes très nues aux formes déliées, souples, graciles, dont elle apprendrait bientôt que Morlay lui-même les avait choisies une à une – et, conduisant au perron, ce vaste et large escalier aux marches basses et planes destiné par un propriétaire fou à permettre à ses chevaux de monter jusque dans ses salons. Régnait sur tout cela une lumière jaune et claire qui filtrait à travers les feuilles, les fauteuils d'osier et de rotin disposés dans la galerie ouverte sur les jardins, les orangers en pots, la profusion de fleurs : échappée d'une gravure tendrement aimée qu'une main amicale aurait doucement animée, la villa Manni, habitée par un vieux monsieur éternellement amoureux – cet amour aussi, on allait bientôt le découvrir – était une sorte de demeure irréelle, comme édifiée, indécise, entre le siècle qui l'avait vue naître et celui où Lise la découvrait.

– Vous ne pouvez savoir la joie que votre visite me cause !

Lise Bergaud, qui était installée dans l'un de ces fauteuils de rotin clair où une domestique aux larges jupes blanches l'avait fait asseoir, sursauta : Paul de Morlay était devant elle.

Décrire l'ambassadeur ! Il était vieux, bien sûr, très, très vieux, mais le teint hâlé de son visage, la belle chevelure blanche qui descendait sur sa nuque, ses mains solides, carrées : tout en lui respirait une jeunesse, une vivacité, une force presque, qui n'étaient pas celles d'un homme de quatre-vingt-neuf ans – puisque Paul de Morlay était né en 1890. Et tout de suite, Lise Bergaud remarqua ses yeux – ou plus exactement son regard.

16

Les yeux étaient d'un bleu très pâle que l'âge probablement avait rendus plus bleus encore, et plus pâles aussi, mais ils avaient la vivacité, l'éclat, l'amusement qu'on peut lire dans les yeux d'un adolescent. Mais cela, c'était déjà son regard : le regard que l'ancien ambassadeur posait sur elle. Et ce regard était tout simplement celui d'un homme sur une femme : plus d'âge, cette fois, ni d'années ; nulle différence, une parfaite simplicité. Paul de Morlay, presque nonagénaire, regardait Lise Bergaud, de soixante et quelques années sa cadette, avec la parfaite candeur d'un homme qui trouve une femme belle et dont le regard le dit.

Le plus étonnant fut peut-être pourtant que la jeune fille n'en ressentit ni malaise ni gêne : une sorte de complicité s'était immédiatement établie entre elle, femme très jeune, et ce très vieux monsieur qui, si naturellement − c'était évident −, avait aimé et aimait encore − si naturellement ! − les femmes.

− Vous ne pouvez savoir la joie que me cause votre visite !

Tout de suite, Lise Bergaud sut que Morlay disait vrai et qu'il était heureux − ou même, il l'avait dit, *joyeux* − de la voir. Mais il frappait déjà dans ses mains et une jeune femme en tablier blanc, qu'une petite coiffe empesée sur des cheveux noirs faisait ressembler à une soubrette de comédie, arrivait avec un plateau, du café, des tasses...

− A moins que vous ne préfériez du chocolat ! Car nous avons aussi un délicieux cacao, n'est-ce pas, Despinette ?

La petite bonne avait l'air de s'amuser, et elle battit des mains lorsque Lise, gagnée tout de suite par cette complicité qui existait ainsi entre les êtres et les lieux, accepta l'offre qui lui était faite. Du chocolat ? Pourquoi pas ?

− Va pour le chocolat.

− Vous verrez comme il est bon, mon chocolat !

La petite Despinette avait déjà disparu, Paul de Morlay rapprochait son fauteuil tout à la fois de celui de Lise et du soleil qui découpait maintenant de grandes ombres chaudes sur le carrelage noir et blanc de la galerie, et il alluma une cigarette.

− La première cigarette, et la seule de la journée ! J'ai renoncé à beaucoup de choses, même à fumer, mais pas à la première cigarette du matin...

Lorsque Despinette revint avec le chocolat fumant − « comme il est bon » : bien sûr, elle y avait goûté entre la cuisine et la galerie sur le jardin ! − Lise Bergaud et Paul de Morlay étaient devenus les meilleurs amis du monde et ils avaient commencé à parler du travail qu'ils allaient entreprendre ensemble. Mais les

17

propos que tenait le vieux diplomate à la jeune fille n'étaient sûrement pas ce que celle-ci attendait de lui...

— Vous raconter ma vie ? Grands Dieux ! Pourquoi pas ? Mais croyez-vous qu'elle soit intéressante, ma vie ? Et pour qui ? J'ai croisé Aristide Briand et le Général de Gaulle, j'ai rencontré Pétain, Laval et le colonel Passy, Mussolini, le vieux Victor-Emmanuel... J'ai dîné avec Chang Kaï-chek et petit-déjeuné en compagnie de Mao : et puis quoi ? Tant d'autres l'ont fait et tant d'autres, surtout, l'ont raconté, et tellement mieux que je ne pourrais le faire moi-même, fût-ce avec votre aide... Alors, un cocktail de souvenirs de plus, croyez-vous que ce soit vraiment nécessaire ? Les quelques secrets d'Etat sur lesquels j'ai pu tomber par hasard — car dans ma vie, tout n'a été que hasard —, je les garderai pour moi. Ils dorment dans les archives du Quai d'Orsay : lorsque ces messieurs du Département — c'est comme cela que l'on parle du Quai, aujourd'hui, on l'appelle le Département, entre gens du même bord... — voudront bien ouvrir leurs grands livres, on saura tout. Et on en apprendra de belles ! Mais les potins de chancelleries, moi, ne m'ont jamais amusé... Quant au reste...

Mais Lise Bergaud savait qu'elle ne devait pas se laisser prendre à ce jeu : il était d'ailleurs si évident que le vieil ambassadeur jouait... Si bien qu'elle saisit au vol la perche qui lui était tendue.

— Justement ! Le reste ! Dans ce cas, parlons du reste...

Les yeux de Paul de Morlay riaient.

— Ah ! le reste...

Le reste, c'était sa vie. Sa vraie vie. Cette course à travers l'Europe et à travers le monde qui l'avait amené pendant cinquante ans de carrière et plus encore, auprès de tout ce qui valait d'être vu, qu'il faisait bon avoir vécu. Le reste, c'étaient des visages, des femmes, des trains qui s'en allaient, d'autres qui revenaient...

— Ah ! le reste...

Le soleil éclairait maintenant le visage de l'ambassadeur mais, à la différence de tous les vieillards que nous croisons, il semblait apprécier ce soleil qui lui caressait le front et les lèvres, comme il appréciait si évidemment la présence de cette jeune fille, tout près de lui, qui allait lentement faire monter du plus profond de sa mémoire tant de souvenirs... Une jeunesse enfouie.

— Oui, c'est du reste, au fond, que j'aimerais vous parler...

Sa main se posa sur celle de Lise : c'était une main solide d'homme solide, et voilà tout.

18

– J'aimerais peut-être aussi vous parler de quelques femmes. Des femmes que j'ai rencontrées... De certaines au moins. Parce que, voyez-vous, avec le recul du temps, je me rends compte que ce sont elles, et elles seules – les femmes – qui ont compté.

L'histoire, l'Histoire avec toutes les majuscules du monde, avait déferlé sur lui : il l'avait vécue intensément, haïssant toutes les tyrannies, haïssant à mort les guerres, croyant du fond du cœur à une forme d'espoir, à une qualité de paix – « La S.D.N., voyez-vous, j'y ai cru aussi. Six mois. Mais dur comme fer » –, mais l'Histoire appartenait à tous et c'était de son histoire à lui qu'il avait, somme toute, envie de parler.

– Vous voulez bien ? Je vous promets que j'essaierai de ne pas être ennuyeux...

A la manière d'un adolescent qui tente de plaire, Morlay se faisait persuasif, charmeur – et le charme opérait : Lise l'écoutait avec une attention amusée mais aussi, soudainement, émue.

– Pas ennuyeux ? Mais j'en suis sûre...

– Vous êtes une gentille petite fille...

Il avait lâché sa main, et Lise se rendit compte à ce moment que Paul de Morlay – quatre-vingt-neuf ans – était le plus raffiné des séducteurs. Diaboliquement – mais un bon diable, au fond ! – il jouait tour à tour de son âge – « une gentille petite fille » : c'était le grand-père qui parlait – et de ses regards d'adolescent qui avait duré, et qui durait toujours, pour la conquérir. Elle qui se disait, un peu plus de douze heures auparavant, que tous les hommes étaient des imbéciles !

– Vous me parlerez de ce que vous voudrez...

L'air était devenu tiède. L'automne avait les couleurs glorieuses des étés mûrissants de nos vieilles, très vieilles, très anciennes vacances, autrefois...

– Vous me parlerez de ce que vous voudrez...

Despinette et une autre jeune personne, tout aussi accorte, qui s'appelait Barberine, leur servirent à déjeuner dans une salle à manger aux stores tirés. Sur les murs, il y avait des fresques bleu et rose, ciels et nuages confondus, où des Renaud s'abandonnaient aux baisers d'Armide aux seins nus, des Cléopâtre aux regards conquérants d'Antoine ou de César déjà vainqueurs. La chère était fine, le soleil qui filtrait à travers les stores donnait à toutes choses – à l'argenterie, aux cristaux sur la table – des reflets or et bleu, et Lise écoutait Morlay. Passionnément. Puis il y eut encore le moment du café, dans un jardin d'hiver devenu serre aux mille oiseaux de mille et une couleurs – mais des oiseaux qui chantaient doucement : comme les beaux nus du parc, l'ambassadeur les avait choisis un à un. Et pour commencer, ce fut Lise qui parla. D'elle, d'abord, de la joie ensuite qu'elle avait eue à faire ce voyage seule. De son plaisir enfin de s'être retrouvée dans son wagon-lit, la veille au soir, de la nuit qu'elle avait passée.

— Ah ! les voyages en train, murmurait Morlay qui, lui aussi, se souvenait.

Puis, après un moment, il se leva.

— L'une des cent prévenances que j'ai à l'endroit de mon âge : je lui accorde une demi-heure de sieste chaque jour.

Demeurée seule, Lise Bergaud, plus encore que la veille, pensa que ç'avait été la chance de sa vie — au moins : de son année — que ce stupide photographe manquât son train. Et les jours qu'elle allait passer avec Paul de Morlay lui parurent dès lors remplis d'une grâce étrange.

— Ma petite fille, commença l'ambassadeur lorsqu'ils se furent retrouvés sous la galerie ouverte sur le jardin qui prenait, une à une, toutes les couleurs du jour ; ma petite fille, je crois qu'au fond, nous nous sommes compris... Je ne vais vous parler ni de guerre, ni de paix, ni de traités, ni d'accords secrets — bien que tout cela figure en filigrane de tout ce que je vous raconterai —, mais je vous dirai ce qui me tient le plus à cœur. Et cela, vous le savez déjà.

Quelques femmes. Le visage de quelques femmes qui avaient fait de la vie de Paul de Morlay ce qu'elle était devenue : ces moments si remplis tour à tour de bonheur ou d'angoisse.

— Mais je ne vous parlerai pas seulement des femmes que j'ai connues. D'abord, ce serait commettre la plus grave des indélicatesses : l'indiscrétion. Et puis, ce ne sont pas les épisodes qui me touchent de plus près qui sont forcément les plus profondément ancrés en moi. Au contraire : je vous raconterai peut-être l'histoire de femmes que je n'ai jamais rencontrées, ou que j'ai à peine croisées : chacune de ces histoires, pourtant, m'a paru exemplaire. Parce qu'il y avait en chacune de ces femmes quelque chose qui m'a aidé à devenir ce que je suis. Nous sommes tous nés — nés au sens le plus profond : ce n'est pas seulement de la mise au monde au jour de notre naissance que je veux parler — des femmes. Mais je crois bien que moi, d'une manière ou d'une autre, j'ai aimé toutes celles qui sont passées près de moi.

Le soir tombait : la journée s'était écoulée sans que Lise Bergaud s'en rendît seulement compte. Maintenant, la galerie était ocre et rouge — le soleil couchant dans l'axe du jardin et de la grande fontaine baroque — et la voix de Paul de Morlay était plus basse.

— Somme toute, ma vie n'a été vraiment pleine que de visages de femmes et bercée de voyages...

Puis il eut un petit rire.

— Tenez : justement ! les voyages ! Vous m'avez raconté votre voyage en train jusqu'ici : eh bien, savez-vous que les trains — les grands trains de jadis, le plus fameux d'entre eux surtout, l'Orient-Express — ont joué dans ma vie un rôle capital ? Le plaisir qu'il y avait à s'endormir à Ostende et à se réveiller à Cologne ou Francfort, la longue monotonie très colorée de l'Istanbul-Express — ces gares, ces plaines, l'arrivée en vue de la Caspienne avec, toujours, des femmes près de nous... Un regard parfois seulement entre Ruschuk et Varna. Un geste, un frôlement dans le long tunnel avant Linz.

Un nouveau rire, plus bref.

— Mais je dois vous paraître un petit vieillard horrible et libidineux, tout rempli de la nostalgie de ses exploits passés : je peux vous jurer qu'il n'en est rien. Vieux, je le suis, mais pour le reste...

Despinette, Barberine arrivaient portant un plaid écossais qu'elles déposaient sur ses épaules avec un geste qui était bien de la tendresse. Pour un peu, Despinette aurait eu une gorge pigeonnante sous un corsage à volants et Barberine, mutine, de gros bas blancs et une jupe faite pour être troussée. Alors, à voir ce vieux monsieur si délicieusement entouré de ces filles jeunes et jolies, Lise ressentit une manière d'émotion nouvelle.

— Je vous jure que je ne suis pas aussi horrible que j'en ai l'air, poursuivait Morlay.

Ce fut elle qui posa, très vite, sa main sur celle de l'ambassadeur.

— Je l'ai bien compris, je vous l'assure : vous n'avez pas besoin de me le dire.

Comme on allumait les lampes — l'après-midi, la soirée s'étaient, on l'a dit, écoulées si vite... —, Paul de Morlay lui posa donc la question.

— Alors, c'est entendu ? Je pourrai vous parler de ces femmes ?

— C'est entendu. Une femme vaut bien un traité !

Que ce fût elle, Lise Bergaud, tout éprise qu'elle était de

21

ses vieilles idées de liberté, d'indépendance de la femme, qui lançât cette boutade d'homme... Mais Morlay ajouta :

— Et de mes trains ? Je pourrai vous parler de mes dames et de mes trains ?

Elle éclata de rire.

— Marché conclu !

C'est ainsi que, dès le lendemain, Paul de Morlay, ambassadeur en retraite, se mit à parler et des femmes qu'il avait croisées... et des trains qu'il avait pris !

— Il faut bien comprendre d'où je viens, commença-t-il...

« Je suis né il y a près de quatre-vingt-dix ans, en un temps où la diplomatie était autant un art de vivre qu'une vocation — si peu un métier —, et la politique — sauf pour quelques-uns, qui avaient la naïveté d'être purs — un divertissement de joueurs arrivistes que la bourse avait lassés et qui n'éprouvaient plus qu'ennui devant un tapis vert ou sur un terrain de courses. Vous parlez dès lors des morts — des mortes, surtout, mais elles portaient de si beaux noms ! — de l'incendie du Bazar de la Charité, ou évoquer le nom de l'ingénieur Eiffel, et vous serez en pays de connaissance... Pour ne rien dire de Dreyfus dont on allait pourtant, ô combien et si vite, se mettre bientôt à parler.

« Mon père était diplomate parce que son père l'avait été et son grand-père avant lui. Deux générations avant, dans ma famille, on était chouan... Du côté de ma mère, c'était l'argent d'une banque protestante qui était venu s'allier au vieux sang aigre-bleu des Morlay : ma mère comme mon père n'ont fait cependant que passer dans ma vie. Lui, pressé ; elle, résignée... C'était le baiser rapide avant le dîner, la soirée ou le théâtre, l'habit de mon père et les boas, les tournures de ma mère, si provinciale encore — elle était née à Metz — jusqu'au cœur de Paris, puisqu'à un ou deux postes à l'étranger près, son mari avait fait toute sa carrière à Paris. Et moi, suivant un chemin qui était tout tracé, j'avais à Fénelon, à Condorcet, puis à l'Ecole libre des sciences politiques, préparé, année après année, ce qu'on appelait alors "le" Grand Concours. Il y avait bien sûr d'autres concours, en ce temps-là, dans la haute administration française, et celui de l'Inspection des Finances, celui du Conseil d'Etat (le "Conseil" tout court, l'"Inspection"...) n'étaient pas des moindres, mais "le" Grand Concours, c'était celui du Quai : vous connaissez, comme moi, la légende, avec l'ombre massive et lyrique de Claudel qui se profile à l'horizon...

« Comme Claudel, je voulais d'ailleurs écrire. Je rêvais d'une vie de voyages et de réflexion : la sérénité des chancelleries à Prague ou à Vienne, apothéose du baroque et couloirs feutrés – puis l'aventure, l'exotisme, Fou Tchéou ou Pékin, l'autre côté de la médaille. Entre les deux, il y aurait eu des salons silencieux aux murs tapissés de reliures sombres, un feu aurait brûlé dans une cheminée de marbre et j'aurais, moi aussi, écrit quelques grands livres. Paul Claudel, donc, et Saint-John Perse – qui ne s'appelait qu'Alexis Saint-Léger Léger – mais aussi tous les autres... Les anciens, les fantômes : il s'en est fallu de peu que ma vie, ce fût cela... Il se trouve seulement que j'ai découvert que cette vie, elle pouvait aussi bien être vécue que passée dans les livres, et que j'ai pris tant de temps à la vivre, ma vie, que je n'ai plus guère eu le loisir de la raconter. Il m'aura fallu attendre quatre-vingt-dix ans – mais ça, c'est vous qui l'avez voulu. Car si vous saviez combien j'étais léger, à vingt ans... Et combien je le suis resté... Alors, j'ai rangé dans un tiroir secret de mon plus secret bureau les débuts de roman, les petites nouvelles que j'avais pu commettre, et j'ai fleuri le style de mes dépêches comme seulement au Quai on savait, alors, enjoliver le plus austère des rapports administratifs.

« Et puis, n'est-ce pas, il y a eu ces femmes que j'ai rencontrées.

« Si bien que j'ai oublié ce que d'autres auraient appelé l'art et les lettres, pour faire – et bien faire – le métier qui était le mien, tout en sachant cultiver le reste, c'est-à-dire cet art de vie qui en était au fond l'essentiel. Ma vie, dès lors, est passée si vite : c'est à peine si j'ai eu le temps de me rendre compte que j'avais trente ans, cinquante, quatre-vingts ans. Et pourtant, je me souviens d'un garçon de vingt ans qui était moi et dont l'innocence, alors, était si prodigieuse que j'en ai presque honte. C'est d'ailleurs bon, quelquefois, d'avoir ces hontes-là... Mais j'ai trop tardé à vous raconter ce qui me tient à cœur.

« Imaginez-moi donc maintenant, frais émoulu des écoles, jeune diplomate en partance pour la Hongrie et prenez, je vous prie, le premier train en ma compagnie. Nous sommes en 1913...

1

Maria

BUDAPEST 1913

L A première de ces femmes qui m'ont lentement fait ce que je suis devenu est Maria. Maria von Pallberg. La baronne von Pallberg... C'est d'elle que je veux parler d'abord. Et pourtant... Je l'ai rencontrée un mardi soir à dix heures. C'est le vendredi suivant à l'aube que je l'ai quittée pour toujours, et c'est cependant à elle que je dois plus de soixante années de bonheur. Mais si je veux parler d'abord d'elle, c'est aussi parce qu'elle était peut-être la plus belle. On vous demande parfois : quel est le livre le plus émouvant, la peinture au monde qui vous ait le plus touché – ou la femme la plus belle que vous ayez jamais rencontrée ? A ces adeptes stupides de ces questions stupides, je répondrai pourtant : Maria.

Maria von Pallberg, donc... Elle avait... Mais j'allais tenter de dire son âge alors que nul n'aurait su lui en donner un. Val-Bergot, peut-être, qui était son plus ancien complice : mais Val-Bergot était un trop parfait homme du monde pour révéler semblable secret. Non, Maria n'avait pas d'âge. Elle était belle, voilà tout. Elle était grande et belle, brune et belle, mince et belle. C'est tout. Des lèvres très rouges, un nez un peu retroussé sous l'éternelle voilette dont elle jouait comme d'un masque pour mieux nous prendre dans la dentelle serrée de ses sourires – et les narines pincées, les pommettes hautes d'un visage admirablement modelé, fait pour traverser l'âge et les années comme Maria elle-même traversait, pour un oui, pour un non, les frontières, les amitiés, l'Europe : avec la plus totale désinvolture. Maria von Pallberg, de vieille noblesse magyare, veuve d'un officier prussien dont la famille était installée à Budapest depuis trois générations et qui, au cœur de cette poignée d'amis qui

27

constituaient la Toute-Europe, comme on dit le Tout-Paris, était, de Vienne à Paris, de Berlin au salon de la vieille princesse Bertolucci à Naples, celle qui savait sourire mieux que personne ou qui gravement, lorsque la nuit tombait et que la voldka, le champagne ou le raki donnaient aux yeux de celles qui l'entouraient des lueurs plus vives, savait raconter ses heurs et ses malheurs avec l'air de ne pas y croire pour mieux nous faire pleurer. J'ai dit *nous* : comme si j'avais été de ces soirées, de ces dîners, de ces bals – alors que je n'ai vécu près d'elle que le temps d'un voyage entre Paris et Budapest trois jours de l'automne 1913.

Il était dix heures du soir. Dans la cour de la gare de l'Est presque déserte, ç'avait soudain été l'habituel afflux des grands oiseaux de nuit : ces migrateurs de luxe qui, trois fois par semaine, se retrouvaient sur le quai numéro un, au départ du vieil Orient-Express qui, par Strasbourg, Stuttgart, Munich et Vienne, allait conduire les plus aventureux d'entre eux jusqu'à Varna et Constantinople sans qu'ils aient quitté pour cela leur wagon pullman, la voiture-bar et ces somptueuses cabines de soie rouge et de bois précieux que la Compagnie internationale des Wagons-Lits mettait à leur disposition pour sillonner l'Europe dans un confort et un luxe qui étaient déjà en ce temps-là d'un autre temps. Vous n'avez pas connu ces transatlantiques sur rails, ces paquebots de haute volée, tout acajou et verre de Lalique, rideaux bordeaux, dentelles cramoisies : peu à peu, à mesure que je vous raconterai ces visages de femmes, vous en sentirez le velouté pelucheux.

Mais je m'égare en détails encore superflus alors que je veux en arriver, très vite, à l'essentiel. Jeune secrétaire d'ambassade, vice-consul sur le point de regagner son premier poste, j'ai aperçu dans la cour de la gare de l'Est la grande limousine aux cuivres étincelants et à la capote de cuir rouge frappée des armes d'une ambassade étrangère. Y ai-je, sur le moment, véritablement prêté attention ? J'étais trop pressé de trouver ma voiture, de m'installer dans ce luxe qui allait si bien devenir pendant plus de cinquante années mon tous-les-jours de diplomate résigné et de voyageur impénitent, pour vraiment regarder autour de moi. J'aurais pourtant dû mieux savoir prêter attention aux êtres et aux choses. Car Maria von Pallberg était descendue de cette limousine. J'imagine dès lors leur dialogue rapide :

– Vous êtes sûre que vous n'aurez besoin de rien ?

– Mon cher ambassadeur, je suis, hélas, devenue une grande fille...

– Je ne voudrais pas, Maria, que...

– Je vous en prie, mon cher ambassadeur...

La longue forme, sombre et droite et à la voilette baissée qui tenait tant à couper court aux sollicitudes et aux recommandations de M. de K., ambassadeur débonnaire à la barbiche si bien taillée qu'il n'était pas une femme de chambre, en sa résidence de l'avenue du Bois, qui n'en fût secrètement amoureuse, était en effet Maria von Pallberg. Deux porteurs en blouse bleue s'affairaient autour d'elle et de ses valises et un jeune homme, que j'avais rencontré dans les salons où j'allais le moins souvent, Philip Mertens, se tenait à quelques pas, balançant nerveusement une canne à pommeau d'argent.

– Je ne suis pas tranquille, Maria...

Maria von Pallberg avait eu alors un petit sourire. Un peu triste. Un peu crispé...

– Il ne tenait qu'à vous, mon cher ambassadeur...

Comme si, dans sa voix, un reproche implicite...

– Je sais, Maria, je sais... Mais tout n'est pas si simple !

Encore le même petite sourire de Maria. Plus crispé, encore, mais cette fois presque ironique aussi.

– A qui le dites-vous, mon cher ambassadeur !

Philip Mertens s'était approché de la voiture et avait dit quelques mots à voix basse à l'ambassadeur qui avait secoué la tête.

– Ah ! J'allais oublier...

Maria von Pallberg, suivie de ses porteurs, était déjà prête à partir, et le vieux monsieur à la barbe si séduisante l'avait rappelée près de lui.

– Maria... Ce monsieur dont je vous ai parlé... Le capitaine Kruger. Il est ici...

Le sourire de Maria était maintenant franchement ironique. Et le regard qu'elle jeta à cet homme à la moustache en crocs qui les avait rejoints... La quarantaine solide mais le corps qui paraissait sanglé dans un corset de fer.

– Je connais le capitaine Kruger.

Il y avait un tel mépris dans sa voix, que le visage de celui qu'on avait appelé le capitaine Kruger s'empourpra.

– La baronne me reconnaît lorsqu'elle en a envie ; je suis flatté de l'honneur qu'elle me fait ce soir.

Il s'était incliné, très raide.

Walter Kruger, capitaine de l'armée hongroise en mission extraordinaire à Paris, avait le visage marqué de deux cicatrices blanches qui étaient d'anciens coups de sabre : il n'y avait pas qu'à Heidelberg qu'on se battait pour rien en ces années trop frivoles. Disons alors, d'entrée de jeu, que c'est dommage que la deuxième cicatrice qui marquait le visage de Kruger, celle qui allait jusqu'à sa gorge, ne soit pas descendue deux centimètres plus bas. Mort, le capitaine Kruger n'aurait pas été, au cours de ce voyage, l'ange noir qui traversa la vie de Maria.

Je le sais bien... Le capitaine Kruger, l'ambassadeur, le jeune Philip Mertens : autant de figures de mélodrames au rendez-vous de l'aventure à ce départ d'un premier train. Je sais : peut-être qu'avec les années, le souvenir et le recul qui est celui de la mémoire lorsqu'elle tente de renouer les fils de la réalité, je transfigure un peu ce qui a été. J'enjolive. Je dramatise : et après ? Ce qui compte, au fond, et ce qui compte seulement, c'est que ce mardi de novembre 1913 à Paris, un vieil homme qui n'était qu'un homme de paille, un policier en civil et un soldat qui jouait au diplomate se soient retrouvés pour saluer l'une des plus belles femmes d'Europe qui prenait le train pour son dernier voyage. Le hasard a voulu que je sois aussi dans ce train et que, grâce à cette femme, j'en rencontre une autre qui allait devenir la mienne. Le reste, les détails, ce sont les moments romanesques dont je veux relever mon récit. Après tout j'ai choisi de tenter de vous distraire : vous me le pardonnerez. Et puis, il y a quand même au fond de moi cet écrivain rentré qui sommeille...

Dans la cour de la gare, je n'avais fait qu'entrevoir la limousine : sur le quai, j'aperçus Maria pour la première fois. Précédée de ses porteurs et suivie du petit Philip Mertens — dont j'ai oublié de dire que c'était un fat au visage de lapin de garenne lymphatique dévoré par la folie d'un pouvoir qu'il ne détenait pourtant guère —, elle avançait avec toute la majesté d'une reine de ces salons, d'une impératrice de ces petits cercles d'amis où elle régnait bien sans conteste. Elle était myope : superbe regard de myope, sourire de la myope très chère qui sourit à qui elle ne reconnaît pas de peur d'oublier de reconnaître qui elle ne connaît que trop, elle allait vers moi et, sur le quai de cette gare, me souriait. Je lui rendis son salut d'un coup de chapeau sans être certain de l'avoir reconnue et, inconnus qui ne s'étaient donc pas reconnus, nous nous croisâmes. Au-delà du sourire qui habitait ce visage, j'avais eu cependant le temps de deviner en elle quelque chose qui était peut-être une profonde tristesse...

Mais le petit Mertens s'était penché vers elle.

— Vous connaissez ce gamin ?

Il parlait de moi — qui n'étais guère que de deux ans son aîné.

Mais Maria von Pallberg n'était déjà plus sur le quai de cette gare. J'ai parlé de tristesse : c'était au voyage qu'elle allait faire qu'elle pensait déjà — et à ce qui l'attendait à l'arrivée.

— Non, je n'ai pas fait attention...

Philip Mertens eut un rire bref.

— Vous lui avez souri, pourtant. C'est le petit Paul de Morlay.

En ce temps-là nous vivions en un monde où tout le monde connaissait tout le monde : cercle de trois cents ou de trois mille mondains qui, entre Vienne et Paris, ne faisaient jamais que se rencontrer.

— Un de vos collègues, je crois ?

Le ton de Mertens devint méprisant :

— Il n'y a pas trois ans, il usait encore ses fonds de culottes sur les bancs de l'Ecole des sciences politiques...

Mais Maria ne lui répondit pas : elle était déjà partie... Aussi, lorsque ce jeune fat voulut l'accompagner jusqu'à sa cabine, elle refusa tout net.

— Je vous remercie, Philip. Mais j'ai horreur des adieux, des mouchoirs qu'on agite et des trains qui s'en vont.

A la façon du capitaine Kruger, Philip Mertens s'inclina — très raide.

— Comme vous voudrez, baronne...

A l'autre extrémité de la voiture, le capitaine Kruger observait la scène. Que Maria von Pallberg montât à bord du train de Constantinople était le premier objectif de sa mission. Lorsqu'il la vit discuter un moment avec le conducteur de la voiture qui paraissait s'excuser et lui expliquer quelque chose, puis qu'elle eut gravi les trois marches de bois du marchepied, alors seulement il put monter à son tour dans le train. Les excuses qu'avait dû donner à la voyageuse l'employé des wagons-lits constituaient le deuxième objectif de sa mission.

Un autre passager du train avait également aperçu Maria von Pallberg alors qu'elle allait s'embarquer. C'était André Val-Bergot. Val-Bergot ? Mon Dieu, qui lit encore aujourd'hui ces romans délicats, ces poésies fugitives, ces brefs récits de voyages qui s'appelaient *Turquie d'ici, Nos Orientales* ou bien encore *Notre-Dame des Tournesols* ? Mais Val-Bergot était alors au sommet de sa gloire, il n'était de revue littéraire en France — jusqu'à la très jeune *Nouvelle Revue française* à qui son goût de l'aventure plaisait quand même — qui ne s'enorgueillît de recueillir sa signature à son sommaire et c'était, j'en ai gardé le souvenir, un esprit fin, tout à la fois précieux et délicieux. Un doigt de nostalgie, un zeste de savoir-vivre désabusé : il était le poète des voyages avant que Cendrars, Kessel ou Paul Morand en devinssent les grands prêtres, mais j'avais à peine vingt ans et je lisais ses livres, en sa compagnie j'avais acquis le goût d'un exotisme dont le risque ne dépassait pas les enchantements d'une cabine de wagon-lit dont il savait si bien parler.

Lorsqu'il eut remarqué la présence de Maria, Val-Bergot sourit : allons ! ce voyage qu'il allait entreprendre ne serait pas trop ennuyeux. Pour la dixième, la douzième fois, que sais-je, Maria von Pallberg l'éclairerait de sa présence mélancolique. Il griffonna quelques mots au dos d'une carte de visite, appela un employé des wagons-lits et lui glissa une pièce dans la main.

— Vous porterez ce billet à la baronne von Pallberg. Elle est dans la voiture à côté...

Je m'installai moi-même dans ma cabine. Avant ce départ, j'avais bien été une fois à Vienne, une autre à Prague, mais je n'étais alors qu'un adolescent et cette fois, ce n'était pas la voiture, ses odeurs d'eau de Cologne mêlées à la poussière de charbon qui m'amusaient, ni les lampes aux lumières tamisées ou les flacons de verre taillé de la toilette située au-dessus du lavabo, mais la seule idée de partir, de quitter Paris et de baragouiner, dès le surlendemain, les quelques mots d'allemand que j'aie jamais connus, le peu de hongrois qu'il me faudrait bien apprendre. De la même façon que vous-même, j'en suis sûr, avez été heureuse de partir seule pour Venise. Le goût de l'aventure — sans risque, je l'ai dit, autre que celui de cette cabine d'acajou verni — et l'odeur des départs. Si bien que ce soir où, après mes six mois de stage passés au Quai d'Orsay à la Direction des Affaires d'Europe, alors que je m'embarquais pour gagner à Budapest ce poste bien modeste mais brillant de mille feux de vice-consul qui était, après tout, l'aboutissement de tant d'années d'études, de concours et d'espérances parfois déçues, tout me semblait nouveau, exotique, inattendu. Je n'en ai pas honte, d'ailleurs : en ce temps-là, j'étais bien — on le verra ! — un enfant.

A trois cabines de moi, la baronne von Pallberg regardait autour d'elle. Non qu'elle fût, comme moi, charmée par les mille et une prévenances dont la Compagnie internationale des Wagons-Lits entourait en ce temps-là ses voyages, mais parce qu'on avait placé dans sa cabine un vase de cristal avec des roses, des revues en allemand et en hongrois, et une énorme boîte de chocolats dont elle devinait bien que c'étaient là des attentions particulièrement calculées de ces gens redoutables qui l'attendaient à

Budapest — et qu'elle n'en évaluait que davantage leurs intentions.

— Ils sont ignobles, murmura-t-elle à mi-voix.

D'un geste rageur, elle avait arraché les roses rouges du vase de cristal et les avait jetées à terre. Ce faisant, une épine de la plus longue rose lui avait pénétré dans un doigt.

— Ignobles..., répéta-t-elle.

Une goutte de sang très rouge perlait à l'extrémité de son index droit. Brusquement, Maria la très belle, Maria la très sombre, était devenue désespérée. Devant elle, posée sur la tablette d'acajou, il y avait une petite photographie dans un cadre de cuir. C'était un enfant de douze ans, au teint très pâle, et qui lui souriait.

— Ignobles...

Mais elle s'était déjà recomposé le visage, qui était celui de la Maria que l'Europe entière connaissait : on avait frappé à la porte. Et lorsqu'elle tint entre ses mains le petit carré de bristol qui portait, au-dessous du nom d'André Val-Bergot, cette inscription qui l'avait toujours amusée car elle — et elle seule, qui connaissait Val-Bergot depuis... ? — en savait l'ironie — « Hommes de lettres et voyageur » —, son sourire s'éclaira de nouveau. De même que Val-Bergot, elle se dit alors que le voyage, pour sombre qu'en fussent les perspectives, pourrait quand même être plaisant. Val-Bergot, après tout, savait la faire sourire...

— Dites à monsieur Val-Bergot que je serai heureuse de le retrouver dans dix minutes au wagon-restaurant.

Devant le miroir, Maria acheva de se redessiner le visage qu'elle voulait offrir aux regards des autres, puis elle tira sur ses yeux sa voilette.

— Cher, cher André ! Un voyage vers les terres intérieures de l'Europe ne serait jamais tout à fait un voyage si vous n'étiez du voyage !

Elle l'avait bien retrouvé, Maria, son visage de croisière en haute société et sa voix dont chaque modulation savait qu'elle enchantait. Et la main de Val-Bergot, un instant, retint la sienne.

— Combien de fois l'avons-nous fait ensemble, ce voyage, Maria, depuis la première fois ?

Elle sourit — enchanteresse !

— Huit fois, dix fois ? Que sais-je ?

– Quatorze fois, Maria. Quatorze fois. Depuis ce premier départ pour Vienne en...

Elle le regarda, coquette à la fois et cependant grave.

– Je vous en prie, André. Pas de dates ! Ni dates ni années ! Pour moi, c'est une recette infaillible et l'unique moyen de toujours sentir mes vingt ans à portée de la main pour peu que je jette un regard là, juste derrière mon épaule.

Val-Bergot était galant, bien sûr, mais il était aussi chroniqueur : il savait observer autour de lui.

– Voyons, Maria ! Vos vingt ans ! Mais il n'y a qu'à voir le regard des hommes près de vous...

Et c'est vrai que dans cette voiture, où nul détail de la décoration n'avait été laissé au hasard – jusqu'à la porcelaine de Limoges qui portait un dessin somptueusement inimitable – dans ce salon-salle à manger roulant aux couleurs pâles et sombres à la fois, imaginé par un décorateur bruxellois dont l'histoire, bien à tort, n'a pu retenir le nom, il n'était pas un voyageur, pas un dîneur ni un garçon de voiture, un serveur ou un maître d'hôtel qui n'ait eu pour Maria von Pallberg ce regard que nous avons tous sur les femmes les plus émouvantes qui croisent notre route : admiration et fausse désinvolture, intérêt et regret nostalgique – bien sûr, nous ne ferons que les voir passer... Mais Val-Bergot, lui, était attablé en face d'elle et il commandait du caviar, de la vodka, des toasts tièdes.

– Voyez-vous, je suis un voyageur incorrigible qui ne survit que grâce à ses habitudes, et mes menus sur ce train sont réglés comme du papier sans musique. Dans le sens ouest-est : caviar et vodka ; au retour, chambertin et foie gras. Avec un détour par le saumon fumé d'Écosse si je pousse le trajet jusqu'à Ostende. Mais c'est que, littérateur faussement arrivé, je n'ai jamais eu que des goûts de nouveau riche...

Et Maria souriait, et Maria s'amusait, et Val-Bergot savait qu'en jouant à être si superficiellement brillant, il l'amusait et la faisait sourire : depuis toutes ces années – nous n'en connaîtrons jamais le nombre – qu'il la rencontrait, l'accompagnant et la perdant seulement pour la retrouver, c'était peut-être sa seule façon de la posséder un peu que l'amuser et la faire sourire.

Mais il avait pourtant deviné, au-delà de ses sourires – et de son amusement – quelque chose qui ressemblait soudain à une grande douleur : cette façon qu'elle avait parfois de mordre ses lèvres – mordre son sourire – et de garder, un instant, les yeux fixes.

– Mais vous ne mangez pas... Heureuse, au moins ?

Ses dents si parfaitement blanches, si parfaitement nacrées, se relâchèrent sur le sourire.

— Heureuse, malheureuse, gaie, triste : est-ce que je sais ?

Val-Bergot savait deviner les femmes, comme d'autres lisent des poèmes ou écoutent Mozart.

— Vous me paraissez bien mélancolique.

Mélancolique, oui, elle l'était. Ni heureuse, ni malheureuse, pas vraiment gaie, ni trop triste, pourtant. Pourquoi le cacher à Val-Bergot qui était, n'est-ce pas, son plus vieil ami ? Val-Bergot comprenait d'ailleurs : il le lisait en elle.

— L'idée de regagner Budapest, n'est-ce pas ?

— Vous imaginez bien que je n'aime pas me retrouver là-bas. Il y a trop de choses qu'on ne m'a jamais tout à fait pardonnées...

Le suicide du baron von Pallberg ; du raide et empesé, du sombre, du sévère baron von Pallberg, le mari de Maria : on l'avait retrouvé dans un bois, à quelques kilomètres de la ville. Une balle, une seule, avait été tirée du pistolet de duel qu'il tenait à la main. Mais une balle dans la bouche. Et dans le bois où naissaient les feuilles du printemps, aucune autre trace de pas que la sienne : si, aux yeux du monde (enfin ! de ce qu'on appelait le monde !), Wilhelm von Pallberg avait été abattu en duel, sa famille savait bien que c'était de sa propre main qu'il avait mis fin à ses jours. La vie de Maria, ses amours, ses voyages... — ou des ennuis d'argent, plus précis, des inquiétudes politiques ? On avait préféré se dire que, désespéré par l'inconduite de Maria, Wilhelm von Pallberg s'était suicidé.

— Ces gens sont sans pitié, vous savez...

Cette fois, Maria était *vraiment* mélancolique.

— Vous n'avez pas peur que...

Mais elle vida d'un trait son verre de vodka. Avec un cri de ferraille froissée, le train venait de passer une gare, un aiguillage, et tout le wagon tremblait. Attentif, un serveur avait retenu une bouteille sur le point de rouler à terre devant Maria.

— Peur ? Vous voulez rire ! D'abord, vous savez bien que je n'ai peur de rien ! Et puis, vous êtes là pour me défendre, non ?

Je m'imagine le renfort dérisoire qu'aurait pu constituer Val-Bergot contre d'éventuels agresseurs qui s'en seraient pris à Maria. Val-Bergot, sa plume, son écritoire et ses blocs de papier vergé sur lesquels seulement, disait-il, il pouvait écrire. Val-Bergot et ses angoisses de littérateur qui n'étaient que des migraines, une ride à la surface de l'eau.

— Je suis un écrivain, donc un lâche !

Il savait en sourire. Et ce voyage qu'il faisait jusqu'à Constantinople parce que, dans le salon d'une princesse de X., on lui avait dit que ses amis, les V., avaient acquis là-bas une maison de bois sur le Bosphore et qu'il espérait – son vieux bric-à-brac poétique – en tirer encore un livre de minces souvenirs à l'ombre des minarets, de Sainte-Sophie et des toitures de toile du Bazar – c'était aussi une fuite. Ecrivain, donc, probablement lâche : je vois mal comment Val-Bergot aurait pu défendre Maria, mais j'imagine que sa présence à bord, au cours de ce dernier voyage, pouvait quand même la rassurer, elle qui, sans savoir ce qui arriverait, en savait pourtant suffisamment pour redouter le pire.

Car il y avait, à l'autre bout du wagon, le nez plongé dans un journal allemand mais qui la surveillait, bien sûr, le capitaine Kruger que nous avons appris à connaître après une seule rencontre : c'était un fauve qui savait ne pas lâcher sa proie...

– Ce cher Paul ! Ce n'est pas possible !

Val-Bergot, interrompant brusquement le cours mêlé de ses réflexions ironiques sur le courage des écrivains et la désinvolture de la littérature à sa mode à lui, venait d'apercevoir un jeune homme qui cherchait une table à l'autre extrémité du wagon – et ce jeune homme, c'était moi. Après une ou deux fausses entrées, me voici donc tout de même en scène.

– Mais venez par ici ! Nous n'attendions que vous !

Il me faisait signe, au-dessus de son assiette de caviar vide, et je m'approchai de sa table : c'est ainsi que je fis enfin – et officiellement – connaissance avec Maria von Pallberg. C'était le mardi 14 novembre 1913, il était onze heures du soir, et l'Orient-Express, le vrai, le premier, venait tout juste de dépasser Châlons-sur-Marne.

– Vous connaissez Paul, bien sûr !

Maria avait relevé sa voilette, et elle me regardait : jamais, je l'ai dit, je n'avais vu de femme plus belle. Elle répétait mon nom.

– Paul de Morlay, n'est-ce pas ?

Il y avait, en ce moment-là, des paillettes d'or dans ses yeux.

– Non, nous ne nous sommes jamais rencontrés. Enfin : jamais vraiment rencontrés.

Sa voix était très basse. Et son regard de myope enfin vraiment posé sur moi ne me quittait pas. J'expliquerai plus tard –

et vous le savez d'ailleurs probablement déjà — comment depuis toujours mes goûts, mes envies, mes désirs et mes admirations m'ont toujours porté vers les femmes très jeunes. J'ai dit que Maria était sans âge : belle, simplement. Et cependant, en cet instant, j'ai ressenti sa beauté comme une véritable blessure. L'une de ces émotions qui vous traversent l'espace d'un regard et qui, jamais, jamais plus, ne vous laisseront semblable à ce que vous avez été avant.

— Nous nous sommes croisés, parfois...

Je me suis assis à la place que me montrait Val-Bergot, face à Maria, et j'ai dégusté le caviar qu'il avait commandé pour moi. J'ai bu un verre, deux verres de vodka. Et si, un moment avant dans la soirée, Maria avait pu être triste, un rouge très chaud lui était maintenant monté aux joues et, je l'ai dit, il y avait ces paillettes d'or au fond de son regard : Maria, décidément, était la plus belle.

— Ainsi, vous regagnez votre premier poste...

Elle avait posé le quart de citron qu'elle tenait à la main et qu'elle venait de presser au-dessus de la petite colline de caviar dans son assiette. J'acquiesçai et débitai quelques banalités : le Quai, l'étranger, le calme désuet de nos chancelleries.

— Et comme par hasard, ce premier poste se trouve être Budapest...

Elle se tut un instant, puis me regarda fixement : cette fois, les pétales d'or se firent de diamant au fond des yeux sombres. Puis, très lentement, elle murmura :

— C'est qu'autrefois, voyez-vous...

Et tout d'un coup, je me souvins. Le visage de cette Maria von Pallberg que je croyais avoir aperçue pour la première fois moins de deux heures auparavant sur le quai d'une gare, remontait soudain des profondeurs de ma mémoire.

— C'est qu'autrefois, voyez-vous, j'ai fait ce même voyage avec un jeune homme qui vous ressemblait et qui, comme vous, allait à Budapest rejoindre son premier poste.

Ce jeune homme était mon père. Que s'était-il passé entre lui et la toute jeune fille qui n'était pas alors baronne et qui ne portait pas encore le grand nom dur et cruel de Pallberg ? Longtemps, je le sais, mon père avait gardé le souvenir de cette femme et ma mère, je le sais aussi, pleurait parfois lorsqu'elle osait parler d'elle. Mais ma mère était déjà cette merveilleuse dame un peu triste qui, dans l'ombre de la carrière de mon père, recevait à l'heure du thé des femmes d'ambassadeurs et organisait des ventes de charité, des tombolas. Tandis que sur la plage de

Cabourg où je passais mes vacances d'enfant, Maria von Pallberg, qui s'y était retrouvée par un hasard bien loin d'être innocent, était cette jeune femme un peu mélancolique aussi dont la silhouette se découpait sur la mer ou sur la jetée à la manière d'une promeneuse selon Boudin sous un ciel gris de grève normande. Je regardai Maria.

— La dame à l'ombrelle bleue...

Elle sourit.

— Vous vous souvenez ?

Il n'y avait plus rien à se dire. Jadis, à Cabourg, Maria se protégeait du soleil, pourtant bien chichement offert entre des nuages bas, à l'aide d'une ombrelle bleue dont je retrouvais à la fois le dessin et la couleur pâle. Il n'y avait plus rien à dire et pourtant, d'une voix que l'émotion altérait probablement, Maria parla de mon père comme nul ne l'avait fait avant elle. Elle évoqua son sourire, la tristesse profonde qui l'habitait toujours et cette tendresse que je n'avais jamais devinée aussi fervente en lui pour ma sœur et pour moi. Ma mère avait souffert, oui. Mais je devinais, j'apercevais soudain ce que mon père, de son côté, avait pu ressentir. Ce haut fonctionnaire grave qui demeurait enfermé dans son bureau des journées entières à compulser des dossiers, qui me prenait parfois par la main pour m'emmener à travers les Tuileries ou le Luxembourg en de longues promenades silencieuses, avait, lui aussi, su aimer. Et puis, la dame à l'ombrelle bleue avait hanté mes après-midi d'enfant comme la silhouette incertaine, vaporeuse, embuée de soleil après la pluie, de je ne sais quelle très belle fée, inaccessible. Val-Bergot toussa discrètement.

— Et pendant ce temps-là, moi, je visitais tout bêtement l'Egypte ou je jouais au moinillon sur les côtes à pic du mont Athos en compagnie de popes lubriques et barbus !

Alors Maria, que l'émotion avait peut-être entraînée très loin de ce train, loin de Budapest — ou même du mont Athos où j'aurais volontiers imaginé que, par bravade et déguisée en frère convers, elle avait provoqué tout un couvent de bons popes ! —, partit de l'un de ces rires de gorge dont elle avait le secret lorsqu'elle voulait masquer ce qui aurait pu être un sanglot.

— Quand je pense que j'ai auprès de moi deux des hommes les plus brillants de Paris, et que mon verre est vide ! Qu'est devenue la vieille galanterie française ? Est-ce qu'on nous l'a tuée avec le siècle ?

Dans un ululement de tous ses sifflets de nuit, l'Orient-Express s'enfonça sous le tunnel de Saint-Jean-les-Tourettes... Nous

38

venions de laisser à main droite les coupoles du château de Saint-Fargeau — et le capitaine Kruger avait allumé un cigare puant, mais il était loin de nous, à l'autre extrémité de la voiture.

Ce que fut dès lors cette soirée... Imaginez que Maria, toutes tristesses soudain jetées — comme un bonnet de deuil — par-dessus les remblais du train, fut la Maria des grands jours de Paris ou de Rome. Brillante, elle savait l'être ; brillante, elle se montra — et jusqu'au bout des ongles : cette nacre délicate. Quant à Val-Bergot, il faisait, lui, profession d'être spirituel : il se révéla à la hauteur de sa réputation. Subjugué, je les regardais échanger des bons mots, des clins d'œil, des allusions que je ne comprenais pas toujours — et si, parfois, j'avais le sentiment que c'était peut-être à moi que s'adressait Maria à travers le rideau scintillant de ses rires et de ses traits d'esprit, j'en étais violemment touché : ainsi, je n'étais pas seulement un jeune diplomate un peu benêt, un peu plat comme on en rencontre dans tous les trains ou, aujourd'hui, dans n'importe quel avion entre Londres et Paris, Bonn et Rome, mais aussi un homme auquel une femme telle que la baronne Maria von Pallberg pouvait vouloir prendre plaisir à plaire !

Tout le wagon, autour de notre table, s'était tu ; jusqu'au sommelier qui demeurait à notre portée, figée dans un silence respectueux, prêt à déboucher une bouteille ou à emporter une coupe vide, une rangée de verres. Et Maria parlait, elle nous enchantait de ses discours, de ses rires qui fusaient entre deux coupes de champagne, deux cigarettes, deux regards plus appuyés.

— Il y a des soirs, comme cela, où j'ai envie d'être gaie, gaie, gaie...

Pourquoi sentais-je quand même sourdre en elle, en ce moment précis, une sorte de tristesse angoissée ?

Après que nous eûmes parlé en mondains légers que nous étions du monde et de ses habitants :

— Qu'est-ce que le monde, au fond ? avait remarqué Val-Bergot. Dix amis à Londres, autant à Vienne et à Venise, qui s'embrassent sur les deux joues habillés en pingouins, col dur et cravate blanche dans le petit monde de leur monde, et qui se haïssent cordialement aussitôt franchies les bornes dorées de ce monde-là.

Après que nous eûmes parlé des X. et des Y., des soirées de la princesse de Cardighan ou des folles passions de la marquise de Monteuil, Maria est devenue plus grave. Elle savait, bien sûr, pourquoi elle se trouvait dans ce train. Val-Bergot avait lancé encore un de ses mots :

— Au fond, le monde ne change pas. Ni vous, ni moi, ni personne. Prenez ce train : depuis ce nombre d'années que vous me permettrez de ne pas évaluer avec plus de précision que je fais ce voyage, c'est le même bordeaux que je bois et, à partir de Sofia, le même caviar trop salé qu'on me ressert sans que j'en redemande. Et, vaille que vaille, ça continuera. Comme avant. Que nous le voulions ou pas...

C'est alors qu'elle a reposé son verre.

— Votre futilité, cher André, me ravit. Mais si je ne savais pas que vous aimez nous provoquer, j'oserais dire qu'elle tourne à l'inconvenance !

Si j'avais pu ne rien sentir jusque-là de sa tristesse, au moment où elle a prononcé cette phrase, j'aurais compris. Mais Val-Bergot a pris un air étonné.

— *Nous* provoquer ? Qui est ce « *nous* », Seigneur ?

— Je veux parler de ceux qui savent que chaque mois qui passe nous rapproche un peu davantage de la fin.

Toujours le même air étonné de Val-Bergot.

— La fin de quoi, grands dieux ! Tout de même pas celle du saumon à Ostende et du caviar salé à Sofia ?

J'étais témoin, et témoin seulement : dans toutes ces histoires que je vous raconterai, je demeurerai témoin, même si, comme dans celle-ci, mon destin à moi aussi se joue quand même au bout du voyage. Mais j'avais lu assez de dépêches au Quai d'Orsay — et puis, chaque matin, je parcourais quand même autre chose que la chronique mondaine du *Figaro* ou les potins du *Gaulois* — pour savoir que l'Empire austro-hongrois vacillait sur ses bases et qu'un peu partout en Europe, des hommes, des femmes, des groupes jusque-là opprimés parce qu'ils n'étaient qu'une race au milieu d'un Etat, levaient enfin la tête... Et puis, Sarajevo, n'est-ce pas, n'était pas loin : quel qu'ait été notre aveuglement et jusque dans les Ecoles — Sciences politiques et autres pépinières de brillantes nullités qu'on élevait cependant là en couveuse pour nous gouverner — nous étions quelques-uns à ressentir confusément ce que Maria avait soudain exprimé à voix haute au milieu de cette voiture de luxe, devant ces verres de cristal, cette porcelaine de Limoges, cette argenterie aux armes plaquées d'une Compagnie internationale qui ne servait que ceux qui pouvaient lui payer le prix du superflu qu'elle dispensait à flots comme le plus strict nécessaire.

Aussi, lorsque Maria a répondu à notre ami Val-Bergot que,

si ce n'était pas la fin du caviar, c'était peut-être celle d'une certaine insolence qu'avaient certains à le manger sans pudeur et que Val-Bergot, tendrement, lui a fait remarquer qu'elle-même n'avait nulle honte à le manger, ce caviar, et dans ce train de luxe : « Vous faites de la politique, Maria, c'est nouveau, cela ! », Maria a eu, cette fois, un rire douloureux pour lui répondre. Et tout d'un coup, je crois que j'ai confusément compris qu'en cette femme, ainsi qu'elle-même l'avait dit avant mon arrivée, bonheur, malheur, gaieté, tristesse : tout était confusément mêlé, mais dominé par quelque chose qui était peut-être de la peur.

— Oh ! moi... Je me contente de ne pas mordre trop cruellement la main qui me nourrit.

J'ai regardé Maria, baronne von Pallberg et, pour la première fois, elle a baissé les yeux. Aurait-elle, en cet instant précis, soutenu mon regard — elle qui, pourtant, n'avait peur de rien — qu'elle m'en aurait dit plus, plus tard, et que j'aurais peut-être pu l'aider. Mais il y avait toujours à l'autre bout du wagon le redoutable Kruger, j'ai pris pour une pudeur de femme ce qui était bien de la peur — et la crainte que j'avais pu sentir en elle (voire partager) le temps de quelques répliques, s'est évanouie. Maria von Pallberg était redevenue Maria tout court et, plus que jamais, je la trouvais belle.

A la fin du repas, monsieur Paul, le chef des cuisines, est venu nous présenter ses respects. Maria l'avait connu second chef et Val-Bergot simple marmiton : il venait d'être promu maître après Dieu, sinon sur la ligne, du moins dans ce wagon et avait comme nous tous une admiration pour Maria qui semblait être le lot de tous ceux qui l'ont croisée. Maria, avec cette attention qu'elle sait avoir pour parler à tous ceux qu'elle aimait, l'a remercié en quelques mots, puis elle nous a dit qu'elle était fatiguée.

— Ces vieilles migraines ?

— Ces vieilles migraines, oui...

Il y avait bien entre et elle et Val-Bergot tout un ancien fond de souvenirs qui s'appelle tout simplement la complicité. Vieilles migraines : Maria ne parlait pourtant jamais d'âge, ni d'années, ni du temps qui passe. Elle s'est levée, Val-Bergot a proposé de l'accompagner à sa voiture, mais elle s'est tournée vers moi.

— Vous savez ce qui me ferait plaisir ?

J'avais compris. Nous avions parlé de mon père, elle souhaitait que nous en parlions encore.

— Je vais prendre un comprimé de quelque chose et je pense

41

que ma migraine ira un peu mieux. Vous pouvez venir frapper à ma porte dans − disons − dix minutes ?

Un dernier petit rire très bref :

− Val-Bergot vous expliquera que je n'ai pas l'habitude de séduire les petits garçons : vous n'avez rien à craindre.

Elle était déjà partie dans une envolée de soieries, taffetas, satins et voilettes qui l'habillaient tout entière. Mais une fois encore, après les vieilles migraines, elle avait quand même évoqué le temps qui passe lorsqu'elle avait parlé de petits garçons. Val-Bergot l'a vue disparaître au bout du wagon, puis il s'est penché vers moi.

− Tard, dans la soirée, Maria a quelquefois besoin d'autre chose.

Sur le moment, je n'ai pas compris, ou je n'ai pas voulu comprendre qu'il parlait de cette petite boîte d'argent que je devais apercevoir quelques instants plus tard sur la tablette de sa cabine ; à l'intérieur, une poudre blanche... Mais était-ce vraiment de cela qu'il s'agissait, ce soir-là ? Lourdement, le capitaine Kruger s'est levé à sa suite et au passage il a bousculé ma chaise.

Il a juré en allemand.

Lorsque j'ai retrouvé Maria dans sa cabine, elle en avait laissé la porte ouverte. Je n'ai pas remarqué la silhouette massive de Kruger qui disparaissait à l'autre extrémité du couloir. Mais ce que j'ai vu tout de suite en entrant, c'est ce visage d'enfant sur une photographie dans un cadre de cuir, ce sont les roses rouges et la petite boîte d'argent aux armes bizarres, lionne et serpent monstrueusement accouplés. J'aurais dû voir, aussi, à côté, ce flacon scellé de cire rouge ; mais cela, c'était déjà le drame et nous n'en étions qu'au prélude nostalgique et léger. Maria était assise sur la banquette que le conducteur n'avait pas encore transformée en lit.

Tout de suite, elle s'est levée, me désignant l'emplacement de la couchette supérieure encore refermée − et cela, son geste, pour me montrer une couchette vide − devait avoir dans ma vie plus d'importance que tout ce que j'avais jusque-là vécu.

− C'est l'unique soirée que je passe seule ici. Ce brave conducteur était affolé : on a oublié de me réserver un single et, à partir de Stuttgart, j'aurai de la compagnie. Une Polonaise ou une Hongroise, je ne sais pas. Alors d'ici là, j'en profite pour recevoir...

Puis, tout de suite, en me faisant signe de m'asseoir, elle a répété, sur le ton qui avait déjà été le sien dans le wagon-restaurant :

— J'avais peur que vous ne veniez pas... Mais vous savez, ce n'est pas dans mes habitudes de manger les petits garçons.

Que lui ai-je répondu ? J'ai dû protester un peu sottement, lui expliquer que je n'étais plus un enfant, que j'étais diplomate, que sais-je ? et qu'elle-même... Mais elle m'a arrêté.

— Nous disons des bêtises. Asseyez-vous près de moi et parlez-moi. J'ai besoin qu'on me parle, ce soir.

Elle frissonnait et ses belles mains jouaient avec un mouchoir de dentelle très fine. Je l'ai trouvée plus pâle qu'au restaurant et ses narines étaient pincées. Elle respirait aussi un peu plus fort. Ainsi, elle avait donc eu recours aux maléfices de la petite boîte d'argent, aux armes presque obscènes...

— Je voulais vous dire...

Mais c'est elle qui a parlé. Et qui a parlé de mon père puisque c'est d'abord lui qu'elle voulait évoquer pour moi ce soir-là, comme on rappelle à la vie une ombre aimée et oubliée : on conjure le temps.

— Vous savez que vous lui ressemblez...

L'ombre devient fantôme, presque de chair... Et les souvenirs, de nouveau, ont afflué. Mon père que j'ai si mal su aimer...

— Il portait un masque, vous savez, et l'abandonnait si rarement...

Ce masque d'homme du monde et de diplomate, la petite moustache trop bien peignée, le carcan des soirées officielles et le sourire tout juste un peu las à la fin de la journée. Le baiser furtif qu'il me donnait, le soir, avant de sortir, son écharpe blanche et le col cassé que je lui ai toujours connu : c'était cela, le masque.

— Mais lorsqu'il le jetait, ce masque...

C'est dans ce moment précis que j'ai soudain eu le sentiment que le regard que Maria portait sur moi ne s'adressait pas à moi, mais à un autre — et que j'avais si peu connu. Mais le conducteur a frappé à la porte, il apportait une bouteille de champagne et Maria a de nouveau frissonné.

— Le dernier verre, pour fêter ces retrouvailles...

En sa présence, je me sentais étrangement heureux : une sorte de calme, de quiétude — alors pourtant que j'avais deviné qu'en elle tant de choses tremblaient. Mais j'étais bien, simplement bien, et cela était bien.

– Si nous parlions de vous ? a dit alors Maria après un moment.

J'ai haussé les épaules, gêné : en ce temps-là, j'avais de ces pudeurs... Et je n'avais pas appris, sans honte aucune, à me raconter – que dis-je ? à m'exhiber ! – comme je le fais si aisément aujourd'hui. Mais Maria savait me regarder : un instant, sa main a effleuré ma main. J'étais un autre, bien sûr ; mais elle était là, si souverainement tendre...

– Parler de moi...

J'ai tout raconté, en vrac. Je buvais un verre de champagne, il y avait le balancement du train – et ce que j'avais à dire, les envies qui étaient les miennes, alors, de voyager, d'écrire, tout cela me venait si aisément aux lèvres puisque c'était à elle que je le disais.

– D'écrire ?

– Oui, d'écrire !

Les dizaines de romans que j'avais laissés inachevés, commencés à quinze ans un jour de pluie dans une maison de vacances, et qui dormaient dans des tiroirs. Ces poèmes remplis de toute la flamme, de toute la naïveté, toute l'émotion de l'adolescence : qu'en dire, sinon qu'un moment j'avais cru qu'ils compteraient pour moi plus que tout au monde ?

– Et ces romans, ils parlaient de quoi ?

Maria avait allumé une cigarette à bout doré. Du tabac oriental dont la fumée bleue, flottant dans la cabine, nous rapprochait ainsi dans un même halo parfumé.

– De quoi parlaient-ils ? – j'ai rougi – mais d'amour, bien sûr !

J'avais bu, je n'avais plus aucune honte à désormais tout avouer.

– Mais d'amour, bien sûr ! Comme on peut en parler à quinze ans !

Ils parlaient d'amour, mes romans, et de la femme dont j'avais rêvé – dont je rêvais encore. Cette image très pâle, très blonde, très pure – blonde et bleue – qui traversait mes nuits d'adolescent. La très longue jeune fille venue d'ailleurs qui se promène dans les pages des livres – vous vous souvenez ? – Yvonne de Galais qui venait tout juste de naître. *Le Grand Meaulnes* et ces autres presque enfants diaphanes qui traversaient les poèmes de Laforgue. Toute la naïveté de mes quinze ans, ravivée par le champagne, éclatait doucement mais avec une telle outrance que j'ai soudain cru que Maria en souriait.

– Mais vous vous moquez de moi, n'est-ce pas ?

Alors cette fois elle a vraiment pris ma main.

— Oh ! non, je ne me moque pas de vous !

Et c'est moi qui me demande maintenant si, sous le masque que je jetais ainsi avec une si belle indifférence, le visage que je lui révélais alors n'était pas, justement, celui de cet autre homme qui nous avait rapprochés et qui était mon père. Le masque lui-même était différent. Encore que, l'âge venu, la moustache que j'ai un jour portée et les cols durs, les écharpes blanches qui ont bien fini par faire partie de mon uniforme... Mais peut-être que mon père avait, lui aussi, rêvé d'une femme longue et lointaine. Simplement, elle n'était pas blonde et bleue mais très brune, avec des paillettes d'or dans le fond du regard.

— Oh ! non... Je ne me moque pas de vous... Peut-être que nous la portons tous en nous, l'image de l'amour unique. Simplement...

— Simplement ?

Sa phrase était restée inachevée.

— Oh ! Simplement, tout ne se passe pas toujours comme nous avons pu le rêver, même lorsque nous le rencontrons, l'amour unique !

Elle est demeurée quelques secondes encore silencieuse, sa main toujours posée sur la mienne. Puis, doucement, elle s'est écartée.

— Je crois qu'il vaut mieux, maintenant, que vous alliez vous coucher, Paul...

Est-ce vraiment mon nom qu'elle a prononcé ? Je n'en suis pas sûr. Il y avait eu l'émotion de la soirée, la vodka, le champagne, la poudre blanche dans la petite boîte d'argent — et puis les souvenirs.

Et ce Kruger qui lui avait rendu visite dans sa cabine quelques instants avant mon arrivée.

Je ne suis donc pas sûr que ce soit mon nom qu'elle ait murmuré lorsque sa voix n'était plus qu'un souffle et que son visage, l'espace de ce souffle — un soupir — se rapprochait de moi.

La porte de la cabine, refermée sur Maria — j'ai vu une dernière fois sa main, longue et fine, aux ongles écarlates, qui en accompagnait très lentement le battant —, je me suis retrouvé désemparé dans le couloir. Je ne savais plus. Pour moi aussi, c'était l'émotion des souvenirs soudain ravivés, mais également le visage de cette femme, si différent de celui dont j'avais parlé avec une si tranquille innocence, mais qui m'avait bouleversé. A pas lents, je suis revenu vers la voiture-bar. Il y avait dans le couloir l'éclair violent des lumières d'une petite gare, ce tremblement de tous les rails qui nous emportaient − et puis le noir, le bruit, les odeurs. J'étais dans l'express de Constantinople, c'est vrai, et j'allais rejoindre un premier poste, mais toute l'excitation du départ avait fait place à une sensation difficile à définir où se mêlaient le haut profil aux pommettes saillantes de Maria et cet autre visage, embué de songes, qui avait habité toute ma jeunesse et qui n'existait pas ailleurs que dans mes rêves : ma jeune fille blonde et bleue.

Au bar, j'ai retrouvé Val-Bergot et c'est lui qui m'a révélé ce que tous ses amis croyaient être la raison du retour de Maria à Budapest : l'enfant dont j'avais vu le visage un peu triste sur la tablette de sa cabine était le fils de notre amie. Atteint d'une maladie du sang, le petit Franz était perdu mais ne voulait pas mourir. Quant à la famille du baron von Pallberg, ces redoutables hobereaux prussiens plus rigides encore dans l'exil qu'ils s'étaient choisi que s'ils étaient demeurés sur leurs maigres terres natales, ils refusaient que Maria emmenât l'enfant loin de Budapest. Héritier d'un nom modestement célèbre mais dont ceux qui le portaient se plaisaient à faire un illustre lignage, le petit Franz devait vivre − les autres savaient : mourir − parmi les siens.

− Vous comprenez qu'elle ait maintenant de ces brusques gaietés qui cachent la plus totale douleur.

Nous ne demeurâmes pas longtemps au bar. Ce que Val-Bergot m'avait dit de Maria me la rendait plus chère encore − car chère, elle me l'était devenue, d'une manière, je l'ai dit, indéfinissable − et je voulais maintenant me retrouver seul : je n'avais que vingt-trois ans, l'âge encore où la réalité fait plus qu'aisément place à l'image que nous aimons en caresser, et en quelques heures, Maria avait forgé en moi un portrait d'elle-même qui allait, je l'ai dit, y demeurer gravé toute ma vie.

Mais le lendemain matin, à 8 h 25 très exactement, la réalité allait pour une fois l'emporter et sans retour sur le rêve, les phantasmes, les images... C'est que Stéphanie, à cet instant très précisément, est entrée dans ma vie. Je l'ai reconnue tout de suite : c'était la jeune fille blonde et bleue. Je sais, il est des hasards qui sont au-delà du hasard, des rencontres que le plus fou des romanciers du réel ne saurait oser rêver : disons que la vision que j'ai eue, sur le quai de la gare de Stuttgart où le train s'immobilisait lourdement, a été celle des rêves les plus fous du romancier que je ne serai jamais. C'était elle, et voilà tout. De Stuttgart et des Anlagen, leurs jardins et leurs parcs, de la Stiftskirche aux comtes de pierre et de la nouvelle résidence aux trois cent soixante-cinq chambres — une pour chaque jour de l'année : et pour les nuits ? — je ne saurai rien. A Stuttgart, je n'ai jamais vu qu'un quai de gare. Et elle...

J'étais en train de prendre un petit déjeuner en face d'André Val-Bergot, et le serveur venait de m'apporter deux œufs au bacon, des toasts chauds, un thé russe comme on en buvait seulement dans les trains d'Orient et les palaces en carton-pâte des capitales danubiennes, quand je me suis penché sur la vitre. Pour voir. L'animation toute relative du quai, quelques voyageurs, quelques militaires l'arme à l'épaule, qui déambulaient. Et, avec simplement à ses côtés un seul sac de cuir, une très jeune fille qui ressemblait tellement à cette image impossible de l'amour unique, que j'ai dû en devenir livide. A quelques kilomètres à l'ouest de Stuttgart, il y avait jadis un château qui s'appelait la Solitude. Comme le Sans-Souci de Frédéric. En un instant, j'avais compris que solitude et soucis étaient, pour un temps du moins, abolis.

— Vous ne mangez pas ?

Val-Bergot essuyait délicatement ses moustaches après avoir reposé sa tasse de café turc. Non, je ne mangeais pas. Alors, son regard a suivi le mien.

— Cette jeune fille...

C'était elle, simplement. Si simplement, si évidemment que j'ai su, alors même qu'elle avait pourtant disparu — en direction de quel wagon ? — que je ne pouvais pas ne pas la retrouver. Aussi, lorsque quelques instants plus tard, alors que le convoi s'était de nouveau ébranlé et que nous traversions ces banlieues de Stuttgart aussitôt achevées qu'entr'aperçues tant dans l'Europe d'alors, la ville et la campagne se mêlaient encore étroitement ; lorsque dix minutes peut-être après que j'eus aperçu la jeune fille debout sur le quai de la gare, Maria a pénétré dans la voiture en lui tenant le bras, parlant à haute voix et se dirigeant vers nous, je n'en ai été nullement étonné. C'était dans l'ordre des choses — je veux dire : de mes rêves — tout simplement. Mais Maria s'asseyait déjà à notre table et elle faisait signe à la jeune fille de s'installer en face d'elle. Et en face de moi.

— Savez-vous que le Bon Dieu fait quelquefois bien les

choses ? Je n'avais pu réserver un single, j'imaginais Dieu sait quelle compagne de voyage revêche et peut-être moustachue, et voyez un peu ce que le ciel – ou le hasard ? – m'envoie !

Elle montrait la jeune fille, qui souriait, nullement gênée. Mais déjà Maria continuait.

– Je vous présente Stéphanie Kovaks. Qui va, elle aussi, jusqu'à Budapest, comme moi.

Val-Bergot se levait, saluait, prononçait quelques-unes de ces phrases anodines et amusantes dont il avait le secret, mais je demeurais assis, bouche bée, incapable de balbutier seulement mon nom en guise de présentation ou de bienvenue. C'est Maria qui a repris la parole.

– Eh bien, mon petit Paul ? Silencieux, tout d'un coup...

Qu'est-ce que j'aurais pu dire, grands dieux ? J'ai bégayé, puisqu'il fallait le faire. La jeune Stéphanie Kovaks m'a tendu la main : sa poignée de main était directe, dure, presque celle d'un garçon. Mais d'un garçon qui aurait possédé le sourire, le visage, la taille la plus délicieuse du monde. Et Maria a continué de plus belle.

– Est-ce que Mlle Kovaks ne vous rappellerait pas, par hasard, la jeune fille dont nous parlions hier soir ?

– Quelle jeune fille ? Je peux savoir ?

Toujours remplie de la même assurance, Stéphanie – puisque Stéphanie il y avait désormais – m'interrogeait. Mais Maria a repris le ton que j'avais aimé la veille en elle : grave nostalgie, mystère sombre.

– Pour le moment, c'est encore un secret entre Paul et moi.

Pendant que nos deux amies, la nouvelle et le plus que nouvelle, commençaient leur petit déjeuner – et Stéphanie dévorait de bel appétit œufs, toasts et marmelade – j'ai très vite appris qui était la jeune fille qui m'avait ainsi, et d'un coup, subjugué. Car, subjugué, je l'étais, et si jamais l'idée du coup de foudre au premier regard a pu avoir quelque fondement, ce fut bien pour parler de ce qui se passa en moi lorsque je vis Stéphanie. En un instant, tout en elle me paraissait merveilleux, léger, beau, transparent. Oui : transparent. Elle ressemblait tellement à l'image que j'avais toujours portée d'elle en moi... Aujourd'hui encore, je ne saurais sourire de la naïveté, de la soudaineté, de la spontanéité de ce grand coup au cœur, car il était la simplicité et l'ordre des choses.

Tout semblait si naturel en effet... Fille d'un homme d'affaires hongrois marié à une Suisse, Stéphanie Kovaks était l'une de ces jeunes filles d'alors qui s'affirmaient résolument modernes en en apprenant un peu plus que le piano, qu'une vague langue étrangère et la tapisserie. Elle avait fait, à Zurich, des études d'économie politique, elle parlait aussi bien le français que l'allemand, le russe, l'anglais et l'italien, et elle avait soudain résolu de revenir chez elle.

— Mais vos études...

Val-Bergot était l'un de ces futurs vieux messieurs que je connais si bien et qui, dès l'âge de quarante ans, s'intéressent aux très jeunes filles : il en avait cinquante-cinq et écoutait Stéphanie avec une attention qui était loin d'être seulement de la politesse. Stéphanie a eu le geste de la main qu'on a pour jeter un bonnet par-dessus les moulins. Ses études ?

— Il y a autre chose dans le monde, vous savez, que les études...

Elle était le première jeune fille que j'aie jamais rencontrée à étudier l'économie politique...

— Il y a autre chose ? Mais quoi, par exemple ?

Maria s'était penchée vers elle : je remarquai qu'elle avait gardé, pour déjeuner à notre table, ses gants de fine soie bleue.

— Quoi d'autre ? Mais tout le monde, tout simplement. Ce qui vit, ce qui respire.

Devant notre silence, Stéphanie a encore ajouté :

— Il y a aussi ceux qui souffrent.

Le regard de Maria s'est figé. C'est seulement plus tard que je devais comprendre pourquoi. Mais Val-Bergot est parti d'un grand éclat de rire.

— Bien sérieuse, tout d'un coup, notre jeune fille moderne ! C'est cela qu'on apprend aux dames, dans vos universités ?

Mais Stéphanie ne s'est pas fâchée. Elle l'a regardé très calmement. Ses doigts jouaient avec un cube de sucre.

— Justement. C'est ce qu'on ne nous apprend pas.

Au petit doigt, elle portait une chevalière avec d'étranges armes. Une licorne, comme sur la boîte d'argent de Maria — mais enlacée à un oiseau, cette fois. Le regard de Maria s'est posé sur la bague et le visage de Stéphanie, d'un coup, s'est de nouveau détendu.

— C'est joli, non ? Mon père l'a trouvée chez un brocanteur et m'en a fait cadeau pour mes dix-huit ans.

Stéphanie, ce jour-là, avait dix-huit ans, trois mois et dix-sept jours.

Plus tard, nous sommes restés longtemps à parler au wagon-bar. Pour quelle raison craignais-je, redoutais-je même, qu'elle prît le diplomate qu'il avait bien fallu que j'avoue être pour l'un de ces pantins falots qui hantent tant de chancelleries aussi vides que sévères ? En face d'elle – étudiante en rupture d'études – j'avais tout d'un coup presque honte de mes cheveux trop courts et trop fraîchement coupés, de ce col austère, de cette cravate de soie qu'il était de bon ton de porter dans les couloirs du Quai d'Orsay, derrière les rideaux de feutrine et le molleton des portes capitonnées.

Alors, j'ai voulu – naïvement ! toujours naïvement : je vous l'ai dit, je n'étais que naïf ! – lui montrer que je pouvais entendre, aimer, voir les choses que je devinais qu'elle aimait entendre, et voir, et aimer. Nous avons parlé de Debussy et des symbolistes, du jeune Stravinsky, des Ballets russes. Mais des auteurs aussi, dont les noms sonnaient à nos oreilles : Apollinaire, Gide, Claudel, Laforgue, et Stéphanie a répondu sur le ton qui était le mien : si légèrement ampoulé qu'elle a fini par éclater de rire, j'en ai fait de même et nous avons dès lors été amis, je n'ai plus eu besoin de jouer les diplomates honteux.

Raconter désormais ces moments où les premiers mots ne sont pas encore dits ? Retrouver le fil de ces regards, de ces fous rires qui sont les instants de l'amour où l'amour n'est pas encore l'amour mais le sera bientôt ? Ou bien parler du train qui traverse la Bavière, des clochers à bulbe, des auberges aux façades peintes – Mering, Althegnenberg, Maisach – et de Stéphanie qui, simplement, s'amuse de ce que je découvre.

– Ah ! Quand vous aurez fait la ligne aussi souvent que moi !

Elle parle en vieille voyageuse, en habituée, et moi je lui dis qu'avec elle, cette ligne, je la ferai tous les mois, toutes les semaines, et elle rit... Prend-on déjà la main d'une dame qu'on ne connaît que depuis que le train a quitté Stuttgart ? Je pose la question, Stéphanie rit de nouveau et mon doigt, simplement un doigt – un geste qui est un jeu – se pose un instant sur sa chevalière... Mais je ne remarque pas le regard qu'en ce moment-là, Maria jette sur moi. Jette sur nous...

Je ne remarque pas non plus la présence du capitaine Kruger, immobile, qui observe. Tandis que Stéphanie, aussi inconsciente que je peux l'être, parle, parle, parle de ce qui lui tient à cœur.

– Il y a tant d'injustices dans le monde. Tant d'oppressions, de tyrannie, de misère...

Elle raconte les taudis qu'elle a vus dans ces villes d'Allemagne qu'elle traverse si souvent, les banlieues de Berlin ou de Düsseldorf, une misère qui s'accroche aux êtres et aux choses comme une lèpre, et qui les dévore lentement, avec l'alcool, la maladie, immondes champignons, pourriture qui ronge les murs des galetas.

— Vous ne pouvez pas savoir...

Plus tard, ce sera de ceux qui ploient sous le joug d'autres polices, d'autres Etats, d'autres lois, qu'elle me parlera encore.

— Je suis Hongroise, et les Hongrois sont devenus pires que les Autrichiens. Les autres, ceux qui ne sont pas des leurs, ne connaissent qu'une loi : le knout et la prison. Quand ce n'est pas le peloton d'exécution dans le petit matin...

Ces armées d'officiers blancs, gants blancs sur leurs chevaux blancs qui, la cigarette aux lèvres et un peu de tristesse quand même au fond du cœur car elles sont belles, leurs victimes, font danser nues à la pointe du fouet les villageoises du hameau qu'ils vont ensuite brûler. A la pointe du sabre.

— Ce n'est pas vrai, Stéphanie ?

— Et si c'était vrai...

Le regard de Maria glisse sur nous, et celui de Kruger qui regarde Maria : comme si les acteurs d'un drame s'étaient mis en place et que chacun épiait l'autre avant de lancer sa réplique.

C'est un peu après la frontière autrichienne à Seftensee, que la pièce a vraiment commencé : l'histoire de cette femme belle qui, doucement, s'efface et qui en paie le prix le plus élevé qui se puisse payer. Mais auparavant, au début du déjeuner par exemple, un observateur averti — et Val-Bergot, je le répète, en était un — aurait pu se rendre compte que l'attitude de Maria von Pallberg avait profondément changé. Bien sûr, elle était toujours remplie de mille prévenances à l'endroit de Stéphanie et elle continuait à déployer à l'égard de Val-Bergot et de moi-même le sombre feu d'artifice de ses regards dorés, mais il y avait d'autres regards, d'autres moments, où ses yeux soudain se figeaient. Sur le visage de Stéphanie, sur le mien, sur les mains de Stéphanie. Et Val-Bergot avait beau vouloir être spirituel à tout prix, ce n'était plus, désormais, que des lèvres que Maria riait : ses yeux démentaient ses sourires. Seulement, ni Stéphanie ni moi-même n'étions capables de deviner cela, et Val-Bergot pour sa part attribuait probablement ces regains de tristesse à des raisons qui n'étaient pas les bonnes.

A un moment, par exemple, où Stéphanie parlait tendrement

et avec animation, d'un visage émouvant qu'elle avait croisé et alors que je la regardais avec la même tendresse, Maria, s'adressant à la jeune fille, a simplement murmuré :

— Pourquoi faut-il que vous soyez si adorable ?...

Maria était émue, c'était Stéphanie qui l'émouvait et on aurait dit qu'elle le regrettait. Mais ni les uns ni les autres nous n'avons compris. D'ailleurs, le train approchait de Seftensee et, dans l'instant d'après, le drame allait s'installer dans notre vie.

Oh ! ce fut très bref. D'abord, il y eut un gigantesque crissement de tous les essieux du convoi, un coup de frein brutal qui projeta les passagers de la voiture-restaurant les uns vers les autres, faisant valser les bouteilles et déraper faisans et saumons pochés sur les nappes damassées.

J'imagine la vapeur qui fusait de partout sous les roues, le métal brûlant, le mécanicien haletant : le train venait de s'immobiliser à quelques mètres d'une voie de chemin de fer qui n'existait plus ; une explosion avait arraché les rails sur cent mètres et, tordus et déformés, ils gisaient sur le ballast.

C'est seulement alors que j'ai remarqué, pour la première fois, le capitaine Kruger : tandis que tous les passagers du wagon-restaurant semblaient affolés, s'interrogeaient, s'inquiétaient de ce qui venait de se passer, l'homme en noir à l'autre extrémité de la voiture, avait, lui, violemment juré en allemand. Il était debout et regardait dans notre direction. Nos regards se croisèrent : je crois bien qu'il montrait le poing.

Ce qui s'était passé ne faisait aucun doute : un attentat avait rendu totalement inutilisable la voie de chemin de fer entre Munich et Vienne, à quelques centaines de mètres du village de Seftensee du côté autrichien de la frontière.

En un instant, ce fut sur le bord de la voie cette atmosphère d'affolement et de curiosité plus inutile encore que malsaine qu'entraînent un peu partout dans le monde les accidents de la rue et les chiens écrasés. Tous les voyageurs étaient sur le ballast et évaluaient l'ampleur des dégâts : il s'en était fallu de peu que le train n'ait pu s'arrêter à temps et nous avions échappé de justesse à un déraillement. Dix mètres de plus et trois ou quatre wagons basculaient au-delà du ballast dans un champ d'avoine cinq ou six mètres en contrebas. Ferrailles dès lors déchiquetées dans l'herbe haute de l'automne... D'où les exclamations, les cris d'horreur et de soulagement de tout un chacun. Une vieille dame, son petit chien sous le bras, s'indignait des exactions de ceux qui, pour tous, étaient des terroristes, des anarchistes, des assassins, et le chœur des voyageurs reprenait à belle voix ces vociférations.

Seule Stéphanie, qui avait pris mon bras, tentait de comprendre.

– Ce n'est pas si simple que cela, vous savez...

Et sur le ton qu'elle avait eu pour évoquer la misère des banlieues ouvrières en Allemagne et dans toute l'Europe, elle me parla de nouveau des luttes qui étaient celles des minorités ethniques opprimées en cet Empire austro-hongrois qui – n'oubliez pas que nous étions à la fin de 1913 – prenait l'eau de toute part, tel un gigantesque paquebot trop gros pour ses maigres capitaines et qui, très vite désormais, allait sombrer. Je l'ai dit : Sarajevo n'était pas loin. Et que ce fussent des Serbes, des Croates ou des Moldo-Valaques qui aient posé une bombe sur cette ligne, importait peu.

– Ils veulent montrer, vous comprenez, qu'on ne peut décider de leur sort et signer des traités, conclure des alliances sans que leur avis leur soit même demandé !

J'ai repris la réflexion de la vieille dame au petit chien de trop bonne compagnie.

– Mais ce sont des assassins !

Elle tenait toujours mon bras.

– Croyez bien que cette bombe a été placée par des gens qui connaissaient leur métier. S'ils avaient vraiment voulu faire dérailler le train, ils auraient arraché la voie cent mètres avant. Dans cette courbe, à l'endroit même où nous nous trouvons et à cause du petit bois sur votre gauche, le chauffeur de la locomotive n'aurait pu voir le sabotage à temps et nous serions tous en bien piteux état...

Les explications qu'elle me donnait étaient d'une froide rigueur qui me laissait pantois. Alors son bras se serra plus fort contre mon épaule et elle éclata de rire.

– Allons ! Que tout cela ne vous inquiète pas trop ! Je ne sais pas qui sont ces gens qui ont voulu se faire remarquer, mais je les aime bien ! D'ailleurs, ils prolongent un peu notre voyage, et ce n'est pas plus mal, non ?

Mais déjà le chef de train réunissait les voyageurs et leur faisait savoir que pendant les quelque vingt-quatre heures que risquait de durer l'immobilisation du convoi – le temps de réparer la voie – il allait falloir se rendre au village de Seftensee où une ou deux auberges pourraient peut-être nous accueillir. Comme Stéphanie et moi recherchions nos amis, je vis soudain Maria : elle était en grande conversation avec l'homme en noir dont je n'avais remarqué la présence dans le train que quelques instants auparavant. Mais qui n'avait cessé, lui, je le rappelle, de nous observer.

— Cet incident est une vraie catastrophe !

Maria avait sursauté en nous voyant nous approcher d'elle et, immédiatement, Kruger s'était perdu dans la foule des passagers désormais répandue autour du train et que le chef de convoi tentait maladroitement de diriger vers le village.

— Un vrai catastrophe ! répéta-t-elle.

Elle semblait violemment émue. Val-Bergot, qui nous avait rejoints, avait pris son bras.

— Allons donc ! Nous voilà avec vingt-quatre heures à passer au pays de nulle part, en pleine campagne ! Moi, je trouve cela plutôt divertissant.

Comme il entraînait Maria, celle-ci conservait son air préoccupé. Et je me souvins alors du visage de l'homme en noir : il me semblait maintenant qu'il invectivait Maria lorsque je les avais surpris ensemble, qu'il la mettait en garde contre quelque chose. Mais Val-Bergot se penchait vers elle.

— Qu'est-ce qui ne va pas, Maria ? Que se passe-t-il ?

Elle sursauta de nouveau puis, très vite, se reprit. Elle avait, d'ailleurs, une explication toute prête.

— C'est ce retard... Mon fils a dû subir une petite intervention chirurgicale et j'aurais voulu être là pour...

Si Maria avait pu savoir à quel point sa petite phrase, lancée pour apaiser notre ami Val-Bergot, était prémonitoire... Peut-être ajouta-t-elle encore autre chose, mais le reste se perdit dans le brouhaha des conversations et les exclamations des voyageurs qui étaient enfin sur le chemin du village — et je ne tentai même pas d'y prendre garde, tout occupé que j'étais à savourer chaque instant de plus que j'allais passer auprès de Stéphanie. Ç'avait bien été pour moi un coup de foudre et, subitement, j'avais l'impression — presque la certitude — que ce sentiment était partagé. Alors, égoïste comme on peut l'être quand on a vingt ans et qu'on est amoureux, j'avais tourné le dos à Maria et soutenais Stéphanie qui trébuchait le long du ballast.

Lorsque nous arrivâmes à Seftensee, c'est un village en fête que nous traversâmes. Ou plutôt, un village qui, étalé le long d'un lac au fond d'une cuvette de collines, se préparait pour la fête. Des guirlandes et des lampions, des femmes aux larges jupons empesés sous les robes à fleurs : toute une couleur locale, des odeurs, des musiques déjà qui étaient celles d'une fête campagnarde avec l'estrade de bois installée pour le bal et le mât de cocagne où pendaient jambons et flacons de vin de Franconie. Et nous autres, voyageurs du train de luxe arrêté en pleine Autriche par un attentat terroriste, encore tout imprégnés de cette sophistication si sottement artificielle qui est le propre de ceux qui ne font que traverser le monde sans savoir s'y arrêter, nous devions constituer au milieu de ce paysage, puis des ruelles de ce village, un bien curieux cortège. Dames à ombrelles, messieurs aux larges panamas, talons hauts et bottines dans l'herbe rase et la crotte de chèvre, nous étions bien ce que nous étions, les derniers pantins d'un monde en sursis qui jouait les Marie-Antoinette à Trianon au fin fond du Tyrol alors même qu'avaient déjà retenti les premiers grondements de la lutte presque finale.

Sur le seuil des maisons, les villageois étaient sortis pour nous regarder passer et des gamins nous emboîtaient le pas, comme ils auraient fait aux clowns et aux écuyères d'un cirque. Val-Bergot était Arlequin, j'étais un Pierrot un peu bêta et j'avais ma Colombine. Kruger, pour sa part — Monsieur Déloyal ! — était le traître du mélodrame, mais je le ne savais pas. Quant à l'aubergiste du village, tout occupée qu'elle était à préparer ses tables pour la fête du soir, elle nous a regardés envahir son domaine comme des habitants venus d'une autre planète.

Ce n'est qu'après de longues discussions et de laborieuses explications que nous avons tous trouvé à nous loger, soit chez des habitants qui voulaient bien mettre à notre disposition un lit pour la nuit, soit à l'auberge même dont les chambres étaient vides — on s'amusait entre soi, ce soir-là, à Seftensee, et nul n'attendait de visiteurs — et c'est ainsi qu'ont commencé cette étrange soirée puis la journée qui devait suivre, loin de tout, au milieu de la plus verdoyante des campagnes, alors que le meurtre, la conspiration, l'attentat et la guerre rôdaient autour de nous.

Pour raconter ce qui a suivi, je suis obligé d'abandonner définitivement ce rôle que j'ai tenté jusqu'ici de garder : celui de l'observateur anonyme qui enregistre ce qu'il voit dans l'instant et ne connaît de la réalité que ce dont il a lui-même conscience. La réalité, je l'ai comprise après avoir entendu Val-Bergot, Stéphanie, Maria elle-même me dire ce qu'ils en savaient — et ce sont ces témoignages, dorénavant, qui vont former la trame de mon récit. Dont je ne suis plus, moi-même, qu'un personnage bien secondaire, probablement falot, dont la seule surprise sera de s'être trouvé au cœur de ce conflit de sentiments — si cela n'avait été que de sentiments ! — qui verra s'affronter une femme mûre et belle, et une jeune, très jeune fille pour qui la vie était déjà une aventure.

Mais nous venions d'arriver à l'auberge ; à peine installée, Maria a cherché un téléphone : nous n'en avions pas vraiment eu conscience jusque-là, mais l'état de santé de son fils lui inspirait une inquiétude véritable. Val-Bergot devait d'ailleurs me dire plus tard qu'au cours du trajet qui nous avait conduits du train immobilisé en pleine campagne jusqu'à cette auberge, elle lui avait dit qu'elle sentait que le petit Franz, doucement, s'en allait.

— Il a une façon de sourire, comme si tout cela n'était pas si grave, qui me bouleverse ! avait-elle expliqué.

Et, un peu plus tard, elle avait encore avoué :

— Je me demande si tous ces Pallberg plus prussiens que nature qui le retiennent ainsi à Budapest ne sont pas des monstres ! Peut-être qu'un peu de soleil, l'air de Nice ou de Cannes, et ça suffirait ! Pour une fois dans sa vie, il aurait en Provence ou sur la Côte d'Azur de vraies joues rouges. Un rouge qui ne serait pas celui de la fièvre.

C'était comme si ces vingt-quatre heures que nous allions passer au milieu de nulle part — et au-delà de la présence de Kruger qui constituait, bien sûr, une menace, et nous allions bientôt voir quelle menace ! — avaient ravivé toutes ses inquiétudes. Aussi, dès qu'elle s'était trouvée à Seftensee, Maria avait voulu appeler à Budapest la gouvernante du petit Franz.

— Un téléphone ?

L'aubergiste ventru qu'elle avait interrogé secouait la tête, comme agité par un rire énorme. Maria crut que ce qu'elle avait demandé relevait de l'impossible mais l'homme, au contraire, l'entraînait.

— Un téléphone ? Vous ne pouvez pas mieux tomber : nous en avons un depuis un mois. C'est le premier du village...

Elle se retourna vers Val-Bergot qui la suivit des yeux.

Elle devait pourtant revenir très vite : posséder un téléphone, à Seftensee, était une chose ; l'utiliser semblait en être une autre et la brave demoiselle des postes à qui elle avait parlé avait promis de la rappeler aussitôt qu'elle pourrait établir une communication entre ce village reculé du Tyrol et Budapest.

— Et j'ai bien peur que cela ne risque de prendre longtemps...

Elle semblait lasse. Une fois de plus, Val-Bergot l'entraîna.

— Je suis avec vous, vous savez.

Mais Maria n'a pas répondu. Puis elle a haussé les épaules et a souri.

— Mais nous sommes tous ensemble ! Et c'est très bien comme cela, non ?

Pour quelques heures encore, il s'agissait de donner le change. Quelques heures encore...

Dans sa chambre, Maria était en train de se préparer : comme elle l'aurait fait à Paris, à Berlin ou à Vienne, elle voulait s'habiller pour le soir. Mais comme elle n'était ni à Paris, ni à Berlin, ni à Vienne, elle avait choisi une robe simple et unie, claire, qu'elle avait simplement rehaussée d'un fichu de dentelle qui lui donnait presque — ô combien presque ! — l'allure d'une paysanne du cru.

— Que vous êtes jolie ! s'était exclamée Stéphanie.

Alors Maria, debout devant la glace de l'armoire en bois peint — des angelots y épelaient des fleurs sur un fond d'un bleu très vif — s'était immobilisée dans le geste qu'elle avait pour arranger son chignon.

— Oh ! Petite fille ! petite fille... Pourquoi faut-il que vous soyez si adorable ?

Il y avait de nouveau une telle tristesse, un tel regret dans sa voix... Puis elle s'était retournée vers Stéphanie qui n'avait d'autre bagage que ce sac de voyage en gros cuir que j'avais vu à ses côtés sur le quai de la gare de Stuttgart.

— Et vous, qu'est-ce que vous allez mettre, ce soir ?

Comme Stéphanie, avec un geste qui voulait dire qu'elle n'avait rien d'autre que les vêtements qu'elle portait sur elle, s'était simplement tue, Maria l'avait regardée des pieds à la tête, à la façon dont on toise un mannequin dans une maison de couture ou le modèle dont on évalue les rondeurs dans l'atelier d'un peintre.

— Attendez un peu !

En en tournemain, elle avait sorti de sa propre valise de tapisserie souple une autre robe miraculeusement semblable à la sienne et la lui avait tendue.

— Je peux vraiment ?

Stéphanie battait des mains, comme une petite fille qu'elle était. Et ce fut le plus charmant des spectacles que surprit Val-Bergot lorsqu'il frappa à la porte de la chambre de ces dames pour s'assurer qu'elles étaient bientôt prêtes : Maria von Pallberg à genoux devant Stéphanie Kovaks, en train de lui arranger — on dit « rectifier » dans le jargon des cousettes ! — l'ourlet de sa robe.

— Maintenant, on dirait que nous sommes deux sœurs ! s'exclama Stéphanie lorsque ce fut fini.

Et Maria, qui avait pris un peu de recul dans la pièce pour s'assurer de l'effet de son œuvre, murmura pour elle seule :

— Deux sœurs, oui...

Comme elle s'approchait à son tour de la coiffeuse où elle avait posé son nécessaire de toilette, elle en tira quelques objets épars : un mince peigne d'écaille, une agrafe en or ornée d'un rubis — et la petite boîte d'argent aux armes diaboliquement mêlées. Elle allait remettre le tout dans le sac lorsqu'un autre objet lui glissa presque entre les doigts. C'était ce mince flacon dont j'ai déjà parlé, plat et en cristal. Le bouchon hermétiquement scellé de cire rouge était lui aussi d'argent : Maria ferma les yeux — porta une main à son cœur : je vous ai dit que cette histoire d'amour était aussi un mélodrame — et remit à la hâte le flacon dans son sac. Mais quelque chose s'était passé en elle, et son visage était soudain devenu dur.

— Etes-vous prête, Maria ?

Val-Bergot était resté dans la pièce. Mais Maria, aussi brusquement qu'elle avait paru bouleversée, avait retrouvé son calme. Elle tirait déjà du nécessaire de toilette un autre flacon semblable au premier mais dont elle ouvrait le bouchon d'un geste rapide : nul cachet de cire, cette fois.

— Presque, mon cher. Je choisis mon parfum... La gentiane sauvage, qu'en dites-vous ? Pour un bal de village, cela me semble tout à fait approprié.

Et Val-Bergot, attentif à chaque chose, lui sourit, tandis qu'elle se parfumait du bout des doigts par petites touches...

— Il faudra que je m'en souvienne si je tire jamais de cet arrêt forcé quelque chose qui ressemble à un conte ou à une nouvelle : de la gentiane sauvage. C'est tout un programme !

Maria se regardait dans la glace. Val-Bergot continua, comme pour la rassurer :

— Je vous promets, en tout cas, que l'histoire finira bien...

Mais Maria ne répondait pas. Trop de pensées se bousculaient en elle. Ce coup de téléphone qu'elle attendait ; l'image qu'elle avait probablement eue de mon père à travers moi... Pour ne pas parler du flacon scellé de rouge ni du capitaine Kruger qui, à l'étage au-dessous et dans la même auberge, fumait à sa fenêtre un cigare malodorant. Si bien que lorsque Stéphanie revint vers le milieu de la pièce, tournant sur elle-même comme un mannequin dans un salon d'essayage pour faire admirer sa robe qui virevoltait autour de sa taille, le regard que jeta sur elle Maria contrastait étrangement avec sa gentillesse affectueuse de l'instant d'avant : il était froid et dur.

Moi, qui ne me doutais de rien, j'achevais de nouer ma cravate devant une glace ébréchée dans la chambre que je partageais sous les toits avec Val-Bergot.

Bientôt, les premiers flonflons du premier accordéon de la fête parvinrent jusqu'à nous. Val-Bergot était enfin arrivé à arracher Maria soudain refermée sur elle-même à sa rêverie et, lorsque nous nous retrouvâmes dans la grande salle à manger de l'auberge qui ouvrait directement sur l'estrade, le bal, et plus loin sur le lac, les premiers couples valsaient déjà.

Contraste surprenant, exotique presque, que celui de ces villageois en tenue de dimanche, les hommes avec leurs culottes de cuir et leurs gilets brodés, les femmes en multiples jupons, caracos brodés cousus de fils d'or et manches bouffantes – et les voyageurs égarés que nous étions qui aurions bien voulu, à notre manière et selon une démarche diamétralement inverse de celle de nos hôtes, « faire simple ». Alors, nos messieurs du train de luxe plus habitués le soir au col dur, portaient des foulards négligemment attachés de style apache, ou de larges cravates aux nœuds tombants, tandis que leurs épouses, mères, filles ou demoiselles s'étaient affublées – un peu comme Maria mais, qui le faisait, elle, si joliment – des plus simples de leurs simples petites robes de tous les jours.

A nous tous, nous occupions ainsi un bon quart de la salle, assis sur des bancs de bois devant de grandes tables tout en longueur et déjà couvertes de pots de grès où la bière moussait. Pour nous, on déboucha des flacons ventrus comme des outres plates, et l'on nous servit du vin blanc dans des verres à pied, étrangement fins, verts et transparents. Les dames riaient, s'amusaient déjà très fort de tout ce qu'elles pouvaient voir, et les paysans endimanchés, goguenards, se poussaient du coude : la plus parfaite incompréhension entre les deux groupes que nous formions régnait ainsi le plus naturellement du monde, et je sais aujourd'hui qu'il n'aurait pu en être autrement. De nous tous, seule Stéphanie aurait pu avoir conscience de cette distance infranchissable qui séparait les villageois de Seftensee des passagers pour Vienne ou Constantinople égarés parmi eux — mais ce miracle qui était né dans le train dès le départ de Suttgart durait. Stéphanie, je le dis sans fausse honte, n'avait déjà d'yeux que pour moi : après tout, ce que je vous raconte, c'est, en même temps que l'histoire de Maria, celle de la naissance d'un amour qui durera longtemps...

Lorsqu'un villageois, un énorme gaillard aux épaules de bûcheron, s'est le premier décidé à inviter l'une des voyageuses, la fête a vraiment commencé. La jeune femme, Viennoise de retour de Paris, a jeté autour d'elle quelques regards effarouchés, mais nous étions tous là pour l'encourager, alors elle a ri et elle s'est abandonnée à la valse : quelques instants après — mais en surface seulement ! — la glace était rompue. C'était à laquelle de ces jolies dames de la ville s'adresserait le plus beau garçon des champs. L'accordéon et le violon presque tzigane se déchaînaient, des trombones et des fifres, la bière désormais coulait à flots et l'on apportait sur nos tables de bois des assiettes de choux et de pommes de terre débordant de jambonneaux entiers.

Au milieu de la foule des villageois, une jeune personne aux cheveux relevés comme les cheveux des autres, à la même robe, aux mêmes jupons et au même caraco, semblait avoir seize ans et était belle à m'en couper le souffle...

— Ravissante, la demoiselle, non ?

Val-Bergot tendait son verre pour trinquer avec moi.

Mais j'étais déjà un amoureux transi, et je me tournai vers Stéphanie.

— Ravissante, oui...

Val-Bergot regarda Maria, nous regarda tous les deux, Stéphanie et moi, puis hocha la tête et, sur le même ton, murmura — mais pour Maria seule :

— Adorable, ces enfants...

Il parlait de nous ; Maria ne répondit pas.

Plus tard et pour la première fois, Maria s'adressa sèchement à Stéphanie : tout s'enchaînait désormais avec la plus rigoureuse précision. Car Maria ne *pouvait* se permettre d'être plus longtemps tendre avec Stéphanie.

L'occasion ? Oh ! deux fois rien. Comme cela, presque pour ne rien dire, je m'étais une fois de plus félicité de l'incident — une bombe, quand même ! une bombe ! — qui nous avait permis de nous arrêter cette nuit-là dans ce village. Et Val-Bergot, un peu

comme la vieille dame au petit chien du bord du train, s'était —
mais doucement — indigné contre ceux qui mettaient en danger
la vie d'innocents passagers pour des causes qui n'étaient pas les
leurs. Alors, ainsi qu'elle l'avait fait avec moi, Stéphanie avait
tenté de lui expliquer — aussi doucement : nous n'étions plus
occupés à penser et à parler que de nous-mêmes — que « tout »
n'était pas si simple. Mais Maria l'avait interrompue :

— Est-ce que vous vous rendez compte de ce que vous êtes
en train de dire ? Tuer n'importe qui, n'importe où ? N'importe
comment ?

Sa voix était sèche, coupante. J'avais posé ma main sur celle
de Stéphanie — maintenant, j'osais.

— J'essaie seulement de comprendre, répondit Stéphanie,
j'essaie seulement de me dire qu'ils ont peut-être des raisons...

Alors Maria, cette fois très pâle, comme Val-Bergot lui-même
ne l'avait jamais vue :

— Quelles sont les raisons qui peuvent justifier la mort d'un
innocent ? Celle d'un enfant...

— Maria... Maria...

Val-Bergot, comme moi, avait posé une main sur le bras de
son amie.

— Maria, Maria... Stéphanie a dix-huit ans.

Le regard que Maria avait jeté à la jeune fille !

— Je sais que Stéphanie a dix-huit ans ! Mais l'âge n'excuse
rien. Vous le savez comme moi !

La valse continuait, mais je savais désormais que plus rien, en
Maria, n'était comme avant. Et lorsqu'un paysan s'approcha
d'elle pour l'inviter, elle refusa d'un geste brusque. Moi, je
m'étais levé et j'avais entraîné Stéphanie.

— Dansons, voulez-vous...

Nous en étions arrivés à notre première valse... Il faudrait
retrouver l'état de grâce d'alors, les mots les plus simples, les
plus innocents pour dire ces minutes où, pour la première fois
— la danse est un prétexte — on pose une main sur la taille
d'une femme aimée entre toutes, fût-ce depuis moins d'une
journée. Parler de ces frémissements, de ces douces tensions, de
la joue que la vôtre effleure... Ah ! on sourira de mes émotions
de vieillard au souvenir de ces moments-là, mais ils ont été, une
fois dans ma vie, dans une auberge de village, des moments dont
je ne retrouverai jamais les mots pour les dire.

Alors, taisons-nous, n'est-ce pas ? Et dansons...

Restée assise à sa table, Maria avait commandé une autre carafe de vin. Ces flacons verts d'un vin blanc un peu vert et fruité... Val-Bergot voulut l'arrêter, l'empêcher de boire encore.

— Vous êtes sûre...

— Je suis sûre, oui.

Il secoua la tête. Mais Maria vidait déjà un verre, un autre. Je sais maintenant qu'elle nous regardait danser et que ce qui se passait en elle, nul autre qu'elle n'aurait pu le deviner. Nous étions là — Stéphanie jeune et fine et moi qui, en ce moment-là, finissais par lui ressembler — à tourner, tourner éperdument, et Maria, seule malgré Val-Bergot à ses côtés, nous observait. Plus belle qu'elle n'avait jamais été. Plus seule aussi.

— Je voudrais tant pouvoir faire quelque chose pour vous...

Un instant, Maria se détendit.

— Mais vous êtes là, André, et c'est déjà beaucoup.

Pourtant, à une table de distance, les moustaches luisantes, Kruger se trouvait là aussi, et cela, ce n'était pas « beaucoup » : c'était trop. Mais la valse durait. Qu'ai-je dit, moi à Stéphanie ?

— Je voudrais tant...

Elle s'est serrée contre moi.

— Ne parlez pas...

Et la valse a duré encore : moments suspendus dont je ne saurais, donc, rien dire...

Brutalement, cependant, tout a été rompu. L'aubergiste qui nous avait reçus s'est approché de nos tables et a lancé quelques mots à la cantonade : c'était un appel téléphonique de Budapest. Maria, blême, s'est levée, et à la table voisine, Kruger a fait de même. Mais Maria avait été plus rapide et, fendant la foule des danseurs, elle s'est dirigée vers la pièce où trônait, accroché au mur, l'appareil téléphonique flambant neuf.

J'étais de retour à notre table, hors d'haleine, et Val-Bergot a secoué la tête.

— Des nouvelles de son fils. Elle est morte d'inquiétude.

Tant de choses qui se bousculaient. Mais Maria revenait déjà, essoufflée, plus pâle encore.

— Ce n'est pas pour moi. On demande un capitaine Kruger.

Comme si elle n'avait pas su qui était Kruger... Elle avait parlé à voix très haute, pour que Kruger, à deux pas de nous, l'entendît. Puis elle s'est rassise et Val-Bergot a passé un bras autour de son épaule.

— Je suis désolé, Maria...

Elle tremblait de tous ses membres et c'est Val-Bergot lui-même, cette fois, qui lui a servi un verre de vin blanc.

– Il n'y a pas à être désolé, André. Un instant, j'ai cru que c'étaient les nouvelles que j'attendais, voilà tout.

Lorsque Kruger est revenu dans la salle, il s'est approché de nous. Pour la première fois. Et il s'est penché vers Maria.

– Je vous remercie, madame. Permettez-moi aussi de me présenter : capitaine Kruger.

Claquant les talons. Je l'ai dit : comme si l'un et l'autre ne s'étaient jamais rencontrés. Un instant, le regard de Stéphanie s'est fixé sur l'homme en noir. Il y avait une question en elle. Mais Kruger était déjà parti. Alors, d'un mouvement sec de tout le corps qui ressemblait à celui d'un automate qu'on aurait mis en marche à l'improviste, Maria s'est levée et elle est venue vers moi.

– Dansons, voulez-vous ?

Maria, baronne von Pallberg, invitait à valser Paul de Morlay, jeune secrétaire d'ambassade nommé vice-consul à Budapest.

– Il faut que je vous parle, Paul...

Moi qui ne la connaissais que depuis vingt-quatre heures, j'ai compris au ton de sa voix que ce qu'elle avait à me dire était grave. La valse était lente aussi, et grave, lourdement rythmée par les talons des danseurs qui tournaient avec nous. Et tout ce qui a suivi, cette incroyable conversation que j'ai pu avoir avec Maria, a pris ainsi des allures de dialogue fantastique entre deux amants – hé oui ! – qui auraient soudain résolu de devenir ennemis. L'une, acharnée à détruire ; et l'autre, à ne pas entendre ce qu'on voulait lui dire.

– Voilà, Paul. Je crois qu'il n'est pas bon pour vous que vous vous attachiez trop à cette jeune fille, a commencé Maria d'entrée de jeu.

J'ai réagi violemment.

– A qui ? A Stéphanie ?

– A cette demoiselle Kovaks, oui. Vous ne savez pas qui elle est, ni d'où elle vient. De nos jours, on rencontre n'importe qui dans l'Orient-Express, et des gens qui ne sont pas toujours ceux à qui vous adresseriez la parole à Paris, à Vienne, ou même à Budapest...

La voix de Maria était sèche et coupante. Presque sifflante. Je ne comprenais pas :

– Qu'est-ce que vous voulez dire, Maria ?

Et elle, plus sèche encore, plus coupante :

— Je veux dire que vous ne savez rien de cette fille. Elle nous a dit que ses parents étaient je ne sais quoi, banquiers, commerçants. D'abord, ce n'est pas une référence ; ensuite, qui nous prouve qu'elle n'a pas inventé son histoire ?

À l'entendre me parler ainsi, c'était comme si tout un ensemble de certitudes sur lesquelles j'avais pu vouloir bâtir ma vie se dérobait soudain sous mes pieds. J'ai tenté de me défendre. D'expliquer, de rappeler que c'était Maria elle-même qui avait amené Stéphanie à notre table. Mais Maria est devenue violente.

— Ne vous montrez pas plus naïf encore que vous ne l'êtes, Paul ! Je venais de la rencontrer quelques instants auparavant, et vous le savez bien ! Et ce n'est pas parce que quelqu'un va partager votre compartiment entre Stuttgart et Budapest que vous pouvez garantir qu'il s'agit d'une personne respectable !

Cette fois, j'ai senti qu'il fallait que je réponde.

— Respectable ! Je vous respecte infiniment, Maria, et je vous admire beaucoup. Mais en ce moment, vous parlez exactement comme ma mère elle-même ne l'aurait pas fait.

La valse continuait, déchaînée maintenant, martelée par mille talons qui en marquaient le pas. C'était une danse éperdue, douloureuse, fantasmagorique. Je ne voyais plus rien. Maria est devenue amère.

— Peut-être que je parle comme votre mère, peut-être que je suis même en âge d'être votre mère : autant de raisons pour vous dire que cette petite Stéphanie m'a l'air d'une oie blanche écervelée ! Je ne sais rien d'elle, soit ! mais elle sent la fille de boutiquier en quête d'aventures, ou je ne m'y connais pas !

Ce ton de Maria qui contrastait si étrangement avec tout ce que j'avais senti en elle de gentillesse, de tendresse... J'ai tenté :

— Maria, je vous en prie...

Mais elle a repris, plus dure encore :

— C'est moi qui vous prie de m'écouter. Vous êtes un diplomate. Un diplomate français qui va rejoindre son premier poste. Il faut faire attention à qui vous rencontrez, mon petit Paul ! Vous allez passer deux ans, peut-être trois ans à Budapest, et vous n'avez pas encore franchi la frontière que vous vous laissez mettre le grappin dessus par une gamine tombée du ciel dont vous ne savez rien du tout ! Si vous ne devez rien à votre mère, ni à moi-même, vous devez au moins un minimum de respect à la carrière que vous venez d'embrasser. Et en ce moment, vous êtes en train de vous conduire comme un collégien. Essayez d'agir en homme, et en homme responsable !

Je n'avais rien à répliquer. L'orchestre et les pas des danseurs tonnaient à mes oreilles, j'aurais voulu crier, hurler ce que je sentais, que Maria, je le sais, ne m'aurait pas entendu. Maria, mon amie, Maria, la dame à l'ombrelle bleue, ne comprenait pas ce qui m'était arrivé et elle me trahissait : voilà tout ce que je pouvais comprendre, moi.

Je suis revenu m'asseoir à la table où Stéphanie et Val-Bergot nous attendaient. Puis, peut-être dans le seul but de montrer à Maria que rien de ce qu'elle avait dit ne pouvait m'atteindre, je me suis aussitôt relevé.

— Dansons, voulez-vous ?

J'ai eu pour Stéphanie les mots mêmes que Maria avait eus quelques instants auparavant à mon endroit. Stéphanie s'est levée à son tour et la valse — la dernière valse — que nous dansions était cette fois toute tendresse, chaleur, douceur. Oui, j'aimais Stéphanie et Stéphanie m'aimait, sa taille ployée entre mes doigts, sa poitrine qui frôlait la mienne lorsqu'un mouvement plus rapide nous rapprochait — et ses doigts si violemment agrippés aux miens : tout me le disait.

Assise à sa table, face à Val-Bergot, Maria pleurait doucement. Elle avait cessé de boire.

— Jamais auparavant je n'ai pleuré devant un homme, devait-elle dire quelques instants après à Val-Bergot, pour s'excuser de cette faiblesse.

Mais c'est comme elle se levait pour aller dans sa chambre refaire son maquillage que Kruger lui a fait signe de le suivre. Elle m'avait dit, j'avais dit à Stéphanie : « Dansons, voulez-vous ? » Kruger, lui, lança seulement à Maria :

— Venez avec moi, voulez-vous ?

Je sais ce qu'a pu raconter le capitaine Kruger lorsqu'il a entraîné la baronne von Pallberg vers la cour de l'auberge ouverte sur la place où des couples dansaient aussi. Ou je devine ce qu'il a pu lui dire. Sur un ton qui était celui du chef qui donne ses ordres, il a dû la prévenir que la halte imprévue de la nuit n'altérait en rien leurs plans.

— Mais cette enfant...

Maria tentait peut-être de protester, d'expliquer. De parler de Stéphanie puisque, on l'a probablement compris maintenant, c'était Stéphanie qui était au cœur du débat qui les agitait.

— Ce n'est plus une petite fille, et vous le savez comme moi.

La voix de Kruger était bien celle d'un chef. L'un de ces chefs au petit pied tout juste capable d'ordonner qu'on effectue pour eux les plus basses besognes. Maria von Pallberg a cependant relevé la tête.

— Et si je refusais, Kruger ?

Le rire du capitaine Kruger est devenu métallique, cinglant :

— Si vous refusez ? Mais vous oubliez votre fils, baronne !

J'imagine le beau regard que Maria a jeté alors sur Kruger : celui-là même que Floria Tosca lance à son bourreau, le policier Scarpia, au deuxième acte de l'opéra de Puccini, au cœur du château Saint-Ange.

— Vous êtes ignoble !

Parce que c'était cela, la vérité : bien sûr, la famille von Pallberg, cette hiérarchie redoutable de hobereaux figés dans leur immuable rigueur, refusait que l'enfant quittât Budapest. Mais derrière eux, il y avait ces services lointains, obscurs, auxquels appartenait Kruger : la police secrète de l'Empire vacillant qui veillait quand même au salut de l'Empire. Et c'était cela, la vérité : ignobles, ils l'étaient bien, ces policiers en frac qui se cachaient derrière des officiers en civil ou des ambassadeurs et tenaient leurs victimes dans le réseau étroitement serré de leurs basses machinations et de leurs misérables chantages : pour veiller au salut de l'Empire, ils ne reculaient devant rien.

— Se servir d'un enfant, Kruger ! Un enfant !

Le sourire de Kruger.

— Comme faisait dire à son personnage l'un de ces écrivains français que vous affectionnez, bien qu'ils ne soient rien d'autre que des anarchistes à la plume empoisonnée : « Je fais un sale métier, mais j'ai l'excuse de le faire salement. »

C'était bien cela, la vérité : Maria von Pallberg, veuve d'un aristocrate prussien émigré en Hongrie, victime elle-même de toutes les machinations d'une société de noblaillons qui l'avait rejetée, était devenue un jouet entre les mains de la police secrète de l'Empire. Elle avait des amis, elle voyageait un peu partout dans le monde : elle pouvait rendre des services, quoi de plus naturel ? Et dès lors quoi de plus naturel que de surveiller de très près les faits et gestes d'une jeune fille un peu trop libre qui se promène entre Zurich et Budapest et dont on souhaiterait, au fond, qu'elle n'arrivât jamais en Hongrie ?

— D'ailleurs, — et le rire du policier était devenu franchement obscène — la présence de cette jeune personne vous gêne, au fond... Avant son arrivée, vos affaires avec le petit Morlay allaient plutôt bien...

C'est d'une gifle, cette fois, que Maria von Pallberg a répondu au flic. Et tandis qu'elle s'éloignait à grands pas vers l'auberge où la danse continuait, fraternelle et bon enfant, le capitaine Kruger, en lui-même, jurait.

— Si vous croyez vous en tirer à si bon compte, baronne...

Tard dans la nuit, aux premières heures de l'aube, une sonnerie a longtemps retenti dans l'auberge vidée de sa population de danseurs. Le patron ventru a fini par sortir en chemise de sa chambre pour répondre au téléphone, puis on a frappé à la porte de Maria.

La baronne a passé un peignoir de soie sur ses vêtements de nuit et elle est descendue dans les salles du rez-de-chaussée, seulement habitées de bouteilles vides, de chaises renversées et de lampions éteints. Les mains moites, elle a pris le récepteur.

La conversation n'a duré que quelques instants, mais Maria ne parlait presque pas. Puis, lentement, elle a raccroché l'écouteur. Il y eu un déclic, puis le silence. D'un simple geste de la main, elle a écarté l'aubergiste en chemise et bonnet de nuit qui s'inquiétait : avait-elle besoin de quelque chose ?

A pas lents, elle a remonté l'escalier. Dans la chambre qu'elle partageait avec Stéphanie, la jeune fille dormait d'un sommeil égal. Nous avions dansé jusqu'à en avoir les membres rompus et lorsque je l'avais quittée, elle s'était un instant abandonnée dans mes bras. Mais c'était encore un temps où les jeunes filles étaient des jeunes filles... Maria est allée jusqu'à son propre lit, et elle s'est étendue sur le dos. Un moment, elle est demeurée ainsi, parfaitement immobile. La lune était pleine et éclairait toute la chambre d'une lumière froide : bleue et blanche, argent, aux ombres très nettement dessinées. Sur la coiffeuse, il y avait la trousse de toilette...

Lentement, Maria s'est relevée. Elle aurait pu avoir les yeux fermés, elle serait de même allée tout droit à la coiffeuse et à la trousse. Ses mains ont joué entre les brosses, les flacons de cristal.

— Ce n'est pas possible...

Elle parlait à voix basse. Ses doigts ont rencontré le cachet rouge de la petite bouteille et elle l'a regardé. Une manière d'horreur. Alors, très vite, elle a ouvert la boîte d'argent aux armes des Pallberg et a pris deux pincées de cette poudre blanche.

Puis Maria von Pallberg, les yeux cette fois démesurément ouverts, est revenue se coucher sur son lit.

Le soleil du lendemain était un vrai soleil de printemps : l'air froid, bien sûr, mais dur, coupant, comme il peut l'être haut en montagne, au moment précis où le soleil se lève. Et le soleil d'ailleurs atteignait déjà la vallée. Au loin, on pouvait voir le train immobilisé dans la campagne et les cheminots qui s'affairaient autour du remblai pour réparer la voie.

Devant l'auberge s'étendait le lac que nous avions aperçu en quittant le train. C'était l'un de ces lacs autrichiens comme on en voit sur les gravures romantiques, entouré de sapins noirs et dont les rives, parfois abruptes sur l'eau, ont des éclats bleus et sombres de pierres étranges, venues d'une comète égarée. Mais le vert très gai des prairies, les fleurs jaunes et or encore disséminées un peu partout corrigeaient cette impression de nature un peu sauvage et redonnaient au paysage tout entier son allure de campagne tyrolienne ou bavaroise où naissaient, çà et là, de hautes fermes blanches aux grands toits de pierres plates.

Le premier, croyait-il, de toute l'auberge, Val-Bergot s'était réveillé face à ce décor. Il avait seulement entrouvert ses volets pour ne pas me déranger, puis il était descendu jusqu'aux salles désertes où les mêmes chaises renversées gisaient encore à terre. Le silence le plus total régnait dans la maison : pas question, un lendemain de fête à sept heures du matin, de boire ne fût-ce qu'un bol de café au lait fumant...

Alors, Val-Bergot était sorti et il avait fait quelques pas en direction du lac : c'est là qu'il a vu Maria. Maria, elle, n'avait pas dormi.

— Oh ! André ! Si vous n'étiez pas arrivé...

Elle s'était jetée contre lui, dans ses bras.

— Il ne faut pas que je pleure, n'est-ce pas ? Il ne faut pas que je pleure ! Dites-moi de ne pas pleurer... Dites-le-moi...

Elle avait enfoui son visage contre l'épaule de l'écrivain, mais ses yeux étaient secs. Et, tout de suite, Val-Bergot avait compris.

— Franz, n'est-ce pas ?

— Franz, oui.

Le coup de téléphone dans la nuit, c'était cela, c'était simple : Franz von Pallberg, l'enfant-otage aux yeux tristes et pâles, était mort la veille au soir dans la grande maison de Budapest. Les suites de cette intervention chirurgicale qu'il avait subie, ou simplement son sang − si pâle aussi, si léger... − qui avait cessé, doucement, d'irriguer et de nourrir ce corps aux formes si frêles qu'il n'était déjà plus qu'une ombre.

Val-Bergot n'a rien dit. Il n'y avait rien à dire. Il a simplement pris le bras de Maria et l'a entraînée le long du lac. Dans l'herbe qui avait l'air d'être neuve, ils ont marché, comme cela, en silence. Ainsi pour Maria von Pallberg, toute une vie de tension, d'attentes, d'inquiétudes et de haines retenues s'arrêtait là : sur ce lac inconnu dans un paysage de légende agreste et tranquille. Et si elle ne pleurait pas, c'est que sa douleur, en ce moment-là, était trop violente, trop brutale − j'allais dire : sèche.

En silence, donc, ils ont marché. Puis, peu à peu, Val-Bergot s'est mis à parler. Des paroles rares, d'abord ; quelques mots, une phrase, rien : il disait seulement ce que Maria représentait pour lui. Puis d'autres phrases ont suivi, d'autres encore. C'était désormais le poète et l'ami tout à la fois qui murmurait à son amie des mots qui n'étaient certes pas de réconfort, oh ! non... Simplement, des idées, comme cela, très vite lâchées, sur la douleur, sur la vie, sur Maria encore, et sur eux.

− Pleurez, Maria, vous devez pleurer. Vous ne devez pas vous murer dans cette douleur.

Le lac, la belle baronne en noir : il y avait des souvenirs de valse, non plus à l'auberge du village, mais dans des palais, des galeries aux glaces cernées d'ors et de boiseries, mille miroirs qui toujours renvoyaient mille images d'une seule femme, la plus belle. Qui savait cependant, au retour du bal, se pencher sur le lit étroit d'un enfant immobile et là, au bord de ce lit, pleurer.

− Pleurez, Maria, pleurez... Jamais de votre vie vous ne souffrirez davantage...

Il savait, Val-Bergot, qui s'était dit écrivain et lâche, il savait quand même trouver les mots.

− Pleurez, Maria...

L'enfant, dans son sommeil, prononçait le nom de sa mère et la mère, doucement, tenait dans sa main à elle les petites mains aux doigts crispés, aux doigts presque bleus.

− Pleurez, Maria...

L'afflux, dès lors, des souvenirs. Jusqu'à ceux de la dame à l'ombrelle bleue sur la plage de Cabourg et la silhouette de cet homme à la moustache trop mince qui portait le masque de mon père. Ou jusqu'à moi, enfin, rencontré dans ce train, la boucle bouclée, le dernier voyage, et cette jeune fille qui, toute une nuit, avait dansé dans une salle où des jambons fumés et des cotillons pendaient aux poutres du plafond sans savoir que, dans l'ombre, on ourdissait sa mort.

— Vous devez pleurer, Maria.

Et Maria, enfin, doucement, a pleuré. Un moment encore, Val-Bergot a marché à ses côtés. Ils étaient arrivés en un point du lac d'où on pouvait voir sur une île une église minuscule entourée de saules. Val-Bergot s'arrêta et tendit le bras dans sa direction.

— Regardez, Maria... Nous sommes égarés dans une peinture du milieu du siècle dernier. Tout à l'heure, une cloche va sonner à ce clocher à bulbe, et quelques notes de musique s'échapperont d'un piano caché. Ce sera du Liszt.

Val-Bergot était un infatigable écrivain qui, jusque dans les moments de la plus forte émotion, trouvait encore des mots qui étaient ceux de l'écrivain. Mais Maria, déjà, ne pleurait plus. Et elle a serré son bras contre lui pour lui dire simplement :

— Merci, André... Vous m'avez réappris à pleurer.

Puis, plus bas, elle a ajouté :

— Il ne faut que personne ne sache, n'est-ce pas ? Vous me le promettez ?

Val-Bergot a promis : bras dessus, bras dessous, Maria presque souriante, ils sont revenus au village.

Maria — j'ai dit beaucoup de choses d'elle, mais pas encore cela — était peut-être la femme la plus courageuse que j'aie jamais rencontrée.

Dans la matinée, le soleil est devenu presque chaud. Sur la voie de chemin de fer, les travaux continuaient et le choc des pics et des pelles contre un rail ou sur la pierraille du ballast nous parvenait, amplifié par l'écho de la vallée.

Je m'étais enfin levé, Stéphanie en avait fait autant et Maria, par de subtils détours, avait évité de se retrouver seule en face de Kruger. Le chef de train nous ayant informé que le départ ne pourrait avoir lieu avant la fin de l'après-midi, on a décidé un pique-nique et la journée s'est écoulée comme l'un de ces moments hors du temps, puisque Stéphanie était à côté de moi et que sa main ne quittait pas la mienne.

Raconter cette promenade ? Nous sommes partis dans des charrettes à clochettes que nous avait préparées l'aubergiste et Maria avait déployé une ombrelle bleue. Les vêtements sombres du matin, elle les avait troqués pour une robe blanche et Val-

Bergot arborait le plus superbe des panamas. Quant à Stéphanie — car nous partagions la même voiture —, elle était vêtue d'un costume d'amazone vert pâle que Maria avait trouvé pour elle dans les profondeurs inépuisables de son bagage. Il y avait bien d'autres voyageurs, encore, dans d'autres charrettes, mais je ne les ai pas vus. C'est à peine si j'ai aperçu la silhouette noire de Kruger qui, seul avec deux passagers isolés comme lui, fermait le convoi.

Nous avons gravi les pentes d'une colline qui dominait le lac. A mesure que nous nous élevions, le village ressemblait davantage à ce qu'il était : un jouet d'enfant posé au bord de l'eau. Et Maria, Maria merveilleuse, Maria éblouissante de beauté, de jeunesse et de sérénité, avait retrouvé toute la belle humeur empreinte de nostalgie qui était la sienne lors du départ du train. On aurait dit que les propos sévères qu'elle m'avait tenus la veille tandis que nous dansions cette valse funèbre au milieu des paysans, elle les avait oubliés.

D'ailleurs, lorsque nous sommes arrivés au lieu de notre pique-nique et que nous avons mis pied à terre, elle m'a pris par le bras :

— Mon petit Paul...

Avant de m'entraîner, elle s'est retournée vers Stéphanie :

— Je vous l'enlève un instant. Mais je vous promets de vous le rendre très vite.

On aurait dit un mot pour rien, un badinage.

— Mon petit Paul...

Je m'en souviens : le sol était jonché d'aiguilles de pin et nous devinions le lac à travers les troncs des arbres qui bordaient le sentier et qui, au-delà, descendaient en pente douce, forêt clairsemée, jusqu'à l'eau.

— Je voulais vous dire...

Ce qu'elle m'a dit : d'oublier ses mots très durs de la veille, tout ce qu'elle avait pu me dire sur Stéphanie. Et de le lui pardonner.

— Un jour, vous comprendrez...

Elle n'était plus elle-même, la veille au soir. Elle avait un peu bu, peut-être, et puis tant d'autres choses... Il fallait que, sans comprendre vraiment, je comprenne quand même...

Ce que j'ai compris, plus tard, c'est qu'elle avait pris ce matin-là une résolution qui devait décider de tout. De sa vie, de la mienne, mais surtout de la vie de Stéphanie. Bien sûr, elle n'a pas été aussi précise. Je l'ai su, ensuite, lorsque, comme une gifle en plein visage, les événements sont venus me le montrer. Tout était si simple, pourtant. Elle avait décidé, une fois pour toutes, de ne plus céder au chantage de ses bourreaux : depuis ce matin, Maria von Pallberg était devenue une femme libre. Elle en avait la sérénité.

— Allez, Paul ! Allez rejoindre Stéphanie. Je crois que vous méritez d'être heureux tous les deux.

Avec Stéphanie, j'ai repris le chemin tapissé d'aiguilles de pin. Nous sommes arrivés à une sorte de promontoire d'où l'île avec l'église au clocher en bulbe apparaissait comme un dessin naïf au milieu d'une toile peinte. La taille de Stéphanie ployait dans ma main. Alors, pour la première fois, je l'ai embrassée.

Un peu en retrait, il y avait Val-Bergot et la dame à l'ombrelle bleue : Maria qui venait, en somme, de me donner Stéphanie. C'était son cadeau. Et Maria, qui avait retrouvé à la fois sa jeunesse et son âge, a posé une main sur le bras de son compagnon.

— Regardez ces enfants...

Elle avait un sourire qui ne ressemblait à aucun de ceux — sourire de surprise, sourire de sortie, amusement léger, robe du soir et masque de parade — qu'elle avait jusque-là arborés. Si bien que lorsque Kruger a forcé son chemin jusqu'à elle et qu'il a voulu lui parler, elle s'est retournée vers lui.

— Je n'ai plus rien à vous dire, capitaine Kruger. Tout est fini.

A l'intention de Val-Bergot qui l'écoutait, elle avait insisté sur le mot « capitaine » et le Hongrois a blêmi. Mais elle lui avait déjà tourné le dos. Puis, se penchant vers Val-Bergot, elle a murmuré à son oreille :

— Ne posez aucune question, je vous en prie, mon cher André.

Je crois que, d'une manière ou d'une autre, Val-Bergot avait compris.

A cinq heures de l'après-midi, la voie avait été réparée et nous avons regagné le train. Une demi-heure après, nous repartions pour la dernière étape de ce voyage, au cours de laquelle tout allait se dénouer.

Ce que Kruger et ses semblables avaient demandé à Maria ? Rien de moins que de profiter d'un arrêt forcé du train en un point précis de son parcours — et qui n'était pas Seftensee ! — pour donner accès à sa cabine à deux hommes montés à contre-voie. Ce qu'ils auraient fait ensuite de Stéphanie...

– Cette enfant..., avait dit Maria.

Stéphanie, étudiante à Zurich, était l'âme d'un groupe de jeunes nationalistes hongrois qui, comme tant d'autres, souhaitaient du fond de l'âme l'éclatement de l'Empire.

– Le rôle qu'on nous fait jouer, dans la mouvance de Vienne et avec le semblant d'indépendance qu'on nous accorde, est ignoble, devait-elle me dire quelques jours plus tard.

Qu'on se souvienne, en effet : depuis le compromis de 1867, la Hongrie avait acquis son autonomie et jouissait à l'endroit de l'Autriche, dans le cadre de la nouvelle monarchie austro-hongroise larvée d'une forme d'indépendance. Mais, plus acharnés encore que leurs amis viennois à maintenir leur puissance, les gens en place à Budapest étaient, face aux minorités qui relevaient de leur autorité, de redoutables oppresseurs. D'un côté, il y avait donc Stéphanie et les siens qui luttaient ; de l'autre, la police secrète de l'Empire dont Kruger était l'un des éléments les plus redoutables. Pour eux, pour ces agents dévoués corps et âmes à une cause perdue, il importait que Stéphanie n'arrivât pas à Budapest. Et c'était dans cette ultime partie du trajet qu'on avait prévu de mettre fin à ce qu'on aurait appelé aujourd'hui les activités subversives de la jeune fille.

L'arrêt inattendu à Seftensee avait cependant bouleversé bien des plans. Mais Maria était prête.

La nuit venait à peine de tomber lorsque le train est arrivé au point de rendez-vous que s'étaient fixé les ennemis. Frayant une fois encore son chemin jusqu'à Maria, Kruger lui avait intimé l'ordre :

– Vous agirez, n'est-ce pas ?

Il y avait dans son nécessaire de toilette la petite bouteille de chloroforme scellée de cire rouge. Mais Maria avait simplement répondu non. Et Stéphanie, intriguée, était sortie à son tour.

– Que se passe-t-il ?

La conversation avait lieu dans le couloir, au seuil de la cabine des deux femmes.

– Rien, ma chérie. Ce monsieur m'importune, et j'ai fini par le lui dire en face.

De même que Val-Bergot lors de leur promenade dans la forêt, Stéphanie, à ce moment, a dû comprendre à son tour. Mais Maria avait déjà refermé la porte de la cabine sur moi qui les avais rejointes simplement parce que, sans autre explication, elle me l'avait demandé.

— Est-ce que vous auriez la gentillesse, mon cher Paul, de tenir compagnie à deux dames un peu seules ?

Mon seul regret est peut-être qu'à ce moment, Maria ne m'ait pas tout dit. Si Val-Bergot avait deviné, si Stéphanie savait aussi, j'ai donc été le seul, cette nuit-là, à ne me douter de rien.

A 7 heures et quart, la nuit venait de tomber tout à fait lorsque le train s'est arrêté en rase campagne : quelqu'un avait tiré la sonnette d'alarme. Il y a eu des pas dans le couloir, des bruits de voix sur le ballast, et on a même frappé à la porte de la cabine où nous nous trouvions.

— Baronne von Pallberg, je vous demande de m'ouvrir...

A l'égard de moi-même, des autres voyageurs, il importait encore que ces messieurs prennent garde de ne pas révéler leur projet. Mais Maria a haussé les épaules.

— Encore cet homme qui m'importune...

Et à 7 h 25, lourdement, le convoi repartait : le chef de train n'avait pu identifier les responsables de l'arrêt imprévu et ceux-ci, bredouilles, s'étaient vu contraints d'abandonner la partie.

— Je ne vous retiendrai pas plus longtemps, mon cher Paul. Peut-être d'ailleurs que Stéphanie veut se préparer pour le dîner.

Le calme de Maria, en ce moment-là... Mais comment aurais-je pu en deviner tout le sens ? J'ai simplement quitté sa cabine et j'ai rejoint la mienne pour faire ce qu'elle m'avait elle-même suggéré : me préparer pour le dîner. C'est alors que, toujours aussi calmement, Maria est sortie à son tour dans le couloir. Elle tenait à la main son sac de tapisserie.

Val-Bergot, qui était debout à l'autre extrémité du wagon, a vu ce qui s'est ensuite passé. Simplement, peut-être parce qu'il s'était douté qu'il valait mieux que nul ne le remarquât, il était resté dans l'ombre. Il a vu : mais a-t-il vraiment compris ? Et qui, d'ailleurs, a compris ? Maria, libre — son fils mort, sa dernière mission accomplie ainsi qu'elle l'entendait — a-t-elle voulu se suicider ou avait-elle au contraire décidé en toute lucidité, de tuer Kruger ?

Elle est donc sortie de sa cabine, habillée pour le dîner, serrant simplement contre elle son sac de tapisserie. A l'intérieur, il y avait un revolver : Maria von Pallberg, femme du monde, était prête à tout. Un instant, elle est demeurée immobile, comme indécise, au milieu du couloir. Puis elle s'est lentement dirigée vers l'arrière du train. C'est à ce moment que Kruger est intervenu : les menaces, dès lors, qu'il a pu lui faire... Les yeux exorbités, il l'insultait : le train s'était arrêté, comme prévu − mais Stéphanie était toujours à bord, vivante.

— Vous savez, baronne, ce qui vous attend à Budapest !

Pour lui, c'était l'échec d'une mission. Pour elle... Elle lui a pourtant répondu, les lèvres minces, parfaitement maîtresse d'elle-même :

— Je le sais. Et je sais ce qui vous attend, aussi...

Peut-être a-t-il levé la main pour frapper, mais il s'est arrêté dans son geste. Les injures ont déferlé, immondes, grossières. Et les menaces encore. Ils étaient tout près de la portière.

— Et votre fils, hein ? Vous avez pensé à ce qui arrivera maintenant à votre fils ?

Mais Maria − elle avait atteint à quelle sérénité ? − a balayé sa question d'un geste presque indifférent.

— Franz est mort, Kruger, et vous ne pouvez plus rien sur moi.

Une fraction de seconde − Val-Bergot l'a vu − Kruger a paru hésiter. Surpris. Surpris qu'elle le sache ? Mais très vite, il s'est ressaisi. Plus cynique, alors, plus violent.

— Si vous croyez que je ne le savais pas ! Il y a huit jours que le chérubin est mort, baronne. Mais j'avais donné ordre qu'on ne vous le dise pas !

Cette fois, c'est Maria qui a paru clouée de stupeur. C'est elle qui est demeurée dans la plus totale immobilité. Puis, d'un seul coup, elle a craqué. Pas d'autre mot pour le dire. D'abord elle s'est jetée contre Kruger et s'est mise à le frapper de ses deux poings fermés. Elle tapait, tapait désespérément. Val-Bergot savait qu'il ne devait pas bouger. Puis brusquement, elle a fait un pas vers la portière et l'a ouverte.

Tout s'est déroulé très vite et lorsque Val-Bergot est arrivé, tout était terminé : Maria était seule, debout dans le couloir, devant la porte ouverte qui donnait sur le vide. Et le remblai défilait, défilait, au rythme hallucinant de ces trains de cauchemar qui hantent parfois nos rêves. Quelque cent mètres, deux cents mètres, déjà, trois cents mètres en arrière, le corps du capitaine Kruger devait s'être écrasé en contrebas.

Je crois — Val-Bergot m'a dit — que Maria avait fait le geste d'ouvrir la portière et de se jeter dans le vide. Kruger a peut-être voulu l'en empêcher, la retenir... L'a-t-elle, alors, poussé elle-même par la porte ouverte ? Fut-ce un accident ? Dans son sac en tapisserie, il y avait toujours le revolver...

— C'est un accident, n'est-ce pas, Maria ? Je sais que c'est un accident. Je pouvais témoigner.

Lentement, Val-Bergot avait tiré Maria en arrière et il avait refermé la portière.

— C'est un accident.

Mais Maria, hagarde, ne disait rien. Enfin, doucement, elle s'est laissé entraîner par Val-Bergot. Puis, à mi-voix, elle a simplement murmuré :

— Vous croyez qu'ils seront si naïfs et qu'ils croiront à un accident ?

Ils — les autres, ceux qui l'avaient harcelée toute sa vie, mais dont elle était enfin libre.

Il n'a pas fallu dix minutes à Maria, que Val-Bergot avait conduite jusqu'à la voiture-bar, pour retrouver son calme. Elle a bu coup sur coup deux coupes de champagne et elle a expliqué à l'écrivain.

— Cette petite, vous comprenez, je ne pouvais pas...

Une coupe encore de champagne.

— Quant au petit Paul...

Elle parlait de moi comme du fils de l'homme qu'elle avait aimé. Elle parlait, buvait, parlait et buvait encore et, en dix minutes, Maria von Pallberg, dont le fils était mort et qui venait de tuer un homme, est redevenue la superbe voyageuse des trains de luxe qui hantait tous les salons entre Londres et Pétersbourg.

A table, elle a ri et raconté à voix très haute des histoires très drôles et parfois très crues.

— De cet... accident non plus, il ne faut rien lui dire, avait-elle lancé à Val-Bergot avant de s'asseoir en face de nous.

Et, de même que l'avant-veille, le champagne a de nouveau coulé, la vodka, les bordeaux de ces années bénies d'avant le phylloxéra : quel Château-Latour ou quel Château Haut-Brion ? Tandis que Maria, et elle seule, savait nous tenir en haleine, tour à tour sublime, émouvante, ironique et si tendre. Puis, comme nous arrivions à la fin du repas, elle a porté un toast.

– Mes amis, je propose de lever mon verre à la plus éprouvée des vertus : la jeunesse ! Allons ! Faites comme moi...

Il y a eu, entre elle et Val-Bergot, un bref échange de regards. Maria, alors, a de nouveau levé son verre, mais en ma direction et en celle de Stéphanie.

– A *votre* jeunesse.

Elle nous parlait à nous : pourquoi, tandis qu'elle portait ce toast, me suis-je soudain senti si implacablement nigaud, incapable de seulement deviner le cadeau qu'elle venait de me faire ? Bien sûr, le temps d'un dîner à trois et d'un bref tête-à-tête dans sa cabine, Maria avait revu en moi l'image – plus que l'image, je le sais – d'un amoureux perdu. Qu'avait-elle rêvé, alors ? Au moment précis où la violence, la mort, rôdaient si inexorablement autour d'elle... Mais Stéphanie était arrivée, Maria avait hésité quelques heures, et elle avait choisi. Le cadeau qu'elle m'avait offert, c'était cette promenade que Stéphanie et moi avions faite le long du chemin au tapis d'aiguilles de pin qui dominait un lac de carte postale. Cette promenade, ce premier baiser, et une vie tout entière.

Mais déjà, c'était à Val-Bergot qu'elle s'adressait maintenant.

– Pendant trop longtemps, j'ai voulu oublier, voyez-vous, André. J'ai voulu oublier le jour et l'heure, les dates, les années... Vous vous rappelez, André ? Ni dates ni années, ma chère devise ! Eh bien, ce soir, je veux oublier que j'ai pu vouloir oublier. Une fois pour toutes, je veux me souvenir de tout. Peut-être pour mieux oublier, d'ailleurs ! Ce n'est pas trop compliqué ? Vous me suivez ?

Elle était ivre, Maria : merveilleusement, somptueusement, sublimement ivre. Val-Bergot a pris sa main, qu'elle lui a laissée. Alors, de nouveau, elle a regardé vers nous.

– Ce sont eux, allez, qui ont la meilleure part. Ces enfants... On dit qu'on mûrit, on dit qu'on apprend. C'est peut-être seulement cela : en quarante-huit heures, j'ai tout appris. Et tout est arrivé. Comme cette dame qui se levait jadis la nuit dans son palais de Vienne pour arrêter les pendules. J'ai appris, oui... La petite Maria, la vieille Maria... La vieille baronne...

– Maria, je vous en prie.

La main de Val-Bergot serrait celle de Maria.

– Je sais, André, je sais... Mais je n'ai rien oublié.

Puis d'un coup, pour chasser sa tristesse :

– Je me souviens de tout, André ! Je me souviens de tout !

Elle riait maintenant, la tête renversée en arrière, plus belle qu'elle n'avait jamais été.

– Je n'ai rien oublié ! La moustache blonde du père de Paul...
Val-Bergot a souri :
– Elle était brune, Maria, la moustache de Robert de Morlay !
C'est la mienne qui était blonde.
Alors, plus fort encore, Maria a ri :
– Quand je vous dis que je n'ai rien oublié !

Nous sommes arrivés à Budapest le lendemain aux environs de
midi. Pour m'accueillir sur le quai de la gare, il y avait un de
mes collègues du consulat, que je ne connaissais pas. Une
vieille dame, vêtue d'une pelisse grise, était là pour Stéphanie
et deux hommes attendaient Maria : paletots noirs, ils ressemblaient comme des frères au capitaine Kruger. Val-Bergot,
qui devait poursuivre son voyage jusqu'à Constantinople, avait
tenu à descendre avec elle. Elle a dit quelques mots aux deux
hommes, puis elle s'est penchée vers Val-Bergot.
– Mon ami, je crois que je vais devoir suivre ces messieurs...
Stéphanie, alors, s'est approchée d'elle.
– Baronne von Pallberg, je sais que je vous rencontrerai ce
soir au bal du prince Korwathy. Tout Budapest vous y attendra.
Les deux hommes l'avaient entendue. Val-Bergot également et
mon collègue du consulat de France aussi. D'une voix très claire,
alors, Maria, a répondu en regardant très droit devant elle
Stéphanie d'abord, puis les deux hommes qui étaient là pour
l'arrêter.
– Je serai ce soir au bal du prince Korwathy.
Puis, suivie d'un porteur et des deux policiers, elle a quitté
la gare.
Maria von Pallberg s'était donné un sursis de douze heures.

La fin de mon récit, ce sera donc ce bal : derniers éclats, dernières valses d'un monde qui s'approche à pas de géant de
l'abîme.
– Il faut quand même que vous sachiez que le prince Korwathy est un grand libéral.
Devant un miroir, dans la chambre qu'on m'avait prêtée au
consulat jusqu'à ce que je trouve un appartement qui me
convienne, j'étais en train de faire le nœud de ma cravate
blanche, et Guy des Chauvins, dont la carrière devait pendant

quarante années si souvent croiser et recroiser la mienne, fumait négligemment une cigarette orientale, assis dans un fauteuil au haut dossier.

— C'est la première fois depuis je ne sais combien d'années qu'il reçoit le Tout-Budapest, et son bal n'est pas loin d'être une provocation...

En me quittant, Stéphanie m'avait dit que je la retrouverais, elle aussi, chez le prince Korwathy : en un instant, passé du train d'Orient à cette ville qui serait mon lieu de résidence pendant un an et quelques jours, j'avais l'impression d'avoir débarqué dans un royaume d'opérette. On ne me parlait plus que de bals, et de défilés militaires.

— Demain, l'archiduc passera la revue de la garde : vous ne devez pas manquer cela !

Et Guy des Chauvins — lui ou un autre : ils se ressemblaient tous en ce temps-là, les jeunes messieurs bien élevés qui rédigeaient nos dépêches diplomatiques — lissait sa moustache du bout des doigts comme mon père avait dû le faire. De la même façon que, parlant du prince Korwathy, il avait un ton un peu las, ironique : un aristocrate hongrois jouant au libéral, vraiment, cela ne se faisait pas !

— Enfin, ne serait-ce que pour le coup d'œil, il faudra que vous y soyez.

J'y suis donc allé.

Le palais du prince Korwathy était un vaste édifice néo-classique dont les volumes austères dominaient le Danube à la hauteur du Rathaus : au fronton de sa façade, les figures hiéra-tiques de la justice et de la foi présentaient à la nation hongroise les palmes de sa libération. Devant le perron dont l'escalier aux marches très hautes s'élevaient presque à pic contre les gradins d'une pyramide aztèque, se pressaient les voitures, les carrosses même, aux ors depuis longtemps passés, que des cochers capu-chonnés de la poussière du temps sortaient de leur remise une fois l'an en semblable occasion.

— Le gratin, quoi ! lança des Chauvins en rejetant d'un geste parfaitement étudié sa cape noire pour la tendre au valet vêtu à la française qui tenait le vestiaire, en compagnie d'un huissier enchaîné d'argent.

Nous montâmes l'escalier qui conduisait à la salle de bal et, là encore, des huissiers attendaient, des valets, des majordomes.

Mais il y avait dans la foule des invités qui nous côtoyaient d'étranges personnages, jeunes gens aux regards fiévreux, longues créatures évaporées vêtues de robes de laine, comme si le prince Korwathy, dont on m'avait dit que c'était un libéral, avait mis un point d'honneur à faire se rencontrer sous son toit toutes les classes de la société de la ville, étudiants, anarchistes et petits grands-ducs, Pest et Buda confondus.

— Il se moque du monde, mais c'est un homme du monde, alors le monde ne le lui pardonne pas, remarqua mon mentor qui jouait à faire des mots.

Mais je n'avais d'yeux que pour le groupe de nos hôtes qui accueillait les invités au bout d'une galerie ornée de hauts portraits dans le goût de Van Dyck — un Van Dyck magyar qui n'aurait peint que des grandes dames auréolées de fourrure — : c'est qu'à la droite du prince Korwathy, se tenait une jeune fille blonde dont vous avez bien entendu deviné qu'il s'agissait de Stéphanie.

— Hé oui, me dit-elle lorsque, comme dans l'auberge de Seftensee, nous nous retrouvâmes enlacés dans une valse. Hé oui, je rentrais chez moi, mon père m'avait demandé de le rejoindre et j'essayais de ne pas trop me faire remarquer. Hélas, le moins que l'on puisse dire, c'est que mon voyage n'est pas resté inaperçu !

Nous dansions. Le père de Stéphanie, le prince Korwathy, avait serré ma main avec un sourire presque complice et les couples qui tournaient autour de nous regardaient Stéphanie avec une curiosité qui ressemblait presque à de l'avidité.

— Cela faisait deux ans que je n'étais pas revenue en Hongrie...

Pour vivre à Zurich avec de jeunes nationalistes qui, tous, tentaient à leur manière de changer la face du monde.

— J'ai si peur, parfois, si peur d'une guerre ! Et ils sont si nombreux ici, à la vouloir, cette guerre ! C'est leur ultime espoir !

Ceux-là qui la voulaient, cette guerre, et tous ceux qui tentaient contre vents et marées de maintenir un ordre qui n'existait plus, avaient su qu'elle rapportait avec elle des noms, des dates, des lieux de rendez-vous : fille d'un prince hongrois, elle n'en était que plus redoutable.

— Mais je savais ce que je faisais. Et je savais aussi que Maria...

Elle a baissé la voix. Les ors tourbillonnaient, les lustres, les chandeliers. Se mêlaient aussi les sourires édentés des vieillards qui dans l'ombre veillaient, à ceux, radieux, des amis de Stéphanie que son père avait conviés à la fête : ils rêvaient d'un autre monde.

— Même à coups de bombes ?

— Ne parlons pas de cela ; parlons de nous.

Et nous avons encore dansé. Puis il y a eu un silence et Maria a pénétré dans la salle au bras de Val-Bergot. Stéphanie m'a quitté pour aller jusqu'à elle et le prince Korwathy l'a invitée : l'un comme l'autre savait ce qui allait se passer quelques heures plus tard. Le prince a parlé à voix basse à Maria et il lui a baisé la main : mon amie — car c'était mon amie — était très pâle, très belle. C'est elle qui — comme au village — m'a invité à danser.

Nous ne nous sommes rien dit. La femme qui tournoyait éperdument avec moi avait vingt ans — sombre et toute de paillettes d'or — et celui qui l'entraînait dans cette dernière valse était un homme qui me ressemblait comme un père. C'est pour cela que la façon dont Maria s'appuyait parfois contre moi, se laissait aller, s'abandonnait, était celle d'une femme jeune et heureuse. Et la pression de mes doigts sur ses hanches, cette façon qu'a celui qui aime de conduire dans la danse la femme aimée, étaient les gestes d'un amant : l'espace d'une valse, Maria est devenue ma maîtresse.

Autour de nous, les autres n'étaient que des masques. Val-Bergot, le prince Korwathy, sa fille elle-même, étaient des visages. Amis ou ennemis, des regards vides tournaient autour de nous. Nous étions au milieu de la pièce, au centre même du salon, je portais l'habit qu'on portait ici même voilà vingt ans et Maria avait revêtu sa robe d'alors : couple roi de la fête, nous nous laissions regarder et j'aimais, moi, Maria à la folie.

Lorsque le dernier violon a lancé son dernier accord, Maria s'est arrêtée la première. A bout de souffle. C'est que, l'un et l'autre, nous revenions de très loin. Elle s'est simplement appuyée à mon bras mais c'était elle qui me dirigeait, cette fois. Et elle m'a reconduit vers le prince Korwathy et sa fille. Là, d'un lent mouvement de tout le bras qui ressemblait à un geste de ballerine, elle m'a poussé en avant, amenant dans le même temps à moi Stéphanie qu'elle m'avait donnée. Nous n'avons pas échangé un mot. Le prince, Val-Bergot — l'un et l'autre savaient —, se sont inclinés devant Maria qui m'a laissé à mon tour lui baiser la main.

Je l'ai suivie des yeux. Val-Bergot, lui, a pu l'accompagner jusqu'à la grande porte aux glaces biseautées qui donnait sur le vestibule. Deux hommes vêtus de sombre attendaient :

étaient-ils ceux de la gare ? Ils leur ressemblaient... Et là, Maria a fait signe à son ami de la quitter.

— Nous nous reverrons, n'est-ce pas ?

— Un jour, oui...

Une voiture fermée, tous rideaux tirés, était arrêtée devant les marches du palais. Maria s'y est engouffrée et plus personne, jamais, ne l'a revue.

Je sais que je l'ai aimée.

Six mois plus tard, j'épousai Stéphanie — elle est à Paris où je la retrouverai dans quelques semaines. Elle se repose. Nous n'avons plus vingt ans n'est-ce pas, ni l'un ni l'autre...

P AUL de Morlay a reposé sa plume. Avec des gestes d'une méticuleuse précision, il venait de relire et de corriger les quelque soixante-dix pages dactylographiées que Lise Bergaud lui avait remises la veille. Un à un, il y avait retrouvé les fantômes de sa jeunesse, ces images mêmes qu'il avait évoquées devant le micro d'un magnétophone et auxquelles la jeune fille avait, en quelques jours, si bien su rendre vie...

— J'étais si jeune...

Comme s'il avait voulu s'excuser...

Alors Lise s'était levée pour s'approcher de la table devant laquelle il travaillait.

— Mais c'est cela qui me touche, justement...

— Ma jeunesse ?

Le vieillard s'était levé à son tour, et Lise Bergaud le regardait. Sa jeunesse, oui... Il y avait dans toute la façon d'être de l'ambassadeur, dans sa façon de parler, de se comporter avec elle ou d'évoquer les années qui avaient été celles de ses vingt ans — mais aussi de se tenir simplement debout, grand et carré face à tous ceux qu'il rencontrait et face à elle, bien sûr, au premier chef — quelque chose qui ressemblait à une manière de conjurer le temps. D'ailleurs, il suffisait que Lise Bergaud regardât autour d'elle, dans les couloirs, les salons, le parc de la villa Manni : rien ne pouvait y laisser supposer que vivait là un homme de près de quatre-vingt-dix ans. Et seul peut-être le plaid écossais dont Despinette et Barberine venaient chaque soir, à l'heure où tombe la première fraîcheur, entourer les épaules robustes de l'ambassadeur, constituait une allusion au temps qui pour lui s'était quand même écoulé.

— C'est Stéphanie, vous savez, qui m'a apporté le souffle de sa vie, son enthousiasme, ses folies : sans elle, je crois bien que je n'aurais jamais été qu'un diplomate comme les autres.

Oui : les égards qu'on avait quand même pour sa santé étaient les seuls signes tangibles que ce diplomate, qui ne ressemblait à aucun autre, était pourtant un vieil homme. Car pour le reste...

Pour le reste, et pendant les huit jours que la jeune fille avait déjà passés dans la maison, elle avait eu le sentiment de vivre aux côtés d'un homme, d'un homme sage et gai, parfois grave, souvent mélancolique, mais d'un homme que n'habitait nulle tristesse ni regret. Comme si tout ce qui appartenait au passé — et qu'il évoquait pour elle — était si étroitement lié au présent que l'un rejaillissait sur l'autre, et qu'en l'âme et l'esprit de l'ambassadeur en retraite qui rassemblait ses souvenirs, vivaient l'âme et l'esprit du jeune homme dont il se souvenait.

— C'est votre jeunesse, oui, qui me touche plus que toute autre chose, tenta encore d'expliquer Lise. Cette façon que vous avez de vivre le présent comme si demain vous n'aviez qu'à prendre une autre voiture ou un dernier train, pour vous retrouver auprès d'une femme que vous allez aimer.

Paul de Morlay eut un sourire dont, plus tard, Lise Bergaud comprendrait tout le sens. Il pilotait lui-même sa Porsche blanche entre Lausanne et Sion...

— Mais qui vous dit que, sinon demain, du moins dans quelques semaines, dans un mois peut-être, je ne vais pas le prendre, ce train, pour retrouver précisément une femme que j'aime ou que je vais aimer ?

Dans la mémoire de Lise comme dans celle de l'ambassadeur, flottait aux côtés de la dame à l'ombrelle bleue qui avait disparu un soir de 1913, une autre silhouette, plus frêle et plus solide à la fois, celle de la jeune fille blonde et bleue, Stéphanie Kovaks, devenue Stéphanie de Morlay.

— Votre femme...

— Ma femme, oui...

Il y avait des points de suspension au bout de chaque phrase que prononçait l'ambassadeur. Et cela, confusément, Lise Bergaud le sentait. On aurait dit que le vieux monsieur prenait un malin plaisir à ne pas achever ses répliques : à elle, n'est-ce pas, de conclure...

Mais déjà Barberine et Despinette faisaient leur entrée de soubrettes d'un opéra tendre et rose, soyeux, battu de clair comme une crème fouettée. Elles virevoltaient autour du vieux monsieur et lui parlaient à l'oreille en se montrant des yeux Lise

Bergaud, et il semblait que la jeune fille faisait partie elle aussi de ces personnages de comédie qui, tels des masques de la commedia dell'arte, hantaient les salons mais aussi les fresques sur les murs de la villa Manni : chacun avait son rôle et, de la même façon que Stéphanie jadis, Lise Bergaud devinait qu'elle était en train de devenir Colombine.

— Vous savez ce qu'elles sont en train de me dire, mes petites filles ?

Paul de Morlay avait fait signe à Lise de s'approcher de lui.

— Vous savez la surprise qu'elles voudraient vous faire ?

Barberine et Despinette se récrièrent : si on le lui disait, à Lise, ce qu'on proposait pour elle, la surprise ne serait plus une surprise ! Mais Paul de Morlay balaya leurs protestations d'un sourire.

— A six ans, les plus belles surprises qu'on pouvait me faire au monde étaient les cadeaux que je découvrais au matin de Noël au pied de l'arbre. Et pourtant, je m'étais levé pendant la nuit pour voir ce qu'il y avait dans toutes ces boîtes !

Les deux petites bonnes, apaisées, battirent des mains.

— Très bien, alors on le lui dit !

— Eh bien, voilà, ces deux gamines ont eu une idée de génie : nous allons donner une fête pour vous. Une fête comme autrefois, avec des costumes, des masques et un feu d'artifice. Et nous inviterons tous les plus beaux garçons de la région. Pour vous. Et pour elles aussi...

Qu'est-ce qui poussa Lise à se jeter alors au cou du vieux monsieur et à l'embrasser avec la tendresse de la petite fille qui ouvre son cadeau-surprise de Noël, au matin du 25 décembre, au pied de l'arbre ?

— Mais que tout cela ne nous fasse pas oublier le travail que nous avons encore à faire ! Parce qu'à partir de demain, je vais vous parler de quelqu'un qui a beaucoup compté, et pas seulement pour moi. Jenny Fisher. Vous connaissez ?

2

Jenny

VIENNE 1919

Nous avons tous connu Jenny Fisher. Les hommes de ma génération ont pu l'applaudir sur un peu toutes les scènes du monde et s'émerveiller de cette voix alliée à ce visage, à cette taille, cette silhouette. Qu'elle fût la Pamina tendre et fragile de *La Flûte enchantée* ou, plus tard, la Maréchale du *Chevalier à la rose,* de Mozart à Strauss elle traversait ses rôles avec une même beauté souveraine. Quant à sa voix, le disque a, Dieu merci, conservé quelques-uns des témoignages les plus émouvants qu'elle a pu laisser et, à travers le brouillard du temps et les crachements des gravures anciennes sur des sillons de cire écorchée, ceux qui n'ont eu la chance de la voir à Paris ou à Vienne, à Milan ou à Londres, peuvent quand même tenter de deviner ce qu'elle était.

Mais Jenny Fisher n'a pas seulement chanté Pamina, la Maréchale ou Léonore, elle a aussi été une femme déchirée. Bellement, superbement déchirée, et dont j'aime à me souvenir comme j'ai, pendant des années, aimé la retrouver au hasard de rencontres qui avaient lieu à Venise, à Milan, à Paris... Elle a aimé, elle a souffert, elle m'a appris à aimer.

C'est de cette femme-là que je veux vous parler aujourd'hui : une Jenny presque frappée à mort et qui voulait pourtant encore croire au bonheur car c'est elle, plus que toute autre, qui m'a donné ce goût que j'ai si fort encore en moi de certaines musiques et de certaines voix, que ce soit Elisabeth Schwartzkopf murmurant du Schubert, Lotte Lehmann dans Mozart mais aussi, et je le dis sans honte, telle chanteuse d'opérette viennoise clamant la joie du *Pays du sourire* ou la mouvante nostalgie de ce beau Danube un peu gris où Jenny Fisher était revenue après cinq années d'absence. Parce qu'elle-même n'avait pas oublié.

Son histoire, je l'ai d'abord apprise de ses lèvres, par bribes et entre des sanglots, lorsqu'elle me suppliait d'intervenir — mais que pouvais-je faire ? — pour arrêter cette mise à mort qui, le lendemain à l'aube, risquait si fort de ressembler à un suicide — mais aussi, plus tard, des amis, des fidèles de la grande chanteuse, m'ont raconté. Et puis, dans l'ombre de cette affaire, d'autres femmes qui aimaient en silence. L'une qui fut, à travers les orages, la plus fidèle maîtresse de La Chesnaye — l'autre héros de cette aventure — ; une autre, encore : l'infirmière qui avait veillé sur Jean. Peut-être, d'ailleurs, qu'elles, et elles seules, ont su ce que fut la vérité. Je veux dire : la raison profonde et folle du geste fou de La Chesnaye.

Parlant de La Chesnaye, j'ai employé le mot « héros » — pourquoi pas ? Certes, à l'heure où tous les Français de sexe masculin pour peu qu'ils fussent âgés de dix-huit ans, crevaient dans les tranchées de Verdun ou sur la Somme, Georges La Chesnaye, lui, faisait le joli cœur — on disait alors « le gandin » — dans les salons précieux ou, pis encore, il hantait les salles de jeu et les cercles privés : et alors ? Presque autant que celle de Jenny Fisher, cette histoire est celle de Georges La Chesnaye, l'aventurier le plus ambigu et, en tout cas, l'amoureux le plus désintéressé que j'aie jamais connu. Et si ces souvenirs sont des rubans tressés et des fleurs offertes au souvenir de quelques femmes, je voudrais aussi qu'ils constituent, ici même, une pierre blanche érigée à la mémoire de Georges La Chesnaye, joueur sans scrupule, tueur à l'occasion, mais l'ami le plus fidèle qui se puisse imaginer...

Une fois encore, tout a commencé dans une gare, un matin de printemps 1919. Les canons s'étaient tus, bien sûr, et pour de bon, mais l'Europe n'en finissait pas de panser ses plaies. A coups d'amendements et de codicilles, on construisait autour du traité de Versailles et autres Trianon, Saint-Germain et *tutti quanti,* la plus illusoire des paix, tandis qu'en Allemagne c'était l'assassinat, le feu, le sang et l'un des plus horribles des crimes contre la pensée — et par voie de conséquence, contre l'humanité — qui allait mettre un point final d'un rouge mortel aux derniers espoirs de la Commune de Berlin. Les eaux de la Sprée ne s'étaient pas encore refermées sur les cadavres mutilés de Rosa Luxemburg et de Karl Liebknecht qu'on inaugurait déjà en grande pompe, de part et d'autre des frontières, ces terribles champs de mort où ne poussaient que des croix blanches sous les claquements dérisoires des drapeaux du souvenir qui flottaient au vent : tout cela pour vous rappeler quelle vision nous avions alors du monde. Tandis que les optimistes les plus impénitents s'obstinaient à répéter à qui ne demandait qu'à les entendre que c'était bien la der des ders qui venait de s'achever, débarquaient dans les gares de Paris − mais sur des voies écartées : pas celle où commence notre histoire ! − des wagons entiers de mutilés, d'éclopés, d'invalides et de blessés anonymes qui revenaient des hôpitaux militaires d'un peu toute l'Europe − quand ils en revenaient !

Pour moi, j'avais fait ma guerre, comme tout le monde. Pourtant, je n'avais pas eu une égratignure. Tout juste un peu de gaz dans les tréfonds du poumon gauche. Mais, plus heureux que mes deux frères − une croix blanche au Chemin des Dames, l'autre disparu en avion de reconnaissance quelque part au-dessus de la Wallonie −, je m'étais retrouvé en novembre 18, au lendemain même de l'armistice, dans mon bureau du Quai d'Orsay. Comme si rien n'avait changé. La coupole du Grand Palais flamboyait comme jadis dans le soleil couchant et, soir après soir, je rendais visite aux mères, aux sœurs et aux filles de mes anciens camarades qui, comme mes deux frères − et un oncle, trois cousins, le mari de ma sœur Jeanne − avaient payé de leur vie l'honneur d'avoir d'abord pourri vivants dans la boue jusqu'à mi-corps. Après quelques semaines d'activité débordante − j'établissais avec le concours de l'Etat-Major la liste des ressortissants français disparus entre les Dardanelles et Vladivostok − on m'avait demandé de partir pour Vienne. Je parlais allemand, j'aimais la valse et j'avais une grand-tante autrichienne : en ce temps-là, on vous avait de ces attentions, au Quai d'Orsay...

Deux mois après, j'avais un bureau avec vue sur un parc, une secrétaire qui s'appelait Emilie et dont le corsage recelait des trésors autrement plus précieux que les vieux coffres-forts de notre chancellerie − et je me gorgeais de musique, de peinture et d'air pur. Je vous l'ai dit : en ce temps-là, le Quai d'Orsay vous avait de ces prévenances. C'est grâce à lui, pourtant, et à ses sollicitudes − mon travail me laissait des loisirs, mais nous effectuions des tours de garde, des permanences − que j'ai connu Jenny.

Ce matin du début de 1919, donc...

Il faisait froid pour la saison et la gare de Lyon tout entière était encore plongée dans un mélange opalescent de brumes matinales et de jets de vapeur. Rangé le long du quai numéro sept, l'express de Genève, toutes vitres embuées, attendait ses derniers voyageurs. Jenny, elle, était déjà là.

    — Tu es sûre que tu ne fais pas une bêtise ?

    — Certaine, oui...

La jeune femme, à qui un couple d'amis prodiguait d'ultimes recommandations, était d'une très grande pâleur. Le col d'un manteau de fourrure remonté jusqu'aux oreilles dissimulait presque entièrement un profil aux lèvres curieusement charnues dans un visage aux traits par ailleurs minces, presque aigus. Ainsi la découpe du nez, très droit, et le haut front aux yeux profondément enfoncés sous une arcade sourcilière au dessin incisif et marqué. Et puis, ces yeux bleus, pâles, perdus dans d'autres buées. Des larmes ?

    — Mais non ! Je ne pleure pas !

Elle souriait, elle riait sous sa vaste capeline blanche. Elle voulait montrer qu'elle était gaie, malgré tout, et que ce qui allait se passer n'aurait rien que de très normal : n'allait-elle pas, somme toute, rejoindre son mari ?

    — Après tout ce temps...

    — Il n'est pas le seul, non ? à avoir été prisonnier !

Jenny Fisher — parce que cette jeune femme qui allait prendre dans quelques instants le train de Genève pour retrouver là-bas dans un hôtel au bord du lac un mari disparu depuis les premières semaines de la guerre était Jenny Fisher, la chanteuse, le soprano à l'étoile montante que les années de guerre avaient portée en France au premier rang des jeunes divas de son temps — Jenny Fisher, donc, avait haussé les épaules : non seulement il fallait avoir l'air gai, mais encore il importait, il importait surtout que tout parût normal. Qu'on ne pût en rien deviner cette angoisse qui lui tordait le cœur. Jean. Oui, Jean... Elle sourit une fois encore et secoua les épaules.

    — Allons ! Je crois qu'il faut y aller...

Les derniers voyageurs se pressaient le long du quai. Un énorme personnage au cigare fiché dans la bouche passa auprès d'elle et la dévisagea avec insistance : lui aussi l'avait reconnue. Elle en eut presque un frisson, comme si en ces jours de deuil dont on voulait faire des matins de fête, le regard des hommes — de certains hommes, du moins — la blessait durement.

    — Vous êtes gentils de m'avoir accompagnée jusqu'ici...

Le couple d'amis protestait, parlait très vite, affirmait très haut son amitié : allons donc ! quoi de plus naturel, on n'allait tout de même pas la laisser partir seule ! Mais Jenny rassemblait les sacs autour d'elle, le bouquet de fleurs — la malle, les valises étaient déjà dans le compartiment − et elle eut un dernier frisson. C'est ce mouvement-là, et le petit tremblement des lèvres, les yeux presque clos et le sourire douloureux de la chanteuse qu'un photographe, surgi de nulle part, sut saisir. Autant qu'elle l'avait pu, Jenny Fisher avait tenté de dissimuler son départ − comme elle avait gardé un voile discret sur la réapparition soudaine de son mari −, mais quelqu'un, au Palais Garnier, avait mangé la consigne et deux journalistes de *L'Illustration* et du *Gaulois,* alertés, avaient, à la dernière minute, réussi à la rejoindre. D'un geste rapide, Jenny Fisher leur signifia qu'elle ne voulait répondre à aucune question : « Ce voyage à Genève puis à Vienne : pour quelle raison ? » Mais le photographe qui accompagnait Yannick Navarre, de *L'Illustration,* avait eu le temps de déclencher son appareil...

J'ai aujourd'hui devant les yeux ce cliché jauni découpé dans un journal fameux qui, depuis bien longtemps, a cessé d'exister. La légende, sous le titre, n'apprend pas grand-chose au lecteur − ou elle dit tout : « La célèbre cantatrice Jenny Fisher quitte mystérieusement Paris : retrouve-t-elle l'Autriche et le théâtre de ses premiers succès ? » Mais ce qui compte pour moi, et ce que je chéris tendrement, c'est l'image de cette très jeune femme, comme affolée, et qui fuit ou qui part à la rencontre de son plus ancien amour...

D'un geste qu'elle voulait très calme, Jenny Fisher serra encore contre sa fourrure l'énorme gerbe de roses rouges que le couple d'amis lui avait offerte et sa main gantée de gris se crispa sur celle qui serrait la sienne. Le photographe de *L'Illustration,* une fois encore, opéra, mais cette photo-là s'est perdue dans ces dédales d'archives dont nous n'avons pas gardé la mémoire − et la jeune femme monta dans le wagon bleu de nuit aux armes de la Compagnie internationale des Wagons-Lits dont un employé refermait déjà la porte sur elle.

Un autre homme pourtant que les journalistes, avait, comme jadis Val-Bergot devant Maria qui quittait la vie, assisté à la scène. Trente-cinq ans peut-être, quarante tout au plus, il portait une mince moustache brune et tout, dans son élégance un peu désuète, révélait que c'était là un homme de nulle part qui partout savait pourtant qu'il était à sa place. Sa cape de voyage venait de Saville Row et ses souliers en lézard de chez Fioretti, à Rome − où j'ai si souvent, moi aussi, osé faire des folies ! − mais on devinait que, sous la cape, la jaquette, elle aussi taillée à Londres, avait beaucoup voyagé. Il fumait un mince cigare et, appuyé à l'une des colonnes de métal qui soutenaient l'armature de fer d'un kiosque à journaux, on aurait dit que, tout à la fois, il observait attentivement les adieux que faisait Jenny Fisher à ses amis, et qu'il surveillait aussi l'entrée du quai. Comme s'il avait guetté un voyageur de dernière minute qui eût pu, au moment précis où le convoi allait s'ébranler, sauter dans le wagon de queue et faire en sa compagnie un bout de trajet qu'il n'aurait pas souhaité. Ce ne fut que lorsque le sifflet du chef de gare eut retenti sous la grande verrière grise et que, dans le grandiose et superbe vacarme des départs, tous les essieux eurent frémi, les freins sous les roues craché leurs jets de vapeur — l'agent en faction sur le quai venait de fermer sa portière sur Jenny Fisher — qu'il s'approcha à son tour du marchepied et, au moment précis où le train tremblait de toute sa carcasse d'acier, de fer, de fonte et de bois verni, il ouvrit une portière et se jeta à son tour dans le couloir.

— C'était de justesse !

L'homme au gros cigare avait commenté sa manœuvre mais le voyageur à la cape noire ne lui avait pas répondu. Cependant, sur le quai, debout derrière le kiosque à journaux, une femme chapeautée de gris avait levé alors sa voilette : le train disparaissait dans le matin pluvieux. Elle porta la main à son cœur. Une manière, peut-être, de soulagement.

Le conducteur qu'aborda La Chesnaye — puisque c'était là le nom de notre voyageur de la dernière heure — lorsque le train eut passé Melun, ne s'étonna pas de la présence à bord de l'express de Genève d'un passager sans billet ni bagages : ils étaient beaucoup, alors, en ces temps encore troubles, à sauter à bord du premier train en partance, simplement parce qu'ils voulaient, le temps d'un voyage, vivre autre chose, que ce fût vers Brême et Hambourg, ou en direction d'Omsk ou de Vladivostok. D'ailleurs, Georges La Chesnaye sortit de sa poche un portefeuille bien rempli, glissa quelques mots à l'oreille du factionnaire et se trouva bientôt installé, seul dans un compartiment de cette même voiture dans laquelle, quatre cabines en amont du wagon, Jenny Fisher défaisait son sac de voyage.

Laissez-moi deviner à quoi pouvait penser la jeune chanteuse en extirpant du vaste sac de cuir fauve que lui avait offert une jeune admiratrice — cette Eva qui devait, dix ans plus tard, faire sous le nom d'Eva Maniévitz, des débuts fracassants au théâtre Unter den Linden — un joli nécessaire de toilette en cristal orné d'argent et d'ivoire, Jenny Fisher espérait. Elle espérait quand même. Ainsi, Jean lui avait écrit ; ou, plus précisément, on lui avait écrit de la part de Jean. Pour la première fois depuis la note du ministère de la Guerre, sèche et froide, qui lui avait appris que son mari, disparu depuis trois ans, n'était pas mort mais prisonnier quelque part dans un hôpital en Allemagne, elle avait enfin reçu une vraie lettre qui lui fixait un vrai rendez-vous.

C'était un jeudi soir. Elle venait de quitter la scène de l'Opéra-Comique où elle avait chanté le premier acte de *Madame Butterfly* et, dans sa loge ornée de deux bouquets seulement de roses rouges, elle se reposait pendant les quelques minutes qu'allait durer l'entracte. A ses côtés, Norbert attendait. J'ai bien connu Norbert de Saint-Symphorien : jeune auditeur au Conseil d'Etat, il était de ces dandies trop bien élevés pour savoir s'en aller et qui, toute une vie, passeront leur temps à attendre. Norbert de Saint-Symphorien avait décidé qu'il aimait Jenny et Jenny, elle, savait qu'elle ne l'aimait pas. On n'ignorait pas son mariage mais on la croyait veuve. Pourquoi cachait-elle cette lettre du ministère qui lui disait la blessure et la détention de Jean Ledoyen, son mari ? Oh ! tout simplement parce qu'elle n'était sûre ni d'elle-même ni de son talent — encore que les autres, tous ceux qui l'avaient entendue, savaient bien, eux, la source d'or qui bruissait en elle — et qu'à sa façon, elle aussi préférait attendre. Si, sans le vouloir vraiment, elle encourageait ainsi les espoirs de ses soupirants, si elle cédait parfois aux élans de certains d'entre eux parce qu'elle avait vingt-cinq ans et qu'elle était belle et qu'elle était seule, elle savait au fond d'elle-même qu'elle n'aimerait jamais qu'un seul être au monde, ce mari disparu et retrouvé mais qui se cachait quelque part dans un hôpital-prison, puis dans un hôpital tout court parce que la guerre avait laissé en lui des traces trop terribles et qu'il ne voulait pas encore reparaître.

— Vous avez l'air nerveuse, avait remarqué Saint-Symphorien en lui prenant la main lorsqu'elle était remontée dans sa loge.

Mais elle s'était doucement dégagée.

— Je suis fatiguée, voilà tout...

Saint-Symphorien, qui devait plus tard se souvenir de la scène, m'a raconté que jamais il ne l'avait trouvée plus belle mais que jamais, non plus, il n'avait aussi cruellement senti que jamais Jenny ne lui appartiendrait. Et je sais, moi qui ai recueilli depuis ses confidences, que s'il est arrivé à Jenny, pendant ces années d'absence, d'être infidèle au souvenir de Ledoyen, ç'a été dans des bras bien différents de ceux des Saint-Symphorien et consorts, ces élégants et raffinés esthètes que la guerre avait épargnés et qui hantaient les réceptions d'alors ou les coulisses des théâtres pour remercier le ciel de les avoir éloignés des tranchées. Non, les hommes que Jenny a pu désirer, jamais aucun d'entre nous ne les a croisés dans les corridors feutrés qui sont ceux de nos ministères, de nos théâtres et de nos salons. Ils avaient probablement des parfums autrement plus musqués et une poigne qui n'était pas la nôtre. Je les imagine volontiers livreurs, coursiers, forts des halles, mais cela, c'est encore une autre histoire : celle d'une Jenny Fisher souterraine que ni Saint-Symphorien, ni Ledoyen, ni moi n'avons jamais pu vraiment découvrir. Georges La Chesnaye l'a peut-être entrevue parce que lui aussi participait de ce monde obscur. Mais il n'a, bien entendu, jamais pu nous le dire. L'aurait-il pu, d'ailleurs, que je sais bien qu'il se serait tu.

Ainsi, dans sa loge, après le premier acte de *Butterfly,* Jenny se laissait courtiser sans espoir par un homme qui jamais, de toute façon, n'aurait su espérer. Lorsqu'on a frappé à la porte :

– Une lettre par express pour Madame Fisher !

C'est Saint-Symphorien qui a donné la pièce au gamin des postes qui était resté debout dans l'entrebâillement de la porte, pour regarder – car les épaules de Jenny étaient nues et son kimono de pure japonaiserie made in l'Opéra-Comique, largement échancré jusqu'aux cuisses.

Mais l'écriture sur l'enveloppe avait attiré l'attention de la jeune femme : de hautes arabesques nerveuses et pointues à l'encre violette. Une écriture de femme, bien sûrement – et d'étrangère, très probablement. Elle avait ouvert la lettre et tout de suite, les mots lui avaient éclaté au visage : « Madame, votre mari m'a demandé de vous écrire... Il souhaiterait vous revoir... » C'était signé Frieda quelque chose, elle ne voyait pas, elle ne savait plus. Elle tremblait, elle pleurait, les mots butaient sur ses lèvres : elle était heureuse. Une joie folle, une joie de femme ivre, une joie qui était si profondément joie qu'après cette joie-là, on ne pouvait plus croire à la joie. Alors, elle avait écarté d'un geste distrait les attentions furtives du malheureux Saint-Symphorien, elle avait balayé sans y prendre garde les prévenances et les épingles de l'habilleuse qui reboutonnait le haut du kimono de Butterfly et, tandis que la voix du régisseur annonçait la reprise du spectacle, dans les rumeurs des violons qu'on accordait dans la fosse, elle avait marché vers la scène. C'était un rêve, un moment à ne pas y croire, le bonheur, Ledoyen, sa vie, son mari enfin vraiment retrouvé et qui demandait à la voir. Jamais les accents de Cio-Cio-San, la petite Butterfly qui chante son espoir sur la mer calmée – il reviendra, n'est-ce pas, l'homme que j'ai aimé ! – n'ont été plus vrais, plus remplis de sérénité vibrante que ceux qu'a lancés Jenny Fisher cette nuit-là sur la scène de la salle Favart à Paris. Si bien que, maintenant qu'elle partait à la rencontre de celui que pas un instant de sa vie depuis cinq ans — fût-ce dans les bras des autres, ceux de passage — elle n'avait cessé d'aimer, la jeune femme revoyait cette soirée, entendait cette musique, répétait les mots qui avaient bercé son bonheur : « Sur la mer calmée, soudain une fumée. » « *Un bel dí, vedremo... Vedi ? E venuto... »* « Tu vois, il est revenu... » C'était bient cela : il était revenu, elle allait vers lui.

C'est au cours du déjeuner que La Chesnaye se présenta à elle. Pendant un moment, dans la voiture-bar, il avait attendu. Il l'avait regardée. Si semblable à l'image qu'il se faisait d'elle : belle, très belle, mais fragile. Pourquoi toutes les héroïnes de tous nos opéras sont-elles des héroïnes fragiles ? Il y avait un tremblement en elle qui, lui, le viveur, le noceur (on ne dit plus un « noceur », aujourd'hui, n'est-ce pas ? pas plus qu'on ne dit un gandin ou même une vieille ganache, même pour parler de moi !) qui, lui, le gandin, le faisait soudain haleter. L'envie de s'approcher d'elle, d'ouvrir les bras et d'attendre que, petit oiseau blessé, — *fragile,* donc — elle vînt s'y blottir, s'appuyer contre son épaule et se laisser (c'était cela : elle se serait laissé) protéger. Comme s'il avait deviné qu'au-delà de la joie de ces retrouvailles dont il ne soupçonnait même pas l'existence avec l'être aimé, il y avait aussi l'angoisse. La question que, depuis qu'elle avait reçu la lettre à l'encre violette sur du papier bleu (parfumé ! elle était parfumée, la lettre signée Frieda !), elle n'avait pas osé se poser mais qui hantait parfois ses nuits : et si le Jean vivant qu'elle allait retrouver après cinq ans d'absence était quand même un homme mort ? Pourquoi ce silence ? Pourquoi ce refus ?

Georges La Chesnaye avait donc observé la jeune femme qui buvait coup sur coup deux martini-cocktails — on boit deux gin et martini à la suite, comme cela, dans un train, pour se donner du courage, n'est-ce pas ? — mais il n'avait pas bougé. D'autres femmes étaient là, une autre au moins, le chapeau à la plume violente perché sur le sommet du crâne, mais il les ignorait. Il ne pouvait voir que Jenny. Peut-être parce qu'il savait quelle voix au-delà de nos rêves l'habitait ; peut-être parce qu'il la trouvait plus belle, plus émouvante que toutes celles qui étaient dans ce train ou même toutes celles dont il avait traversé le chemin depuis des années que, navire de plaisance et d'oubli, il croisait en haute mer dans le flux des femmes les plus belles ; peut-être tout simplement parce que d'un coup, comme ça, il était tombé amoureux.

J'ai posé, moi, la question à Jenny, après... C'était à la terrasse d'un café au prénom célèbre non loin du théâtre des Champs-Elysées où elle venait de donner un récital, et du zouave de l'Alma qui annonçait un autre printemps. Elle a pris ma main.

— Si je vous disais que je crois le plus sérieusement du monde que jamais un homme ne m'a aimée comme La Chesnaye a pu m'aimer ?

Elle était l'une des premières chanteuses de son temps, nous étions devenus amis et tout d'un coup, je me suis mis à aimer, moi aussi, La Chesnaye, d'avoir su l'aimer ainsi.

Si bien que lorsqu'il s'est approché de la table où elle était assise à l'heure du déjeuner, après les deux martini-cocktails qu'avait suivis une coupe de champagne, Georges La Chesnaye ressentait-il une violente émotion. Bien mieux : lui, le cynique, celui qui bravait tout à la fois les dangers de la pègre et ceux, plus redoutables encore, des aventuriers de la haute finance internationale, il sentait ses mains moites et, pendant quelques secondes, alors qu'il se penchait vers la jeune femme et allait lui demander la permission de s'asseoir à sa table, les mots faillirent lui manquer. Ce ne fut que lorsqu'il eut, à son tour, commandé une boisson forte qu'il se détendit enfin.

— Que dit-on, d'habitude, à une grande chanteuse qu'on rencontre par hasard dans un train et qu'on voudrait connaître davantage ?

Jenny Fisher sursauta. Le souvenir de *Butterfly* et ce retour à ce qui était perdu : elle était à mille lieues de l'inconnu qui lui adressait ainsi soudainement la parole. Mais La Chesnaye continuait déjà :

— Doit-on lui dire qu'on l'admire, qu'on aime passionnément sa voix, ou bien lui parle-t-on de ses yeux, de son sourire, de son visage...

Le regard de Jenny se fixa enfin sur La Chesnaye. Se moquait-il d'elle ? Elle vit le sourire un peu narquois qui flottait sur ses lèvres : il se moquait certes de quelqu'un, mais ce n'était pas d'elle ; c'était de lui-même. Un instant, La Chesnaye crut qu'elle allait sourire — ç'aurait été la première fois — mais son visage redevint grave.

— On lui dit ce qu'on a envie de lui dire, tout simplement.

Et La Chesnaye sentit que sa réponse était déjà un encouragement à continuer. Il vida son verre, se carra dans son fauteuil et lui parla donc d'elle.

— Si je vous disais, alors, que j'ai peur... Que tout d'un coup je redoute tout et que je tremble comme un petit garçon qui va à son premier rendez-vous, est-ce que vous me croiriez ?

Cette fois, elle sourit vraiment. Il continua un moment sur ce ton puis commanda son dîner : Jenny lui avait répondu et, bientôt, la glace était tout à fait rompue entre eux. Qu'on comprenne bien qu'en ces temps d'immédiat après-guerre, il y avait entre les survivants une manière de complicité. Ils en étaient ainsi arrivés au dessert et Jenny Fisher dégustait l'une de ces charlottes aux fraises qui ont fait la renommée de Monsieur Paul, le chef de brigade de la ligne Paris-Genève au temps de sa plus grande splendeur. Mise en confiance par celui qui s'était ainsi assis sans façon en face d'elle, mise aussi en humeur de confidence par le Mumm Cordon Rouge 1902 que La Chesnaye, avec son savoir-faire habituel — ici le savoir-boire et le savoir-manger du gourmet de haut vol — avait su commander, elle avait commencé à parler à son tour. Et comme La Chesnaye l'écoutait sans l'interrompre avec le regard de celui qui comprend, sans s'en rendre compte, la jeune femme, peu à peu, en était arrivée à raconter ce qui lui tenait le plus à cœur : la disparition de son mari et son retour soudain. On parle ainsi parfois plus aisément à des étrangers rencontrés dans un train qu'à nos amis les plus chers. Tout n'est affaire que d'instinct, de sourire, de moment...

— Vous savez ce que c'est que rester un an, deux ans sans nouvelles de celui que l'on aime ? D'attendre, d'espérer, et puis un jour, de ne plus attendre et de ne rien espérer. Parce que c'est cela qui se passe : un jour, tout se casse !

Elle jouait avec sa cuiller, nerveusement et, la regardant, La Chesnaye se disait que c'était bien là une manière de miracle que la voix de Jenny Fisher appartînt à une femme telle que Jenny Fisher. Il n'était pas un mot d'elle, pas une expression, pas un regard qui ne le touchât. Comme si tout le reste autour de lui, ce qu'il fuyait surtout et dont il nous faudra bien finir par parler — avait brusquement, et sans appel, cessé de compter pour lui.

— C'est pourtant ce qui m'est arrivé, poursuivait Jenny. D'abord, du front, les lettres de Jean se faisaient plus rares, plus laconiques puis, d'un coup, il n'y a plus rien eu.

Elle se tut un instant et ce silence aussi, La Chesnaye l'aima : c'était à la fois une pudeur extrême — ne pas trop en dire ; et la plus violente des impudeurs : d'un coup, et passionnément, tout dire.

– Lorsque j'ai enfin su ce qui lui était arrivé, j'ai d'abord recommencé à vivre. Parce que lui vivait, et que je le savais...

Mais après le premier message anonyme, plus rien ne lui était parvenu. Le silence. Et les lettres qu'elle lui écrivait, elle, à l'adresse que le ministère de la Guerre lui avait donnée, cet hôpital-prison en Bavière, lui revenaient toutes. Intactes. On ne les avait pas ouvertes. Elles portaient seulement la mention : « Refusé par le destinataire » ; avec une obstination aveugle et pendant plus de deux ans, Jean Ledoyen avait renvoyé l'un après l'autre chacun des appels qu'elle lui avait lancés. Comme si cette blessure qui l'avait frappé, puis son emprisonnement, avaient tiré entre elle et lui un rideau infranchissable.

– Mais je savais qu'il était vivant...

Et puis, indirectement, elle avait quand même reçu de ses nouvelles. Des camarades de Jean avaient pu lui apprendre son transfert dans un autre hôpital, puis dans un autre encore. Mais de Jean lui-même, de sa bouche, de sa plume, rien.

– C'est pour cela que lorsque cette lettre est arrivée...

Elle avait sorti de son sac la feuille de papier bleu. L'écriture inconnue, le parfum qui s'attachait encore à l'enveloppe. Après cinq ans d'absence, Jean Ledoyen lui avait enfin donné rendez-vous dans un hôtel de Genève. Alors, elle avait pris les devants : ils s'étaient rencontrés à Vienne lors de ses débuts de petite chanteuse encore hésitante, eh bien, elle allait l'emmener à Vienne ! Y revenir avec lui. Tout retrouver à la fois. Leur jeunesse et leur amour. Faire éclater, refaire vivre le monde. C'est ce qu'elle lui avait écrit dans cet hôpital du Valais où il achevait sa convalescence, et la même Frieda à la haute écriture pointue avait répondu par retour du courrier. Une fois encore, Jenny redoutait le pire. Et pourtant, Jean avait accepté.

– J'ai saisi le prétexte d'une première audition d'une symphonie écrite par un de mes cousins qui est compositeur, pour décider de ce voyage...

Pour la première fois, Jenny parlait de Rolf – « un de mes cousins, qui est compositeur » – mais La Chesnaye, sur le moment, n'y prêta pas attention. Alors que Rolf, pourtant, serait celui qui, d'une balle, mettrait à cette histoire son point final et sanglant. Mais Jenny secouait la tête : maintenant, elle s'était tue. Pas une seule fois, La Chesnaye ne l'avait interrompue. Et les sentiments qui l'agitaient, lui, à ce moment-là, étaient confus. Il connaissait l'œuvre et la réputation de Ledoyen. Bien mieux : il l'admirait. Car il est temps, peut-être, de dire quelques mots du mari de Jenny. L'un des premiers architectes de sa génération, Jean Ledoyen avait élaboré quelques-uns de ces plans qui nous font encore rêver, aujourd'hui, à ce que furent, dans les années 1910-1913, les projets visionnaires d'une avant-garde qui, de Berlin à Paris, redécouvrait les formes, les volumes, les espaces. La célèbre « Villa lumineuse », par exemple, au-dessus de Nice, que le soleil envahit de tous les côtés et par le toit ; mais aussi une cité ouvrière modèle près de Saint-Etienne, une maison de repos pour enfants à Chamonix : autant de constructions qui révélaient non seulement un génie inventif fulgurant mais aussi une attention aux hommes, à leurs problèmes, à leurs plus humbles plaisirs, qui était bien celle d'un visionnaire humaniste. Aussi, que cet homme-là, que La Chesnaye respectait infiniment, fût précisément l'époux – et l'époux vivant, qu'elle allait retrouver ! – de la femme qu'il aimait, d'un coup, à la folie, le laissait indécis. Lui, prêt à tout conquérir, à tout dévorer, à écraser sans vergogne ce qui se trouvait sur son chemin, ne savait simplement plus que faire !

Il se borna, après un moment, à proposer à Jenny Fisher de la raccompagner jusqu'à son compartiment. Et ce fut lorsqu'ils se retrouvèrent devant la porte de la cabine qu'elle eut ce geste fou, inconscient, qui allait à jamais les attacher.

– Ne me quittez pas, lui dit-elle dans un souffle en lui prenant le bras.

Elle avait besoin de lui, c'était tout. Il l'avait compris et ne devait plus s'en relever. Il la suivit donc dans le compartiment encombré de roses rouges.

Le voyage s'acheva pour La Chesnaye comme il avait commencé : sous le signe du ravissement. Ah ! elles étaient bien loin, les angoisses – la peur, parce que c'était aussi la peur ! – qui l'avaient assailli jusqu'à ce que le train quittât Paris. Jusqu'à l'arrivée en gare de Genève, Jenny parla et La Chesnaye l'écouta. Si elle se taisait, La Chesnaye relançait la conversation par quelque réflexion sur elle-même ou sur un des rôles qu'elle avait chantés. Et, sans se faire prier, Jenny enchaînait. Il sentait bien que ce dont elle avait besoin, c'était d'une présence, mais que ce fût lui, précisément, qui fût près d'elle en ce moment l'émerveillait. Aussi, lorsqu'elle lui expliqua que Ledoyen ne la rejoindrait à l'Hôtel Beau-Rivage que le lendemain, La Chesnaye lui déclara-t-il tout de go qu'il descendrait lui-même à Genève.

– Mais je ne savais pas que vous alliez en Suisse !

– Moi ? Mais je vais partout et nulle part.

101

C'était la première fois qu'il parlait de lui et ce qu'il disait aurait pu passer pour une futilité de plus. Une boutade. Il se trouve pourtant qu'en cet instant précis, La Chesnaye était plus grave qu'il ne l'avait jamais été. Et que c'était à la fois son destin et sa vie qu'il était en train de jouer.

Je ne vous raconterai pas la soirée qu'ils passèrent à Genève. Le temps était, pour la saison, celui du plus radieux des printemps. Une brume légère montait du lac et, au moment précis où le train s'arrêtait en gare de Cornavin, toutes les cloches des églises de la vieille ville, de l'autre côté du pont du Mont-Blanc, se mirent à sonner. D'autres leur répondirent, comme venues des collines autour ou répétées par l'écho des montagnes. Dès lors, avec le soir qui tombait et sur les lèvres de Jenny une musique — elle avait fredonné pour La Chesnaye quelques mesures du « *Porgi amor* » des *Noces de Figaro,* le plus fervent appel à l'amour perdu qu'ait jamais murmuré Mozart —, ils marchèrent longtemps dans les rues. Pourquoi regagner l'hôtel, pourquoi même se donner la peine de dîner quand ils n'avaient, l'un comme l'autre, d'autre envie que celle de déambuler côte à côte dans des rues qui, place du Bourg-de-Four ou rue des Marchands, portaient des noms qui fleuraient bon la province, les toits en pente et les trottoirs aux pavés inégaux ?

A l'inverse de ce qui était arrivé à La Chesnaye, il se passait en Jenny quelque chose de fort simple : pour la première fois depuis qu'elle traversait un univers d'hommes aux aguets, prêts à tout perdre pour pouvoir, l'espace d'un instant, la posséder, elle en trouvait un qui l'écoutait, simplement. Et qui ne semblait rien désirer d'autre. Alors, Jenny ne se posait pas davantage de questions. Elle aurait pu, par exemple, se demander qui était vraiment La Chesnaye, et surtout pourquoi il paraissait si libre, si indépendant de toute contingence et de toute obligation, mais elle était trop heureuse d'avoir trouvé un confident pour penser elle-même à aller au-devant des confidences d'un autre. Elle se sentait bien, c'était cela, elle était *bien* — et c'était tout. Ses angoisses, peu à peu, s'évanouissaient, elle se remettait à croire à ce retour, à Jean et au voyage à Vienne —, et cette forme de paix qu'elle avait trouvée, c'était à La Chesnaye qu'elle la devait. Pour la première fois de sa vie, et au-delà de ce plaisir éphémère qu'avaient pu parfois lui apporter les bras rudes d'un amant de passage tout aussitôt oublié, elle avait trouvé un ami. La brume transparente, doucement, s'amassait sur le lac. Au loin, le cri d'une mouette ou d'un bateau...

Si bien que lorsque après un long dîner — car Jenny, tout d'un coup, avait eu faim, et une faim de loup ! — dans une taverne derrière la cathédrale, ils se retrouvèrent devant cet hôtel sur le quai du Mont-Blanc où ils étaient tous deux descendus, et que La Chesnaye, à son bras, lui posa la question : « Est-ce que je peux monter avec vous ? », c'est le plus tendrement du monde qu'elle secoua la tête pour refuser.

— Vous avez bien compris que vous êtes devenu mon ami, Georges.

La Chesnaye, qui connaissait la réponse qui lui serait faite avant même de parler, se contenta de lui sourire et de s'incliner.

— Vous avez probablement raison.

Pour la première fois depuis qu'ils s'étaient rencontrés, elle sourit vraiment. Jusque-là, elle avait souri, bien sûr, mais ce n'était que pour les autres. Son sourire, cette fois, venait du fond d'elle-même.

— Vous comprenez, n'est-ce pas, que j'ai raison !

Et la porte tournante du Beau-Rivage tourbillonna sur elle. Un moment, dans le froid qui était soudain tombé — comme si les nuages bas, sur le lac, étaient devenus épais, cotonneux et glacials —, La Chesnaye demeura immobile. Il ne voulait pas entrer tout de suite. Etre trop près d'elle. Donner — se donner — l'impression de la suivre. Il alluma une cigarette et fit quelques pas le long du quai. La brume était devenue brouillard et l'enveloppait de toute part, mais il ne sentait pas le froid qui, pourtant, l'envahissait peu à peu. Après un moment, il s'arrêta et, brusquement, revint sur ses pas. Remarqua-t-il alors la silhouette d'un homme en imperméable et au feutre mou dont le large bord était rabattu sur le front et qui attendait, dans l'ombre, près de l'hôtel ?

— Il m'a dit qu'il avait compris qu'il était suivi, mais il ne m'a pas dit quand il s'en était aperçu, m'a précisé Jenny lors de ce long thé en tête à tête que nous avons pris ensemble, chez Francis, et où elle m'avait tout raconté.

L'inconnu s'est probablement rejeté dans l'encoignure d'une porte à son approche et c'est cette femme qui veillait déjà sur La Chesnaye à la gare de l'Est et qui l'avait rejoint à Genève où ils s'étaient quand même donné rendez-vous, qui a pu me raconter la scène. Inquiète de ne pas le voir rentrer, elle était sortie de l'hôtel pour guetter son retour. Mais lorsque La Chesnaye a poussé à son tour la porte à tambour du Beau-Rivage, Andrée D. n'a pas bougé du coin du hall où elle était revenue se cacher. Elle seule savait ce que risquait La Chesnaye en restant à Genève, et elle avait compris qu'il acceptait le danger de cette halte à cause d'une femme qui n'était pas elle. A cause d'une autre. De Jenny.

Pour Jenny, l'amour, la vie, la voix de Jenny − et son sourire bleu embué de larmes −, que n'aurions-nous tous osé risquer ?

Lorsqu'il vit le lendemain matin sa femme pénétrer dans le hall de l'hôtel au bras, ou presque, d'un homme, Jean Ledoyen en fut bouleversé. Un retard du train qui l'amenait des Solda-nelles, sa clinique-retraite du Valais, lui avait fait manquer le rendez-vous qu'il avait lui-même fixé à Jenny si bien que la jeune femme, que ce nouveau délai avait replongée dans ses vieilles angoisses, avait fini par ne plus pouvoir supporter ni l'attente, ni sa chambre. Elle était donc sortie et s'était heurtée à La Chesnaye qui faisait les cent pas dans le hall. Celui-ci l'avait prise par le bras, décidé coûte que coûte à lui faire oublier ses tourments.

− Venez ! Je vous emmène !

Le grand air, le soleil revenu, la bonne humeur de La Chesnaye avaient fini par avoir raison de l'inquiétude de Jenny et c'est souriante − après tout, le retard de Jean pouvait n'avoir rien que de très normal ! − qu'elle était rentrée une demi-heure plus tard à l'hôtel. Inconsciente Jenny qui jouait avec le feu sans savoir que Jean, lui, brûlait.

Car Jean Ledoyen était enfin arrivé, et il attendait.

Qu'on comprenne bien maintenant ce qu'il avouera lui-même à Jenny d'abord − qui le savait déjà −, mais aussi à La Ches-naye lui-même, et à moi, lorsque nous nous sommes retrouvés plus tard à Paris. Qu'on comprenne bien ce que la guerre avait coûté à Jean Ledoyen : ces visions de tueries, de boue et de métal déchiré avaient tout simplement fait une loque de celui qui était l'un des plus brillants esprits, l'un des plus fins carac-tères, l'un des plus généreux, aussi, de son temps. Oh ! ce n'était pas seulement sa blessure qui l'avait amené là. Bien sûr, un poumon perforé, une jambe écrasée − quoi d'autre, encore, qu'il redoutait sourdement ? − vous réduisent un homme à peu de chose, fût-il de la stature de Jean Ledoyen ; mais il y avait surtout eu la montée sourde et profonde de l'angoisse en lui. Les amis morts, le dessinateur V., son plus proche camarade, aux mains arrachées – ou Jacques D., comme lui urbaniste et visionnaire, dont les yeux avaient été brûlés. Et Maurice M. ; et Claude L.D. : autant d'hommes qu'il respectait, dont il admirait l'œuvre, et qu'il avait vus réduits à l'état de débris, troncs sans membres, visages sans regard. Avant même d'être blessé, Jean Ledoyen savait ce qui lui arriverait, et il attendait sa blessure comme la preuve irréfutable que le monde et les hommes étaient au bord de la folie, et que d'y laisser sa peau était à peu près l'unique rémission.

– Survivre à tout cela ! devait-il me dire un jour, à voix basse, en regardant ses mains abîmées, ses jambes raides.

Et c'était pourtant le temps où l'amour de Jenny, le sacrifice de La Chesnaye – car comment appeler autrement le geste fou de Georges La Chesnaye ? – l'avaient déjà presque sauvé.

Dès lors, cette épave que la moindre course épuisait, mais aussi cet homme fragile, que la plus petite émotion pouvait jeter à bas, s'était senti devenir livide en apercevant sa femme entrer en riant dans l'hôtel Beau-Rivage au bras d'un étranger. Lui qui avait enfin accepté l'idée de la revoir.

– Qu'est-ce que je fais ici ? se demanda-t-il soudain en déployant un journal devant lui pour se dérober à la vue des nouveaux arrivants.

Mais Jenny était déjà allée jusqu'au petit comptoir où officiait le portier, à la verticale de la gigantesque cage de bois aux quatre étages de balcon qui fait de ce Beau-Rivage, où mourut Elisabeth d'Autriche, un poignard en forme d'aiguille fiché en plein cœur, une manière de prodige de l'architecture – et pas seulement hôtelière ! – de tous les temps. Et le concierge, d'un geste, lui avait montré Jean derrière son journal.

– Laissez-moi, murmura-t-elle à La Chesnaye.

Puis elle se dirigea vers son mari.

Dans ce café de l'Alma où elle me faisait les ultimes confidences qui me permirent, à moi, de connaître sa vision à elle de l'aventure viennoise vers laquelle, très vite, maintenant, nous nous acheminons, Jenny devait simplement me dire :

– Je ne me souviens plus de rien de ce qui s'est passé pendant ces premières minutes.

Comment aurait-elle pu savoir, et comment moi, diplomate plus frotté aux indiscrétions des chancelleries qu'aux aveux des romanciers, pourrais-je seulement l'inventer ? Les premières minutes et les premiers mots ; les balbutiements et le baiser très chaste empreint d'une manière de gêne, surtout, qu'ils ont échangé : Frieda, l'infirmière de Jean qui, tout comme Andrée X., la maîtresse de La Chesnaye, veillait dans l'ombre, m'a seulement dit : « Elle a pris son bras et l'a entraîné dehors. »

Vivre ! oh ! respirer ! Marcher, dévorer l'air soudain redevenu vif, se dire que cet homme à votre bras, c'est votre mari retrouvé, et retrouver dès lors son amour, son sourire, ou même seulement cette pression de sa main sur la vôtre !

Quand ils sont revenus, Jean Ledoyen semblait pourtant aussi tendu que lors de l'entrée de Jenny au Beau-Rivage. Bien sûr, il n'avait pas encore osé l'interroger sur La Chesnaye : qui était cet homme ? Et cette question qu'il avait retenue était restée dans sa gorge comme une boule... La barre au côté lorsque nous nous réveillons après une nuit de solitude et d'angoisse : nous aime-t-elle encore ? Nous aime-t-elle seulement, cette femme à qui, en une nuit, nous nous sommes tant et tant abandonnés ? Jean et Jenny sont simplement remontés dans la chambre où ils ne devaient demeurer que jusqu'au soir puisqu'ils allaient, sur les six heures, prendre à Lausanne le train de Bâle et de là le vieil Arlberg-Orient-Express pour Innsbruck, Linz et Vienne.

Lorsque Jean s'est laissé tomber sur son lit, tout habillé, il a d'abord regardé sa femme aller et venir autour de lui dans la pièce. Un instant, elle a laissé glisser sa robe pour en passer une autre et, dans la grande lumière, elle est apparue vêtue seulement d'une combinaison de soie blanche sur sa peau très blanche. « La désirer... », pensait Ledoyen. Mais il y avait le souvenir de la présence de La Chesnaye aux côtés de Jenny dans le hall de l'hôtel, et cette même question qui lui barrait la gorge : « Et cet homme ? Qui est-il ? » Il savait qu'il aurait dû parler, interroger, être rassuré peut-être, mais il ne pouvait pas. Le silence de tout le corps, vous comprenez ? Il avait peur. Alors, comme il devait quand même dire quelque chose, il a fermé les yeux. Des images en vrac : leur première rencontre à Vienne, oui, un bal, des fleurs, des robes de toutes les couleurs. Mais aussi l'ombre d'un autre qui se penchait vers elle. Ce musicien, ce cousin qu'elle avait aimé et qu'ils allaient revoir. Rolf. Rolf. Rolf ! Et la tête de Ledoyen, ce front brisé, éclaté.

— Et Rolf ?

Il avait parlé à haute voix. Jenny était en train d'arranger dans un vase les fleurs qu'un directeur d'opéra suisse-allemand très proche de la France et de ses chanteurs lui avait fait envoyer lorsqu'il avait appris par hasard sa présence à Genève. Elle s'est interrompue et s'est retournée vers lui.

— Tu sais bien que Rolf est seulement un prétexte. J'ai profité du concert qu'il donne après-demain à Vienne pour avoir une bonne raison de me retrouver là-bas avec toi.

Jean Ledoyen, allongé sur le lit, gisant parfaitement immobile, sa canne à portée de la main, n'a pas répondu. Rolf, oui. Il n'y avait pas uniquement l'homme qui était entré à son bras, au Beau-Rivage, mais aussi ce Rolf Freitag qui avait été le premier amour de la jeune femme.

— La journée a duré, m'a raconté Jenny. Et, d'une certaine manière, elle me paraissait ne devoir jamais finir.

Il y a pourtant eu la promenade sur le lac. Comme un grand convalescent qu'il était encore, Jean Ledoyen s'est enveloppé d'une cape de laine brune qui faisait penser à une tenue militaire — houppelande de souvenirs — d'un autre temps, et Jenny a posé sur sa tête un petit chapeau rond, comme une pastille à la menthe vert pâle sur ses cheveux noués en torsades et retenus par deux épingles.

— J'ai envie de respirer ! a lancé Jenny. Il faut respirer !

D'autorité, elle l'a entraîné et ils se sont retrouvés sur le quai, devant le ponton où étaient amarrés les vapeurs blancs dont les roues à aubes, très Nouvelle-Orléans, décrivent d'une rive à l'autre l'itinéraire presque irréel d'une promenade sur le lac comme on les imaginait déjà au temps de ma grand-mère : l'eau très bleue, les rives très vastes avec, au-dessus, les cimes très blanches, et les ombrelles des dames pour piqueter le tout de taches plus pâles. Et là, sur le pont du bateau que le vent agitait à peine, elle s'est appuyée contre lui.

— Que c'est bon, tu sais...

Alors, pour la première fois, cet étranger qui était cependant son mari, a posé son bras autour de ses épaules et l'a serrée — oh ! très légèrement : à peine une pression du bout des doigts — contre lui.

— C'est bon, oui...

D'un coup, c'était tout un monde disparu qui lui revenait à la mémoire. Des souvenirs, des concerts, des chansons et des fous rires. De longues soirées passées devant le feu de la cheminée, dans le salon de la rue Daunou — « à deux pas de l'Opéra : c'est si commode ! » — où ils avaient vécu les deux ans qu'avait duré leur mariage. Et ce monde, subitement, semblait de nouveau lui appartenir. Comme si tout, une fois encore, était possible : et les maisons à construire, vivantes et chaudes pour ceux qui souffrent dans les plus mortes, les plus froides des villes ; et l'amour de cette femme que son corps brisé à lui, son esprit embué, harassé, déchiré par la peur et l'angoisse, n'avaient cependant jamais cessé de désirer, au-delà de l'oubli, des lits d'hôpitaux, du silence où il avait pourtant résolu de s'ensevelir. Ce qui se passa à ce moment-là fut le retour à la vie de ce mort vivant qu'avaient fabriqué la guerre, la folie des généraux et l'âpreté de ceux qui, à l'arrière, donnaient l'ordre d'aller encore de l'avant : une seconde fois, il accentua la pression de ses doigts, de son bras, sur l'épaule de Jenny, et Jenny s'appuya davantage contre lui. Et brusquement, dans une grande envolée de vent, avec l'air du large et les mouettes du lac qui suivent en dansant les bateaux blancs sur l'eau bleue, les cheveux de la jeune femme se dénouèrent et, la masse blonde et cendrée dans la figure, rayonnante, Jenny a su elle aussi − et de manière absolue, sans l'ombre, cette fois, d'un doute ou d'une ambiguïté − que tout était encore possible.

Elle avait attendu cinq ans cet instant-là − et cet instant dura le temps que le bateau blanc croisa au large de Genève. Temps suspendu...

Comme elle se souvenait, et que l'émotion soudain figeait son regard, c'est moi qui ai pris sa main à notre terrasse de café de la place de l'Alma : après tout, j'aurais pu l'aimer !

Pendant une heure et demie le bateau à roue blanche a encore filé sur les eaux du lac. Ni Jean ni Jenny ne parlaient plus mais, pour la première fois, ni l'un ni l'autre n'éprouvaient plus le besoin de rien dire, tout en ne redoutant pas le silence. Et ce silence, cette eau si claire entourée de rives si vertes, les longs mouvements d'ailes des mouettes au-dessus d'eux auraient pu durer, durer... Peut-être que Jenny, frissonnante − de bonheur ? − avait froid ; peut-être que Jean sentait de nouveau dans la jambe gauche ces élancements qui, ni jour ni nuit, ne se calmaient vraiment, mais il y avait leurs retrouvailles, et cela seulement comptait.

A cinq heures, pourtant, le bateau à roue sorti d'un décor d'opérette a bien fini par revenir à son ponton, et la voiture que Jenny avait commandée pour les emmener à Lausanne était là, qui les attendait. L'étreinte de la main de Jean sur le bras de sa femme s'était relâchée. Et lorsqu'ils se sont retrouvés dans le hall du Beau-Rivage et que la silhouette de La Chesnaye est apparue à l'extrémité de l'enfilade des salons, que très courtoisement l'aventurier a salué de loin le couple, Jean Ledoyen a retrouvé toutes ses angoisses.

− Il faut que vous compreniez qu'il était encore très, très malade, m'expliqua Jenny.

Comme s'il avait fallu l'excuser.

La promenade sur le lac n'était qu'un moment hors du temps, et c'était de nouveau le temps hélas retrouvé, le tête-à-tête brutal – l'hôtel, la voiture, La Chesnaye dont il ne savait rien mais qu'il pouvait soupçonner de tout – avec la réalité. Comme une bête blessée qui rentre dans sa tanière, une fenêtre qu'on referme, l'éclat de bref espoir qui avait traversé Jean Ledoyen était bien envolé. Dès lors, c'est avec des gestes mécaniques qu'il est remonté dans sa chambre et qu'il a réuni les quelques objets qu'il avait sortis de son sac de voyage. De la même façon, et sans plus adresser la parole à Jenny – mais cette fois, son silence était un vrai silence – il a de nouveau traversé le hall de l'hôtel, sans un regard pour cette femme, Frieda, l'infirmière des Soldanelles, qui était là, pourtant – amoureuse comme Andrée D., à l'écart, qui veillait sur La Chesnaye.

Toutes ces femmes auprès des malheureux enfants que, blessés ou pas, nous n'avons jamais réussi à ne plus être...

Dans la double cabine de la voiture-lit du train de Vienne où ils s'étaient installés, Jenny Fisher et Jean Ledoyen n'ont pas parlé davantage que pendant le trajet en voiture de Genève à Lausanne, puis de Lausanne à Bâle dans un vieux wagon que secouaient tous les cahots du rail. L'angoisse brutale de Jean avait gagné Jenny et c'est elle qui avait maintenant les lèvres serrées et dont les mains tremblaient tandis qu'elle défaisait son bagage. Un moment, une longue robe de nuit blanche sur les bras, elle se retourna ; assis en face d'elle sur la banquette, Jean la regardait et son visage était soudain devenu celui d'un vieil homme. Elle n'en eut que davantage peur. Et la question qu'elle se posa de nouveau à ce moment lui fit fermer les yeux : et si Jean était à jamais perdu ?

... Cependant, à deux cabines de là, dans la même voiture, La Chesnaye s'installait également. Près de lui, Andrée D., qui l'avait rejoint, lui parlait à voix basse. La Chesnaye l'écoutait. Un mince sourire traversait le bas de son visage, mais ses yeux étaient étonnamment graves. Lorsque la jeune femme fut sortie, il ouvrit la fine serviette de cuir noir qui était son unique bagage, et il en tira un revolver de petit calibre dont il vérifia le barillet avec un geste d'expert, avant de le glisser dans la poche de sa veste. Puis, assis sur sa banquette, il commença une réussite. Son jeu de cartes était la copie d'un jeu fameux du XVIIIe siècle dessiné pour cette autre joueuse entre tous les joueurs, la marquise de Pompadour. Les quatre premières cartes qu'il tira étaient quatre as... Dans l'unique wagon de troisième classe accroché en queue du train, l'homme au chapeau aux larges bords lisait un journal populaire.

Comment raconter avec précision ce qui s'est passé ensuite ? A Vienne, à la fin de cette aventure, ce seront des faits, des noms, des cris, des morts même, qui en marqueront le déroulement. Mais pendant tout le temps qu'a duré le trajet de l'Arlberg-Express jusqu'à Vienne, tout n'a été, entre La Chesnaye, Jenny et Jean, que simples chuchotements, brèves confessions, aveux, murmures, et pourtant, en point d'orgue, résolution. La résolution que prendra La Chesnaye de faire tout ce qui sera désormais en son pouvoir – et pendant le peu de temps qui lui restera – pour réunir ce couple qui n'était même pas déchiré puisqu'il n'avait pas su se retrouver.

Ce fut d'ailleurs tout de suite une initiative de Georges La Chesnaye qui fit tomber un premier rideau de malentendus. Quelques minutes avant neuf heures, imitant sans le savoir le geste de Val-Bergot envers ma chère Maria, il fit porter sa carte à Jenny, la priant de vouloir bien dîner avec lui en compagnie de son mari « à qui je serai heureux d'être enfin présenté », terminait-il de cette belle écriture, presque calligraphiée, qui contrastait si étrangement par son aspect sage et mesuré avec tout ce qui a pu nous être révélé, ensuite, du personnage.

Jean Ledoyen, alors, se décida :

– Est-ce que je peux te demander qui est ce monsieur ?

Sa voix était blanche, et l'anxiété que Jenny devina en lui dans le moment même où il posait cette question, eut l'effet immédiat de la calmer un peu ; ainsi, c'était cela – cela entre autres choses, mais cela quand même – qui l'inquiétait ! Elle sourit presque :

– Oh ! La Chesnaye...

Elle expliqua qui était Georges La Chesnaye : l'un des derniers viveurs de ce temps où l'on n'avait pas encore réappris à vivre, un joueur, un passant rencontré dans un train – tout sauf un amant.

– Je l'ai croisé pour la première fois hier, dans le rapide de Genève ! acheva-t-elle.

Et le regard que Jean jeta à sa femme montra bien à celle-ci qu'elle aurait dû plus tôt le rassurer. C'est avec moins de nervosité qu'il secoua la tête :

– Un voyageur, quoi... Rien qu'un voyageur...

Mais Jean ne disait pas ce qu'il pensait au fond de lui : qu'était, en effet, La Chesnaye à ses yeux, sinon un planqué, un vrai ou faux aristocrate à la moustache légère qui avait fait le joli cœur et virevolté dans les salons tandis que d'autres, pendant ce temps, mouraient de peur — sinon d'une balle au front — dans les tranchées ? Jenny devina les reproches qu'il n'avait pas formulés.

— Il y en a tant, comme lui. Si tu savais... Et lui, c'est peut-être un des moins moches.

Elle retint un petit rire.

— Et puis, il aime ma voix ! Il en parle très bien, tu sais...

Pour la première fois, une sorte de complicité s'était nouée entre eux : Jean faillit, lui aussi, sourire.

— Ah ! s'il te parle très bien de ta voix !

Il n'avait pas avoué, Jean, que pendant ses années de captivité et de silence, il avait conservé toutes les coupures de journaux qui concernaient sa femme. Tous les programmes. Toutes les photos qu'on lui avait fait parvenir.

— Ah ! s'il parle bien de ta voix...

Il faisait l'indifférent, c'est tout. Cependant que des mains de La Chesnaye qui continuait à se tirer des donnes de poker, les as et les rois valsaient avec une superbe insolence.

Le dîner, maintenant... Bien sûr, les premiers mots furent difficiles. Il y avait une raideur ampoulée en Ledoyen qui était simplement une muraille, parce qu'il était toujours sur la défensive. Et La Chesnaye lui-même, pourtant toujours à l'aise et où qu'il fût, éprouvait une certaine gêne. Aussi, très vite, se jeta-t-il à l'eau. Ce qu'il dit ? Ce qu'il pensait vraiment.

— Je vous admire beaucoup, vous savez !

C'était à Ledoyen qu'il parlait. Jean le regarda, sans vraiment comprendre. Mais La Chesnaye répéta :

— Je n'ai vu que quelques-unes de vos constructions, mais j'ai eu comme une sorte de coup de foudre.

Et tout de suite, à sa manière pleine d'emphase qui n'était qu'une autre façon de ne pas avoir l'air de se prendre trop au sérieux, La Chesnaye montra bien à Jean Ledoyen qu'il savait ce dont il parlait. Il évoqua une maison d'artistes du côté de Ménilmontant, un collège de la banlieue nord de Paris, la villa de Nice...

— Vous allez peut-être sourire de l'enthousiasme que je mets à vous parler de tout cela, mais je ne suis, bien entendu, qu'un néophyte en la matière. Aussi, lorsque j'ai, comme pour votre œuvre, un vrai coup de foudre...

La plus étonnée était probablement Jenny. Certes, au cours de leur escale à Genève, La Chesnaye lui avait dit connaître les travaux de son mari, mais elle avait cru que c'était là une affirmation de mondain, peut-être un peu plus — mais de là à découvrir un La Chesnaye capable de discuter le style d'un escalier ou l'année de construction d'une école... Elle le regardait, fascinée. Et lui, qui s'en rendait compte, en rajoutait peut-être un peu, mais ce qu'il observait surtout, c'était le visage de Ledoyen. A mesure que défilaient les mots qui avaient été ceux de sa vie professionnelle d'autrefois — un hôtel des Postes à Cambrai, la maison des Quatre Généraux rue de l'Est — on devinait qu'une sorte de travail souterrain s'opérait en lui. C'était comme si une science longtemps oubliée revenait brusquement à la surface de son esprit et qu'il brûlait soudain d'en reprendre le fil.

— Tout cela pour vous dire, conclut La Chesnaye, que je ne vois guère d'œuvre de cette époque susceptible de rivaliser avec la vôtre, que ce soit par l'ambition du projet ou, surtout, par son ouverture aux problèmes de l'homme.

Les mots mêmes qu'il fallait dire...

— Vous faites peu de cas d'Auguste Perret !

— Perret est un cas à part. Il y a la volonté du démiurge, en lui, mais aussi un esthétisme art nouveau qui touche à la décoration pure...

— Perret m'a tout appris...

— Mais vous avez, Dieu merci, oublié ses leçons !

Jenny les écoutait, heureuse. Ainsi, ces deux hommes que tout séparait, semblaient se retrouver et, surtout, Jean lui-même donnait l'impression de réapprendre à vivre. Aurait-elle surpris l'attention presque inquiète que portait La Chesnaye à chaque réplique de son mari, qu'elle aurait peut-être deviné le projet fou qui couvait en lui. Mais déjà, Jean Ledoyen, faisait un pas de plus en avant.

— On vient de me proposer quelque chose... Une cité ouvrière près de Liévin, dans le Nord.

Cette fois, Jenny sursauta :

— Tu ne m'en avais pas parlé !

Il haussa les épaules.

— Oh ! je ne crois pas que je vais accepter...

— J'espère bien, au contraire, que vous allez dire oui ! Il faut tout reprendre tout de suite. Maintenant. C'est maintenant qu'on a besoin de vous !

L'intensité de la réponse de La Chesnaye : il refusait d'entrer dans le jeu des hésitations et des refus de Jean. Et en même temps, dans le désarroi de l'architecte blessé, il reconnaissait sa propre solitude.

— La guerre en a trop fauché de ceux qui pouvaient reconstruire le monde. Vous n'avez pas le droit, vous qui êtes vivant, de reculer.

— Oh ! vivant...

Le rire douloureux, soudain — de nouveau — de Jean Ledoyen.

— Vivant, oui !

La réponse de La Chesnaye, presque cinglante, cette fois, était sans réplique : Jean Ledoyen regardait ses mains. Il se taisait. Tout en parlant et en écoutant, il n'avait cessé de regarder autour de lui, le va-et-vient des serveurs, des sommeliers. Ces chambertin 1902, 1903, ces perdrix cuites aux choux, ces dames empanachées d'aigrettes frissonnantes, ces faisans, ces pintades... A la table voisine de la sienne, une femme brune à l'accent sud-américain et aux épaules découvertes portait délicatement à ses lèvres des petites huîtres de Belon qu'elle arrachait ensuite à leur coquille d'un seul coup de langue cruel. A ses oreilles pendaient d'énormes brillants en forme de poire et le monsieur en habit qui lui faisait face avait aussi un visage de poire. Tout en parlant à voix basse, il jetait des coups d'œil sur leur table à eux. La fille était belle et lui gros, laid, adipeux, l'avait achetée dans un bar à Buenos Aires ou à Santiago. De même cet autre homme, jeune encore, et peut-être séduisant, qui regardait longuement Jenny, qui la dévisageait avec insistance : Jean eut de nouveau peur. Pendant cinq ans, c'est avec ceux-là qu'elle avait vécu ! Tandis qu'à la clinique des Soldanelles, dans la plus suisse des Suisses, des garçons de vingt ans n'avaient plus ni bras ni jambes, et qu'à Berlin on continuait à traquer les communistes. Jean Ledoyen secoua la tête : il importait surtout de ne pas oublier.

— Je crois que je vais aller me reposer...

Jenny et La Chesnaye s'étaient levés en même temps que lui mais La Chesnaye avait surpris le regard que Jean avait jeté sur ceux qui l'entouraient. Sur ceux qui regardaient Jenny aussi. Ledoyen eut cependant un sourire presque calme.

— Je vous en prie... Je t'en prie, Jenny... Tu me rejoindras, tout à l'heure. Je me sens fatigué, c'est tout.

Puis il s'adressa à La Chesnaye seul, dont il retint un instant la main dans les siennes.

— Je vous remercie de ce que vous m'avez dit, monsieur. J'essaierai de me souvenir qu'on ne m'a pas tout à fait oublié.

Il s'inclina d'un geste un peu sec et s'en alla. Arrivé dans sa cabine, de la même façon qu'à l'hôtel Beau-Rivage, il s'étendit sur le dos et, tout habillé, ne bougea plus. Le balancement du train le berçait mais il savait qu'il ne dormirait pas.

— Vous comprenez maintenant pourquoi, la nuit dernière, je vous ai dit « non » ?

La main de Jenny avait pris un instant celle de La Chesnaye.

— Je crois que je comprends, oui...

Il y eut un silence. Les doigts de Jenny étaient maintenant crispés sur un verre de champagne. Enfin, elle le posa et regarda La Chesnaye.

— Vous pensez vraiment tout ce que vous lui avez dit ? Sur ses projets. Sur ce qu'il a construit.

— Je le pense, oui.

— Vous croyez qu'il n'est pas trop tard ?

— Vous permettez ?

Longuement, La Chesnaye alluma un petit cigare noir qu'il avait tiré d'un étui de cuir plat. Ce ne fut que lorsqu'il eut soufflé un mince nuage de fumée qu'il répondit.

— Cela dépend de vous. D'abord de vous. Pour pouvoir croire en lui-même, il faut que Jean croie en vous.

Le regard, bien sûr, le regard affolé de Ledoyen sur les hommes qui frôlaient Jenny. La Chesnaye tira encore une fois sur son cigare. Jamais il n'avait été plus grave. Parlant de Jean à Jenny, c'était sa vie à lui qu'il jouait. Parce qu'il savait que la vie de Jean dépendait de celle de Jenny et qu'il aimait désormais Jenny.

— Je sais que tout cela ne me regarde pas. Mais qu'allez-vous faire à Vienne ? J'ai entendu dire que vous aviez l'intention d'y rester ? Est-ce vrai ?

Elle attendit quelques secondes avant de lui répondre.

— Je ne sais pas moi-même. J'ai voulu y revenir avec lui, parce que c'est là-bas que... Mais je ne sais plus.

— Il faut faire très attention, Jenny...

Brusquement, ce fut elle qui le dévisagea.

— Pourquoi vous intéressez-vous ainsi à lui ? A nous ?

— A vous deux ? Vous voulez vraiment que je vous le dise ?

Il attendit un instant sa réponse. D'un mouvement des cils, Jenny l'encouragea à continuer.

— Tout simplement parce que j'admire votre voix, le talent de votre mari, parce que vous formez un très beau couple — et parce que j'aurais pu vous aimer.

Il avait lancé sa phrase d'un seul souffle et s'était arrêté de même.

— Vous *auriez* pu ?

— Moi, je ne fais que passer... Pour parler franchement, je ne sais pas très bien où je serai dans huit jours, alors...

Elle eut un geste d'inquiétude. Elle imaginait Dieu sait quoi. Un suicide.

— Vous n'allez pas... ?

— Mais non ! Je n'en suis pas arrivé là ! Mais c'est de vous et de Ledoyen que je veux parler ce soir...

Lorsque Jenny regagna son compartiment, elle était moins sûre encore d'elle-même. Jean, oui, et Vienne, aussi : mais elle n'avait pas tout dit à La Chesnaye. Ce retour aux sources de ce qui avait été sa musique et son art était aussi la tentation insidieuse de revoir — voir, simplement voir de nouveau : revoir — tout un pan de son passé auquel, soudainement, elle se rendait compte qu'elle n'avait peut-être jamais renoncé.

— Je suis folle, pensa-t-elle. Folle !

Folle d'avoir eu l'idée de jouer follement avec le feu. Folle d'avoir imaginé qu'on peut reconstruire ce qui a été sur les bases de ce qui préexistait à ce passé-là : son enfance, ses souvenirs. Ainsi l'ombre gigantesque de son cousin Rolf. La musique envoûtante, divinement maléfique de Rolf Freitag. Cette esthétique d'un autre temps qui lui collait encore à la peau et au cœur. Parce que c'était de Rolf qu'elle n'osait pas parler et qui entre maintenant brutalement en scène dans ce récit qu'après coup elle me fait. Arrivée en fanfare, tonitruante, agressive. Brutale. Et le visage de Rolf se superpose à celui de Jean. La nuque dure et râpée de Rolf ; les mains dures et carrées de Rolf. Rolf le Prussien de Vienne. Rolf sans pitié. Rolf qui veut posséder et qui écrase ce qu'il tient. « Rendre à Jean toute sa confiance », avait dit La Chesnaye ? Jenny eut un frisson. C'était vers Vienne qu'elle allait. Avec Jean, certes, mais vers Vienne, la nostalgie de ses premières amours. Et quoi encore ?

Dans sa cabine, Jean ne dormait pas. Et à voir ainsi son visage maigre et fatigué, le bleu sous les yeux, les lèvres minces, elle en éprouva d'un coup une immense tendresse.

— Je ne savais plus où j'en étais, m'avouera-t-elle. Brusquement, j'avais compris que j'allais revoir Rolf et dans le même temps, je savais que mon seul désir, ma seule vérité, c'était Jean.

Elle s'était cependant assise à côté du lit de Jean.

— Tu ne dors pas...

— Je dors très peu, depuis cinq ans.

Sa voix était sourde. Quelques instants, ils se sont regardés. Avec une sorte d'attente passionnée, Jenny scrutait le visage de son mari.

— Je voudrais tant que tout recommence...

Alors, la main de Jean s'est levée, et elle s'est approchée de le joue de Jenny. Sans la toucher — en prenant bien garde de ne pas la toucher ! — il effleurait ses pommettes, ses lèvres... Le souffle suspendu, Jenny attendait.

— Je voudrais tant que tout recommence...

Qui, d'elle ou de lui, avait répété la petite phrase ? La main de Jean a joué encore un instant sur le visage puis, doucement, elle est descendue le long du cou. Les doigts, le bout des doigts ! s'est posé à la naissance de la gorge.

— Oh ! Jean...

Jenny respirait plus fort. Comme si tout, en cet instant, pouvait vraiment recommencer. Les doigts de Jean sur sa peau... Il aurait fallu qu'il la touche vraiment, durement, qu'il l'embrasse, qu'il la prenne. Oh ! Jean... Elle a fermé les yeux, le train a eu un cahot et la main de Jean, tout simplement, est retombée. C'était fini.

— Il vaut mieux que, toi au moins, tu essaies de dormir, a murmuré Jean.

Après Salzbourg et Linz, l'Arlberg-Orient-Express approche généralement le Danube aux premières heures de la matinée. Ce jour-là, au point précis où le fleuve impérial rencontre l'Enns, la vallée tout entière constituait une sorte de gigantesque entonnoir où les brumes de la nuit s'accrochaient encore aux flancs de la montagne tandis que très haut, au ras du ciel, les sommets se découpaient déjà avec une netteté de printemps glacial. Et dans le train sorti enfin du tunnel de la nuit et des buées de la fin de l'hiver, c'était la même odeur des hauts pics que l'on sentait déjà, excitante, grisante : celle de ces pentes neigeuses où, des années après à Chamonix, je me laisserai emporter dans un grand chuintement de cristal poudreux avec une femme que j'aimerai.

— Vous permettez ?

C'était au wagon-restaurant. Le voyage peu à peu s'achevait : Ebelsberg, Traun : des souvenirs de guerre en dentelles. Un autre temps... La Chesnaye, assis devant un jus d'orange, des œufs au jambon, du café très noir, avait levé les yeux. Le cou frileusement enveloppé d'un foulard de soie, Jean Ledoyen, en veste de tweed trop vaste pour lui, était debout devant sa table.

— Asseyez-vous ! Je vous en prie...

Les gestes de Ledoyen étaient à la fois économes et maladroits. Comme s'il avait eu peur de déranger et s'il allait à tout instant renverser sur la nappe un verre d'eau ou le vase étroit piqué de trois roses blanches qui orne chaque table. Mais La Chesnaye devina quand même en lui davantage d'énergie que la veille. L'envie de parler, aussi...

— Je vous commande des œufs ?

Ledoyen secoua la tête : des œufs ? Le matin ? C'est tout juste si une tasse de thé et un toast beurré... Mais La Chesnaye avait déjà appelé le maître d'hôtel et, d'autorité, il avait passé pour lui la commande.

— Deux œufs à la coque, du thé et des toasts.

Puis il fit un clin d'œil à Jean.

— Vous verrez que vous vous sentirez mieux !

— Mais il me semble que je me sens déjà mieux.

Jean Ledoyen lui rendit son clin d'œil et, quelques minutes après, avec un peu d'appréhension, peut-être, mais avec aussi quelque chose qui ressemblait à un véritable appétit, il frappa du dos de sa cuiller aux armes de la Compagnie internationale des Wagons-Lits le premier de ses œufs à la coque.

Pendant deux heures, ensuite, ils ont parlé. Vrai tête-à-tête d'hommes où La Chesnaye a dit à Ledoyen ce que Jenny savait déjà : que Jean devait se remettre à vivre, que seule Jenny pourrait lui redonner ce goût, et que lui, La Chesnaye, ferait tout ce qui serait en son pouvoir pour les y aider.

— Parce que moi...

La Chesnaye, enfin, a parlé de lui. Le train approchait de Tillysbourg où vécut le grand Tilly de la guerre de Trente Ans qui lui aussi avait été un aventurier et, pour la première fois, Georges La Chesnaye a dit vraiment ce qu'il était. S'il n'a pas prononcé le nom de ceux qui voulaient sa mort, il a montré le petit revolver qu'il avait glissé dans sa poche.

– Ça me servira une fois, deux peut-être... Et puis après...

Le geste de La Chesnaye était sans équivoque. Mais il souriait. Et moi qui en ai tant rencontré, entre New York et Yokohama, de ces hommes pour qui la mort n'était, au fond, que la conclusion logique d'une aventure – la dernière –, je crois que je comprends ce qui pouvait pousser La Chesnaye à jouer ainsi les saint-bernard.

– Quoi donc ?

– Mais l'amour, voyons ! L'amour...

D'un bel appétit, Jean Ledoyen, avait achevé ses œufs. Seule, Andrée D., à l'autre bout du wagon, ne souriait pas.

A 11 h 25 du matin, le 4 mars 1919, le train de Suisse par l'Arlberg et Innsbruck entra en gare de Vienne : Rolf Freitag était bien sur le quai. Il y était même en bonne compagnie.

Ultime moment d'espoir : au moment où le convoi allait s'immobiliser sur la voie, Jenny avait posé sa main sur l'épaule de son mari.

– Tu verras que tout sera bien...

Et Jean avait regardé devant lui.

– Peut-être que tout sera bien, oui...

Mais la musique qui éclata sous les grandes marquises de verre de la Kaiserin-Elisabeth-Westbahn devait dissiper ses premières illusions. C'était la plus absurde, la plus grotesque Chevauchée des Walkyries qui se puisse imaginer, jouée par dix instrumentistes debout dans la poussière et sous la conduite d'un Freitag en jaquette qui paraissait saisi par une tonitruante inspiration.

– Ce n'est pas possible..., murmura Jenny.

Et le train s'arrêta. Jean avait baissé la tête.

C'était un véritable comité d'accueil qui s'était déplacé en force pour venir cueillir Jenny à sa descente du train. Rolf Freitag, donc, mais aussi la vieille comtesse Herminie von Bellmer, la tante de Jenny, et Hans Bebel, du Conservatoire, Klaus Martin, le directeur du Philharmonique, Scheel et Ludwig, les directeurs de l'Opéra, accompagnés de journalistes, de photographes et de quatre ou cinq officiers en tenue de sortie.

– Ce n'est pas possible, répéta Jenny.

L'orchestre continuait ses flonflons hors de propos. La jeune femme mit un pied à terre, suivie de Jean et de La Chesnaye ;

les officiers paraissaient au garde-à-vous, et la nuée de curieux que ce tonnerre inutile avait attirés donnait à toute la scène un aspect bouffon qu'il fallait le profond désarroi de Jean pour prendre au tragique. Mais Jenny, qui se retourna alors vers son mari, devina son désespoir : brusquement, il avait le sentiment que sa femme entrait dans un jeu auquel lui-même cessait d'appartenir. Elle allait revenir en arrière vers lui, lui prendre le bras, lorsque la musique de Wagner s'arrêta brutalement et que Rolf se retourna.

— Bon retour à Vienne, Jenny Fisher !

Le musicien avait parlé le premier, et toute l'assistance reprenait :

— Bon retour à Vienne !

Et c'était à qui s'approcherait le plus près d'elle, lui serrerait la main, l'embrasserait. Les directeurs de l'Opéra, la vieille comtesse, les instrumentistes, Rolf...

— Te voilà enfin revenue chez toi, mon petit...

Emportée par la vague des embrassades, la marée des effusions, le flot des congratulations, Jenny ne pouvait que se laisser faire. Et puis, n'est-ce pas, elle était bien revenue à Vienne...

— Tout d'un coup, j'étais émue. Tous ces gens, ces amis, tous ceux que j'avais perdus de vue et que je retrouvais là...

Elle m'expliquera cette espèce de joie presque enfantine qui, en dépit de la douleur qu'elle sentira croissante en Jean, ne cessera de l'habiter pendant les premiers moments de ce séjour.

— C'était un peu le retour de l'enfant prodigue...

Il y avait la musique et les compliments, l'émotion de certaines retrouvailles, bien sûr, mais surtout une qualité de l'air, une odeur, presque, faite à la fois de froid perçant et de chocolat chaud, de la fumée des brasseries et de la vieille poussière des salles de concerts, qui ne ressemblait à rien d'autre.

— Je comprenais bien que Jean était malheureux, mais...

Jamais je n'ai, moi, osé poser la question à Jenny : est-ce qu'en partant pour l'Autriche avec lui, vous ne pressentiez pas ce qui allait arriver ? Et cependant, je suis sûr qu'avec la meilleure foi du monde, Jenny Fisher, la grande Jenny Fisher de retour chez les siens et presque déjà dans les bras de Rolf Freitag, m'aurait répondu « non ». Aussi, tandis que les effusions se poursuivaient, qu'une petite fille en robe de Tyrolienne récitait un compliment, Jean demeurait maintenant à l'écart. Mais La Chesnaye était à côté de lui.

— Je trouve que ce type a une plus sale gueule encore que ce que je croyais...

Georges La Chesnaye parlait de Rolf Freitag, le cousin de Jenny. Celui-ci, d'ailleurs, l'avait foudroyé du regard : quel était cet intrus ? Et à plusieurs reprises, au cours de ce premier jour, le même regard soupçonneux et furibond de Freitag se poserait encore sur La Chesnaye.

Mais au Sacher, où ils descendirent, ce fut la même comédie. C'est tout juste si Rolf avait serré la main de Jean dans la voiture qui les amenait.

— Tiens ! J'avais oublié que vous deviez aussi venir...

Il avait, en revanche, jeté de nouveaux regards sombres à La Chesnaye qui paraissait ne pas quitter le couple. Et, prenant Jenny à part, il lui avait demandé :

— C'est un de tes amis ?

Mais Jenny, toute à l'émotion de ces instants, n'avait pas deviné la menace qu'il y avait dans le ton de son cousin. Dans le hall du grand hôtel, elle avait remercié le gérant, qui y était allé, lui aussi, de son petit couplet. La vieille comtesse von Bellmer, qui avait tenu à les accompagner jusque-là, avait prolongé les embrassades, parlant d'une voix haut perchée de la réception qu'elle allait donner le soir même, après le concert, en l'honneur de sa nièce perdue et retrouvée, et elle avait poussé en avant un grand benêt de petit-fils, au crâne rasé et aux vingt ans boutonneux, qui s'était fait l'interprète de la jeunesse viennoise, pour bégayer quelques paroles hachées.

— Tu ne reconnais pas Dietrich ? interrogeait la vieille comtesse.

Riant, brusquement redevenue une petite fille, Jenny s'amusait de tout. Et les directeurs de l'Opéra, qui les avaient rejoints à leur tour, renchérissaient dans ce concert cacophonique de cris de joie et de perruches caquetantes.

C'est seulement dans l'ascenseur qui les conduisait à l'appartement qu'on avait retenu pour eux que Jenny prit la main de Jean.

— Je suis heureuse, tu sais, de les retrouver tous.

Jean s'était efforcé de sourire.

— Avec un peu de chance — ou de malchance ! —, je me suis peut-être déjà trouvé face à face avec ton cousin Dietrich de l'autre côté des lignes.

Mais Jenny lui avait effleuré la tempe d'un baiser.

— Lui, c'est un gamin.

Jenny, elle aussi, avait soudain dix-sept ans. Et, dans le vaste corridor moquetté de rouge aux allures de palais baroque, elle respirait des parfums, des souvenirs.

120

— Tu sens, cette odeur de café au lait ? Les petits déjeuners au café à la crème du Sacher : ça aussi, c'est Vienne...

Jean ne disait plus rien. Comme il ne trouva rien à dire devant les vases débordants de roses rouges posés partout sur les meubles dans la chambre, le salon, le boudoir de Jenny. Piquée sur chaque bouquet, il y avait chaque fois une carte : Rolf Freitag — et Jenny elle-même, cette fois, en parut quand même gênée. Ce fut elle qui appela le garçon d'étage.

— Vous m'enlèverez toutes ces fleurs ; l'odeur me dérange.

Puis elle prit les deux mains de Jean dans les siennes.

— Tu te rends compte que nous sommes de nouveau chez nous ?

Alors, doucement, Jean Ledoyen retira ses mains de celles de sa femme.

— Tu veux dire : chez toi.

C'était fini : tout ce qui était clos en lui et qui avait pu s'entrouvrir pendant le voyage grâce à la douceur de Jenny mais peut-être surtout à la solide certitude de La Chesnaye, paraissait soudain et irrémédiablement refermé. Jenny allait continuer, jusqu'à la crise finale — et quelle crise, alors ! — à aller d'émotions en redécouvertes, et d'heure en heure, Jean se murerait davantage dans sa solitude. Il allait falloir le geste qu'on a déjà dit fou, insensé, de La Chesnaye, pour faire crouler ces murailles.

Toute la journée devait voir se poursuivre la mascarade du matin et les journaux du soir, qu'un huissier chaîné d'argent remettait à cinq heures précises sur mon bureau à l'ambassade, ne parlaient que du retour de Jenny Fisher.

— Bien sûr, j'aurais dû comprendre que Jean souffrait...

Inconscience de Jenny ! Ç'avait d'abord été le tourbillon des journalistes qui demandaient tous une interview exclusive. Finalement, Rolf Freitag avait suggéré à la jeune femme de donner une sorte de conférence de presse et, dans un salon du Sacher, elle faisait face au feu croisé des questions. Mais chaque fois, on en revenait à la même chose : Jenny Fischer était-elle de retour pour de bon à Vienne ? Et Jenny avait beau nier, expliquer qu'elle ne faisait que passer, qu'elle était venue pour la première audition de la nouvelle symphonie de Freitag, nul ne paraissait vraiment la croire. Après tout, la guerre était terminée, quoi de plus normal que l'une des premières chanteuses d'Autriche rentrât au bercail ? Et Rolf Freitag, présent, omniprésent, ne faisait rien pour démentir cette éventualité.

— Vous souffrez, n'est-ce pas ?

Ledoyen n'avait même pas sursauté. Assis dans un coin du salon aux lustres flamboyants, c'est dans un état de total accablement qu'il écoutait ce qui se disait autour de lui. Aurait-il été plus fort, davantage en possession de ses moyens qu'il se serait levé et qu'il serait remonté dans sa chambre boucler ses bagages : il n'avait plus rien à faire à Vienne. Mais le Jean Ledoyen qui assistait, impuisant, à la re-naissance loin de lui de Jenny Fisher, cantatrice viennoise, était plus que jamais, désormais, un égaré.

— Vous souffrez, n'est-ce pas ?

La Chesnaye l'avait rejoint et sans tendresse assistait à la scène qui se déroulait devant lui.

— Je ne comprends pas, murmura Jean.

Il ne comprenait pas : mais Jenny aurait dû protester ! Elle aurait dû se récrier, expliquer qu'elle était revenue pour lui, Jean, pour retrouver les lieux, les ciels, les palais et les jardins où ils s'étaient aimés — c'était bien ce qu'elle lui avait promis, n'est-ce pas ? — et non pour se prêter à ce grotesque jeu de la vérité où elle mentait si bien.

La Chesnaye alluma un de ses petits cigares noirs.

— Ne vous en faites pas trop, ça na durera pas.

Mais cela dura.

Le soir, il y eut le concert de Rolf. Jenny était assise au premier rang de la corbeille, à côté de Jean, mais qui aurait eu un seul regard pour Jean Ledoyen, ce jour-là ? Dans les ors et les stucs de la vieille salle du Kärntnertor Theater, ce n'étaient qu'aigrettes, diamants et gaines, justaucorps d'un autre temps. Comme si tout ce que la guerre n'avait pas fauché d'un avant-guerre déjà moribond avant que retentît à Sarajevo le premier coup de revolver, s'était donné rendez-vous pour tenter de rendre un ultime lustre à ses illusions passées. Car, le moment est venu de le dire, la musique de Rolf Freitag appartenait au passé.

Qui se souvient aujourd'hui de Freitag ? Qui écoute du Freitag ? Du grand courant viennois post-romantique et d'après Mahler et Bruckner, pour un Richard Strauss qui est aujourd'hui ce qu'il est parce qu'il avait en plus du génie, qui écoute encore du Korngold ou du Freitag ? A l'heure où se dessinaient déjà les découvertes les plus fulgurantes d'un Schoenberg, d'un Berg, d'un Webern, l'œuvre de Rolf Freitag faisait figure d'arrière-garde. Mais d'arrière-garde de combat. Prête à se défendre, prête à attaquer, et sur tous les fronts, pour assurer sa survie.

Aussi, tous ces comtes et barons d'un empire écroulé qui se retrouvaient dans les salles du Kärntnertor étaient-ils venus là pour applaudir des accents qui étaient ceux d'une musique qui, déjà, n'était plus. Mais que Rolf Freitag, le crâne rasé, la vue épaisse, les mains solides et carrées, menait tambour battant dans un grand déferlement romantique depuis longtemps dépassé.

Lorsque Jenny Fisher était arrivée à sa place, on l'avait applaudie. Moi-même, qui étais venu assister à ce concert par une sorte de curiosité presque malsaine, « pour voir » ceux qui s'étaient terrés depuis la fin de la guerre dans les ténèbres poussiéreuses de leurs palais voilés de noir et qui, pour la première fois, reprenaient le haut du pavé, moi qui venais là en jeune fonctionnaire d'ambassade que le folklore viennois amusait, j'apercevais Jenny pour la première fois.

— Vous étiez très pâle, et vous aviez les joues très rouges, lui ai-je dit lorsque j'ai évoqué avec elle cette soirée.

Elle a rougi plus encore.

— Je ne savais plus. Je ne me regardais même pas vivre. Je me laissais emporter par ce qui m'arrivait.

Au fond, après ses succès de Paris, c'était son premier vrai triomphe, et elle n'avait même pas chanté !

A côté d'elle, Jean Ledoyen, lui, était livide. Et, dans le fond de la salle, La Chesnaye regardait par-dessus son épaule. Comme s'il avait peur que ses ennemis, déjà, soient arrivés.

A l'entrée de Rolf Freitag sur la plate-forme, les applaudissements ont repris. Très raide, très sec, Freitag s'est incliné, d'un mouvement sec du corps cassé en deux. Puis il a fait un geste en direction de Jenny, et on a applaudi de plus belle : les lumières, alors se sont graduellement éteintes.

J'ai toujours été d'une sensibilité d'adolescent à l'atmosphère d'une salle de concert ou d'opéra : ce moment de silence, de silence absolu, avant que tout éclate. Ce soir-là, je ne savais rien de ce qui allait se passer, et j'en tremblais. J'étais venu pour voir, soit ! Mais aussi pour sentir. Et quelle que soit l'opinion qu'on ait pu avoir — les rumeurs aussi, qui m'étaient parvenues — sur la musique de Freitag ou, plus encore, sur sa personnalité, il n'en avait pas moins été pendant trois ou quatre ans un très grand chef d'orchestre. On le craignait car il était violent ; on ne l'aimait guère, car il était dur avec plus faible que lui ; mais on le respectait : comme un capitaine qui part à l'abordage, il savait conduire un orchestre à l'assaut de Beethoven ou de Bruckner. Ensuite, il s'est usé, et ce qui était vigueur est devenu brutalité, ce qui était fougue s'est transformé en démesure. Mais au cœur de ces premières années de l'immédiat après-guerre, il était au sommet de ses moyens et l'ouverture de *Leonore II,* qui servait d'introduction à sa symphonie à lui, dont il allait ensuite donner la première audition, était du Beethoven énergique mais inspiré.

Assis dans une loge d'avant-scène, je pouvais parfaitement voir Jenny Fisher que je dévisageais sans pudeur — mais je n'étais pas le seul ! — avec ces petites jumelles de nacre que je continue encore, chaque été, à emporter avec moi de Salzbourg à Vérone, de festival en festival. Je la regardais attentivement, et je vis des larmes couler sur ses joues : ai-je eu seulement l'idée de déplacer mes jumelles de quelques millimètres et de voir à quoi ressemblait l'homme — Jean — qui était assis à côté d'elle ? Mais nous n'avions déjà tous d'yeux que pour Jenny car elle était bien, je crois, la chanteuse la plus belle, au sens où l'on dit qu'une femme est belle, totalement et souverainement belle jusque dans ses tristesses, qui ait jamais hanté les scènes internationales. Depuis, Maria Callas a été belle, Elisabeth Schwartzkopf aussi — pour ne pas remonter à la touchante Meta Seenenmeyer, qui fit les beaux jours de Dresde dans les années vingt — mais Jenny Fisher — fût-elle en larmes, à un premier rang de corbeille, avait le visage, le corps, les mains de toutes les héroïnes de tous les opéras dont nous avons pu rêver.

Lorsque les applaudissements qui saluèrent la dernière mesure de *Leonore II* se sont tus, le visage de Jenny était devenu grave. Elle attendait. Certes, c'était dans cette salle aux ors trop lourds, aux rouges et aux grenats voluptueusement pelucheux, qu'elle avait rencontré pour la première fois Jean — il venait alors de recevoir la commande d'un sanatorium dans les monts du Tyrol, une sorte de Montagne Magique repensée à la lumière du plus chaleureux des humanismes — mais c'est dans cette même salle et sous ces mêmes tentures, accoudée à ces mêmes fauteuils de bois déjà vermoulu qu'elle avait découvert — dix ans, déjà ? — le *Concerto* en ré de Beethoven joué par Eugène Ysaye, ou les sonates avec le grand — le premier — Rubinstein au piano. Et celui qui était à ses côtés, alors, c'était Rolf. Non pas Jean, mais Rolf. Le cousin, l'initiateur, le découvreur en ce temps-là : celui qui tournait pour elle, une à une, les pages du plus somptueux des livres qui ait jamais été : celui de la musique dont il faisait déjà sa vie et qui allait devenir celle de Jenny.

Un accord s'est élevé, puis un autre, longuement prolongé, comme la musique qui monte des origines au début de la

Tétralogie de Wagner, et lentement, Jenny s'est abandonnée.

La salle, bien sûr, a fait une ovation à Rolf à la fin de sa pièce. De partout, les bravos et les vivats s'élevaient, parsemés de jets de fleurs, de bouquets de petites roses rouges que des bataillons entiers de jeunes admiratrices — filles de ces hobereaux qui ressortaient enfin au grand jour — lançaient sur scène à celui qui était pour eux tous une manière d'idole car il était non seulement beau, jeune encore et que sa musique leur rappelait tous les accents passés de Vienne et de l'Allemagne, mais aussi parce qu'on savait, dans ces milieux ultra-conservateurs, qu'il était de leur bord, ultra-nationaliste lui-même, intransigeant, prêt à brandir les foudres de l'ordre établi — demain, ce serait les matraques de ses milices — contre les défaitistes, les fauteurs de trouble, les juifs, les étrangers.

Dans le fond de la salle, pourtant, et autour de La Chesnaye, aux balcons mais aussi aux parterres, il y avait un public qui ne manifestait pas le même enthousiasme. C'était le petit carré de ceux qui savaient que cette symphonie aux cors et aux trombones triomphants, superbe dans son chromatisme classique et mesuré et menée à un train d'enfer par un chef avant tout désireux d'effets — n'était au fond qu'un monument creux et sonore qui témoignait d'une effarante naïveté d'inspiration et d'une emphase aussi véhémente que sirupeuse.

— C'est de la merde, mon cher ! murmurait un jeune homme au binocle doré à l'oreille d'un autre qui tenait sous le bras un énorme cahier de musique.

— Et de la merde agressive, si vous me permettez l'expression...

Les deux garçons s'amusaient bien évidemment à contrefaire le langage et le style ampoulé des commentaires élogieux qui volaient de toute part autour d'eux, aussi La Chesnaye se pencha-t-il vers eux :

— Parlez-moi un peu de la musique de ce Rolf Freitag, voulez-vous ?

Il était curieux de savoir, et les deux étudiants — car ils étaient tous deux élèves au Conservatoire — ne se firent pas prier.

... Cependant que, sous les applaudissements qui continuaient à déferler en vagues ininterrompues, la salle paraissait crouler.

Calmant enfin le flot tempétueux de ses admirateurs d'un ultime geste de la main, Rolf Freitag s'avança sur le bord de l'estrade et annonça que l'œuvre qu'il venait de diriger en première audition était dédiée à sa cousine, le célèbre soprano Jenny Fisher. Cette fois, ce fut du délire. Avec un petit sourire pour s'excuser à l'endroit de Jean, la jeune femme se leva, salua et les dernières lumières de la salle du Kärntnertor étaient depuis longtemps éteintes qu'un groupe d'admirateurs continuait à acclamer ses deux idoles dans la plus profonde obscurité, scandant leurs noms à l'infini.

– Oh ! Rolf ! C'était superbe...

Maintenant, et même devant son mari, Jenny Fisher ne cherchait plus à dissimuler sa joie. Elle que nous avions vue pâle et fatiguée sur les bords du Léman ou dans le train de Lausanne, nous la retrouvons subitement éclatante de santé, de joie, de plaisir, dans le foyer du théâtre où une réception a été organisée. C'est à qui, des baronnes empanachées et des marshallins aux plumes d'autruche, la serrera de plus près sur une poitrine largement décolletée ; c'est à qui, de ces chambellans d'Empire, de ces généraux d'une autre vieillesse, de ces héritiers lymphatiques d'une génération déjà éteinte, s'inclinera plus bas, plus raidement, pour lui baiser le bout des doigts.

Et Rolf, superbe, glorieux, sûr de lui, salue, commente, propulse Jenny devant lui, de groupe en groupe, entendant bien l'associer étroitement à chaque instant de son triomphe.

– Jenny, petite Jenny : tout recommence...

Moi qui ai vu de loin la nuque de Rolf Freitag, je sais bien que c'était là le cou d'un taureau et que son mufle violemment basané était celui d'un fauve féroce prêt à tout dévorer...

Mais Jenny avait insisté pour que Jean la suivît et, comme un Pierrot dont on a volé l'âme en lui prenant son amie, il était là, dans un coin, indifférent aux remous qui agitaient autour de lui une foule serrée d'admirateurs à bout d'épithètes. Il n'écoutait plus, il ne voyait rien : il était là et ailleurs. Aussi, ce fut encore une fois La Chesnaye qui intervint. Il y avait eu tout d'un coup un silence.

La scène qui suivit fut un dialogue trop beau pour ne pas être du théâtre : il est vrai qu'elle se déroula dans des coulisses et devant un public d'habitués des premières, fussent-elles des tueries, des guerres, des massacres, des générales.

– On me dit, cher monsieur, lança-t-il à Freitag, que votre symphonie est un ramassis de tous les lieux communs qui traînent dans tous les conservatoires de la vieille Europe : laissez-moi vous féliciter du succès que vous avez malgré tout obtenu !

La Chesnaye, aussi raide que les chambellans et autres vieux uniformes ou jeunes éphèbes de la Vienne d'avant-hier qui entouraient Freitag, s'était avancé vers lui. Dans un soudain silence, donc. Freitag devint écarlate.

— Monsieur, je ne vous permets pas...

Il en bafouillait de colère, Rolf Freitag ! Et la foule de ses amis, interdite, paraissait attendre que d'un seul coup de poing, il écrasât l'insolent : il l'aurait pu, en effet, tant sa carrure était celle d'un athlète et ses forces capables de porter un orchestre entier à bout de bras. Mais La Chesnaye éclatait déjà de rire et lui tournait le dos.

— Mais je parle devant un parterre d'auditeurs éblouis, alors je me retire. Il n'est pas de pire sourd que celui qui ne veut pas entendre — et je suis peut-être dur d'oreille. Je voulais pourtant vous saluer : je l'ai fait. A vous revoir, monsieur.

Peut-être que Freitag lui aurait couru après et lui aurait sur-le-champ demandé raison de son insolence, si une escouade avancée du bataillon de jeunes filles qui l'avait applaudi dans la salle à s'en déchirer le bout de leurs mignons gants de soie ne l'avait alors enfin retrouvé, entouré, submergé sous ses effusions bruyantes : lorsque Rolf leur échappa, La Chesnaye s'était déjà éclipsé.

Plus tard, on dansa chez la comtesse von Bellmer : un orchestre de valse et, comme la dame avait des idées avancées, un petit ensemble de jazz étaient répartis aux deux extrémités de la superbe enfilade de salons du palais Bellmer dont les hautes colonnades que les bombardements de 45 ont aujourd'hui jetées bas dominaient alors orgueilleusement un jardin à la française aux rigoureux alignements de buis taillés en clefs de *fa*.

Parce que le protocole de cette espèce de soirée officielle qu'on avait organisée pour Rolf, mais aussi pour Jenny — car c'était là, on l'a compris, une manière de conspiration de la plus vieille aristocratie viennoise pour ramener une brebis égarée —, parce que le protocole, donc, l'avait prévu ainsi, Rolf était parti en avant dans la voiture de la vieille comtesse, et Jenny suivait à quelques mètres dans celle du directeur du Conservatoire. A côté d'elle, calé sur les coussins, Jean Ledoyen ne disait rien. Jenny se rendait bien compte du malaise que pouvait éprouver son mari, mais ce soir-là — et de même que lui, s'était enfermé en son silence — elle était murée dans une sorte de vertigineuse tour de souvenirs dorés dont toute la tristesse de Jean n'aurait pu la faire sortir : venue à Vienne pour lui, elle y avait retrouvé sa jeunesse — et un autre.

Pourtant, lorsqu'elle entama avec Rolf sa première valse — tous les autres invités s'étaient arrêtés de danser et les regardaient — et que celui-ci l'attaqua de front à propos de La Chesnaye, elle eut encore la force de se montrer résolue.

— C'est ton amant, n'est-ce pas ? Et Ledoyen te sert d'alibi !

Rolf la serrait contre lui et sifflait ses insultes entre ses dents : on le découvrait soudain, le Rolf violent, rageur, dont nous n'avions jusqu'ici qu'entr'aperçu la silhouette puissante.

— Mais non. Ce n'est qu'un ami. Et Jean lui-même ne le connaît pas plus que moi.

La valse se poursuivait. Autour d'eux, on souriait, on applaudissait : Rolf Freitag était dur et menaçant mais il gardait son allure de faux prince charmant musclé.

— Si je le trouve encore une fois devant moi...

Mais Jenny se serra un peu davantage contre lui.

N'en avons-nous pas tous eu de ces faiblesses tendres pour des cousins, des cousines en robe blanche sur les prairies très claires de nos vacances ? Elle voulait empêcher le pire, et voilà tout.

— Je te demande de ne rien faire. Il m'a été d'un grand secours dans un moment de grand désespoir, il y a quelques jours. Je lui en suis reconnaissante.

Le ton de Jenny était grave. La valse dura. Rolf voulut bien promettre à la jeune femme de ne rien entreprendre à l'encontre de La Chesnaye. La valse dura encore. Rolf murmura à l'oreille de Jenny tout le mépris qu'il avait pour Jean, pour cette épave qu'elle avait amenée avec elle ; et Jenny le pria de ne pas continuer.

La valse durait toujours. Rolf ne dit plus rien et Jenny se pressa davantage encore contre lui. Puis, lorsque la valse s'acheva et que Jenny revint, enfin ! vers Jean qui attendait seul près du buffet, que la valse finît, celui-ci expliqua à Jenny qu'il était fatigué et qu'il allait rentrer se coucher.

Jenny eut un dernier sursaut : il fallait qu'elle résistât, qu'elle résistât quand même à cet univers de souvenirs et d'émotions dont Rolf lui avait de nouveau ouvert la porte.

— Ne me laisse pas ! Ne me laisse pas seule ce soir, s'il te plaît !

Mais Jean Ledoyen eut un petit rire :

— Tu n'es pas seule, voyons.

Lui, Ledoyen, il était seul, et brisé. Quand La Chesnaye le croisa dans l'escalier de marbre blanc et rouge qui menait de la salle de bal au gigantesque vestibule sonore — carrelage blanc et noir, statues aux nus voluptueusement durs et tendus, envolées d'arceaux de pierre blanche et d'angelots aux soleils de stuc d'or : tout cela, la guerre à venir (la dernière, cette fois !), allait en faire des gravats — il eut à peine un geste pour lui.

— Je rentre à l'hôtel.

La Chesnaye, curieux de voir ce qui allait se passer, monta quatre à quatre, en homme pressé qu'il avait toujours été, les marches du grand escalier.

— Je crois bien, m'a dit Jenny, que son plus grand plaisir était de jouer avec le feu.

Elle s'était tue un instant, elle qui, toute sa vie, n'avait fait que gratter des allumettes — pour voir —, et elle avait ajouté :

— Ou à la roulette russe...

Une balle, une seule, dans le barillet, et le trou noir dans la tête...

Rolf avait entraîné Jenny vers un petit salon décoré de tapisseries françaises. Il voulait lui présenter le préfet de Salzbourg qui mourait d'envie, disait-il, de la rencontrer. Des toiles de Boucher, aussi, et un petit Watteau : tout cela a disparu avec la colonnade, l'escalier, et tous les autres paliers qui bordaient ce carré somptueux de jardins à la française. Et là, très tendrement, il lui avait pris la main.

— Et ton préfet ?

— Il attendra...

Dans la cheminée, il y avait un feu de bois. Derrière eux, à travers la double porte ouverte sur les longs salons, des couples valsaient éperdument dans un tourbillon qui était déjà désespéré. Mais entre ces hommes et ces femmes sans âge qui n'attendaient plus rien, et Rolf et sa cousine, il y avait comme une muraille de verre : on les laissait seuls, ils étaient seuls.

Rolf tenait toujours la main de Jenny.

— Si tu savais combien je t'ai attendue...

— Ne dis pas cela...

Elle protestait encore, mais il la secoua presque.

— Pourquoi ne pas le dire, puisque c'est vrai...

Alors, dans un souffle, elle prononça le nom de Jean. Rolf allait lui répondre quand un couple s'avança sur le seuil du petit salon. Rolf entraîna alors la jeune femme vers la fenêtre entrouverte et le balcon.

— Viens ici. Il fait très doux...

La nuit tiède et blanche, les jardins du palais Bellmer et les superbes colonnes au-dessus d'eux : Vienne comme on aurait pu croire, il y a quarante ans, qu'elle ne cesserait d'être belle. Au premier plan, le palais Schwarzenberg, plus loin les casernes de la Garde, le palais Metternich et le Belvédère, enfin, dont on devinait la silhouette massive et découpée. Vienne la nuit, ou la magie de décors inventés par un architecte qui aurait eu le théâtre en tête. Mais Jenny avait prononcé le nom de Jean.

— Jean ! — cette fois, Rolf Freitag éclatait — Jean ! Mais ce n'est plus rien, Jean. Une ruine, une loque ! Je me suis renseigné : comment peux-tu encore espérer quelque chose de lui !

Elle pressa son front contre l'épaule de son cousin.

— Ne parle pas comme cela de Jean.

Mais Rolf s'emportait encore davantage : il voulait qu'elle comprenne, qu'elle décide, qu'elle choisisse.

— Tu n'es pas revenue ici par hasard, tu le sais bien ! Tu sais que c'est pour moi que tu es revenue !

Elle allait peut-être protester, tenter peut-être d'expliquer, mais brusquement, Rolf l'avait attirée contre lui et l'avait embrassée. Dès lors, Jenny avait oublié Jean. Elle ne vit pas, à travers la vitre et le rideau de dentelle de la grande porte-fenêtre qui donnait sur le petit salon, un regard qui s'était posé sur elle. Rolf ne le vit pas non plus, celui qui les observait ainsi, avec une insistance qui se voulait tout sauf discrète. Aussi, lorsque Rolf eut enfin relâché son étreinte et que Jenny le ramena vers la salle du bal — « Nous ne pouvons pas rester plus longtemps loin de tout le monde » —, l'apparition de La Chesnaye au seuil de la pièce fut trop rapide pour que ni l'un ni l'autre eût le temps de se recomposer un masque. Mais l'un comme l'autre savait que La Chesnaye avait tout vu.

— Belle nuit, n'est-ce pas ?

Claquant les talons, un sourire narquois aux lèvres, La Chesnaye s'était incliné. Avec un geste qui appartenait à Rolf. Ce ne fut qu'après qu'il eut disparu dans la foule des danseurs que Rolf Freitag lâcha le bras de Jenny qu'il tenait encore.

— Je tuerai cet homme, lança-t-il.

Car Rolf Freitag n'était pas seulement un musicien médiocre, c'était aussi un sportif consommé, un tireur émérite et un sabreur hors pair.

Jean était rentré au Sacher, la Chesnaye avait disparu dans cette nuit bleue de Vienne où il allait si vite, et à jamais, se perdre : Jenny était désormais seule en compagnie de Rolf. Ce qui se passa alors tient peut-être du songe, du rêve éveillé, de l'histoire que nous nous amusons à inventer parce que nous n'aurions pas osé la vivre et moins encore l'écrire.

On se préparait au Carnaval. Dans la rue, des groupes de masques abordaient les passants et Rolf avait simplement pris la main de Jenny. Il ne lui avait rien dit, mais elle avait compris où il la conduisait : si souvent, autrefois, du temps de leur jeunesse, ç'avait été la même promenade à la lueur de ces grosses boules de verre éclairées au gaz qui parsemaient en grappes éparses les nuits de Vienne. On quittait le théâtre ou l'Opéra sur les onze heures du soir, on dînait en bande — les amis du Conservatoire, les compagnons des plus mauvais jours — dans une brasserie, ou dans un restaurant à la mode lorsque Rolf lui-même ou la fille de la vieille comtesse von Bellmer les invitait tous, puis Rolf et Jenny quittaient alors leurs amis.

— Tu crois qu'elle nous entendra venir ?
— Lotte laisse toujours sa porte ouverte.

Ensemble, enlacés, le musicien et la chanteuse, ils allaient rendre visite à Lotte Brenner, la vieille Lotte, la sublime Lotte, qui avait chanté quarante ans à l'Opéra de Vienne tous les grands rôles du répertoire, puis qui avait été le professeur de Jenny et qui lui avait tout appris.

Lotte vivait au dernier étage d'un palais, derrière les jardins du Belvédère, qui appartenait à Herminie von Bellmer mais qui était vide depuis longtemps. La comtesse l'avait acheté à un nouveau riche tombé dans la misère pour son fils, le beau Heinz. Mais Heinz s'était fait tuer en duel avant même d'avoir pu s'installer dans ces salles immenses qu'il avait fait décorer avec un luxe tapageur, mêlant dans le plus total délire le baroque viennois et le style Napoléon III. Un jour que Lotte Brenner s'était retrouvée sans logement, la comtesse éplorée qui ne vivait que pour la musique lui avait proposé une chambre dans l'ancien palais du sieur Vaninal, un salon, un bout de lingerie au deuxième étage, et depuis, la vieille dame vivait là. Elle ne dormait pas la nuit. Elle feuilletait ses souvenirs et écoutait l'écho gravé dans la cire ou sur des cylindres des voix mortes et qu'elle avait aimées − et c'était au palais Vaninal que Jenny et Rolf, encore étudiants, avaient pris l'habitude de terminer leurs soirées.

− Viens, dit Rolf, cette nuit-là encore, douze ans après.

Il poussa la porte d'entrée monumentale qui dominait deux élancées d'escalier baroque au double encorbellement : le vestibule était une piscine de marbre où pendait un lustre non moins énorme que recouvrait une housse. Devant eux, dans la pénombre, s'élevait l'escalier principal qui était à lui seul une sculpture et un élément d'architecture grand comme deux maisons.

− Montons, dit encore Rolf.

Le cœur de Jenny battait : elle était bien revenue, cette fois. Il y avait comme une musique dans l'air. Ces voix que nous entendons venir de très loin parce qu'elles montent de nous-mêmes. Ces mots, ces bruissements... La comtesse de Mozart ou l'ingénue du *Barbier* soudain réconciliées. Ils traversèrent des salles et des salons. Partout, les rideaux étaient tirés, mais la clarté de la lune dessinait sur les murs et sur les planchers de grandes ombres bleues et blanches. Vienne la nuit, toujours, qui les enlaçait.

− Rien n'a changé, murmura Jenny.

C'était déjà un baiser, une étreinte. La guerre avait pu passer, les années, son amour pour Rolf et son amour pour Jean : c'était toujours le même paysage fou de meubles encapuchonnés, de miroirs aux voiles de gaze, de chandelles mortes dans des candélabres de poussière dont les silhouettes étaient celles de femmes aux seins nus. Ils poussèrent des portières, des tentures ; ils traversèrent une chambre au lit déjà prêt.

− Non : rien n'a changé.

C'avait été leur chambre, si souvent, et leur lit lorsque ni l'un ni l'autre ne voulait aller plus loin, les soirs de grande musique et de grande joie. Qui avait préparé le lit ? Le baldaquin et les rideaux aux gros glands dorés, les draps de soie damassés...

− Je sais qu'elle nous attend...

Ils gravirent un dernier escalier dissimulé derrière une cloison et qui se terminait en un colimaçon vertigineux et tout de suite, à main droite, Jenny reconnut la lumière : c'était la même lampe basse à l'abat-jour rose qui éclairait le piano, les partitions, les photographies et les disques dont s'entourait Lotte Brenner. La vieille femme, d'ailleurs, n'eut même pas besoin de lever les yeux vers eux.

− Tu es revenue, ma Jenny !

Elle avait reconnu son pas — une musique — et Jenny était dans ses bras.

Elles demeurèrent une heure, deux peut-être, à parler, les deux femmes, le maître et l'élève, celle qui avait inventé une voix et celle qui la faisait vivre. Assis en retrait, Rolf ne faisait que les écouter, mais il était là : c'était par lui que Jenny était revenue et Lotte Brenner, de temps en temps, lui souriait.

— C'est bien que Rolf soit avec toi...

Jenny serrait la main de son vieux professeur.

— C'est bien que tu sois de retour...

Jenny baissait la tête. Et lorsque plus tard Lotte Brenner se lança dans une grande envolée de souvenirs, qu'elle regretta le temps où les chanteurs se produisaient à Londres, à Vienne ou à Paris, mais uniquement à Londres, à Vienne ou à Paris et ne parcouraient pas le monde à la recherche de gloires illusoires, sautant d'un opéra à l'autre, d'un bateau à un train — qu'au-rait-elle dit, Lotte Brenner, des chanteurs d'aujourd'hui dont les journées se modèlent sur les horaires d'avion, ce matin à Berlin et ce soir à Milan ? Mais cela, c'est une autre histoire ! — Jenny ne répondit pas. Elle savait que l'unique vœu de Lotte aurait été qu'elle tournât à jamais le dos à cette carrière internationale — Lotte Brenner disait : « cosmopolite » — qui s'ouvrait devant elle, et qu'elle demeurât attachée au seul Opéra de Vienne qui était sa maison plus qu'aucune autre, en quarante ans de carrière, n'avait été la sienne.

— Un soir, en Amérique, dix jours plus tard au Pérou, huit jours encore chez les nègres : je n'appelle pas cela chanter, moi...

Le visage de Lotte Brenner était lisse comme celui d'un enfant. La peau était si tendue qu'on aurait dit que l'âge, d'un coup, s'était détourné d'elle. Et elle avait, sous le même front bombé que Jenny, les mêmes yeux très pâles. Elisabeth Schwartzkopf, aujourd'hui, a ce regard. Ou Marlène...

— En quarante années de carrière, moi, c'est tout juste si je suis allée de temps en temps faire un petit tour à Salzbourg, un autre à Berlin... Plus loin que ça, c'était un monde que je ne connaissais pas. Pour moi, il n'y a jamais eu que Vienne, Vienne et encore Vienne.

Comprenais-tu, Jenny ? Comprenais-tu ? La voix de la vieille femme tremblait un peu ; il y avait dans ses yeux des larmes de vieux, mais ses mains aussi étaient lisses et douces, qui caressaient le visage de Jenny.

— Tu ne repartiras pas, n'est-ce pas ?

Elle avait parlé à mi-voix, c'était une sorte d'incantation. Et comme Jenny ne répondait pas, ce fut Rolf qui se pencha vers elle.

– Non, Lotte. Jenny ne repartira pas.

Puis ce fut lui qui demanda à la vieille femme de poser sur le plateau du phonographe à pavillon un disque qu'elle avait enregistré, quelque vingt ans auparavant. La voix de Mozart et celle de la Pamina de *La Flûte enchantée* s'élevèrent dans la petite pièce : elle parlait aux dames en gris ou en sépia des photographies sur le mur, Lili Lehman, Margareth Siems, Nellie Melba, et à cette jeune femme qui lui était revenue après ces années. Et les lèvres de Lotte Brenner remuaient doucement, prononçant au fond d'elle-même les mots qu'elle avait dits jadis sur le disque.

Ach, ich fühl's, es ist verschwanden
ewig hin der Liebe Glück !...

« Ah ! Je sens bien que tout a passé
la Joie de l'Amour est finie... »

Jenny se pencha vers elle : les yeux grands ouverts mais perdue dans des images qui venaient de plus loin encore que de la jeunesse de son élève, Lotte Brenner ne la voyait plus. La main de Rolf se posa sur celle de Jenny.

– Partons. Elle ne nous entendra pas...

Ils redescendirent lentement l'escalier de bois qui craquait sous leurs pas. De plus en plus loin, la musique leur parvenait toujours et on aurait dit que la lumière rose de la lampe au vieil abat-jour baissé les éclairait encore, de très loin, faiblement.

Lorsqu'ils arrivèrent dans la chambre qui avait été la leur sept ans, douze ans auparavant, Rolf prit simplement Jenny dans ses bras.

Quant elle rentra à l'hôtel Sacher, c'était déjà le matin. Jean, étendu sur le dos, l'entendit tourner la poignée de la porte de la chambre et il ferma les yeux. Mais il ne dormait pas. Il entendit ainsi le bruit des vêtements de soie qui, un à un glissaient à terre, le choc léger, futile, des pierres et du collier qu'on laisse tomber sur une coiffeuse, puis ce fut de nouveau le silence depuis plus de six heures qu'il était rentré, il n'avait pas dormi. Il attendait.

La Chesnaye attendait, lui aussi, et lui non plus n'avait pas dormi de la nuit. Ses raisons à lui aussi étaient graves. Pendant toute la soirée, à écouter Rolf, à entendre la cour qui l'entourait, à regarder Jenny et Jean − Jenny et Jean désormais séparés − il avait peu à peu ressenti à l'endroit du musicien une haine profonde. Une haine violente, brûlante, dévorante, et qui l'habitait tout entier. Désormais, il n'avait d'autre idée que le détruire, l'abattre, mais comme on abat un fantoche, un grotesque : par le ridicule, par le silence. Et il était tout empli de cette haine. Cependant, comme il revenait du palais et qu'il poussait la porte de sa chambre, il s'était rendu compte qu'un homme était là et qui l'attendait.

− Surpris de me voir, La Chesnaye ?

La Chesnaye n'avait pas bronché. C'est vrai : il y avait son autre vie. Sa fuite. Et que ce fût Werner ou un autre, tous ces hommes qu'il savait lancés à sa poursuite à travers l'Europe, se ressemblaient. Andrée D., la femme qui l'aimait et qu'il n'aimait pas, et qui attendait aussi, quelque part, ailleurs, dans l'hôtel, lui avait dit : « Tu verras qu'ils viendront si tu ne t'en vas pas. » Il était resté et ils étaient là. L'homme − enfin, celui qui était là − se leva. Il ne tenait pas d'arme à la main, mais La Chesnaye devina bien que dans la profondeur de sa vaste cape, il devait y avoir un revolver.

− Je serai bref, La Chesnaye.

Celui qui s'appelait Werner était petit et maigre : avec son lorgnon sur le bout du nez, on aurait dit un professeur de grec ou même de musique dans une ville de province au fin fond de la Carinthie. Mais La Chesnaye l'avait arrêté tout de suite.

− Je sais ce que vous voulez.

Voilà : ils l'avaient enfin rejoint. La Chesnaye qui fuyait et qui aurait dû fuir encore s'était arrêté à Vienne à cause d'une femme, et ceux qui avaient été un temps ses employeurs l'y avaient retrouvé.

− L'argent, oui !

La Chesnaye respirait plus fort. L'excitation, c'est cela. C'était encore une fois l'excitation du jeu. Cette nuit-là, comme tant d'autres, il jouait de nouveau. Quitte ou double. Sur la moquette faussement persane d'un hôtel de luxe au lieu d'un tapis vert, mais avec sa vie cette fois au bout de la partie : le compte était serré et lui ne pouvait payer l'addition. La femme qui l'aimait, cette Andrée, m'a raconté ces soirées dans les cercles, dans les casinos : avec son argent ou avec celui des autres, sans fin, il jouait et il jouait encore. Un mois auparavant, à Paris, dans l'arrière-salle d'un grand club des boulevards, il avait perdu et, cette fois-là, l'argent n'était pas à lui.

— Vous deviez nous apporter cette somme, La Chesnaye. J'attends.

— Vous savez bien que je ne l'ai pas.

Il y avait eu sur le visage de l'homme au lorgnon un imperceptible déclic : le Français qui était en face de lui était désormais un homme mort. Avec un mort, fût-il en sursis, on a des égards.

— Je suis désolé, La Chesnaye, murmura Werner.

Mais La Chesnaye avait déjà compris qu'il lui fallait gagner du temps. Et puis Jean, Jenny : il n'avait pas terminé ce qu'il avait à faire. Alors il arrêta Werner, très vite.

— Je n'ai pas l'argent sur moi, mais je l'attends.

— Tiens, tiens...

Gagner du temps : Werner paraissait intéressé. D'ailleurs, il continuait.

— Et vous êtes venu jusqu'ici dans l'espoir de récupérer l'argent et de filer à l'anglaise !

C'était cela : il fallait que l'autre crût que son escale à Vienne faisait partie d'un plan. Alors il joua. Quitte ou double, donc, encore une fois.

— Vous m'avez eu. Tant pis pour moi.

— Et l'argent ?

Il réfléchit un instant.

— Demain soir, par le train qui arrive de Salzbourg à 5 h 30.

Et l'autre aussi, soudainement, était entré dans son jeu.

— 5 h 30 ?

Il n'y avait plus qu'à régler les détails de leur rendez-vous du lendemain, sur le quai de la gare, et Werner, drapé dans sa ridicule cape de conspirateur, avait accepté de quitter la pièce. Mais Georges La Chesnaye, homme en fuite, savait déjà qu'il était désormais arrivé à la fin de sa partie. Il avait tiré de sa poche l'éternel jeu de cartes aux figurines anciennes et, une fois encore, s'était servi trois as et deux rois rouges à cette donne unique de poker qu'il se servait pour lui seul quand il savait que la vie était un gigantesque poker et que seulement le bluff...

Puis il avait appelé Jean Ledoyen dans sa chambre — l'hôtel Sacher venait tout juste de se doter d'un superbe réseau de téléphones intérieurs, cornets de cuivre et tuyaux de caoutchouc enrobés de soie rouge — et il l'avait assuré que Jenny, très vite, lui reviendrait. Mais Ledoyen ne l'avait pas cru et ni l'un ni l'autre n'avaient donc dormi.

A 10 heures du matin, on apporta à Jenny et à Jean deux plateaux de petit déjeuner. A côté des croissants et des brioches près du pot de ce café noir et fumant qui avait rappelé à la jeune femme les odeurs du couloir d'hôtel de son enfance, il y avait trois journaux qui, tous, comme la veille, annonçaient en première page le retour de Jenny Fisher. Tous, aussi, rapportaient des propos de Rolf Freitag : celui-ci affirmait que la jeune chanteuse, revenue pour de bon en Autriche, allait créer six mois plus tard à l'Opéra de Vienne sa nouvelle œuvre : *Cordelia*.

Le premier, Jean déploya la *Wiener Zeitung*. Jenny et lui n'avaient encore échangé que quelques monosyllabes : qu'auraient-ils eu à se dire ? Jean savait, et Jenny savait que Jean savait. Lorsqu'il eut fini de lire l'article, il laissa retomber le journal et regarda Jenny. Elle avait passé un peignoir de vieille dentelle de Calais sur sa chemise de nuit et elle était en train de peigner ses cheveux devant une coiffeuse. Leurs regards se croisèrent dans la glace. Jenny si pâle...

— C'est vrai ?

Qu'elle allait rester à Vienne. Jenny ne répondit pas — et le silence, entre eux, dura.

Plus tard, et parce que nul n'attendait Jenny avant le début de l'après-midi, ils prirent une voiture et firent, ainsi qu'ils l'avaient prévu, cette promenade dans Vienne qui aurait dû être — comme la soirée de la veille au concert — l'itinéraire de leurs retrouvailles. Ces rues bordées de palais, ces jardins où poussaient des platanes et des statues, l'orgue de Barbarie à l'angle d'une église et la minuscule boutique d'un antiquaire où Jean avait acheté pour Jenny une rose en argent. Ni l'un ni l'autre ne disaient rien. Jenny portait une capeline blanche semblable à celle qui s'était envolée dans le vent du lac de Genève, mais cette fois des épingles l'arrimaient solidement à son chignon remonté sur la nuque. Jean la regarda : comment les femmes que nous aimons peuvent-elles soudain avoir l'air si dures ? J'en ai connu une qui, deux mois durant, me répéta qu'elle n'avait jamais aimé autant qu'elle m'aimait : j'en fus flatté. Huit jours après, elle me quittait, rompait tous les ponts, m'affirmait que je n'avais pas su l'aimer : j'en pleurai longtemps. Son regard, alors et sa façon de me dire « non » ! Eh bien, Jenny, dans cette promenade en voiture découverte d'un autre temps au Prater ou sur les allées du Hofgarten entre la Burgtor et le nouvel Opéra, avait le regard de cette femme-là.

— Il aurait suffi qu'il ait un geste vers moi, un seul, et je sais que j'aurais fondu en larmes. Que je serais tombée dans ses bras !

Elle ne cherchait pas à excuser son attitude lorsqu'elle me racontait la scène, mais seulement à expliquer : après tout, c'était moi qui avais demandé à comprendre. Je la voyais qui dévisageait les passants sur la place de l'Alma : lequel ? Lequel de ces gens pressés et renfermés sur eux-mêmes aurait compris ? Car Jean était cela : fermé, muré sur sa douleur. Glacé : il ne pouvait même pas tenter d'essayer de comprendre.

La chocolaterie Santos, le marchand de peinture, l'antiquaire Westhof où ils avaient trouvé ensemble cette petite toile baroque qui représentait Daphné devenue arbre et fleur entre les mains d'un Apollon trop épris : chaque vitrine était un signe du passé. Que Jean ait pris la main de Jenny, en ces moments-là... Mais il ne pouvait pas. Toujours en silence, ils déjeunèrent au Ross dans les jardins de Leopolstadt, puis Jenny demanda qu'on les reconduisît à l'hôtel.

— J'ai promis à ma tante d'être chez elle à quatre heures.

Jean savait que la vieille comtesse allait de nouveau réunir quelques amis, des musiciens, des journalistes, et que Rolf serait là. Mais Jean, lui, se savait battu. Et Jenny sentait la même angoisse l'étreindre à son tour. En arrivant devant le Sacher, au moment où il allait se lever, elle le retint.

— Je suis terriblement triste, tu sais.

— Je sais.

Il y eut un bref silence.

— J'essaie de me dire que c'est pour ma carrière, murmura encore Jenny avant de le quitter.

— C'est cela. Dis-toi que c'est pour ta carrière.

Cette fois, c'était Jean qui était dur. Mais il était la victime. Et lorsque deux domestiques frappèrent à la porte de sa chambre au milieu de l'après-midi et qu'il les eut fait entrer, c'est sans bouger qu'il les regarda ranger un à un les vêtements de Jenny dans sa malle. Le peignoir en dentelle de Calais et la chemise aux transparences bleutées...

Montant très vite l'escalier du palais Bellmer, Jenny ne savait plus qu'une chose : elle venait de sortir d'un mauvais rêve. Enfin, elle allait pouvoir recommencer à vivre.

Quelle vie ?

Il était 5 heures du soir. On avait allumé les bougies dans le bar du Sacher et deux femmes aux robes du soir trop voyantes et assises sur de hauts tabourets buvaient des cocktails doux et compliqués que leur préparait Johnny, le barman américain né comme vous et moi à Bucarest. Jean Ledoyen, dont les gestes paraissaient toujours aussi maladroits, toujours aussi embarrassés, penait d'entrer dans la pièce et s'habituait mal à la pénombre.

— Je suis ici !

A l'autre extrémité du bar, La Chesnaye lui faisait signe et, comme il le rejoignait, les deux demi-mondaines sur leurs hauts tabourets suivirent Ledoyen d'un long regard. L'une d'elles avait des cuisses gainées de résille noire très haut découvertes sous la longue jupe fendue.

— Je vous dérange ?

— Pas le moins du monde.

Ledoyen s'assit à la table de La Chesnaye. Il était descendu dans l'espoir de le retrouver et, sur le moment, son cœur s'était crispé à l'idée qu'il n'était pas au bar. Avec qui, alors, parler ? Ou, plus exactement, ne pas parler. Mais il l'avait, Dieu merci, aperçu dans l'antre.

— C'est fini, dit-il simplement en posant ses deux coudes sur la table.

Johnny, né à Bucarest, s'approchait, et La Chesnaye commanda deux whisky-sour.

— De l'alcool ?

Jean Ledoyen avait sursauté.

— Pourquoi pas ?

Pendant quelques instants, La Chesnaye respecta son silence. Puis il reprit les mots mêmes qu'avait prononcés Jean.

— Comment savez-vous que c'est fini ?

— Je le sais, voilà tout.

— Eh bien, moi, je ne suis sûr de rien.

Alors La Chesnaye, avec la plus parfaite assurance, hocha la tête et parla : Rolf était un être méprisable et Jenny le savait bien, puisqu'elle l'avait une première fois quitté. Elle le savait alors, elle s'en rendrait de nouveau compte très vite.

— Ignoble, vous comprenez ? Toute la morgue de ceux que je hais le plus. Ceux qui se croient les maîtres. Les faux sur-hommes de la pire espèce. Si, au lieu d'être musicien, il était

139

soldat ou garde-chiourme, flic, gardien de prison, je ne donnerais pas cher des malheureux qui tomberaient entre ses mains.

— Alors ?

— Alors, Jenny ne restera pas avec lui.

Ledoyen eut un faible sourire.

— Elle partira avec moi ?

Il voulait dire : moi ? cet être déchu que je suis devenu ; cet homme faible, sans volonté, épuisé, sans courage ?

— Elle partira avec vous, oui.

La Chesnaye voulait dire : cet architecte qui a construit des immeubles, des quartiers, des villes entières. A qui l'on propose de nouveau cette cité ouvrière, à Liévin. Et Jean, qui comprit ce qu'il y avait de sous-entendus dans la voix de l'homme qui lui faisait face, eut un petit rire. Horriblement triste.

— Mais je ne peux plus rien.

Il savait qu'il ne pouvait plus faire face au papier blanc, au crayon, à la table à dessin. Mais La Chesnaye savait, lui aussi.

— Avec elle, si. Vous pouvez. Vous me l'avez dit vous-même.

Il continua. Pour la première fois de sa vie, le joueur La Chesnaye, l'aventurier, le masque, le clown désespéré qu'il était en réalité, l'homme, celui-là réellement fini qu'il avait choisi de devenir, parla vraiment. Du fond du cœur.

— Je ne vous l'ai jamais dit, mais je crois que j'aurais pu aimer Jenny...

Jean, Jenny : il les confondait d'un coup en une même tendresse. En quel personnage avait-il été soudain transformé, l'habitué des casinos, le flambeur au petit revolver à barillet glissé dans la ceinture de son pantalon ? Lorsque je vous dis que moi aussi je ressens pour cet homme que je n'ai jamais connu une affection profonde, mes mots sont encore en-deçà de ce que j'éprouve. Il était l'ami qu'on devrait toujours pouvoir un jour rencontrer, voilà.

— De toute façon, Jenny ne peut vivre qu'avec vous.

C'était sans appel. Et il aurait peut-être poursuivi encore longtemps si une sonnerie n'avait soudain retenti, aigrelette, insistante et si le barman ne l'avait interrompue en se penchant vers lui.

— Monsieur La Chesnaye ? On vous demande au téléphone...

Il allait conduire La Chesnaye jusqu'aux cabines téléphoniques, mais La Chesnaye refusa.

— Je prendrai l'appel ici.

Le récepteur téléphonique était accroché au coin du bar. Ledoyen le vit se diriger vers l'appareil, le saisir d'une main et écouter un instant ce que son interlocuteur avait à lui dire. Puis, très posément, La Chesnaye parla.

— Ecoutez, mon vieux, dit-il d'une voix tranchante. Nous avons encore une demi-heure devant nous et j'ai une montre dans mon gousset gauche. Alors, foutez-moi la paix pendant une demi-heure, voulez-vous ? Je serai au rendez-vous.

Il raccrocha, mais il avait parlé assez fort pour que Ledoyen, le barman baptisé Johnny et les deux putains en tenue de sortie pussent l'entendre. Ultime bravade ? Il revint vers Jean.

— Des ennuis ?

La Chesnaye haussa les épaules.

— Rien que de très normal.

A 5 h 30, le train de Salzbourg pénétrait dans la Kaiserin-Elisabeth-Westbanhof. Bien entendu, il n'y avait à bord aucun passager que La Chesnaye connût. L'homme au lorgnon, Werner, attendait au bout du quai. Quand il vit La Chesnaye revenir vers lui les mains vides, il l'aborda.

— Vous vous êtes encore moqué de nous, n'est-ce pas ?

Mais La Chesnaye secoua la tête : il avait pris sa décision et l'entraîna vers les gigantesques toilettes de la gare, aux superbes carrelages vitrifiés.

— Ne parlons pas ici, voulez-vous ? J'ai ce que vous attendez.

Les grands lavabos étaient déserts. Il y régnait une odeur de savon bon marché et d'eau de Javel : ces lieux de passage anonymes où se dénouent les ultimes intrigues. La Chesnaye poussa une porte puis, faisant signe à Werner de passer devant lui, il sortit son revolver et tira un seul coup : il savait que s'il lui avait encore demandé vingt-quatre heures de délai, Werner aurait refusé. Et La Chesnaye avait besoin de ces vingt-quatre heures-là. L'homme au lorgnon s'écroula donc sur un siège de toilette en faïence émaillée somptueusement fabriqué à Manchester. Alors, sans hâte, La Chesnaye referma la porte sur lui et prit le temps de se laver les mains.

Il savait désormais ce qu'il faisait. Le voyageur perdu avait son plan qu'il allait exécuter à la minute près. Et, en réinventant l'itinéraire de cet homme tout juste sorti pour moi de l'ombre et qui va si vite y retourner, je me prends non seulement à l'aimer, mais à l'admirer. Comme on admire et respecte un homme public, un écrivain, un architecte : ce qu'il a fait, aucun de mes amis, ni moi-même, bien sûr n'aurions osé seulement y penser. Et cependant, il l'a fait, n'est-ce pas ?

— Aucun homme, je crois, ne m'a aimée comme lui, répétera Jenny Fisher.

Et au-delà de cette tendresse, de cette admiration que je ressens pour elle, je devine pour la première fois en moi une sorte d'obscure rancune : comment Jenny a-t-elle pu être si aveugle ?

A 7 heures et quart, Georges La Chesnaye pénétrait dans un petit salon du palais Bellmer, le salon aux tapisseries françaises, dont la fenêtre donnait sur le jardin. Ce salon, précisément, dans lequel Rolf et Jenny avaient commencé, la veille au soir, à se retrouver. Debout à côté de la vieille comtesse, Freitag, selon son habitude, pérorait. Il parlait de la décadence de la musique allemande, de cette nouvelle école de Vienne, les Schoenberg, les Berg et les Webern, qui laminaient tout sur leur passage, et il vouait aux gémonies ceux qui osaient les suivre.

— Une race inférieure. Des étrangers. Des juifs...

En quelques mots, Rolf savait si bien révéler ce qu'il était vraiment...

Pendant un moment, La Chesnaye demeura sur le seuil de la porte à l'écouter. Puis il fit quelques pas en avant. Jenny l'aperçut la première et se leva : comme si elle avait deviné le pire et voulait l'arrêter. Mais La Chesnaye souriait. Simplement, il parla. A voix très haute, très claire, en un allemand parfait, il parla. Il ne s'adressait qu'à Freitag, mais il fut mordant, cynique, incisif. Insolent comme seul un homme arrivé à ce degré de solitude pouvait oser l'être. La musique de Freitag ? Mais de la crotte, et nous le savons bien tous ! Le talent de Freitag ? Mais celui d'un métronome saisi par la plus folle des grandeurs. Le retour de Jenny ? Un coup monté, tout simplement, un guet-apens, une chausse-trappe. L'avenir de Freitag, dès lors ? L'oubli. L'oubli rapide, fulgurant, pur et simple.

Ses amis retinrent Rolf Freitag qui voulait frapper, mais on sentait que La Chesnaye était de taille à se défendre. On devinait les muscles de l'aventurier, sous l'habit équivoque du viveur. Vous vous souvenez de Lacenaire-Marcel Herrand, qui tue si bien l'aristocrate Louis Salou dans *Les Enfants du paradis* ? C'était cela en ce moment précis. Lui aussi aurait pu tuer. Alors, comme Freitag lançait un « Monsieur, je ne permettrai pas ! » qui n'atteignait que le vide, La Chesnaye s'inclina : il savait si bien le faire ! Faire preuve d'une fausse servilité pour mieux décocher ses coups :

– Quand vous voudrez, où vous voudrez...

– Demain matin !

Rolf Freitag écumait de rage. Mais La Chesnaye ne cessait de sourire. Cela aussi faisait partie de son plan. Et Werner mort, il les avait, ses vingt-quatre heures de délai.

– C'est cela. Demain matin. Je l'avais prévu. Comme je n'ai guère d'amis ici, je vous enverrai un des maîtres d'hôtel du Sacher, qui fera bien cela pour moi. Il réglera les détails.

Jenny était demeurée immobile, figée par la surprise, et peut-être par la peur : soudain, elle se rendait compte de ce qui allait arriver. Mais déjà La Chesnaye s'était incliné une dernière fois et avait quitté la pièce. C'était tout l'art de La Chesnaye, de savoir se retirer mieux que personne.

J'imagine ce que fut le retour de Georges La Chesnaye à l'hôtel Sacher, cette dernière nuit d'un début de Carnaval. Comme la veille, des groupes de masques abordaient les passants et tous avaient, sur le visage, l'empreinte de la mort. C'étaient des Pierrots désespérés, des Arlequins sardoniques, des Polichinelles déchirés. Il y avait des rires gras, parfois le bruit d'un pétard et, venue de nulle part, une musique qui trouait la nuit.

– J'ai froid, dehors ! Tu ne vas pas me laisser toute seule dehors par une nuit pareille !

La fille qui l'avait accroché par le bras était vêtue de noir. Elle avait des larmes de strass et sa bouche était celle de toutes les femmes qu'il avait aimées.

– Viens avec moi ! Tu poseras ta main sur moi. Tu auras chaud...

Elle le suppliait et se collait à lui, l'entraînait de tout son poids, le retenait, le faisait sien – quelle étreinte ? – mais La Chesnaye se dégagea.

– Pas ce soir, ma belle. Demain, toute la nuit, si tu veux !

Il la vit disparaître à la dérive, emportée par le vent qui montait de la ville, avec une petite pluie fine, maintenant, et le goût du Carnaval.

– Je t'attendrai, tu sais !

La suivante était sans âge, c'est-à-dire qu'elle portait mal le sien, mais au coin de ses paupières, les larmes étaient du même strass. Ses dents gâtées étaient noires et ses lèvres luisantes, boutonneuses.

– Tu ne me reconnais pas ?

143

Bien sûr, qu'il la reconnaissait, elle avait été la première, vingt ans auparavant, et d'elle, il ne restait que cela. Son étreinte était, cette fois, humide, nauséabonde. Elle pourrissait debout. Et si, lorsqu'elle arracha son masque, il découvrit qu'elle n'avait pas seize ans, c'était quand même la même odeur de boue. Comme celles qui suivirent et celles qui vinrent après. Derrière lui, il jeta un paquet de gros billets bleus et verts qu'elles se disputèrent — lambeaux de chair — comme des chiens s'arrachent des lambeaux de viande.

Il rentra à l'hôtel, tremblant de fièvre, expliqua en quelques instants à un portier galonné d'or ce qu'il attendait de lui pour le lendemain puis il monta se coucher. Le portier, à son tour, compta ses billets. Jenny était belle et blonde mais ses yeux enfoncés profondément sous le front avaient aussi le regard de la mort.

— Lorsque je suis entrée dans sa chambre, il était étendu tout habillé sur son lit et la sueur ruisselait sur son visage, m'a-t-elle encore raconté.

Et cette fois, tandis qu'elle me parlait, de vraies larmes roulaient sur son visage : cette nuit-là et le matin suivant avaient marqué sa vie plus que toute autre nuit, que tout autre matin.

— J'étais venue pour lui demander de renoncer à ce duel, de s'en aller. De ne pas se battre.

Mais La Chesnaye avait très vite retrouvé toute sa superbe. Il s'était redressé, il avait renoué sa cravate et avait demandé à Jenny de l'excuser de l'avoir reçue en tenue aussi négligée. Puis il avait parlé. Non, il n'allait pas quitter Vienne. Oui, il se battrait le lendemain avec Rolf.

— Mais pourquoi ? Pourquoi ? Tout cela ne mène à rien.

La Chesnaye avait bu une gorgée de cognac dans une flasque recouverte de cuir posée à côté de lui.

— Oh ! si, Jenny ! Cela conduit quelque part. Et tout droit.

Alors, il raconta tout : les hommes qui le poursuivaient depuis Paris, depuis toujours, l'argent qu'il devait, l'assassin qu'il avait lui-même assassiné. L'odeur des toilettes de la gare, celle de ces femmes qu'il avait croisées dans la rue.

— Fichu pour fichu, j'aime autant choisir ma mort !

— Mais c'est un duel, Georges, pas un suicide.

— Vous croyez vraiment que je vais me battre ? Vous croyez que je vais tirer sur votre gloire du flon-flon viennois ?

Non : j'ai dit que le plan de La Chesnaye était préparé, il n'avait pas l'intention d'en modifier un seul point. Et Jenny eut beau implorer, supplier, il l'écouta en souriant, mais il tint bon. Enfin, elle éclata :

— Mais je vais tout dire à Rolf. Il m'écoutera et n'acceptera pas de se battre dans ces conditions !

— Vous croyez !

La Chesnaye avait eu un rire très dur : il savait, lui, que Freitag se battrait, et qu'il se battrait à mort. D'autant plus volontiers qu'il saurait que son adversaire ne tirerait pas, lui. C'était tout le propos de la véritable machination que La Chesnaye avait ourdie et tout, désormais, allait se dérouler selon ce qu'il avait prévu. Il baissa la voix.

— Rolf Freitag, voyez-vous, n'est pas un homme. C'est un mannequin d'acier à peine recouvert de chair. C'est une bête. C'est l'essence même de ces monstres à visage humain qui n'attendent que le moment propice pour essayer de nous écraser tous.

Il parlait désormais avec lenteur, comme si, lui, le joueur qui tue pour sauver sa peau, avait deviné la race des Rolf Freitag : celle des assassins qui tuent pour rien, simplement parce qu'ils en ont le pouvoir. Ceux qui, une quinzaine d'années plus tard, allaient le prendre, ce pouvoir, à Berlin, d'abord, puis à Vienne, à Varsovie, à Bucarest, à Prague, à Budapest, à Paris — sans parler de Rome ou de Madrid.

— J'irai quand même le voir..., murmura Jenny.

Au moment où elle se préparait à sortir — elle avait déjà ouvert la porte de la chambre — elle avait encore dit :

— Pourquoi m'obligez-vous à faire cela ?

Il l'avait regardée, longuement. Une dernière fois.

— Pourquoi avez-vous quitté Jean ?

En cet instant précis, en cet instant seulement, peut-être que Jenny Fisher a compris.

Toute la scène qui a suivi, la conversation haletante qu'elle a eue avec Rolf Freitag, ses explications, ses supplications, n'ont servi à rien. La Chesnaye avait vu juste : Freitag était décidé à tuer. Peut-être croyait-il, d'ailleurs, et malgré les dénégations de Jenny, que La Chesnaye était l'amant de sa cousine. Aussi, lorsque Jenny Fisher, à bout d'arguments, lui a annoncé qu'elle quitterait Vienne le soir même s'il arrivait quelque chose à La Chesnaye, Rolf Freitag s'est contenté de la regarder durement.

— Tu n'as pas compris que mon honneur était en jeu. Et que cet homme représente ce que je méprise le plus au monde ?

145

Parlant de Freitag, La Chesnaye avait dit : « Ce que je hais le plus au monde » ; c'était l'affrontement du mépris et de la haine.

Et Rolf Freitag avait encore ajouté :

– D'ailleurs, je sais que tu ne me quitteras pas, parce que tu m'aimes.

Jenny quitta le palais Maser, où logeait Freitag, avec le sentiment que sa vie s'arrêtait là.

Dans la nuit, elle croisa de nouveau des masques. Schulerstrasse, Singerstrasse, Stefansplatz : elle était égarée au milieu d'un roman de Schnitzler. Tous les hommes étaient beaux, tous étaient jeunes et tous la désiraient, mais elle les haïssait tous, au plus profond de sa chair. Avant de sortir de l'appartement de Freitag, elle s'était précipitée sur lui et, en larmes, lui avait frappé la poitrine de coups de poing.

– Mais tu ne comprends pas ? Mais tu ne comprends pas ?

Les masques la regardaient en riant et riaient plus fort encore que ses insultes.

– Mais tu ne comprends donc pas ?

La Chesnaye, qu'elle tenta de revoir à l'hôtel Sacher, refusa de la laisser entrer ; Jean avait pris un puissant somnifère et nul ne pouvait le réveiller : la course de Jenny Fisher dans la nuit s'acheva donc au petit matin dans mon bureau, à l'ambassade de France où je me trouvais et où elle s'écroula. C'est cette nuit-là que je lui parlai pour la première fois, et c'est à cette nuit-là que remonte l'amitié qui, toute une vie, nous a liés. Et pourtant, je ne pouvais rien pour elle, et elle le savait. La Chesnaye était français, bien sûr, mais aucune règle, aucune loi ne permettait à un ambassadeur de France ni à aucun de ses collaborateurs d'intervenir pour empêcher un duel.

La mise à mort se déroula dans le bois de la Kaiser Wasser, à quelques kilomètres au sud de Vienne. Deux musiciens en habit, qui maniaient aussi bien le revolver que la contrebasse, accompagnaient Rolf Freitag ; La Chesnaye n'était suivi que d'un homme, mais en habit aussi : c'était bien un maître d'hôtel du Sacher et l'habit était le costume de sa fonction. La Chesnaye écouta sans cesser de sourire les explications du docteur M., qui réglait le combat, mais il refusa de s'approcher de Freitag et fit les vingt-cinq pas réglementaires. Un instant, il respira très fort : l'air de la forêt dans le petit matin, des odeurs neuves et claires qui avaient chassé les puanteurs de la veille – après les masques et les ricanements du Carnaval, le chant d'un oiseau au sommet d'un bouleau. Puis, pour bien montrer ses intentions, il se mit de côté et évita ainsi la première balle de son adversaire. Il tira ensuite en l'air sa première balle à lui et offrit de face sa poitrine au second coup de Freitag.

Il mourut dans l'instant.

— Il avait tout préparé, bien sûr. Il avait pensé à tout, répétera Jenny.

Jusqu'à la lettre qu'il avait laissée à Jean pour lui dire que Jenny lui était revenue, qu'il n'aurait qu'à aller la chercher dès son réveil au palais de la vieille comtesse von Bellmer où elle l'attendait.

« Soyez fort, alors, avait-il écrit, n'écoutez que votre cœur et aucune autre voix. Vous devez quitter Vienne par le premier train, et avec elle. Elle ne pourra plus rester. Mais ne croyez pas que tout soit fini pour autant : tout, au contraire, ne fait que commencer. Ce sera désormais à vous de vous battre. La guerre est finie, Jean, mais la vie continue. Jenny, la cité ouvrière près de Liévin : à vous de jouer. »

— Et Jean est bien venu au palais Bellmer où je l'attendais.

Les bagages de Jenny étaient préparés. Elle avait refusé de recevoir Freitag, malgré les supplications de la vieille comtesse et de toute sa maisonnée qui s'était mise de la partie, jusqu'au jeune Drietrich boutonneux qu'on avait mobilisé pour la circonstance. Lorsque Jean est arrivé, elle l'a simplement suivi. Sans un mot.

— Ce n'est que dans le train que nous avons parlé. Il m'a dit ce que je voulais qu'il me dise : qu'il allait recommencer à vivre.

Et Jenny n'attendait que cela. C'est elle qui, en larmes, est tombée dans ses bras ; et c'est lui, enfin, qui l'a consolée, avec des gestes d'homme. Tandis que le train les emportait.

A Paris, à Londres, à Milan, à New York — puis enfin à Vienne, quand même — Jenny Fisher est devenue la très grande chanteuse que nous connaissons tous. Rolf Freitag a eu son heure de gloire : elle a duré cinq ans, en Allemagne et en Autriche seulement. Puis, même ses amis l'ont abandonné : sa musique, décidément, appartenait au passé. Alors, Freitag a fait de la politique. Sa haute silhouette en uniforme brun a hanté les couloirs de la chancellerie du Troisième Reich, jusqu'à ce que la balle d'un

147

partisan, en Pologne, vint mettre un terme à une carrière qui était déjà finie. Qui écoute, qui joue encore du Freitag ?

Quant à Georges La Chesnaye, avant même que Jenny Fisher et Jean Ledoyen ne soient revenus à Paris, on l'avait déjà oublié. Seuls Jean et Jenny se souviennent de lui. Et cette femme, Andrée D., qui porte son deuil. Et moi. Parce que j'aurais voulu l'avoir connu.

— Vous permettez que je vous dise quelque chose ?
Lise Bergaud était venue jusqu'à Paul de Morlay. Celui-ci, accoudé à une balustrade de pierre, observait dans le jardin de la villa les couples qui dansaient sur la piste de bois qu'on avait installée au milieu des statues nues et blanches. Des Pierrots et des Arlequins, des Colombines, des Scaramouches dansaient sur le gazon.

— Je croyais que vous aviez compris que vous pouviez tout me dire...

— Je l'ai compris, oui... Mais c'est seulement maintenant que je pense à cela, et je me demande si c'est vraiment le moment.

Les couples dansaient entre les statues...

— Si c'est vraiment le moment ?

Tous les invités que l'ambassadeur avait conviés à la fête qu'il donnait en l'honneur de Lise étaient jeunes et beaux. Les garçons, bien sûr, qu'il avait invités pour elle : étudiants de Vicence ou de Padoue, jeunes gens fils des plus nobles palais de Venise ; mais les femmes surtout : toutes si jeunes qu'on aurait dit des enfants et que n'importe quel observateur un peu attentif aurait pu se demander comment le vieux monsieur avait réussi à réunir autour de lui autant de très jeunes filles — autant de petites filles. Mais le plaisir qu'il éprouvait à les voir danser en robes claires et légères dans cette nuit d'été qui ne parvenait pas à devenir hiver était si évident qu'on devinait aisément que la liste des invités avait été établie avec un soin vigilant par quelque ami complice qui connaissait sur le bout des doigts son monde et sa Vénétie. Et c'est pour cela que Lise éprouvait quelque scrupule à déranger Paul de Morlay.

– Mais la fête est pour vous, Lise ! Et vous pouvez tout faire ! Même me parler affaires !

C'est bien à cela qu'elle se préparait, s'approchant de lui dans une robe très décolletée qui révélait une gorge qu'on devinait nue, très douce, très blanche...

– J'ai beaucoup réfléchi à l'histoire de Jenny et de Jean. Mais surtout à ce que vous avez pu me dire autour de cette histoire. Peut-être même sans vous en apercevoir...

– Sans m'en apercevoir ?

Il protestait en s'amusant. C'est vrai : il n'était rien qui échappât à la vigilance de l'ambassadeur. Comme pour se faire excuser de ce qui avait pu être une maladresse, Lise s'accouda à son tour à la balustrade de pierre au-dessus du jardin et son visage vint s'appuyer sur l'épaule de l'ambassadeur.

– Ce que je voulais vous dire...

C'était ce qui l'avait le plus étonnée dans tous les propos, dans chacun des récits de Paul de Morlay, mais tout particulièrement dans celui qu'il avait achevé la veille, dans la même galerie aux fauteuils de rotin : son attention aux êtres et au monde. La conscience aiguë qu'il semblait avoir toujours eue de la souffrance des autres. Et puis cette haine, au fond de lui, pour la violence, l'aveuglement, la guerre...

– Vous voulez parler de la haine que je porte à des gens comme ce Rolf Freitag ?

– Entre autres choses, oui... Et la façon aussi dont vous avez parlé de Berlin après la guerre, de Rosa Luxemburg, de la montée de tous les fascismes...

Paul de Morlay secoua la tête.

– Ah ! petite fille ! Petite fille ! Comme s'il existait des catégories bien définies, tranchées une fois pour toutes en ce monde ! D'un côté les gens « bien », ceux qui portent col et jaquette – nous autres, quoi, les diplomates et ceux qui nous ressemblent ! – pour qui le malheur, la misère, le mal absolu que sont la guerre ou toutes les tyrannies, n'existent pas. Et puis, de l'autre côté, les purs : vous. Ceux qui se croient les mains moins sales que nous parce qu'ils sont journalistes, écrivains, idéalistes ou tout simplement parce qu'ils ne portent pas de cravate. Ah ! petite fille ! Comme vous découvrirez vite que tout n'est pas si simple !

Devant eux, au pied de la terrasse, enchaîné par le roulement d'une batterie de rock, un couple tournait éperdument. La fille pouvait avoir quinze ans et Lise suivit le regard de l'ambassadeur qui, tout en parlant, s'était tourné vers les danseurs. Il sourit de nouveau :

— Comme si, parce qu'on aime les femmes, qu'on est devenu très vieux et qu'on est resté futile, désespérément futile, on n'avait pas aussi, quelquefois, envie de crier...

Face au drame de Jean Ledoyen, Paul de Morlay avait bel et bien eu envie de crier. Alors Lise le regarda, très gravement.

— Je peux vous poser encore une question ? La dernière...

— Bien sûr que vous le pouvez.

— Jenny ? Vous avez couché avec elle ?

Le regard de l'ambassadeur, cette fois, devint grave aussi.

— Oui, j'ai couché avec elle. Mais longtemps après son aventure viennoise et nous étions alors de vieux complices, et pas vraiment des amants.

— Et Jean ? Jean Ledoyen...

L'ambassadeur a posé sa main sur l'épaule de Lise qui frissonna.

— Je suis resté l'un de ses meilleurs amis. Et maintenant vous allez me faire le plaisir de vous faire inviter à danser par l'un des plus beaux garçons de cette fête que je me tue à répéter que je donne tout exprès pour vous, et de cesser de vous poser trop de questions.

Sa main avait lâché son épaule.

— Et puis moi, continua-t-il, je vais monter me coucher...

Lise eut un geste :

— Voulez-vous que je vous...

L'ambassadeur sourit.

— Mais non, amusez-vous, petite fille ! Despinette ou Barberine va me compter les sept ou huit gouttes de somnifère dont j'ai besoin tous les soirs pour parvenir à m'endormir, et demain, je serai plus frais que le plus frais de tous vos jeunes hommes.

Avant que Lise Bergaud ait eu le temps de protester, l'ambassadeur était déjà parti.

Dans le jardin, sur la terrasse, dans les salons, les couples continuaient à tourner, éperdument. Les hommes et les femmes, les garçons et les filles, avaient tous ce visage sérieux qu'ils ont à vingt ans, quand le plaisir est pour eux une chose grave. Appuyée à la balustrade que Paul de Morlay venait de quitter, Lise demeura un moment à les regarder. C'est vrai qu'ils étaient beaux, tous... Mais c'était vrai aussi que sur leurs visages parfaitement lisses de jeunes patriciens qui, de Saint-Moritz à l'île bleue de la mer Egée où est ancré un yacht trop blanc, traversent le monde et les années sans savoir ouvrir les yeux, il y avait comme un masque : celui de l'indifférence. Et Lise Bergaud se prit soudain à les haïr, ces jeunes gens trop beaux, ces jeunes filles si belles : graves, ils riaient gravement ou gravement cherchaient dans l'ombre d'un bosquet l'ombre d'un plaisir, mais aucun d'entre eux n'aurait su se retourner sur un La Chesnaye blessé à mort ou sur l'un de ces assassinés de Berlin dont le meurtre était resté au cœur et au flanc de Paul de Morlay, comme une blessure.

— Vous ne dansez pas ?

Elle sursauta. L'un d'entre eux était devant elle. Le plus beau, peut-être, celui dont le bronzage était le plus parfait et le sourire le plus clair : Paul de Morlay avait dû le choisir pour cela. Il portait une chemise de soie bleu pervenche et les jeans délavés qui lui collaient au corps lui donnaient l'allure d'un danseur mondain saisi par le démon du sport. A son poignet, la gourmette d'or était lourde et faisait peut-être gigolo, mais il y avait à sa main droite la chevalière aux armes des B., de Venise, qui était là pour rassurer.

— Vous ne dansez pas ?

Déjà, il l'entraînait...

Et ils dansèrent. En quelques secondes, Lise s'était fondue à cette foule qui remuait au rythme du disco déchaîné par l'un des plus célèbres orchestres pop d'Italie que Paul de Morlay avait fait aussi venir pour l'occasion. Et Lise remuait comme les autres, s'agitait, se déhanchait ; mais elle se regardait s'agiter, se déhancher. Comme si elle avait été très loin de tous ceux qui l'entouraient et très loin, aussi, de cette jeune femme blonde qui lui ressemblait et qui, peu à peu, se laissait emporter par une manière de tourbillon qui, toujours, la ramenait vers la poigne solide de Vincenzo B., et son sourire éclatant.

Après cette danse, il y en eut une autre, et une autre encore. Après Vincenzo B., elle dansa avec Patrizio C. et Maurizio D. ; ils se ressemblaient tous, mais Vincenzo B. demeurait le plus beau et c'est avec lui qu'elle se retrouva, enlacée dans un blues mélancolique, comme l'aube pointait au-dessus des ifs et des statues blanches du parc. C'est donc lui qui la suivit dans sa chambre, sous le regard à peine ironique d'Eugenio, le chauffeur au visage d'archange assassin qui avait officié comme maître des cérémonies après le départ de l'ambassadeur. Et c'est avec une violence qu'elle ne se connaissait pas que Lise Bergaud s'abandonna aux caresses du jeune Vénitien qui portait un si grand nom : une violence qui ressemblait à de la haine. Cependant que lui, qui ne se rendait compte de rien, la prenait et la reprenait

152

encore, heureux peut-être au fond de lui des soupirs et des larmes qu'il faisait monter d'elle.

— Les hommes sont tous des imbéciles ! pensa une fois de plus Lise, lorsqu'elle revint à elle.

Couché au travers du lit, Vincenzo B. dormait : son torse très brun, presque or, était aussi parfaitement lisse que son visage imberbe. A terre, au pied du lit, gisait le manuscrit de Paul de Morlay. L'aventure de Jenny Fisher. Et Lise eut un goût de larmes. Elle se leva à la hâte. Nue, parfaitement claire et nue, sa silhouette se découpa sur la fenêtre aux persiennes tirées, mais Vincenzo B. dormait trop profondément pour en voir la longue finesse, les superbes pleins, les somptueux déliés. C'est tout juste s'il gémit dans son sommeil lorsque Lise poussa les persiennes : le plein soleil envahit la chambre et les rideaux de la fenêtre se gonflèrent, légers comme des voiles. Dehors, il y avait le jardin, le parc, la campagne. On devinait la terrasse et la galerie sous la maison, et Lise n'eut plus qu'un désir : descendre. Quitter cette pièce, ce lit, cet homme si jeune et trop beau qu'elle haïssait avec une si somptueuse férocité.

Très vite, elle enfila un long peignoir qui ne l'habillait que très peu et elle se retrouva dans la cuisine. Le regard d'Eugenio, qu'elle croisa, était fixe : elle baissa les yeux. Mais Barberine et Despinette bavardaient comme des petites pies. Des pies gaies, folles, drôles, que le champagne qui avait coulé à flots la veille avait encore animées. Elles se poussèrent du coude en voyant entrer Lise et la jeune fille rougit encore. Mais Despinette vint vers elle, avec le plus lumineux des sourires.

— Il faut bien s'amuser, non ? Et puis, il était beau.

Comme Lise ne répondait pas, ce fut Barberine qui conclut pour elle, reprenant les mêmes mots qui avaient été ceux de Lise à son réveil.

— Et puis, qu'est-ce que ça peut faire ? Les hommes sont des imbéciles !

Elle la poussait vers la galerie couverte où Paul de Morlay prenait déjà un petit déjeuner de toasts, de thé et de jus d'orange. Alors Lise éclata de rire : comme Barberine avait raison ! Et elle rejoignit l'ambassadeur : c'est tout juste si elle eut un petit geste de la main pour accueillir Vincenzo B. lorsqu'il descendit deux heures plus tard, un peu confus, légèrement gêné de voir sa maîtresse d'une nuit en si parfaite entente, en si complète complicité avec un homme qui aurait pu être pour elle un grand-père et qu'elle regardait pourtant comme on ne regarde pas un grand-père.

— Je vous téléphonerai..., murmura le jeune homme.

Lise dut répondre oui, accepter qu'il suggérât de téléphoner, mais le garçon avait bien compris qu'elle ne répondrait pas à son coup de téléphone. Aussi, lorsque sa Maserati blanche eut passé le portail du jardin, l'ambassadeur se pencha vers la jeune fille.

— Pourquoi ? demanda-t-il.

Il voulait dire : pourquoi tant d'indifférence ? Mais Lise avait déjà oublié Vincenzo B. Elle se borna à chausser son nez de lunettes de soleil très rondes.

— Parce que j'attends la suite, dit-elle.

3

Antonella

VENISE 1924

L ES années ont passé. Le danger dont La Chesnaye avait deviné qu'il couvait derrière un Rolf Freitag a brusquement éclaté comme une évidence : le monde, l'Europe au moins, allait vers quel abîme ?

Mais qui de nous s'en est, alors, vraiment rendu compte ? Qui de nous a compris que la marche sur Rome, la montée du fascisme en Italie, l'élimination progressive des partis politiques constituaient les signes avant-coureurs d'une tempête qui n'allait rien épargner de ce que nous avions aimé. Hommes politiques, diplomates, observateurs zélés de traités mort-nés, nous nous perdions en arguties dérisoires quand déjà, au-delà des chiffons de papier déchirés, sonnaient lourdement sur le pavé de nos villes les bottes des milices, para-polices et autres brigades d'assassins. J'avais des amis juifs à Berlin, à Rome, à Varsovie : lequel d'entre eux savait que la petite fiche qu'on lui faisait remplir, le plus innocemment du monde, serait la première de ces mille et une fiches, questionnaires, dossiers qui, d'année en année, le rapprocheraient de la chambre à gaz ?

Mais nous n'étions qu'en 1924, n'est-ce pas ? Comment aurions-nous pu nous douter ? Et pourtant, l'histoire d'Antonella, qui est aussi celle des signes avant-coureurs de cette apocalypse, aurait pu, aurait dû nous mettre en garde. Antonella l'insouciante, Antonella la radieuse, prise dans la tourmente : qui aurait pu deviner ?

Tout a commencé sur le ton de la comédie. Mieux : sur le ton de la comédie à l'américaine, musicale peut-être, dans laquelle un professeur se fait séduire par sa jolie étudiante. J'imagine volontiers un Cary Grant à lunettes, l'air absent, qui invente des sérums à rajeunir dans un laboratoire à explosion. Et l'étudiante, c'est...

Mais aucun nom ne vient à mes lèvres. Car l'étudiante c'était, et ce ne pouvait être, qu'Antonella. Antonella ou la jeunesse, la gaieté, la joie de vivre. Antonella qui voulait dévorer ses journées par tous les bouts de crainte d'en perdre une seule miette. Antonella qui riait comme on ne sait plus rire, Antonella qui savait aimer comme on a oublié depuis que l'on pouvait aimer.

— Elle avait vingt ans et un rire de petite fille, devait me dire un soir George MacLarren, lorsque tout fut fini.

George MacLarren était mon collègue britannique à Venise et il buvait comme seul un consul oublié sur les bords des lagunes par Sa Très Gracieuse Majesté peut se permettre de boire : Whisky à neuf heures du matin pour faire passer la cuite de la veille, et le reste à l'avenant, gin et tonic toute la journée, sa bouteille de vin à chaque repas. Mais je reparlerai de George.

Il fut — à sa façon joviale et désespérée, rigoureuse et grotesque, mais généreuse aussi lorsqu'il eut enfin compris — la forme la plus sombre de ma mauvaise conscience pendant tout le temps que dura mon séjour à Venise. Lui, au moins, savait. Il avait payé pour cela. C'était lui qui avait accueilli dans son petit palais près de l'Académie le couple étrange que formaient Peter Charley et Antonella, et c'est dans ce palais qu'un matin de novembre, à l'aube, ont résonné si fort les coups de poing et de botte qu'on frappait à la porte. Jusqu'au bout, pourtant, Antonella avait espéré.

— Un moment, devait encore me dire MacLarren, j'ai cru qu'à nous aussi, elle allait réapprendre à vivre.

Il pensait à Diana et à lui, ces épaves... Ces débris que l'Angleterre avait laissés pour compte dans une maison humide et glacée, au cœur de la plus belle ville du monde, mais dont la tempête battait déjà les flancs des palais déserts comme des coques de noix abandonnées : il n'y a pas eu que la guerre qu'on a dit Grande, à laisser des ruines derrière elle !

— Je crois d'ailleurs que ce que Diana a eu pour Antonella, c'était une sorte de coup de foudre.

Coup de foudre ? Coup de fouet, plutôt ! Diana MacLarren, la femme de George et l'une de mes plus anciennes amies, buvait, elle aussi, mais elle avait encore de grands élans de générosité et de révolte : à l'inverse de George, elle n'était pas encore tout à fait morte.

— Moi, je suis un homme fini ! avait l'habitude de répéter

MacLarren en vidant un verre qui semblait toujours être le dernier.

Il titubait alors et montait se coucher en s'arrêtant pour reprendre son souffle à chaque marche du grand escalier de pierre du « petit » palais Foscarini où étaient installés les locaux et la résidence du consul de Grande-Bretagne à Venise. Mais il a quand même ajouté, un soir où il était encore lucide :

— Cette gamine, avec ses yeux noisette et ses cheveux bouclés en tire-bouchon, elle a pourtant bien failli nous réveiller !

Antonella, superbe, inconsciente, et dont le passage auprès de tout ceux qu'elle a croisés a tant bouleversé les vies que certains, comme Peter Charley, ne s'en sont jamais tout à fait relevés. Sans parler de ceux qui en sont morts.

Mais Peter Charley, lui, vit toujours, dans son appartement à côté de Kew Gardens. Tous les ans, à Noël, nous échangeons des cartes de vœux. Une fois, de sa petite écriture étroite à l'encre violette, il m'a parlé d'Antonella. Sans regret : tant d'années avaient passé sur cet unique chagrin d'amour... Cette tragédie : et pourtant, tout avait commencé sur un air de comédie musicale.

C'était à la gare de Victoria, le 1ᵉʳ novembre 1924. L'atmosphère bon enfant des départs en Angleterre : on prend le train pour Venise, mais ç'aurait aussi bien pu être pour Brighton ou pour Cheltenham. Sur les quais, à l'intérieur de la gare, jusque dans la cour, il régnait en ce temps-là dans les trains anglais une odeur de tabac pour la pipe et de cendres refroidies qu'on en arrivait à trouver nostalgique. Et puis les marchandes de journaux d'alors ressemblaient à des épicières et les contrôleurs aux gardes galonnés des monuments historiques : sur le quai 1, le train pour Paris attendait de partir. C'était le temps des voitures directes pour Venise.

— Dès le début, pourtant, Peter Charley était inquiet. Mais Peter a toujours été un homme inquiet !

George MacLarren, qui avait connu Peter Charley aux jours anciens de Cambridge et avait depuis gardé une solide amitié d'étudiant que le regret du temps passé enchaînait aux mêmes souvenirs, savait juger son homme. Aussi peut-il me le décrire comme s'il l'avait vu, allant et venant devant la voiture sept, regardant sa montre, laissant tomber son imperméable, impatient, bougonnant, furieux.

– C'est incroyable ! Ça ne lui ressemble pourtant pas d'être en retard comme cela.

Et les gamines autour de lui d'éclater de rire, de pouffer dans leurs mains. Car elles s'étaient déplacées en délégation pour l'accompagner à son train, leur professeur d'histoire de l'art de la Renaissance, ces petites filles de dix-huit ou vingt ans, encore habillées comme des écolières, qui suivaient ses cours à l'université de Londres .

– On l'aimait bien, Charley, vous savez... Il ne ressemblait pas aux autres.

J'ai dit Cary Grant en lunettes dans un film américain : c'était une sorte de professeur Nimbus, encore bel homme au demeurant, toujours vêtu de tweed et de chemises à carreaux. Il y avait en lui un aspect gentleman-farmer en goguette égaré du côté des galeries d'art — rayon : nudités somptueuses de Véronèse à Tiepolo ! — qui amusait ses étudiantes et qui, au-delà des fous rires et clins d'œil, les émouvait vraiment. On le savait marié à un dragon, on lui connaissait des enfants, des amis, une vraie passion : la peinture à Venise — mais on n'avait jamais vu dans son sillage aucune femme. Sauf Mary Charley, le dragon... Mais elle habitait Putney ou Wimbledon et ne sortait guère de sa banlieue que pour accompagner son mari aux dîners de la faculté. Alors, mi-sérieuses, mi-amusées, les étudiantes de Peter Charley rêvaient de lui sans chercher cependant à donner la moindre réalité à ces rêves de gamines. Il avait des yeux verts, des cheveux poivre et sel et la carrure athlétique d'un timide et d'un distrait qui n'en passe pas moins ses vacances en solitaire dans les montagnes Cairgorns à escalader tout ce que le Royaume-Uni en général, et l'Écosse en particulier, peuvent offrir de rochers à pic ou de pentes neigeuses à gravir aussi sérieusement qu'on monte aujourd'hui au sommet de l'Annapurna. Et puis, elles aimaient l'odeur de sa pipe, ses étudiantes.

– Un tabac sucré, épouvantable mais qui ravissait toutes ces gamines, j'en suis sûr !

J'ai lu une certaine admiration dans la voix de MacLarren : Charley, lui, au moins, n'avait pas sombré corps et biens.

Pourtant, ce jour-là, sur le quai n° 1 de la gare de Victoria, à Londres, il paraissait bien au bord de la crise de nerfs, notre Peter Charley, lui qui vivait au nom de quelques principes dont la ponctualité et la précision n'étaient pas les moindres. Il ne comprenait pas comment Miss Perry, son assistante de toujours, aussi dévouée que boulotte et boutonneuse, pouvait ne pas s'être trouvée avant lui à la gare. D'ailleurs, c'était Miss Perry qui

160

avait leurs deux billets et le conducteur de la voiture sept, pour bon enfant qu'il fût, né natif de Bradford comme Peter Charley, refusait obstinément de le laisser monter.

— Le train s'en va dans dix minutes, lança Maggie Parnell-Smith, la plus rousse de ces jeunes filles.

Et toutes partirent du même éclat de rire, comme si elles avaient su quelque chose. Mais elles savaient, bien sûr... Charley, lui, fulminait.

— Si vous trouvez cela amusant... Six mois de préparatifs et d'études pour rien.

Il était prêt à désespérer, que sais-je ? à retourner chez lui : c'est alors qu'Antonella fit son entrée en scène.

— Vous vous moquez de moi ou quoi ?

Cette fois, Peter Charley étouffait de colère. Il bégayait, il en oubliait son éternelle bonhomie grondeuse : il était grotesque et — pensait probablement Antonella — charmant.

— Mais non, professeur ; jamais je n'ai été aussi sérieuse.

Et Antonella Walden, debout devant la glace, fignolait d'un trait de rose en tube le dessin de ses lèvres dont nous savons tous qu'il était charmant. Tant de calme ne pouvait qu'exciter davantage Charley.

— Vous êtes une folle et une écervelée.

— Mais non, professeur. Moi, je n'ai fait que rendre service, voilà tout.

Rendre service ! Peter Charley s'en arrachait la pipe d'entre les dents. Rendre service ! Il était beau, le résultat de ce service qu'elle lui avait si obligeamment rendu ! Ils se retrouvaient tout simplement tous deux — lui le professeur, et elle l'étudiante à peu près inconnue — dans un seul et même compartiment, et obligés de partager cette intimité jusqu'à Venise. Le résultat de ce service, c'est que Janet Perry, sa fidèle Janet Perry, était restée à Londres et qu'il était embarqué avec une assistante qui lui tombait du ciel pour effectuer une étude délicate que seule sa collaboratrice habituelle pouvait mener à terme avec lui.

— Ce n'est tout de même pas ma faute si Miss Perry a la coqueluche ! Mais vous verrez que je suis aussi bonne photographe qu'elle !

Antonella paraissait s'amuser, mais Peter Charley ne trouvait pas cela drôle du tout. Et cependant, lorsque cette jeune et jolie fille, bardée d'appareils de photo et de bons sentiments, était apparue au bout du quai avec leurs tickets en main, que pouvait-il faire d'autre sinon la faire monter avec lui ? Le train partait à 12 h 59 et il était 12 h 57 !

Les explications qu'avait jetées Antonella tout en donnant ses billets au conducteur et en faisant installer leurs bagages dans la voiture, avaient été brèves : Miss Perry l'avait purement et simplement priée, à la dernière minute, de la remplacer.

— Mais elle ne pouvait pas m'appeler elle-même ? Me demander mon avis ? M'expliquer la situation ?

Antonella était trop occupée pour répondre à ses questions. D'ailleurs, l'absence de Miss Perry était une chose, mais cette unique cabine ? Est-ce que là, Antonella Walden n'était pas allée trop loin ? Pourtant, lorsqu'ils s'étaient retrouvés dans la cabine à deux lits et que Peter Charley avait regardé avec effarement les deux couchettes superposées, tout ce que la jeune fille avait pu lui répondre, c'est que c'était là le dernier compartiment disponible.

— Sinon, il fallait attendre vendredi. Vous ne vouliez pas attendre jusqu'à vendredi, non ?

Sûre d'elle-même, le cheveu en bataille, ses appareils disséminés un peu partout sur les banquettes, Antonella s'était occupée de tout, elle avait donné son pourboire au porteur et baissé la vitre pour répondre aux adieux de ses compagnes.

— Vous ne voulez pas leur dire au revoir ?

Le train allait s'ébranler : comme si Peter Charley s'était senti d'humeur à faire des sourires et des au revoir à ces gamines qui, bien évidemment au courant de tout avant lui, semblaient se payer sa tête en agitant des mouchoirs bariolés !

— Bon voyage, bon voyage ! Amusez-vous bien, professeur Charley !

Il avait haussé les épaules et tourné le dos à la fenêtre. Une minute après, le train quittait la gare et, debout devant la glace, Antonella Walden redessinait donc ses lèvres au crayon à lèvres rose.

— Vous vous moquez de moi, ou quoi ?

Mais Antonella ne se moquait pas vraiment de Peter Charley.

Il fallut pourtant attendre la fin du déjeuner pour qu'il se déridât.

Pendant tout le repas, qu'on leur avait servi aussitôt après le départ, Peter Charley n'avait cessé de fulminer. Il avait pris à témoins les mânes de ses prédécesseurs, la respectabilité des parents de la jeune fille, le qu'en-dira-t-on de l'université de Londres tout entière pour s'indigner de la légèreté avec laquelle Antonella avait organisé ce voyage.

— Avez-vous pensé un seul instant aux sourires de mes collègues, à mon retour ?

Il mastiquait avec vigueur le médiocre menu qu'on offrait déjà en ce temps-là sur la partie britannique du trajet et Antonella, la tête rentrée dans les épaules, attendait que l'orage passe en comptant une à une les pommes de terre frites mais molles qui emplissaient son assiette jusqu'à la désolation. Si bien que lorsque Charley fut las de parler seul par-dessus un steak trop cuit et des petits pois plus que verts, elle lui décocha enfin l'un de ces sourires dont elle avait le secret.

— Si j'avais su que ma présence devait vous être si insupportable, je vous assure vraiment...

Elle s'était arrêtée, rougissante à plaisir et jouant avec délectation les ingénues confuses. Peter Charley la regarda par-dessus ses lunettes : en se forçant un peu, Antonella pouvait avoir l'air de pleurer. Du coup, il se troubla.

— Ce n'est pas ce que je voulais dire...

Il s'était remis à bégayer mais de gêne, cette fois, devant une très jeune fille au bord des larmes.

— Vous me détestez, n'est-ce pas ? Mais si vous saviez combien j'avais envie de faire ce voyage avec vous ! D'ailleurs, nous en avions toutes envie. On s'est presque battues pour savoir qui viendrait quand nous avons su que Miss Perry était malade. Mais c'est moi qui ai gagné.

Elle avait soudain l'air si douce et si émue qu'il finit par sourire.

— Mais non ! Je ne vous déteste pas !

Et à l'arrivée du train en gare de Folkestone, tandis qu'on procédait au transfert des voitures sur le ferry de Dunkerque, Peter Charley avait fini par se convaincre qu'en échangeant la grosse et lourde Miss Perry pour cette jolie fille de vingt ans qui avait maintenant retrouvé son sourire, il n'avait pas, en fin de compte, fait une si mauvaise affaire.

Le reste de cette première journée de voyage fut dès lors pour lui un enchantement ou, mieux : une révélation. Ecouter Antonella parler, la regarder penchée sur le bastingage du ferry ou boire avec elle un verre de vin rouge au bar du bateau et acheter du tabac dans la boutique du bord : tout cela ressemblait soudain à une excursion imprévue au pays d'un « ailleurs » dont il avait toujours ignoré l'existence.

– Quand je pense à côté de quoi j'étais passé sans m'en rendre compte pendant quarante-cinq ans ! devait-il déclarer à George MacLarren au cours d'une de ces longues soirées qu'ils allaient passer ensemble au petit palais Foscarini.

Ce qui se produisit, en effet, pendant les vingt-quatre heures que dura le trajet de Londres à Venise par Dunkerque et le Simplon, fut pour Peter Charley un véritable éveil. Eveil à autre chose. Est-ce que c'est cela qu'on appelle la vie ? Il est vrai qu'Antonella avait su y faire. Qu'elle rît, seulement, et son rire était déjà une fête, un superbe déploiement de toutes ses dents de petit fauve avec, pourtant, ce regard très tendre, très amusé qui démentait à tout instant la cruauté que le pli un peu mince de ses lèvres aurait pu suggérer. Qu'elle parlât, et c'était un flot d'étonnements, de remarques drôles ou soudain gravement pertinentes qui, d'heure en heure, emplissait davantage Peter Charley d'un sentiment qu'il n'avait pas connu jusque-là et qui était une forme de ravissement stupéfait : que cette jeune fille, qui était tout à la fois la jeunesse et la beauté, se trouvât soudain si près de lui dépassait tout ce qu'il avait jamais osé rêver.

– Vous n'êtes plus fâché ?

Il avait sursauté : en face de lui, dans la cabine de la voiture sept qu'ils avaient réintégrée après Dunkerque, Antonella souriait.

– Bien sûr que non, je ne suis plus fâché. D'ailleurs, je ne l'ai jamais vraiment été. J'étais surtout surpris...

Elle baissait les yeux.

– Je sais que je suis insupportable, mais vous savez, pour avoir quelque chose, il faut oser. J'aime oser, moi...

Ce qu'il lut dans son regard, alors, l'émut comme il n'avait jamais été ému.

– Il faut vouloir oser très fort, répéta-t-elle.

Et je sais qu'en cet instant, Antonella Walden ne jouait pas la comédie. Quant à Peter Charley, il l'écoutait et retenait sa leçon : il fallait vouloir oser.

Le dîner – servi cette fois par la Compagnie internationale des Wagons-Lits – fut conforme à la légende : mousse de homard et caneton aux groseilles, noisette d'agneau sur épinards en branches et un soufflé à l'ananas. Monsieur Paul était devenu un chef hors pair. Antonella, les joues rouges de plaisir, dévorait à belles dents tout ce qui était dans son assiette – et au-delà :

elle puisait si généreusement dans le plat que Peter Charley finit par lui offrir ce qu'il allait laisser dans son assiette à lui – et buvait son champagne, verre après verre, sans cesser de parler. Et ce qu'elle racontait, n'importe quoi : des histoires d'étudiants, des souvenirs de son enfance, jadis, à Venise, car, on le verra, et cela a son importance, elle avait vécu à Venise – ou simplement une remarque, ici ou là, sur la peinture qu'elle et lui admiraient – ne faisait que bouleverser davantage Peter Charley. J'ai dit un *éveil* : c'était bien cela. Comme s'il avait dormi longtemps au milieu de ses livres ou sur ses tableaux, auprès de sa morne épouse de Putney et tout au long des longs dimanches de la banlieue de Londres et que, soudain, il découvrait une grâce unique : la gaieté.

Antonella était gaie comme Peter Charley n'avait jamais non plus soupçonné qu'on pût être gai.

– Savez-vous, Peter – parce que vous permettez, n'est-ce pas, que je vous appelle Peter – que toutes les filles du collège sont folles de vous ?

Elle le regardait à travers les bulles de champagne – et c'est probablement fou combien, vu à travers des bulles de champagne, Peter devait soudain sembler un autre homme. Rajeuni de cœur, sinon de visage, il avait désormais la séduction des quadragénaires nostalgiques qui traversent les rêves des petites filles endormies toutes seules dans des lits étroits : vous sauriez si bien leur faire retrouver le sourire, à ces faux vieux messieurs-là !

– Folles de vous, oui... D'abord, ce que vous leur dites sur l'art... L'érotisme de Véronèse ou de Tiepolo : peu de professeurs parlent comme cela ! Mais ce n'est pas tout. Il y a autre chose.

– Autre chose ?

Peter Charley avait lui-même un peu bu : il se sentait prêt à tout croire.

– Oui... Vous avez l'air triste.

Il avait ri.

– Moi, triste ?

– Oui... Alors, on a envie de vous consoler.

C'est Giraudoux qui a écrit quelque part que pour séduire un homme, il faut lui dire qu'il est beau. Mais ils fondent en larmes – d'émotion, bien sûr ! – les hommes, quand on veut les consoler ! Alors, Antonella avait pris sa main. Le champagne ? Elle pensait brusquement que c'était doux et solide, une main d'homme. Et elle était plus sincère qu'elle ne l'avait jamais été. A l'extrémité d'un doigt de Peter – le majeur –, il y avait un centimètre carré de peau dure et brune : la corne de l'écrivain, la place de la plume. Peter Charley, un peu gêné, se laissait faire, puis il retira sa main.

— J'ai de sales mains fatiguées, vous savez...

Il ne savait que répondre.

Lorsqu'ils se retrouvèrent dans leur cabine, le conducteur avait préparé les deux lits. Deux couchettes superposées ; deux oreillers ; deux traversins. Et sur la couverture du bas, une chemise de nuit posée à plat, déployée. Pas vraiment transparente, mais légère, légère...

Brusquement dégrisé, Peter Charley hésita : nous étions pourtant en un temps où les jeunes filles avaient déjà de ces audaces...

— Vous êtes sûre qu'il n'y a pas une cabine de libre dans tout le train ?

— J'en suis sûre. J'ai demandé au conducteur.

Elle mentait : elle n'avait rien demandé du tout ; mais elle avait pourtant raison, car il n'y avait aucune cabine libre. Elle n'avait cependant pas préparé cela, j'en suis certain, ni rien prémédité de ce qui allait se passer après. Simplement, merveilleusement gaie et merveilleusement folle — on devrait dire : intrépide —, Antonella était la plus folle, la plus intrépide des inconscientes. Pour des raisons qu'on apprendrait plus tard, elle avait eu besoin d'aller à Venise, elle était en route, son compagnon avait soudain pour elle le charme des hommes de cet âge qui ont su ne pas oublier qu'on peut avoir l'âge d'un gamin dans la carcasse d'un adulte déjà sur le versant de l'âge : pourquoi ne pas fermer doucement les yeux. Sans le savoir, quelle machine n'avait-elle pas mise en marche, Antonella ? Car ce qui allait se passer, jamais Peter Charley n'allait l'oublier. Ce qui allait se passer ? Ce qui s'est passé !

Peter a d'abord proposé d'aller se déshabiller dans les toilettes. Antonella l'a regardé sortir, comme si elle se demandait pourquoi. Lui-même, son pyjama à la main, avec le peignoir qu'il avait sorti d'un sac de voyage, il ne savait trop que faire.

— Bon... Eh bien, j'y vais.

Quand il était revenu dans la cabine, Antonella était étendue sur le dos sur la couchette inférieure. Elle avait éteint la lumière du plafond et seule brillait faiblement une veilleuse bleue. Encore une fois, Peter Charley a hésité. Ses vêtements mal pliés entre les mains — les bretelles de son pantalon qui pendaient ! —

il se sentait ridicule et empêtré d'objets inutiles. C'est Antonella qui lui fait signe.

— Asseyez-vous, voulez-vous...

Elle s'était repoussée un peu contre la cloison pour lui faire place et lui, du bout des fesses, s'est assis sur la couverture.

— Je crois que je suis un peu ivre...

Elle a eu un petit hoquet. Et un morceau de bout de petit rire. Elle souriait, le regard fixe. Ivre ? Oui, elle l'était peut-être. Mais elle était aussi et surtout soudain émue par ce vieil adolescent mal dégrossi dont la veste de pyjama entrouverte révélait sur la poitrine une toison poivre et sel. Elle a avancé la main.

— J'ai trop bu, vous savez, a-t-elle répété.

Ce n'était pas une excuse, mais cela valait bien toutes les plus mauvaises raisons du monde. Doucement, Peter Charley s'est penché sur elle.

Plus tard, alors que le train roulait dans la nuit, Peter Charley a parlé. A son tour. Il racontait tout : Cambridge et Londres, sa jeunesse, sa femme, les autres femmes qu'il avait pu rencontrer — et les peintures qu'il avait aimées à leur place. Le train passait des croisements, des stations, et les lumières crues des gares faisaient parfois des raies claires et blanches, mouvantes, agitées au fil des cahots, sur le plafond de la cabine et sur les cloisons autour de lui. Mais il parlait encore. Antonella était étendue, le visage sur sa poitrine, au creux de son épaule : cette joie, alors, sans limite ni raison, qu'il éprouvait maintenant ; et le corps nu d'Antonella qui se retournait et se couchait sur le dos, mais contre lui, toujours. Beauté du paysage d'un corps de femme très jeune, balancements, caresses, l'envie de se pencher, de la reprendre et de recommencer.

— Jamais, vous savez, jamais avant...

Qu'elles étaient subitement tristes, et grises, et lasses, ses petites amoureuses londoniennes, nos bonheurs, mes thés à cinq heures de l'après-midi et le goût qui nous reste ensuite dans la bouche, après, lorsqu'on a quitté la chambre !

— Avec vous, vous comprenez...

Il délirait, Peter, il avait envie de chanter, de crier de murmurer sa joie et sa merveilleuse stupeur d'avoir dans ses bras cette fille de vingt ans, au corps de vingt ans, au rire de vingt ans. Qui se taisait. Alors, il avait refermé ses bras sur elle.

— Tu ne dis rien ?

Elle murmura tout bas :

— Je suis bien.

Et puis, un peu plus tard :

— Vous ne m'en voudrez pas, n'est-ce pas ? De ce qui est arrivé. Vous ne m'en voudrez de rien ?

Elle implorait, mais Peter Charley ne l'écoutait pas. Il savourait son bonheur. Ç'aurait pourtant dû être là un avertissement.

— J'avais si peur, déjà, de lui faire du mal ! devait-elle dire à George MacLarren. Après...

Le réveil, à la frontière italienne, fut brutal. Brusquement, ils étaient de nouveau sur terre. Bien pis encore : sur une terre ennemie. C'était au lendemain d'un attentat manqué contre Mussolini qui avait défrayé la chronique. Une Anglaise un peu excitée avait ni plus ni moins tenté de faire un carton sur le Duce avec un revolver de tout petit calibre. Personne n'avait été blessé, mais ç'avait été le début de représailles : interdiction des partis politiques, contrôle plus sévère encore des réunions et, bien entendu, surveillance étroite des étrangers. Des Anglais tout particulièrement.

Alors, et avec effarement, nous qui nous souvenons de ces moments de joie simplement passés dans un train, nous nous rendons compte à quel point l'abîme que nous avons côtoyé était proche. J'ai évoqué l'innocence d'Antonella ? Allons donc ! C'est de celle de Peter Charley, qu'il fallait parler, et de tous ceux qui, comme lui, vivaient d'art et de livres alors que la moitié de l'Europe, déjà, tremblait !

Le policier italien qui a violemment ouvert la porte du compartiment aurait pu vendre des lasagnes dans une trattoria de Rome : nous l'aurions alors trouvé adorable, pittoresque, déguisé en maître queux sorti de derrière ses fourneaux. Et son accent plus italien que nature, donc ! Mais il y avait dans sa voix — il était habillé en officier ! — toute la brutalité que les signes du pouvoir donnent à la bêtise.

— Anglais, hein ?

Attendez, mes agneaux, voulait dire le policier. Vous allez voir ce que vous allez voir... Et l'officier et ses sbires, systématiquement, ont vidé tous les sacs, toutes les valises des deux voyageurs.

— Anglais, hein ?

168

On leur avait ordonné de passer tous les citoyens britanniques au peigne fin et de confisquer les armes qu'ils pourraient trouver : ne trouvant pas d'armes, ils n'en cherchaient que davantage.

Peter Charley était en peignoir. Antonella, encore couchée, avait remonté les draps et les couvertures sur sa poitrine. Un instant, Charley avait tenté de protester.

— Mais je suis professeur d'histoire de l'art ! Invité par le gouvernement italien...

L'autre avait haussé les épaules. Professeur ? Il n'en était que plus suspect ! Aussi l'officier, prenant du bout des doigts, par un angle de la couverture, l'un de ces cahiers couverts de notes et de références que Peter Charley transportait partout avec lui, l'avait secoué devant lui comme un objet trop sale pour être seulement ouvert et normalement feuilleté. A quatre pattes, il avait ramassé les quelques photographies qui s'en étaient échappées, puis les avait rejetées sur le sol lorsqu'il avait pu constater que leur intérêt stratégique ou politique — des nus de Véronèse ! — était plus que limité. Alors, il répétait entre ses dents :

— Anglais, hein...

Ce n'est que devant le passeport d'Antonella qu'il avait enfin changé de discours. Brusquement, il s'était retourné vers elle :

— Italienne ? Avec un passeport anglais ?

Très calmement, la jeune fille s'était expliquée.

— Anglaise. Née à Venise de mère italienne, mais de père anglais. J'ai été élevée en Angleterre et je ne suis revenue en Italie qu'aux vacances.

Le marchand de lasagnes transformé en policier de la pire espèce regardait cette fois Antonella avec une sorte de haine mêlée de mépris : plus qu'une Anglaise, c'était une renégate. Il ordonna à ses hommes de fouiller jusqu'à la plus petite trousse de toilette et ne s'amusa même pas lorsque l'un d'entre eux, avec un rire gras, brandit à bout de main un assortiment saugrenu de petites culottes bleues et roses.

— Je suis désolée, murmura Antonella lorsqu'ils furent partis.

Derrière eux, c'était un déballage absurde de lingeries claires, de caleçons et de livres d'histoire de l'art. Mais Antonella avait perdu sa belle joie : c'est vrai, ils étaient bien arrivés en Italie, et l'Italie de cette année 1924, c'était déjà celle de la peur et de la violence. En disant : « Je suis désolée », Antonella se souvenait soudain qu'elle était à demi italienne, et elle en avait presque honte.

Tandis que le train longeait le lac Majeur, et que, de part et d'autre de la voie, s'étendait à perte de vue un paysage de carte postale, Peter Charley avait bien tenté de retrouver ce qu'il avait tenu dans ses bras quelques heures auparavant : la gaieté d'Antonella, sa légèreté, sa jeunesse — mais la jeune fille était désormais devenue grave, et elle s'était doucement dégagée lorsqu'il avait voulu l'enlacer.

— Je vous demande pardon, Peter. Mais je ne me sens pas bien.

Avait-il deviné, Peter ? En tout cas, et pour la première fois, il avait eu peur de la perdre. Et si tout cela, ce moment de parfait bonheur, cette nuit, c'était fini, et pour toujours ? Mais à mesure qu'ils se rapprochaient de Venise : Vérone, Vicence, Padoue... — déjà des odeurs de Vénétie dans l'air — Antonella avait pourtant fini par retrouver un peu son sourire. Et lorsque le train entra en gare de Mestre avec un quart d'heure de plus de retard sur son horaire car Mussolini n'avait pas encore décidé, une fois pour toutes et pour toute l'Italie, que les trains devaient arriver à l'heure, elle s'était penchée vers lui.

— Je vous demande pardon...

Ses lèvres avaient effleuré les siennes.

— Je vous demande pardon. J'étais nerveuse.

— Mais ça va mieux ?

Il avait besoin d'être rassuré.

— Ça va mieux, oui...

Lourdement, dans un grand tohu-bohu de ferraille qui accompagnait le cri des mouettes de l'Adriatique, le train s'était ébranlé.

Je me suis toujours dit qu'un jour j'écrirai un livre sur Venise. J'y ai vécu trois ans, j'y suis bien revenu trente fois, et chaque fois j'en ai rapporté des notes, des bribes, des fragments, mais plus je m'enfonce en Venise — que j'erre sur les Zattere déserts un matin de décembre ou qu'au cœur de la chaleur de juin je joue des coudes dans la foule des Merceries ou encore que je déambule dans les salles les plus vides des musées : le palais Querini-Stampalia ou les coins les plus reculés de l'aile napoléonienne des Procuraties — plus je sens Venise qui m'échappe.

Tout cela, Venise ? Et le Ghetto Nuovo, donc ? Ses gamines aux jambes nues qui tournent comme des toupies grêles sur les places... Et les nobles perspectives de l'Arsenal ? Et l'île de Saint-François-du-Désert ? Que raconter, alors, lorsque tant, déjà, ont déjà tout dit ?

Résolument, sur Venise comme sur tout, j'ai donc choisi le silence. Et, de même que lorsque vous me demandez de parler de moi, je parle seulement des autres, je ne dirai de Venise que l'arrivée de Peter Charley et d'Antonella, parce que vous y êtes arrivée comme eux par le train et que je parle de ce que vous connaissez. Le premier émerveillement... L'odeur de mer en automne qui vous frappe au visage, avec le vent qui cingle, le remous des canaux, dès que nous avons mis le pied sur le quai devant la gare de Santa Lucia. Et puis tout de suite, cette foule qui ne ressemble à aucune autre − vous l'avez bien vu ! − car elle vit au jour le jour la vie d'une ville qui ne ressemble à aucune : ces messieurs aux vestons croisés qui, gravement, attendent un vaporetto ; ces jeunes filles pressées qui se hâtent le long d'un Rio Terra et dont j'entrevois soudain, l'espace d'un instant, l'éclat d'un mollet blanc lorsqu'elles franchissent le dos d'âne d'un pont ; ces enfants qui, sur les marches verdies d'un palais, jouent jusqu'au bord d'une eau très sombre.

− Chaque fois, il me semble que c'est un nouveau miracle de se retrouver ici...

Devant la gare de Santa Lucia, ses valises posées devant lui sur le sol, Peter Charley respirait à pleins poumons.

− Et chaque fois, je me dis que c'est peut-être la dernière fois que je reviens...

Il regardait autour de lui cette foule qu'il aimait. Mais Antonella était redevenue soucieuse. A quelques mètres d'eux déambulaient deux adolescents en chemises noires : brusquement, la joie qui était ainsi la sienne de revenir était de nouveau retombée. C'est vrai, Venise en 1924, c'était aussi cela, la chemise noire et l'arrogance de qui croit commander. Peter ne le comprit pourtant pas et tenta de renouer une fois de plus avec l'élan d'enthousiasme lyrique qui avait été le sien pendant le voyage.

− C'étaient peut-être les plus curieuses des fresques de Tiepolo qui se trouvaient dans l'église des Scaldi, à côté de la gare. Mais une bombe autrichienne, pendant la Grande Guerre, a tout détruit. Il n'en reste que quelques fragments qu'on conserve à la galerie de l'Académie. Mais le geste de ce vieillard qui retient contre lui un enfant qui ressemble à une femme...

Antonella ne l'écoutait pas : les deux hommes en noir la fascinaient. Une horreur fascinée... La façon qu'avaient d'ailleurs ceux qui passaient à leur hauteur de s'écarter de leur chemin...

— C'est vrai, Venise c'est ça... répéta-t-elle pour elle-même.

Mais déjà Peter Charley s'inquiétait de vétilles : où était son ami le consul qui devait venir l'attendre à la gare ? Et le canot du consulat qui aurait dû les conduire jusqu'au petit palais Foscarini ? Devant eux, sur le quai, le mouvement habituel des vaporetti, la maigre queue des passagers à la station, et c'était tout. Ce fut Antonella qui l'entraîna.

— Nous pouvons bien prendre un vaporetto...

Suivis de deux porteurs, ils se dirigèrent vers l'arrêt de la ligne n° 1. La petite cahute de bois peinte en bleu et gris se balançait doucement sur l'eau.

Pendant tout le trajet sur le Grand Canal, Peter Charley, toujours aussi inconscient de la transformation qui s'était opérée en la jeune fille, ne cessa de parler. C'était le même enthousiasme, la même jubilation.

— Chaque fois que je reviens à Venise, j'épelle les noms des palais du Canal comme une sorte d'Evangile profane. La Cà d'Oro, le palais Barbaro...

La Cà d'Oro, où le plus souverain des nus du Titien a trouvé aujourd'hui un asile. Le palais Barbaro : mais comment Peter Charley aurait-il pu savoir que la mère d'Antonella, journaliste anarchiste de l'immédiat avant-guerre, avait cherché refuge dans les six pièces dorées et lambrissées du dernier étage du second palais Barbaro, entre les souvenirs de Tiepolo et ceux de Bernardo Strozzi ?

— Chaque fois que je reviens à Venise...

Le Franchetti, le Loredan, le Vendramin ; mais la mémoire de Peter Charley n'était que celle de tous les amoureux de Venise. Wagner, oui ; et le poète Robert Browning, à l'entresol de la Cà Rezzonico, Henri de Régnier au palais Dario pour ne parler ni de Henry James, dont l'ombre flotte sur tant de maisons désertes, ni de Ruskin ou même de Proust, ni surtout de Paul Morand à qui je pense, moi, ce soir, parce qu'il traverse aussi ce livre que vous allez écrire pour moi qui n'en écrirai jamais un : tous, mot après mot, livre après livre, ils ont fait de Venise ce qu'elle est devenue pour nous — et Antonella, bercée par le ronflement du moteur fermait les yeux : Venise, oui ; elle y était revenue. Lentement, elle prenait conscience de ce qui l'attendait.

— Lorsque Peter et Antonella sont arrivés au petit palais Foscarini, j'étais monté me reposer dans ma chambre..., m'avait expliqué George MacLarren, comme pour s'excuser.

C'était un euphémisme. La soirée de la veille avait été mauvaise et le gin plus exécrable encore : amer et de triste qualité. D'où la nuit douloureuse, la chaleur des draps, les derniers moustiques que les purulences de la lagune amenaient jusqu'au milieu du mois de novembre dans les cours fermées des Zattere. A l'aube, George MacLarren s'était enfin assoupi et Diana s'était levée seule. La maison était déserte. Fernando, le maître d'hôtel, avait disparu, comme toutes les nuits — « l'ordure ! », avait murmuré Diana qui savait qu'il rendait chaque soir compte à la police (ou à quelque autre organisation, plus équivoque, plus dangereuse...), de ce qui s'était passé au consulat — et Camilla, la femme de chambre, devait ronfler grassement dans sa tanière au ras du canal, entre les bras d'un gondolier qu'elle avait attiré en se montrant à demi nue à sa fenêtre.

— Je suis désolée : George dort encore. Il est très fatigué en ce moment...

Devant Peter et Antonella, qui étaient arrivés à pied par la petite porte qui donnait sur le Rio Terra Antonio Foscarini, il s'agissait encore de faire bonne figure. Plus tard, on jetterait les masques. Aussi Diana MacLarren, en peignoir, les cheveux défaits, tentait-elle de faire illusion. Elle allait et venait dans la maison, s'agitait, retrouvait enfin Fernando qui voulait bien condescendre à monter les valises des nouveaux arrivants jusque dans leurs chambres. Mais Peter, tout à son bonheur, ne voyait rien — et Antonella, déjà, s'était refermée sur elle-même.

— Vous pardonnez le désordre... Le service à Venise n'est plus ce qu'il était.

Traînaient sur les consoles des bouteilles, des verres vides — et les cernes sous les yeux de Diana MacLarren étaient gris et violets. Peter Charley, qui l'avait aimée quelques mois au temps de leur jeunesse à Cambridge, ne se rendait pourtant pas non plus compte de cela. Et les explications qu'il se croyait obligé de donner sur la personne et la présence d'Antonella étaient celles d'un gamin qui cherche à se justifier auprès de qui ne lui demande rien.

— Mademoiselle Walden est une de mes étudiantes. C'est aussi une très bonne photographe.

— Ah, oui !

Diana MacLarren avait jeté un regard par-dessus son épaule.

— Je l'ai installée dans la chambre à côté de la vôtre. J'espère que ça vous conviendra.

Puis elle avait disparu vers les cuisines, s'occuper, avait-elle dit, du dîner.

Ce n'est qu'à sept heures du soir que George MacLarren fit son apparition. A mesure que passaient les années de son séjour à Venise, il devenait plus sombre, plus aigri, avec une lourde ironie dont il enveloppait toute chose, comme s'il avait dû se protéger de ce qui aurait pu être en lui sensibilité, ouverture aux êtres, aux autres. Je l'ai bien connu, George MacLarren. A vingt ans, il avait publié deux romans que la critique d'alors avait loués avec juste ce qu'il fallait de réserves pour lui donner envie d'en écrire un autre. Mais il n'en avait pas écrit d'autre. Ballotté entre Ankara et Berlin — où il avait connu l'horreur des années 19 et 20 —, l'Espagne, qu'il haïssait, et un Pérou ou un Equateur de pacotille qui lui avait appris l'indifférence — les Indiens, les pauvres, crevaient en ce temps-là comme des mouches —, il s'était refermé sur lui-même. Quant à Diana MacLarren, de dix ans sa cadette, elle avait désappris, elle aussi, ce qui avait été pendant longtemps sa raison de vivre : les grandes toiles brutales qu'elle peuplait, de Berlin en Equateur, de figures de cauchemar. Peintre, elle avait cessé de peindre en même temps que George avait cessé d'écrire et, comme son mari, elle avait eu recours aux vertus roboratives du gin ou du whisky pour se consoler de tout ce qu'elle avait perdu : sa jeunesse et sa beauté. Nous lui connaissions à Venise de brèves et tristes aventures avec de jeunes bellâtres auxquels George affectait de ne pas attacher d'importance. Arrimés l'un à l'autre jusqu'à se déchirer à travers les salles sombres et sonores du petit palais Foscarini, dans un état de torpeur que seul le train-train du métier consulaire qu'exerçait malgré tout George — les soirées, les rencontres, les cocktails — sauvait de l'engourdissement total.

— C'est pour cela que je dis qu'Antonella nous a, en quelque sorte, réveillés, répétera George MacLarren lorsqu'il aura, pour un mois ou deux, renoncé à boire avant de sombrer tout à fait.

Tout de suite, d'ailleurs, il avait été séduit par l'extrême jeunesse d'Antonella mais il avait également deviné tout de suite qu'au-delà de cette gaieté désormais factice dont elle ne faisait étalage que pour mieux donner le change, il y avait en elle une profonde gravité qu'elle saurait, d'ailleurs, de moins en moins aisément masquer.

Pendant le dîner, qui fut maigre et chichement servi, George MacLarren et sa femme ne cessèrent de se lancer des pointes et de commenter sur le mode ironique la dureté des temps. Peter Charley, tout à ses rêves de bonheur, ne se rendait pas compte de l'agressivité de ses amis à l'endroit l'un de l'autre, et seule Antonella mesurait jusqu'où pouvait aller la déchéance d'êtres qui se sont un temps aimés mais que le temps, justement, et les illusions déchirées, ont conduits à cet état de totale indifférence. Qu'il s'agisse de la nourriture offerte, à propos de laquelle MacLarren faisait des commentaires désagréables, ou de la vie à Venise, que l'un et l'autre jugeaient en termes désabusés, c'était à qui renchérirait sur l'autre en amertume et en âcreté acerbe.

— Il faut nous pardonner, ma chère, finit par lancer MacLarren à la jeune fille, mais vous avez en face de vous des spécimens rares des plus purs produits de l'Empire britannique à bout de souffle. Après lui, le déluge ; après nous, rien du tout !

Le regard de Diana s'était un instant figé : c'est vrai, elle avait été belle ; c'est vrai elle avait eu vingt ans. Je me souviens, moi, de la Diana MacLarren, Diana Brush alors, qui galopait à cru sur un cheval blanc dans les landes d'Abergenavy, au sud du Pays de Galles. Et Diana, elle, se rappelait les poèmes de George, ses romans. « Après nous, rien du tout ! »

Tout à l'attention passionnée qu'il portait à sa nouvelle assistante, Peter Charley aurait dû prendre la main de Diana à ce moment-là. Mais nous ne savons pas, n'est-ce pas ? Ou trop tard...

Lorsque Diana eut accompagné Antonella à sa chambre et qu'elle se fut elle-même retirée, MacLarren et Charley demeurèrent seuls dans le vaste salon aux meubles peints et dorés, trop faits pour ressembler à un décor de film pour être cependant un décor.

— J'ai bien peur que nous n'ayons donné à cette petite un pas très joli aperçu de l'âge qui vient, murmura MacLarren.

Il s'était levé pour se servir à boire, et Peter, assis sur un canapé défoncé avait, pour une fois, accepté un second verre de whisky.

— Je crois, vois-tu, qu'elle a toutes les vertus de la jeunesse et que ce qu'elle aperçoit de triste ou de sombre glisse sur elle sans pouvoir vraiment la toucher.

Elle avait bien donné le change, Antonella : la jeune fille qui ne sait rien. Mais l'avait-elle vraiment voulu ?

— Tu veux dire : tout glisse sur elle sans vraiment la corrompre ?

— Peut-être...

Alors, George MacLarren avait eu un rire presque mauvais. Ce fameux rire amer qui parcourt de bout en bout le récit amer de cette aventure-là.

— Je ne la connais pas, vois-tu, mais je ne la crois pas si innocente...

— Oh ! si... Elle est innocente...

Renversé sur son canapé, les yeux mi-clos, Peter Charley regardait le feu qui crépitait dans la cheminée.

— Oh ! si, elle est innocente.

Et, d'une voix que l'alcool — auquel il n'était guère habitué — rendait monocorde, il tenta d'expliquer tout ce qu'Antonella lui avait apporté. Ce qu'elle lui avait appris de vertu d'innocence, donc ; et sa spontanéité, une fraîcheur, une volonté d'arriver à ses fins qui le laissaient, lui, pantois.

— Devant elle, comprends-tu, je me sens tout à la fois un vieil homme : je suis si loin d'elle ! et un compagnon de son âge : elle est si forte, si pleine, cette jeunesse qui bouillonne en elle, qu'elle me la communique, qu'elle me l'inocule comme un vaccin contre l'amertume, la fatigue, la lassitude...

Il parlait, les yeux dans le vague, et tout ce qu'il avait confusément ressenti depuis que, face à Antonella dans ce wagon-restaurant où sa colère était soudain tombée et qu'il avait commencé à vraiment la regarder, prenait d'un coup une forme cohérente, réfléchie. C'était évident : il aimait Antonella ! Et sa femme, et toutes les femmes qu'il avait pu rencontrer jusqu'ici n'avaient été que des ombres. Antonella seule lui donnait le goût de vivre, de voir, de mordre à belles dents dans les choses, dans la beauté. Comme Antonella elle-même savait dévorer un petit déjeuner !

— Tu es amoureux, quoi.

George MacLarren avait conclu pour lui. Alors, Peter Charley se leva, et il alla jusqu'à la cheminée.

— Oui, je suis amoureux. C'est cela. Je suis amoureux...

Tout ce que son ami aurait pu lui dire, cette gravité, ce mystère que George avait, lui, deviné en Antonella, n'aurait servi à rien. D'ailleurs, George MacLarren n'avait envie de rien dire. Il secoua seulement la tête :

— Je t'envie, vois-tu.

Puis, lorsque Peter Charley fut à son tour monté à l'étage, le consul demeura longtemps dans son fauteuil à côté de la cheminée. Il avait une bouteille de whisky à la main : n'était-ce pas la seule maîtresse qui ne le trahirait pas ?

Cependant que Peter, qui était entré sur la pointe des pieds dans la chambre d'Antonella, guettait le souffle de la jeune fille ; mais celle-ci dormait. Un instant, il pensa s'approcher du lit, la réveiller, l'enlacer — puis, retenu par ce vieux fond de puritanisme que vingt années de vie académique à Londres avaient si bien su verrouiller en lui, il fit demi-tour et referma doucement la porte derrière lui. A l'extrémité du couloir, une ombre veillait, qui attendit qu'il eut à son tour disparu dans sa chambre pour s'éclipser. Aurait-il pu se douter, Peter Charley, aveuglé par toutes les innocences du monde — celles, au fond, des premières amours — que jamais plus Antonella ne serait la petite fille souriante et offerte qui s'était si splendidement donnée à lui dans le train de Londres à Venise ? Sans que ni lui ni elle-même le sût encore, il s'était tout simplement produit en elle un bouleversement irréversible — Venise étouffant sous la botte fasciste — qui avait balayé toute la merveilleuse innocence de la jeune fille. Dans cette ville elle était devenue une autre. Et voilà tout.

Le lendemain matin, ce fut pourtant une de ces journées de novembre comme il n'en existe à Venise que les années de complet bonheur. Le ciel était bleu, les canaux étaient bleus et la rive de la Giudecca, de l'autre côté de l'eau, ressemblait à une frise blanche et lumineuse de motifs abstraits — des palais, des églises — simplement posée là pour donner une profondeur à l'horizon. Et puis, il y avait le cri des mouettes, la sirène d'un cargo ancré à l'entrée du bassin de Saint-Marc, un soleil de premier printemps : Peter Charley se leva avec, au cœur, la même euphorie qui l'avait transporté la veille. En quelques instants, il fut habillé et propre, pressé qu'il était de se mettre au travail.

Dans la cuisine, Diana MacLarren était en train de préparer un café très noir.

— Tu en veux une tasse ?

Il oublia que, depuis trente ans, il ne buvait le matin que du thé.

— Je t'ai fait chauffer une brioche.

Diana elle-même, les aigreurs et les amertumes de la soirée passées, paraissait rajeunie. « C'est vrai qu'elle a été belle », pensa vraiment cette fois Peter en recouvrant de miel la tranche de brioche qu'elle lui offrait – pour, l'instant d'après, corriger en lui-même : « C'est vrai qu'elle *est* belle. » Les yeux bleus et pâles le teint hâlé, ses cheveux noirs parsemés de mèches grises qui lui entouraient le visage d'une masse mouvante, semblable à l'une de ces perruques ni grises, ni noires, ni blanches que créent des maquilleurs pour des prima donna égarées dans des décors de légende, Diana MacLarren avait mis un point d'honneur, ce matin-là, à rompre avec les tenues négligées auxquelles elle se laissait trop souvent aller, et elle avait en même temps retrouvé un regain de jeunesse.

– C'est bon de te revoir, dit-elle en venant s'asseoir à côté de lui sur une chaise de bois blanc. C'est bon d'être là, comme cela, tous les deux.

Et Peter, qui la regardait avec cette vieille tendresse qui remontait à leurs jours de Cambridge, lui répondit que pour lui aussi c'était doux d'être avec elle, dans cette ville qu'il avait toujours aimée. Mais le visage de Diana se rembrunit. Sur elle comme sur Antonella, Venise – cœur, jadis, de nos émotions et de nos amours – ressemblait peu à peu à un piège parfumé, diabolique, miroitant d'arabesques délicates que l'eau répétait à perte de vue mais qui suintaient l'angoisse par toutes les façades lépreuses des palais abandonnés.

– Venise, oui...

Sur le moment – et tout à sa bonne humeur matinale – Peter Charley ne prêta pas vraiment attention aux propos de Diana. Et puis, il était enfermé à double tour dans un monde où l'art tenait lieu de politique, Véronèse et Tiepolo de maîtres à penser. Mais ce que Diana voulait dire, c'était que Venise était désormais devenue une ville en sursis, où la haine et la violence n'attendaient à chaque coin de rue, au-dessus de chaque canal, que le moment propice pour se déchaîner.

– Ne crois pas que George ne voit rien. Simplement, il ne veut pas en parler.

Comme elle, George sentait la peur monter. La police avait été peu à peu dépossédée de ses droits par l'organisation parallèle des chemises noires. On recherchait des suspects, on établissait des listes, on interrogeait les communistes, les libéraux.

– Alors, tu comprends, la beauté d'une façade de Palladio ou la pureté d'une Vierge de Bellini...

À mesure qu'elle parlait, Peter la regardait avec une surprise grandissante. J'ai dit qu'il était fermé, et à double tour, à tout ce qui n'était pas la peinture qu'il aimait ; brusquement, il

178

découvrait que Diana MacLarren, qu'il avait toujours crue comme lui seulement attentive à un visage, à une ombre qui pouvait l'émouvoir, ressentait tout un univers d'émotions auxquelles il était lui-même totalement étranger. Tellement étranger que lorsqu'elle raconta une scène abominable dont elle avait été le témoin, devant l'église de San Trovaso — un vieillard attaqué par un groupe d'adolescents et roué de coups sous le regard indifférent de la police —, il ne voulut pas la croire.

— Est-ce que tu ne penses pas que tu te fais des idées ?

Dans Venise, la patrie de Carpaccio, du Titien et du Tintoret... Mais la voix de Diana devint plus sombre.

— Tu ne peux pas savoir ce qui se passe en ce moment ici. Tu ne peux pas avoir idée !

Elle s'était assise en face de lui, sa tasse de café noir, froid désormais, entre les mains.

— Mais nous sommes trop lâches pour faire quoi que ce soit. Ou pour même essayer de crier la vérité ! D'ailleurs, tu le dis toi-même : est-ce que tout cela est seulement possible, à l'ombre des Titien et des Tintoret !

Il allait continuer à l'interroger, à essayer de comprendre, mais Antonella entra dans la pièce. Elle avait le visage fatigué et annonça qu'elle avait mal dormi.

— Tu vois, lança Diana MacLarren à Peter, l'air de Venise n'est plus ce qu'il était !

Quelques instants après, il prenait le chemin du palais Labia.

Je m'aperçois que je n'ai pas encore parlé du travail que Peter Charley était venu faire à Venise. Spécialiste de la peinture vénitienne, l'un de ces historiens de l'art formés à l'école des Tietze et des Hestler, habitué depuis les origines à travailler sur le tas, il avait entrepris un inventaire des fresques de Tiepolo subsistant encore sur les lieux mêmes où elles avaient été peintes : l'histoire d'Iphigénie et celle de Renaud et Armide à la Valmarana ; l'Apothéose de la famille Pisani, à Strà ; et cette fois, les somptueux ensembles du palais Labia, ces rencontres de Cléopâtre et d'Antoine sous le regard de servantes, de déesses et de laquais. Son propos était — en ces temps reculés où la documentation photographique n'était encore accessible qu'aux spécialistes des musées — d'en faire un vaste catalogue accompagné d'un appareil critique qu'un éditeur londonien souhaitait publier dans une collection bon marché : en un sens, Peter Charley se plaçait à l'avant-garde d'une diffusion de l'œuvre d'art par la reproduction qui n'en était alors qu'à ses balbutiements.

Et c'est à ces premiers relevés qu'il était employé, ce premier matin, lorsque, accompagné d'Antonella, il s'était retrouvé dans les vastes salles délabrées du palais Labia.

— Vous voyez, ce que je souhaite, c'est un ensemble de photographies aussi vastes que possible permettant de n'omettre aucun détail de fresques. Ensuite, je pourrai choisir...

A ses côtés, Antonella donnait les instructions nécessaires au photographe italien qu'on avait mis à leur disposition : ici un gros plan de ce visage, là de cette main, là encore de cette simple applique de marbre au-dessus d'une table de festin.

— Ce que je voudrais, c'est pouvoir jouer sur les émotions que suscite Tiepolo comme sur un clavier. Un regard bleu, une chevelure noir et bleu peuvent avoir la même intensité érotique qu'un sein nu ou qu'une jambe, qu'une hanche découverte : il s'agit de savoir faire sortir cet érotisme de la gangue de décoration pure qui parfois l'obscurcit.

A l'écart, un homme les observait. Il était vêtu d'un costume sombre et d'un vaste imperméable cintré à la taille. Peter Charley l'avait désigné d'un geste du menton à Antonella.

— Notre ange gardien, n'est-ce pas ?

C'était un inspecteur de police que le Service du tourisme italien, qui leur avait facilité l'accès aux différents monuments et palais dans lesquels ils devraient travailler, avaient mis à leur disposition. Pour leur apporter, avaient précisé les responsables du Service, une aide au cas où des difficultés imprévues se présenteraient.

— Il nous surveille, bien sûr !

Le regard d'Antonella était devenu inquiet, mais Peter Charley ne semblait pas attacher davantage d'importance à cette « assistance » qu'il n'avait pas demandée : comme si la présence d'un policier sur les lieux mêmes de leur travail n'était qu'une formalité. Je l'ai dit, le monde de Peter Charley était étranger à tant de choses... Antonella, pour sa part, avait manifesté sans ambiguïté ses impressions :

— Il a une tête de tueur !

Peter avait ri : que cela ne vienne pas les distraire de leur travail. Alors, la jeune fille avait posé le petit appareil de photographie dont elle se servait elle-même.

— Il n'y a que cela qui compte, n'est-ce pas ? Votre travail ?

Il avait secoué la tête : oui, cela seulement comptait. Mais aussi sa joie maintenant de faire ce travail à ses côtés à elle...

— C'est comme si la puissance évocatrice de ces nus selon Tiepolo me tenait soudain un langage différent dont je déchiffre chaque signe !

Antonella, sans répondre, avait repris son appareil de photo.

J'imagine volontiers ce que cette première journée de travail a pu être pour Peter Charley : le tête-à-tête avec les plus somptueuses fresques que le XVIIIe siècle vénitien nous ait laissées, en compagnie d'une femme comme il n'en avait jamais rencontré. Il allait de pièce en pièce dans l'immense palais Labia, donnait ses indications — « Vous sentez ici, sur Tiepolo, l'influence de Véronèse. Regardez seulement le groupement des personnages... » — puis, tout de go, prenait à part Antonella.

— Si vous saviez combien je suis heureux de me retrouver ici avec vous !

Son bonheur : il y croyait si fort que dès la seconde journée, il avait fait part à George MacLarren de son intention de divorcer !

— Après ce que j'ai connu avec cette fille, je ne peux plus, tu comprends ? Je ne peux plus continuer à vivre comme avant.

Et c'est tout juste s'il avait prêté l'oreille aux propos de son ami qui lui suggérait d'attendre, de ne pas se presser, de voir venir.

— Attendre ? Quand j'ai trouvé une fille comme Antonella ?

Mais Antonella, cette deuxième nuit comme la première, était montée se coucher de bonne heure et elle dormait déjà lorsque Peter Charley avait voulu, une seconde fois, la retrouver. Comme la veille, il était revenu seul dans sa chambre : l'ombre qui l'épiait, dans un recoin du vaste corridor, c'était celle de Fernando, le maître d'hôtel mouchard.

Qu'Antonella ait été fatiguée n'avait rien de surprenant. Au moment où Peter et elle pliaient bagage à la fin de leur travail de la journée, et comme ils se disposaient à rentrer au petit palais Foscarini, elle lui avait demandé de l'excuser. Prenant prétexte d'une amie d'enfance qu'elle devait retrouver, elle avait entrepris cette longue quête au long des rues de Venise qui allait marquer toute la première partie de son séjour et donner à Peter ces angoisses qui, peu à peu, feraient de lui un homme aux abois :

Antonella était venue à Venise pour trouver quelque chose, et elle cherchait.

D'abord, elle s'était rendue à la vieille librairie de cette rue moderne, dans l'axe de l'église de San Moisé. Là, après avoir attendu le retour du bouquiniste qui avait été un ami de sa mère — cette anarchiste, ne l'oubliez pas, qui avait vécu sous les combles du Palazzo Barbaro — , elle s'était longuement entretenue avec lui. Mais ce que Don Gasparo, spécialiste en ouvrages anciens sur la Venise perdue, avait pu lui dire n'avait pas dû la satisfaire, car elle était tout de suite repartie en direction du Campo Santa Maddalena.

Dans la Venise idéale où je me suis imaginé qu'un jour je reviendrai vivre, la petite église aux symboles maçonniques de Santa Maddalena occupe une place à part. A côté d'un canal que longe un passage couvert, dans l'angle d'une place au centre de laquelle un puits paraît servir de lieu de récréation à des nuées de gamins qui s'égaillent comme une volée de moineaux à l'arrivée d'étrangers, Santa Maddalena m'a toujours semblé le temple des cultes interdits — en l'occurrence une religion où petites filles alertes et prostituées accortes feraient bon ménage pour flouer le touriste ou simplement vider le gousset du passant à l'âme un peu sensible. C'est là que, debout devant la porte d'une boutique fermée, Antonella était restée un moment à taper du poing contre un rideau de bois pour se fair ouvrir. Enfin, une mégère en haillons avait poussé une porte...

Plus tard, l'homme en imperméable qu'on avait mis à la disposition de Peter Charley pour lui procurer aide et assistance au palais Labia, avait pu voir Antonella sortir de la boutique sordide du Campo Santa Maddalena et se diriger vers les Merceries. Mais, dans le dédale des rues que les passants de huit heures du soir envahissent comme une place de village qui serait à la fois un point de rencontres et un labyrinthe où déambuler sans fin, elle avait échappé à la surveillance de celui qui la suivait et le policier en imperméable n'avait plus eu qu'à rentrer chez lui.

Antonella, elle, était revenue à neuf heures et demie du soir seulement au petit palais Foscarini, et elle était épuisée.

— C'est dur, quelquefois, de les aimer, ces gamines, alors que nous n'avons nous-mêmes plus vingt ans !

George MacLarren, effondré dans un fauteuil, essayait de remplir un verre de whisky, et sa main tremblait.

– Mais le plus dur, c'est peut-être encore de renoncer à les aimer !

Avec un petit rire gêné, Peter Charley lui avait avoué ce qui s'était passé la veille au soir – et l'avant-veille – : le sommeil d'Antonella – , et le consul avait tenté de trouver à l'attitude de la jeune fille des explications que son ami ne voulait pas entendre.

– Mais ce n'est pas du tout cela ! Elle est fatiguée, voilà tout !

Pourtant, le doute s'était insidieusement glissé en lui. Aussi, lorsque MacLarren lui avait parlé d'une réception qu'il voulait donner à son intention, c'est tout juste s'il l'avait écouté. D'ailleurs, qu'est-ce qu'Antonella, ce matin comme la veille au soir, était encore allée faire seule dans les rues de Venise ? Et plus tard lorsque, de retour au palais Labia, il lui indiquait ce qu'il souhaitait qu'elle fît, il était évident qu'elle n'écoutait pas les explications qu'il lui donnait.

– Mais, Antonella, ce n'est pourtant pas difficile ! Il s'agit de centrer tout l'intérêt de l'image sur le petit négrillon au col de dentelle !

Il était adorable, ce négrillon-angelot aux traits de très jeune femme. Mais Antonella avait sursauté :

– Je vous demande pardon ! Je pensais à autre chose.

– Je le vois bien, que vous pensiez à autre chose !

Même si Peter Charley avait souhaité savoir à quoi pouvait bien penser son assistante, il n'avait évidemment osé poser aucune question, et une journée de plus passa encore, sans qu'il pût renouer avec les émotions qui avaient été celles du voyage. A cinq heures et demie, comme la veille, Antonella le quitta.

Le policier qui la suivait se retrouva donc derrière elle dans un cinéma, dans un club de jeunes et chez un curé qui habitait du côté de Santa Maria Formosa.

Le troisième soir, enfin, Peter tenta de parler à Antonella. George MacLarren était absorbé dans la contemplation d'un journal qu'il regardait à l'envers et Diana, aux cuisines, faisait la vaisselle que la femme de chambre avait laissée inachevée.

Antonella eut un air très malheureux. Elle commençait à comprendre ce qui se passait en Peter et je sais qu'elle en était déjà désolée. « Désolée » : c'est tout ce qu'elles trouvent à nous dire en ces moments-là, à nous qui avons cru qu'un grand morceau de ciel était à portée de la main.

– Mais que voulez-vous que je vous dise ? Bien sûr, qu'il n'y a rien de changé ! s'était-elle seulement exclamée.

Il était dans une loggia, à mi-étage, qui dominait le grand hall d'entrée et ce gigantesque escalier de pierre blanche, usé par les ans, sur les marches duquel leur aventure allait connaître, quelques jours après, un dénouement tragique. Pour le moment, assise sur une chaise de bois noir incrusté d'éclats de nacre et d'écaille, Antonella fumait une cigarette. Nerveusement.

— Mais vous vous rendez bien compte que ce n'est plus pareil ! tenta-t-il d'expliquer. L'autre soir, dans le train...

Antonella lui prit la main.

— Je vous en prie, Peter. Je suis fatiguée, en ce moment. Et puis, il y a Venise, cette atmosphère...

Peter Charley eut envie d'ajouter : et ces promenades que vous faites, seule dans les rues, aussitôt que nous avons fini de travailler — mais il se retint.

— Je vous demande d'être gentil et de ne pas insister, avait achevé la jeune fille.

Ce soir-là, pas plus que les précédents, Peter Charley n'insista donc pas.

Trois jours après, ils travaillaient de nouveau au palais Labia quand un message arriva pour la jeune fille. Le porteur, un gamin d'une douzaine d'années, était simplement chargé de lui dire qu'une cousine l'attendait dans une ruelle non loin du Rialto. Un instant, Antonella hésita : le policier en imperméable allumait à quelques mètres d'eux une cigarette puis jetait négligemment son allumette à terre, ce qui était pour le moins étonnant de la part d'un inspecteur précisément envoyé par la Conservation des monuments historiques. Mais Charley, qui n'avait pas — et pour cause ! — remarqué l'hésitation d'Antonella, l'encourageait.

— Allez-y donc ! La lumière est un peu tombée depuis tout à l'heure, et je crois que je vais m'arrêter, moi aussi.

Comme si l'idée que c'était une cousine qu'elle devait rencontrer le rassurait.

Le regard d'Antonella croisa celui de l'homme en imperméable, qui affectait la plus grande indifférence.

— Je vous retrouve au consulat...

Elle était déjà partie et, quelques instants après, le policier en civil lui emboîtait le pas.

Ils marchèrent d'abord l'un derrière l'autre un long moment, le long du Rio Terra San Leonardo et de la Strada Nuova, puis

184

Antonella tourna à main gauche, en direction des Santi Apostoli. A quelques mètres derrière elle, sans même se donner la peine de se cacher, le policier la suivait.

— Je suis sûr qu'elle ne se doutait de rien, devait me dire MacLarren. Lorsque Antonella était venue pour la dernière fois en Italie, trois ans plus tôt, la situation était bien entendu toute différente, et tout ce qu'elle avait pu depuis se faire raconter en Angleterre par des amis, ce n'était pour elle que des « on-dit ». Il allait falloir qu'elle se trouve confrontée face à face avec la réalité pour qu'elle puisse enfin se rendre compte...

Et Antonella allait se rendre compte, en effet !

Après avoir encore longé l'église où la sublime sainte Lucie de Tiepolo est entourée de cierges comme une madone bien profane, elle avait débouché sur la rue étroite qui ouvrait sur l'impasse où elle devait se rendre. Et elle venait tout juste de s'engager dans la ruelle lorsqu'une main, sortie de nulle part, se plaqua sur sa bouche.

— Ne dis rien !

La voix était celle d'un homme, jeune encore, et l'accent était celui de Venise. Elle voulut se débattre, mais un deuxième bras, passé autour de sa taille, l'entraînait violemment en arrière.

— Ne bouge pas.

Elle essaya encore de crier et de se dégager, mais l'homme qui l'avait ainsi tirée sous un porche la maintenait solidement. Dans la rue, à quelques pas d'elle, elle vit passer le policier en imperméable qui, probablement inquiet de l'avoir perdue de vue, accélérait son allure.

— Ne bouge pas.

C'était un souffle à son oreille et, imperceptiblement, l'étreinte qui la maintenait s'était desserrée.

— Suis-moi...

Elle se retourna. L'homme qui lui faisait face avait une trentaine d'années, sa moustache était noire et épaisse, ses cheveux frisés. Il portait un costume gris et sa chemise, jadis blanche, était ouverte. Il ne portait pas de cravate.

— Je suis un ami de Mario...

Tout était dit : elle était arrivée au but. Peter, lui, continuait à se poser des questions mais il commençait à se dire que Titien, Véronèse et Tiepolo ne suffisaient pas à faire le bonheur d'un homme. Et dans Venise entière, des hommes en noir rôdaient...

Quelques instants après, Antonella et son guide se retrouvaient au dernier étage d'une maison tout en hauteur qui donnait sur la calle Zenordeni et sur un canal. D'une fenêtre, ils guettaient le policier en imperméable qui allait et revenait sur ses pas, puis qui notait le numéro de la maison qui clôturait le fond de l'impasse avant de disparaître à grandes enjambées, probablement pour chercher du renfort. Alors seulement Beppo − c'était le nom de l'agresseur d'Antonella − lui fit signe de le suivre.

Maintenant, le canot filait lentement sur la lagune. Malgré son énorme moteur et tout le bruit qu'il faisait, c'était l'une de ces vieilles barcasses à fond plat habituellement utilisées pour déplacer de lourds frets sur les canaux intérieurs de la ville. Au gouvernail, un petit vieux, sec, un cigare entre les dents, était habillé en marin.

− C'est Antonio. Tu peux avoir confiance en lui, avait dit Beppo.

Bientôt, le canot s'engagea dans un étroit canal qui séparait deux îles pelées au ras de l'eau. Antonella et son guide étaient étendus dans le fond de la barque : sans vraiment chercher à se cacher, Beppo ne tenait pas à ce qu'une vedette de la police ou des douanes les aperçût. Lui-même avait allumé une cigarette et il pouvait enfin parler.

− Tu sais qu'avec toutes tes recherches, tes courses à travers tout Venise, tu as failli nous coûter cher !

Il s'amusait de la surprise de la jeune fille. Et pourtant, il savait qu'elle et lui venaient de frôler de près un danger véritable et que d'autres dangers, plus précis encore, les menaçaient.

− Mais Mario ? Il m'avait dit de lui écrire dès que je le pourrais, mais je ne savais pas où le trouver.

− Il fallait attendre, ma belle ! Attendre qu'on te fasse signe...

Et tandis que le bateau se dirigeait vers la petite île de Saint-François-du-Désert sur laquelle vivait depuis toujours une communauté de franciscains, Beppo expliqua à Antonella ce qui était arrivé. Ce sont ces mêmes explications qu'elle devait donner trois jours après à Diana qui me les a rappelées à son tour, en même temps que la version d'Antonella de ce qui allait suivre.

A demi italienne, Antonella était restée en relation avec un groupe d'amis à elle qui faisaient partie du noyau encore très petit des opposants irréductibles au régime que Mussolini était en train de mettre en place. Par des étudiants exilés, des camarades de faculté ou de simples voyageurs, on pouvait ainsi échanger, entre Londres − ou Paris − Rome ou Venise un certain nombre d'informations, de renseignements, sinon d'appels au secours. Car la situation de l'Italie en ces premières années du fascisme avait cela de paradoxal qu'en surface, tout y paraissait le plus normal du monde. Les touristes s'y promenaient à leur gré et les Italiens qui le souhaitaient pouvaient quitter le pays s'ils en avaient envie. Mais sous cette façade d'un libéralisme qu'une lecture quelque peu attentive de la presse officielle, voire seulement le ton des discours des gens en place, aurait déjà suffi à démentir, la réalité était beaucoup plus sombre. Tous ceux qui, pour une raison ou pour une autre, pouvaient être suspectés de ne pas adhérer entièrement aux idées nouvelles étaient étroitement surveillés, leurs faits et gestes étaient épiés, leurs déplacements contrôlés, leur correspondance censurée. D'où tout un réseau parallèle de contacts et de coursiers pour faire échec aux polices, parallèles précisément, mais également officielles, qui avaient ainsi été mises en place. Et sans être revenue en Italie, Antonella était à Londres une pièce essentielle de ce mouvement d'idées et de personnes. Ajoutez à cela qu'elle avait un moment été fiancée à un certain Mario Ruspoli, étudiant communiste recherché par la police dont elle était sans nouvelles depuis plusieurs semaines, et vous comprendrez les raisons de son voyage en Italie.

— D'abord, tu n'avais pas à répondre à un appel de Mario lancé comme cela, au hasard, ni à débarquer ici sans crier gare. Et ensuite, tu t'es conduite en petite fille...

Antonella, agacée par ce discours, haussait les épaules.

— Alors, pourquoi m'avoir envoyé ce gamin, tout à l'heure ?

Ce fut à son compagnon de hausser les épaules.

— Tu avais fait assez de dégâts, non ? En allant te promener chez tous nos amis...

Elle voulu protester.

— Je ne pouvais pas me douter que j'étais suivie...

— Si tu avais seulement regardé une seule fois derrière toi ! Et puis, il est arrivé un accident à Mario. Et maintenant, tout est changé. On a besoin de toi ici, cette fois. Vraiment besoin de toi.

Alors, et alors seulement, Antonella pâlit.

Lorsque le canot aborda enfin la petite île de Saint-François-du-Désert, le moine qui les accueillit était grave.

— Venez vite. Ce n'est pas la peine de se faire remarquer !

Le jardin du monastère avait gardé toutes ses fleurs, et des poules, des canards picoraient en liberté. Il régnait là une paix, une tranquillité qui contrastaient étrangement avec la mine de conspirateur du père qui les entraînait.

— La police est venue ce matin. Ils ont pris prétexte d'une épidémie de grippe pour tenter de nous imposer la présence d'un médecin à eux. Le père supérieur a su les éloigner, mais ils reviendront...

Ils marchaient maintenant le long de corridors sonores. Un écriteau portait en lettres noires : « Aucune femme au-delà de cette limite », mais ni le père Bruno — c'était son nom — ni Beppo ne firent mine de le remarquer.

— Votre ami est dans une cellule au premier étage.

Un instant plus tard, Antonella se jetait dans les bras de Mario.

Les explications qu'il donna, celles aussi de Beppo, étaient simples : un groupe de chemises noires avait fait irruption dans le local, près du Rialto précisément, où Mario Ruspoli et ses amis imprimaient un journal qui n'était même pas clandestin : c'était le bulletin de liaison d'une corporation d'étudiants. Aucune teinture politique. En apparence. Mais pour qui savait lire entre les lignes, c'était une mine d'informations, de rendez-vous, d'annonces, qui étaient diffusés — et pas seulement à des étudiants — à travers toute la Vénétie. Qui les avait dénoncés ?

— Ce salaud de Scarpio, j'en suis sûr, murmura Beppo.

Mais Scarpio avait disparu et, surtout, l'un des attaquants — un des meneurs des chemises noires — avait été tué dans la bagarre qui avait précédé la mise à sac de l'imprimerie. Malgré la confusion qui régnait dans l'échoppe au ras des canaux, les camarades du mort avaient reconnu son agresseur : c'était Mario qui, lui-même blessé, avait pu s'échapper de justesse avant l'arrivée de la police.

— Tu comprends que, depuis, je n'ai pas eu le temps de t'écrire !

On l'avait d'abord caché dans l'entresol d'un palais sur le Grand Canal, puis ses amis l'avaient conduit jusqu'à ce monastère où il se terrait depuis près de trois semaines.

— Mais tu ne peux plus rester ici, Mario, acheva don Bruno. Le père supérieur m'a demandé de te prévenir. Nos relations avec les autorités constituent un équilibre trop précaire : je ne voudrais pas le remettre en question.

Le père Bruno, plus sombre que jamais, avait pourtant apporté du pain, du vin, du fromage. Et Antonella, toujours affamée, s'était mise à manger.

– Puisque c'est moi qui t'ai fait venir, c'est moi qui te le demande : il faut maintenant que tu me tires d'affaire !

Mario avait pris la main d'Antonella. Le teint pâle, les pommettes saillantes, une plaie à la hanche – c'était un coup de couteau – qui n'en finissait pas de se cicatriser, il paraissait trembler de fièvre. Il vit qu'Antonella avait remarqué son état.

– Et en plus de cela, je crois que j'ai un accès de paludisme !

Il voulait sourire mais ne le pouvait pas. La douleur – sa hanche – le faisait grimacer. Alors, brusquement, Antonella se pencha sur lui.

– Il faut que tu sortes d'ici !

Toute une ancienne tendresse enfouie, des souvenirs, l'image d'une enfance qu'ils avaient passée côte à côte dans de grandes maisons au bord du Brenta lui revenaient à la mémoire.

– Je te ferai sortir d'ici, va...

Les trois hommes se regardèrent. Certes, avec un passeport anglais et vivant au domicile du consul, Antonella pouvait les aider. Mais de quelle manière ?

A son retour au petit palais Foscarini, Antonella avait trouvé ses hôtes dans une inquiétude extrême. Il était près de 10 heures du soir et, probablement à l'initiative du policier en imperméable, un inspecteur était venu de la préfecture de police prier les deux visiteurs anglais de passer régulariser leur situation dès le lendemain auprès d'un commissariat situé à l'autre extrémité de la ville. Peter Charley avait voulu protester, mais George MacLarren l'avait arrêté.

– Comprends bien : ils font cela pour te rendre service. Ils te facilitent l'accès à tous les palais que tu souhaites visiter, il est normal qu'ils sachent, tous les deux ou trois jours, quelles sont tes intentions.

– Mais c'est d'une convocation de la police qu'il s'agit !

– Et alors ? Simple formalité, mon vieux ! Simple formalité !

Diana avait fait signe à Peter de ne pas insister : George était dans un de ses mauvais jours. D'ailleurs, il n'allait pas tarder à se retirer dans sa chambre, après être passé à la cuisine prendre une bouteille de mauvais whisky : tout ce qui restait d'alcool dans la maison.

– Les temps sont durs, camarade ! Même plus de scotch ! Du whisky made in Ethiopie, probablement !

Il était parti d'un rire énorme que démentaient ses yeux qui

189

ne souriaient pas, et Fernando, le maître d'hôtel, l'avait suivi du regard jusqu'au sommet du grand escalier.

— Celui-là, s'était exclamée Diana en parlant de Fernando, il faudrait avoir le courage de le mettre à la porte à coups de pied au cul !

Mais elle savait bien que ni George ni elle ne l'auraient, ce courage. Alors, elle s'était tout simplement enfermée avec Peter dans le grand salon.

— Ne t'inquiète pas ! Nous entendrons ton amie si elle frappe à la porte !

Peter avait comme elle repris une tasse de café très noir. Puis, d'un geste, il avait repoussé la mèche de cheveux qui lui tombait sur le front.

— Je sais, vieux, c'est difficile ! avait murmuré Diana.

Elle comprenait l'inquiétude qui rongeait Peter.

— Moi aussi, j'ai connu ça ! Il avait vingt-cinq ans...

Elle allait peut-être continuer, mais Peter s'était levé et était venu jusqu'à elle. Il la regardait : eh oui, cette femme, son amie, avait elle aussi eu vingt ans. Elle avait été belle, très belle, même, et il avait pensé un temps qu'il l'aimait. Les promenades à cheval au Pays de Galles...

— Oh ! Peter...

Elle s'était levée à son tour et s'était jetée en pleurant dans ses bras. Et je les imagine si bien, tous les deux sur le même versant de l'âge, en train de se convaincre l'un et l'autre que plus rien n'était possible, que je crois me reconnaître en eux. Et pourtant, en ce temps-là, j'avais à peine trente-cinq ans !

Mais lorsque Antonella a enfin frappé à la porte d'entrée et que, traversant le vestibule, elle a rapidement murmuré qu'elle était fatiguée et qu'elle voulait aller se coucher, ce que j'aurais pu lire de détresse dans le regard du professeur Charley, de l'université de Londres, c'était la douleur que j'éprouvais, au même moment et à quelques maisons de là sur les Zattere, parce qu'une petite putain vénitienne elle aussi me quittait ! Elle avait dix-sept ans, des seins durs aux pointes noires et des hanches qui vous roulaient sous les doigts comme un petit animal voyageur en éveil toujours prêt à vous échapper.

— Je ne comprends plus rien, murmura seulement Peter Charley en revenant se laisser tomber dans un fauteuil, à côté de Diana.

— Il vient pourtant un moment, vois-tu, dit Diana, où on ne peut que trop bien comprendre.

190

J'imagine les émotions qui pouvaient être celles de Peter Charley. J'imagine surtout le désarroi que le brusque changement d'attitude de la jeune fille avait pu susciter chez un homme jusque-là seulement préoccupé de son travail, de ses recherches, et qui avait soudain découvert un univers de tendresse où tout, pour lui, était nouveau : même si cet éblouissement n'avait duré que quelques heures, comment ensuite retomber sur terre ? Et surtout, comment comprendre qu'après avoir été si passionnément drôle, si drôlement passionnée, si attentive, si enjouée, une femme pouvait avoir soudain − et avec le plus grand naturel du monde − une si totale indifférence ?

Car c'était bien ce que Peter Charley sentait désormais en Antonella : de l'indifférence.

− Viens, murmura Diana. Montons nous coucher. Il est tard...

Au mur du corridor qui conduisait aux chambres, la mauvaise copie d'un pastel de Rosalba Carriera souriait, ironique...

L'épisode suivant, c'est Diana elle-même qui me l'a raconté.

Il était 7 heures du matin, et elle était déjà descendue à la cuisine pour préparer, comme elle en avait l'habitude, le café très fort de la maisonnée.

− A la radio, il y avait une musique vénitienne... Du Cavalli, je crois...

Et déjà une lumière pâle, rasante, pénétrait par les fenêtres étroites qui donnaient sur le Rio Terra Antonio Foscarini. C'est au moment où elle venait de verser l'eau bouillante sur le café qu'Antonella est entrée.

− Je ne vous dérange pas ?

Elle avait retrouvé son sourire et, d'un coup, c'était de nouveau une très jeune fille alerte, gaie, qui s'affairait à ses côtés dans la cuisine.

− Je peux vous aider ?

Tout en préparant des toasts, en pressant le jus d'une orange, Antonella racontait sa vie à Diana. Elle parlait, comme elle ne l'avait jamais fait jusque-là, de cette mère anarchiste née au cœur d'une des plus vieilles familles de la ville et qui avait passé plusieurs années à s'y terrer.

− Ah ! le palais Barbaro ! Dire que j'y jouais à cache-cache tandis que ma mère, dans la pièce à côté, redoutait à chaque seconde l'arrivée de la police...

De fil en aiguille, de palais en palais, elles en étaient arrivées à parler du petit palais Foscarini où elles se trouvaient et qu'Antonella avait soudain paru remplie d'un désir urgent de visiter.

— Je suis sûre qu'il y a partout des tableaux, des merveilles...

— Je vais tout vous montrer, avait dit Diana.

Décrochant une grosse clé passe-partout qui était pendue à l'intérieur de la porte d'un placard, elle entraîna la jeune fille dans les profondeurs de la maison.

Il faudrait maintenant pouvoir décrire l'univers d'escaliers, de corridors, de chambres closes et de recoins obscurs du « petit » palais Foscarini. Construit à la fin du xve siècle, c'est là qu'avait trouvé refuge le sénateur Antonio Foscarini, injustement accusé d'avoir livré des secrets de la République de Venise à des étrangers de l'entourage de la duchesse d'Arundel. La police dogale vint l'y chercher et il fut condamné à l'échafaud après un procès sommaire : quelques semaines plus tard, ses détracteurs, confondus, subissaient la même peine et une délégation se rendait en grande pompe au « grand » palais Foscarini, tout à côté, pour procéder à sa réhabilitation officielle. Lors des travaux qu'on devait faire pour combler le canal qui longeait la maison — et qui était devenu, précisément, le Rio Terra Antonio Foscarini —, on avait dû détruire une partie du « grand » palais, et le « petit » palais était tout ce qu'il restait de souvenirs du malheureux sénateur. Mais les fresques de Pietro Muttoni dans la grande salle à manger, les petits portraits de Palma Vecchio, jadis dans la galerie principale et aujourd'hui à l'Académie, témoignaient de sa grandeur passée. Avec ce gigantesque labyrinthe de couloirs, d'escaliers, de recoins.

De la cave jusqu'aux combles, Antonella avait suivi Diana avec une attention peut-être un peu trop passionnée.

— Je dois avouer que presque tout de suite je me suis doutée de quelque chose, remarqua Diana lorsque je l'interrogeai.

Et c'est vrai que toute l'attitude d'Antonella, ses exclamations, ses brusques curiosités — « Et où conduit ce petit escalier ? » — pouvaient avoir de quoi intriguer. Mais, méthodiquement — et peut-être justement à cause de cette curiosité — Diana MacLarren lui montra tout. Si bien que lorsque deux heures plus tard Peter Charley descendit à son tour, il les trouva toutes deux attablées devant un second petit déjeuner. Et Diana put remarquer à l'endroit de Peter, avec un sourire complice :

— Ton amie a retrouvé toute sa bonne humeur, comme tu peux le voir...

Deux heures encore après, Peter et Antonella étaient de nouveau au travail dans les salles du palais Labia. Pourtant, leur photographe habituel avait été remplacé par un jeune homme qui expliqua en quelques mots que son prédécesseur était souffrant. Le policier en imperméable avait noté le nom et l'adresse du nouvel assistant de Peter Charley sur un petit carnet recouvert de moleskine noire et Antonella, qui semblait inquiète, avait écouté d'un air distrait toutes les explications qu'avait données Peter sur les travaux de la matinée.

— Le visage de cette femme, c'est toute la gloire de la femme qui sait qu'elle trompe l'homme, que son triomphe sera absolu, éphémère et brutal...

Peter Charley continuait à décrire ses fresques : comme si le regain de bonne humeur de la jeune fille, à l'heure du petit déjeuner, lui avait redonné espoir.

— Et pourtant, il y a une telle tendresse dans ce sourire...

Antonella avait fini par se remettre à son travail. Mais à l'heure de la pause où la jeune fille et lui allaient généralement prendre un café dans un bar sur la place San Geremia, Antonella s'était plainte d'une migraine et elle avait disparu. Resté seul dans le palais, Charley s'était fait monter un café et il se promenait dans les étages supérieurs déserts lorsqu'un chuchotement avait attiré son attention. Et tout d'un coup, ses terreurs l'avaient repris : et si Antonella... Il avait poussé une porte, écarté une tenture, et il avait vu. Antonella et le photographe parlaient à voix basse dans l'embrasure d'une fenêtre. Le jeune homme tenait le bras d'Antonella et celle-ci était penchée sur lui, presque dans ses bras.

Glacé, Peter Charley était redescendu à l'étage noble. Devant *Le Festin de Cléopâtre* — « le triomphe de la Femme, triomphe absolu, total, éphémère... » — le policier en imperméable regardait sa montre.

— C'est le soir même que j'ai donné pour Peter la petite réception dont je lui avais parlé...

Nous étions sur la terrasse de l'hôtel Monaco et Grand Canal. Devant nous, le mouvement incessant des motoscafi et des gondoles, ponctué çà et là de la forme plus massive d'un vaporetto. A la table voisine de la nôtre, deux jeunes gens en chemises noires discutaient à haute voix, riaient, s'esclaffaient. Tassé dans son fauteuil de rotin, la main qui, comme d'habitude, tremblait sur le verre de whisky, George MacLarren me semblait ce jour-là un très vieil homme. Et c'est ce très vieil homme, pourtant, qui avait jadis écrit des vers pleins d'espoir, ce roman ironique et délicieux sur l'éducation sentimentale d'un adolescent à Eton. L'alcool, bien sûr — et puis, maintenant, ce qui s'était passé...

— J'avais réuni pour lui quelques personnalités de la colonie anglaise, et aussi des professeurs, des historiens de l'art, des peintres, des artistes : aucune des autorités civiles ou militaires de la province. Je faisais encore attention à ne pas me compromettre.

Mais Peter Charley était arrivé en retard à ce petit cocktail qui avait lieu dans le grand salon et dans la galerie du rez-dechaussée, à l'ombre de copies de Palma Vecchio. Il venait du palais Labia mais il avait, expliqua-t-il, perdu une fois de plus Antonella en route.

— Si tu savais dans quel état je suis...

Son ami lui avait pris le bras : il fallait qu'il tienne le coup le temps qu'allait durer la réception. Peter l'avait à peine écouté.

— Je monte me changer.

En bas, les invités commençaient à arriver. C'était la faune — et la flore ? — habituelle de ce genre de réunion. Les vieilles dames qui ne survivaient plus que pour ces cocktails, les faisanes à crête haute qui tiennent lieu de mécènes au petit pied dans la foulée d'un gigolo, et la comtesse de service, entre son mari glabre et son amant décoré. Quelques professeurs, donc, parmi lesquels Dino Grossi, de l'université de Padoue, qui avait lui-même écrit quelques pages médiocres sur Venise, mais dont le régime du moment avait voulu faire l'un de ses maîtres à penser l'art.

— Le professeur Charley ne va pas tarder à nous rejoindre...

George et Diana recevaient leurs hôtes et l'un comme l'autre s'acquittait avec habileté de sa tâche, comme si ce couple à la dérive ne pouvait plus « fonctionner » normalement que dans l'exercice de ses attributions professionnelles. George MacLarren, à jeun, arborait un costume presque neuf, et Diana portait une robe longue qui moulait ses formes soudain redevenues jeunes.

A l'arrivée d'Antonella, le consul et sa femme avaient respiré : Peter Charley allait enfin se décider à les rejoindre. Et quelques instants après, en effet, Antonella, qui était revenue à bout de souffle au palais — elle avait manifestement couru — et qui était montée se rafraîchir le visage, rejoignait les invités en compagnie de Peter.

— Mais où étiez-vous passée ? avait eu le temps de lui glisser Charley avant que la jeune fille ne l'entraînât vers le rez-de-chaussée.

— Ce n'est rien, j'étais allée voir une amie...

Comment Peter aurait-il pu la croire, cette fois encore ? Mais il fallait faire bonne contenance. D'ailleurs, la jeune fille avait pris son bras.

— Je vous en prie. Faites-moi confiance...

Ils avaient pénétré dans les salons au milieu des invités.

— Dites-moi, professeur, cette grâce, que vous trouvez dans toutes les femmes peintes par Véronèse ou par Tiepolo, vous ne pensez pas que c'est plutôt de la graisse ?

Tout heureuse de son bon mot, aussi mauvais en anglais qu'en français, la femme du correspondant à Venise d'une obscure institution académique écossaise battait des mains.

— Vous ne pensez pas qu'un livre illustré comme celui que vous projetez de faire, ça ne fait pas très, très sérieux ?

C'est qu'elles étaient agressives, les perruches emplumées qui tenaient lieu d'invitées au consul de Grande-Bretagne à Venise ! Mais Peter, indifférent, répondait à leurs questions tout en s'efforçant de ne pas perdre de vue Antonella, qui semblait tout aussi absente que lui. A plusieurs reprises, il remarqua qu'elle consultait sa montre, et son cœur se mit à battre plus vite.

Cependant, le professeur Grossi l'avait attiré dans un coin du salon et lui expliquait, avec force gesticulations et démonstrations d'affection, que le chemin de l'amitié entre l'Angleterre et l'Italie passait par le seicento vénitien, et que les autorités de Rome — le Duce en personne — seraient heureuses de lui offrir une année de congé sabbatique afin qu'il poursuive en toute indépendance d'esprit ses recherches à Venise.

— Le gouvernement a trop d'estime pour les savants étrangers qui viennent chez nous étudier notre culture pour ne pas les encourager dans la mesure de ses moyens. Et c'est en très haut lieu que j'ai été chargé de vous transmettre cette invitation.

Mais Peter Charley s'était rendu compte qu'Antonella n'était plus dans la pièce, et il n'écoutait plus le professeur Grossi.

— Si vous permettez...

Il allait s'éclipser, laissant son interlocuteur interdit, lorsque deux dames, plus lourdes encore et plus grotesques que les autres mais tout aussi harnachées de pierres fausses, prirent à leur tour possession de lui.

— Nous voulions vous demander, cher professeur...

Cette fois, George MacLarren crut bien que son ami allait devenir grossier. Mais Diana sauva la situation.

— Le professeur Charley répondra à toutes les questions lorsqu'il aura bu quelque chose. Il est très fatigué depuis quelques jours. Je vous l'enlève pour deux minutes.

Elle l'entraînait vers le buffet, appuyée à son bras, l'empêchant de s'échapper.

— Pour l'amour du ciel, Peter, essayez de réagir...

— Mais Antonella...

— Je vous en prie, Peter. Tout à l'heure !

Sa main s'était si fortement refermée sur lui qu'il eut presque mal au bras — mais il la suivit.

— Quand elle le veut, Diana peut avoir une poigne de fer ! avait remarqué George MacLarren à la terrasse du Monaco et Grand Canal.

Pour la première fois depuis le début de notre conversation, il souriait.

Je l'ai dit : depuis le début, Diana se doutait de quelque chose. Aussi, lorsqu'elle eut à proprement parler remis Peter entre les mains d'une de ses amies, près du buffet, en lui demandant de le garder là, elle sortit précipitamment du salon et hésita un instant dans le vestibule.

Cependant, près de la petite porte qui donnait sur le canal, au ras de l'eau, une gondole venait de s'immobiliser. Trois hommes se trouvaient à l'intérieur : Beppo, un gondolier et, bien entendu, Mario.

— Pourvu qu'elle soit à l'heure...

Beppo regardait autour de lui. La nuit était déjà tombée et aucun feu n'éclairait le bateau. Aucune lumière non plus sur les hautes façades qui donnaient à pic sur le rio. Mais on pouvait à tout moment redouter d'entendre le ronflement d'une vedette de la police ou, tout simplement, la barcasse d'un brave Vénitien bien-pensant qui aurait été trop heureux de se concilier les bonnes grâces des autorités moyennant un petit renseignement qui ne lui aurait pas coûté cher.

— Nous commencions à vivre les jours les plus noirs de notre vie. Et ce n'était encore qu'un début !

Mario lui-même devenait impatient. Et puis sa plaie au côté le faisait souffrir. Aucun d'eux ne bougeait pourtant – on entendait seulement le clapotis de l'eau le long du mur lépreux – quand la porte s'ouvrit enfin.

– J'ai fait ce que j'ai pu...

Antonella était à bout de souffle. Elle tenait une torche électrique à la main.

– Venez vite...

Elle tendit une main à Mario qui s'appuya sur elle et franchit d'un lourd mouvement de tout le corps la marche rongée d'humidité et de mousse verte et gluante qui descendait jusqu'à l'eau. Beppo allait le suivre, mais Antonella l'arrêta.

– Il vaut mieux pas. Je ne pourrais pas te faire redescendre, et la maison est pleine de monde.

L'autre se fâcha :

– Et tu crois que c'était le moment...

Mais il avait désormais affaire à une Antonella femme de tête qui avait retrouvé toute son assurance.

– Justement. *C'est* le meilleur moment.

Elle avait appuyé sur le « c'est ». Beppo fit un geste pour protester, mais il n'insista pas. Un instant après, la gondole glissait sur le petit canal en direction du rio latéral qui conduisait au canal de la Giudecca.

Dans l'escalier très raide qui menait au rez-de-chaussée, Antonella se rendit tout de suite compte qu'elle ne pourrait faire monter Mario jusqu'à la soupente qu'elle avait découverte sous les toits lors de sa visite de la maison avec Diana. Le jeune homme tremblait maintenant de tous ses membres, et il pesait de plus en plus lourd contre l'épaule d'Antonella. Elle tenta pourtant.

– Prends-moi par la taille, là, comme ça...

Ils recommencèrent à monter. Une marche, une autre, une autre encore. Mario était en train de lui glisser doucement le long du corps. Elle regarda au-dessous d'elle : le noir absolu qui les entourait, la chute vertigineuse de l'escalier de pierres glissantes et, au bout, la porte repoussée qui ouvrait tout droit sur le canal. Elle faillit fermer les yeux mais s'accrocha à son fardeau, s'arrima à lui. Il gémissait doucement.

– N'aie pas peur. Je suis là...

C'était elle qui avait peur. Elle monta encore deux marches et parvint à la porte qui donnait sur un recoin du vestibule de service, au rez-de-chaussée : elle l'avait fermée à clef derrière elle et il lui fallait encore sortir le passe-partout de sa poche, le faire tourner dans la serrure. Maintenant tout à fait évanoui,

Mario n'était plus qu'un poids mort. C'est à ce moment que la porte s'ouvrit.

— Venez vite !

Dans l'embrasure, Diana lui tendait la main. Et à elles deux, elles parvinrent à hisser Mario jusqu'à la retraite qu'Antonella avait préparée.

Au salon, personne ne s'était rendu compte de l'absence de Diana. A peine Mario installé, elle avait renvoyé Antonella rejoindre Peter afin de ne pas alarmer davantage celui-ci. Au passage, elle lui avait recommandé d'éviter Fernando, dont l'indifférence affectée lui semblait d'un coup redoutable.

— Et puis, surtout, que George non plus ne se doute de rien...

Nous savions tous, déjà, que George MacLarren avait, du devoir et de sa profession, une conception d'une étrange rigueur...

Antonella avait donc reparu comme par enchantement aux côtés de Peter et c'est elle qui l'avait ramené vers le professeur Grossi pour que celui-ci achevât de lui transmettre l'invitation dont on l'avait chargé.

— Mais je suis sûre que le professeur Charley acceptera. Moi-même, d'ailleurs...

Elle se mettait en avant, repoussait d'une main ses cheveux en arrière et Peter Charley, stupéfait, la regardait : comment pouvait-on, une fois de plus, changer de cette manière ? Si le récit que je fais en ce moment ne s'était achevé en tragédie, peut-être, commentant l'apprentissage que fit Peter Charley, aurais-je été tenté de donner à tout cet épisode un titre presque ironique : « Comment l'esprit vient aux hommes », par exemple.

— Lorsque je vois tous ces guignols s'agiter dans tous les sens et débiter les fadaises qu'ils répètent depuis qu'ils sont en âge de manger des raviolis, je me demande chaque fois si je ne vais pas tout envoyer promener et terminer clochard sur les Zattere !

Après le départ de ses invités, George MacLarren s'était laissé tomber dans un fauteuil, une bouteille de gin à la main pour compenser les vingt-quatre heures d'abstinence qu'il s'était imposées afin de jouer le plus sobrement du monde son rôle de consul au travail. Et Diana, en face de lui, savait qu'il disait vrai : même s'il ne paraissait revivre que lorsqu'il entrait dans la peau de ce rôle, il haïssait profondément ce jeu et ne s'en haïssait que davantage de s'y laisser lui-même prendre.

– Sais-tu ce que je devrais faire ? Dire à tous ces zouaves habillés en pingouins et en cacatoès que leur patchouli pue à un kilomètre, et qu'à force de ramper devant qui les méprise, ils ont la peau du cul usée !

Il voulait dire : la peau des genoux... Peter sourit. Antonella était elle aussi demeurée au salon à la fin du cocktail et Fernando, assisté de deux de ses sbires, posait un à un les verres sales sur un plateau dans le plus profond silence. Dehors, il avait commencé à pleuvoir et le vent s'était levé : c'était déjà le bruit d'une tempête qui frappait aux fenêtres.

– Bientôt, nous aurons l'acqua alta, remarqua Diana.

C'étaient les grandes marées de novembre, la place Saint-Marc quelquefois sous soixante centimètres d'eau... Antonella battit des mains.

– J'aimerais voir cela...

Diana la regardait : elle ne pouvait pas ne pas admirer l'autorité que la jeune fille avait sur elle-même. Elle le lui dit, d'ailleurs, lorsqu'un peu plus tard, toutes deux se retrouvèrent au chevet de Mario.

– Oh ! vous savez... Ce n'est jamais très difficile de jouer la comédie.

Il y avait de l'amertume dans sa voix. Un instant après, encore, elle ajoutait :

– Ce qui est dur, au fond c'est d'être sérieuse.

Elle pensait au regard de Peter Charley posé sur elle : que se passerait-il lorsqu'il saurait ?

La soirée se prolongea tard : on aurait dit qu'aucun des quatre Anglais – car en ce moment-là, Antonella n'était qu'une petite fille anglaise de bonne famille en vacances – n'avait le courage d'aller se coucher : retrouver quelles angoisses ? Mais Antonella et Diana, cependant, attendaient. Et ce ne fut que vers minuit, lorsque chacun eut disparu dans sa chambre, qu'elles gagnèrent toutes deux le dernier étage.

De la longue conversation qu'elles eurent alors, Diana ne m'a rapporté que quelques phrases mais je sais que, cette nuit-là, la femme de mon ami le consul s'est rendu compte de la force de caractère, de la noblesse d'Antonella. Tout ce qu'elle avait fait – son voyage à Venise, sa recherche de Mario – elle l'avait accompli moins par amour, bien qu'elle eût aimé Mario, et l'aimât encore certainement – que poussée par un sens aigu du devoir.

On l'avait appelée à l'aide, elle était venue ; de la même façon, quelques semaines après, repartirait-elle... Mais elle se rendait maintenant compte du mal qu'elle avait fait à Peter. Et elle en souffrait.

— Si je pouvais lui faire comprendre...

Qu'elle s'était servie de lui ? Elle voulut protester.

— Ce n'est pas vraiment cela. Bien sûr, lorsque j'ai convaincu son assistante de me laisser partir à sa place, j'ai un peu triché ; je ne pouvais pas faire autrement mais plus tard, ce qui est arrivé dans le train... Non : là, je n'avais rien prémédité !

Jamais, avant de retrouver Mario, elle n'avait envisagé la situation dans laquelle elle allait se trouver entraînée. Face à Peter Charley, elle avait commencé à jouer le rôle de la jeune fille fofolle et, le champagne aidant — une certaine tendresse, aussi, parce qu'à sa manière, Peter Charley savait être émouvant —, elle avait trop bien joué ce rôle. Jusqu'au bout.

— C'est quand je me suis retrouvée à Venise ; cette atmosphère, ces angoisses, que je me suis rendu compte de ma folie !

Mais il était trop tard, et Peter Charley était devenu cet homme blessé qui ne comprenait pas pourquoi on l'abandonnait tout aussi vite — deux doigts d'espoir, un regard de Tiepolo et pouce ! C'est fini ! — qu'on avait pu l'aimer.

— Pas plus que George, il ne faut qu'il se doute de rien.

Diana pensait : sait-on de quoi ils sont capables, ces grands enfants, nos hommes, lorsqu'ils ont été blessés ! Puis, comme Mario s'était mis à délirer, elle conseilla à Antonella de demeurer auprès de lui et elle redescendit elle-même dans sa chambre. Alors, restée seule, Antonella s'abandonna enfin. Etendue contre le corps de ce garçon qu'elle avait aimé, elle pleura longuement, secouée de sanglots, les cheveux défaits, son maquillage qui coulait en longs filets noirs et violets sur l'oreiller blanc. Et elle ne s'endormit qu'à l'aube.

Peter, lui, ne dormit pas du tout. A deux heures du matin, il était entré dans la chambre de la jeune fille et l'avait trouvée vide.

La journée du lendemain fut morose. Le photographe habituel était revenu, mais la mine fatiguée d'Antonella, ses yeux gonflés, trahissaient sa nuit presque blanche, et Peter Charley ne valait guère mieux. Alors qu'elle avait jusqu'ici surtout agi selon l'instinct du moment, poussée par une nécessité impérieuse − aller à Venise, retrouver Mario, le transporter au palais Foscarini, le cacher −, Antonella avait maintenant le loisir de réfléchir. Elle ne savait que faire. Qu'il s'agisse de Peter, à qui elle devrait bien finir par parler ou de Mario qui ne pouvait rester longtemps dans sa nouvelle retraite, elle devait pourtant prendre une décision.

Peter Charley, lui, ruminait sa rancœur : une fois de plus, je m'épouvante et m'émerveille de cette faiblesse qui nous terrasse tous en face d'une femme que nous aimons. Comme nous pouvons nous retrouver épuisés, pantelants, aux abois. Et comment, d'un homme aux ambitions précises, occupé seulement jusque-là de son art ou de son travail, une simple histoire d'amour − à cause, à cause d'une femme ! − peut faire ce que Peter était devenu : cet être falot et vide qui promenait dans les salles à l'abandon du palais Labia un regard vide et falot sur les plus belles fresques de Venise.

On ne s'étonnera pas, dès lors, que ce soit Diana − et Diana seule − qui ait trouvé dans cette aventure une nouvelle énergie. Aider Antonella, sauver Mario, c'était se remettre à vivre. Lorsque je l'ai interrogée, quand je lui ai demandé pourquoi elle s'était ainsi jetée à cœur perdu dans cette entreprise désespérée, elle m'a répété en souriant ce que Peter déjà m'avait fait comprendre :

− Mais tu ne vois pas qu'à leur manière, ces petits m'ont sauvée ?

Elle voulait dire : Antonella et Mario. Car pendant les deux jours que dura la présence de Mario Ruspoli au palais Foscarini, Diana avait passé de longues heures à son chevet. Elle lui avait parlé, elle l'avait écouté parler. Sa jeunesse, sa beauté peut-être, mais aussi le combat qu'il avait entrepris, avaient profondément touché mon amie, et c'est d'une même tendresse maternelle − à peine et si peu incestueuse − qu'elle embrassait tout à la fois Mario et Antonella.

− Avant eux, j'étais une vieille chose morte. Je ne croyais à rien. Tout d'un coup, ils m'ont redonné le goût de vivre.

Elle devait ajouter :

− Et, d'une certaine manière, c'est aussi grâce à eux que George a réappris à vivre.

Elle pensait à la terrible colère du soir de l'acqua alta. George MacLarren, le visage en sang qui gisait sur le carrelage noir et blanc, usé par les années, du petit palais Foscarini.

Ce fut en tout cas Diana qui eut l'idée qui devait, pensait-elle, sauver Mario. Diana, noire et fatiguée, *deus ex machina,* pauvre déesse déchue... Tout lui semblait très simple. Il s'agissait de dérober dans le coffre de George un passeport vierge et d'établir celui-ci au nom d'un certain Mark Bedlam. On attendrait ensuite que Mario soit tout à fait remis pour lui faire quitter Venise au milieu d'un groupe d'étudiants britanniques qu'un ami de George et de Diana pilotait à travers l'Italie du Nord et la Vénétie.

— Et jusque-là ?

— Jusque-là, il s'agira de demeurer sur nos gardes !

Antonella avait pris la main de Diana. L'un de ces élans qu'elle savait si bien avoir...

— Vous savez que vous êtes merveilleuse !

Diana, qui n'aimait pas les compliments, surtout lorsque ceux-ci étaient mérités, avait seulement haussé les épaules.

— C'est cela ! Je suis merveilleuse !

Et Diana, pendant deux jours, fut bel et bien merveilleuse. Courant de la cave au grenier, verrouillant des portes entre ceux qui ne devaient pas se rencontrer, elle tentait dans le même temps de rassurer Peter, de lui expliquer qu'Antonella était encore une très jeune fille, qu'on ne pouvait s'attendre, de sa part... Mais Peter était aussi sombre que le soir de la réception au consulat : la chambre d'Antonella restait vide chaque soir.

Que purent se dire la jeune fille et Mario lorsque celui-ci eut retrouvé sa conscience ? Ils parlèrent longtemps. Mario raconta à Antonella ce qu'était devenue l'Italie — ou plus exactement, ce qu'elle allait devenir —, et Antonella se rendit compte que ses études, son exil doré en Angleterre, n'étaient qu'un leurre, de même que les quelques services qu'elle pouvait rendre à ses amis demeurés à Rome ou à Venise constituaient à peine un alibi. Au-delà des splendeurs de Véronèse étudiées dans les livres et des *parties* des beaux quartiers de Mayfair ou de Belgravia, il y avait une menace qui se faisait chaque jour plus précise non seulement contre l'Italie, mais contre l'Europe entière et aucun de ceux qui la côtoyaient ne pouvait l'ignorer.

— Nous avions trop longtemps fermé les yeux, expliqua-t-elle à Diana. Il y des choses que nous n'avons plus le droit d'accepter.

C'était dans la soupente, aux côtés de Mario endormi. Diana avait posé une main sur le bras de la jeune fille.

— Vous l'aimez, n'est-ce pas ?

— Je crois que oui. Mais ce n'est pas pour cela. Là n'est pas la question.

Mario, pour elle comme pour Diana — l'intrusion de Mario dans le palais, dans leurs vies, et le désordre qu'il y avait apporté — avait joué le rôle de révélateur. Il dormait, le visage posé de côté sur un oreiller blanc : je crois bien que Diana était elle aussi émue par le jeune homme, mais là, n'est-ce pas, n'était pas la question...

— Plus rien, maintenant, ne saurait être pareil.

Et plus rien, en effet, n'allait être pareil.

Le soir où Diana avait décidé de préparer le faux passeport de Mario fut précisément celui de l'acqua alta. Il avait plu toute la journée et des planches posées sur des tréteaux traversaient en diagonale la Piazzetta, la place Saint-Marc, comme les principales artères de la ville. Le ciel était bas, chargé de nuages épais, et on aurait dit qu'un orage d'arrière-saison était sur le point d'éclater tant d'étranges lueurs barraient l'horizon au-dessus de la Giudecca. Toute la journée encore, Peter avait tenté de parler à Antonella mais celle-ci, en apparence absorbée par son travail, s'était arrangée pour ne pas se trouver un seul instant en tête à tête avec lui : Diana n'était-elle d'ailleurs pas venue elle-même les chercher au palais Labia pour éviter semblable éventualité ? C'était un complot, je l'ai dit, et Diana en était très vite devenue la cheville ouvrière.

Le dîner qui avait suivi avait été sombre, à la couleur du temps. On avait renforcé les mesures prises par les autorités à l'endroit des résidents britanniques et un certain nombre de Vénitiens d'adoption avaient déjà décidé de regagner leur Londres ou leur Edimbourg natal. Cela représentait pour George MacLarren un surcroît de travail et de soucis auquel il était peu préparé. Diana, pour sa part, commençait à redouter que le maître d'hôtel qui passait obséquieusement les plats — toujours aussi maigre, la nourriture, au petit palais Foscarini ! — se rendît compte des étranges allées et venues qui s'effectuaient dans la maison, et elle comptait les jours qui les séparaient encore du retour en Angleterre du groupe d'étudiants qui devaient emmener avec eux le faux Mark Bedlam. Quant à Peter, il avait décidé d'interroger coûte que coûte Antonella ce soir-là, mais une fois sa résolution prise, il ne savait comment procéder, et il avait peur de commettre un impair.

Après le dîner, George MacLarren s'était plongé dans les mots croisés du *Times* et Peter, voyant que Diana et Antonella demeuraient à converser à voix basse auprès du feu, était remonté dans sa chambre. Tout à Venise se déroulait désormais en dehors de lui ; sa joie était tombée, et avec elle son enthousiasme pour son travail. Devant les papiers, les planches et les photos qu'il avait étalés sur la table qui lui servait de bureau, il s'était mis à rêver. Oui, peut-être qu'il s'était trompé. Peut-être que tout à l'heure il allait retrouver Antonella et que celle-ci lui dirait que tout ce qui s'était passé depuis quelques jours n'était qu'un mauvais rêve, qu'ils allaient repartir ensemble. Comme avant. Mieux qu'avant... La détresse mais l'espoir de l'amoureux qui, pourtant, n'espère plus... Il avait entendu les heures sonner au clocher de l'église des Gesuati. En face, sur l'île de la Giudecca, l'église de Sainte-Eufémie puis celle du Rédempteur leur avaient répondu. Parfois, dans la rue en dessous de lui, un pas rapide, sonnait sur le pavé. Un moment, un couple s'arrêta. C'étaient deux amoureux qui parlaient, comme cela, dans le noir, et leur murmure lui fit presque mal. J'ai dit l'amoureux qui n'espère plus. Et le bonheur des autres qui nous devient un soufflet, une offense...

— Ce n'est pas vrai, se dit-il. Je n'en suis pas arrivé là...

Il observait maintenant avec une manière d'étonnement les progrès du mal en lui. Comme il aurait fait d'un virus inconnu dont, jusqu'au seuil de l'issue fatale, il ne pouvait arriver à croire qu'il en avait été vraiment atteint. Mais il en était pourtant bien arrivé là et l'angoisse qui l'étreignit — une de ces peurs-angoisses qui vous paralysent tout entier, bloquant aussi bien les mécanismes du cerveau que ceux des muscles — avait fini par le jeter sur son lit, à bout de souffle, lorsqu'il entendit Diana monter enfin et qu'il sut qu'il lui fallait désormais sortir s'il voulait vraiment parler à Antonella.

Bien entendu, la chambre de la jeune fille était vide. Il n'aurait pas pu en être autrement et pourtant, jusqu'au dernier moment, il avait encore espéré. Mais le lit ouvert, la lumière allumée sur la table de chevet coupaient court à ses dernières illusions. Dès lors, il se dit qu'Antonella n'avait pas pu sortir — on bouclait toutes les portes dès la tombée du jour — et il partit à sa recherche dans les profondeurs de la maison : la nuit la plus atroce de la vie de Peter Charley, professeur d'histoire de l'art à l'université de Londres, venait de commencer.

D'abord, il se lança au hasard, suivant des couloirs, ouvrant des portes, explorant le plus obscur des placards à balais de son étage. Il poussait chaque porte avec une sorte de rage froide, presque indifférent au bruit qu'il pouvait faire et aux autres habitants de la maison qu'il aurait pu alerter. Puis, lorsqu'il fut convaincu qu'Antonella ne pouvait se trouver au piano nobile, il explora de la même façon, dans le désordre le plus absolu, le rez-de-chaussée, le sous-sol. De temps à autre, et dans le plus total silence, un clocher lançait de nouveau son appel, ou c'était le cri d'un chat, le pleur d'un enfant, très loin quelque part dans la nuit mais que l'immobilité parfaite de la ville faisait résonner comme s'il s'était trouvé à deux pas. Car la tempête s'était tue — et la pluie avait cessé de tomber.

– Elle est avec son amant ! Elle ne peut qu'être avec un amant !

Il murmurait entre ses dents et, sans le vouloir, il avait pourtant deviné juste, même si l'amant, encore gravement blessé, devait être bien incapable d'autre chose que d'une pression de la main sur celle d'Antonella...

Car là-haut aussi, sous les combles, l'angoisse montait. Comme si la tempête qui avait secoué toute la ville avait, en retombant, ouvert la porte au plus terrible des silences.

– Tu ne me quitteras pas..., disait tout bas Mario.

Lui aussi, il avait deviné.

– J'ai peur, tout d'un coup. Il ne faut pas que tu me quittes.

Il insistait, suppliait. Et, pour le rassurer, Antonella avait allumé la lampe qu'on éteignait par prudence la nuit.

Peter Charley, cependant, se rapprochait. Au sous-sol, il avait surpris Camilla, la bonne, au milieu de ses ébats amoureux, et il avait entendu le grognement que poussait George dans son sommeil dans la chambre qu'il s'était aménagée pour lui seul au deuxième étage au milieu d'une sorte d'aile avancée du palais. Et maintenant, il s'engageait dans l'escalier étroit qui conduisait aux soupentes.

Diana, qui devait rejoindre Antonella au petit matin avec le passeport tout préparé, avait laissé ouverte la seule porte qu'elle aurait dû fermer derrière elle...

– La garce, la salope, la putain, marmonnait toujours Peter en s'avançant dans le couloir qui conduisait tout droit à ce boyau entre l'ancien palais Foscarini et le « petit » palais actuel où avait été aménagée la resserre qu'occupait Mario.

La garce, la salope : il répétait ces mots, Peter, mais il n'y croyait pas le moins du monde. D'ailleurs, il allait simplement s'avancer jusqu'au bout de ce corridor, arriver au fond de ce boyau, il s'assurerait que personne ne se cachait nulle part et il regagnerait sa chambre. Après tout, Antonella était peut-être déjà rentrée chez elle. Au fond, Peter Charley avait déjà capitulé. C'est alors qu'il vit le rai de lumière sous la porte.

Son cœur s'arrêta.

Il fit encore quelques pas dans le couloir et arriva à la porte : il la poussa.

Le regard que jeta Antonella à Peter : c'était soudain une terreur sans nom. En l'espace d'une seconde, elle devina que le professeur un peu timide pourrait, poussé par cette folie qu'il ne contrôlerait plus, commettre l'irréparable.

— Peter !

Elle avait crié.

— Peter !

Mais Peter était déjà reparti sans un mot, laissant derrière lui la porte grande ouverte. Il devait dire à George MacLarren : « J'ai cru que j'étais mort. »

Mario s'était redressé sur un coude et il tenait toujours la main d'Antonella.

— Ne me quitte pas ! Je t'en supplie, ne me quitte pas !

Mais Antonella, durement, s'était dégagée de lui. Il fallait qu'elle rattrapât Peter. Et, comme pour donner un fond sonore approprié aux scènes d'horreur qui allaient bientôt suivre, la tempête, au-dehors, avait repris de plus belle, et la pluie, de nouveau, s'acharnait contre les carreaux.

La suite de la nuit se déroula au rythme d'un mauvais film de série B, où les événements se précipitent sans ordre logique, simplement parce que la catastrophe finale est inscrite à la dernière page du scénario et qu'il convient d'y arriver.

D'abord, Peter revint dans sa chambre où il s'enferma à double tour sans accepter d'ouvrir à Antonella qui aurait voulu lui expliquer une partie au moins de ce qui se passait.

— Je crois bien qu'il pleurait..., m'a dit George MacLarren en guise d'explication.

Et c'est probablement vrai que Peter Charley, tout à l'idée de ce qu'il avait vu dans la chambre sous les toits — cette femme qu'il aimait, soudain avec un autre —, pleurait comme un enfant. Lorsqu'il s'arrêta enfin, Antonella était repartie. Il entendit une porte s'ouvrir, des chuchotements, des pas sur le plancher du couloir qui craquait, puis ce fut de nouveau le silence. Avec la tempête qui faisait rage dans la nuit. Il marcha jusqu'au lavabo, dans la salle de bains, et regarda son visage dans la glace : oui, c'était cela, un homme de près de cinquante ans. Des rides et du poil gris. Il eut envie de vomir. Il était laid, vieux, fatigué. L'aimer, lui ? Quelle dérision... Un moment, il demeura ainsi, immobile. Puis, sans autre raison que son désir de respirer, de parler peut-être à George ou à Diana, il sortit dans le couloir. Toutes les lampes étaient éteintes. Dans le noir, il descendit le grand escalier de pierre et faillit buter sur le fauteuil gothique placé à mi-étage dans la loggia. A voix basse, il jura : c'était peut-être signe qu'il allait mieux.

— C'est vrai que j'allais mieux, avait-il d'ailleurs expliqué à George MacLarren. Je voulais seulement sortir et faire quelques pas dans la rue.

Aspirer à pleine goulées l'air de la nuit et cette tempête. Mais, arrivé dans le vestibule, il s'était arrêté à la hauteur du bureau de George. Et là, devant la porte close, il avait compris. Il l'ouvrit d'un seul coup.

— J'en étais sûr !

Dans la pièce, penchées sur la table de travail de George MacLarren et surprises en plein travail, Diana et Antonella s'étaient redressées et le regardaient, interdites.

Tout de suite, pourtant, Diana avait repris ses esprits et elle était allée vers lui.

— Ne bouge pas. Je t'en supplie. Et ne dis rien.

Ne rien dire ? Alors qu'il éclatait de rage ? Ne rien dire ? Alors que tout ce qu'il avait ressenti depuis six jours au fond de sa poitrine lui remontait soudain à la gorge, avec cette envie de vomir qui lui cisaillait l'estomac ? Ne rien dire ? Pour la première fois de sa vie, peut-être, Peter Charley le pacifique, le professeur Nimbus timide et amoureux, Cary Grant aux lunettes à grosse monture, devint fou.

Il cria.

Il hurla, il délira, il menaça, il pleura. C'était un Peter Charley ivre de douleur qui jetait sa douleur aux visages de celles qui l'avaient offensé.

— Parce que toi aussi, Diana !

C'était cela : toutes, elles l'avaient trahi. Toutes.

Peter Charley sage, mesuré, timide ? Les mots les plus orduriers lui venaient aux lèvres. Peter Charley calme et sûr de lui : il était devenu un pantin que la jalousie et la rage secouaient convulsivement.

Je vous l'ai dit : la scène était absurde dans le plus absurde des enchaînements. A ne pas y croire !

Et c'est au moment précis où il s'arrêtait, à bout de souffle, que George MacLarren prit la relève. Le consul de Sa Gracieuse Majesté était entré depuis un moment dans la pièce et il avait eu tout le loisir de se rendre compte de ce qui se passait, mais une seule chose avait retenu son attention : Diana, sa femme, avait ouvert le coffre-fort de son bureau. Elle avait retiré de ce coffre-fort, dont il avait la garde, un passeport vierge et elle était en train de le trafiquer. Il aurait pu tout accepter, sauf cela. Et c'est lorsqu'il m'a raconté toute l'affaire, repentant, bien sûr, mais encore — à sa manière — indigné, que j'ai compris quelles profondeurs de mystère pouvait receler la carrière d'un diplomate déchu. Ainsi cet homme, à demi abruti par l'alcool, déçu dans toutes ses espérances, trompé par sa femme, abandonné par le Foreign Office qui se désintéressait totalement de son travail, n'avait donc vraiment plus que ce travail auquel se raccrocher ! La littérature, la poésie, l'amour, étaient morts en lui. Le devoir, alors... Ou une certaine idée du devoir.

C'est ce qu'il expliqua en petites phrases brèves, cinglantes, qui surprirent Diana elle-même. Elle qui, pourtant, savait...

— Ça, vois-tu, jamais je ne te le pardonnerai...

Il s'était tu. Chacun des deux hommes avait parlé, l'un au nom de son amour-propre — ou de son amour tout court, brisé —, l'autre au nom de ce qu'il lui restait d'honneur. Puis chacun s'était tu. Les deux femmes, en face d'eux, se taisaient, la tempête, dehors, semblait de nouveau se calmer : les coups, alors, violents, redoublés, ont ébranlé la porte qui donnait sur la rue.

— Que Monsieur ne se dérange pas : je vais ouvrir !

Le visage de Fernando, le maître d'hôtel, était apparu dans l'entrebâillement de la porte du bureau.

— Fernando, je vous ordonne de ne pas ouvrir !

Subitement, la voix de George MacLarren s'était fait entendre. Et c'était un ordre qu'il donnait. Mais le maître d'hôtel qui — il devait lui-même l'expliquer plus tard — « avait donné l'alerte car il avait entendu des cris », avait déjà ouvert la grande porte.

Sur le seuil, il y avait une bande de soudards. L'une de ces milices paramilitaires des chemises noires. Des garçons de vingt ans qui avaient passé toute la nuit dans un bureau qui leur servait de cantonnement. Ils étaient ivres et prêts à tuer. Celui qui devait être le chef s'est avancé.

— Il y a un communiste dans cette maison. Nous le savons. Nous venons l'arrêter.

George MacLarren fit lui aussi trois pas en avant.

— Monsieur, vous vous trouvez au consulat général de Grande-Bretagne à Venise. Cet immeuble jouit de l'immunité diplomatique : je vous prie de vous retirer.

Du même ton qu'il avait eu pour Diana lorsqu'il avait vu le passeport qu'elle avait dérobé. Une certaine idée de son devoir.

— Consulat, mon cul ! lança un des garçons.

Ils s'avancèrent à l'intérieur de la maison.

— Messieurs, je ne vous permettrai pas !

La réaction du garçon qui avait parlé fut immédiate : d'un geste lourd, calculé pour faire mal, il avait envoyé son poing dans la figure de George MacLarren qui roula à terre.

— Par ici, messieurs...

Fernando indiquait l'escalier de pierre et, au-delà, l'autre escalier dissimulé qui conduisait à la soupente de Mario.

— Fernando, vous êtes un salaud ! cria encore George Mac-Larren avant de s'évanouir sous les coups de pieds que les garçons en chemise noire lui décochaient au passage.

— Le salaud ! cria aussi Antonella.

Mais elle savait qu'il n'y avait rien à faire. Diana, d'ailleurs, l'avait retenue : saouls comme des bourriques — mais ivres de sang aussi — les fascistes auraient pu se retourner vers elle.

Peter hésita : brusquement conscient de ce qui se passait, il se rendait compte de l'effroyable mécanisme qu'il avait peut-être déclenché par sa fureur et ses cris. Il proposa d'appeler la police, la vraie, mais Diana lui fit signe de ne rien tenter : la police ne pourrait ni ne voudrait rien faire. Et pendant quelques minutes, tous les trois — George était toujours évanoui — attendirent. A l'étage et dans l'escalier, c'étaient des bruits sourds, des cris, des appels, mais ni Diana, ni Peter, ni Antonella n'osaient plus bouger.

Enfin les bruits se rapprochèrent, les cris se révélèrent ce qu'ils étaient vraiment : de la haine. Et puis il y eut un bruit plus précis, celui d'une chute. Mais d'une chute plusieurs fois répétée. Comme martelée.

— Mario..., murmura Antonella.

Elle fit quelques pas jusqu'au vestibule. Ce qu'elle vit alors...

— L'horreur... l'horreur absolue..., devait se souvenir Peter Charley.

Quatre fascistes tiraient dans l'escalier le corps mort, comme écartelé, de Mario. Sa tête, qui n'était plus qu'une boule rouge et informe, frappait chaque marche et le sang inondait tout à la fois le cadavre et l'escalier sur lequel traînaient des lambeaux de chemise déchirée. Presque au garde-à-vous, Fernando les regardait passer. Derrière eux, le lourd fauteuil noir incrusté d'ébène roula jusqu'au vestibule. Il n'y avait rien à faire, il n'y avait rien à dire, la lourde porte du consulat se referma sur le groupe monstrueux, gesticulant, ricanant...

Le lendemain, la municipalité de Venise faisait parvenir une note au consul George MacLarren. Elle ne contenait aucune allusion aux événements de la veille, pas plus qu'elle ne critiquait en aucune façon l'attitude ambiguë du consul. On lui signalait seulement qu'il abritait sous son toit deux ressortissants britanniques — et le mot britannique était souligné — dont la présence à Venise n'était pas souhaitée. Il s'agissait du professeur Charley et de son assistante, Miss Walden. Il était précisé que Peter et Antonella pouvaient toutefois demeurer dans la ville... jusqu'au train du soir même !

Ce fut Diana qui les accompagna à la gare ; enfermé dans sa chambre, probablement saoulé à mort, George avait refusé de dire au revoir à ses amis. Plus tard, bien sûr...

Et sur le quai de la gare Santa Lucia, ce fut donc Diana qui serra tour à tour Peter et Antonella contre elle. A Peter, elle ne dit rien, mais il y avait en elle un immense élan de tendresse, fait de tous les souvenirs qu'ils avaient eus ensemble, et puis aussi d'une forme de complicité qui était celle des vaincus, de ceux qui toute une vie ont dû accepter : au bout, peut-être, il y avait quand même un peu de lumière ; à Antonella, au contraire, Diana expliqua en quelques mots qu'elle avait, pourtant, changé leur vies :

— Vous nous avez réveillés...

Elle parlait de George et d'elle-même.

Puis le train partit : cette fois, Peter et Antonella disposaient chacun d'une cabine, et ce ne fut qu'à l'heure du souper qu'ils se retrouvèrent. D'abord, ils demeurèrent silencieux. Chacun d'eux se savait une part de responsabilité dans les événements qui s'étaient déroulés. Puis Antonella parla.

— Il faut que vous sachiez, Peter, que je n'ai jamais joué la comédie. Je voulais partir à Venise, c'est entendu. Mais dans le train, la première nuit, je ne vous mentais pas...

Silencieux, Peter Charley l'écoutait. Avec des mots très simples, elle disait ce qu'elle avait ressenti. L'émotion, le trouble que lui avait apporté Peter.

— J'étais bouleversée par vous. Et heureuse, légère... Et puis...

Sa voix s'éteignit.

— Et puis nous sommes arrivés à Venise.

C'était tout. Il y avait eu Venise, cette ombre noire et terrible qui planait sur eux, le danger, Mario... Il n'y avait rien à ajouter. Alors Peter lui prit la main. Simplement.

— C'est moi qui dois vous demander pardon. Si je n'avais pas crié comme un imbécile dans cette maison, peut-être que votre ami...

Mais Antonella l'arrêta :

— Le maître d'hôtel l'avait déjà dénoncé. Depuis le premier jour...

Et vers les minuit, lorsqu'ils quittèrent la voiture-restaurant, Peter accompagna Antonella jusqu'à sa cabine.

— Vous m'avez apporté beaucoup, vous savez !

Elle eut un petit rire triste :

— Votre livre n'est même pas fini !

Mais Peter Charley haussa les épaules. Une immense tristesse le remplissait lui aussi, mais lui aussi, je crois bien, s'était réveillé...

— Je pense qu'il y a des choses plus importantes que mon livre !

Charley avait raison : Antonella lui avait apporté beaucoup ! Et même si, avec les années, il devait redevenir ce qu'il avait été, un prof et rien qu'un prof pour qui seuls comptaient ses études, ses recherches, ses livres et ses sacrées peintures, pendant quelques mois, quelques semaines, il aurait entrevu autre chose. Grâce à Antonella.

Quant à Antonella, à peine de retour à Londres, elle reprendrait le premier train en partance pour le midi de la France. De là, clandestinement, elle repasserait en Italie. Et ce serait l'un de ses plus proches compagnons d'armes qui noterait le jour et l'heure de sa mort : Antonella Walden a été fusillée par les troupes allemandes le 5 février 1942 à l'aube, dans la cour d'une prison de Turin. Il neigeait doucement et Antonella, qui avait été gardée au secret et torturée pendant plusieurs semaines, ne pesait plus que trente-cinq kilos.

— Mais elle était plus belle et plus jeune que jamais, devait dire Beppo.

— C'EST atroce, a murmuré Lise Bergaud en reposant le manuscrit de l'ambassadeur.

– Atroce, oui... Et soudain d'autant plus vivant en moi que... Paul de Morlay s'est arrêté, comme s'il n'osait aller plus loin. Mais la jeune fille, encore bouleversée par ce qu'elle venait de lire, voulait qu'il continuât.

– D'autant plus que... ?

– Eh bien – mais vous l'avez compris – c'est d'autant plus vivant qu'Antonella vous ressemblait.

C'était vrai : il y avait dans la fougue de l'héroïne de ce voyage à Venise, une spontanéité, une tendresse, une attention aux êtres – sa dernière phrase à Peter : « Et votre livre n'est même pas terminé » – que Paul de Morlay retrouvait presque douloureusement en Lise. Jusqu'aux traits de sa visiteuse qui lui rappelaient ceux, jamais effacés par le temps, d'Antonella.

– Et puis, il y a plus. Antonella, vous l'avez aussi deviné, j'aurais pu l'aimer...

Ils n'avaient fait que se croiser au cours d'un cocktail tristement consulaire dans un palais délabré. Plus tard, MacLarren lui avait montré des photos jaunies que Charley avait gardées : une jeune fille habillée à la mode d'alors, les cheveux coupés court, qui souriait sur le pont du Rialto ou devant la façade du palais Labia.

– J'aurais aimé voir ces photos, a murmuré Lise.

– Un jour, lorsque nous serons revenus à Paris, je vous les montrerai.

C'était la fin de l'après-midi. Ni l'un ni l'autre n'avait, soudain, plus envie de travailler, et l'ambassadeur appela Eugenio, son chauffeur au visage d'archange du mal parce qu'il était trop pur.

– Si nous allions nous promener ? Tout d'un coup, j'ai besoin d'un grand moment de beauté.

Quelques minutes après, la Bentley blanche prenait la route de Castelfranco. L'ambassadeur avait tiré la vitre qui les séparait du chauffeur, et il se taisait. Presque machinalement, comme si c'était là le geste le plus naturel du monde, Lise a posé sa main sur celle du vieux monsieur.

– Il y a des choses, vous savez, que je ne pourrai jamais oublier. C'est pour cela aussi que je voulais vous parler d'elle, a-t-il murmuré.

A gauche et à droite de la route, c'étaient les mêmes champs plats bordés de rideaux d'arbres avec, çà et là, les mêmes cheminées d'usines, les mêmes inutilement laides lignes à haute tension.

– Chaque fois que je me sens las, ou triste, je vais faire un tour à Castelfranco.

Hors du monde : la ville natale du plus grand peintre peut-être du XVIᵉ siècle vénitien est encore une sorte de gros village hors du monde, cerné de murailles rouges à la manière des villes murées de cette Chine où Paul de Morlay, jeune secrétaire d'ambassade, rêvait de se rendre sur les traces de Claudel, mais où il n'était jamais allé. Autour, bien sûr, au-delà des douves, il y avait les rues modernes et les néons trop crus de la ville nouvelle. Mais Castelfranco même, avec ses ruelles qui se coupaient à angle droit, son théâtre néo-classique, son dôme, son musée désert, reste une manière de village suspendu dans le temps, presque lunaire, dans sa poussière grise, comme sont précisément lunaires les villes fermées de Chine. Hors du temps.

– Et puis, il y a la *pala*.

La *pala* de Castelfranco, c'est la Vierge de Giorgione, l'un des seuls quinze ou vingt tableaux dont on puisse affirmer sans risque d'erreur qu'ils soient vraiment de la main du maître. Les autres... Copies, copies de copies, ou œuvres de Bellini, de Titien ? Qui le sait ? Alors que la Madone de Castelfranco...

– Ce regard baissé, très grave, très tendre...

L'ambassadeur et Lise sont debout devant le panneau fameux. Au fond, il y a ce paysage vaporeux d'où naîtra la peinture de tout un siècle ; il y a aussi ces deux saints, qui sont des orants, des intercesseurs ; il y a des vallées, des collines, des maisons, la vie autour des choses, mais seul compte vraiment le visage de la Vierge.

– Toute la tendresse et toute la résignation du monde... Comme si elle savait le destin de l'enfant qu'elle porte entre ses bras...

Toute la douceur, surtout, du monde.

214

– J'imagine qu'à la dernière seconde, lorsqu'elle a compris que c'était fini, Antonella a comme elle accepté. Parce que la révolte... – cette même haine qui poussait Stéphanie en avant – elle est au fond du cœur... Pourquoi en réjouir les bourreaux ?...

Le vieil ambassadeur et la jeune fille ont quitté la cathédrale blanche et ont marché un moment dans les rues. Le soir tombait mais on n'avait pas encore allumé les lampadaires aux lanternes de fer forgé : tout était devenu calme, silencieux. L'appel d'un chien, le cri d'un enfant, et c'était tout.

– Allons ! Il faut réagir ! remarqua brusquement Paul de Morlay. Depuis que vous êtes arrivée, je me fais l'effet d'un terrible sentimental.

Elle sourit.

– Terrible, non ; sentimental, oui : mais pourquoi pas ?

Alors, il répéta presque mot pour mot l'une des premières phrases qu'il lui avait dites, l'après-midi du premier jour.

– C'est que toute ma vie, voyez-vous, n'a été faite que des visages de ces femmes.

Et Lise, qui l'avait compris, elle aussi, depuis le premier jour, serra un peu plus fort le bras du vieux monsieur auquel elle était accrochée.

– C'est cela qu'elles ont dû toutes aimer en vous.

Mais il s'arrêta tout net au bord du trottoir.

– Aimer en moi ? Ce n'est pas de moi qu'il faut parler, mais d'elles...

Dans la voiture qui les ramenait vers la villa, l'ambassadeur demeura silencieux. L'émotion des souvenirs, la promenade – ou même les quelques mots qu'il avait échangés avec Lise... Ce n'est qu'en arrivant devant le portail aux lions de fer qu'il murmura, très bas :

– Quelquefois, j'ai peur de radoter et de vous lasser. Il y a tant de jeunes gens, à Venise ou à Padoue, avec qui vous pourriez passer vos soirées.

Lise Bergaud se souvint du beau Vincenzo B., et elle frissonna.

– Vous savez bien que je préfère être avec vous !

Elle avait presque crié.

Mais qui a remarqué alors le sourire imperceptible du chauffeur à tête d'assassin, le bel Eugenio ?

– Demain, rassurez-vous, c'est un véritable roman policier que je vais commencer à vous raconter, a conclu l'ambassadeur. Et je vous promets que je serai plus drôle !

Mais Lise ne demandait pas à Paul de Morlay d'être drôle...

4

Hélène

BUCAREST 1933

D'ABORD, en effet, je ne serai pas drôle du tout... Je vous parlerai de cette époque – le début des années trente – où nous avons quand même été quelques-uns à brusquement ressentir que le mal qu'avait deviné Antonella – la lèpre que, l'une des premières, elle avait perçue sous les ors et les lambris des palais de Venise et qui devait, l'une des premières, l'emporter – s'était brusquement étendu à toute l'Europe. La violence ? Vous savez ce que c'est, la violence ? Ce sont les fascistes en chemise noire qui traînent sur un escalier de pierre le corps d'un homme déjà mort, mais ce sont aussi des mots d'ordre et des cris de haine, des appels, des défilés d'une bien autre portée...

Je vous l'ai dit : les années trente étaient déjà entamées et le Reichstag, à Berlin, avait brûlé. On avait accusé les communistes. Mais à Nuremberg, déjà, des foules innombrables allaient se rassembler, le bras levé ; tandis que dans les rues tranquilles des plus tranquilles des petites villes allemandes, on pillait allègrement des boutiques, comme cela, la nuit – simplement parce que les boutiquiers s'appelaient Isaac ou Jacob. Encore quelque temps, et ce seraient des livres qu'on allait brûler. Et si personne ne s'inquiétait vraiment des premiers camps dont on entendait pourtant déjà parler aux fins fonds de la Prusse orientale ou de la Sibérie, c'est que les prisonniers qu'on enfermait là-bas n'étaient que des communistes !

Bien entendu, toutes ces montées sourdes qui allaient devenir brasiers avaient leur répercussion dans le champ clos des diplomates où je poursuivais comme tant d'autres nos petits jeux sans lendemain. On avait parlé d'occupation de la Ruhr, de réparations, bientôt les mots d'Ethiopie et de guerre d'Espagne seraient à l'ordre du jour, avec leurs cortèges de sinistres guignols et pourtant de massacres : c'est seulement qu'on n'avait pas encore véritablement inventé le mot génocide. Mais à l'heure où je me place, c'était du réarmement qu'il s'agissait. Nous étions en 1933 et la Conférence pour la réduction et la limitation des armements siégeait sans désemparer mais sans autre résultat que d'entériner chaque mois des infractions nouvelles aux lois qu'elle édictait à coup d'amendements inutiles. Comme elle voulait réarmer, l'Allemagne déjà tout à fait hitlérienne menaçait de s'en retirer et de quitter tout à la fois la Société des Nations : bref, c'était le plus beau temps de la première mort de nos dernières espérances.

Je vivais alors moi-même à Genève. Lorsque la grave *Revue des Deux Mondes* me l'a demandé, voici quelques années, j'ai déjà raconté ce temps-là. Le Palais des Nations qu'on érigerait au bord du lac et les jardins plantés d'arbres venus de tous les pays. Des messieurs en redingote y promenaient frileusement des ambitions déçues tandis que les salles, dont les plafonds ou les murs allaient porter des fresques des Maurice Denis et autres post-pompiers versant dans le symbole-patrie, résonneraient des échos les plus vides des plus pompeux discours de ceux qui voulaient encore malgré tout croire que tout finirait par des traités, des pactes et des couronnes d'olivier.

Stresemann, l'Allemand qui aurait voulu la paix, était mort, Briand aussi et Kellog, l'Américain qui avait rêvé de mettre la guerre hors la loi était presque oublié. On rencontrait leurs successeurs dans les couloirs des missions diplomatiques ou trônant dans les salons des palaces dont le Grand Hôtel des Bergues n'était pas le moindre, entourés de journalistes, de jeunes politiciens arrivistes et de diplomates plus fringants que nature que le doigt du Quai d'Orsay avait désignés pour sauver ce qu'on pouvait sauver de la paix. C'était vouloir couvrir avec un bouchon de papier une marmite bouillante qui débordait de partout − mais, rassurez-vous, jamais personne ne se brûlait les doigts !

Numéro deux de la délégation française à la Conférence pour la limitation des armements, j'avais déjà sur les ébats de mes petits camarades un regard un peu cynique : je vous ai dit que j'ai cru pendant six mois à la S.D.N., mais cela faisait deux ans que j'étais à Genève. Certes la vieille ville avait beaucoup de pittoresque, les dîners de celles de ces dames genevoises qui daignaient recevoir des étrangers autant de charme, sinon de qualité, mais je commençais à m'ennuyer ferme.

Alors je regardais autour de moi. Pour le repos, le délice du diplomate, il y avait quand même quelques dames. Stéphanie habitait alors à Paris : nous nous aimions d'autant plus chèrement que nous ne passions ensemble que deux week-ends par mois. Rien de tel que les trains internationaux pour cimenter les mariages heureux ! Ne vous méprenez pourtant pas : les liens qui m'ont uni − et qui m'unissent toujours − à ma femme sont ceux de la plus grande tendresse, mais Stéphanie a eu sa vie, j'ai eu la mienne, notre chance à tous deux a été de nous être rencontrés ; et notre unique malheur, peut-être, de n'avoir jamais eu d'enfants − mais cela, c'est une autre histoire. Si bien que, vivant seul à Genève, j'avais quelques amies, une liaison et beaucoup de relations. On disait encore des « connaissances »...

Mes relations, c'étaient ces mille et une secrétaires, traductrices et sténodactylographes délurées qui virevoltaient autour de la S.D.N., de la Conférence et dans leurs alentours. Il y en avait de toutes les langues et pour tous les goûts : les Norvégiennes plaisaient aux Italiens et les malheureux républicains de la malheureuse Espagne profitaient du peu de temps qu'il allait leur être donné de rester parmi nous pour savourer les délices des Finnoises et des Irlandaises rousses. Moi-même, je me partageais entre toutes les races et tous les coloris politiques à la fois. Je me souviens d'une noble fille des Soviets échappée à ses steppes natales qui faisait office de dactylo mais qui savait aussi jouer du piano... Roulaient ainsi entre Genève et Paris, Genève et Berlin, Genève et Bruxelles, Genève et Budapest, des trains presque de plaisir bourrés de belles étrangères : c'était un Congrès de Vienne pour diplomates en bordée − le Congrès s'amuse quand même ! − éternellement sur rails.

Mes amies, je ne vous en dirai rien, car ce sont mes plus secrets mystères : elles m'ont trop raconté d'elles − quand bien même elles auraient disparu depuis longtemps − pour que j'aie la plus petite indélicatesse à leur endroit en révélant ne fût-ce que quelques mots de leurs confidences : je ne vous parlerai donc que de ma liaison, officielle pour elle et moi mais, Dieu merci, inconnue de tout autre. Elle s'appelait Hélène Petresco.

Vous vous rappelez Maria ? Peut-être est-ce le souvenir de Maria von Pallberg qui m'a conduit jusqu'à Hélène. Car, vous ne l'ignorez plus, j'ai toujours eu la faiblesse extrême de n'éprouver jamais mes plus extrêmes faiblesses que pour de très jeunes femmes et c'est dans leurs rangs que je rencontrais celles que j'ai appelées mes connaissances − ou mes relations. Or Hélène n'avait plus vingt ans. N'imaginez pas une douairière : elle en avait tout juste trente-deux, et ce sont précisément ces trente-deux années qui voient éclore la plus grande beauté de tant de femmes. Mûre, épanouie, elle brûlait d'un feu intérieur qui lui donnait toutes les ardeurs tandis que son visage, son allure lointaine étaient ceux d'une femme très pâle, presque diaphane, les lèvres très rouges pourtant, mais que je savais surtout douée d'une volonté de fer.

Ce qu'elle faisait à Genève ? Elle y vivait, simplement. Elle y vivait entre la France qui était sa vraie patrie, et la Roumanie où elle était née. Et elle y vivait ma foi fort bien. Hélène disposait en effet de revenus considérables, comme Maria elle se disait veuve, et ceux qui l'avaient connue avant moi lui avaient également connu beaucoup d'amants, mais je n'en avais cure. Je ne dirai pas en effet que je l'aimais : j'avais pour elle un respect très profond et je crois qu'à ma façon je savais l'amuser. Mais peut-être est-ce là une forme de tendresse qui devient vite amour ? Comme elle était roumaine, qu'elle avait vécu à Bucarest, et faisait plus ou moins office de représentante en Suisse d'une société d'import-export bulgare, je savais séparer le travail du plaisir et prenais seulement garde de ne rien révéler sur l'oreiller − mais surtout dans les salons où nous allions de compagnie − du peu que je savais des grandes choses que nous ne faisions pas. Mais c'était la loi de notre jungle à nous, exilés à Genève, et aurions-nous décidé de vivre autrement que chacun aurait surveillé tous les autres et qu'à force de croire aux espions, nous aurions bien fini par en rencontrer : tout cela pour vous dire que j'étais heureux mais que je n'y croyais guère...

Or, un matin de septembre 1933, le représentant de la Yougo-slavie à la Conférence sur la limitation des armements, convoqua ses partenaires au sein de ce qu'on appelait la Petite Entente, c'est-à-dire le groupe des trois pays qui avaient choisi de résister aux puissances de l'axe Berlin-Rome déjà en gestation : la France, la Roumanie et la Yougoslavie elle-même. Lukàs − c'était le nom du Yougoslave − avait, disait-il, une importante communication à nous faire. Et importante, la révélation de Lukàs l'était, certes, mais nous voilà déjà au vif de mon sujet.

− Mes amis, commença Lukàs dans le vaste bureau dont les fenêtre ovales donnaient sur le lac, je crois pouvoir vous annon-cer que je dispose enfin des preuves dont nous avions besoin.

Enesco, le Roumain, et moi-même, savions bien de quelles preuves il s'agissait : depuis plusieurs semaines, Lukàs se battait comme un beau diable pour démontrer de manière irréfutable devant la commission spécialisée de la Conférence que l'Alle-magne recevait déjà en secret et contre toutes ses affirmations, d'importants contingents de matériel militaire en provenance de pays tiers. Or, tous ceux qui, à un moment ou à un autre, avaient jusque-là accepté de venir témoigner devant la commission pour prouver ce trafic à l'échelle d'un pays s'étaient finalement récusés les uns après les autres. Il est vrai que Moelher, le chef de la délégation allemande à ladite commission, savait être diantrement convaincant...

— Mais je suis en mesure de vous annoncer aujourd'hui, poursuivit Lukàs, que dès demain matin un émissaire de Karavalov arrivera à Genève. Il a carte blanche de son patron pour tout dire.

Le nom de Karavalov fit parmi nous l'effet d'un coup de canon. Plus tard, au cours de mon récit, vous découvrirez bribe par bribe qui était Karavalov — ou qui est Karavalov, car je suis sûr qu'à sa manière plus qu'ambiguë et en dépit de toutes les révélations qui se firent par la suite, les Karavalov sont toujours vivants. Sachez seulement pour le moment que c'était à la fois un aventurier, d'abord brasseur d'affaires, mais aussi un homme à femmes et surtout un marchand de canons. Du Rhin à la Vistule, de la Baltique aux confins de la Caspienne, son nom était connu et respecté. Connu, car il était le plus grand de ces manitous du fusil à répétition comme de la bombe d'une demi-tonne qui fournissaient avec une somptueuse indifférence et le même souci d'égalité les deux parties en présence dans tous les conflits qui pouvaient éclater aux quatre coins du monde ; mais il était respecté car on savait qu'il honorait ses contrats et qu'il avait toute une escouade d'hommes de main pour faire, de son côté et le cas échéant, honorer par les autres les mêmes engagements. J'ajouterai, et c'est là un point capital — vous comprendrez pourquoi —, que nul ne pouvait se vanter de l'avoir vu en face. J'ai dit que c'était un homme à femmes : mille légendes couraient sur son compte, mais laquelle de ces femmes dont on chuchotait qu'il les avait possédées, aurait affirmé au grand jour qu'elle avait passé la nuit dans ses bras ? Et, plus encore, qu'elle pouvait le reconnaître dans la rue ? Car on racontait que Karavalov savait être persuasif quand il s'agissait de persuader les autres, femmes comprises, de respecter son incognito. Karavalov, ou l'homme sans visage. De la Caspienne à la Vistule, c'était presque devenu un mythe... Et voilà que — pris de quels scrupules ? — il nous dépêchait un émissaire prêt à cracher le morceau et à tout nous dire sur ce qui se passait dans ces entrepôts et ces usines de l'autre côté du Rhin qu'on devait officiellement présenter à des voyageurs trop curieux comme d'innocents hangars à voitures ou

comme des fabriques d'outillage agricole : belles moissonneu-
ses-batteuses qu'on nous astiquait là ! Rouge sang serait la
récolte...

Enesco, le Roumain, fut le premier à interroger :

— Je ne vous demanderai pas quelles sont vos sources, mais
serais quand même heureux de savoir jusqu'à quel point nous
pouvons leur faire confiance...

J'avançai moi aussi les quelques remarques prudentes que la
si parfaite certitude de Lukàs pouvait m'inspirer, mais le Yougoslave nous rassura :

— Par des voies plus que détournées, nous est parvenu un
engagement absolu de Karavalov. Il est fini, Karavalov : il est
grillé, terminé. Alors il veut achever en beauté, et brûler avec lui
tous ses vaisseaux pour se retrouver avec un passeport suisse et un
ultime dépôt dans un compte à numéro de la plus honorable des
banques de cette bonne ville de Genève. Il a servi trop d'intérêts
à la fois ; le moment est venu pour lui de plier bagage. Je suis
déjà en relation avec Lucien Maurice de la Sécurité suisse, qui
m'a donné carte blanche. Vous savez que, pour être neutres, les
Suisses n'en aiment pas moins les situations claires, fussent-elles
embrouillées jusqu'au dernier degré.

Je connaissais Maurice, les Suisses, mais aussi Lukàs et surtout
la réputation de Karavalov.

— Attendons, dis-je simplement.

Qu'aurions-nous pu faire d'autre ?

Et comment aurions-nous pu savoir que Moelher, le chef de
la délégation allemande à notre conférence, lui aussi attendait ?
Son bureau, comme celui de Lukàs et comme le mien, donnait
sur le Léman. Mais parce que Moelher était un sentimental, qu'il
se souvenait de Lohengrin, et qu'il avait une ponctualité toute
prussienne, chaque matin, à dix heures trente précises, il allait
nourrir les cygnes du lac. Avec des gestes d'une tendresse
infinie, il émiettait dans l'eau des morceaux de brioche au beurre...

A dix heures trente très exactement, celui que nous ne connaîtrons que quelques minutes sous le nom de Dimitri arriva à
la gare de Cornavin à Genève. C'était un petit homme maigre qui
tenait à la main une seule valise d'apparence légère et bon
marché. Il fit quelques pas sur le trottoir dans la cour de la gare,
puis il avisa un taxi et pria le chauffeur de le conduire à une
adresse qu'il lui donna dans la vieille ville.

En route, il se ravisa, et demanda qu'on le déposât simplement sur le quai du Mont-Blanc, au bord du lac. A deux reprises, alors que la vieille Mercedes que conduisait un chauffeur italien descendait la rue Chantepoulet, il se retourna, comme s'il avait eu peur d'être suivi.

Arrivé sur le quai, il paya son taxi avec une trop grosse coupure et le chauffeur mit un certain temps à lui rendre la monnaie. Puis, dans le matin qui était tout soleil et ciel bleu, celui qu'on a appelé Dimitri fit quelques pas le long du lac. Il respirait très fort l'air sec, presque coupant de cette belle matinée du début de l'automne mais, comme il avait chaud, il avait ouvert le paletot de ratine dont il s'était jusque-là frileusement enveloppé. Peut-être, respirant plus fort encore, pensa-t-il alors que la vie pouvait être belle ?

Mais un homme qui venait en face de lui le bouscula et le heurta, puis s'excusa poliment. En bulgare. Sur le moment, le petit homme au paletot ouvert ne s'étonna pas qu'on lui parlât bulgare dans les rues de Genève. Lorsqu'il le remarqua, il avait déjà fait quelques pas et déjà il sentait au-dessous de l'épaule gauche, là, précisément, où le monsieur très poli l'avait heurté, une petite douleur. Il s'arrêta, porta la main à son côté et s'écroula.

Comme Sissi — Elisabeth d'Autriche, impératrice — Dimitri avait été frappé en plein cœur d'un seul coup de couteau affilé. Comme pour Sissi, cela s'était passé à Genève, sur le quai du Mont-Blanc, et comme pour Sissi, l'arme était presque invisible et la blessure minuscule : une goutte de sang seulement perlait sous la ratine.

— Bravo, dit simplement Moelher à celui qui lui en apporta la nouvelle.

— Merde ! jura Lukàs en français, à deux bureaux de là.

Et comme lui, je n'étais pas loin d'en dire autant. Mais ce soir-là, Hélène fut avec moi d'une tendresse toute particulière et nous allâmes à l'Opéra écouter le *Barbier de Séville* fort plaisant. L'histoire de cette belle mutine de Rossini qui se rit de tous les hommes : ç'aurait pu être une prémonition. Car c'est en rentrant chez moi qu'Hélène m'anonça qu'il lui faudrait sous peu regagner Bucarest : vous verrez que ce voyage aura lui aussi son importance dans un récit qui va bientôt prendre, je l'espère, le rythme sinon les dimensions d'un roman authentique d'espionnage. Roman vécu, pourtant.

— Je t'aime beaucoup, me dit quand même Hélène lorsqu'elle m'eut appris son voyage.

225

Mes amis et moi, les pays de la Petite Entente, l'Europe et la paix peut-être du monde, venions de recevoir un camouflet sanglant, mais Hélène pouvait être si belle que je passai une partie de la nuit à la laisser parler d'elle. C'est probablement parce que je ne me faisais guère d'illusions sur les travaux de notre commission mais là n'est pas la question. Hélène me raconta les Tziganes et les folles nuits de Bucarest, les palais déserts que hantent encore les fantômes de princes moldo-valaques qui ficelaient les cadeaux qu'ils envoyaient à leur maîtresse de fils de perles noués et de ceux qui, dans la dèche, jouaient les parasites professionnels — on les appelait des mossafiri — et je l'embrassai éperdument : nulle mieux qu'elle ne savait vivre l'ardeur d'une ville jusque dans les bras d'un amant.

— Bucarest et Paris. Après cela, plus rien n'existe pour moi !

Hélène, cependant, existait diablement. Pour huit jours encore...

Au matin, il fallut bien revenir à la réalité : le plan imaginé par Lukàs avait échoué et comme tous les contacts qu'il avait récemment pu établir avec Karavalov étaient passés par ce Dimitri, Lukàs n'avait plus, dans l'immédiat, aucun moyen d'entrer en relation avec l'aventurier. Or la session spéciale de la commission à laquelle devait être produit le dossier Karavalov était fixée au lundi suivant : nous étions mardi. C'est-à-dire que nous avions moins de huit jours pour retrouver Karavalov, le rassurer — car la mort de son envoyé avait dû l'ébranler — et l'amener à témoigner devant nos petits amis...

— Sinon, une fois de plus, Moelher va tirer son épingle du jeu.

Lukàs en était d'autant plus irrité que le chef de file des Allemands à la Conférence faisait figure de dilettante et d'esthète — son amour pour les cygnes et Lohengrin ! —, et qu'il prenait des mines horrifiées lorsqu'on mettait en doute la pureté de ses intentions chaque fois qu'il demandait, pour les moins avouables des motifs, une suspension de séance. Peut-être aurions-nous dû perdre tout espoir, s'il n'y avait pas eu Lucien Maurice, le chef de la Sûreté suisse qui, en bon citoyen de Genève atterré par ce qui s'était passé sur les rives tranquilles du moins tranquille de ses lacs, était prêt à nous apporter toute son aide.

— C'est d'ailleurs lui qui nous a mis sur la piste de ce Dimitri, avoua Lukàs.

226

Lucien Maurice, qui était gros et gras, l'œil bleu et la mine plus valaisane que permis, baissa modestement les yeux, puisque, sitôt dit, sitôt fait, Lukàs l'avait introduit dans le bureau où nous étions réunis.

— J'ai déjà expliqué à vos collègues l'idée qui m'est venue, me dit-il en me montrant Enesco et Lukàs que j'avais trouvés en sa compagnie dans l'antichambre du bureau du chef de la délégation yougoslave lorsque j'étais arrivé. Mais j'aimerais avoir votre avis...

Lucien Maurice nous prenait à tour de rôle pour mieux nous convertir à ses vues. Aussi m'entraîna-t-il dans le parc qui descendait en pente douce jusqu'à l'eau.

Le plan qu'il me proposa était rocambolesque à souhait et c'est probablement pour cela qu'il avait voulu nous l'expliquer à chacun séparément : à trois nous n'aurions pas voulu croire à cette histoire de gendarmes lancés à la recherche de voleurs dans une ville inconnue. Mais c'était pourtant la seule issue possible.

— Je vais vous surprendre, commença-t-il, mais ce sont des collègues à vous qui nous ont jeté le malheureux Dimitri dans les bras. Le Quai, voyez-vous, et vos diplomates français, jouissent encore dans certaines parties du monde d'un prestige tel que Karavalov n'a jusqu'ici accepté de traiter avec nous que par l'intermédiaire d'agents de votre ministère des Affaires étrangères...

Que certains diplomates du Quai aient été mêlés à semblables tractations ne m'étonnait qu'à moitié, bien que ce soit plutôt la spécialité des fonctionnaires du Foreign Office de jouer aux agents doubles ou triples. Je le laissai donc continuer.

— Je dispose d'une adresse à Bucarest, que m'avait quand même donnée Dimitri. La maison Hracin en plein centre de la ville, sur la chaussée Kisseleff. C'est là que Karavalov reçoit ses visiteurs de marque lorsqu'il veut tout spécialement s'occuper d'eux. Lui-même n'y a jamais mis les pieds, mais je suis assuré qu'il a là-bas en permanence des gens à lui.

Je ne voyais pas encore où il voulait en venir, mais il me donna une bourrade amicale sur les épaules : une de ces démonstrations d'amitié suisses qui vous étendent à dix mètres un homme normalement constitué.

— Vous comprenez pas, hein ?

Il souriait, finaud, l'œil plus bleu que jamais.

— Eh bien, si Karavalov ne va pas à la montagne — en l'occurrence le Mont-Blanc : vous le voyez, là-bas ? Au-dessus du lac ? il est encore rose — la montagne ira à lui...

Il éclatait de rire, tout heureux de ce qu'il croyait être une

227

excellente plaisanterie genevoise, mais je continuais à ne pas comprendre.

— Vous voulez dire que vous allez partir pour Bucarest ?

Son œil rond se fixa sur moi.

— Ah ! parce que vous croyez que c'est moi la montagne...

Il riait de plus belle, et je commençais à l'imiter car je ne voyais que trop bien Lucien Maurice déguisé en Mont-Blanc.

— Non, poursuivit-il, je vous ai dit que ce diable de Karavalov n'avait confiance qu'en un agent du Quai.

Cette fois, mon rire s'arrêta tout net et c'est moi qui le fixai d'un air incrédule : je vous ai avoué que j'étais parfois un diplomate improbable, mais j'aurais fait, je crois, un plus improbable espion encore. Dieu merci, Lucien Maurice me rassura tout de suite.

— Ne vous affolez pas comme ça, *de* Morlay — il insistait lourdement sur la particule : en Suisse on a de l'humour, en France parfois encore quelques particules qui traînent : une partie de l'humour suisse doit consister à tenter de les ramasser au bon moment... — vous êtes trop utile ici où vous pourrez faire patienter ce diable de Moelher en cas de délai imprévu. Non... Votre Quai d'Orsay nous trouvera bien un petit jeunot, non ? Un de ces jeunes gens du meilleur monde qui rêvent d'aventure dans les couloirs tapissés de dossiers austères de chancelleries branlantes...

Il tenait un langage que je connaissais si bien, mon Suisse, que je ne doutais pas un instant qu'il eût raison. Et c'est ainsi que le lendemain matin, je faisais la connaissance de Georges Damiens, « petit jeunot » du Quai d'Orsay.

Je me suis d'abord tellement reconnu en Damiens que j'en ai été abasourdi. Eh oui : ce jeune attaché d'ambassade aux manières un peu empesées, ce mélange de timidité et de soudaine hardiesse, cette envie de voir, de connaître et de tout dévorer — dans des limites raisonnables : n'oublions pas la raison ! Ces messieurs dont je suis n'en ont jamais trop ! — assortie d'une innocence, d'une naïveté à couper le souffle du moindre premier secrétaire d'ambassade un peu frotté aux réalités de la vie pas si calme que cela de nos bureaux clos, c'était moi. Mais c'était moi vingt ans auparavant. Car vingt ans avaient passé depuis que Paul de Morlay avait croisé le regard de Maria von Pallberg sur le quai de la gare de l'Est un soir de 1913. Aussi

est-ce avec une instinctive sympathie que je me suis immédiatement mis à expliquer à Georges Damiens ce que nous attendions
de lui. J'étais d'autant plus libre de mon temps, qu'ainsi qu'elle
m'en avait prévenu, Hélène s'était embarquée pour Bucarest, et
que la jeune sténo-dactylographe danoise avec qui je comptais
finir mon après-midi au restaurant de la Perle du Lac en regardant les voiliers glisser sur l'eau était partie la veille avec un
Russe, membre du KGB, ce qui mettait toutes les délégations en
émoi : jusqu'où iraient les confidences de la petite sirène blonde ?
Ce fut donc Georges Damiens que je traitai à la Perle du Lac : du
chocolat battu de crème fraîche et des petits fours que j'avais
prévus pour une autre. Et je le mis au courant de ce qu'on attendait de lui : ainsi que j'avais pu le prévoir, il fut terrifié. On ne
l'avait pas briqué, frotté, ciré au vernis de l'Ecole Libre des Sciences politiques et à l'encaustique un peu moins raffinée quand
même de la faculté de droit de Paris, pour jouer aux espions
dans les trains entre Genève et Bucarest ! D'ailleurs ses patrons
à Paris — nos chers directeurs, dans leur douillet bureau : en
ces jours heureux, on arrivait tard, le matin, au Quai, et on en
repartait plus tôt encore ! — lui avaient annoncé qu'il allait à
Genève, un point et c'était tout. Mais comme j'avais vingt ans
d'ancienneté sur lui, il lui fallut bien se laisser convaincre.

— Vous me voyez, un peu, en train de demander aux passants
dans les rues de Bucarest s'ils savent où je peux le trouver, votre
Karavalov ?

C'est qu'il avait un sens de l'humour aiguisé, le gamin aux
cheveux un peu trop plaqués en arrière — mais c'était la mode
— et à ample veste de flanelle, au pantalon gris de la même
étoffe et au foulard de chez Sulka noué autour du cou. Ajoutez
à cela que les lunettes rondes — à la Harold Lloyd, mais aussi à
la Robert Brasillach — qu'il portait sur le nez lui donnaient l'air
passablement ahuri mais que ce n'était qu'un air que le pli ironique de la bouche démentait tout aussi vite. En fait, notre
Georges Damiens, sous ses allures de Pierrot éberlué, était un
faux naïf — et heureusement pour lui : la suite va démontrer
pourquoi !

— Vous me voyez un peu..., me lança-t-il donc.

Je le rassurai. A demi, au moins. Notre ami Lukàs, qui pensait
à tout, avait mis à notre disposition un homme à lui, un certain
Kangalovich, que Damiens retrouverait à Bucarest.

— Ce Kangalovich a très mauvaise réputation dans son service : pour Lukàs, c'est la meilleure des recommandations possibles. Il vous servira à la fois de second, de garde du corps et,

le cas échéant, de tireur d'élite. Ce serait le diable si, avec ça, l'un de vous deux ne revenait pas entier avec la moitié au moins de Karavalov !

Je m'amusais, bien sûr, mais Georges Damiens — essayez de vous représenter le jeune homme, bien coiffé, bien cravaté, j'allais dire « propret » à qui on parle de garde du corps ! — eut un haut-le-corps.

— Parce que... ce sera dangereux ?

Je n'en savais rien moi-même, mais imaginant quand même que l'opération présenterait quelques risques, je l'assurai du contraire et précisai que la présence de ce Kangalovich était seulement une précaution, rien de plus.

— Et puis, dans les rues de Bucarest, il pourra vous aider... Ne serait-ce que pour trouver l'adresse en question et parler au concierge.

Georges Damiens en convint, nous demeurâmes un moment encore à regarder les voiliers frôler de leur aile l'eau du lac — car une légère brise s'était levée — puis je le raccompagnai à l'hôtel Beau-Rivage où il avait établi ses quartiers. A dix heures du soir il prenait à Lausanne le train de Bucarest et je m'efface maintenant — vingt ans ont passé : place aux jeunes ! — devant Georges Damiens, attaché d'ambassade, qui effectue sa première mission à Bucarest.

Le train entra en gare de Bucarest le jour prévu à 8 h 10 du matin. Dire que Georges Damiens avait eu un voyage reposant serait une contre-vérité : il était trop excité par la perspective de ce qui l'attendait — et trop curieux aussi de savoir de quelle manière il parviendrait à un résultat — pour pouvoir vraiment dormir. Alors il avait lu. C'était un jeune homme rempli de finesse et de qualités, il faisait de Stendhal ses beaux jours : pendant près de quarante-huit heures, et presque sans s'interrompre, il avait relu le *journal* de Stendhal, son *Rome, Naples et Florence* puis une partie des *Promenades dans Rome*. Stendhal vous a de ces raccourcis qui valent tous les Baedekers et autres guides bleus du monde : c'était une manière comme une autre d'aborder l'Europe centrale.

A son arrivée à Bucarest, Damiens était donc superbement fatigué, mais parfaitement prêt, aussi, à affronter tous les hasards moldo-valaques que sa mission pourrait comporter : Stendhal ne nous a-t-il pas appris que, plus que tout, le pire peut être toujours sûr ?

— Monsieur Damiens ?

Il sursauta pourtant, et pourtant il savait qu'on ne pouvait que venir l'attendre, mais le personnage aux cheveux trop longs ramenés en arrière et à l'abondante moustache rousse qui avait prononcé son nom lui parut équivoque : ce n'était que le chauffeur de Monsieur de Lupières, ambassadeur de France en Roumanie.

— L'ambassadeur est désolé, mais il n'a pu venir lui-même vous chercher...

Le chauffeur avait un accent sonore dont les « r » haut chantés étaient déjà une caricature. Autour de lui, sur le quai, allaient et venaient des paysannes en fichus et cotillons qui côtoyaient des messieurs et des dames habillés à la dernière mode de Paris ou de Vienne. Des policiers passaient, débonnaires... J'ai trop connu ces foules-là pour m'en étonner mais Damiens, lui, vous regardait tout cela avec des yeux gros comme ça...

— L'ambassadeur n'avait vraiment aucune raison de se déranger...

Bien sûr, Damiens avait protesté, mais il était secrètement flatté qu'on attachât tant d'importance à sa visite. De même, le fut-il autant lorsque, ayant chargé son unique valise dans le coffre de la grosse Panhard-Levassor qui attendait dans la cour de la gare, le chauffeur lui expliqua en quelques mots qu'une grande réception était donnée le soir-même à l'ambassade et que l'ambassadeur comptait absolument sur sa présence : un instant en effet il avait eu peur que, jouant les agents secrets, on ne l'obligeât à tenir son rôle jusqu'au bout et à demeurer terré dans sa chambre d'hôtel en attendant de recevoir les instructions qui lui permettraient d'agir.

Mais à l'Athénée-Palace, sur la Calea Victoriei, il fut reçu par un gérant en jaquette qui paraissait savoir d'avance qu'il avait affaire à un jeune et brillant diplomate et qui le conduisit dans sa chambre avec tant d'égards et de belles manières que notre Damiens se dit qu'après tout sa mission s'annonçait sous les meilleurs auspices : trouver Karavalov ne serait peut-être ensuite qu'une formalité.

... Au moment précis où Georges Damiens pénétrait dans sa chambre dont un superbe vase de nuit en faïence bleu clair n'était pas le moindre ornement, Moelher demandait la parole au cours de la nième réunion de la commission spécialisée :

avec tout le talent d'orateur que lui connaissaient surtout ses adversaires, il faillit presque convaincre le président de la session, un Norvégien au-dessus de tout soupçon, de remettre à quinzaine l'examen qui était prévu d'un dossier soumis par le gouvernement turc et de passer tout de suite au point suivant des travaux du calendrier. Comme par hasard, le point suivant, c'était la demande d'intervention yougoslave qui avait été fixée au lundi pour lequel on attendait le retour de Damiens de Bucarest. Cette intervention qui reposait donc entièrement sur le témoignage de Karavalov...

Lukàs et moi, nous nous regardâmes atterrés : c'était le Yougoslave lui-même qui avait demandé une procédure d'urgence, comptant sur le dossier que devait fournir le vrai ou faux Dimitri. Siegmens, le président norvégien, fit le tour de la table, non sans avoir en toute innocence lancé à Lukàs :

— Voici une requête qui fera plaisir au représentant de la Yougoslavie...

Les petits yeux de Moelher brillaient de malice. Comme s'il venait de nous jouer une bonne blague... Et nous fûmes, nous, convaincus qu'il savait tout du voyage de Damiens à Bucarest : il tentait de nous prendre de court et allait y parvenir.

— Aucune objection ?

Il y eut un silence : ni Lukàs, ni Enesco, ni moi-même n'avions de raison — plausible ! — de nous opposer à l'accélération de fait d'une procédure d'urgence. Je crois bien que Siegmens allait prononcer la formule fatidique : « requête adoptée », lorsqu'une voix s'éleva pour protester. C'était le représentant de la Turquie lui-même qui insistait pour que la question concernant son pays demeurât inscrite comme prévu au calendrier, ce qui ne pouvait que surprendre le reste de la commission, car l'affaire soulevée était pour le moins embarrassante pour le gouvernement d'Ankara. Mais la voix gazouillante du Turc se fit péremptoire.

— Mon gouvernement m'a donné des instructions précises, mon dossier est prêt, je ne vois pas pourquoi nous retarderions le moment où la commission lavera mon pays des accusations infamantes qui ont pu lui être faites...

Il s'agit d'une sombre histoire d'Arméniens exterminés avec des armes automatiques dont l'origine était contestée : chaque exportateur possible se refusait d'en avoir été le fabricant et les fonctionnaires d'Ankara avaient enfin trouvé un monténégrin honteux qui acceptait de jouer les boucs émissaires. Les yeux de Moelher brillèrent de nouveau — mais de colère. Il avait tout simplement oublié de prévenir son ami turc de sa manœu-

vre. Bien sûr, Mehmet Adjel aurait accepté de se taire : encore
aurait-il fallu qu'il fût au courant ! Ainsi le président de session
laissa-t-il retomber son marteau :
— Requête rejetée...
Georges Damiens avait encore six jours devant lui pour rapporter les preuves dont nous avions besoin.

Debout devant la glace de la grande armoire Napoléon III de
sa chambre d'hôtel néo-victorienne, Damiens mit une bonne
heure à parfaire sa tenue de soirée : pour son premier bal de
diplomate hors de France, il tenait à brandir bien haut le fanion
des jeunes générations du Quai et de l'élégance toute parisienne
qui les caractérisait. Et puis, peut-être se doutait-il obscurément
qu'il allait faire ce soir-là une rencontre qui bouleverserait sa
vie — et la mienne. Je l'imagine donc, notre Georges Damiens,
ajustant sa cravate blanche et vérifiant, un à un, les quatre
petits boutons de rubis de son plastron. Puis, gomina en main,
il a dû passer et repasser sa brosse en soie de sanglier — made
in England, comme il se doit — sur cet épi rebelle dont il n'avait
jamais vraiment su calmer au sommet de son crâne les ardeurs
d'émancipation : à vingt-deux heures enfin, il se trouva prêt et
sonna le valet de chambre. Dix minutes plus tard, une voiture
l'attendait dans la rue.
Dans le hall de l'hôtel, tout près du bar américain aux profonds
fauteuils de cuir, un homme à l'allure carrée et à la courte moustache hirsute, le regard froid et le nez busqué, corpulent peut-
être mais dont la graisse disparaissait sous le muscle, l'avait
regardé sortir. Tirant un petit carnet de sa poche, il avait inscrit
deux mots sur la seule page vierge de l'agenda, après avoir
mouillé avec sa langue le bout de son crayon. Un observateur
attentif aurait remarqué un renflement suspect sous sa veste,
à la hauteur de son aisselle gauche...

— Monsieur Georges Damiens, secrétaire d'ambassade ! clama
l'aboyeur à l'entrée du salon surchargé d'ors et de boiseries qui
ouvrait sur l'enfilade des galeries de l'ambassade.
Debout sur un tapis de Savonnerie comme on n'en voit plus
que dans les résidences à l'étranger de nos très vieux chefs de
mission diplomatique, Monsieur de Lupières recevait ses invités.
C'était un ambassadeur à l'ancienne mode, petit-cousin des

Norpois et autres Marçay et Paul Cambon. Il portait une fine moustache blanche, ses mains étaient longues et fines, sa taille courte et fine, le nez étroit et fin : tout en lui était fin et diaphane, et pourtant on devinait dans le regard qu'il posait sur les gens et les choses une interrogation amusée, certes, mais sans complaisance, voire emplie parfois d'une ironie mordante.

— Ah ! notre bon jeune homme ! s'exclama-t-il à l'arrivée de Damiens.

Puis, lui serrant la main avec une vigueur qui contrastait elle aussi avec son apparente fragilité, il le présenta à l'ambassadrice.

— C'est ce jeune homme qui vient remplacer Desormières. Je vous ai parlé de lui...

Tout à l'image de son mari, fine et bleutée, Madame de Lupières offrit sa main à baiser, minauda un ou deux sourires et assura à Damiens qu'il ne s'ennuierait pas, car la vie en Roumanie pouvait être très amusante. Bucarest n'était-il pas le petit Paris ?

— Vous êtes célibataire, n'est-ce pas ?

Elle avait eu un mince sourire entendu et Georges Damiens comprit qu'aux yeux de tous (?) — y compris de l'ambassadrice — il était venu jusque-là sous un faux prétexte et chacun était persuadé qu'il occuperait un emploi laissé vacant à la chancellerie. Mais déjà Monsieur de Lupières lui prenait le bras.

— Je vous verrai tout à l'heure. Lorsque mes invités seront tous arrivés et que je pourrai me permettre de bavarder un peu. Mais pour le moment : service oblige !

Il lui avait parlé sur le ton le plus naturel du monde, mais Georges Damiens savait que c'était de lui qu'il devait recevoir ses instructions. Dans l'attente de ce « tout à l'heure » qui risquait bien de prendre plusieurs heures, il se lança dans les salons. A l'aventure.

Vous devez vous représenter ce qui constitue, pour un jeune diplomate encore très vert, son premier poste, sa première mission. Tout lui paraît soudain possible : les ivresses du passeport diplomatique — alors que tout, dans le même temps, lui semble également interdit : la réserve, n'est-ce pas, du secrétaire d'ambassade ? Alors, il observe, et il rougit. Avec les années, il ne rougira plus mais hélas, il prendra en même temps si bien l'habitude d'observer qu'il en oubliera de regarder où il faut. D'où ces mannequins bienveillants, neutres et compassés que sont tant de nos collègues blanchis sous le harnais : ils se ressemblent tous. Encore sujet à tous les bienheureux maux de la jeunesse, Georges Damiens pouvait oser se permettre de rougir et de savoir regarder...

Et ce qu'il vit...

Oh ! ce fut vite fait ! Il y avait de tout, au bal de l'ambassadeur. Des comtesses et des marquises, des princesses et des actrices, des dames du monde et beaucoup du demi-monde. Tout cela parlait français avec tous les accents d'Europe, sortait d'un salon de thé à la mode, chez Capsa ou ailleurs, et venait de passer une heure ou deux dans un palais délabré à rassembler les restes de sa fortune pour se poudrer le bout du nez. Et puis il y avait aussi beaucoup d'épouses. Quelques jeunes filles encore − mais il y avait quand même la belle inconnue − l'Inconnue, l'Etrangère... − qui, d'entrée de jeu, frappa son regard : il n'eut dès lors plus d'yeux que pour elle.

Si je vous la décris... Si je vous dis qu'elle était longue et pâle, les lèvres très rouges, les cheveux finement ondulés en petites boucles brunes qui dessinaient autour de son visage une manière d'auréole légère... Si je vous dis que son menton était volontaire, son nez droit, son front haut... ses pommettes très hautes... Si je vous dis que sa gorge largement découverte était aussi pâle que son visage mais laissait deviner d'admirables rondeurs ; si j'ajoute qu'elle souriait seule, comme pour elle-même, comme perdue dans un coin de la grande galerie, tout près d'une fenêtre et que ce sourire était déjà une invitation, vous n'aurez probablement pas reconnu pour autant la belle inconnue de Bucarest. A moins, bien sûr, que vous n'ayez déjà compris...

− Vous avez l'air aussi perdu que moi, murmura à Georges Damiens la dame en noir − puisqu'elle était vêtue de noir et de plumes.

Et Georges Damiens rougit, sourit, et leva le verre de champagne que venait de lui faire passer un valet vêtu à la française...

− Buvons alors à nos solitudes. Je m'appelle Georges Damiens.

La dame en noir sourit, une fois de plus, leva de même son verre, elle y trempa les lèvres et regarda Damiens avec un de ces sourires à faire chavirer les cœurs de toute une promotion de lauréats du Grand Concours.

− Et moi, je m'appelle Hélène Petresco...

Car, vous l'avez maintenant deviné, la dame en noir n'était autre que ma maîtresse qui m'avait quitté l'avant-veille pour ce voyage qu'il lui fallait absolument faire en Roumanie.

− Je viens d'arriver à Bucarest, crut utile de préciser Damiens.

— Et moi, je viens d'y revenir...

Hélène et Damiens ne pouvaient dès lors que s'entendre, mais je ne savais pas, moi, que je venais de perdre à jamais une femme très belle qu'au fond j'aurais peut-être pu aimer. Commença dans le même temps une très étonnante scène de marivaudage mondain qui allait déboucher sur le feu de paille d'une passion soudaine comme seuls peuvent en éprouver, j'en suis convaincu, tant de jeunes diplomates que je connais si bien soudain confrontés avec la plus belle étrangère qui se puisse imaginer. Ah ! ces comédiennes italiennes sur le versant de l'âge dans un palais décoré, ou ces épouses d'hospodars aux lourds colliers d'or blanc... Qui ne les a croisées — sinon possédées sur une ottomane profonde — ne connaît de l'art et la volupté que ce qu'on en lit dans les livres...

— Vous ne pouvez pas savoir, me raconta Damiens à son retour — Damiens qui, lui-même, ne devait précisément jamais savoir ! — vous ne pouvez pas imaginer la beauté de cette jeune femme. Tout en elle était gravité et tendresse, assurance en même temps que profond désarroi. Et puis...

Je savais qu'Hélène était perdue pour moi, aussi, j'encourageai Damiens à continuer.

— Et puis ?

— Et puis, elle ressemblait tellement à l'image de l'étrangère qu'un homme comme moi rêve toujours de rencontrer lors de son premier voyage.

Voilà, il l'avait dit. Hélène, ou l'Etrangère : le nom lui allait bien et je la vois bien, d'ailleurs, plus étrangère encore qu'elle ne l'était, roulant les « r » et perdue dans les salons aux boiseries précieuses sous tapisserie pur Gobelins de Monsieur de Lupières.

— Et moi, je viens de revenir à Bucarest, répéta-t-elle.

Ils étaient désormais, Hélène et Damiens, faits pour passer au moins la soirée ensemble. Dès lors, ils parlèrent...

— Je ne sais même pas pourquoi on m'a invitée ici ce soir, avoua Hélène après un moment.

Ils s'étaient éloignés de la foule et, réfugiés dans un petit salon en coin sous une ma foi pas trop mauvaise réplique de Boucher, se jouaient l'un à l'autre la comédie des premières séductions, puisque l'un et l'autre — peut-être pour des raisons différentes, mais n'anticipons pas ! — voulaient plaire. Vous savez bien : ces instants les plus doux où chacun, déjà séduit par l'autre, sait pourtant qu'il saura ne pas se laisser entraîner trop loin. Il se fait alors emporter au galop jusqu'où il veut bien aller et tente seulement — c'est là la comédie, c'est ça la séduction — d'y mener l'autre avec lui.

— Si c'est le hasard, disons qu'il fait bien les choses...

Le front d'Hélène devint pensif : elle expliqua que son père avait servi pendant la Grande Guerre dans l'armée française — ce que j'ignorais ! — et que c'était peut-être là l'explication de ce hasard et du petit carton de l'ambassade. Damiens enchaîna en parlant des autres invités qui passaient à distance respectueuse du canapé sur lequel ils étaient installés, comme s'ils avaient déjà compris, les autres invités, qu'il fallait respecter la solitude de deux amoureux.

— D'ailleurs tous ces gens ont de ces têtes...

Un peu comme Jenny s'étonnait jadis à Vienne de voir sortir de leurs boîtes, encore parfumés à la naphtaline, tous les mannequins de cire qu'une autre époque avait relégués dans leurs placards, Damiens trouvait aux hôtes de Monsieur de Lupières une allure d'un autre temps.

— Mais c'est la clientèle habituelle de ce genre de réception, cher ami, et il faudra bien vous y faire ! Pendant quarante ans de carrière, vous ne rencontrerez que ça, et presque tous les soirs !

Georges Damiens eut un petit rire faussement effrayé.

— Vous me donnez froid dans le dos, parlons d'autre chose, voulez-vous ?

Du Caire à Téhéran et Kartoum, de Lisbonne à Santiago — il serait même consul général à Hong Kong — c'était bien cela qui l'attendait. Mais, ayant jeté un coup d'œil vers les vestibules où se tenait toujours l'ambassadeur qui accueillait ses derniers invités, il se leva et s'inclina avec un respect un peu trop appuyé devant Hélène.

— Dansons, voulez-vous ?

Ils dansèrent...

Je vous ai dit l'autre semaine ce que c'était la première danse entre un homme et une femme qui s'aiment déjà et qui ne se le sont pas dit. Mais la première valse entre un homme et une femme qui vont se plaire ou qui sont sur le point de s'aimer, c'est aussi un moment unique : le seul moment vaporeux où tout peut basculer. Mais vous savez cela comme moi... Et pourtant cette valse entre Hélène et Damiens fut un instant au-delà de ces instants-là. Vous dirai-je dès lors que je fus jaloux ou que je le suis encore ? Je ne le crois pas. Je ne faisais trop souvent que glisser auprès de qui j'aurais pu aimer pour en vouloir aux autres de passer eux aussi près de moi, moins encore après moi. Et puis Hélène ne m'avait, n'est-ce pas, jamais vraiment aimé : elle était belle à mes côtés. J'avais quarante-cinq ans ; entre les bras de Damiens qui en avait à peine un peu plus de vingt, elle fut ce soir-là tout simplement sublime − même si je n'oserai dire qu'elle aima Damiens plus qu'elle ne m'avait aimé.

L'étrange étrangère qu'était Hélène Petresco ne me ressemblait-elle pas comme une sœur tendrement incestueuse, elle qui ne faisait jamais que passer ? Mais que n'entraînait-elle pas dans son sillage ? Pâle et brune, lèvres écarlates qui s'ouvraient dans la valse : Georges Damiens en était soudain bouleversé. Et puis cette danse qui les enfermait dans ses cercles concentriques jouait de la magie de ses cent violons qu'un soupçon de rêverie tzigane parcourait, frémissante, au-delà de la seule et pure noblesse viennoise à la Strauss. Quant à Hélène, comme toutes les magiciennes, elle connaissait le secret des mots et savait en user : comment Damiens n'aurait-il pas été fasciné par ces pièges lumineux et dorés ?

− C'est tout de même étonnant, murmurait-elle à son oreille. et c'est merveilleux aussi. On ne se connaît pas, on se rencontre comme ça, au cours d'une soirée − et après deux coupes de champagne, une valse et quelques phrases échangées sur un canapé, nous en sommes à nous raconter nos vies.

L'orchestre jouait donc Strauss, Strauss et encore Strauss, et la taille d'Hélène gainée de noir mais si légère, si mince dans sa dentelle arachnéenne, ployait sous les doigts de Damiens. Il tenta de revenir sur terre :

− C'est peut-être le dépaysement, l'exotisme de la situation.

Hélène tournait plus vite, riait plus haut. Je crois qu'en ce moment précis toute la fougue, tout l'enthousiasme de Damiens la touchaient. Oui : si elle avait pu faire autre chose que passer, elle aurait aimé Damiens. Mais elle était *bien* avec lui. Et plus encore peut-être : c'était déjà beaucoup.

− L'exotisme ? Vous voulez rire ! Mais toutes les réceptions du monde et toutes les soirées d'ambassade se ressemblent d'un bout à l'autre de cette ligne mouvante qui relie Ostende à Istanbul !

D'une pression de la main, Damiens ramena Hélène vers lui.

− Peut-être que ce sont les inconnues rencontrées dans ces soirées-là qui ne vous ressemblent pas.

Et Hélène m'avouerait un jour − et ce n'était même pas une excuse, ni même une explication :

– Il faut que vous compreniez qu'il avait tout juste vingt ans...

Lorsqu'elle me dira cela, ce sera vingt années – et une autre guerre – après...

Le visage d'Hélène s'empourprera d'ailleurs pour ajouter :

– Vous qui avez vécu ces soirées-là, ces nuits-là, de Bucarest à Vladivostok, vous devez comprendre.

Mais je l'ai dit : je n'avais pas besoin de ces explications, j'avais déjà compris.

Quand la valse s'arrêta, Damiens raccompagna sa cavalière jusqu'à ce qui était devenu leur canapé et que nul n'avait occupé : un valet passait avec de longues coupes de cristal contenant des sorbets multicolores et ils burent des liquides glacés, rose et orange, avec des pailles. Déjà, Damiens avait raconté tant de choses à Hélène et voulait s'en expliquer.

– C'est vous qui me donnez envie de parler... Ce charme un peu mystérieux, sombre et divers de l'Europe centrale et des Balkans, votre accent, peut-être... votre sourire...

Hélène n'en sourit que davantage :

– Hélas, vous aurez vite fait le tour de mon mystère ! Je vais employer un mot horrible, mais je suis une horrible femme d'affaires. Comme je ne peux pas tenir en place ici ou ailleurs, je vis ici et là à la fois, ou même ailleurs quand je le peux. Je voyage et je gagne de l'argent, je rencontre des gens, le temps passe.

Damiens eut envie de fermer les yeux : il était hors du temps. Et qu'importait qu'il ait été obligé de lui mentir, d'inventer pour elle qu'il allait séjourner quelques mois à Bucarest : il sentait au plus profond de lui qu'il avait été fait pour la trouver, et qu'il la retrouverait.

– Oui, le temps passe...

Il rêvait déjà, et il n'avait qu'une idée, alors, Georges Damiens, qu'une envie : ç'aurait été d'avancer la main jusqu'à celle, gantée de soie, d'Hélène, et de simplement la prendre. Voilà : ç'aurait été tout.

– Je vis un peu à Genève, murmura Hélène.

Georges Damiens se redressa.

– A Genève ? Tiens, comme c'est curieux : j'en arrive précisément.

Mais Hélène ne releva pas sa phrase. Elle se contenta de répéter après lui, comme si elle avait été dans le même rêve que lui :

– Ah ! Vous en arrivez ?

C'était sans importance pour elle qui vivait – elle l'avait dit – ici et là. Mais Georges Damiens s'était penché sur elle et la regardait : gravement.

– Vous avez l'air tellement sérieux, tout d'un coup !

La main de Damiens s'approchait lentement de la sienne.

– Je vous répondrai peut-être simplement, pour reprendre ce que vous me disiez tout à l'heure : c'est vous qui me rendez grave. Je ne sais pas pourquoi...

Elle eut un petit rire qui aurait pu passer pour gêné ; la main de Georges Damiens avait presque rejoint la sienne, c'est alors que Monsieur de Lupières toussa discrètement : il était debout devant eux et cette première scène de tendresse et de reconnaissance – exposition et présentation de personnages, acte I – était finie.

– Chère madame – l'ambassadeur s'adressait à Hélène – me pardonnerez-vous si je vous enlève un instant mon jeune collaborateur ? Il faut tout de même que je fasse connaissance avec lui...

Damiens se leva avec cette trop parfaite rapidité pleine d'aisance qui est également le propre des officiers de cavalerie en rupture de ban et des maîtres d'hôtel de grande maison, et s'inclina à son tour devant Hélène.

– Est-ce que je peux espérer vous retrouver ici lorsque je reviendrai ?

Le sourire d'Hélène voulait dire oui : Damiens sourit de même et suivit l'ambassadeur. Il y aurait bien une suite à la scène I de l'acte I.

– Mon jeune ami – commença Monsieur de Lupières en allumant une de ces cigarettes à bout doré qu'on fume de Trieste à Sofia comme chez nous on tire sur des Gitanes papier maïs éteintes – je ne vous surprendrai pas en vous disant que votre présence ici m'embarrasse. Mais vous le savez comme moi : les instructions du Quai sont des ordres. Un télégramme... On m'a demandé de vous apporter mon concours, je vous assure déjà de toute ma sympathie ; pour le reste, je ne suis sûr de rien...

Le bureau de l'ambassadeur était tapissé de livres : à quelques mois de sa retraite, Monsieur de Lupières achevait une biographie du prince de Ligne dont il descendait par une arrière-grand-tante légèrement adultère, et il commençait en même temps la rédaction de Mémoires qui viendraient s'ajouter aux mille

Mémoires de mille et un ambassadeurs qui courent sur les rayons d'un nombre à peine plus réduit de bureaux d'ambassadeurs, en activité ou en retraite. On le disait lettré, on le savait fin, ce n'était pas pour cela que ce qu'il écrirait serait intéressant mais lui-même y croyait dur comme fer : je le soupçonne d'avoir, en dépit de ses dires, tressailli d'aise au fond de lui-même en se sachant mêlé à l'affaire Karavalov qui constituerait à coup sûr un charmant chapitre de son livre à venir.

— Tout ce que je peux vous apprendre, poursuivit Monsieur de Lupières, c'est que je ne connais pas plus Karavalov que vous, et que nul autour de moi ne s'est jamais vanté de lui avoir parlé en face. Bien sûr, nous possédons une adresse, celle de la maison Hracin, que vous connaissez d'ailleurs, mais pour le reste...

Georges Damiens écoutait l'ambassadeur avec tout le sérieux nécessaire, mais il s'était très vite rendu compte que celui-ci n'avait rien à lui dire. Alors, et tout en manifestant la plus grande attention, son imagination vagabondait dans deux directions bien distinctes. D'une part, il se demandait si lui-même ressemblerait au vieux monsieur lorsqu'il aurait son âge, et si les nouveaux venus dans la carrière le regarderaient alors avec la même absolue indifférence mêlée d'ironie avec laquelle il contemplait lui-même le vieux monsieur ; il pensait, d'autre part, à Hélène et là, tous les rêves étaient permis car à trente-deux ans Hélène était, je l'ai dit, l'image même d'une certaine beauté ambiguë précisément née pour le mystère.

— Je me permettrai pourtant de souligner encore une fois — et la voix de l'ambassadeur était devenue celle de la confidence, des aveux... — que nous pouvons quand même respecter ce Karavalov. D'une certaine façon, c'est un personnage remarquable. On le dit même cultivé... Mais il n'en reste pas moins que c'est un aventurier. Et, tout en ne m'autorisant pas à critiquer en quoi que ce soit la confiance que lui accorde le Quai, je voudrais quand même vous mettre en garde : la mission qui vous a été confiée est dangereuse, cela ne fait aucun doute.

Au mot de danger, Damiens avait dressé l'oreille : un danger possible, c'est vrai... Il l'avait oublié. Hélène et le danger, Karavalov et sa mission secrète : quel fabuleux cocktail s'offrait soudain à lui ! Mais il n'avait plus qu'une envie : retrouver Hélène. Pour le danger, on verrait après. Heureusement l'ambassadeur, qui était resté derrière son bureau Empire tout le temps de son discours, faisait déjà le tour de la table vierge de tout document hormis l'édition originale — 1843 ! — des *Lettres du Marquis de Custine* sur la Russie et revenait vers le milieu de la pièce.

— Il ne me reste plus qu'à vous dire que la plus grande discrétion est nécessaire dans toute cette affaire, et qu'il serait plus qu'inopportun que l'ambassade y fût en quoi que ce soit mêlée. Aux yeux de tout le monde ici, vous êtes venu pour prendre le poste du jeune Desormières — que ces salopards de Paris, soit dit en passant, n'ont nullement l'intention de remplacer ! — mais j'expliquerai à mes autres collaborateurs que je vous donne quelques jours de congé pour vous familiariser avec la ville.

Monsieur de Lupières ouvrait la porte de son bureau : toute proche, la musique d'une valse avait envahi la pièce.

— J'oubliais ! s'exclama encore l'ambassadeur avant de précéder son hôte jusque vers les salons. On m'a demandé de vous prévenir que le Serbe qu'on a mis à votre disposition vous retrouvera ce soir à votre hôtel. Bonne chance quand même ! Mes sources m'affirment que c'est un tueur...

Tueur, peut-être, mais débonnaire, tout en rondeurs solides, Kangalovich faisait les cent pas entre le bar américain de l'hôtel Athénée-Palace et le hall d'entrée où les premiers noceurs à rentrer de leurs cercles et maisons plus que fermées parcouraient au stand de livres toujours ouvert des revues de Paris pour en éviter la dépense de quelques sous. Là aussi s'élevaient des airs de valse mais les plus accortes des femmes de chambre présentes à cette heure avancée de la nuit en ces lieux de débauche bienséante avaient dépassé la soixantaine et l'unique prostituée encore égarée au bar avait les lèvres peintes en violet, ce qui n'inspirait que très modérément Kangalovich. Alors il regarda sa montre et grogna.

— Ça dure bien tard, les sauteries de ces messieurs les diplomates !

Sous son aisselle gauche, j'ai dit le renflement du pistolet dans sa gaine de cuir. Renflement généreux : c'était un gros calibre.

Cependant que Georges Damiens rejoignait Hélène qui n'avait pas bougé du canapé où il l'avait laissée. Acte I, scène II : elle eut pour lui ce bon sourire, plein de chaleur attendrie que je lui connaissais si bien.

— Alors, vous avez refait le monde ?

Damiens allait s'asseoir à côté d'elle.

— Vous ne croyez pas si bien dire !

242

Mais deja Hélène se levait en consultant elle aussi sa montre.

— Malheureusement, tout a une fin, même les folles nuits de l'ambassade de France ! Demain matin, je dois me lever aux aurores. Voulez-vous que je vous raccompagne ? J'ai une voiture...

Folle ou pas folle, la soirée de Georges Damiens était pourtant loin d'être finie. D'abord il y eut le retour dans la grosse Rolls aux armes d'un comte roumain qui le ramena à son hôtel. Un chauffeur vêtu d'une vaste houppelande blanche, la casquette ornée des mêmes armes — noir et or, or sur noir — avait ouvert la portière à Hélène en s'inclinant presque trop bas. Puis — dans la nuit très noire d'une ville soudain ramenée à ce qu'elle était : une petite capitale de province, sans gratte-ciel ni usines mais avec une histoire lourde comme une légende — la voiture avait roulé silencieusement.

Bien qu'il fît tiède et doux, Hélène était emmitouflée dans d'immenses fourrures, tous poils ouverts comme une large fleur, et seuls ses yeux, son nez, sa bouche écarlate — la forme d'une cerise, ne l'oubliez pas ! comme sur ces peintures chinoises faites pour des Européens — émergeaient de la masse confondue des cheveux et de la fourrure. Ni l'un ni l'autre ne parlait mais Damiens ressentait de nouveau une émotion plus véritable encore l'étreindre : ce retour, oui, la nuit, ce silence, et cette femme... J'imagine qu'avec ses lunettes rondes et les joues enflammées, il devait avoir l'air gentiment ridicule : plus tard il serait le diplomate transformé en espion, que dis-je ? en agent secret, en émissaire, en convoyeur ; mais pour le moment il était l'amoureux qui devenait doucement éperdu.

— Cette soirée m'a paru presque irréelle, murmura-t-il enfin. Bucarest, l'ambassadeur... Vous, surtout : c'est comme si, d'un coup, je me trouvais plongé au cœur même de l'un de ces romans que j'aime. Le jeune diplomate romantique et la belle étrangère... Morand, Valery Larbaud... Jusqu'à notre conversation qui ressemblait au plus grave des badinages mondains.

Sa voix venait de très loin : du plus profond de lui-même et de ce qu'il ressentait. Mais la main d'Hélène se posa sur la sienne.

— Badinage ? Mondain ? Vraiment ?

Il eut un petit rire, tout aussi grave.

— Vous sentez bien que maintenant je n'ai plus envie ni d'être mondain ni de badiner...

La voix d'Hélène était empreinte de la même émotion... et je sais que jamais plus qu'à ce moment — sauf lorsqu'elle me tenait à moi aussi ce langage — Hélène n'avait été sincère.

— Vous êtes très charmant, Georges...

— Et vous, Hélène...

Mais elle l'arrêta : une nouvelle pression de la main, et ce fut tout. Ils étaient subitement assez proches l'un de l'autre pour se comprendre seulement par ces signes.

— Non, ne dites rien... Ailleurs, autrement, une autre fois, peut-être... Maintenant, non. Je dois rentrer.

Lourdement, silencieusement, la voiture venait de tourner le coin du boulevard Carol et s'engageait dans la Calea Victoriei : un peu plus loin, à main droite, l'Athénée-Palace brillait encore de tous ses feux, et déjà le portier galonné s'approchait de la Rolls qui glissait le long du trottoir et il ouvrait la portière.

Georges Damiens sortit et retint la main que lui tendait Hélène. Il la baisa longuement :

— Je vous reverrai, n'est-ce pas ?

Elle eut ce sourire qui savait si bien me faire tout accepter : jusqu'aux plus intimes trahisons.

— Vous allez rester à Bucarest, non ? Alors, nous nous reverrons. J'en suis sûre.

— Mais quand ?

Il insistait, Damiens... Il savait que la durée de son séjour en Roumanie était comptée. Mais Hélène lui reprit doucement sa main.

— Laissons faire le temps, voulez-vous ? L'Europe devient soudain si petite.

Elle fit au chauffeur ce signe imperceptible qui est à lui seul un ordre et une direction à suivre, et la voiture s'ébranla. Un moment Damiens demeura debout sur le bord du trottoir à la regarder s'éloigner puis, brusquement, il monta les quatre marches du perron.

La porte de l'Athénée-Palace était à tambour : elle tournoyait sur ses gonds vers ce qu'il avait un moment oublié, l'aventure.

— Monsieur Damiens ?

Il sursauta. C'est vrai, il avait vraiment oublié.

— Monsieur Damiens ?

C'était l'homme corpulent et solide au sourire un peu narquois, un peu ronchonneur mais débonnaire sous la moustache — et au gros revolver sous l'épaule gauche.

— Je suis Mikhail...

Un instant, Damiens ne fut pas sûr d'avoir compris. L'autre

sourit, amusé peut-être de voir que c'était la première fois que son interlocuteur avait affaire à un homme de son espèce.

— Kangalovich, si vous préférez. Ce pourrait être Braun ou Schmidt, mais ces temps-ci, c'est Mikhail Kangalovich. Vous ne trouvez pas que cela sonne bien ? Je crois que Lukàs et ce vieux Lucien Maurice, à Genève, vous ont parlé de moi. Puisque nous allons faire un bout de chemin ensemble, nous pourrions peut-être bavarder un moment, qu'est-ce que vous en pensez ?

Georges Damiens était retombé sur terre, mais son esprit était assez leste pour s'adapter immédiatement à toutes les situations. Et puis, comme une bouffée d'air un peu vif, le parfum de l'aventure — cet homme à l'arme à peine dissimulée sous l'épaisseur de la veste — lui revenait en plein visage.

— Je peux monter dans votre chambre ? continua Mikhail Kangalovich. Parce que moi je loge ailleurs... On ne mélange pas les flics et les diplomates, mais rien ne m'interdit de monter chez vous. Juste le temps de faire connaissance...

Sans attendre la réponse de Damiens, Mikhail le poussa devant lui dans la cage de l'ascenseur.

— En voiture ! Il se fait tard et si je n'ai pas mes six heures de sommeil, je me retrouve avec les réflexes d'un flic polonais...

Ce devait être une allusion aux malheurs de la police polonaise, mais Damiens ne la comprit pas. Il rit cependant : à sa façon ronde et bourrue, Mikhail lui avait tout de suite inspiré une sorte de sympathie instinctive.

Ce devait d'ailleurs être réciproque car, lorsqu'ils se furent installés dans la chambre du jeune diplomate et que Mikhail eut sonné le garçon d'étage pour commander une bouteille de champagne — « Vous permettez ? » : il avait déjà sonné ! — et allumé une énorme pipe — « La fumée ne vous dérange pas, au moins ? » — le Yougoslave lui donna une bourrade amicale dans le dos.

— C'est la première fois que je fais équipe avec un Français... Ça s'arrose...

Puis il passa aux choses sérieuses. Il ne faisait pour lui aucun doute que c'était à dessein que Karavalov — puisque Karavalov est quand même au cœur de ce récit, même si pour le moment il ressemble plutôt à l'Arlésienne — permettait à un peu tout le monde en Europe de connaître l'adresse de la maison Hracin : c'était certainement plus qu'une boîte aux lettres et au moins le point de départ d'une filière. Mais il ne faisait pas de doute non plus pour Mikhail que Karavalov était sur ses gardes, que l'assassinat du nommé Dimitri — que Mikhail avait bien

245

connu ! — ne facilitait en rien leur tâche, et qu'il importait avant tout de se montrer prudent et dans le même temps de mettre Karavalov en confiance.

— Parce que Karavalov a beau être un mythe, une légende, il n'empêche qu'un homme est mort il y a trois jours à cause de lui, et que ce n'est peut-être pas terminé !

Le ton sur lequel Mikhail lançait ses prophéties : comme s'il s'était agi du résultat probable d'une partie de tennis.

— Enfin, remarqua le Serbe, nous avons une chose pour nous : le prestige du diplomate français que vous êtes. Les gens comme Karavalov sont tout de même étranges ! Ils ont besoin d'étiquettes ! La vôtre lui convient, je suis sûr qu'il finira par montrer le bout de son nez. Et quand je dis son nez...

Mikhail avait commandé une deuxième bouteille de champagne, la fumée de sa pipe envahissait la pièce, elle flottait, lourde et bleue, au milieu d'eux, et Damiens sentait une sorte de torpeur amusée l'envahir.

— C'est presque drôle, dit-il pendant l'un des rares silences de Mikhail. Je quitte Paris et un bureau capitonné de dossiers verts et gris, aux moquettes silencieuses et à la secrétaire quasi nonagénaire qui voudrait tout savoir de ma vie privée, et je me retrouve aux confins de l'Europe et de l'Orient en train de jouer les espions...

Mikhail fut pris d'un gros rire qui se tranforma en quinte de toux :

— Les espions ? Les flics, vous voulez dire ! Et puis, qui vous parle de jouer ?

Puis brusquement sérieux :

— Au bout, il y a peut-être des milliers, des millions de morts en plus ou en moins...

Très vite pourtant il retrouva sa bonhomie.

— Allons ! Ne vous en faites pas trop. Vous verrez que tout ira bien. D'abord, vous avez le charme, l'intelligence, le doigté — et moi je vous tue un homme à cent mètres ou je vous ouvre un coffre-fort blindé en deux minutes et demie : nous sommes faits pour nous entendre. Quant à Karavalov...

Et une heure encore, peut-être deux, Mikhail parla de Karavalov, des légendes qui couraient sur son compte, de ses femmes, et de ses meurtres, mais aussi des ces étranges générosités qu'il avait soudain, bandit d'honneur saisi par le vertige de l'argent, mafioso mangeant à tous les râteliers mais qui avait, en fin de compte, choisi sa soupe.

— Voyez-vous, conclut Mikhail, avant de se lever enfin, lourdement mais sûr de lui-même et de ses gestes en dépit de la quantité d'alcool qu'il avait absorbée, voyez-vous, ce qui me fera le plus plaisir, dans cette histoire, ce sera de le regarder enfin en face. Et de voir la tête qu'il a.

Karavalov, je l'ai dit, ou l'aventurier sans visage... épuisé, Georges Damiens s'endormit alors que les cloches de la Métropolie, répondant à celles de l'église Stavropoleos, sonnaient la demie d'une heure dont il préférait ne pas savoir quelle elle était.

Si Damiens se réveilla la tête lourde et la bouche pâteuse, Mikhail était, lui, frais comme un gardon lorsqu'il le retrouva dans le hall de l'hôtel le lendemain matin. Un gardon de cent vingt-cinq kilos...

— Diplomate de mon cœur, je vous salue !

Il était ironique, bien sûr, mais Damiens reconnut dans la voix de Mikhail un accent chaleureux qui était déjà celui de l'amitié. Mikhail avait raison : ils allaient constituer ensemble une belle équipe.

Cependant, dans mon bureau de Genève et au milieu des livres que je lisais pour faire passer le temps que duraient les interminables suspensions de séance, je ne me faisais guère d'illusions. D'ailleurs le président de la session, le Norvégien Siegmens, continuait à faire face aux assauts de Moelher qui bousculait toute la stratégie turque faite de palabres et serments proférés une main sur le cœur, l'autre sur le portefeuille — c'était il y a plus de quarante ans, ne m'accusez de rien ! — pour tenter d'accélérer l'ordre du jour de nos travaux à venir.

— Tout devrait bien se passer, m'assurait pourtant Lukàs. Vous m'avez dit que ce Damiens vous a l'air bien ; moi, j'ai toute confiance en Kangalovich.

De mon côté, n'est-ce pas, j'avais toute confiance en Hélène...

La maison Hracin s'élevait à l'angle de la chaussée Kisseleff et d'une ruelle qui finissait en impasse sur le jardin d'un ancien monastère. C'était le type même de ces gigantesques bâtisses construites à la fin du deuxième tiers du siècle dernier pour des gros marchands enrichis qui n'avaient tout de même pas osé leur donner le nom de palais. Son premier propriétaire – un Tchèque immigré – l'en avait pourtant affublé de tous les éléments : portail monumental, sculptures néo-baroques, caryatides et corniches à profusion, et au cœur de tout cela, une cage d'escalier grande à loger une demi-douzaine de ces maisonnettes de Tziganes qui s'élèvent dans ce no man's land entre ville et campagne qu'est la mahalla de Bucarest.

– Mazette ! s'exclama Mikhail à l'approche de la grande demeure de pierre grise, il voulait en flanquer plein la vue, le Karavalov !

Et c'est vrai que tout, dans cette maison faite pour l'épate, respirait la grandeur – assurément fausse – et le luxe – fort certainement très cher. Mais tout, aussi semblait étrangement vide.

Ils frappèrent d'abord à plusieurs reprises au portail d'entrée puis, en l'absence de toute réponse, Mikhail poussa le lourd vantail de bois orné et la porte tourna sur ses gonds. Le premier vestibule conduisait à un second où s'ouvrait la cage de l'escalier. A gauche et à droite, d'autres portes offraient de vertigineuses échappées sur des enfilades de pièces dont tous les meubles étaient recouverts de housses.

– Nous montons ? proposa Damiens.

Instinctivement la main droite de Mikhail s'était portée à son côté gauche.

Dans l'escalier, leurs pas résonnaient bruyamment, répercutés jusqu'au dernier étage par un écho sonore, presque musical : le moindre murmure y prenait lui aussi des allures de chœurs d'opéra russe.

– On dirait bien qu'il n'y a personne, remarqua Damiens, comme ils arrivaient à l'étage.

Mikhail fit quelques pas dans la succession des galeries, planchers vernis et tapis roulés, meubles encore une fois sous des housses et lustres descendus : tout paraissait bel et bien fermé, voire abandonné.

– Holà ! Il n'y a personne ?

La voix de Mikhail éclata, non plus ce coup-là comme un murmure devenu choral, mais comme les cris de Boris Godounov au cœur d'un Kremlin de carton : seul pourtant lui répondit encore une fois l'écho – puis le silence.

– Qu'est-ce que vous en pensez ?

Les deux hommes s'interrogèrent. Il fallait, il fallait absolument qu'ils trouvent quelque chose ou quelqu'un, un indice, un signe.

Faute de quoi, la piste qu'ils suivaient s'arrêtait là. Et leur voyage avec.

– On dirait qu'on a fait des bagages après un enterrement...

Mais Karavalov, avec ou sans visage, mort ou pas mort, avait pourtant pensé à tout...

Ils gravirent en effet encore un étage : au second, au troisième, c'était le même silence poussiéreux.

– Décidément, les rats ont quitté le navire.

Mais comme ils étaient arrivés au dernier étage et que Damiens, presque par inadvertance, avait poussé une ultime porte, un bruit de voix parvint à eux, et se précisa d'ailleurs très vite : c'était une femme qui criait quelque chose en roumain à un homme qui s'en allait en courant, dévalant une sorte d'escalier de service qui devait venir des greniers. Avant que Mikhail ou Damiens aient pu seulement lui dire un mot, l'homme les avait bousculés et il descendait maintenant quatre à quatre l'escalier principal. C'était un petit personnage fluet aux énormes favoris rouges. Mais la femme – une vieille femme en tablier, penchée sur la rampe de cuivre – continuait à l'invectiver.

– Mais qu'est-ce qu'elle dit ? demanda Damiens.

Mikhail se retourna vers lui :

– Je ne sais pas : attendez !

Brusquement la vieille s'en prit alors à eux et commença à déverser à leur endroit un torrent d'injures. Ce fut rapide : sans ménagement, Mikhail la saisit aux épaules et il y eut entre eux un bref dialogue, laconique, fait de quelques cris et de deux ou trois glapissements. La dernière phrase de la vieille femme, Damiens lui-même la comprit, car le mot *mort* s'entend finalement en toutes les langues. Alors Mikhail lâcha la vieille qui les injuria probablement une dernière fois avant de claquer sur elle la porte de l'escalier de service.

– Qu'est-ce qu'elle a dit ? interrogea Damiens qui savait déjà.

Le visage de Mikhail était sombre.

– Elle a dit que Karavalov était mort, que Dimitri était mort, que tout le monde était mort et, pour faire bonne mesure, elle a ajouté que les cœurs étaient vides... Ce doit être une forme élémentaire de poésie populaire roumaine.

Damiens regarda la cage d'escalier, aussi vide au-dessous de lui que les cœurs que la vieille avait appelés à la rescousse de sa rhétorique involontaire.

– Mais ce n'est pas possible...

— Elle dit que c'est un accident. Karavalov aurait été renversé hier matin par une voiture. La maison est fermée.

— Et vous ne croyez pas que...

Mikhail eut un geste de découragement.

— Oh ! Il n'y a rien à tirer de plus d'elle...

Le silence de nouveau régnait dans toute la maison. En silence, donc, Mikhail et Damiens commencèrent à redescendre le gigantesque escalier. On aurait dit que cette fois le bruit même de leurs pas était étouffé par la poussière, les housses, le vide.

C'est alors qu'ils atteignaient la dernière marche, qu'une voix s'éleva de nouveau.

— Messieurs ! Hé ? Messieurs !

On les interpellait encore une fois du dernier étage. Tout à fait en haut de la cage d'escalier, un visage apparaissait. C'était une tête d'homme — un vieillard — et qui leur parlait en français. Mikhail et Damiens remontèrent en courant.

— Messieurs ! Messieurs !

Les deux hommes étaient déjà en haut, hors d'haleine. En face d'eux et à contre-jour, il y avait un tout petit vieux monsieur, avec une énorme tête chauve et ridée. Il souriait de toute sa bouche édentée. Damiens le premier lui parla :

— Est-ce vrai que Karavalov est mort ? Qu'est-ce qui s'est passé ?

Le visage du petit vieux se ferma comme une trappe qu'on tire. Plus de sourire.

— Je ne sais pas. Je ne sais rien de tout cela. Je ne me mêle pas de ce qui ne me regarde pas.

Mais de la même façon qu'il avait su être rude avec la vieille femme, Mikhail empoigna l'homme par les épaules.

— Alors, pourquoi nous avez-vous appelés, hein ?

Le petit vieux paraissait trembler de tous ses membres.

— Je ne sais pas... J'ai un message pour vous. C'est tout. vous êtes bien les deux messieurs qui repartent par le train de demain ?

Damiens remarqua au passage que le petit vieux leur apportait déjà une information essentielle : c'était dès le lendemain qu'était prévu leur départ de Bucarest. Mais l'homme, que Mikhail continuait à malmener, poursuivait sur le même ton :

— Je ne veux rien savoir. On m'a seulement demandé de vous dire d'aller après minuit au café Central. Il faudra que vous demandiez Ghizka, de la part de Radu.

Mikhail, qui avait presque soulevé de terre son informateur tandis que celui-ci parlait, le laissa retomber.

— Mais qui est Ghizka ? Et ce Radu c'est vous ? lança encore Damiens.

Le vieux avait disparu par l'escalier du grenier qu'on l'entendait encore marmonner dans sa mâchoire déserte :

— Je ne sais rien et je ne veux rien savoir. La vieille avait raison, j'ai bien tort de vouloir rendre service...

Sa voix s'avançait avec lui dans les dernières hauteurs de la maison.

— Vous voyez que tout ne se présente pas si mal..., commença Mikhail.

Mais il s'arrêta brusquement, retenant son souffle et faisant signe à Damiens de l'imiter. C'était encore le silence, puis, tout d'un coup, comme si Mikhail avait pressenti quelque chose, il y eut une nouvelle cavalcade dans l'escalier. Mais cette fois c'étaient des talons de femme qu'on entendait sonner presque allégrement dans les étages inférieurs.

— Venez ! cria Mikhail. C'est une femme !

Tous les deux s'élancèrent une fois de plus dans la cage de l'escalier. Devant eux, en avance de deux étages, les talons sonnaient aussi clair...

— Elle sera en bas avant nous...

Quelle que fût, en dépit de ses cent vingt-cinq kilos, l'agilité de Mikhail, il ne pouvait en être autrement, et les deux hommes n'étaient pas arrivés au premier étage que la porte d'entrée était retombée avec un bruit sonore sur l'inconnue.

— On l'a ratée..., murmura Damiens.

Ils l'avaient d'autant plus laissée échapper que le mécanisme de la serrure de la porte paraissait coincé et que Mikhail perdit encore quelques secondes à l'ouvrir. Lorsqu'ils débouchèrent enfin dans la rue, une silhouette de femme — de femme jeune : c'est moi qui le souligne, suivez mon regard — voilée de noir s'engouffrait dans une vaste limousine stationnée le long du trottoir qui démarrait déjà dans le plus grand silence laissant les deux compères ahuris sur le seuil de la maison Hracin.

— Qu'est-ce que tout cela peut bien vouloir dire ? se demanda Damiens lorsqu'ils eurent repris haleine.

— Oh ! ça me paraît parfaitement calculé...

Ils marchaient maintenant côte à côte le long de la chaussée Kisseleff : de part et d'autre des rangées d'arbres encore verts, c'étaient des palais alternant avec des restaurants, des pergolas roses. Devant eux, cet incroyable mélange de chars à bœufs centenaires et de grosses voitures automobiles. Une odeur d'humus frais et de crottin, de fumier et d'urine : l'air des plaines...

– Calculé ?

– Bien sûr, calculé : tout est calculé ! La maison vide, la vieille femme qui crie en patois – parce que ce n'était même pas du roumain qu'elle parlait, la vieille ! – le rouquin qui nous bouscule, l'autre qui nous appelle du haut de l'escalier ; les pas de femme dans le vestibule désert tout cela ne vous paraît pas un peu trop parfaitement mis au point, à vous ?

Ils atteignaient un carrefour : des enfants jouaient sur un terre-plein planté d'arbres, il y avait des cris, des rires, comme si la vie reprenait ses droits après les hallucinations de la maison Hracin.

– Mais qu'est-ce que vous croyez ?

Mikhail haussa les épaules et ce fut toute sa vaste carcasse qui se souleva d'un coup pour s'affaisser ensuite.

– Je ne crois rien du tout. On nous a lancés sur des rails : l'hôtel, la maison Hracin, maintenant le café Central... Suivons les rails jusqu'au bout, nous verrons bien.

– Mais Karavalov ? Vous croyez qu'il est vivant ?

Un nouveau haussement des épaules de Mikhail.

– Comment savoir ? Attendons ce soir. Je suis flic, et pas prophète.

Un ballon rouge, lancé par un petit garçon haut comme trois pommes, leur arrivait dans les jambes. Mikhail se baissa, ramassa le ballon, fit mine de jouer un instant avec lui devant les enfants indécis, puis le leur jeta.

– Attrapez !

Il riait et sa moustache était secouée de petits mouvements saccadés qui lui donnaient l'air d'un clown, d'un Alex ou d'un Zavatta qui aurait été agité par une irrésistible envie d'éternuer.

Tard dans la soirée, lorsque Mikhail entra dans la chambre de Damiens où celui-ci, debout devant la glace, était en train d'ajuster son nœud de cravate, il eut le même rire.

– Mais dites-moi, mon vieux, ce n'est pas à une noce que nous allons !

Eberlué, les cheveux en bataille – il lui restait encore à les gominer soigneusement – Damiens le regardait à travers ses verres ronds.

– Remarquez qu'après la bonne nouvelle qu'on nous a apprise aujourd'hui, vous êtes après tout parfaitement correct : ce sera peut-être un enterrement !

252

Tous les poils de la moustache de Mikhail, une dernière fois, tremblèrent et ils étaient déjà dans la rue que le gros Serbe riait encore de la plaisanterie qu'il venait de faire. Mais bientôt parvinrent à eux, à travers un fin brouillard qui s'était abattu avec la nuit, les flonflons d'une musique de brasserie : c'était déjà le café Central.

— Nous y voilà, lança Mikhail en poussant la porte.

Tout de suite l'odeur de fumée et de bière tiède, la chaleur aussi, la sueur et puis d'autres goûts moins définissables encore, les prirent à la gorge. C'était un mélange de saucisses frites, de boulettes de viande, de moutarde, d'oignons grillés, de parfums épais et bon marché.

Le café Central était formé d'une succession de salles groupées autour d'une vaste pièce circulaire au plafond de poutres basses. Partout, des buveurs étaient attablés devant des pots de bière ou des verres d'alcool blanc posés à même le plateau de bois des tables, et les serveurs circulaient entre eux, tenant d'une seule main six, dix chopes pleines et mousseuses. Sur une sorte d'estrade de bois, dans l'une des salles, un orchestre jouait un air de valse pesante dont les pieds des buveurs rythmaient lourdement la mesure. Il y avait un accordéoniste, un pianiste, deux violons et un joueur de cithare, mais surtout la conjonction de ces odeurs, de ces couleurs, de la chaleur qui régnait dans ces pièces où les buveurs s'entassaient et les fumées, bleues et vertes qui planaient, donnaient à la brasserie un aspect irréel, fantastique à la limite du rêve et du cauchemar, que la musique enveloppait d'un fond sonore envoûtant.

— Atmosphère et couleur locale typiques, remarqua Mikhail en entrant : il aimait jouer les cicérones.

Puis, se frayant un passage entre les tables, il parvint à happer un maître d'hôtel borgne qui paraissait jouer, lui, les patrons.

— Vous connaissez un nommé Ghizka, vous ?

Il avait été obligé de crier à cause du bruit, et le glabre maître des lieux lui montra simplement l'estrade d'un coup de menton.

— Ghizka, c'est le joueur de cithare.

Il était déjà reparti donner un ordre ou tempêter contre un jeune serveur qui ne débarrassait pas assez vite les tables.

Cependant, Damiens avait rejoint Mikhail et tous les deux s'approchaient de l'estrade.

— A vous de jouer, dit Mikhail. Je vous laisse faire. Après tout, vous êtes le diplomate !

Mais tout accès à Ghizka leur était pour l'instant interdit, car la musique s'amplifiait, suraiguë, lancinante. Avec cette même ambiance onirique où s'agitaient des figures indécises. A un moment donné, Damiens crut pourtant que les joueurs ralentissaient leur rythme : il faisait déjà un pas en direction du cithariste lorsqu'un homme long et maigre, le visage pâle et tavelé de taches de petite vérole, le devança.

— Joue, Ghizka, s'écria-t-il. Joue ! Il n'y a que la musique pour faire oublier mes douleurs !

Et la musique de reprendre de plus belle, tandis que l'homme au visage abîmé se balançait d'un pied sur l'autre.

— Joue, Ghizka, petit père... Tu es le seul à pouvoir me consoler.

Tout en parlant, l'homme s'était retourné vers Damiens, comme s'il avait voulu s'assurer — commenta Mikhail plus tard — qu'on l'avait bien remarqué. Mais Damiens, que cette interruption avait un moment décontenancé, s'avançait de nouveau vers le joueur de cithare.

— Vous êtes Ghizka ? Vous parlez français ?

Le musicien, emporté par sa musique, tendit la tête vers lui sans l'entendre.

— Vous êtes Ghizka ? répétait Damiens, je viens de la part de Radu. Je cherche Karavalov.

Sur le visage de Ghizka se produisit le même phénomène que ce qui s'était passé au dernier étage de la maison Hracin sur le sourire du vieux gardien lorsque Mikhail avait prononcé le nom du marchand de canons : un voile qu'on tire. D'un seul coup le musicien se redressa, fixa la salle devant lui et déchaîna de nouveau les accords de sa cithare. Damiens pourtant insista :

— Je vous ai dit que nous étions des amis de Radu. Et nous devons absolument savoir si Karavalov est vivant.

Mais Ghizka, enfermé dans le tourbillon de sa musique, ne voulait pas entendre. Ce fut Mikhail qui comprit ce qu'ils devaient faire : puisque le nom de Karavalov semblait tellement effrayer tout le monde à Bucarest, eh bien, il allait le répéter, ce nom, et le répéter encore, à très haute voix, jusqu'à ce que Ghizka, de plus en plus terrifié, se décidât à parler. Et la manœuvre réussit à merveille.

— Mon ami vous dit que nous cherchons Karavalov ! Karavalov ? vous comprenez ? Karavalov !

N'y tenant plus — car Mikhail pouvait avoir, lorsqu'il le désirait, une voix de basse bulgare au sommet de sa caverneuse puissance — le cithariste se pencha de nouveau vers les deux étrangers :

– Tout à l'heure, mais pour l'amour du ciel, taisez-vous !

Le grand homme maigre et tavelé les regardait, l'air trop saoul pour être honnête. D'ailleurs, presque de côté, Ghizka avait, à lui aussi, lancé une supplique rageuse :

– Et toi, Démètre, fiche-moi la paix, veux-tu ? Va cuver ta cuite ailleurs...

L'accordéoniste, qui semblait diriger l'orchestre, jetait à son cithariste des coups d'œil de plus en plus furibonds ; alors les doigts de Ghizka se lancèrent dans une danse effrénée sur son instrument dont la nacre qui le décorait avait soudain des reflets de lune pâle dans cette lumière rougeoyante de taverne enfumée. Cependant, le maître d'hôtel que Mikhail avait interrogé à son entrée dans les lieux revenait avec deux verres d'un alcool blanc fort, chaud et sucré, relevé d'un doigt de clou de girofle et, sans lui demander son avis, il l'installait avec Damiens devant une table au milieu d'autres buveurs.

– Toute la Roumanie, murmura Mikhail en vidant son verre d'une seule lampée : c'est l'Orient, ne l'oubliez pas... Et on a toujours le temps. Celui qui arrive moins d'une heure en retard à un rendez-vous est en avance, mais c'est aussi un malotru. Un autre verre de cette petite tsuika, non ?

Damiens, qui avait voulu imiter son compagnon en faisant cul sec, sentait au fond de la gorge et de l'estomac une formidable brûlure. C'étaient tous les feux de tous les brasiers qu'on allume en hiver aux angles de la mahalla de Bucarest qui lui descendaient dans le gosier avec une seule gorgée de tsuika à la prune verte.

– Fameux, hein ? C'est l'alcool du pays !

Il sembla à Damiens que, plus jamais, la moustache de Mikhail tremblait d'amusement.

Ce n'est que plus d'une heure après, quand l'orchestre s'arrêta enfin pour céder la place à un curieux personnage, boudiné dans un costume étroit et dont les moustaches – noires celles-là – luisaient, que Ghizka fit signe à Damiens et à son ombre de le suivre.

– On va dans les coulisses, mon vieux ! lança Mikhail en se levant, un peu plus pesamment – cinq petits verres de tsuika – qu'il ne s'était assis.

Dans la salle, le Tzigane passé à l'huile de ricin avait entonné une doiné – cette complainte populaire de ceux de sa race – qui ressemblait à un chant d'église, et toutes les conversations s'étaient tues autour des tables.

– Certains de ces chanteurs sont de véritables vedettes

nationales, expliqua Mikhail au passage. On vient ici de tous les coins de la ville pour les écouter.

Deux hommes, dans la force de l'âge, pleuraient à chaudes larmes en entendant Mitica Dona chanter la nostalgie des errants de la plaine, la course sans fin des sans-patrie. Près d'eux, l'air plus saoul que jamais, celui que Ghizka avait appelé Démètre avait pourtant les yeux parfaitement secs. Et aux aguets...

— Monsieur, commença Ghizka, je pense que vous devez être fou ! Vous devriez savoir qu'il y a des noms qu'il ne faut pas prononcer à haute voix ici... Surtout depuis quelques jours. Qu'est-ce que vous voulez savoir ?

C'était un vrai Tzigane, lui aussi, à la peau sombre mais aux yeux d'un étrange vert métallique qui avait les mêmes éclats lunaires nacrés que ceux de sa cithare quelques instants auparavant, sur l'estrade et dans la salle aux fumées lourdes.

— Je cherche Karavalov, répondit pourtant Damiens sans hésiter. On nous a dit qu'il était mort. Ce n'est pas vrai, n'est-ce pas ?

Un essaim de gamines aux robes multicolores, petites gitanes maigres aux seins à demi nus sous les blouses largement échancrées, traversa le couloir aux murs lépreux où ils se tenaient, juste derrière la scène. C'étaient des chanteuses qui allaient accompagner Mitica Dona dans la doiné probablement célèbre que les buveurs assis dans la salle lui réclamaient maintenant en frappant bruyamment dans leurs mains. L'une des filles se retourna au passage devant Damiens et lui lança la plus effrontée des œillades, mais l'heure n'était pas — et je le regrette pour le pauvre Damiens — à s'attarder à ce genre de bagatelle. D'ailleurs, Ghizka répondait déjà et ses yeux, plus que jamais, brillaient.

— Vous savez bien que Karavalov n'est pas mort : les autres, on peut les tuer, mais pas lui !

Il y avait une sorte de fierté dans le ton du Tzigane, comme si une obscure complicité, plus forte que toutes les terreurs, le liait à l'aventurier. Pourtant, comme un serveur passait dans le couloir, son visage se rembrunit de nouveau.

— Nous devons parler à Karavalov. Où est-il ?

Ghizka haussa les épaules.

— Radu est fou de vous avoir envoyés ici...

Alors Mikhail reprit à l'endroit du Tzigane la méthode qui lui avait déjà réussi avec les deux vieux de la maison Hracin. Il le saisit aux épaules et commença à le secouer.

— Ecoute, Ghizka, les amis discrets, c'est utile. Mais les amis muets, ça ne sert plus à rien. Tu es un ami de Karavalov, nous sommes les deux hommes qu'il devait rencontrer. Alors, rends-toi utile, sinon bientôt tu ne serviras plus à rien !

Ghizka avait compris. Baissant la voix, il chuchota.

— Allez chez Roberte, ce soir.

Damiens éleva la voix.

— Roberte ?

— Roberte la Française. Vous la trouverez au bout de la Calea Dudesti au numéro 83, la maison de Pavlica. Mais vous êtes bien sûr que personne ne vous a suivis ? Il y va de la vie de Karavalov...

Mais déjà des applaudissements éclataient dans la salle et Ghizka regarda en direction de la petite porte couverte d'un rideau qui l'en séparait.

— Il faut que j'y aille. Je vous ai dit tout ce que je savais. Karavalov se cache, vous le savez comme moi...

C'est en quittant la brasserie que, se retournant, Damiens vit que le café Central portait une autre enseigne : « Aux trois yeux sous la même couverture ». Sur un panneau de bois peint on voyait une grossière caricature du maître d'hôtel-patron — le borgne ! — qui les avait accueillis, étendu dans son lit avec sa femme : deux yeux plus un, donc, et la courtepointe peinte en rouge vif.

— Couleur locale, diplomate, couleur locale ! commenta simplement Mikhail.

Ils étaient bien partis pour une étrange errance nocturne, le policier et le diplomate, arrimés l'un à l'autre dans cette ville aux marges de l'Orient qui ne ressemble à aucune autre. Et je pense qu'il devait y avoir quelque chose de caricatural dans cette démarche du jeune et du gros, le Français passé au peigne fin et au polissoir précieux de toutes nos écoles, et le Serbe jovial qui vidait allégrement sa bouteille de tsuika mâtinée de vodka ou de rhum en une demi-soirée sans que son regard vacille pour autant.

— La Calea Dudesti ! Toute la ville à traverser ! C'est presque dans les faubourgs...

Ils hélèrent un fiacre et l'étape suivante fut bien à la mesure de ce qui avait précédé : inutile de vous préciser — le nom de Roberte trop fait pour cela, l'adresse lointaine : vous l'avez déjà deviné — que la maison de Pavlica était un bordel. La lanterne rouge, selon toutes les lois de l'hospitalité, brillait sur le seuil lorsque le cocher les arrêta en poussant un juron car sa jument avait glissé sur le pavé mouillé. Une petite pluie fine s'était en effet mise à tomber, et Damiens d'un coup s'était mis à penser à Hélène. On était sûrement bien dans les bras de ces filles qui se signaient en passant devant les icônes... Mais que les bras d'Hélène devaient être pâles et longs...

— Réveillez-vous, mon vieux. Nous sommes arrivés...

Ce fut la cérémonie d'introduction à ce genre de lieu. Maison close, la maison Pavlica l'était donc, mais particulièrement close, celle-là, car il fallut que Mikhail parlementât un certain temps avec la femme au visage très maquillé qui avait tiré un judas pour les examiner, avant qu'ils puissent entrer.

— Je suis français... avait pourtant assuré Damiens, car en ces jours bénis — pas tant que cela d'ailleurs, ne nous faisons pas d'illusions : il y avait la censure, les prisons pleines, mais cela, c'est l'envers de mon histoire — la qualité de Français ouvrait bien des portes.

Mais Mikhail avait précisé :

— Je veux voir Roberte.

— Il n'y a pas de Roberte ici !

Le ton de la femme était ferme, Mikhail ne l'était pas moins.

— C'est Ghizka qui nous envoie. Ghizka des « Trois yeux »...

Alors le regard de la femme se fit moins dur, et elle entrouvrit la porte, le temps de les laisser se glisser à l'intérieur.

Je vous demande pardon de vous décrire ainsi avec un soin un peu trop appuyé les gens et les lieux, les bordels comme les brasseries de Bucarest, mais c'étaient alors les hauts lieux d'une vie extra-nocturne trop grandiose pour qu'on puisse les traverser sans les regarder. Savez-vous que mon ami Paul Morand m'a raconté avoir connu là-bas — l'a-t-il également fréquentée ? — une maison de plaisir qui s'appelait *Castelful Spermuli* ? Je vous traduis : c'était le *Château du Sperme* ! Aussi, sans avoir la noblesse du *Castelful Spermuli,* la maison de Pavlica n'en était pas moins admirable, avec sa grande salle intérieure que chauffait un immense poêle de faïence verte et dont les galeries de bois qui conduisaient à l'étage formaient un long rectangle de lattes sonores qui craquaient sous les pas des filles et de leurs habitués aussi bruyamment que les matelas des lits à ressorts défoncés.

La putain qui les avait accueillis les conduisit tout droit à une autre femme, vêtue de noir, celle-là, et au visage parfaitement blanc, poudré comme celui d'une marquise Louis XV languissante qui serait égarée dans l'uniforme d'un cavalier du Cadre de Vienne.

— Roberte est occupée, monsieur, répondit la sous-maîtresse avec un sourire étroit du bout de ses lèvres pincées, mais nous pouvons vous offrir tout un bataillon de bonnes petites filles tout aussi charmantes et qui, je vous l'assure, connaissent leur métier sur le bout des doigts, pour ne pas dire de la langue.

J'imagine la figure de Damiens qui rêvait déjà si tendrement à Hélène ! Mais Mikhail répondit pour lui. Et, devant la réticence de la femme, il prononça une nouvelle fois — une seule — le nom de Karavalov. L'effet sur le sergent-major de l'armée d'occupation autrichienne fut immédiat : elle au moins n'avait pas froid aux yeux, et elle se mit presque au garde-à-vous !

— Suivez-moi, dit-elle.

Elle les entraîna sur l'escalier de bois aux marches faites d'une simple planche — mais assez solide pour résister à des régiments de hussards en rut — qui conduisaient aux galeries. Au passage, un géant blond, presque blanc, aux yeux d'albinos et au col de fourrure s'effaça pour leur laisser le chemin.

— Vive la France ! lança-t-il à Damiens avec un regard appuyé.

Et Damiens pensa que l'albinos — comme le Démètre du café Central ou le rouquin de la maison Hracin — avait tout fait pour se faire remarquer. Mais la femme en noir n'en était pas émue pour autant.

— C'est au 13. Roberte aime jouer avec le sort.

Elle frappa à la porte qui s'ornait du chiffre 13, simplement cloué à l'envers pour défier le sort comme on le faisait jadis sur les bateaux qui descendaient le Danube, et une tête rousse et ébouriffée émergea quelques instants après de la chambre. Un sein roux sortait lui aussi d'une chemise largement ouverte. Les deux femmes échangèrent deux ou trois mots, puis la porte se referma.

— Attendez, se retourna pour dire la sous-maîtresse à Mikhail.

Une minute après Roberte reparut, mais le bout de sein, lui, n'était plus là. Son maquillage était presque trop parfait, comme si rien n'en avait depuis un long moment rompu l'harmonie, mais sa voix était rauque et la fille sentait l'eau-de-vie de prune.

— Je ne sais pas si le monsieur que vous cherchez est de vos amis, mais il n'est plus des miens, commença-t-elle.

Elle était encore sur la défensive, mais Damiens qui s'était repris au jeu — il n'oubliait pas Hélène, mais il était curieux de voir jusqu'où les rails, comme avait dit Mikhail, les conduiraient

– eut recours à la technique du Serbe. Et lui aussi la saisit aux épaules : elles étaient douces et nerveuses, parsemées de taches rousses, les épaules de Roberte...

– Ecoutez-moi bien. Je ne partirai pas d'ici avant que vous m'ayez dit où je peux trouver Karavalov. Il y va de sa vie. Si tant est qu'il soit encore vivant !

Alors la putain éclata d'un rire amusé de femme pas tellement ivre que cela.

– Comme si Karavalov pouvait mourir ! On croirait entendre Ionica, l'albinos ! Mais dans ce cas vous seriez deux dans Bucarest à croire à l'impossible !

Elle allait peut-être continuer, mais brusquement la fin de la scène s'accéléra, comme dans un film trop classique où deux raccourcis, une ellipse et une coupure peut-être involontaire vous conduiraient tout droit à un dénouement qui n'en est pourtant pas un. D'abord une voix s'éleva de l'intérieur de la chambre et appela en allemand : « Roberte ? *Was ist das ?* » Puis, comme la fille allait rentrer dans la pièce pour répondre, on entendit des coups frapper à la porte et un mot bien précis, plusieurs fois répété par toutes les dames en chemise qui se pressaient autour du poêle de faïence : « La police ! La police ! » Mikhail voulut faire un pas dans la chambre numéro 13, mais Roberte, totalement dégrisée, lui barra le passage.

– Pas ici, sortez par-derrière.

Et avant qu'aucun des deux hommes n'ait eu le temps de poser une question, elle leur expliquait :

– Retournez immédiatement à votre hôtel. Vous y trouverez ce que vous cherchez.

Comme le café Central, dit des « Trois yeux sous la couverture », la maison de Pavlica, Roberte, le sergent prussien déguisé en sous-maîtresse basculaient dans la nuit. Une petite pluie fine continuait de tomber sur Bucarest et les chars à bœufs du matin chargés de ravitailler la ville montaient à l'assaut de la Calea Victoriei et du boulevard Carol.

A l'Athénée-Palace tout se déroula le plus normalement du monde. Le portier de nuit remit à Damiens une longue enveloppe scellée de rouge. Elle contenait deux billets de chemin de fer pour le train de Lausanne du lendemain matin. Et deux réservations de cabines : le 5 et le 7, dans la voiture 4.

– Le 5 et le 7 comme par hasard, remarqua Mikhail. Avec le 6 entre les deux, comme par hasard aussi...

– Vous croyez que Karavalov sera dans le 6 ?

Le Serbe haussa les épaules : il semblait soudain fatigué.

– Qui ne croit rien n'attend rien. Moi, j'attends...

Le hall de l'Athénée-Palace était vide. La dernière putain, lasse d'attendre le dernier client qui ne viendrait plus, l'avait cette fois quitté. Seul traînait encore un gigolo plus que professionnel, au regard de beau ténébreux fatigué comme on n'en trouve qu'à Bucarest, rompu à toutes les basses voltiges du métier. Mais il ne leva pas les yeux vers les deux hommes car, comme beaucoup de ses compatriotes, il pratiquait une stricte spécialisation dans son travail et avait dû se faire une renommée parmi les ex-comtesses russes ou les princesses vénitiennes de plus de soixante ans. Aussi, pendant tout ce qu'il leur restait de nuit, dans sa chambre à vase de nuit – la porcelaine était à fleurs – Damiens rêva. Il rêva qu'au matin la porte de sa chambre était fermée et que, pour rejoindre Hélène qui l'attendait dans l'Orient-Express en compagnie d'un Karavalov impassible au visage d'horloge sans aiguilles, il devait franchir la barre d'appui de sa fenêtre, escalader un balcon et descendre le long de la façade surchargée d'ornements faussement baroques de l'Athénée-Palace. Mais quand il arrivait à la gare, le train de Lausanne venait de disparaître au bout des rails et Hélène Petresco, seule dans un compartiment fermé à clef comme la chambre d'hôtel, pleurait.

– Eh bien, nous avons failli partir sans vous ! lui lança Mikhail lorsqu'il parvint enfin, hors d'haleine, à la gare de Filaret où le train était déjà formé.

Sur le quai, l'animation habituelle, un soldat souriant mais en armes, un autre qui interrogeait en roumain un long personnage à la barbe hirsute de pope défroqué et Mikhail, une canette de bière à la main, qui attendait. Le policier, l'air inquiet car Damiens s'était réveillé à la dernière minute, l'avait quand même accueilli en riant.

– C'était moins une !

Puis, comme le porteur qui accompagnait le Français chargeait la valise de celui-ci dans la voiture, il se pencha vers lui.

– Notre client est déjà là. Au 6, comme prévu...

– Vous l'avez vu ?

Damiens s'était arrêté, incrédule : ainsi l'homme sans visage aurait consenti à se montrer à visage découvert ? Mais Mikhail le poussait en avant.

261

— Pensez-vous ! Il était déjà enfermé dans sa cabine quand je suis arrivé, et il a donné des ordres stricts pour qu'on ne le dérange pas...

Dans le couloir, tandis que Damiens s'installait dans sa cabine et qu'on vérifiait sa réservation, le conducteur eut le même air entendu que Mikhail.

— Votre ami n'aime pas la société, à ce qu'il paraît.

Lui aussi parlait du voyageur de la cabine 6 située, faut-il le préciser une fois encore — mais la topographie des lieux a son importance, vous verrez pourquoi ! — dans la voiture 4, entre les cabines 7, occupée par Mikhail, et 5, où Damiens ouvrait son nécessaire de toilette. Mais lorsque celui-ci eut fini de ranger ses effets et qu'il sortit dans le couloir — le train était sur le point de s'ébranler — il éprouva quand même le besoin de se rassurer.

— Vous êtes bien sûr que c'est lui ?

— Qui voulez-vous que ce soit ? A partir du moment où nous avons commencé à jouer à ce jeu de piste avec lui, il faut en respecter les règles jusqu'au bout, et voilà tout. Karavalov veut rester l'homme sans visage et la mort de ce Dimitri l'a renforcé dans son souci de discrétion. Il sait que nous sommes là : pourquoi se montrer ? Même à nous !

Sur le quai, le chef de gare agitait son drapeau rouge et les coups de sifflet rituels retentissaient.

— Eh bien, dans ce cas, suggéra Damiens, je propose que nous nous relayions devant sa cabine. Une sorte de tour de garde.

La moustache de Mikhail frémit d'amusement, certes, mais il semblait préoccupé.

— C'est qu'il commence à comprendre le métier, notre diplomate ! Allez donc boire un verre. Vous viendrez me remplacer dans un moment.

Resté seul dans le couloir, Mikhail vérifia d'abord que la porte extérieure du 6, puis que les portes communicantes du 5 et du 7 étaient bien fermées. Rassuré, il bourra enfin sa pipe, l'alluma longuement et se pencha à la fenêtre : dans de superbes jets de vapeur blanche, le Simplon-Orient-Express qui allait gagner Lausanne par Subotica, Zagreb et Venise, s'ébranlait. Le voyage qui commençait ainsi serait la plus fantastique aventure que vivrait jamais Damiens. Un voyage au pays du doute, aux marges de l'impossible, aux frontières mal définies du drame et de la farce.

Au début, tout se déroula pourtant comme n'importe quel voyage en chemin de fer. Seul dans le wagon-bar, le jeune diplomate se fit servir un café très fort : après tout, la nuit avait été rude et courte pour lui. Puis, enfoncé dans un profond fauteuil pullman, il feuilleta un numéro du *Temps* vieux de huit jours qu'il avait acheté l'avant-veille dans le vestibule de l'Athénée-Palace, mais il avait les paupières lourdes et peu à peu il s'endormit.

Je l'ai dit : une descente aux royaumes du fantastique. Lorsqu'il ouvrit les yeux, sa première surprise l'attendait. Le train avait passé les environs immédiats de Bucarest, et longeait les eaux boueuses de la Dâmbovita. Doucement, le wagon se balançait selon le rythme de valse à trois temps que lui imposaient les rails et, dans la voiture, trois personnes — et trois personnes seulement — allaient et venaient. Allaient et venaient : c'est bien le mot. Les trois voyageurs se déplaçaient du bar aux fauteuils, des fauteuils aux fenêtres, d'une fenêtre à la table basse sur laquelle étaient posés les revues et magazines, avec une lenteur calculée, comme s'ils avaient dansé autour de Damiens une sorte de ballet étrange, irréel, dont il aurait été l'unique spectateur. Toute cette scène n'aurait cependant rien eu de particulièrement remarquable si le premier de ces hommes qui semblaient si affairés dans le wagon n'avait été celui qui avait bousculé Mikhail et Damiens dans l'escalier de la maison Hracin ; le second le buveur ivre que Ghizka avait appelé Démètre ; et le troisième ce Ionica débonnaire et albinos qu'ils avaient heurté dans le bordel où travaillait Roberte. Et plus les voyageurs se croisaient et se recroisaient dans le train qui avait pris de la vitesse car on abordait une longue ligne droite, ils semblaient prendre tous les trois un soin particulier à faire comme s'ils ne se connaissaient pas et à s'ignorer.

Il fallut quelques minutes à Damiens pour se rendre pleinement compte de ce qui se déroulait autour de lui. Puis, le premier étonnement passé, un soupçon le traversa. Bien sûr, une seule raison pouvait justifier la présence de ces trois hommes à bord : Karavalov. Réunissant toutes ses énergies, il se leva alors : il lui fallait prévenir Mikhail. D'une haleine, il courut jusqu'à la voiture 4 : subitement il redoutait le pire.

Mais Mikhail était toujours accoudé à la fenêtre devant la cabine numéro 6. Et, avant même que Damiens ait eu le temps de lui expliquer ce qu'il venait de voir, le Serbe baissa les paupières, l'air inquiet.

— Je sais. Ils sont passés devant moi. Vous pensez bien que je les ai reconnus ! Ils ont d'ailleurs tout fait pour cela...

Comme Damiens allait répondre, Mikhail lui fit signe qu'il n'avait pas fini.

— Et, ce n'est pas tout !

Il paraissait légèrement goguenard, sous son regard grave.

— Regardez un peu là-bas...

Une silhouette de femme voilée de noir disparaissait à l'extrémité de la voiture et cette fois Damiens ne pouvait pas ne pas la reconnaître.

— Eh oui, murmura Mikhail, la belle dame qui vous a ramené à l'Athénée-Palace avant-hier soir.

— Parce que vous l'aviez vue ?

Rien, pourtant, ne pouvait plus étonner Damiens.

— C'est un peu mon métier, non ? Allons ! notre pensionnaire est bien gardé !

Toute la superbe de Damiens saisi par les vertiges de l'espionnage amateur garanti bon teint était retombée. Les yeux aussi ronds que ses lunettes rondes, il semblait affolé.

— Mais vous ne croyez tout de même pas qu'elle aussi...

L'ironie de Mikhail fut cinglante.

— Mais comment donc ? Tous ces messieurs-dames font du tourisme, comme vous et moi, voyons ! Vous ne l'aviez pas compris ? Vous ne me croirez pas, mais cet Orient-Express, c'est un vrai train de plaisir.

Damiens serra les poings. Il y avait trop de tendresse dans le souvenir qu'il avait d'Hélène. Une trop belle image. L'étrangère, bien sûr... Celle qu'on ne rencontre peut-être qu'une fois dans sa vie.

— Je vais lui parler, dit-il.

Et il reprit la direction du wagon-bar vers lequel s'était éclipsée avec des mines trop évidentes de conspiratrice mon amie Hélène Petresco dont j'étais à mille lieux de me douter qu'elle ait jamais pu se livrer à semblables divertissements...

Sur le seuil de la voiture pullman, Damiens s'arrêta pourtant, interdit : je vous le répète, ce voyage allait se dérouler au rythme du plus improbable des récits fantastiques. Et ce qu'aperçut le jeune homme en pénétrant dans le wagon fut bien une vision fantastique. Debout devant le bar, Hélène Petresco paraissait en grande conversation avec les trois hommes que Damiens y avait vus dix minutes auparavant. A l'arrivée de celui-ci, pourtant, ce fut un nouveau ballet. Les uns après les autres — et comme s'ils ne faisaient là que poursuivre avec la plus grande aisance du monde une succession de déplacements plus que naturels — les trois hommes s'étaient écartés d'Hélène qui souriait déjà à Damiens en le voyant s'approcher d'elle.

— Eh oui, c'est moi !

Son sourire s'élargissait encore, mais Damiens était sur la réserve.

— Je vous dérange ?

— Pas du tout ! Je demandais simplement du feu à ces messieurs, mais aucun d'entre eux ne paraît en avoir. Auriez-vous du feu, par hasard ?

Elle tendait sa cigarette vers lui — toujours ces sacrées cigarettes à bout doré ! — et Damiens, d'un coup, se trouva désarmé. Oui : il l'avait retrouvée. Semblable à elle-même, désinvolte, souriante. Si parfaitement calme... Et pourtant, à son arrivée, elle avait fait comme si elle ne connaissait pas les trois hommes avec qui elle semblait tellement évidemment avoir partie liée...

Quelques instants plus tard, ils étaient donc assis côte à côte dans les larges fauteuils pullman aux appuis-tête en dentelle et Hélène buvait un verre de thé russe bouillant.

— Je vous l'avais bien dit que l'Europe était toute petite...

Il fallait, bien sûr, que tout demeurât conforme aux apparences et que rien ne fût pas avant tout naturel. Mais Damiens protesta :

— Cette fois, je ne crois plus au hasard !

— Vous avez tort : c'est le seul amant qui ne m'ait jamais trompée. Il m'a toujours été fidèle dans le plus parfait imprévu !

Rien n'avait changé en Hélène, ni son sourire, ni son esprit de repartie.

— Avouez pourtant que votre présence dans ce train...

Le sourire d'Hélène demeura, mais il y eut en elle un imperceptible mouvement, non d'humeur ni d'agacement, mais qui traduisait simplement l'envie d'en finir avec la partie oiseuse d'une conversation qui pourrait devenir ensuite plus que plaisante.

— Voyons, Georges, et vous-même ? Et votre présence dans ce train ? C'est tout de même extraordinaire ! Vous me faites subir un interrogatoire en règle parce que je me trouve par hasard dans l'express de Lausanne, alors que vous-même, si j'en crois ce que vous me disiez l'autre soir, vous devriez être derrière votre bureau à Bucarest ! Alors, je vous pose moi aussi la question, et sur le même ton que vous : que faites-vous dans ce train, Georges ?

Le visage de Damiens se troubla. Il hésita un instant, puis balbutia.

— Je... voyage...

265

Le rire d'Hélène sur cette réplique :

— Parfait ! Vous voyagez, je voyage, nous voyageons. Vous avez vos raisons et j'ai les miennes : essayons alors de voyager ensemble sans nous disputer, voulez-vous ? L'étrangère latino-slave, et le jeune diplomate romantique : vous vous rappelez ? Ça n'avait pas si mal commencé que ça, pourquoi ne pas continuer ?

Elle avait tendu sa main à Damiens qui se détendit brusquement.

— Pourquoi pas ?

La main de Damiens prit celle d'Hélène et la garda.

— Vous avez dit l'autre soir : ailleurs, autrement...

— Qui sait...

Hélène se mit à rire d'un rire qui ne ressemblait à aucun autre... Maria peut-être... Et peut-être que le flirt qui s'était entamé entre elle et Damiens serait entré à ce moment-là dans sa seconde phase si une explosion lointaine n'avait soudain secoué le train, suivi du bruit, beaucoup plus proche, celui-là — métal hurlant, ferrailles crissant à mort — de tous les freins du convoi qu'on serrait.

Hélène s'était presque retrouvée dans les bras du jeune homme.

— Qu'est-ce qui se passe ?

Mais Damiens avait compris.

— Ne bougez pas !

Il s'était élancé vers la voiture 4.

Dans les couloirs du train qui avait fini par s'arrêter, c'était l'affolement habituel en ce genre d'incident. Les cris, les appels, les remarques.

— Un accident ?

Un conducteur en casquette courait le long du ballast.

— Que personne ne descende du train !

Il fallut un certain temps à Damiens pour arriver à sa voiture : devant la cabine 6 Mikhail et un agent de la Compagnie s'efforçaient en vain de pousser la porte.

— C'est bloqué de l'intérieur...

Devant le regard interrogateur de Damiens, Mikhail haussa les épaules.

— Une bombe ! Une bombe à retardement qu'on aura placée à l'intérieur, bien sûr...

Aucun signe de vie ne venait de la cabine : Karavalov ne pouvait qu'être mort.

— J'enfonce la porte ! finit par crier Mikhail.

J'ai dit qu'il pesait cent vingt-cinq kilos. Il prit son élan et la cloison céda : la cabine, aux banquettes bel et bien déchiquetées par une bombe qu'on avait bel et bien posée là, était vide. Partout, seulement des lambeaux d'étoffes et de bagages.

Il fallut un certain temps aux acteurs de la scène pour revenir de leur surprise. Le contrôleur bégayait qu'en gare de Bucarest son collègue l'avait assuré que..., et Mikhail ne paraissait pas le moins interdit. Quant à Damiens, c'est tout juste s'il avait remarqué qu'Hélène se tenait debout derrière lui dans le couloir, silencieuse.

— Nous gardions une cabine vide, murmura-t-il seulement.

Ce fut Mikhail qui réagit le premier. Il se retourna soudain vers Hélène qui souriait, presque ironique.

— Chère madame, je crois qu'il serait grand temps que nous ayons tous les trois une petite explication !

Le sourire d'Hélène s'accentua :

— Vous le croyez vraiment ?

Et elle les suivit dans la cabine numéro 7.

Plus tard, Damiens m'expliqua que, dès le début, Mikhail avait su que la présence d'Hélène Petresco dans le train n'était pas fortuite : d'entrée de jeu, il avait donc attaqué. Dès lors Hélène, qui s'était sentie en accusation, avait contre-attaqué sur-le-champ.

— Je sais que vous allez me dire que vous commencez à trouver curieux de me rencontrer partout sur votre passage. Parce que la femme qui descendait l'escalier dans la maison Hracin, c'était moi aussi. Vous l'aviez deviné, n'est-ce pas ?

Elle se faisait agressive, Hélène : elle ripostait ferme. Mais Mikhail n'était plus d'humeur à plaisanter.

— Cessons de jouer au plus fin, voulez-vous ?

D'ailleurs Damiens lui-même insistait.

— Mon ami a raison, Hélène. Vous devez maintenant nous dire ce que vous faites dans ce train.

J'aimerais bien savoir qui a jamais pu réussir à empêcher Hélène Petresco de sourire lorsqu'elle en avait envie ! Ce fut donc avec la même splendide aisance qu'elle répondit.

— Vous ne l'avez donc pas compris ? Mais je suis la femme

de celui que vous appelez Karavalov, voyons ! Et, comme vous, je souhaite du fond du cœur le voir arriver vivant à Genève. Alors, moi aussi, je surveille...

Je pense qu'au-dedans d'elle-même, Hélène devait rire encore bien davantage qu'elle n'en avait l'air. Parce que, se faire passer pour la femme de Karavalov était tout de même une trouvaille de génie pour qui voyage sans raison apparente entre Bucarest et la Suisse. A moins, bien entendu, qu'elle n'ait dit la vérité et que, plus que quiconque encore, j'aie été sa dupe lorsque je la tenais dans mes bras sur les bords du Léman. Mais cela, bien sûr, Damiens ne pouvait le savoir. Et ce qu'il entendait le laissait médusé.

Mikhail, cependant, n'en capitulait pas pour autant et il poursuivait son interrogatoire.

— Et pourquoi cette cabine vide ?

Mais Hélène avait réponse à tout.

— Précaution supplémentaire, mon ami ! Vous me demandez en effet qui je suis, mais est-ce que me direz vous-mêmes qui vous êtes ? Et si vous me répondez, qui me prouvera que vous me dites alors la vérité ?

C'était sans réplique. Pourtant Mikhail reprit :

— Vous allez quand même nous faire confiance, maintenant, et nous dire où se trouve votre mari.

Mais Hélène eut encore l'un de ces sourires à pousser à bout le plus patient des policiers d'une extrémité à l'autre du Danube.

— Mais non, mon ami... Vous savez bien que je ne vous le dirai pas. C'est ça, la précaution suprême. Que personne ne sache qui est Karavalov. Je n'en démordrai pas. Pourquoi insister ?

Mikhail allait cependant peut-être continuer. Mais le conducteur frappait à la portière pour expliquer que le train repartait mais que la cabine de Damiens avait presque autant souffert de l'explosion que celle du fantôme de Karavalov : il faudrait qu'à partir de maintenant Mikhail partageât son compartiment avec le jeune Français.

— Au fond, remarqua ironiquement Hélène, en manière de conclusion, tout cela ne fait que nous rapprocher davantage tous les trois, n'est-ce pas monsieur ?

Elle s'adressait à Mikhail, manifestement de fort méchante humeur ; aussi pendant les quelques heures qui suivirent, le Serbe allait-il conserver une mine renfrognée et bougonne. Et si Damiens se rendait bien compte, au fond, que son ami n'appréciait guère la situation qui s'était ainsi créée et qu'il regardait

268

toujours Hélène avec méfiance, il était dans le même temps tellement satisfait lui-même de ce « rapprochement » dont avait parlé la jeune femme, qu'il voulait en profiter, et par tous les moyens. Et qu'Hélène ait ou non été mariée ne le dérangeait au fond pas tellement : elle lui paraissait avant tout une femme libre. D'ailleurs, ce mariage avec Karavalov n'était peut-être qu'une alliance d'intérêt. Et puis entre elle et lui, Damiens, il y avait eu cette soirée de Bucarest... Alors, dans ce wagon qui les emportait toujours plus loin sur le chemin de l'impossible, il la regardait, la dévorait des yeux et la faisait parler simplement parce qu'il aimait l'entendre. Mais il eut beau insister, faire étalage de tout le peu de diplomatie − après tout, c'était un diplomate encore bien vert ! − dont il était capable, il ne put obtenir qu'elle lui révélât quel voyageur, dans ce train qui roulait maintenant à travers de vaste plaines jaunes parfois inondées d'eau, était Karavalov.

− Puisque je vous dis que nous sommes là pour le protéger !

Elle avait la même façon de secouer la tête, sans répondre. Ou bien elle parlait d'autre chose. Enfin, lorsque avisant l'un des trois inconnus de Bucarest qui passait à leur hauteur dans le wagon pullman, Damiens tenta une dernière fois de lui faire au moins dire si Karavalov était l'un deux, elle coupa cette fois court à ses tentatives.

− Je vous croyais plus rapide à comprendre ces choses, mon petit Georges. C'est la vie de Karavalov qui est en jeu, et l'assassinat de notre ami Dimitri a été pour nous tous un avertissement. D'ailleurs, vous avez bien vu que votre présence dans le train ne dérange pas nos adversaires. Moins nous serons à savoir qui est Karavalov, mieux cela vaudra pour lui, croyez-moi ! Il a toujours vécu comme cela, pourquoi voulez-vous le faire changer alors qu'il est à deux doigts d'en finir une fois pour toutes avec ce genre d'existence ?

Un peu mortifié par ce discours, Damiens ne savait que répondre, mais Hélène déjà se levait.

− Je suis fatiguée, maintenant, je vais regagner ma cabine.

Elle se pencha pourtant vers lui.

− Ne m'en veuillez pas, Georges, je vous en prie. Nous nous retrouverons vite...

Sa main avait effleuré la nuque du jeune diplomate : nous savons bien qu'il suffit d'un de ces gestes qu'elles ont parfois à notre égard, pour nous faire oublier bien des choses, sinon pour tout leur pardonner...

Ce ne fut que lorsqu'elle eut disparu que Mikhail se leva à son tour et vint s'asseoir à côté de Damiens.

— Alors ? Qu'est-ce que vous en pensez ?

Il interrogeait de nouveau, l'air tout à fait préoccupé, la mine renfrognée.

— Je la crois, bien sûr.

— Moi, je serai moins affirmatif que vous, mais là n'est pas la question.

Et de cela, Damiens avait parfaitement conscience : la question, c'était Karavalov. Ils se retrouvaient l'un et l'autre embarqués dans un train de luxe qui traversait — ou presque — l'Europe dans sa plus grande longueur, pour accompagner et protéger un homme dont ils ne savaient pas qui il était ! Leur situation avait quelque chose de tellement saugrenu que Damiens eut soudain envie d'en rire, mais l'air grave de son compagnon le retint.

— Je pense, poursuivit Mikhail, qu'il ne fait pas de doute que l'un de ces trois bonshommes est Karavalov, et que les autres ne sont là que pour nous donner le change. Mais lequel est-ce...

Comme un écolier pressé d'apporter sa contribution au discours du professeur, Damiens leva la main.

— A moins que Karavalov en soit un autre. Un inconnu qui voyage à notre nez et à notre barbe.

Mikhail haussa les épaules, agacé.

— Ou à moins encore que Karavalov voyage par un autre train ; à moins qu'il soit vraiment mort ; à moins qu'il n'existe pas ; à moins que nous ayons tout rêvé ! Tout est possible, mais dans un premier temps...

Il leva les yeux vers l'extrémité du bar : n'affectant plus en aucune manière de s'ignorer, les trois inconnus de Bucarest étaient désormais réunis autour d'une table et buvaient en silence.

— Dans un premier temps, je vais garder un œil sur mes trois touristes. Vous, vous ne perdez pas de vue Madame Karavalov, si Madame Karavalov il y a. Ce n'est pas pour vous déplaire ?

Georges Damiens hocha la tête : c'était pour lui une parfaite division du travail.

Mikhail n'eut pas grande difficulté à lier connaissance avec les trois hommes. Comme le soir tombait, il commença par s'approcher de la table où ils avaient entamé une partie de poker, et ce fut ensuite avec le plus parfait naturel qu'il leur demanda permission de s'asseoir à leurs côtés.

— Pour moi aussi, le brelan bat la quinte !

C'était une profession de foi ; aussi, d'un geste un peu emphatique, celui que le tzigane du café Central avait appelé Démètre tira pour lui un fauteuil et bientôt ce fut à quatre qu'ils s'offrirent des brelans et des quintes : chacun des trois Roumains savait que Mikhail était là pour les surveiller, Mikhail savait que tous les trois savaient, il ne lui restait plus, cartes en main, qu'à emporter la partie. Et Damiens, qui était revenu dans le pullman après dîner, n'en admira que davantage son compagnon : décidément, Mikhail savait se tirer de toutes les situations ! Mais comme, suivant le conseil de celui-ci, le jeune diplomate se trouvait en compagnie d'Hélène, il était lui-même fort occupé ailleurs.

Commença dès lors la première de ces deux soirées passées dans le train Bucarest-Lausanne dont Georges Damiens devait se souvenir toute sa vie et parler avec une nostalgie un peu tendre, un peu grisée, un peu bleue : il évoquera alors ce qu'il appellera les nuits de l'Orient-Express — de l'Espion-Orient-Express, précisera-t-il — et ce seront, au fil des jours d'une carrière de diplomate modèle qui le verra nommé à la tête de deux ou trois de nos grandes ambassades, une manière de frisson délicieux — celui du souvenir ému — qui le parcourra alors.

Pourtant, cette première nuit fut somme toute banale. Assis à côté d'Hélène qui ne se départissait pas de son sourire amusé mais que l'émotion de son compagnon gagnait peu à peu, il parla. Parla de lui et d'elle. Tandis qu'à quelques mètres d'eux, dans la voiture-bar désormais transformée en tripot et en fumoir, flottaient dans l'air les fumées mêlées, sombres et épaisses, des cigares et des pipes des joueurs, Mikhail et ses trois adversaires gagnaient ou perdaient des sommes considérables dont pas un instant Damiens ne s'étonna de voir son collègue et complice disposer avec une telle aisance.

— Autant pour moi, jurait à intervalles réguliers Mikhail en abandonnant à celui qui paraissait les battre tous — il s'agissait de Démètre, le long ivrogne au visage tavelé du café Central — d'énormes paquets de bank-notes qui semblaient sortir de toutes ses poches.

Démètre et ses amis vidaient verre de tsuika sur verre de vodka mais gardaient un visage impénétrable.

— C'est bon, quand même, d'avoir jeté le masque, remarqua

pourtant Hélène, lorsqu'elle se fut assise dans un fauteuil à côté de lui.

Et Damiens, qui avait tout à fait oublié qu'Hélène s'était dite mariée, acquiesça : oui, c'était bon.

— J'ai l'impression de retrouver enfin la belle inconnue de l'ambassade... De la retrouver vraiment...

La jeune femme se rapprocha de lui : il y avait la chaleur de l'air, ces fumées, l'eau-de-vie de prune qui leur montait à la tête à tous deux.

— Je vous l'avais dit : rappelez-vous, une autre fois, autrement...

Un instant Damiens se souvint qu'il y avait encore quelque part dans le train un inconnu nommé Karavalov, mais Hélène eut un mouvement qui voulait dire : « Oublions-le pour le moment, voulez-vous ? »

— Parlons plutôt de nous, qu'en pensez-vous ? J'ai envie que vous me racontiez quelque chose. N'importe quoi... Une histoire d'amour.

Ne l'oublions pas : les vapeurs de l'alcool et la fumée des cigares, le lent balancement du train — et l'idée peut-être de ce danger dont on sentait obscurément qu'il planait sur eux et que la présence des quatre hommes, à l'autre bout du wagon, symbolisait avec une implacable rigueur : Hélène comme Damiens étaient prêts ce soir-là à oublier beaucoup de choses. Ou bien, encore, à en faire vivre d'autres...

— Une histoire d'amour ? Que vous dire ? L'étrangère et le diplomate, peut-être : nous sommes au fond des silhouettes, des clichés, presque des figures de style...

Il voulait cacher son émotion, Damiens, sous une pirouette amusée, mais pour une fois Hélène semblait ne plus avoir envie de rire.

— Non, Georges. Maintenant, ce n'est plus un roman...

Je l'ai si bien connue, la voix rauque d'Hélène en ces moments-là... Alors brusquement, Damiens se détendit : non, lui non plus ne voulait plus jouer.

— Vous avez raison, Hélène. La seule histoire à raconter, maintenant, c'est celle d'un homme et d'une femme qui se rencontrent dans un train. La femme est très belle ; le monsieur est un peu ému, et ils vont passer quarante-huit heures ensemble.

Ce fut Hélène qui avança la main.

— Il peut en arriver des choses en quarante-huit heures !

Les fumées lourdes et bleues, l'alcool, la nuit et le mouvement du train : la soirée passa pourtant si vite ! Damiens et Hélène se dirent l'un à l'autre ce qu'on se dit en ces moments-là et qu'on n'aurait jamais osé, en d'autres instants, répéter. Elle parla de Genève et je crois bien qu'elle parla de moi : elle a dû m'appeler « un ami » ! Il lui raconta Paris, sa vie, ses espoirs. Il était tant moi-même, Georges Damiens, que j'imagine que, semblable au Paul de Morlay que vous avez croisé dans le premier train de Budapest, il s'inventa des romans qu'il avait écrits lorsqu'il était encore un tout jeune homme, et peut-être que lui aussi chanta le rêve de l'amour unique.

— Elle aurait le visage très pâle, les pommettes hautes et les lèvres très rouges...

Hélène a dû le fixer très droit dans les yeux comme elle savait si divinement le faire, avec cet art qui n'appartenait qu'à elle pour que ni l'un ni l'autre n'ait envie de baisser les yeux.

— Moi aussi, Georges, je suis heureuse de vous avoir rencontré...

Cependant qu'à la table de jeu les brelans et les fulls pleuvaient.

— Ce Démètre a une veine de pendu ! grognait Mikhail qui perdait plus que de raison.

Et Hélène et Damiens se regardaient comme s'ils ne s'étaient jamais vus : je vous le répète, la soirée passa plus vite encore. Que nous pouvons les aimer, au fond, ces femmes que nous ne ferons jamais que croiser dans un train entre Varna et Belgrade, Bucarest et Linz ou Prague. Lorsque la partie de poker enfin achevée Mikhail se leva, il titubait un peu, mais Démètre, le vainqueur aux poches bourrées des gains qu'il avait faits, dut s'appuyer aux cloisons du wagon pour regagner sa voiture. Hélène et Damiens les virent s'éloigner comme s'il s'était agi des habitants d'une planète qui n'était pas la leur : elle et lui, l'espace de cette nuit, vivaient dans un monde qui n'était plus ni celui des espions, ni celui des gendarmes et des voleurs où le sort avait pourtant voulu qu'ils se fussent rencontrés. Enfin : Damiens, au moins, vivait lui dans ce monde-là... Car tenter de préciser jusqu'à quel point Hélène se laissait vraiment emporter par les torrents de la passion serait s'aventurer bien loin...

Vers les deux heures du matin, le jeune homme la raccompagna jusqu'à sa cabine. Quelques instants, Damiens hésita devant la porte, mais elle effleura rapidement ses lèvres d'un baiser...

— Je suis épuisée, ce soir...

En ces temps heureux, la fatigue d'une dame était une raison

273

suffisante pour qu'un vrai gentleman — j'aime ce mot, vous ne trouvez pas ? — n'insistât pas : Georges Damiens se garda donc de lui dire qu'il aurait aimé la suivre à l'intérieur.

Dans la cabine qu'il partageait désormais avec Mikhail, le Serbe, ivre comme un Polonais, ronflait bruyamment, mais un sourire heureux flottait sur son visage : dans son sommeil, le compagnon de Damiens avait retrouvé la belle humeur qui l'avait quitté. Quant à Damiens, il avait le cœur si léger qu'il en avait plus que jamais oublié Karavalov.

Au matin, pourtant, la bouche mauvaise et la tête lourde, les plus sombres pressentiments l'assaillirent. Il avait mal dormi, les ronflements de Mikhail s'étaient poursuivis toute la nuit et puis l'alcool de prune, à la fin, vous donne de redoutables migraines. Bref, Karavalov et le cortège de ses mystères étaient revenus au cœur de ses préoccupations.

D'un pas hésitant, Damiens fit quelques pas dans sa cabine : la couchette de Mikhail était vide mais il s'en félicita, car il aurait été bien incapable de tenir avec qui que ce soit un dialogue cohérent avant d'avoir ingurgité une tasse de thé brûlant ou bu un jus d'orange. Un moment il se planta devant la glace et se gratta longuement la tête comme on ne peut le faire que le matin à jeun, lorsque tout autre geste paraît encore hors du champ des possibles. Puis il vida d'un trait un verre d'eau posé près de la carafe de cristal sur le lavabo et la trouva amère : décidément, le mélange vodka-tsuika ne lui réussissait guère ! Alors seulement il fit une toilette de chat et s'habilla avec des mouvements lents et plus mesurés encore qu'il n'était besoin.

Dans la voiture-restaurant, deux des Roumains avec qui Mikhail avait joué la veille étaient déjà eux-mêmes attablés devant du thé brûlant. Seul manquait à l'appel le long et maigre Démètre, puisque Mikhail également était assis à quelques mètres d'eux et tirait déjà sur sa pipe.

— Eh bien, on ne peut pas dire que vous ayez l'air frais, ce matin !

Sa moustache avait retrouvé l'entrain de son frémissement habituel, comme si la nuit avait eu pour lui un effet diamétralement opposé à celui qu'elle avait fait à Damiens.

— Je me suis couché un peu tard, hier soir...

— Ce n'est pas sérieux, ça, mon cher diplomate. Pas sérieux du tout...

Derrière la faconde habituelle, on devinait pourtant dans le regard de Mikhail que celui-ci était toujours aussi préoccupé. Aussi, lorsque le Français interrogea : « Alors, pour Karavalov, rien de nouveau ? », son compagnon se borna-t-il à hausser les épaules.

– Toujours rien. Le noir absolu. Ou bien le bonhomme est diantrement malin. Ou bien...

– Ou bien ?...

Mais Mikhail n'eut pas le temps d'achever sa réponse : quelque chose était en train de se passer au bout du wagon, qui avait attiré son attention. Un contrôleur s'était approché des deux Roumains et leur avait parlé à l'oreille. Aussitôt, ceux-ci s'étaient levés dans la plus grande agitation. Comme si la nouvelle que venait de leur apporter l'employé des wagons-lits était de la plus haute importance.

– Venez ! dit seulement Mikhail.

Et il entraîna Damiens. C'est alors que, surgie de nulle part, Hélène s'interposa entre eux.

– Ça commence !

Plus que la veille, encore, la voix d'Hélène était ironique... Mais Hélène avait raison : *ça* avait bel et bien commencé. Etendu sur le dos dans la cabine qu'il occupait en queue du train, Démètre avait sur sa chemise blanche de la veille qu'il portait encore une large ouverture rouge à l'endroit du cœur. Dérision : éparpillés sur le sol, il y avait les bank-notes qu'il avait gagnés. Comme si son assassin avait voulu par là afficher le mépris dans lequel il tenait les sordides questions d'argent...

Affolés, les deux Roumains survivants contemplaient le cadavre. Hélène, qui les avait suivis, demeurait impassible : oui, « ça » avait commencé, et il restait encore un peu moins de vingt-quatre heures de trajet jusqu'à l'arrivée du train en gare de Lausanne. Croyez-moi : le train de plaisir devenait le train fantôme...

Il y eut des formalités, le formidable retard que prit le convoi et l'arrêt dans une petite gare de campagne pour faire sortir le cadavre, le long interrogatoire par un officier de police plus croate que nature que durent subir tous ceux des voyageurs qui avaient été en relation avec le malheureux Démètre, et les regards ambigus qu'échangèrent tous les passagers du train entre eux : après tout, il y avait un assassin à bord et nous étions en plein roman à l'Agatha Christie.

Avant que le train ne repartît, Damiens, qui se sentait de plus en plus fatigué — il éprouvait des douleurs de tête et de brusques éblouissements — fit avec Mikhail quelques pas sur le quai de la gare : on avait tué une nouvelle fois, il n'y avait aucune raison pour qu'on s'arrêtât en si bon chemin.

— Et si ce Démètre était Karavalov ? interrogea tout de même Damiens.

Mais Mikhail balaya cette hypothèse d'un geste de la main.

— Si c'était Karavalov comme vous dites, croyez bien que votre belle amie aurait réagi tout autrement. Non, le pauvre type était un sous-fifre, un lieutenant, que sais-je ? Un garde du corps qui n'a pas su se garder lui-même !

— Dans ce cas, qu'est-ce que nous pouvons faire ? Attendre ?

Mais Mikhail se mit à marcher de long en large.

— Attendre ! Attendre quoi ? Qu'on nous descende tous les passagers du train un à un ? Vous en avez de bonnes, vous ! Non, mon vieux : c'est à nous de jouer. Et d'abord, il faut faire parler cette femme. Nous ne pouvons plus rester les bras croisés.

Il allait continuer, lorsque soudain Damiens l'arrêta.

— Je vous demande pardon.

Il s'était appuyé au mur de la petite gare : le train, devant lui, et les voyageurs sur le quai, tournaient.

— Vous ne vous sentez pas bien, mon vieux ? Vous ne m'avez pas l'air dans votre assiette...

Mais Damiens haussa les épaules.

— Ce n'est rien. Ça va mieux...

Et c'était vrai que cela allait mieux déjà. La sueur pourtant qui coulait de son front l'inondait encore.

— Montons, voulez-vous ?

Ils se retrouvèrent dans la cabine numéro 7. Mikhail tendit un verre d'eau à Damiens.

— Buvez. Ça vous fera du bien.

Un instant, Damiens demeura immobile, son verre à la main, comme s'il réfléchissait.

— Et si au fond tout n'était pas mieux comme ça ? Est-ce que nous ne protégeons quand même pas davantage Karavalov en ignorant qui il est ?

Mikhail ne répondait pas. Il regardait son compagnon, l'air soucieux.

— Mais vous devez avoir raison, reprit Damiens, je vais parler tout à l'heure à Hélène. Mais d'abord, je dois me reposer un peu.

Et d'un coup, il vida le verre qu'il tenait à la main.

276

La journée était fort avancée lorsque l'express repartit enfin : on avait télégraphié à Ljubljana où deux inspecteurs de police yougoslaves montèrent à bord pour poursuivre leur enquête et aucun passager ne fut autorisé à quitter le train. Cependant, après avoir dormi deux bonnes heures, Damiens s'était réveillé dans un état de fatigue plus marqué encore que le matin. Il avait en vain cherché Hélène dans toutes les voitures pour apprendre enfin qu'elle était enfermée dans son compartiment et qu'elle avait exprimé le souhait qu'on ne la dérangeât pas. En désespoir de cause, le jeune diplomate était revenu s'étendre dans sa cabine mais les deux comprimés d'aspirine qu'il avait avalés coup sur coup avec encore deux verres d'eau n'avaient pas calmé son malaise. Quant à Mikhail, il avait repris sa partie de poker avec les deux Roumains survivants : plus que jamais, les trois hommes se surveillaient.

Lorsque Damiens fit son entrée dans la voiture pullman, un peu avant l'heure du dîner, il se vit soudain confronté à une hallucination : c'était comme si rien ne s'était passé. Quelques heures auparavant un homme avait été découvert assassiné et, cette deuxième nuit, chacun avait repris ce qui était déjà devenu des habitudes : qui au bar, qui devant ses magazines, qui à la table de jeu. Hélène elle-même, assise dans le fauteuil qui était devenu un peu le sien, en milieu de voiture, fumait une cigarette à bout doré, et le fait que tous les voyageurs se fussent habillés pour le soir — robes longues, habits et cravates blanches — accentuait encore l'aspect irréel, décalé de toute la scène. Au fond, Damiens pénétrait dans une manière de musée de cire où tous les personnages de ses rêves et de ses cauchemars étaient rassemblés, comme figés dans l'attitude qui leur était la plus familière, mannequins empesés d'un Grévin de carton qu'on aurait posé sur des rails...

Peut-être que nul n'aurait remarqué son arrivée si un brusque mouvement du train ne l'avait soudain presque renversé contre le bar.

— Venez vous asseoir ici !

Hélène s'était levée et était venue vers lui : ni Mikhail, ni ses compagnons de jeu n'avaient bougé. C'était le géant blond du bordel de la maison Pavlica qui gagnait maintenant. La sous-maîtresse avait prononcé son nom : Ionica.

— Vous êtes livide, Georges. Qu'est-ce qu'il vous arrive ? Vous avez l'air malade, s'inquiétait Hélène.

Une sorte de nausée envahissait en effet Damiens. Il fit pourtant un effort pour aller jusqu'au fauteuil à côté de celui qu'occupait Hélène et il s'y laissa tomber.

De vagues murmures lui parvenaient, des éclats de voix : celle de Mikhail qui jurait encore parce qu'il perdait, celle d'un autre homme, qui parlait russe. Mais aussi la voix d'Hélène, penchée au-dessus de lui, qui continuait à s'inquiéter.

– Vous devriez aller vous coucher...

Mais il fit un geste pour refuser : la seule idée de se retrouver seul dans son compartiment le terrifiait. Et puis, lentement, à mesure que la voiture et ses occupants lui semblaient davantage tourbillonner autour de lui, il avait le sentiment de plus en plus précis que quelque chose était en train de se passer. Quelque chose contre quoi il lui fallait lutter. La main d'Hélène se posa sur son front.

– Pourtant, vous n'avez pas de fièvre.

Mais il s'agrippa à elle.

– Ne me quittez pas...

Il avait parlé à haute voix, sans s'en rendre compte. Le barman, un gigantesque Anglais à la moustache rousse, allait et venait entre les fauteuils pullman, la plupart des voyageurs – ces mannequins empesés – avaient gagné la salle à manger et personne, absolument personne, ne semblait prêter attention à lui.

Soudain il se redressa.

– Je ne veux pas !

Le regard de Mikhail était dirigé vers lui, immobile, glacé...

– Qu'est-ce que vous ne voulez pas ? répondit Hélène, en écho.

Il ne s'était pas rendu compte que, cette fois encore, il avait presque crié. Il retint seulement la main de la jeune femme, plus fort encore, dans la sienne, puis il lui sembla que, pendant quelques secondes – les fumées lourdes, les odeurs qui flottaient dans la voiture, l'alcool – il avait perdu conscience. Subitement il rouvrit les yeux. Mikhail se tenait devant lui, deux verres de vodka à la main.

– Buvez ça. Ça vous requinquera.

Le Serbe jovial avait désormais le regard tout à fait glacé. Mais les deux Roumains, qui s'étaient arrêtés de jouer, avaient le même éclat de lame nue dans les yeux. Comme si tous, tous avaient été de mèche, et tous contre lui.

– Mikhail a peut-être raison, buvez..., était en train de suggérer Hélène.

Tous de mèche, contre lui et contre Karavalov, même Hélène.

Il repoussa sa main, et ses yeux se fermèrent de nouveau : dans un immense déploiement de vases de Gallé et de rideaux à pompons, la voiture-bar, le train tout entier prenaient leur envolée vers une masse mouvante de nuages bleus et blancs qui s'ouvrirent pour le laisser passer.

— Emmenez-le, murmura Hélène.

Lorsque Damiens se réveilla, sa cabine — car il était de nouveau étendu sur sa couchette — était plongée dans l'obscurité la plus totale. Immédiatement, et malgré la torpeur qui l'avait envahi quelques heures auparavant — mais était-ce bien quelques heures ? — il retrouva tous ses esprits. Il se redressa et alluma la veilleuse placée à la tête de son lit. Posé à côté de lui, il y avait un petit carré de bristol, la carte d'Hélène avec quelques mots griffonnés à l'encre violette : « Dormez. Je viendrai aux nouvelles demain matin. » Sa veste d'habit simplement accrochée à un porte-manteau, il était tout habillé.

Il se redressa complètement et consulta sa montre : il était trois heures du matin et une soif horrible le tenaillait. Alors il tendit l'oreille : aux balancements accélérés du train, il se rendit compte que celui-ci roulait à grande vitesse, selon toute vraisemblance pour rattraper la longue halte dans la petite gare yougoslave. Parfaitement réveillé, il se leva pour boire. C'est à ce moment qu'il remarqua que la couchette de Mikhail n'avait pas été défaite.

Il avançait la main vers la carafe de cristal lorsqu'il lui sembla entendre un cri, quelque part, très loin, presque perdu dans le fracas du train. Une seconde, sa main demeura suspendue au-dessus de la carafe puis, n'entendant plus rien, il se versa un verre et le porta à ses lèvres. La même amertume que la veille. Il allait pourtant vider le verre tant il avait soif, quand des coups violents retentirent à sa porte.

— Ouvrez ! Ouvrez vite, criait une voix d'homme. Hélène !

D'un bond, il fut à la porte et l'ouvrit. Dans le couloir se tenait le grand blond de la maison de Pavlica, mais il ne semblait plus du tout disposé à crier « Vive la France ». Les cheveux en désordre, le col ouvert, Ionica haletait.

— Venez vite. C'est Hélène. Il y a un homme dans sa cabine !

Un bond encore, et Damiens était dans le corridor : le dénouement approchait. En une demi-minute, les deux hommes se retrouvèrent devant la porte du compartiment d'Hélène.

— On n'entend plus rien, souffla le Roumain, mais tout à l'heure elle criait.

Il avait posé sa main sur la poignée de la porte qui résistait. Mais Damiens avait bien retrouvé toute sa présence d'esprit.

— Il faut chercher le conducteur. Tout de suite.

C'était le dénouement en effet. Le conducteur arriva et prêta son passe à Damiens qui pénétra dans la cabine voisine de celle d'Hélène où une vieille dame, affolée par le bruit qu'elle avait dû entendre, le regarda, terrorisée.

— Prenez quand même ça, lui glissa le Roumain en lui faisant passer un revolver qu'il avait tiré de sa poche.

Et le conducteur, qui avait compris ce qui se passait, expliqua que dans quelques minutes, on allait arriver à un tunnel.

— Vous n'aurez qu'à profiter du boucan que ça fera là-dessous...

Pendant les quelques minutes où il a attendu le bruit que devait faire le train sous le tunnel pour faire irruption, une arme à la main, dans la cabine d'Hélène, Georges Damiens — il me l'a raconté — comptait le nombre de rails que franchissait le train.

— En fait, j'étais sûr de retrouver Hélène morte, devait-il encore m'expliquer.

C'est au cent septième rail que le train a pénétré sous le tunnel. A ce moment précis, Damiens tournait le passe du conducteur dans la serrure de la porte de communication entre les cabines 3 et 4 de la voiture numéro 7.

Pendant quelques secondes, il ne se passa rien. Hélène était bien dans la cabine, mais elle était toujours vivante. Elle se tenait accroupie, recroquevillée sur elle-même, à l'extrémité de sa couchette. Devant elle, il y avait la silhouette massive d'un homme. Mais Damiens ne tira pas tout de suite — abattre un homme dans le dos, ce n'est pas du tout dans les habitudes du Quai ! — et cela faillit lui être fatal.

— Laisse tomber ton revolver, diplomate !

L'homme s'était retourné, armé lui-même et prêt, lui, à tuer. Et l'homme, bien sûr, c'était Mikhail.

— Désolé, diplomate, reprit Mikhail.

Damiens avait laissé glisser son revolver à terre et, au visage de Mikhail — une ombre, seulement une ombre qui traversa son regard — il comprit que le Serbe allait tirer. Il ferma les yeux et la détonation retentit, assourdissante, à lui faire éclater la tête, au moment précis où le wagon sortait du tunnel.

— C'est fini, dit une voix.

Il rouvrit les yeux : non, il n'était pas mort. C'était Mikhail qui avait glissé à terre, exactement comme son revolver à lui : sans bruit. Et Hélène se tenait à genoux sur son lit, avec à la main un petit revolver qu'elle avait tiré de dessous son oreiller.

— Désolé, Mikhail..., murmura Damiens.

Ce n'est qu'après avoir bu coup sur coup deux vodkas qu'Hélène expliqua à Damiens ce qui s'était passé. A la table voisine, le grand blond de chez Pavlica et le petit maigre de la maison Hracin poussaient innocemment des dominos.

— Depuis le début j'avais soupçonné l'un de vous... Mikhail ou vous...

Elle parlait en chef, en maître. Froidement. Même si, derrière l'ironie, il y avait la même tendresse.

— Des informations, une rumeur... Je savais que l'un des deux convoyeurs de Karavalov n'était pas sûr. Alors j'ai demandé à mes trois amis de surveiller votre Mikhail, et moi j'ai décidé de m'occuper de vous.

Il y eut un petit silence : on aurait dit qu'elle s'excusait.

— Je ne pouvais pas savoir, n'est-ce pas ? Et puis, voilà que Mikhail a décidé, lui, de s'occuper de moi.

Georges, qui buvait du café très fort, la regardait à travers ses lunettes dont un verre était cassé : à quel moment l'avait-il brisé ? Il n'en paraissait que plus naïf, que plus ébahi. Lentement il se remettait de ce que le Serbe avait dû lui faire absorber — mêlant quelle poudre au contenu de sa carafe ? — pour avoir lui-même les coudées libres.

— Mais Karavalov, ce n'est tout de même pas vous !

Tout, après tout, était possible... Et il aurait été pour le moins piquant pour moi que l'homme que j'avais envoyé chercher à l'autre bout de l'Europe fût précisément la femme qui dormait presque tous les soirs dans mon lit ! Mais Hélène se mit à rire :

— Non, Georges, tout de même pas. Karavalov est mort, et bien mort. Mais pas hier, ni avant-hier, et pas d'un accident de voiture ni d'une rafale de mitraillette. Non, il est mort voilà trois ans, d'une simple crise cardiaque. Mais les mythes ont la vie dure, aussi mes amis — ses amis et moi — nous avons préféré le laisser vivre. L'homme sans visage... Ce n'était pas très difficile.

Il fallut encore une tasse de café à Georges Damiens pour se persuader d'avoir bien compris. Et pourtant le reste coulait de source : Hélène, qui n'avait jamais été la femme de Karavalov mais l'une de ses amies − sinon *son* amie − avait pris la tête des affaires qu'il dirigeait de son vivant et lui avait en quelque sorte succédé. Et c'est parce qu'elle sentait que la vérité allait finir par transpirer qu'elle avait décidé de prendre les devants et de témoigner devant la Commission de Genève dont elle connaissait plus ou moins les travaux puisque c'était à Genève même − voire parfois dans les couloirs où l'on parlait éperdument de la paix du monde − qu'elle vendait à tout un chacun ses armes de guerre.

− Vous voyez, tout est simple au fond : il faut seulement essayer de vivre. Alors, le compte en banque et le passeport suisse, c'était la meilleure façon pour moi de tirer mon épingle du jeu. Et puis, l'Europe devient trop petite. Je me dis que, quelque part entre Rio et Santiago du Chili, on doit pouvoir voir les choses à une autre échelle...

Elle souriait : ses lèvres avaient la forme d'une cerise écarlate. Jamais sa peau n'avait été plus claire.

− Vous ne m'en voulez pas ?

Comment Damiens aurait-il pu lui en vouloir ? Comme moi, il avait été dupe. Mais ne sommes-nous pas, d'une manière ou d'une autre, tous dupes d'elles ? Dupe de Maria, dupe d'Antonella, jusqu'à Jean Ledoyen qui avait été dupe de Jenny.

− Vous ne m'en voulez pas ?

Il lui prit la main et cette fois ne la lâcha pas.

− Vous savez bien que non !

Ce fut Hélène alors qui l'entraîna :

− Est-ce que je peux finir la nuit dans votre cabine ? Je ne me sens pas d'humeur à partager la mienne avec le corps de votre ami !

A sept heures trente environ, Georges Damiens se réveilla. Il n'avait dormi que quelques instants, mais il se sentait parfaitement dispos et heureux. Calme et léger. Allongée contre lui, il y avait Hélène. Les jambes, le visage, les seins d'Hélène : je ne peux pas en vouloir au pauvre Damiens, il avait bien mérité cela.

Hélène se réveilla à son tour. Pendant quelques secondes, elle s'étira, tendre et offerte, caressante. Puis brusquement, elle se redressa !

− Sept heures quarante-deux ! Seigneur ! Nous arrivons dans dix minutes !

Hélène avait raison − Hélène a toujours eu raison − le train avait rattrapé son retard et son mécanicien avait mis un point d'honneur à être à l'heure : il entrerait bien en gare de Lausanne dix minutes plus tard. En un instant, Hélène fut debout, en deux, elle était habillée, en trois, maquillée : Georges Damiens, lui, ne savait plus très bien où il en était ni surtout à côté de qui il se trouvait. Veuve ou Mata-Hari, marchande de canons ou ardente amoureuse. Pourtant il fit un louable effort.

— Je vous ai déjà posé cette question, le premier soir : est-ce que nous nous reverrons ?

D'un trait de pinceau, Hélène parachevait la forme pourtant parfaite de sa bouche.

— Bien sûr...

— C'est aussi la réponse que vous m'aviez faite la première fois. Mais si, après votre audition devant la commission, vous partez pour l'Amérique du Sud...

Elle se retourna vers lui : sa voilette posée sur le visage, elle était redevenue la dame en noir de la maison Hracin.

— Je vous l'ai dit : le monde est minuscule ! La preuve ? Ils sont déjà deux, ces messieurs Hitler et Mussolini, à croire qu'on peut le tenir dans le creux d'une main !

Damiens voulut rire :

— Vous me faites peur, Hélène.

Mais Hélène, elle, ne riait pas.

— Mais j'ai peur, Georges, et pas seulement de mes clients ou de collègues marchands de canons dont j'ai emmêlé les fils des petites combines. J'ai peur de beaucoup plus que cela. C'est pour cela que je fuis...

Il est sept heures cinquante, le train entrait en gare de Lausanne. Sur le quai, Lucien Maurice, de la Sûreté suisse, et Lukàs, le Yougoslave, attendaient Damiens. Celui-ci alla droit vers eux et leur parla à voix basse. Je savais bien que Karavalov arriverait par ce train, mais Hélène ne m'avait pas prévenu de son retour à elle, aussi n'étais-je pas là pour l'accueillir.

Moelher, le chef de la délégation allemande, était en train de se raser lorsqu'il apprit la nouvelle de la mort de son agent — d'ailleurs le vrai Mikhail Kangalovich, ou celui qui se faisait appeler par ce nom, ne valait guère mieux puisqu'il gisait par cinq mètres de fond au milieu de la Vistule — et dans le mouvement d'humeur qu'il en eut, il s'entailla la joue : il ne devait pas survivre à la nuit des longs couteaux.

Devant la gare de Lausanne, une voiture attendait.

— Je crois qu'il vaut mieux que nous nous séparions ici, murmura Hélène.

283

Damiens tenait son bras. Et c'est lui qui répondit d'une voix très basse.

— Qui sait ? Peut-être qu'un jour, autrement...

Avec ses lunettes cassées, il avait l'air d'un écolier en rupture de collège.

— Au revoir, Georges...

Hélène était déjà partie. Deux heures plus tard, elle m'expliquait elle-même ce qui s'était passé : comment aurais-je pu lui en vouloir d'avoir joué les Karavalov — fût-ce dans les bras d'un collègue plus jeune que moi de vingt ans ? — puisque dès le surlendemain c'est elle qui apporterait devant notre commission le témoignage de Karavalov ?

Et trois jours après, tandis que le bateau d'Hélène quitterait Marseille pour Buenos Aires — les comptes en banque suisses sont aisément transférables dans toutes les parties du monde —, Moelher et toute la délégation allemande quitteraient tout à la fois la S.D.N. et la Commission sur la limitation des armements.

Nous entrions dans une autre ère, mais si le temps des dupes ne faisait que continuer, nous étions quand même quelques-uns de plus à le savoir.

— C'EST vrai, murmura l'ambassadeur, qu'à partir de ce moment-là, plus rien n'a été pareil.

Mais Lise Bergaud avait soudain envie de rire : la façon dont Paul de Morlay s'était peint lui-même au cours de cette aventure – ou plutôt : de cette mésaventure – l'amusait. Morlay en cocu, c'était plutôt cocasse.

– Vous ne vous prenez jamais au sérieux, n'est-ce pas ?

L'ambassadeur, qui paraissait maintenant plongé dans des pensées plus graves, haussa les épaules et sourit.

– Jamais, non ! Lorsqu'ils le méritent vraiment, je peux quelquefois prendre les autres au sérieux : c'est déjà assez fatigant !

Puis, se penchant vers Lise, il ajouta encore :

– Ainsi vous, je vous prends au sérieux. Terriblement au sérieux. Peut-être justement parce que je ne sais rien de vous...

Une fois de plus Despinette ou Barberine arrivait sous la galerie ouverte sur le jardin avec du thé ou du chocolat – « comme il est bon, mon chocolat ! » – et Lise se rendit compte que l'ambassadeur disait vrai. Jamais – ou seulement en passant, comme cela, sans y attacher d'importance – elle n'avait parlé d'elle. Il y avait eu ce Michel X. ou ce Daniel Y. qui l'avaient quittée : leurs noms mêmes n'avaient pas été prononcés. Tout occupée – trop occupée – à écouter parler l'ambassadeur, elle en avait oublié pendant cinq semaines qu'elle aussi aimait parfois à se laisser aller : simplement raconter ce qu'elle ressentait et qui elle rencontrait. Mais Paul de Morlay bougonna :

– C'est vrai que je suis un trop vieil égoïste, maintenant, pour savoir vraiment écouter...

Ce fut Lise qui protesta : tout ce que l'ambassadeur avait pu

285

jusque-là lui dire sur tous ceux qu'il avait croisés, témoignait, ô combien, du contraire.

— Je crois que c'est moi qui, pendant cinq semaines, ai tout oublié...

Jusqu'aux Michel X. ou aux Daniel Y. Jusqu'à cet éditeur pour le compte de qui elle avait pourtant entrepris d'écrire ce livre qui s'acheminait vers son terme à une vitesse si vertigineuse qu'elle en était depuis quelques soirs épouvantée : eh oui, il lui faudrait rentrer. Retrouver Paris, le reste... Elle ferma les yeux.

— Tout ce que j'aurais pu vous raconter vous aurait paru bien terne !

Elle voulait dire : bien gris, trop simple à côté des récits hauts en couleur qui ont été les vôtres, auprès de ces noms, de ces villes, de ces morts violentes et de ces inconnues aux voilettes de soie égarées dans les couloirs de tous les chemins de fer du monde... Et puis, après une Hélène, après une Antonella, peut-on seulement parler des Michel et des Daniel, ou à plus forte raison des Vincenzo ?

— J'aimerais pourtant que vous me racontiez...

Parce qu'il ne l'avait pas perdue, Paul de Morlay, cette dévorante envie d'écouter... Ce besoin de comprendre, cette soif aussi de donner, qui est peut-être le plus secret privilège de qui sait vraiment écouter. Alors, et pour la première fois, Lise Bergaud s'est renversée en arrière dans un fauteuil de rotin et c'est elle qui a parlé. Sa voix était sourde : un murmure, une musique fredonnée, une fontaine qui chante. Autour d'eux, dans le matin très clair et ce jardin dont une brume presque opalescente enrobait encore les contours les plus flous des arbres les plus lointains, il y avait les allées et venues, régulières, obstinées d'un jardinier qui taillait les dernières roses. Vieil homme au tablier bleu dont le visage, buriné par l'âge, était le double mais doublement marqué de rides et de plis de celui de Paul de Morlay. Un peu plus tard, Despinette qui reviendrait sur la pointe des pieds pour remporter son plateau au chocolat crémeux. Des odeurs aussi dans le jardin : le chocolat, donc, et les dernières roses, mais aussi les fumées des feux de feuilles mortes qui montaient vers l'horizon. Et, penché en avant, Paul de Morlay écoutait.

— Mon père..., avait commencé Lise.

Ce qu'elle a raconté, c'était sa vie, bien sûr, mais aussi et à la fois celle de Stéphanie, et celle d'Antonella. La même ardeur, la même hardiesse, la même jeunesse — mais sans la mort au bout de cette jeunesse-là, car on était en un temps où la mort de tout un peuple, c'est à l'autre extrémité du monde qu'on la lisait dans un journal.

— Mon père...

Lise Bergaud a parlé de son père, figure de l'absent, qui a hanté son enfance ; de sa mère, pressée comme peuvent l'être les femmes seules ; de ses premières amours ; d'une camarade de lycée aussi, qu'elle avait tendrement aimée...

— Mon père...

De ce père, surtout, qui revenait parfois d'Amérique ou de l'extrême Asie, souriant et les bras chargés de cadeaux, pour repartir tout aussi vite aussi souriant vers quelle Océanie ?

— Lui aussi était sans âge...

Elle voulait dire que son père, voyageur, homme d'affaires, espion de haut vol ou pilote de ligne — cela importait peu —, avait toujours gardé le visage qu'il avait eu lorsqu'à trente ans, pour la première fois, il s'était penché sur elle. Un jeune homme encore qui, père, ne pouvait vieillir. Et Paul de Morlay sentait ressurgir en lui les plus anciennes tendresses. « Au fond, se dit-il, c'est peut-être parce que moi non plus je n'ai jamais eu de fille que j'ai toujours cherché à les dénicher, ces gamines... »

— Mon père..., continuait encore Lise.

Dans l'ombre fraîche de la villa, les bras croisés derrière un rideau de voile, Eugenio, le jeune chauffeur, écoutait. Mais lorsque Lise s'arrêta de parler, l'ambassadeur se tut longtemps. Le visage qui s'était peu à peu dessiné sous le masque de gaieté un peu vive mêlée d'extrême douceur de Lise — et derrière sa volonté farouche de faire, de créer, d'exister — était celui d'une enfant. Vulnérable, mais violente ; fragile, mais têtue. D'une enfant qui, toute sa vie, avait cherché une forme de repos, un havre de grâce, un port où s'arrêter quelques jours, poser la tête sur une épaule et simplement fermer les yeux.

— Jamais je n'aurais cru qu'un automne puisse être aussi beau et durer aussi longtemps que celui-ci..., dit-elle enfin.

Et si, pendant les quelques semaines qui venaient de s'écouler, celles encore qu'il lui restait à passer là, la villa de Paul de Morlay dans cette Vénétie suspendue dans l'automne avait été ce port, ce havre de paix ?

— Vous savez que vous pouvez rester ici aussi longtemps que vous le voudrez, lança enfin l'ambassadeur.

Elle ne répondit pas tout de suite. Il se leva alors et la regarda, les yeux de la jeune fille étaient remplis de larmes.

— Je suis heureuse ici, dit-elle seulement.

Eugenio, le chauffeur au visage d'ange trop beau, s'en alla sur la pointe des pieds : peut-être que lui, et lui seul avait déjà deviné. Et c'est l'après-midi de ce même jour qu'il les conduisit enfin à Venise.

— J'ai voulu attendre un peu avant de vous emmener ici, remarqua l'ambassadeur lorsqu'il se retrouva en compagnie de Lise dans l'un des petits salons intérieurs du café Florian.

Sur les murs de verre peint, des déesses du siècle passé épelaient des rubans de fleurs aux pieds d'autres déesses qui souriaient béatement.

— J'ai voulu attendre, car c'est avec Stéphanie que je suis venu ici même pour la première fois, au lendemain de la guerre — la première ! — et que, depuis, le Florian c'est un peu sacré pour moi, vous savez...

En face d'eux et à mi-voix, comme dans une alcôve d'indifférence, un couple semblait se disputer, un autre paraissait s'aimer.

— Je suis pourtant revenu une autre fois encore au Florian, après ce séjour à Venise où j'avais croisé Antonella. C'était en 1938 et cette fois tout était vraiment en place pour que le drame commence.

Paul de Morlay ferma les yeux : assis devant une table à ce même Florian en un mois de mars 38 d'avant le déluge, il était passé à Venise entre deux conférences inutiles, il buvait un café glacé et les journaux, devant lui, chantaient la gloire des boucheries à venir, fraîches et joyeuses.

Le 26 août précédent, Santander était tombé aux mains des rebelles franquistes et, en septembre suivant, Mussolini avait été accueilli à Berlin dans un délire d'enthousiasme : chacun poussait ses pions. Le 5 novembre, Hitler avait annoncé son intention, sans équivoque possible, de rattacher au Reich les minorités allemandes et Shanghai avait cédé deux jours plus tôt devant les troupes japonaises. Mais on fermait encore les yeux. En décembre, et pour s'assurer des coudées franches, l'Italie avait à son tour quitté la S.D.N. et le 12 février 1938, enfin, Hitler avait convoqué le chancelier autrichien Schuschnigg dans son nid d'aigle de Berchtesgaden : sous la menace, le malheureux successeur de Dollfuss assassiné avait dû accepter de nommer au poste de ministre de l'Intérieur le nazi Seyss-Inquart contre la promesse que lui avait faite l'Allemagne que l'indépendance de Vienne serait respectée.

— Mais Mussolini avait accordé tout son appui aux nazis autrichiens pour que l'opération d'annexion de l'Autriche puisse se faire sans heurts et, sur la place Saint-Marc, ce jour de

1938, des foules exaltées acclamaient le nom du Duce, murmura l'ambassadeur.

L'Espagne, la Mandchourie, l'Ethiopie, bientôt la Tchécoslovaquie et, à ce moment précis, l'Autriche : avec une vertueuse résignation, les démocraties acceptaient chaque fois le pire.

— Bientôt, on acclamerait Daladier revenant de Munich et l'homme d'Etat français saurait bien traiter de c..., à sa descente d'avion, ceux qui croyaient qu'avec son collègue Chamberlain il avait acheté la paix.

A ce souvenir, Paul de Morlay frissonna.

— Cependant, sur la place Saint-Marc...

Sur la plus belle place du monde, les bourgeois de Venise paradaient toutes bannières au vent en ce jour de mars 1938, entre la piazza et la Piazzetta : ils croyaient dur comme fer que Dieu comme le droit étaient de leur côté.

— Moi, dans mon alcôve du Florian, j'étais seul. Et j'avais peur. Et plus les foules braillardes, plus les soldats déchaînés acclamaient un drapeau qui, aux côtés de celui du Reich, allait bientôt traîner dans le sang de l'Europe entière, plus je sentais la colère m'envahir : d'un seul coup, cette place et les souvenirs qui y étaient pourtant attachés, le café Florian lui-même, me devenaient odieux. Alors je me suis levé, j'ai fendu la foule qui ne me voyait pas et je suis rentré dans mon hôtel. Je haïssais Venise comme jamais de ma vie je n'avais haï une ville : comme une femme, peut-être, qui vous a trompé.

C'était le moment précis où les troupes allemandes franchissaient la frontière de l'Autriche et où Jane Belloc, l'héroïne de l'histoire dont Lise allait maintenant écouter l'aventure, regardait passer par wagons entiers la masse compacte des soldats en armes, casqués de vert-de-gris et armés jusqu'aux dents. Elle les regardait parfaitement indifférente.

— Je vais quand même vous parler de Jane Belloc, a murmuré l'ambassadeur.

Comme une volée de feuilles mortes, mille pigeons d'un coup s'étaient abattus sur la place.

5

Jane

1938

E N contrepoint de ce qui se déchaînait de larmes et de sang en Europe, le récit que mon vieil ami Robert Miles m'a fait de la passion de Jane Belloc est aussi une histoire de larmes, peut-être même de sang — qui sait vraiment comment elle s'est achevée, cette histoire ? — mais sous le signe du doux-amer et du sourire qui naît quand même derrière le rideau de larmes... Une histoire banale, au fond, sans meurtrier ni assassin, cette fois, à peine des gendarmes et des voleurs, mais qui a su m'atteindre beaucoup plus profondément que bien d'autres mélodrames plus sanglants, car son héroïne — cette Jane Belloc, donc — est l'image même de ces personnages touchants qui, de crainte d'être blessés, traversent la vie presque furtivement, et n'en sont que davantage meurtris.

— Elle était l'archétype de la future vieille demoiselle anglaise comme il en éclôt chaque année des centaines, sur les bords de la quarantaine, entre Edgware et Putney, Harrow et Streatham ou Croydon..., devait d'abord me dire Robert Miles, qui se doutait bien que ce qu'il me racontait ne pouvait qu'exciter mon intérêt.

Mais parlons d'abord de Robert Miles lui-même, car lui aussi représentait presque un stéréotype de certains personnages caractéristiques d'une société britannique toujours vivante. Un peu à la manière de Peter Charley, il était « le » professeur. Mais si Charley avait des allures de Nimbus aux lunettes rondes comme celles de ce brave Georges Damiens et à la tête toujours perdue dans les nuages, Robert Miles, lui, avait les deux pieds résolument posés sur terre.

Je l'avais rencontré lors d'un voyage à Londres : lui et moi nous nous étions trouvés nez à nez dans une vieille bouquinerie de Russell Street, près du British Museum, sur la même édition de l'amusant *Fêtes et Courtisanes de la Grèce,* dont le titre est à peine plus coquin que le grave contenu mais dont le quatrième volume contient une « Vénus callipyge » des plus délicieuses. Je vous le montrerai peut-être un jour...Mais comme Miles et moi avions l'un et l'autre envie de ce livre, nous avons bien failli nous écharper : le plus courtoisement du monde puisque tout cela s'est achevé devant une pinte de bitter dans un pub voisin et que nous en sommes revenus d'excellents amis. Depuis, d'ailleurs, nous n'avons cessé d'échanger les adresses de nos librairies dans la plus parfaite harmonie, et Robert Miles est devenu un spécialiste des cultes priapiques grecs et hellénistiques, tandis que moi, j'étais nommé deux ans après ambassadeur à Athènes : nous étions faits pour nous croiser, si bien que tous les deux ou trois ans, à intervalles presque réguliers, nous nous sommes retrouvés. Et cela pendant plus de quarante ans. Sa pipe entre les dents et le gros tweed de ses complets-gilet, Robert Miles n'a guère changé. Je le crois *docteur honoris causa* de dix ou douze universités mais il était célibataire et l'est resté.

— Et pourtant cette Jane Belloc, vois-tu, aurait pu me faire changer d'idée...

Mais Jane Belloc et Robert Miles, pour s'être aperçus dans un train et avoir fait un bout de chemin ensemble, n'étaient pas faits pour se rencontrer parce que trop faits, au fond, pour se croiser.

— Et pourtant, cette Jane Belloc...

Elle avait trente-sept ans à l'époque où elle a traversé nos vies. Je veux dire : celle de Miles, et la mienne qui s'en fait un moment le reflet. Trente-sept ans et une chevelure de blonde pâle qu'elle ramenait de part et d'autre du visage en larges bandeaux sages. Un camarade de collège, un jour, lui avait dit qu'elle ressemblait à Charlotte Brontë : depuis, elle avait cultivé la ressemblance et, vieillie avant d'en avoir tout à fait l'âge, elle avait eu la chance de s'arrêter là. Pendant vingt ans elle aurait, ensuite, aux yeux de ceux qui la rencontreraient, cet âge indéfinissable qui tourne autour de la quarantaine un peu passée. De maquillage, elle n'en portait pas, mais elle se poudrait seulement le visage : cette odeur de poudre de riz qu'elles ont, ces créatures à la fois diaphanes et un peu carrées qui hantaient jadis les salons de lecture, aujourd'hui les expositions et les clubs de vacances. On les devine d'autant plus mal à l'aise dans leurs jeans qu'elles affectent souvent de s'y sentir si bien ! Avec de ces airs de garçon manqué qui cachent des parterres, des gazons, des prairies entières d'idées fleurs bleues.

Jane Belloc était bien de cette race-là. Sa mère enseignait le français dans un collège de jeunes filles dont elle avait épousé le vicaire du village, quelque part entre Lewes et Brighton, dans le Sussex. Elle lui avait appris l'amour de Stendhal et celui de Henri de Régnier et, comme elle, Jane Belloc haïssait Maupassant ou Zola, qu'elle trouvait vulgaires. Et puis elle chantait : toute la musique française, de Duparc et Fauré à Satie qu'elle prenait bien sûr trop au sérieux ! Mais elle aimait aussi les bouquets de fleurs sauvages et ces musiciens anglais : Elgar, Holst, Waugham Williams qu'on ignore si allégrement chez nous. Bref, à vingt et un ans, parfaitement vierge et le cœur pur, Jane Belloc était une demoiselle accomplie. Les Anglais d'alors disaient : une *young lady*. J'imagine qu'elle aurait pu elle aussi épouser un vicaire, un pasteur ou un instituteur du collège de garçons voisin du collège de filles où elle avait commencé à son tour à enseigner à des gamines aux nattes raides que Molière et Racine étaient, après Shakespeare, les plus grands dramaturges du monde. Mais un accident, un accident terrible se produisit, et tout changea.

Le révérend Belloc conduisait avec une élégance toute sacerdotale un admirable petit tonneau anglais attelé d'un cheval gris pommelé sur les routes vertes du Sussex. C'était un bijou de hêtre verni qui pouvait passer pour de l'acajou, mais dont les banquettes étaient de vrai cuir : il faisait l'admiraton de tous les villageois d'Acton-the-Hole (Sussex) et Madame Belloc y trônait, toutes ombrelles ou parapluies au vent. Hélas, un matin de mai, la jument gris pommelé s'emballa devant un passage à niveau. J'ai dit que ce fut terrible, et ce le fut vraiment. La mère de Jane fut tuée sur le coup, happée par un tortillard de campagne qui la déchiqueta. Quant au révérend Belloc, la colonne vertébrale brisée, il ne survécut dans son fauteuil d'infirme que pour pleurer son épouse et s'accuser sans fin de sa mort.

Quant à Jane, elle ne vécut plus, elle, que pour pousser le fauteuil d'infirme, recueillir les larmes de son père et le soigner, le nourrir, le laver comme un enfant. Parce qu'elle était une fille modèle, elle quitta le collège et la ville, où elle aurait pu faire une carrière et rencontrer des garçons de son âge qui l'auraient sortie entre deux parties de cricket, pour ne s'occuper que de son père. Comme les Belloc avaient quand même une vieille bonne pour veiller sur lui quelques heures par jour, Jane accepta un poste d'institutrice à mi-temps à l'école paroissiale d'Acton-the-Hole, et ce fut fini : quinze ans passèrent sans que la petite Jane un peu longue, un peu maigre, mais au sourire éblouissant de fraîcheur, se rendît même compte qu'elle était devenue Jane

Belloc, la prof aux genoux cagneux, aux gestes malhabiles — mais qui cultivait toujours, au fond du cœur, ses champs entiers de violettes et de myosotis ! Elle lisait des livres où l'on parlait d'amour, pleurait au cinéma sur les amours de Clark Gable, de Spencer Tracy ou de Conrad Veidt et se trouvait — sans oser jamais le dire, bien sûr — une vague ressemblance avec Katherine Hepburn dont elle imita un moment le chignon.

Et puis le vieux pasteur Belloc mourut : un matin il ne se réveilla pas et Jane n'en eût même pas vraiment de la peine. Plus tard, elle devait se reprocher ce qu'elle appela sa sécheresse de cœur. Ce ne fut que quelques jours après l'enterrement qu'elle se rendit compte qu'elle était désormais seule. Irrémédiablement seule. Les thés de vieilles dames, bien sûr, et la kermesse annuelle de l'école, la vente de charité du jeune recteur dont on murmurait tout bas que sa main frôlait parfois de trop près les petits garçons, et c'était tout. Sinon, il y avait le pharmacien, le médecin du village voisin presque septuagénaires et quelques bandes de garçons débraillés qui parcouraient le pays en criant et en riant sur leurs bicyclettes. Ils lui faisaient peur et, comme les autres habitants de Acton-the-Hole, Jane Belloc les appelait des voyous, mais lorsqu'elle les croisait à la sortie du *King's Head,* le pub vert et brun de Market Square, elle avait beau presser le pas, il y avait chez certains de ces garçons de vingt ans qui passaient près d'elle une odeur de sueur, de poussière des routes, qui la faisait frissonner.

Quelle émotion dès lors...

Si bien que lorsque Jane Belloc décida de voyager, la perspective de ce départ fut l'événement qui bouleversa sa vie. D'abord, elle y avait pensé, comme cela : une idée en l'air qui lui était venue par hasard lorsqu'elle avait appris que la petite Kathleen Farrar, l'une de ses élèves, allait suivre ses parents en Egypte, où son père avait été nommé aide de camp d'un général à la moustache rousse.

— L'Egypte..., s'était-elle dit.

Et au thé des demoiselles Pinchley, le dimanche suivant, elle avait prononcé cette fois d'une voix plus assurée :

— L'Egypte !

Mais ces demoiselles s'étaient récriées : comment ! Jane ne savait donc pas que l'Orient était un lieu de stupre et de dépravation ? Que les femmes s'y mettaient à dix ou douze pour plaire à un homme, et que ces messieurs, d'ailleurs, avaient de drôles d'habitudes...

— A moins que vous ne vouliez revenir avec vingt kilos de

plus, tant vous vous serez bourrée de rahat-lokoums (qu'on appelle en Angleterre des *Turkish delights,* des délices turques tout un programme) à force de rester enfermée dans votre chambre d'hôtel !

Jane Belloc n'avait pas insisté, mais l'idée avait pourtant poursuivi son chemin. L'Egypte, la Turquie, la Riviera : tous ces paradis de la turpitude lui semblaient auréolés d'un voile à la glauque luminosité. Ah ! fermer les yeux dans un casino de Nice ou de Monte-Carlo tandis que près d'elle s'agitent les doigts fébriles d'un jeune et beau joueur... Ou bien, en croisière sur le Nil ou le Bosphore et accoudée sur le bastingage, sentir la présence d'un étranger au regard de feu qui ne dit rien mais dont les soupirs sont plus éloquents que tous les discours, tandis qu'un soleil écarlate bascule dans l'eau dorée que traverse le rayon vert... Elle jouait avec les clichés, Jane, et en inventait d'autres.

Mais il fallait être sage et, à mesure que l'idée de partir se faisait plus précise, Jane Belloc entourait ce voyage de tous les alibis qui pourraient le faire paraître − à ses propres yeux − plus innocent. Elle ferait du tourisme culturel, et la Grèce et la Turquie − pas l'Italie : la Grèce, et surtout la Turquie, c'était quand même plus loin ! − lui offriraient le champ presque sans limite de leurs ruines et des souvenirs qu'elle y avait attachés. La rencontre du bel inconnu, si elle se produisait, n'en serait donc que plus involontaire, plus irréelle, plus merveilleuse. Car elle en rêvait vraiment, de ce bel inconnu... Jeune, bien sûr, et aux manières si douces, si tendres... La moustache, peut-être, et le cheveu noir, sûrement. Avec une pointe de tous ces accents méditerranéens réunis qui donnent à un « Je t'aime » ou à un « *ti voglio bene* », une poésie que les maigres « *I love you, my dear* » des campagnes trop bien peignées du Sussex ne sauraient approcher. « *Te quiero* » : c'était cela l'exotisme, l'aventure et rien que d'y penser, Jane Belloc en frissonnait, comme à l'approche de l'entrée enfumée du *King's Head*. Mais que les don Juans français, grecs ou italiens des îles grecques ou des tavernes d'Athènes semblaient loin des chenapans gominés et débraillés de Market Square !

Un matin de mars 1938, Jane Belloc s'embarqua donc pour Londres, puis de là pour Douvres et Ostende, un sac de voyage à la main et deux valises derrière elle dans le wagon à bagages. Ai-je dit qu'à sa manière, elle était belle ? Elle s'était dit qu'elle voulait arriver à Istanbul par la mer et avait choisi la vieille ligne Bucarest-Varna...

Robert Miles l'aperçut d'abord sur le quai d'Ostende. C'était dans les fumées du petit jour, après une nuit sans sommeil dans un ferry que la mer mauvaise avait ballotté pendant toute la traversée. Contrairement à ce que son hérédité et son passé auraient pu laisser prévoir, Jane Belloc avait le pied marin et, seule peut-être de tous les passagers avec Robert Miles, elle n'avait pas été malade durant le voyage. Si bien que, tandis que tous les passagers arboraient pour gagner les voitures de l'Orient-Express qui allaient les conduire qui à Bucarest et Varna, qui à Istanbul, qui tout simplement à Athènes par la plus indirecte des voies, des mines verdâtres et des yeux cernés, seule Jane Belloc avait les joues fraîches et le teint fleuri. Mieux : la perspective de ce voyage qu'elle allait faire la transportait si bien d'aise − et d'espoirs ! quels espoirs ! − qu'elle était rayonnante d'une joie qu'elle ne cachait pas.

Déjà installé dans son compartiment de la voiture 2, Robert Miles fumait sa pipe, appuyé à la fenêtre, lorsqu'il la vit s'engager sur le quai. Et disons que tout de suite, il ressentit une manière de pincement au cœur. Il avait quarante-cinq ans et toutes ses liaisons se limitaient à deux maîtresses qu'il avait tour à tour aimées mais qu'il avait l'une comme l'autre quittées lorsqu'il avait cru deviner en elles un attachement qui ne se serait plus limité aux quelques soirées passées ensemble chaque mois, et aux week-ends dans des auberges de la côte du Suffolk, à manger du homard et des huîtres ou à se promener bras dessus, bras dessous sur des grèves désertes. Il était parfaitement libre parce qu'il avait choisi de l'être, et l'apparition de cette femme encore jeune − rayonnante, donc, je l'ai dit − le touchait soudain. Il dut se dire qu'il allait peut-être faire quelques heures, quelques jours de voyage en sa compagnie, et que ce pourrait être plaisant. Et, qui sait : plus, peut-être ?

Aussi est-ce avec une attention faite d'attendrissement et de curiosité qu'il la regarda qui s'avançait le long de sa voiture, puis qui s'approchait d'un conducteur arborant les armes de la Compagnie internationale des Wagons-Lits auquel un autre voyageur, petit et moustachu, ventripotent et au chapeau noir vissé sur le sommet du crâne, semblait tenir un discours animé, sinon désagréable.

Jane Belloc hésita un moment à l'interrompre, indécise et son billet à la main, puis elle fit un pas en avant.

− Excusez-moi, monsieur...

Le porteur qui la suivait avec ses deux valises s'était arrêté derrière elle et attendait. Mais le petit gros monsieur à moustache se retourna subitement vers elle, furibond.

– Vous ne voyez pas que je parle à cet homme ?

Il était hélas français, et de la pire espèce : celle qui ne supporte pas l'idée que, dans un wagon de métro surbondé, on aurait pu lui marcher sur les pieds. L'interrompre dans une conversation avec un employé qui ressemblait d'ailleurs à une engueulade constituait dès lors un crime de lèse-majesté. Foudroyée sur place, Jane Belloc demeura hésitante, son billet à la main. Puis, devant le sourire du conducteur aussi malheureux qu'elle, elle décida de gagner seule sa cabine et passa devant Robert Miles qui lui fit un petit salut de bienvenue. Crispée maintenant, ne sachant que faire ni n'osant rien dire, Jane eut pour lui un bref mouvement du visage, puis elle pressa le pas.

L'intérieur de sa cabine la ravit. Elle était située en milieu de wagon, des journaux en toutes les langues avaient été disposés sur la banquette et, comble de prévenance de la part de l'Administration des wagons-lits, il y avait six roses rouges dans un long vaste de cristal effilé. Avec un geste attendri, Jane Belloc porta une rose à ses narines tandis que le porteur rangeait ses valises dans les filets à bagages puis repartait, fort satisfait de l'énorme pourboire que, ne sachant que donner, la jeune femme – dont j'ai bien dit : jeune – lui avait laissé.

– Il n'y a que les princes ou les ploucs pour vous refiler une thune, remarqua le porteur à l'endroit d'un de ses collègues qui avait poussé un sifflement admiratif.

Mais, plouc devenue princesse, Jane Belloc s'installait et elle était heureuse. Elle avait sorti quelques livres de son sac de voyage, un Byron, un Shelley, un guide rouge de Baedeker et sentait déjà monter en elle les ivresses conjuguées de *Don Juan* et de *Child Harold*. Peut-être qu'au bout, il y avait la plage déserte où brûlait le corps du poète-héros mort de la fièvre, mais avant, il y aurait eu le souvenir de Missolonghi, la frise des Panathénées et l'Oracle de Delphes fougueusement mêlés qu'elle saurait bien interroger. D'où cette allégresse que les quelques mots désagréables de l'horrible monsieur Lenoir – c'était le nom du petit monsieur du quai d'Ostende, mais on reparlera de lui – n'avaient que quelques instants ternie.

– Je me sens si bien..., pensa-t-elle.

Et elle se regarda dans la glace et se trouva jolie.

— Je me sens si jeune..., se dit-elle encore.

Tandis que, de son sac inépuisable, elle tirait une chemise de nuit aux transparences vaporeuses qu'elle était allée jusqu'à Londres pour acheter, de crainte de faire jaser les bonnes gens d'Acton ou de Lewes, voire même de Brighton. Puis elle sortit une longue cigarette de tabac oriental et un minuscule briquet en or que lui avait donné son père lorsqu'elle avait achevé ses années d'université et parce que les jeunes filles s'étaient non seulement coupé les cheveux, mais encore s'étaient mises à fumer.

— C'est bon, murmura-t-elle cette fois.

Et la fumée dansa.

Elle ne dansa pas longtemps, hélas, la fumée des cigarettes sucrées et âcres de Miss Belloc, car l'horrible monsieur Lenoir fit soudain, sous le regard de Robert Miles qui n'avait rien perdu de la scène, une entrée fracassante dans le compartiment.

— Ma cabine ! lança-t-il d'une voix blanche de colère. Qui a permis à cette femme de s'installer dans *ma* cabine et de jeter ses affaires n'importe où sur *ma* couchette ? Qui lui a donné l'autorisation de lire *mes* journaux ?

Il avait l'accent belge, monsieur Lenoir : c'était un Français de Bruxelles. Et avant même que la pauvre Jane Belloc ait eu le temps de comprendre et de s'expliquer — ni même de se faire expliquer — le gros petit monsieur ventru suivi de deux porteurs avait appelé le même conducteur à qui il avait déjà débité des insultes sur le quai, et il renouvelait ses vociférations.

— Si vous faisiez votre métier, vous, n'importe qui ne viendrait pas s'installer chez moi !

L'infortuné conducteur eut pour Jane Belloc le sourire malheureux qu'il avait déjà eu une fois sur le quai et c'est seulement alors que la jeune femme — je redis « jeune » et je dirai « jeune » jusqu'au bout — comprit qu'elle avait mal déchiffré son billet, et que c'était pas au 11 qu'elle devait se trouver mais au 1.

— Ma cabine en milieu de voiture ! fulminait toujours monsieur Lenoir, qui tempêtait en outre contre l'odeur de tabac blond, alors que lui-même mâchonnait un méchant cigare.

Mais Jane Belloc était quand même de trop belle humeur pour être vraiment émue par une colère qui l'avait d'abord prise au dépourvu : comme vous et moi, elle avait compris que monsieur Lenoir était un rustre et elle pliait philosophiquement ses bagages sous l'œil désolé du conducteur qui se sentait responsable de l'incident.

— Si madame veut me permettre...

Il la précéda dans le couloir et Robert Miles s'effaça pour les laisser passer : cette fois ils se sourirent tous les deux vraiment et Jane Belloc accompagna son sourire d'un petit haussement d'épaules ironique. Après tout, qu'est-ce que tout cela pouvait faire ? L'essentiel était qu'elle fût dans ce train et que le train parvînt à Varna trois jours après. Le reste n'était qu'une scène d'enfant gâté et, entre son vieux père et les élèves de l'école paroissiale d'Acton-the-Hole, Jane Belloc y était habituée.

Aussi, dans la cabine numéro 1, parfaitement sur les roues mais cela était sans importance, elle tira de son corsage une rose rouge qu'elle avait eu le temps de dérober à l'irascible gros petit monsieur, la piqua dans un verre à dents et se regarda de nouveau dans la glace. Dieu que la vie pouvait être belle !

Dans sa cabine, Robert Miles la trouvait belle, aussi, la vie ; et en plus de cela, il trouvait Jane Belloc charmante.

Ils ne firent pourtant connaissance que plus tard. A l'heure du déjeuner, Robert Miles avait bien pris soin de choisir une table de deux couverts et de s'installer face au sens de la marche, pour ne pas manquer de voir Jane Belloc lorsque celle-ci pénétrerait dans la voiture-restaurant. Poussant plus loin sa tactique, il avait même déployé le *Times* de la veille au-dessus de toute la table afin d'empêcher un importun d'occuper le siège en face de lui mais prêt à refermer au plus vite son journal aussitôt que la jeune femme ferait son apparition pour mieux l'inviter, d'un sourire peut-être, à s'asseoir à sa table. Hélas pour notre professeur, tout ce stratagème échoua : comme Jane Belloc était délicieusement myope et qu'elle avait décidé de ne mettre ses lunettes que si elle en avait vraiment besoin — face à une stèle antique, voire surtout à un Apollon de marbre, oui ; à ses compagnons de voyage, non — elle ne remarqua rien du tout, passa près de Robert Miles sans le voir et vint s'asseoir à côté d'une vieille dame au nez chaussé, lui, d'une paire de bésicles à l'ancienne.

— Vous permettez...

La vieille dame eut le sourire de toutes les vieilles dames qu'on rencontre dans ces trains-là, qui sont toutes charmantes et qui ont toutes beaucoup vécu, et elle invita Jane à prendre place. De l'autre côté de l'allée centrale de la voiture, une autre femme, beaucoup plus jeune et le visage à demi recouvert d'une voilette noire, s'occupait de deux enfants à qui elle s'adressait en français avec un léger accent chantant et guttural, qui pouvait être tchèque ou hongrois : elle aussi paraissait faire partie de cette race un peu à part que j'ai si intimement connue et pour qui prendre l'express de Paris à Sofia était un geste aussi naturel qu'arrêter un taxi à l'angle de la rue des Saints-Pères. Et d'un coup, Jane se sentit intimidée. Baissant les yeux, elle déplia sur ses genoux la large serviette damassée qu'offrait à ses passagers la Compagnie internationale des Wagons-Lits en ces jours dont je me tue à répéter qu'ils n'étaient pas si heureux que cela.

— Bienvenue parmi nous, madame, lui lança la vieille dame, sans se départir d'un sourire attendri qui embrassait à la fois la dame à la voilette, Jane Belloc et à peu près tous les passagers du wagon.

Jane rougit, sans répondre.

— A votre regard, je devine que c'est la première fois que vous faites la ligne. Permettez-moi de me présenter, madame Dujardin. Veuve et voyageuse.

On voyait qu'elle s'amusait et, du coup, Jane Belloc retrouva tout le faux aplomb que, pour la seconde fois en moins d'une matinée, elle avait perdu.

— Jane Belloc, dit-elle. Je suis anglaise...

Madame Dujardin sourit de nouveau de la précision qu'avait cru bon d'ajouter la jeune femme, et elle se lança tout de suite dans un discours qui devait durer tout le temps du repas, permettant tout juste à Jane de faire de temps à autre un commentaire ou de placer une brève remarque.

— C'est que, voyez-vous, commença la vieille dame, je fais la ligne, moi, depuis cinquante et un ans. Et j'en ai soixante-quatorze...

Les souvenirs alors défilèrent, attendris ou amusés. Elle évoquait les « classiques » de l'Orient-Express, Mata-Hari qu'on y avait croisée ou ce nabab qui rencontra la femme de ses rêves dans un wagon de nuit et qui attendit vingt ans qu'elle fût veuve pour enfin l'épouser. Entre-temps l'un et l'autre voyageaient sans désemparer. En trains de nuit...

— Ah ! l'Orient-Express n'est plus ce qu'il était ! Je me souviens du temps où le prince Rostov allumait ses cigares avec des billets de dix livres. Comme cela, pour l'épate !

Jane Belloc regardait la vieille dame avec des yeux ronds.

— De dix livres !

Elle qui vivait deux mois entiers dans son village du Sussex, avec son père et la vieille bonne, avec un seul billet de dix livres :

sans savoir si madame Dujardin était sérieuse ou s'amusait à la surprendre, c'était quand même un monde nouveau, incroyable, mythique qui s'ouvrait à elle. Ou, mieux, elle naviguait en plein milieu de l'un de ces feuilletons dont chez elle, à Acton-the-Hole, elle aurait abandonné la lecture aux midinettes qui faisaient tous les jours le voyage de Londres pour travailler en boutique mais qui, d'un coup, la fascinait. Mais madame Dujardin continuait de plus belle.

— Et le vieux Durand-Siegmund ! Celui-là c'était un fameux noceur !

Ils y passaient tous, les amoureux en jaquette du temps de mon père à moi, ceux qui entraînaient des femmes voilées de noir, gantées de gris, masquées de fard blanc, dans des compartiments aux rideaux baissés.

— Ah ! pourvu que ça porte jupon...

La vieille dame avait des soupirs émus et les yeux de Robert Miles, à trois tables de là, fixaient le visage de Jane Belloc : que cette femme au bord de la quarantaine pouvait avoir de charme... Mais Jane, elle, n'avait d'yeux et de regard que pour son interlocutrice qui prenait un plaisir évident à lui entrouvrir les portes de l'univers fabuleux où elle-même ne savait plus très bien ce qui appartenait au rêve et ce qui relevait de la seule réalité. Et il faut comprendre que cette entrée en matière — ce délire adorable d'une adorable vieille dame — devait jouer un rôle capital dans la mise en condition de Jane pour ce qui allait lui arriver ensuite.

— Au fond, je suis une des dernières à avoir connu ce temps-là, poursuivait madame Dujardin.

Elle se raconta, à son tour. Un fils tué en 14, un mari mort trois ans après. Une vieille fortune héritée de tant d'autres morts, et elle seule à satisfaire, alors elle voyageait.

— Tenez, telle que vous me voyez, je pars pour l'Autriche.

Elle avait près du petit village de Blächen une très grande propriété qu'une branche autrichienne de sa famille lui avait laissée. Une maison au bord d'un lac, des alpages, des paysannes aux jupons à fleurs... Elle s'y rendait chaque année.

— Et la Compagnie — elle voulait dire les wagons-lits — est bonne fille ! Elle arrête spécialement le train trois minutes en gare de Blächen, uniquement pour me permettre de descendre chez moi.

Un train de luxe qui fait halte dans un trou perdu dans le seul but de permettre à une vieille dame excentrique mais riche de retrouver la voiture automobile de vingt et quelques chevaux qui l'emmènera chez elle : oui, c'était bien un pays de légende dans lequel elle venait d'entrer, Jane Belloc ! Comment le regard d'un honorable, mais sans doute fort ordinaire et si britannique professeur de l'université de Londres − ce qu'était Robert Miles qui ne cessait de la dévisager − aurait-il pu dès lors retenir son attention ? Elle dévorait des yeux madame Dujardin.

− Enfin, murmura celle-ci, tout a bien changé.

Un à un elle lui expliqua qui étaient tous les voyageurs de la voiture. Pour reprendre le vocabulaire du porteur en gare d'Ostende, le temps des princes avait fait place à celui des ploucs. Tel monsieur en complet de ratine n'était qu'un marchand de jarretelles, tel autre à peine un journaliste fauché ; cette femme au chapeau trop voyant, n'était même pas une demi-mondaine, mais la femme d'un obscur employé au chiffre d'une ambassade allemande qui rejoignait son mari sans l'avoir même probablement trompé.

− Ah ! les temps ne sont plus ce qu'ils étaient.

Quant à l'horrible monsieur Lenoir, c'était l'un des administrateurs de la Compagnie des Wagons-Lits. D'où sa morgue.

− Alors qu'au fond, il n'est que l'un de nos fournisseurs, n'est-ce pas ?

Seul Robert Miles trouva grâce aux yeux de la vieille dame, car elle connaissait ses travaux sur la Grèce antique et qu'il était habillé d'une veste de tweed usée jusqu'à la corde et dont on avait renforcé les coudes avec du cuir, ce qui était toujours bon signe.

− Et puis, cette dame-là, à côté...

C'était tout : elle-même, Miles et une madame Nagy, veuve elle aussi, qui parcourait le monde avec deux enfants plus que bien élevés et qui s'exprimaient aussi poliment en six langues différentes.

− Pour le reste..., conclut madame Dujardin.

Elle avait eu un geste sans appel, mais Jane Belloc était médusée ; le tour d'horizon que venait de lui faire faire sa compagne de table était la plus somptueuse des introductions à la somptueuse existence qui allait être la sienne pendant quatre semaines. Elle en ferma les yeux de plaisir.

C'est à ce moment-là − on en était au dessert et Jane Belloc avait apprécié à leur juste valeur chacun des plats que monsieur Paul, chef de cuisine, et vétéran de la ligne, avait préparés comme spécialement à son intention − que le babil de madame Dujardin s'arrêta brusquement. Du coup, comme tirée d'un rêve, Jane revint à la réalité.

– Qu'est-ce qu'il peut bien se passer ?

La jeune femme n'avait rien remarqué mais madame Dujardin avait, elle, l'oreille aux aguets. Et depuis un long moment, déjà – depuis la fricassée de grenouilles aux morilles, pour être tout à fait précis – le convoi ne roulait pas à son allure habituelle alors pourtant que la plaine s'étendait devant eux, parfaitement plane.

– Ce n'est pas normal, cela !

Madame Nagy, elle aussi, regardait par la fenêtre mais ce fut finalement madame Dujardin qui interpella le chef de train alors que celui-ci traversait la voiture, l'air affairé, une feuille de papier à la main.

– Dites-moi, mon ami ? Que se passe-t-il ? Il me semble que nous ralentissons bien !

Madame Dujardin était connue sur toute la ligne, son bagout, mais aussi sa gentillesse – on verra plus tard jusqu'où pouvait aller cette gentillesse ! – enchantaient tous ceux qui l'approchaient, aussi le chef de convoi prit-il le temps de lui donner toutes les indications nécessaires. Oui, il se passait bien quelque chose d'anormal dans le train. L'essieu de l'un des wagons chauffait dangereusement. Lors d'une courte halte, on avait prévenu Cologne, mais le risque étant grand qu'on ne trouvât pas là-bas de voiture de rechange.

– Ça veut dire un retard, tout cela ?

– Hélas, oui, madame. J'en ai bien peur...

Mais madame Dujardin sourit, et cela suffisait. Elle qui avait passé trois jours et trois nuits sous la neige, immobilisée par des congères qui s'étaient formées sur la voie du côté de Dubrovnik, et que la fermeture inopinée de la frontière serbe avait une fois bloquée quarante-huit heures dans un village que menaçait la peste, un simple essieu qui chauffait n'était pas pour l'effrayer.

– Enfin, nous arriverons bien un jour ! fut sa philosophie.

Et elle se fit servir des pêches flambées au vieil armagnac, sous l'œil gourmand de Jane Belloc qui l'imita.

Ce fut donc seulement dans l'après-midi que mon ami Miles aborda Jane Belloc. Je m'étonne d'ailleurs qu'il ait tant tardé puisque rien n'était plus facile en ces temps où voyager était au fond un mode de vie, que de parler à une inconnue rencontrée dans un train. Vos jeunes gens d'aujourd'hui qui vous jettent des regards langoureux entre poire et fromage sans oser vous offrir un café dans ce qu'ils appellent la voiture-gril des faux T.E.E. couleur d'orange me font sourire...

L'occasion fut d'ailleurs plus que propice pour Robert Miles. Jane Belloc était installée dans le wagon pullman, et elle avait déployé devant elle tout un matériel de guides, de cartes et de plans qui indiquaient le plus clairement du monde qu'elle se rendait en Grèce. Lentement bercée par les balancements du train qui continuait à rouler à une vitesse plus que réduite, elle avait commandé une boisson à la mode de ces années-là, un gin-fizz ou un cocktail à la Marie Brizard qui contribuait probablement à lui donner l'illusion de frôler le goût des choses défendues.

– Ce fauteuil est libre ?

Elle leva les yeux vers mon brave Miles qui, sa pipe à la main, désignait le fauteuil placé de l'autre côté des cartes et des guides. Comme le reste de la voiture était à peu près désert, elle rougit un peu.

– Mais... je vous en prie !

Robert Miles s'assit donc en face d'elle, et, après quelques instants de silence, se jeta à l'eau.

– Si je comprends bien, vous vous rendez en Grèce.

Jane Belloc eut un petit rire amusé : après tout ce que je vous ai dit d'elle, vous avez dû comprendre que Miles pouvait la distraire, l'amuser – ou l'aider, le cas échéant, à passer un moment difficile – mais qu'il n'était en rien le bel inconnu aux « r » voluptueusement roulés pour faire plus exotique qu'elle pouvait rêver de rencontrer. Aussi, dès le début, le traita-t-elle avec ce mélange d'ironie gentille, de (presque) camaraderie mais d'agacement aussi qui est le propre des jeunes femmes qui, sachant que le rêve est difficile à rencontrer, s'y accrochent de plus belle et refusent les séductions meilleur marché de la réalité dont elles pourraient quand même rêver.

– Si je comprends bien, vous allez en Grèce ? lança donc Robert Miles.

Et la réponse de Jane Belloc de fuser, immédiate.

– Vous êtes très perspicace !

Robert Miles aurait dû s'amuser de ce sens de la repartie, mais au contraire il se troubla.

– Je vous demande prdon... Je me mêle peut-être de ce qui ne me regarde pas.

Heureuse pourtant d'avoir quelqu'un à qui parler – et un homme, qui plus est ! – car elle faisait partie de ces solitaires qui s'affirment hautement comme telles mais à qui la solitude pèse très vite, Jane Belloc se fit plus avenante.

— Pas du tout, pas du tout...

Et la conversation enfin se noua.

— Je m'appelle Jane Belloc..., commença par annoncer la jeune femme en genre de présentation.

Miles la regarda un instant.

— Belloc... comme la romancière ?

Il y avait en ce temps-là en Angleterre une femme écrivain assez connue qui publiait des romans roses et bleus sous le nom de Belloc : qu'on puisse l'associer à ce nom qu'elle considérait néanmoins comme illustre, flatta la jeune femme. Elle sourit sans répondre, et Robert Miles, à son tour, se présenta.

Dès lors la conversation roula sur la Grèce. Jane se rendait en Grèce et Robert Miles connaissait, on l'a vu, l'art et l'histoire de ce pays mieux que celles du Sussex ou de la Cité de Londres.

— Si je peux vous être utile à quelque chose...

Et, cartes à l'appui, ils explorèrent ensemble des itinéraires à travers l'Ithaque et le Péloponnèse qui, de Delphes à Corinthe, du mont Athos interdit à l'extrême pointe de Lesbos peut-être offerte, reprenaient étape par étape les haltes qui avaient été celles de Pausanias lorsqu'il parcourait la Grèce voilà 2 500 ans et rédigeait le premier des Baedekers.

Robert Miles fut brillant et drôle. Il jouait avec ces mille et une anecdotes qui forment le corps de la mythologie hellène et dont l'ensemble n'est autre que l'héritage de toutes nos tragédies et, au fond, de ce qu'on appelle notre culture. Et puis, il voulait séduire car, d'un coup, Jane Belloc, on l'a vu, lui avait plu.

Il se fit ainsi tour à tour plaisant et songeur.

— En fait, nous avons tous au fond du cœur le rêve d'un paradis perdu... Pour moi, c'est la Crète. Depuis que j'ai quinze ans, je réinvente l'histoire de Thésée et du Minotaure. J'ai publié un gros ouvrage là-dessus... Le mythe d'Ariane...

Jane Belloc connaissait tout cela pour l'avoir enseigné à des gamines trop bien peignées dans une école de province.

— Le fil d'Ariane ? Ariane à Naxos, seule, abandonnée ?...

Elle aussi rêvait... Et Miles continua sur ce ton :

— « Ariane, ma sœur », oui... Savez-vous qu'on a fini par découvrir que le Minotaure n'était en réalité que le général en chef des armées crétoises ? Et que son souverain, Minos, l'a tout bonnement fait assassiner par un inconnu qui s'appelait Thésée ?...

Les images se bousculaient dans la tête de Jane : oui, cela aussi c'était l'aventure. Pourtant, elle l'arrêta :

— Je vous en prie, n'abîmez pas mes légendes ! Dans une minute, vous me direz que le talon d'Achille, c'était une entorse à la cheville !

J'aime bien Miles, mais il a toujours été un professeur, rien qu'un professeur.

— La recherche historique est impitoyable pour les héros !

Et c'est précisément parmi des professeurs que vivait Jane Belloc.

— Alors, il faut la laisser aux spécialistes. L'humanité a besoin de héros...

Jane et Robert pouvaient être amis, ils ne seraient jamais rien de plus. Jane Belloc, humaine, trop humaine elle aussi, avait besoin d'un héros.

— L'humanité a également besoin de vérité..., corrigea pourtant encore Miles.

Mais lorsqu'un moment plus tard, il regretta à deux reprises de ne pouvoir s'arrêter comme elle en Grèce et faire en sa compagnie cet itinéraire qu'il avait dessiné sur le papier, Jane réagit un peu brusquement : on aurait dit que semblable remarque la mettait mal à l'aise.

— Vous savez, je suis une personne très indépendante...

Et Miles sourit, l'air plus gêné encore qu'elle.

— Je vous demande pardon.

Pour faire diversion, il remarqua à haute voix que le train venait à nouveau de ralentir et la conversation se poursuivit à mesure que le soir tombait. Un peu plus tard, ils dînèrent quand même à la même table, sous le regard indulgent de madame Dujardin, mais la magie des voyages dont un Miles un peu optimiste aurait pu espérer qu'elle jouerait sur Jane, n'opérait pas. Il parlait, parlait beaucoup, mais Jane Belloc se disait pendant ce temps que le lendemain elle serait un peu plus près du soleil, de la chaleur, de ces pierres grecques qui la faisaient rêver. Et puis, à mesure que la soirée s'avançait, Robert Miles ressemblait de plus en plus à ces anciens collègues qu'il arrivait encore à Jane de rencontrer. On ne prend pas l'Orient-Express pour dîner en face d'un de ses collègues, fût-il professeur d'université. Aussi, lorsqu'il finit par devenir presque personnel, parler de lui, de sa vie...

— Moi-même, j'ai une maison qui n'est pas vilaine dans une petite rue qui donne sur Russel Street, juste à côté du British Museum...

Elle commença par répondre avec une teinte d'ironie.

– Vraiment ? Moi, c'est à Venise, ou à Naples, que j'aimerais vivre...

Puis, quand Miles se fit plus précis, car il continuait à s'intéresser à Jane et ce qu'il pouvait y avoir d'un peu brusque en elle en arrivait même à l'attirer encore davantage.

– Et vous-même, où habitez-vous ?

La réponse arriva, sèche, vraiment agacée cette fois.

– Dans un trou du Sussex. Je vous rappelle que je suis institutrice.

Robert Miles n'insista pas. Il avait désormais compris. Sur ce, Jane se leva d'ailleurs assez vite, expliquant qu'elle était très fatiguée, ce qui était au fond assez vrai. Ou plutôt, elle était excitée par la perspective de la journée du lendemain, et de celle du surlendemain encore, et de toutes celles qui allaient suivre, et elle voulait surtout profiter de ce voyage autant qu'elle le pouvait. Dès lors, dix heures de sommeil s'imposaient davantage pour elle qu'une fin de soirée languissante avec un monsieur qu'elle aurait pu croiser dans n'importe quelle rue de Londres sans avoir envie de se retourner sur lui. A la manière de ces faibles qui nous émeuvent d'autant plus qu'ils sont démunis, Jane Belloc pouvait être cruelle sans le vouloir vraiment et ne nous émouvoir que davantage encore, car elle n'avait d'elle qu'une opinion médiocre.

Elle quitta donc le pullman avec un sourire charmant, certes, mais lointain, et Miles, demeuré seul, tendit la main vers un journal qu'un voyageur allemand avait abandonné sur une table : sur cinq colonnes, il annonçait l'Anschluss à venir et l'ultimatum lancé par l'Allemagne à l'Autriche.

Car pour suivre le visage à peine déjà fatigué de Jane et ses gestes gauches de jeune femme qui commence tout juste – les trains de luxe... – à découvrir les joies de l'existence, je me suis bien sûr éloigné de ce qui demeure quand même au cœur de mes récits : l'histoire et, en l'occurrence, la montée des périls qui allait bientôt faire de l'Europe entière un champ de carnage.

J'ai dit ce qui était en train de se passer en Autriche : les pays qui ne soutenaient pas le parti de Berlin tremblaient. Tremblaient mais se gardaient bien d'intervenir. Au fond, j'imagine que chacun de nous devait penser, dans son for intérieur, que ce qui se passait là-bas, de l'autre côté du Rhin et au-delà, faisait partie de ces différends et autres guerres en dentelles entre principautés germaniques qui avaient tout au long de l'histoire secoué l'Allemagne et ses voisins : à la manière de Hitler lui-même, peut-être nous disions-nous, les bons Français que nous étions, se disaient-ils, les bons Anglais qui, sous le parapluie haut levé de M. Chamberlain, allaient bien se garder de partir encore en guerre, que, lorsqu'on parle une même langue, on peut somme toute et sans grand inconvénient cohabiter au sein d'un même Etat. Si bien que les quelques journalistes, les quelques diplomates — et les milliers de communistes ou de socialistes déjà emprisonnés ou traqués en Allemagne — qui sentaient que ce qui venait de commencer (j'ai dit auparavant : la peste) allait s'étendre au monde entier, ne trouvaient en face d'eux que des interlocuteurs apeurés qui préféraient se rassurer en se disant que ce bon monsieur Hitler, comme ce cher monsieur Mussolini, faisait quand même arriver les trains à l'heure et traçait de belles autoroutes. C'était toujours cela à leur actif, non ?

Robert Miles était pourtant de ceux qui savaient. Et la haine qu'il éprouvait à l'endroit des nouveaux régimes qui se mettaient en place était presque viscérale car il était Anglais et libéral. C'est-à-dire qu'il y avait pour lui la liberté et le reste, la tolérance et le reste, la libre expression et le reste : le bien et le mal, quoi ! Oh ! il n'était ni révolutionnaire ni socialiste, simplement il ne pouvait pas tolérer que des foules monstrueuses se lèvent à Nuremberg au nom de quelques idées simplistes, qu'on brûle des livres, ou qu'on pose des barbelés pour parquer des hommes et des femmes. Si bien que ce journal allemand qu'il avait trouvé dans le wagon désert et qui annonçait sur le ton de la victoire la conquête prochaine d'un pays désarmé, par un autre qui était, lui, armé jusqu'aux dents, faisait renaître en lui un sentiment d'indignation et d'horreur que seule la présence de Jane Belloc dans ce train avait, depuis Ostende, pu lui faire oublier.

Et tandis que l'Orient-Express, plus lentement que jamais à cause de ce satané essieu de la voiture 2 qui continuait à chauffer, s'acheminait vers Cologne — Ostende-Cologne en dix heures c'était tout de même une manière de record ! — Robert Miles se dirigea à son tour vers son compartiment. L'histoire avait repris le dessus et l'espoir de chaste aventure qu'il avait pu rêver d'avoir avec une jeune personne anglaise plus très jeune mais encore émouvante s'était évanoui.

Cependant que, dans sa cabine et face au miroir de la tablette, Jane Belloc achevait de se brosser les dents. La bouche pleine de dentifrice et les cheveux ramenés pour la nuit dans une résille claire, elle s'interrompit dans son geste pour se regarder. Décidément, elle ne se plaisait guère ! Alors, comme une gamine qui joue à faire peur au loup, elle se fit dans la glace une horrible grimace et se trouva dès lors si laide qu'elle en éclata de rire.

Dans la chemise de nuit transparente aux dentelles faites à la main qu'elle avait achetée à Londres, ses formes avaient pourtant, avec la lumière chaude de la cabine, des lignes plus fines, plus déliées que lorsque, vêtue de gris tweed, elle arpentait le train : il suffisait de presque rien, en somme, pour que Jane Belloc, orpheline de trente-sept ans, se réveillât. Presque rien : un geste, une étincelle, un regard...

Le geste, l'étincelle, le regard se produisirent à sept heures du matin, très exactement, en gare de Francfort.

Le train venait, lentement, de s'immobiliser le long du quai. Nous étions le 13 mars 1938, et partout des soldats en armes patrouillaient. Il y avait des uniformes gris, des uniformes verts et des uniformes noirs, mais tous ceux qui les portaient avaient le même visage fermé et la main accrochée à la bretelle du fusil qu'ils portaient à l'épaule. Et les rares voyageurs qui voulaient s'approcher des voitures devaient passer entre deux rangs de policiers qui contrôlaient les papiers qu'on leur présentait avec des gestes empreints de toute la gravité que donnait à ces flics leur emploi de chiens de garde. Parmi les passagers qui allaient reprendre le train, Miles remarqua un petit jeune homme fluet, vêtu de noir et à la fine moustache, qui faisait les cent pas, l'air nerveux : nous le reverrons...

Seuls à l'extrémité du quai, deux employés de la buvette de la gare semblaient, eux, se moquer éperdument de la police en alerte comme de l'atmosphère lourde qui pesait sur la gare. C'étaient deux hommes d'une trentaine d'années tout au plus, qui plaisantaient en poussant un chariot chargé de bouteilles et de sandwiches. Mais lorsque passa à leurs côtés un marchand de journaux dont les titres annonçaient que le référendum approuvant le rattachement de l'Autriche au Reich avait recueilli une majorité écrasante, leur regard devint grave. Pour, sitôt le marchand de journaux passé, retrouver leur sourire et leur bonne humeur et agiter à tour de bras la clochette qui signalait leur passage. Robert Miles qui était penché à la portière − après tout, il voulait voir à quoi ressemblait cette Allemagne-là ! − les observait depuis déjà un moment lorsqu'ils arrivèrent à la hauteur de sa voiture. Aussi remarqua-t-il que l'un des deux hommes portait la veste blanche des garçons de café tandis que l'autre, probablement un peu plus âgé, était vêtu d'un complet de serge sombre et avait en bandoulière une manière de sacoche.

C'est au moment où le train allait repartir — il était sept heures vingt-huit ! — que l'homme au costume de serge sauta à bord. Son compagnon s'était approché de la portière de l'une des voitures et parlementait avec un voyageur anglais qui ne comprenait pas pourquoi on n'avait d'autre bière que blonde à lui offrir quand, d'un seul bond, celui que j'appellerai désormais par le nom de Gaetano, se retrouva sur le marchepied de la voiture 2, puis dans le couloir.

Robert Miles n'avait rien perdu de ce manège. Mais déjà le serveur en veste blanche s'en allait en agitant sa clochette et le train repartait : par un miracle comme il n'en arrive parfois qu'aux plus audacieux, celui que nous pouvons donc maintenant considérer comme un fugitif avait réussi son coup, et il s'était retrouvé à bord de l'Orient-Express au nez et à la barbe des policiers allemands. Il était jeune — je l'ai dit : trente ans — ; et beau : je ne l'avais pas encore précisé. A la montre de Jane Belloc la grande aiguille indiquait la demie de sept heures : tout était en place pour qu'elle se réveillât, c'est-à-dire qu'elle tombât amoureuse !

— C'était moins une !

L'air parfaitement détendu — c'était tout juste si un peu de sueur perlait à ses tempes — le jeune homme qui venait à la dernière seconde de bondir à bord de l'Orient-Express souriait de toutes ses dents, qu'il avait, ma foi, étincelantes, à la jeune femme debout à côté de lui dans le couloir. Puis, avec un sourire plus large encore, il s'inclina à demi et, dans un italien parfait, il se présenta.

— Mais permettez-moi : Gaetano de Montefeltre.

Comme la jeune femme ne lui répondait pas toute de suite, il répéta successivement sa formule en français, en allemand puis en anglais avec la même correction souriante. Et la jeune femme, subjuguée par tant de charme, de politesse, par toute l'exquise galanterie et les siècles d'éducation au sein de la plus vieille Europe qu'elle devinait en son interlocuteur, rougit violemment.

— Jane Belloc, réussit-elle à dire.

Car, bien entendu, la jeune femme qui venait d'un coup de découvrir le bel inconnu dont elle avait rêvé toute une vie, n'était autre que notre voyageuse anglaise. Et dès lors ce qui se passa fut peut-être la plus touchante des histoires d'amour qu'on m'ait jamais racontées. Touchante en raison même de ce qu'était Jane Belloc et de l'intensité de cette découverte − et puis touchante aussi car le beau Gaetano allait peu à peu se laisser prendre à d'étranges pièges. Mortels...

Si bien que la suite de ce récit et de ce voyage ne sera plus qu'une manière de longue conversation qu'auront ensemble un homme et une femme qui n'auraient jamais dû se rencontrer. Parce que vous savez qui était Jane Belloc, mais vous ne savez encore pas qui était Gaetano...

− Vous avez dit que vous vous appeliez : Montefeltre ? *De* Montefeltre ? interrogea Jane Belloc, lorsqu'elle eut retrouvé un semblant d'assurance. Comme *les* Montefeltre ?

C'est que le nom de Montefeltre évoquait en Jane tant d'images, tant de souvenirs historiques : l'ancienne famille des Montefeltre d'Urbino, dont la petite cour princière avait été l'un des hauts lieux de la culture italienne à l'époque de la Renaissance, ce mélange improbable et délicieux de grands seigneurs et de poètes, de belles dames et de philosophes, dont les peintres d'alors nous ont laissé la trace aux murs de leurs châteaux. Vous vous souvenez bien ? Dans l'Italie d'alors, il y avait les Montefeltre et les Malatesta... Et d'un coup, elle se trouvait en face d'un Montefeltre ! Gaetano sourit, l'air sagement modeste.

− Oh ! vous savez, nous sommes pas mal de Montefeltre à courir de par le monde...

Puis, comme pour corriger, avec un peu moins de modestie cette fois, la remarque toute modeste qu'il venait de faire :

− Mais c'est mon père qui a conservé le titre !

Les dés étaient jetés : non seulement Jane Belloc était amoureuse, mais elle était fascinée. Et Robert Miles qui avait assisté à toute la scène, devait me dire :

− Cela s'est fait au premier regard. Il est bien évident qu'elle n'attendait que lui.

Et c'est probablement vrai que le mélange de bagout et de ce que Jane aurait appelé de la distinction de Gaetano de Montefeltre ne pouvait, le train et sa mythologie aidant, que séduire toute femme un peu sensible, un peu seule, un peu triste : que ce fût Jane, mais plus tard madame Dujardin, ou même la jolie veuve, madame Nagy, toutes devaient d'ailleurs se laisser prendre à ce charme. Mais aucune n'était probablement aussi vulnérable que Jane.

Ainsi la façon dont il offrit un pourboire royal au conducteur de la voiture qui parut s'inquiéter de la présence de ce nouvel arrivant :

— Oui..., je suis monté à la dernière minute. Mais comme je suis dans la voiture de queue et que je n'ai pas de bagages, ne vous inquiétez pas pour moi, je me débrouillerai bien tout seul pour retrouver ma cabine.

Cette seule aisance, oui, l'air souriant, noble et protecteur, mais chaleureux à la fois qu'il avait pour l'humble employé de la Compagnie internationale des Wagons-Lits, la ravit. Si bien que lorsqu'il se retourna vers elle pour commenter l'attitude respectueuse à son égard du conducteur :

— Ces gens peuvent être charmants, le tout est de savoir leur parler...

Elle en fut médusée : ainsi c'était cela la véritable aristocratie, celle dont l'origine se perdait dans la nuit des temps, celle des cours et des légendes... Et que Gaetano ne parût pas pressé de gagner sa cabine, qu'il semblât au contraire tout désireux de demeurer auprès d'elle et de poursuivre leur conversation, était pour elle dans l'ordre des choses : pas un instant, au cours de cette première rencontre, il ne lui parut étonnant qu'on s'intéressât à elle. Aussi, lorsqu'il l'interrogea sur elle-même, sur ce qu'elle faisait, elle eut un charmant petit haussement des épaules, à peine négligent, un rien désinvolte pour murmurer :

— J'écris un peu... c'est tout.

Robert Miles lui en avait donné l'idée : Jane Belloc, comme la romancière ! Alors le visage de Gaetano se transforma : oui, cette fois il s'intéressait vraiment à elle.

— Vous écrivez des livres ?

Le même oui, faussement désinvolte, de Jane.

— Des romans, oui, et puis aussi des poèmes...

Mais tout dans l'attitude de son compagnon l'encourageait à poursuivre sur cette voie.

— Des romans ! Des poèmes ! Vous vous rendez compte de la chance que j'ai ! Je prends ce train en marche, par hasard, et tout d'un coup, qui est-ce que je trouve en face de moi ? Jane Belloc, la romancière, et la poétesse ! C'est à ne pas y croire...

Jane rêvait, flottait, elle planait : elle-même se laissait prendre à son propre mensonge, puisque cet aristocrate italien qui ressemblait si bien au chevalier à l'armure scintillante — les Anglais disent : le « White Knight », « Sir Galaad » — paraissait lui-même si aisément la croire.

— Oh ! vous savez, cela n'a peut-être rien d'étonnant après

314

tout ! Beaucoup de gens écrivent. Et d'ailleurs, on n'évoque bien que ce qu'on a plus ou moins ressenti.

Et ça y était : Jane Belloc était devenue une autre, elle pouvait désormais dire tout ce qu'elle souhaiterait dire, elle-même finirait par y croire. Quant à Gaetano de Montefeltre, il allait très vite commencer à lui faire une manière de cour un peu pressante, toute légère pourtant, presque caricaturale tant elle était italienne au bon et au moins bon sens du mot. Et Jane elle-même n'allait désormais plus avoir d'autre envie que d'y succomber. Si bien qu'ils parlèrent de tout, et de rien, c'est-à-dire de tout ce qui en Gaetano avait attiré Jane Belloc, semblable soudain à ces phalènes fragiles qu'une seule lumière éblouit et dont l'unique plaisir sera de venir s'y brûler.

— Ah ! Urbino et les Montefeltre...

C'était les cours d'amour, les joutes auxquelles se livraient des poètes affamés pour les beaux yeux d'une princesse qui les nourrissait des mets les plus fins et de deux doigts de sa plus tendre chair.

— Ah ! les Este et les Malatesta, Ferrare, Vicenza...

Des noms de légende, des profils dessinés sur des murailles, le regard aigu d'un condottiere devenu mécène et l'ombre du Tasse qui planait sur tout le reste.

— Mais savez-vous que c'est à Urbino qu'on a rédigé le premier code d'amour ? interrogeait Gaetano.

Et Jane de rougir, Gaetano de poser une main sur son épaule.

— Eh oui, un code d'amour ! Parce que même l'amour a ses règles. Choisir le lieu et le moment...

Jane ferma les yeux et trembla presque en sentant cette main sur elle, si innocente et cependant brûlante : je vous l'ai dit, aujourd'hui encore Jane Belloc, que je n'ai jamais connue, me bouleverse par sa fragilité.

— Le lieu et le moment, poursuivit Gaetano, parce qu'en amour comme en tout, c'est l'instant qui compte. Ce qui passe là, tout de suite. Mes vieux précepteurs me le disaient si souvent à Urbino : « On ne se baigne jamais deux fois dans le même fleuve... »

Ce badinage hors du temps, hors de l'espace, aurait pu durer la durée de tout un voyage, lorsque soudain Gaetano leva les yeux.

— Mais que se passe-t-il ? On dirait que le train ralentit.

Jane eut un geste qui voulait dire que cela était sans importance.

– Oui, c'est un essieu qui chauffe. On devait changer de wagon, mais on n'a pas dû en trouver un...

Le visage de Gaetano était pourtant devenu grave : pendant quelques secondes, sa faconde, sa belle humeur étaient tombées. Un voile qui passe. Dirai-je que Miles, à l'autre bout du wagon et lui-même accoudé à la fenêtre, l'avait remarqué ?

Mais le train ralentit encore pour s'immobiliser cette fois tout à fait.

– Je n'aime pas cela, murmura Gaetano.

Autour d'eux, c'était la rase campagne : à droite et à gauche des rangées de collines au garde-à-vous le long d'une vallée où une rivière courait, largement étendue. Et puis, simplement posé le long de l'eau, le ballast et la double voie ferrée.

Pour la première fois depuis que le train s'était arrêté à Francfort et que Gaetano de Montefeltre était monté à bord, Robert Miles s'approcha de Jane Belloc et la salua.

– Je vais voir ce qui se passe.

Il descendit sur la voie. D'autres passagers d'autres wagons commençaient à faire comme lui : c'était la campagne de Franconie, vallonneuse et boisée à perte de vue. A gauche de la voie ferrée, on devinait un château qui aurait pu être Pommersfelden, perdu au milieu des sapins. Le fond de l'air était frais encore, mais déjà tiède et, très haut au-dessus des voyageurs, piquée droit sur le ciel, une alouette chantait. Miles fit quelques pas sur le ballast mais soudain une voix venue de nulle part l'arrêta.

– Interdiction de sortir du train. Remontez tout de suite à bord !

Ç'avait été hurlé plutôt que crié en un allemand guttural imprégné d'accent du Nord. Miles fit pourtant un pas encore et trois hommes surgirent alors des fourrés en contrebas du ballast où ils étaient en faction.

– Vite, vite ! Schnell ! Schnell ! Vous ne comprenez pas ce qu'on vous dit ?

C'étaient des soldats et ils étaient en armes.

– C'était vrai, j'avais oublié, pensa Miles.

Comme Jane Belloc qui, elle, ne se souvenait plus de rien, il avait oublié après une nuit de sommeil que, quelques heures plus tard, l'Autriche sombrerait. D'ailleurs d'autres soldats, également en faction le long de la voie, apparaissaient maintenant le long du ballast, piqués de vingt en vingt mètres comme des signaux ambigus. Et tous les passagers, poussés par eux en avant, remontaient à bord.

316

— Ces messieurs font du zèle, murmura Robert Miles en passant de nouveau à la hauteur de Jane et de son compagnon.

A son habitude, monsieur Lenoir fulminait, encore vêtu d'un grotesque pyjama à fleurs. Madame Nagy était elle aussi apparue : elle portait un déshabillé de soie noire à roses rouges.

— J'espère que l'arrêt ne va pas se prolonger trop longtemps, remarqua Gaetano.

Et Jane, pour la première fois, remarqua, elle, que celui dont elle venait de tomber si follement amoureuse, avait l'air inquiet.

Le sort pourtant le rassura vite. Après quelques minutes, et dans un bruit d'enfer, un train les dépassa sur la voie parallèle à la leur. C'était un long convoi de wagons militaires bourrés jusqu'à la gueule de soldats en armes. Sur plusieurs plates-formes, il y avait aussi des armes lourdes, des mitrailleuses, des formes bâchées recouvertes de treillis de camouflage. Et un quart d'heure après le passage du convoi militaire, le train de Jane et de Gaetano repartit.

— Eux aussi vont en Autriche, avait dit Robert Miles.

Mais ni Jane ni Gaetano ne l'avaient entendu. Avec ce convoi qui venait de disparaître vers l'est, nos espoirs à tous venaient pourtant de basculer.

C'est que Jane Belloc était gaie et voulait être gaie. Au bar, elle but du champagne que lui offrit Gaetano, et pas une fois elle ne s'étonna encore que ce bel inconnu subitement apparu au milieu de son wagon, une simple serviette de cuir en bandoulière, ne l'ait quittée d'une seconde ou même n'ait simplement éprouvé le désir de se rafraîchir dans sa cabine. Non, tout lui paraissait normal, à Jane Belloc. Après tout, elle avait entrepris ce voyage en rêvant qu'elle y rencontrerait un homme jeune et beau qui s'intéresserait à elle, et elle l'avait rencontré.

Robert Miles, lui, fut plus circonspect. Lorsqu'il passa devant la table basse du pullman de part et d'autre de laquelle Jane et Montefeltre étaient assis et qu'il jeta à la jeune femme un regard de côté, celle-ci ne put pas faire autrement que de lui demander de se joindre à eux.

— Je vous présente le prince Gaetano de Montefeltre...

Elle aurait pu dire le duc, ou le comte, mais le titre de prince lui paraissait plus irréel, et comme Gaetano ne protesta pas, elle se dit qu'elle avait bien fait de ne parler ni de duc ni de comte.

— ... le prince Gaetano de Montefeltre. Monsieur Miles, professeur à Londres...

Mais Robert Miles ne semblait nullement désireux de s'arrêter.

317

– Le prince de Montefeltre ? répéta-t-il avec une légère interrogation dans la voix.

Gaetano, à peine moins ironique, s'inclina.

– Montefeltre, oui, dit-il simplement.

Mais le train, qui avait repris de la vitesse, ralentissait de nouveau. Les collines avaient fait place à des montagnes plus hautes, plantées de sapins et, une fois de plus, Montefeltre regardait sa montre.

– A cette vitesse-là, nous ne serons pas en Autriche avant demain !

Se doutait-il que Jane Belloc au fond d'elle-même pensait qu'elle avait, pour arriver en Autriche, tout le temps du monde ?

– Vous me disiez que votre père habitait encore Urbino ?

Gaetano se reprit et sourit : à quoi bon laisser éclater la mauvaise humeur qui bien évidemment l'envahissait à mesure qu'il constatait que le train prenait davantage de retard ? Faisant contre mauvaise fortune bon cœur, il se lança dès lors dans une description détaillée du palais d'Urbino.

– Oh ! vous savez, il vit très retiré, mais sa bibliothèque est demeurée un endroit merveilleux !

Et il parla : des livres et des visages, des salles d'armes où dormaient de grands chiens danois. Des livres encore, et d'autres visages aux murs des salons peints...

Un peu avant l'heure du déjeuner, le train s'immobilisa pourtant une fois de plus : à droite et à gauche, c'étaient les mêmes montagnes plantées de sapins. A mi-pente, s'élevaient des granges ou des fermes aux longs toits de pierres plates.

– Qu'est-ce qui se passe encore ? murmura de nouveau Gaetano.

Cette fois, il paraissait vraiment inquiet : on comprenait qu'il était pressé. Il n'avait pourtant pas achevé sa phrase que la porte de la voiture-bar dans laquelle ils se trouvaient s'ouvrit et que le chef de train faisait irruption dans le wagon, suivi de deux policiers en armes. Jane s'était retournée elle aussi pour le voir : avant même qu'elle ait pu se rendre compte de ce qui s'était passé, son compagnon s'était levé et quittait la voiture. On dit : ni vu ni connu. Simplement, passant à la hauteur de monsieur Lenoir qui tirait sur un cigare et qui consultait dans un journal de Wall Street de la veille les cours des valeurs qu'il allait acheter à terme le surlendemain à Londres, l'Italien trébucha et retrouva son équilibre en se rattrapant à lui.

– Je vous demande pardon...

Monsieur Lenoir grogna que décidément les étrangers ne

savaient pas se tenir dans les trains. Peut-être qu'il parla des Juifs et des Italiens qu'il vouait aux mêmes gémonies, mais il ne se rendit pas compte que c'était en cet instant précis que Gaetano – dont vous avez bien compris depuis le début que c'était un voyageur clandestin ! – venait de lui dérober son passeport.

– Je vous demande pardon...

Gaetano de Montefeltre était déjà parti mais, comme d'autres voyageurs s'étaient également levés à l'entrée des soldats et du chef de train, qu'il y avait eu un brouhaha, des éclats de voix et des cris de surprise, on ne l'avait pas remarqué. Cependant, dominant le bruit, le chef de train faisait signe à tous les voyageurs de se taire car il avait une annonce à leur faire.

– Messieurs-dames, commença-t-il, je vous en prie... s'il vous plaît... Les autorités militaires viennent de nous faire savoir que le trafic ferroviaire entre Munich et Linz est momentanément interrompu. Et pour une durée indéterminée.

Dans la voiture, ce furent des mouvements divers, des manifestations d'indignation ou de mécontentement.

Miles, d'abord, haussa les épaules.

– Il ne manquait plus que cela !

Mais je ne répéterai jamais assez que Robert Miles était l'un des rares passagers de ce train dans lequel nous étions tous embarqués et qui n'était pas seulement l'Orient-Express, à savoir vers quoi nous nous acheminions.

Madame Dujardin, elle, eut une réflexion remarquable :

– Je l'ai toujours dit : c'est le jour où les trains ne seront plus à l'heure que le monde ne sera plus tout à fait ce qu'il est.

Mais le chef de train, qui voulait continuer à parler, demanda le silence.

– S'il vous plaît, messieurs-dames, s'il vous plaît... La Compagnie est désolée de cet incident, et fera de son mieux pour que l'arrêt forcé que nous allons être contraints de faire soit le moins désagréable possible... Nous allons nous arrêter à la prochaine gare et attendre là que la voie soit de nouveau ouverte.

Sortant de la torpeur lourde où l'avaient déjà plongé plusieurs verres de Pernod, monsieur Lenoir se réveilla.

– C'est incroyable !

Pour un peu, administrateur ou directeur de la Compagnie Internationale des Wagons-Lits et des Grands Express Européens, il aurait lui-même écrit pour se plaindre à son propre conseil d'administration. Cependant, et dans un brouhaha qui allait grandissant, le chef de train et les hommes en armes traversaient toute la longueur du corridor du wagon-bar pour aller faire leur annonce dans les wagons suivants.

Seule, Jane, un peu éberluée du départ soudain de Gaetano, ne savait trop que faire : elle ne comprenait plus. Mais madame Dujardin, qui faisait partie de ces vieilles excentriques égoïstes jusqu'à la moelle parce que, justement, elles ont un cœur d'or, se rapprocha d'elle.

— Il n'a pas pu aller bien loin... J'espère !

Le dernier « j'espère » de madame Dujardin était une réflexion qu'elle se faisait à elle-même, comme si elle avait senti qu'il se passait quelque chose. Et le convoi, lourdement mais lentement, se remit en marche.

Bientôt il s'arrêta, et cette fois pour de bon, dans une minuscule petite gare en bordure de la forêt. Au-delà, un village. Les portes des wagons s'ouvrirent ; les voyageurs, d'abord hésitants, commencèrent à sortir. Jane, l'une des premières, regardait autour d'elle.

— Où a-t-il pu passer, se disait-elle.

Mais soudain, le regard inquiet qu'elle posait sur tous et toutes se détendit : elle venait d'apercevoir Gaetano près d'un autre wagon. Il semblait être en grande conversation avec le petit homme fluet à moustaches, vêtu de noir, qui faisait les cent pas sur le quai de la gare de Francfort, mais qui s'écarta très vite de lui lorsque celui-ci, ayant à son tour remarqué Jane, vint vers elle.

Jane paraissait réellement soulagée.

— Vous m'avez fait peur ! Je ne vous voyais plus...

Gaetano sourit, avec cet air un peu mystérieux qu'il cultivait parce qu'il avait compris que l'air et le sourire faisaient une grande impression sur Jane.

— Croyez-en ma vieille expérience, on ne disparaît pas si aisément, surtout dans un train ! — il partit d'un sourire plus large encore — Non... je vous attendais...

Puis, la saisissant par le bras, il l'entraîna en direction de la minuscule salle d'attente où les passagers du train peu à peu se rassemblaient. En arrière et à quelques mètres d'eux, le petit jeune homme en noir remonta dans son wagon. L'étape Hetzel — c'était le nom du village où ils allaient ainsi, si malencontreusement pour Gaetano, si heureusement pour Jane Belloc, devoir passer près de vingt-quatre heures — venait de commencer.

Les voyageurs demeurèrent d'abord enfermés dans la gare pendant près d'une heure : il ne faisait plus de doute pour personne que les trains avaient été arrêtés dans toute cette partie de l'Allemagne pour permettre à d'autres convois militaires de rallier l'Autriche. Gaetano, cependant, demeura superbe. Nous avons bien deviné que des raisons impérieuses le poussaient à vouloir quitter le pays le plus rapidement possible, mais il continuait à faire contre mauvaise fortune bon cœur et, avec un allant surprenant, il joua les clowns et les prestidigitateurs pour distraire les quelques enfants – dont ceux de la jolie madame Nagy – qui étaient réunis avec leurs parents dans la salle d'attente.

– Qu'est-ce que j'ai dans la main, hein ? Devine ?

Il présentait à un blondinet aux cheveux coupés aux enfants d'Edouard un chiffon de tissu blanc.

– Un mouchoir ? Tu crois que c'est un mouchoir ?

Il souriait plus que jamais, avec tout l'éclat de la jeunesse.

– On dirait plutôt un briquet, non ? Qu'est-ce que tu en penses ?

Trois tours de passe-passe et le mouchoir était en effet devenu briquet : les parents d'applaudir, madame Dujardin de s'attendrir et Jane Belloc, surtout, de le regarder avec émotion : non seulement il était beau et portait un grand nom, mais encore il aimait les enfants ! En moins d'une heure, Gaetano de Montefeltre avait ainsi conquis tous les passagers du train. Seul Robert Miles demeurait méfiant à son endroit. Quant à l'épouvantable monsieur Lenoir, il ne lui accordait pas un regard.

– Bien sûr, il y avait quelque chose de sympathique en lui, devait me dire Miles. Mais dans le même temps, sous le vernis trop léger, je devinais le faiseur.

Imperturbable, faiseur, faisan ou grand de ce monde, Gaeteno continuait pourtant à faire sortir des balles de tennis de la poche des vieilles dames et des plumes d'oie de derrière les oreilles des chefs de train : Jane Belloc, elle, le regardait, et c'était tout.

– C'était surtout ce regard ravi qu'elle posait sans cesse sur lui qui m'irritait ! devait m'avouer Robert Miles.

Cependant, après une heure très exactement, le chef de gare de Hetzel entra dans la salle d'attente suivi d'un officier qui portait l'uniforme SS : c'était le premier bourreau à tête de mort que voyait Robert Miles et le souvenir devait lui en rester.

– Mesdames et messieurs, commença le chef de gare, ceux d'entre vous qui le désirent sont maintenant autorisés à quitter la gare. Vous pouvez vous promener tranquillement dans le village, ou aller jusqu'à l'auberge où l'on vous servira une collation, si vous le souhaitez. Mais vous êtes priés de regagner le train à neuf heures du soir...

Le regard de Miles se figea :

— Couvre-feu, en somme ?

Mais l'officier SS à l'uniforme tout aussi chamarré que la casquette du chef de gare le dévisagea de son regard bleu.

— Non, une simple mesure de sécurité pour tout le monde. Nous vous demanderons seulement de déposer en sortant vos passeports dans le bureau du chef de gare. Naturellement, ils vous seront rendus lorsque vous remonterez à bord.

Miles n'insista pas : il savait à quelle race appartenait l'officier. Et tandis que la plupart des passagers se préparaient à gagner le village, seuls quelques-uns d'entre eux — le jeune homme fluet, monsieur Lenoir avec une mauvaise humeur évidente... — préféraient retourner vers les wagons qui avaient été immobilisés sur une voie de garage de l'autre côté de la petite gare.

C'est au moment où Gaetano remettait ses papiers au caporal à lunettes rondes qui assistait l'officier SS dans ses opérations de contrôle, que Robert Miles remarqua que l'Italien voyageait avec un passeport belge. Mais Gaetano lui fit un clin d'œil.

— Eh oui ! Ma mère était belge et j'ai préféré conserver sa nationalité !

Encore une fois, comme si tout cela allait de soi, à chaque seconde qui passait, Gaetano de Montefeltre jouait quitte ou double et, jusque-là, il avait toujours gagné... Il est vrai que Jane Belloc lui facilitait singulièrement la tâche.

— Je n'ai pas envie de les suivre, remarqua-t-elle en lui montrant le petit groupe des voyageurs qui se dirigeaient vers l'unique rue du village. Si nous allions plutôt nous promener ?

Gaetano la regarda un instant.

— C'est drôle comme vous dites toujours les mots que je souhaite vous entendre dire...

Jane Belloc frissonna. C'était bien là l'une de ces phrases qu'elle-même avait toujours rêvé de s'entendre dire. Mais déjà Gaetano prenait son bras, et ils gravissaient à mi-pente un chemin qui s'élevait dans les sapins. Un peu la promenade de Maria von Pallberg et de ses amis au-dessus de cet autre village au Tyrol, à la veille d'une autre guerre. Lentement, en silence, la vallée se découvrait devant eux et on aurait dit que ni l'un ni l'autre ne voulait rompre cette sérénité.

Après un moment, Jane s'arrêta pourtant :

— Nous sommes si loin de tout, tout d'un coup...

Elle respirait très fort : la fatigue, peut-être, et la côte qu'ils

322

venaient de gravir, mais l'émotion aussi. Si loin qu'elle remontât dans sa mémoire, elle ne se souvenait pas d'un moment de bonheur semblable. Il y avait autour d'elle tout ce dont elle avait toujours pu rêver : le ciel bleu et la campagne, des odeurs de lointain, un pays étranger, un homme jeune et très beau à ses côtés. Dès lors, qu'importait que la raison de cette halte au pays de l'impossible devenu vrai fût une guerre qui se préparait ? Et si Gaetano, de son côté, regardait parfois subrepticement sa montre, elle ne s'en rendait pas compte. Qu'il fût préoccupé, inquiet, angoissé peut-être, elle ne pouvait le comprendre, pas même s'en douter : elle vivait dans son rêve.

— Regardez la gare et le train en dessous de nous, dit-elle soudain en se laissant tomber plus qu'elle ne s'assit dans l'herbe. On dirait un train mécanique... Un de ces petits jouets en bois comme en ont les enfants ! Mais vous ne dites rien, vous !

Leur dialogue était celui d'une comédie. Légère en apparence, la demoiselle un peu mûre et le jeune homme trop beau : dernière scène, comme celle qu'avaient jouée Hélène et Damiens à Bucarest, de l'acte I. Le jeune homme trop beau resserra son étreinte sur le bras de la demoiselle un peu mûre.

— Que voulez-vous que je vous raconte ? Vous avez tout deviné de moi...

Jane Belloc eut un sourire qui se voulait d'autant plus innocent et naïf qu'il l'était bien, innocent et naïf.

— Vous voulez rire ! Je connais votre château, vos tableaux, simplement parce que j'en ai lu des descriptions dans des livres... Mais j'aimerais tellement en savoir plus. Comprendre... M'imaginer par exemple comment vous vivez au milieu de tout cela !

Une fois de plus, et sans trop le montrer, Gaetano regarda sa montre. Puis, comme il se rendait compte qu'il n'y avait rien à faire, qu'il était vraiment immobilisé au milieu de la campagne franconienne et que le train n'était pas près de partir, il se lança à cœur perdu dans une description élaborée de ce que Jane Belloc appelait le château de ses ancêtres, mais aussi de sa famille, de sa vie. Il parlait sans parler, calmement, doucement, simplement, pour faire passer le temps.

— Savez-vous que lorsque j'étais tout petit, j'avais une nourrice qui avait tenu à me faire apprendre par cœur toute la généalogie de ma famille ? Si bien qu'à l'âge de sept ans, j'étais capable de réciter sans me tromper les noms de tous mes ancêtres depuis le premier Montefeltre vainqueur des Normands en Sicile...

Et les mots, de nouveau, bercèrent Jane. Les noms de villes et

de condottieri, de principautés, de peintres. Et qu'un Montefeltre eût oui ou non battu les Normands en Sicile importait dès
lors si peu...

— Oh ! Gaetano...

Elle l'avait interrompu, comme cela, sans raison, et il crut un
instant qu'elle allait prendre sa main : ç'aurait été la première
fois de sa vie que Jane Belloc prenait dans la sienne la main d'un
homme. Une seconde s'écoula : j'imagine, moi, ou j'essaie d'imaginer ce qui peut se passer dans la tête d'une Jane Belloc pendant
tout le temps très long que dure une longue seconde. Son père
pasteur et les écoles du Kent ou du Sussex, trente-sept années qui
se sont écoulées sans qu'elle s'en rendit seulement compte, et
puis rien au bout : pendant une seconde elle faillit le faire, ce
premier geste. Mais elle se ressaisit.

— Oh ! Gaetano ! Tout cela me semble si loin...

Alors — peut-être parce qu'après tout, c'était aussi son
métier que de séduire — il effleura très légèrement de sa main
à lui l'épaule de la jeune femme.

— Mais j'ai suffisamment parlé de moi. Racontez-moi à votre
tour des choses sur vous...

Elle ferma les yeux : badinage, marivaudage, les mots qui
filent, ce paysage, la gare, en dessous d'eux, si petite et elle qui
vivait une vie qui aurait pu être la sienne... Elle ferma les yeux
et parla. Raconta. Inventa sa vie.

— J'habite une grande maison qui donne sur un jardin dont
j'ai choisi chaque fleur, chaque plante, chaque bordure. Là, je
vis seule au milieu de mes chats et de mes chiens. Je vis seule
parce que j'ai choisi la solitude et que les mots, les poèmes, les
livres naissent mieux dans la solitude...

C'était cela, sa *vraie* vie.

— Et puis, autour de moi, il y a mes livres. Mes plus anciens,
mes plus fidèles compagnons. Dickens et les Brontë, Jane Austen,
Thackeray, Virginia Woolf... Je vis auprès d'eux tout autant et
plus même qu'avec mes plus proches, ceux qui viennent parfois
me voir pendant le week-end et que j'installe dans une aile très
loin de ma chambre et de ma bibliothèque, pour pouvoir encore
et encore écrire en paix.

A mesure qu'elle parlait et qu'elle s'inventait cette maison de
rêve, ces amis fidèles et ces chiens familiers, ces livres, Jane
Belloc, se disait que tout le reste était bien loin. Et le portrait
qu'elle traçait d'elle lui paraissait désormais si ressemblant qu'elle
eut brutalement le sentiment qu'elle ne pourrait jamais plus
revenir à Acton-the-Hole ni retrouver le pharmacien, le pasteur,

l'épicier, sa vraie maison néo-victorienne et sombre et les rayonnages d'une bibliothèque remplie de la collection complète du bulletin paroissial. Alors, brusquement, elle se leva.

— Redescendons, voulez-vous ?

Elle s'était interrompue tout net, et Gaetano remarqua qu'il y avait des larmes dans ses yeux. Il en fut soudain ému.

— Jane !

Mais déjà elle dévalait en courant le sentier qu'une heure auparavant ils montaient en silence.

Le village paraissait dormir. Dans la rue, aux devantures des échoppes, sur le pas de leur porte, les habitants avaient le visage fermé, sombre. Comme si ce qui était en train de se passer — dans quelques heures l'invasion de l'Autriche par Hitler — les concernait tous et que tous savaient que c'était là une chose grave qui marquerait peut-être leur destin à jamais. Partout, aussi, il y avait des soldats en armes.

En quelques instants, Jane et son compagnon avaient gagné l'auberge. Dans l'unique salle, c'était la même humeur sombre qui régnait. La solide patronne au torse de Walkyrie servait des pots de bière sans desserrer les dents et seul un petit vieillard, ricanant, racontait sans fin que, le lendemain, le Reich allait entrer dans une ère nouvelle. Mais, comme s'ils n'en étaient pas si sûrs que cela, les rares villageois égarés au milieu des étrangers l'écoutaient sans répondre — et sans pourtant non plus oser le faire taire.

— Ah ! voilà les...

Madame Dujardin, à l'entrée de Jane Belloc et de Gaetano, avait failli dire « les amoureux ». Mais le regard plein de reconnaissance que lui lança Jane lui montra qu'elle aurait pu prononcer le mot, même si la jeune femme, ensuite, avait dû en rougir plus qu'elle ne l'avait jamais fait dans sa vie.

— Alors, vous avez fait une bonne promenade ? reprit madame Dujardin.

Dehors, le bruit lointain d'un train qui devait être un nouveau convoi militaire montrait bien que ce qui devait se dérouler le lendemain était désormais inéluctable. Répondant seulement d'un sourire, Jane Belloc était venue s'asseoir à la table où trônait la vieille dame, avec Robert Miles à sa droite.

— Je crois, n'en déplaise à l'air maussade de la patronne, qu'il y a un de ces petits jambons fumés dont vous me direz des nouvelles.

L'air gourmand, madame Dujardin servait elle-même les autres voyageurs et bientôt une conversation générale s'entama autour de la table. Une conversation générale et politique. Très vite, deux attitudes se dessinèrent parmi les convives. Celle de Miles et celle de Gaetano.

– Personne ne se rend compte ! expliquait mon ami anglais, personne ne veut vraiment se rendre compte ! Mais ce qui se passe en ce moment est beaucoup plus grave que tout ce que nous pouvons imaginer.

Comme Gaetano, à qui – parce qu'il était italien – paraissait s'adresser ce discours, ne répondait pas, la pauvre Jane crut bon d'intervenir : naïvement.

– Oh ! Professeur ! Vous ne croyez pas que vous dramatisez un peu la situation ? Après tout, l'Autriche, c'était déjà presque l'Allemagne !

Mais pour mon ami Miles, il était des choses dont on ne pouvait parler ni à la légère ni naïvement.

– Chère mademoiselle, il existe en droit international des morceaux de papier qui s'appellent des traités. Et j'ai la faiblesse de croire que ces morceaux de papier ne peuvent pas être jetés à la corbeille par la volonté d'un seul. Une fois le droit violé, on peut s'attendre au pire !

Gaetano continuait à se taire. C'est alors que madame Dujardin remarqua qu'il détournait la tête et fixait d'un œil inquiet non seulement les deux ou trois policiers en train de boire, mais aussi les soldats en armes et en uniforme SS qui avaient pénétré dans l'auberge à la recherche d'une table.

– Tout cela est peut-être un peu plus compliqué..., lança alors l'Italien, comme pour changer le cours de la conversation.

Mais Miles, en Anglais sûr de son fait qui défend tout à la fois une certaine notion du droit international et les couleurs de son drapeau, s'enflamma.

– C'est ça ! La fin justifie les moyens, comme disait votre illustre compatriote !

Pris de cours, Gaetano hésita.

– Mussolini ?

– Non, Machiavel. Je m'étonne de votre erreur.

La voix de Miles était devenue cinglante. Alors, d'un coup, Gaetano sourit. Mais l'un de ces sourires à vous désarmer un régiment entier de mal-pensants, de flics ou d'universitaires.

– Cher monsieur le professeur, croyez bien que chez les Montefeltre, on sait par cœur Machiavel, le Tasse et Dante à l'âge de douze ans !... On récite d'ailleurs Dante à l'envers et le

Tasse avec l'accent romain ! Vous comprendrez qu'ensuite, on préfère tirer un trait dessus et qu'on l'oublie aussi vite !

Ce n'avait même pas été une joute : tout juste quelques phrases lancées comme cela, de manière percutante, dans une conversation. Et le regard de Jane Belloc brillait : ah ! Gaetano lui avait bien rivé son clou, au professeur qui voulait jouer au professeur ! D'ailleurs, Robert Miles devait lui-même me dire avec un petit hochement de la tête un peu triste :

— Elle était si sûre de lui que je ne sais même pas comment j'ai pu oser faire ce que j'ai fait ensuite.

Il voulait parler de la façon dont il avait tenté d'ouvrir les yeux de Jane. Mais nous n'en étions pas encore là. Le repas s'achevait seulement et Gaetano, amusé, amusant et détendu, jouait avec un superbe briquet en or massif.

— Disons seulement que je n'envie pas votre optimisme, conclut Robert Miles qui voulait mettre un terme à cette conversation.

Et madame Dujardin porta un toast qui ne fut suivi qu'avec politesse aux aléas des voyages en chemin de fer et aux rencontres qu'on pouvait y faire : ce n'est qu'une heure plus tard que les passagers furent autorisés à regagner leurs cabines. Mais une fois de plus, et avant même que Jane Belloc ait eu le temps de lui demander de la raccompagner, Gaetano était déjà parti. Passez muscade !

— Vous me pardonnerez ! Je suis mort de fatigue !

La porte de l'auberge s'était refermée sur lui : le sentiment qui éclata alors sur le visage de Jane Belloc était bien celui de la déception. Un instant, elle faillit se lever à son tour, mais Robert Miles devina qu'elle se retenait, pour ne pas donner l'impression de s'accrocher aux basques de qui venait de la quitter en si grande hâte.

— Vous ne venez pas avec nous ?

C'était Miles qui l'avait interpellée : madame Dujardin, la veuve Nagy et ses enfants se dirigeaient à leur tour vers la porte à petits carreaux qui donnait sur la rue, et déjà l'aubergiste et ses servantes débarrassaient les tables. A l'odeur de la bière forte et des assiettes de charcuterie fumante, avait succédé celle des fonds de pots de vin aigre et des cendres froides : fin de partie, chandelle qu'une à une on mouche...

— Non, je vous remercie. Je préfère rester encore un moment ici...

Brusquement la solitude de sa cabine faisait peur à Jane, elle qui, une journée entière, avait si somptueusement rêvé. Alors Miles revint vers elle, et s'assit de l'autre côté de la table.

— Vous ne devriez pas...

Il avait commencé une phrase. Etait-ce un avertissement, une mise en garde ? Mais la réaction de Jane Belloc fut immédiate et sèche.

— Je ne devrais pas quoi ?

Il se tut. Il devinait bien ce que la jeune femme pensait : qu'était-il, ce professeur rencontré dans un train qui paraissait vouloir s'apitoyer sur elle ou lui donner des leçons ? Il demeura donc quelques instants silencieux. Et pourtant, tout ce qu'il avait pu voir depuis le matin, tout ce qu'il croyait avoir deviné de Gaetano ne pouvait que susciter en lui les pires soupçons et il aurait voulu que Jane au moins se doutât, sinon qu'elle comprît. Enfin, n'y tenant plus, il sortit un objet de sa poche.

— Je crois que votre ami a oublié quelque chose dans sa fuite...

C'était le briquet en or de l'Italien. Le visage de Jane se contracta.

— Ce n'est pas mon ami !

Avec un sourire qu'il voulait à peine ironique, Robert Miles se reprit.

— Disons alors que notre passager clandestin a oublié son briquet.

L'effet de sa remarque fut bien celui qu'il attendait.

— Pourquoi dites-vous clandestin ?

Toutes griffes dehors, déjà, pour défendre celui qu'elle croyait aimer... Avec une très grande patience, Miles tenta alors de lui expliquer qu'il avait vu Gaetano monter à bord au dernier moment à l'arrêt de Francfort, que celui-ci avait eu mille gestes tout au long de la journée qui montraient bien qu'il voulait éviter d'avoir affaire avec les autorités, que ce soient celles du train ou celles de l'Etat allemand...

— Et alors ? l'interrompit Jane, n'est-ce pas vous-même qui nous disiez tout à l'heure que le Reich de monsieur Hitler était un Etat policier dont nous ne soupçonnions pas les dangers qu'il représente pour le reste de l'Europe ?

Pris au piège de ses propres mots, Miles savait bien qu'il se mêlait de ce qui ne le regardait pas, mais il avait commencé, il ne lui restait plus qu'à poursuivre. Il employa le mot « imposteur ».

— Je ne voudrais pas que vous vous laissiez abuser par un imposteur.

D'un coup, Jane Belloc se leva : elle était bien l'image de la femme amoureuse qui se battrait à mort pour son amour.

– J'en étais sûre ! lança-t-elle. La voilà bien l'arrogance des Anglais en voyage ! Tous les autres sont des métèques ou des imposteurs. Il n'y a que nous, Britanniques, à savoir tenir très haut le flambeau de la vérité ! Et si monsieur de Montefeltre voyageait comme vous et moi, tout simplement ?

Elle était superbe, Jane, dans ce moment-là. Et Robert Miles sentit que d'un coup toute la tendresse qu'il avait pu accumuler pour elle débordait. Il aurait voulu la prendre dans ses bras et lui dire que sa chance à elle de ne pas finir dans la peau d'une femme aigrie, usée, seule, c'était lui, et non pas un aventurier de passage croisé dans un train, n'importe quel faux prince ou duc italien de comédie qui jouait les séducteurs brillantinés, fût-ce avec le sourire le plus charmeur du monde. Mais il se retint et se borna à se lever à son tour.

– Ecoutez, si vous êtes si sûre de vous, ou de lui, ce qui revient au même, nous allons lui rapporter ça – il tenait le briquet en or à la main – ; nous verrons bien s'il voyage comme vous et moi !

C'était un défi, il avait osé le lancer, elle le releva : quelques instants après, sous l'œil d'un employé de la compagnie qui leur disait de se hâter car l'heure du couvre-feu allait bientôt sonner, ils regagnèrent la gare où un fonctionnaire endormi leur rendit les passeports qu'il avait en dépôt. Dans la nuit, sur sa voie de garage et toutes lumières éteintes, le train attendait. Aussitôt montés à bord, et comme instinctivement, ils se mirent à chuchoter. Soudain, Jane avait peur. Si sûre d'elle, avait dit Miles ? Elle n'était plus sûre de rien du tout. Bien plus : elle avait brusquement peur de ce qu'elle allait trouver. Dans l'obscurité du couloir de leur propre wagon, elle se retourna vers lui. Son regard implorait : qu'il s'arrête ! Qu'il ne joue pas davantage avec elle, avec son amour, avec ce briquet stupide qu'il tenait à la main et dont il avait soudain fait une arme contre elle ! Mais Miles soutint son regard.

– Allons-y, dit-il. Dans quelle voiture est-il ?

Jane se souvint que Gaetano avait parlé du wagon de queue. Puisque les dés étaient jetés, il fallait jouer jusqu'au bout.

– La dernière voiture.

Ils se mirent en marche. Une voiture, deux, trois : tout dormait. On se rendait compte que, surpris par les consignes qui avaient dû leur être données de ne pas allumer les lumières, tous les passagers n'avaient eu rien d'autre à faire que se coucher à la hâte. D'où ce silence absolu. Et les voitures qui ressemblaient aux voitures.

— Encore une... murmura Miles.

Il y eut à ce moment un fracas de convoi dans la nuit, tout près d'eux. Jane sursauta et se raccrocha au bras de Miles qu'elle lâcha pourtant tout aussitôt : ce n'était qu'un autre train militaire encore chargé de soldats en armes qui se dirigeait vers l'est. Le temps que passe le train, ils s'arrêtèrent, et ce n'est que lorsque le silence fut revenu qu'ils reprirent leur marche dans le couloir que l'éclat de lune éclairait seulement d'une lumière blanche et bleue... Mais désormais Jane tremblait de tous ses membres : et si Miles avait vu juste ? Qu'allait-elle trouver dans le dernier wagon...

Enfin, ils poussèrent la dernière porte, et tout ce qui suivit se déroula si vite... Au bout du couloir, appuyé à la fenêtre à laquelle il tournait le dos, il y avait le petit jeune homme en noir et à la moustache fine qui fumait une cigarette. A peine eut-il aperçu les deux arrivants qu'il jeta sa cigarette à terre et l'écrasa, puis pénétra dans le compartiment qui se trouvait en face de lui. L'instant d'après, Gaetano en sortait, nouant autour de sa taille la ceinture d'une somptueuse robe de chambre d'indienne.

— Jane, vous êtes venue jusqu'ici !

Il souriait, débordant de charme — et Jane sentit son cœur fondre. Dans le même mouvement, d'ailleurs, il montrait la cabine dont il sortait...

— Eh oui ! Mon secrétaire n'a pu trouver de single et je partage mon compartiment avec lui. Alors qu'il y a tant de jeunes et belles dames dans ce train... N'est-ce pas une misère ?

Le sourire de Gaetano : une invitation à toutes les rêveries, aux envolées les plus lyriques de toutes les midinettes comme des femmes du monde les plus établies dans leur monde établi ! Mais Robert Miles coupa court à ces effusions sentimentales.

— Votre briquet. Vous aviez oublié votre briquet...

Et Jane, pour prévenir le mouvement d'interrogation de celui qu'elle dévorait des yeux, expliqua :

— Pardonnez-moi de vous avoir dérangé... C'est moi qui ai insisté. J'ai cru que vous pourriez en avoir besoin...

La scène se prolongea quelques minutes encore, chacun ne sachant trop que faire sans se décider pourtant à s'en aller puis, après deux ou trois phrases insignifiantes. Gaetano fit un dernier sourire et la porte de la cabine se referma sur lui.

Alors seulement Robert Miles se retourna vers Jane : il capitulait.

– Vous aviez raison. J'ai bien toute l'arrogance des Anglais en voyage : ce que je déteste le plus au monde chez mes compatriotes. Je vous demande pardon.

Le visage de Jane s'était refermé.

– Ce n'est pas grave. Mais je suis heureuse que vous le reconnaissiez.

Dix minutes après, dans sa cabine, Jane Belloc – comme la veille – se regardait dans la glace de la tablette. Et, comme la veille, ne sachant décider si elle se trouvait belle ou laide, triste ou gaie, jeune ou vieille, elle se faisait à elle-même une grimace comique.

– Jane Belloc, écrivain et poète...

C'était encore une fois la seule lumière de la lune qui l'éclairait et, lourdement, le convoi s'ébranla enfin. Sans cesse pourtant des trains de mort le dépassèrent encore dans le même fracas de ferrailles, de rails et de roues...

Lorsque Jane se réveilla en sursaut, c'était toujours la nuit mais le wagon était de nouveau arrêté. Se penchant à la portière, la jeune femme se rendit compte que cette fois, pourtant, on était arrivé à une gare. En plusieurs langues, des pancartes indiquaient qu'ils se trouvaient à la frontière autrichienne et des soldats en armes patrouillaient sur le quai.

Brusquement, elle sursauta : on frappait à sa porte. Mais avant même qu'elle ait eu le temps de revêtir un peignoir, sur sa fine chemise de soie, la porte s'était ouverte et trois policiers étaient devant elle.

– Police des frontières. Contrôle des passeports...

L'officier qui tendait la main vers ses papiers n'avait eu aucun regard pour sa personne. En revanche, il examina longuement le passeport qu'elle lui présenta. Son regard était soupçonneux et il tourna et retourna le document entre ses mains. Puis, convaincu que Jane Belloc était bien Jane Belloc, il claqua les talons et il se retira ; dans les minutes qui suivirent, elle put entendre, de compartiment à compartiment, le même bruit de porte qu'on tirait, le même cri rauque des policiers, le même claquement de talons. Ensuite ce fut le silence.

Le train, pourtant, ne repartait toujours pas, et Jane commença à se demander ce qui pouvait se passer. Etendue sur le dos, elle ne parvenait pas à se rendormir. Les images, maintenant qu'elle était réveillée, se bousculaient dans sa mémoire. Lorsqu'elle s'était couchée, quelques heures auparavant, elle était trop épuisée pour ne pas sombrer d'un coup dans le sommeil. Désormais, elle rêvait. Se dire qu'un jour, peut-être à Urbino... Elle imaginait le père de Gaetano, un vieillard grave et doux, ou encore une gigantesque bibliothèque dont les rayons couraient sur des kilomètres et des kilomètres de murs. Là, elle se promenait, un livre à la main. Dante ou le Tasse, Manzoni, Gaetano, un grand chien danois à ses côtés, parcourait des salles qui ouvraient sur d'autres salles, des corridors de marbre, des antichambres, des escaliers nobles et des passages dérobés.

— Mais qu'est-ce qu'il peut bien se passer ?

Elle s'était brusquement relevée, tout à fait réveillée cette fois : dehors, sur le quai de la petite gare, on entendait des cris, des vociférations — et le train n'était toujours pas parti.

Enfilant son peignoir, Jane sortit enfin dans le couloir où elle se heurta à Miles, qui allait lui-même aux nouvelles. Une animation soudaine régnait dans la voiture.

— Je n'y comprends rien. Cela fait quarante-cinq minutes que nous sommes immobilisés ici. Votre ami monsieur Lenoir a l'air en grande conversation avec ces messieurs...

Miles était descendu de la voiture : il revint quelques instants plus tard. Apparemment, monsieur Lenoir avait perdu son passeport, les autorités allemandes refusaient de le laisser sortir du pays et lui-même, en temps qu'administrateur de la Compagnie, affirmait bien haut son intention de ne pas autoriser le chef de train à permettre au convoi de repartir sans lui.

— L'égoïsme monstrueux de ce monsieur dépasse tout ce qu'on peut imaginer ! grommela Miles avant de s'enfermer de nouveau chez lui.

Jane, de son côté, était revenue s'étendre sur sa couchette, mais elle ne dormait pas. C'est alors qu'on frappa de nouveau à sa porte.

— Qu'est-ce que c'est ?

Elle avait sursauté.

Mais la voix de Gaetano lui parvint de l'autre côté de la paroi, pressante, hors d'haleine.

— C'est moi, c'est Gaetano... Ouvrez vite !

De même que lorsque le policier chargé du contrôle des papiers avait fait son entrée dans sa cabine, elle n'avait pas eu le temps de passer son peignoir que l'Italien était déjà dans l'étroite cellule, sa sacoche de cuir à la main. Et lui-même s'arrêta un instant. Un peu surpris, ému sûrement de se trouver ainsi face à elle, presque nue sous le voile léger. Jane respirait plus fort. Cela dura... oh ! quelques dixièmes de seconde. Mais déjà l'un comme l'autre avait repris son sang-froid. Gaetano parce qu'il sentait le danger à ses basques et Jane car elle avait, au fond, toute la présence d'esprit du monde.

— Dites-moi, lui souffla Gaetano à l'oreille, c'est à cause du passeport de ce type que le train ne part pas, n'est-ce pas ?

Tout de suite Jane avait compris. Elle balbutia quelque chose.

— Oui, je crois... il ne le retrouve plus.

Gaetano parut réfléchir une seconde, puis, comme pris d'une inspiration subite, il saisit le bras de Jane.

— Vous allez m'aider, n'est-ce pas ?

C'était un appel, du plus profond de lui-même et de tout son corps. Il lui tendit son propre passeport — ou ce qu'il avait fait passer comme tel : un passeport belge qui portait, bien en évividence, le nom de monsieur Lenoir. Jane ne bougeait pas, la bouche simplement ouverte.

— Ne me posez pas de questions, lança Gaetano, et faites ce que je vais vous dire. Je suis poursuivi, je me cache. Il faut que ce train reparte le plus vite possible. Une heure de plus en Allemagne, et je suis un homme mort. Alors, vous allez prendre ce passeport, vous allez sortir de votre cabine, et vous irez jusqu'au bout du couloir. Là, vous ferez comme si vous aviez trouvé le passeport par terre. Vous allez le rendre à son légitime propriétaire, c'est tout... Je vous en supplie.

La main de Gaetano serrait le bras de Jane. Il lui avait parlé tout bas, presque à l'oreille, et elle avait senti son souffle contre sa bouche : une émotion comme elle n'en avait jamais connue l'étreignait. J'ai dit : un appel de tout son corps.

— Pourquoi ? C'est vous qui lui avez pris son passeport ?

Il secoua la tête.

— Oui, mais il ne me sert plus à rien. Je vous expliquerai plus tard. Je vous en supplie, dépêchez-vous.

Un soupçon horrible traversa soudain Jane. La terreur monstrueuse de soupçonner le pire.

— Qu'est-ce que vous avez fait ? Dites-le-moi.

Elle le suppliait. Il fallait qu'il parle...

Mais Gaetano la relâchait déjà.

— Rien de mal, soyez-en sûre ! Et puis, est-ce qu'un Montefeltre pourrait agir contre sa conscience ?

Il y avait dans sa voix une sorte de défi : une fois de plus, il jouait à quitte ou double. Et il tendait le passeport. Jane le prit.

— J'y vais...

Gaetano respira : une fois encore, il avait gagné.

— Je vous attends...

Il y avait aussi une sorte de première complicité dans sa voix. Une promesse : toutes les promesses. Sans ajouter un mot, Jane resserra la ceinture de son peignoir et sortit de la cabine.

Sur le quai, tout se passa à peu près bien. C'est-à-dire que monsieur Lenoir jeta des regards dubitatifs sur cette femme aux cheveux défaits qui lui rapportait son passeport, et que l'officier avec qui il avait maille à partir reporta un instant tous ses soupçons sur Jane.

— Mais puisque je vous dis que je l'ai trouvé dans le couloir, c'est que je l'ai trouvé dans le couloir !

Et comme monsieur Lenoir murmurait quelque chose qu'elle n'entendit pas, elle fit mine de le prendre de haut.

— Estimez-vous heureux que je sois sortie au bon moment !

Robert Miles, l'éternel témoin, avait assisté à toute la scène. Plus tard, il devait me dire de Jane qu'elle était de ces femmes qui vous tueraient un ennemi les mains nues dans le seul espoir de sauver un mari, un enfant, un amant en danger.

— Debout sur ce quai, dans la nuit glacée, elle était superbe !

Les cheveux défaits, ce peignoir qu'elle serrait contre elle — et dans ses yeux une étrange lueur : elle savait que Gaetano était dans sa cabine et attendait.

— Bizarre, tout cela ! grommela encore monsieur Lenoir.

Et le policier conclut qu'il allait faire un rapport, mais donna tout de même l'ordre de laisser repartir le train.

Lorsqu'elle revint dans sa cabine, Jane Belloc trouva bien Gaetano de Montefeltre. Il était debout, appuyé contre la fenêtre. Elle referma la portière sur elle et vint vers lui. Alors, très doucement, il défit le nœud qui retenait le peignoir.

— Mon amour..., murmura seulement Jane en se laissant emporter dans ses bras.

— Mon amour, répéta-t-elle.

C'était beaucoup plus tard : deux heures, une vie après... Le train roulait désormais à travers la campagne autrichienne et ce que ressentait Jane Belloc, jamais auparavant elle ne l'avait éprouvé. C'était tout : le bonheur, la joie, l'angoisse. La tendresse, la compassion, l'admiration, le désir et peut-être quelque chose d'incroyable, de bouleversant, de surprenant aussi, et qui s'appelait la volupté : elle était étendue, nue, dans les bras d'un homme. Cet homme était beau, il était fort, et lui faisait sentir qu'elle était belle et qu'elle était à la fois très forte et très faible.

— Mon amour...

Elle avait attendu trente-sept ans pour dire ces deux mots à un homme. « Mon amour » : c'était toute une vie. Et la main de Gaetano, doucement, jouait sur son visage ; et la main de Gaetano, doucement, jouait sur ses épaules, sur ses seins : il l'aimait, n'est-ce pas ? Il ne pouvait que l'aimer, et elle était heureuse.

– Mon amour...

A droite de la voie, le train longeait une rivière. Alors ils parlèrent. Gaetano expliqua tout à Jane. Tout ce qu'elle voulait lui entendre dire : qu'il était un réfugié politique, un proscrit, ce qu'on n'appelait pas encore un résistant, mais déjà un opposant. Il était poursuivi par toutes les polices de l'Axe, car il avait commis le crime de refuser la tyrannie, la privation des libertés. C'était un combattant.

– Vous êtes merveilleux, murmura-t-elle.

C'était un héros... Il la serra plus fort contre lui.

– C'est vous qui êtes merveilleuse. Et qui m'avez sacrément tiré d'affaire.

Elle ferma les yeux : une vague de chaleur tendre, émue, la submergeait.

– Quand je pense que vous risquez votre vie à chaque minute.

Il eut un petit haussement d'épaules qui voulait dire que c'était sans importance.

– Dites-vous bien que je ne suis pas le seul, et qu'en Allemagne, en Italie, ils sont des milliers à refuser comme moi un ordre dont ils savent qu'il représente la mort et la honte...

Ce petit tremblement qu'il avait dans la voix en prononçant des phrases un peu pompeuses mais qui sonnaient si joliment aux oreilles de Jane...

– Vous êtes un héros..., répéta-t-elle.

Elle ferma les yeux et une vague de bonheur, de nouveau, la souleva.

Mais le train ralentissait encore, on approchait de Linz, et brusquement Gaetano se redressa.

– Mais je ne peux pas rester ici !

Il ne faisait aucun doute que la police, à la frontière, avait téléphoné à Linz et raconté l'incident du passeport. Et puisqu'on le recherchait, on pouvait s'attendre à une autre visite en règle. On fouillerait le train de fond en comble.

– Ils ne viendront pas chez moi, tout de même ! protesta Jane.

Mais Gaetano sourit en lui caressant la nuque.

— Voyons, mon ange ! Qui a rapporté le passeport à la police ? Vous les prenez donc pour des enfants de chœur ?

Et d'un coup, son visage s'allongea.

— Il va falloir que je trouve une solution !

Il y eut un silence, qui dura peut-être une minute, pas plus, puis Jane Belloc se leva.

— Mais je l'ai, la solution !

Je vous ai dit qu'elle était de ces femmes qui vous tueraient père et mère pour sauver un amant ! Deux minutes encore, et elle était prête à quitter sa cabine.

— Attendez-moi ici, et surtout ne bougez pas... Je reviens.

Elle était déjà sortie...

Lorsque le train, dont les heures de retard s'accumulaient, s'immobilisa en gare de Linz, il y avait, comme à Francfort, comme à la frontière, des soldats en armes sur le quai. Et des policiers. Et des officiers SS qui patrouillaient aux côtés des gardes autrichiens. A peine le convoi s'était-il arrêté que tout ce joli monde grimpa à bord et procéda une fois de plus à une vérification systématique des passeports des voyageurs. Et la première cabine que l'on passa au peigne fin fut celle de Jane Belloc.

— Miss Belloc ?

Jane avait retrouvé tout son aplomb.

— J'ai déjà subi une bonne demi-douzaine de contrôles d'identité depuis que je suis à bord de ce train, et le dernier remonte à la frontière.

Mais le visage rond et fermé du policier qui l'interrogeait ne semblait nullement disposé à sourire, moins encore à se laisser convaincre. D'un claquement des doigts, il fit signe aux deux soldats qui l'accompagnaient de fouiller la cabine : bien en évidence, au milieu de la couchette il y avait la sacoche de cuir que Gaetano avait oubliée derrière lui.

Jane la remarqua au moment précis où l'officier donnait son ordre à ses hommes : il était trop tard pour tenter quoi que ce soit. Mais je vous ai dit que depuis le début de son voyage, Gaetano jouait au poker : peut-être avait-ce été un coup de génie que de laisser sa sacoche derrière lui. Elle était si ouvertement, si manifestement en vue que nul, de l'officier et des deux soldats, ne songea à l'ouvrir. Quant à Gaetano lui-même, il n'était bien entendu plus dans le compartiment.

Pas plus qu'il ne se trouvait dans aucune des cabines que la police fouilla pourtant avec un soin méticuleux pendant tout le temps que dura l'arrêt en gare de Linz : en désespoir de cause, l'officier qui dirigeait les recherches fut bien obligé de laisser le train repartir.

C'est au moment précis où le convoi allait s'ébranler qu'un marchand de journaux criant l'édition qui venait de tomber pénétra sur le quai, et Robert Miles le happa... Sur quatre colonnes, on annonçait de nouveau l'Anschluss — mais c'était cette fois une chose faite. L'Autriche faisait partie du Reich.

— Ils ne se rendent compte de rien, murmura l'Anglais pour lui-même, en regardant ses compagnons de voyage, en apparence indifférents, qui vaquaient à leurs occupations du matin.

Cependant Jane, elle, avait enfin compris. Ce fut seulement quand le train eut repris de la vitesse qu'elle se dirigea enfin vers la cabine de madame Dujardin. On devinait sa nervosité, son angoisse, et Miles, les yeux encore plongés dans son journal, la vit qui pénétrait dans le compartiment, les lèvres serrées.

— Ah ! ma petite, murmura la vieille dame, lorsqu'elle fut entrée et qu'elle eut soigneusement refermé la porte sur elle, on peut dire que vous m'en donnez des émotions ! Quand je pense qu'il a fallu que je me montre en chemise de nuit à ces lascars pour les décourager d'entrer chez moi !

Puis, avec un geste d'une surprenante souplesse pour une dame de son âge, elle grimpa sur son lit et libéra la couchette supérieure qui était repliée. Celle-ci s'ouvrit d'un coup et Gaetano roula à terre dans un paquet de draps et de couvertures.

— Ouf ! J'ai cru que j'allais étouffer !

On était en plein vaudeville ou au beau milieu d'une pantalonnade : madame Dujardin en chemise de nuit, monsieur de Montefeltre caché dans un lit refermé avec peut-être une taie d'oreiller sur la tête ! Ç'aurait pu être une comédie du Palais-Royal et cependant la mort rôdait encore autour d'eux. Aussi, tandis que Gaetano, que l'attitude de la vieille dame avait bouleversé, lui baisait les mains avec une émotion qui n'était pas simulée, Jane Belloc, droite et debout, le sac de son amant — elle répétait en elle ces deux mots : « mon amant » — sur l'épaule, regardait devant elle. Non, jamais elle n'avait été plus heureuse ni plus fière d'elle ! Et pour finir, alors que tout était fini, madame Dujardin elle-même s'attendrissait.

— Je suis si contente d'avoir pu faire cela pour vous ! Je suis sûre que mon fils aurait été fier de moi.

Le fils tué en 14, la vieille dame, la frontière passée et l'émotion... D'un geste qui était le plus naturel qui se puisse trouver, Gaetano passa un bras autour de la taille de Jane : face à madame Dujardin, Jane Belloc se dit soudain que, d'une certaine manière, ils représentaient tous deux la jeunesse et le combat, la lutte, le refus de toutes les oppressions. Et elle en éprouva une émotion plus vive encore.

Ce n'est que lorsque chacun eut retrouvé son calme que Jane tendit à Gaetano le sac que celui-ci avait laissé dans sa cabine.

— Vous aviez oublié cela...

Il y avait une telle gravité dans le regard de la jeune femme, que l'Italien, l'espace d'un instant, eut peur. Il interrogea :

— Vous l'avez ouvert ?

Mais Jane Belloc souriait, de ce même sourire qui voulait dire : « Vous savez bien que je ferai tout pour vous. »

— Non, bien entendu. Ce sont vos secrets, pas les miens...

Le bras de Gaetano la serra plus fort encore contre lui : je pense qu'à ce moment, et à ce moment précis, ne fût-ce que pour quelques secondes, Gaetano de Montefeltre aima Jane Belloc. Ou du moins ressentit pour elle un grand élan de tendresse qui était peut-être sa façon à lui de donner quelque chose.

Les heures qui suivirent marquèrent le sommet du bonheur de Jane. Assise à côté de celui qu'elle aimait comme on ne peut aimer qu'à cet instant-là d'une vie, dans un compartiment fermé à clef par un conducteur qu'on avait fini par mettre dans la confidence — madame Dujardin le connaissait et savait que, héros de la Somme et de la Marne, elle pouvait lui faire confiance — Jane Belloc se laissa emporter par des torrents de passion, des océans de projets et de plans d'avenir qui tous s'appelaient espoir. Et Robert Miles, qui fumait sa pipe devant la porte de sa propre cabine, attendait.

Il se disait qu'il n'avait pas le droit de briser ce bonheur. Et cependant...

Et cependant, il y avait, plié en quatre dans sa poche, ce journal qu'il avait acheté sur le quai de la gare de Linz...

— Je veux vous suivre..., disait Jane avec ferveur à l'homme qui la tenait serrée contre lui. Je veux vous suivre... Partir. Lutter avec vous.

Gaetano, d'un air très doux, très tendre, lui expliquait que ce serait difficile, mais qu'il essaierait de l'emmener avec lui. Il parlait de sa vie de fuite, de ses craintes, de cette veille de tous les instants à laquelle il était, comme chacun de ses compagnons de lutte, condamné, mais qui était sa façon à lui de refuser de mourir. Ah ! il savait les trouver, les mots qui faisaient vibrer les cordes qu'il fallait, Gaetano de Montefeltre, dans cette cabine bouclée d'un train qui l'emmenait vers son destin !

— Eh bien, nous serons ensemble..., murmura Jane Belloc dans un souffle.

Alors, une seconde fois, mais avec une tendresse plus grande encore, Gaetano la déshabilla. Et Jane se laissa faire comme une grande petite fille maladroite qui découvre peu à peu les gestes de l'amour. La première fois, le premier danger passé, ç'avait été l'ivresse, l'abandon aveugle : c'était désormais le don de soi, l'offre qu'elle avait le sentiment de faire de son corps à un homme qui lui disait tout bas tout ce qu'elle voulait entendre. Si bien que lorsqu'elle fut nue devant lui, debout dans la cabine, et qu'il la regarda, lorsqu'il lui dit simplement : « Tu es belle... », elle eut des larmes qui lui montèrent aux yeux. Elle savait qu'elle n'était pas de celles qu'on dit belles. Elle connaissait ses hanches osseuses, ses seins un peu plats et qui tombaient déjà... Mais que cet homme lui dît ce qu'il lui disait, et elle se sentait redevenir la gamine qu'elle avait quand même été comme toutes les autres, quand un sang neuf coulait dans ses veines, et que ses hanches étaient pleines, et que ses seins étaient droits.

— Tu es belle...

Elle s'abattit devant lui...

Et moi, je ne dirai plus rien de ces moments-là, sinon que, quel qu'en ait été, quelques heures plus tard, le dénouement, ils valaient quand même d'avoir été vécus. Et puis, avec ce satané essieu qui continuait à chauffer, le train allait plus lentement que jamais : ce voyage devenait une promenade au pays de la guerre qui pouvait durer toute une vie.

Madame Dujardin habitait une grande maison au milieu d'une campagne de rêve, sapins et prairies vertes, qui s'appelait Blächen. Chaque année, et après sa halte à Vienne, le train d'Ostende ou de Paris s'y arrêtait spécialement pour elle, le temps qu'on sortît du fourgon à bagages ses deux grosses malles puis qu'elle-même, chapeautée et voiletée de bleu, descendît sur le quai de la petite gare et trouvât sa plus ancienne amie, Violetta, qui habitait Salzbourg et qui la précédait de quelques jours à Blächen pour surveiller les préparatifs de l'ouverture de la maison. A Vienne, tout s'était passé le mieux du monde : l'ultime gouvernement libre autrichien venait simplement de capituler, les troupes allemandes étaient partout et le train, maintenant, approchait de Blächen.

D'autres trains, des convois militaires continuaient à le dépasser pour aller plus loin encore vers l'est...

Un quart d'heure avant l'arrivée à Blächen, madame Dujardin, qui avait déjà fait tous ses préparatifs, se dit qu'elle devait quand même prévenir Jane Belloc et Gaetano de son départ. Ils n'allaient cependant pas se trouver livrés à eux-mêmes, car la vieille dame avait pris sur elle d'avertir madame Nagy de la présence d'un passager clandestin recherché par la police du Reich. Comme du conducteur, elle savait qu'elle pouvait répondre de la jolie veuve hongroise et que les deux enfants de celle-ci lui permettraient de mieux encore tromper l'ennemi et d'aider Gaetano à échapper à ses poursuivants si cela s'avérait nécessaire. Aucune de ses allées et venues entre les différents compartiments du train — le sien, celui de Jane, celui de madame Nagy — n'avait échappé à Robert Miles, mais celui-ci se taisait toujours.

Vint enfin le moment des adieux. Madame Dujardin se décida à déranger les deux amoureux et les mit en garde contre une nouvelle perquisition à l'arrêt de Bratislava, qui devait suivre moins d'une heure plus tard.

— Mais jusqu'ici, vous ne risquez rien. Blächen est une gare où je n'ai jamais vu un policier. Et à Bratislava, madame Nagy pourra vous donner refuge comme je l'ai fait moi-même...

Le conducteur, l'œil aux aguets, surveillait ces effusions.

— Il vaut quand même mieux que vous restiez enfermé pendant l'arrêt à Blächen, fit-il remarquer à Gaetano.

Il y eut encore quelques jets de vapeur blanche, deux coups de sifflet, qui retentirent comme le rituel d'une messe et l'énorme machine suivie de ses dix wagons s'immobilisa dans la minuscule gare. Robert Miles vit Jane Belloc accompagner madame Dujardin sur le quai : son amie Violetta était tout aussi chapeautée de mauve et voiletée de vieux rose que la voyageuse qui débarquait l'était de bleu passé. Puis ce furent les embrassades. Au moment où Jane allait remonter dans sa voiture, la vieille dame lui glissa encore à l'oreille.

— Et veillez bien sur notre héros...

Il appartenait un peu à chacune d'elles et madame Nagy, elle-même, souriait à la portière : Gaetano de Montefeltre se laissait aduler par toutes les femmes qui croisaient son chemin et qui, d'entrée de jeu, lui accordaient si totalement leur confiance.

Jane Belloc gravit les trois marches du haut marchepied et se retrouva à bord : un dernier au revoir encore, par la fenêtre baissée, et madame Dujardin et son village, Blächen, l'église au clocher à bulbe, les sapins et les prairies piquées de vaches grasses disparurent à l'extrémité d'une grande courbe que faisait la voie. C'était la fin des douze heures de bonheur de Jane.

Elle allait regagner sa cabine lorsque Robert Miles, qui joue un peu ici le rôle ambigu de messager du destin — mais Miles était spécialiste de l'histoire et de la civilisation grecques et la fin de ce récit est bien, à sa manière, celle d'une tragédie antique — s'approcha d'elle.

— Il faut que je vous parle, lui dit-il.

Il était grave. Mais comme Jane Belloc ne s'attendait à rien de grave venant de cet homme qui n'était rien pour elle — alors que l'espace d'une journée, elle-même avait tant compté pour lui — elle lui répondit presque distraitement.

— Oui ?

Alors, il se pencha vers elle.

— Je ne voudrais pas que vous fassiez de bêtise..., murmura-t-il.

Piquée au vif, Jane redressa la tête.

— Je sais ce que je fais !

Plus bas encore, Robert Miles murmura.

— Vous savez qui il est, n'est-ce pas ?

Elle eut pour la dernière fois ce regard droit et fier qu'ont pour parler de l'homme aimé tant de femmes que nous aimons.

— Je sais. Toutes les polices d'Europe le recherchent.

— Ah ! il vous l'a dit...

La voix de Robert Miles semblait hésiter.

— Oui, c'est un héros...

Le regard de Miles se voila. Il savait que ce qu'il allait faire pouvait paraître ignoble, mais il avait trop, vous l'avez senti, le sens du bien et du mal, du juste et de l'injuste, pour ne pas se reconnaître le devoir de parler. Et puis, aussi, c'était peut-être un homme jaloux...

— Lisez quand même cela...

Il lui avait tendu le journal qu'il tenait à la main, et qui, sur quatre colonnes en première page, annonçait que l'Anschluss était un fait accompli.

— En dernière page, précisa-t-il.

Puis, sa lâcheté perpétrée — car c'était bien un monstrueux acte de lâcheté, sinon de jalousie, qu'il venait donc de commettre, le noble et brillant Robert Miles, et lui-même en convint bien des années après —, il se retira dans sa cabine.

Jane avait senti qu'elle pâlissait. Elle n'avait pourtant pas encore lu, mais c'était comme si elle avait deviné.

En dernière page, mais sur deux colonnes seulement, s'étalait, avec une photographie du malfaiteur, le récit de l'une des plus belles escroqueries jamais réalisées. Le gérant italien d'une banque allemande de Francfort avait levé le pied avec l'argent de riches industriels qui avaient fait trop confiance à un employé trop courtois. Plusieurs personnalités importantes du régime nazi s'étaient laissé prendre à ses offres de service, toutes les polices du Reich étaient à ses trousses, mais il avait réussi à s'échapper en compagnie de son épouse. Le voleur, bien entendu, était Gaetano.

Ce qui se passa ensuite dans la cabine n° 1 de la voiture n° 2 de l'Arlberg-Orient-Express, vous le devinez. Et moi, je l'imagine. Jane Belloc dut rentrer dans son compartiment les yeux noyés de larmes, mais animée d'une solide détermination : elle aussi et à la manière de Robert Miles, était douée d'un sens aigu du bien et du mal. Et que l'homme, le seul homme qu'elle ait jamais aimé, fît chanceler ce en quoi elle croyait le plus, était pour elle la plus terrible épreuve qui se pût affronter.

— Je sais tout, dit-elle.

Elle tenait le journal en main : il n'y avait pas d'explication à demander. Alors Gaetano se leva. Et il se mit à parler. Il parla d'abord debout. Il eut les mots durs et amers qu'on pouvait attendre d'un fils d'immigrés italiens qui toute sa vie avait manié l'argent des autres dans l'unique but de faire parvenir, chaque mois, un mandat à sa mère revenue, seule, dans la banlieue de Naples.

— Vous ne pouvez pas savoir ce que c'est que l'odeur du fric qui vous passe par les mains et qui n'est pas à vous.

Cet argent, ces marks qui, d'année en année, de jour en jour, avaient, avec la crise, perdu de leur valeur, et dont les totaux gigantesques se comptaient en millions de milliards.

— Des valises entières, ils en emportaient, mes marchands de canons de clients lorsqu'ils avaient besoin de se payer un bon repas dans un restaurant ! Et moi, je les regardais partir avec l'envie de tout dévorer...

Il était debout face à Jane et il s'exprimait avec une âpreté brutale, des accents qu'elle ne connaissait pas et qu'elle ne lui soupçonnait pas.

— Alors, lorsque Hitler et ses amis ont su faire oublier la crise, et que les valises entières de billets sont redevenues de simples liasses, puis quelques coupures, je me suis dit que moi aussi je l'emporterai, ma valise entière. Mais une valise de billets qui pourraient me payer un million de repas dans tous les restaurants du monde entier...

Il y avait un tel accent de sincérité dans ce récit – qui était vrai ! – que Jane commença à se laisser toucher. Gaetano le comprit, et il se laissa cette fois tomber à ses côtés sur la banquette.

– Oh ! ne dis rien à personne ! Permets-moi de partir...

Son visage et son corps la suppliaient tout à la fois. Jane Belloc le regarda : plus beau, plus émouvant que jamais, et tellement livré à elle. Abandonné.

– Et cette femme, interrogea-t-elle, votre femme qui vous accompagne ?

Il pleurait doucement.

– Elle est vieille, elle est laide. Elle ne représente rien pour moi. Elle m'a aidé, c'est tout.

Elle le regardait.

– Où est-elle ?

Il était presque tombé à ses pieds.

– Elle se cache elle aussi, dans le wagon de queue. Mais je vous aime ! Vous ne l'avez pas compris ?

Ç'avait été un cri du cœur. Bouleversée, Jane le releva.

– Venez, dit-elle.

Elle le fit asseoir à côté d'elle sur la banquette et le berça comme un enfant.

– Vous ne me dénoncerez pas, dites ?

D'abord, elle ne répondit pas. Puis, comme il répétait sa question, doucement elle murmura à son oreille.

– Non.

C'était tout.

Et, tandis que le train, plus lentement que jamais – on aurait dit qu'il fallait que ces ultimes moments de ce qui était malgré tout le bonheur, durent encore – s'approchait d'une petite station perdue entre Vienne et Bratislava, Gaetano de Montefeltre avait presque fini par convaincre Jane Belloc de le suivre.

– Aussitôt que nous aurons quitté l'Autriche, je serai hors de danger. Et cette fois, tu viendras vraiment avec moi...

Elle n'avait pas répondu, mais je crois qu'on pouvait deviner sa réponse.

– Vous savez, expliqua-t-il encore, je m'appelle bien Montefeltre, mais je n'ai rien à voir avec le duc d'Urbino.

Jane sourit : il avouait tout. Comme Hélène, jadis, dans le train de Bucarest, on jetait les masques.

— Je ne suis ni poétesse ni romancière...

Où commence le mensonge, où s'achève l'espoir ?

— Tu es Jane, dit-il simplement, sur le ton qu'il avait eu, quelques heures plus tôt, pour lui dire : « Tu es belle. »

— Tiens, remarqua Gaetano, on dirait que nous allons nous arrêter de nouveau.

Il se pencha à la portière : perdue au milieu de la forêt, une toute petite gare était en vue. Tout juste une halte, au bout d'une longue courbe de la voie. Comme Blächen, c'était un minuscule village, avec des sapins, quelques maisons aux hautes toitures de pierre et une église avec un clocher à bulbe.

— Pourquoi ? On ne s'arrête pas ici en temps normal ?

Mais Gaetano ne répondit pas. Il semblait de nouveau inquiet : le train ralentissait en effet, puis il finit par s'immobiliser le long de ce qui n'était même pas un quai : tout juste un remblai sablé. Et devant la porte de la petite station dont le chef de gare agitait un drapeau rouge, il y avait six hommes en armes.

— Je n'aime pas cela, murmura Gaetano.

Mais il était trop tard pour qu'il se cachât, et d'ailleurs le compartiment de madame Nagy était désormais trop loin.

Les six policiers n'eurent cependant pas un regard pour la voiture n° 2 : au pas de course, ils se dirigèrent vers le wagon de queue. Gaetano s'était levé, Jane aussi ; tous deux attendaient.

Bientôt il y eut des éclats de voix. Un appel. Des cris. Puis les policiers revinrent : ils tenaient par les bras, le portant presque, le petit homme fluet dont la moustache noire s'était décollée. Ni Gaetano ni Jane ne disaient plus rien. Mais c'est au moment où le groupe passait devant leur cabine que le chapeau noir que le petit homme portait résolument enfoncé sur le crâne s'envola : une énorme masse de cheveux blonds lui tomba sur les épaules. La femme de Gaetano — car c'était bien entendu elle — était jeune et belle. Deux fois plus jeune, dix fois plus belle que Jane. Mais à quelle aune mesure-t-on la beauté ?

Jane regarda Gaetano. Elle le regarda simplement, mais ce qui se passa ensuite ne pouvait arriver qu'à une Jane Belloc et un Gaetano, fût-il Montefeltre tout court : l'Italien soutint son regard.

- Ils vont la mettre en prison, n'est-ce pas ?
- Bien sûr.
- Et elle paiera pour vous deux ?
- Si elle va seule en prison, oui...

Il avait dit *seule*. Le visage de Jane trembla un instant. Il la regardait toujours aussi fixement, mais un mince sourire commençait à se dessiner sur ses lèvres. A l'extérieur, le chef de train parlementait avec les policiers. On devinait qu'il allait bientôt donner le signal du départ. Alors, lentement, comme un geste de théâtre mûrement réfléchi, cent fois répété, Gaetano Montefeltre enfila sa veste. Puis il se baissa, ramassa la sacoche de cuir qui avait glissé à terre et l'ouvrit : elle était pleine de billets de banque. Des centaines, des milliers de morceaux de papier verts, roses et bleus. Il en tira une liasse qu'il tendit à Jane.

- Vous ferez parvenir cela à ma mère. Je vous ai dit, dans la banlieue de Naples. Aux bons soins du curé de San Luciano. On trouvera... Vous lui écrirez une lettre. Vous lui direz que je suis entré dans la résistance...

Son visage s'animait : il se prenait soudain au jeu qu'il avait commencé à jouer. Le héros... Sa main se posa simplement sur l'épaule de Jane. Une pression qui s'accentuait, qui devenait plus forte encore. Puis il la lâcha. D'un coup.

- Ciao ! dit-il.

Et ce fut tout.

Une demi-minute après, alors que le train était déjà en train de s'ébranler, Gaetano courait sur le quai, sa sacoche à la main.

Par la fenêtre, Jane Belloc le vit qui s'expliquait avec les policiers ; elle vit aussi sa femme – le petit jeune homme fluet aux longs cheveux blonds ! – qui se jetait dans ses bras. Au moment où la cabine de Jane passait à sa hauteur, Gaetano lui fit un dernier adieu. Puis le train prit de la vitesse, il y eut une nouvelle courbe et Gaetano, les policiers, le village et ses clochers à bulbe disparurent.

Debout devant la fenêtre de sa cabine, Jane Belloc pleurait. Deux traînées de larmes marquaient deux sillons sur son visage : c'étaient deux sillons parfaitement droits, parfaitement réguliers. Un moment elle demeura ainsi, à pleurer en silence, puis elle se regarda dans la glace, et se fit à elle-même, une dernière fois, la plus grotesque des grimaces. Elle était laide et drôle, belle et sublime, heureuse et malheureuse : elle avait aimé un homme.

A la portière de son compartiment, Robert Miles, la pipe entre les dents, avait lui aussi vu Gaetano disparaître sur le quai entre les policiers...

– Au fond, devait-il me dire, et pendant quelques heures, Gaetano avait été un héros aux yeux de Jane Belloc. Peut-être s'est-il rendu à la police simplement pour pouvoir le rester un peu plus longtemps...

6

Mina

ISTANBUL 1939

L ORSQUE Lise Bergaud eut achevé de relire à l'ambassadeur le dernier récit qu'elle avait transcrit pour lui, elle reposa le manuscrit sur la table de rotin que les séparait et elle se versa une rasade de ce vin blanc, presque pétillant, à peine sucré, que Paul de Morlay faisait venir de chez un ami fermier qu'il avait dans le Frioul. Puis sa main effleura la photographie qu'elle avait gardée devant elle : c'était l'image d'un homme au visage marqué de longues rides profondes, la moustache en désordre, une pipe entre les dents. Bien entendu, il s'agissait de Robert Miles, quelque trente ans après l'aventure de l'Ostende-Orient-Express.

— Il a vieilli, c'est tout, murmura l'ambassadeur. Mais on vient le consulter du monde entier. Il est incollable sur tous les faits et gestes — jusqu'aux plus intimes ! — des courtisanes grecques. Il vous récite leurs noms, leurs spécialités et leurs mensurations particulières comme d'autres vous diraient du Victor Hugo !

Paul de Morlay eut un petit rire bref et Lise Bergaud s'émerveilla une fois de plus de voir qu'à côté de cette photographie de Miles prise plus de dix ans auparavant, l'ambassadeur avait encore, lui, presque l'air d'un jeune homme. Mais le visage de Morlay se rembrunissait déjà. Il se souvenait d'autre chose...

— Gaetano n'a pas eu le temps de vraiment vieillir...

Un ami américain lui avait raconté qu'à la fin de l'hiver 45, il y avait dans le camp qu'il avait libéré avec ses troupes au nord de Munich — une si verte campagne ! — un Italien débrouillard qui rendait mille et un services aux autres déportés. En échange de petits papiers signés qu'il mettait soigneusement de côté. Pour après... C'étaient des traites à six mois, à un an, sur des banques détruites, bombardées, ravagées depuis un an, deux ans. Il était mort d'épuisement le jour même de l'entrée dans le camp des troupes américaines mais ses amis l'appelaient modestement « le duc de Montefeltre »... Duc seulement : plus de prince.

— De Jane Belloc, il ne reste rien.

Après son voyage en Grèce, elle était probablement revenue dans sa campagne du Kent ou du Sussex, et elle avait dû simplement continuer. Comme avant. L'école primaire du village, les demoiselles Finchley ou Jones et le docteur, le pharmacien.

— Tu aurais empêché, toi, Gaetano de descendre du train ?

Brusquement, Paul de Morlay avait de nouveau tutoyé Lise. Elle rougit tout aussi brusquement.

— Bien sûr que oui ! Si je l'avais aimé, je l'aurais gardé !

Alors la main de Paul de Morlay se posa sur celle de la jeune fille et se referma sur elle.

— Alors, tu comprends pourquoi il ne reste rien de Jane Belloc... L'amour que nous savons sauver quand tout le reste s'en va à la dérive...

La pression de la main du vieil homme demeurait sur la sienne, et Lise sentait qu'elle était heureuse.

Le soir venait, Despinette et sa compagne apportèrent des lampes, car Morlay voulait dîner dehors. On alluma aussi des petites baguettes d'encens pour chasser les moustiques : Lise, pas plus que l'ambassadeur, n'avait envie de bouger. Elle écoutait seulement le chant des cigales et des criquets, l'appel d'un oiseau de nuit, la sonnerie lointaine d'une cloche. Toute cette campagne dessinée voilà trois ou quatre cents ans pour le plaisir des hommes et que l'industrie des hommes avait, en dix ou vingt ans, irrémédiablement ruinée, retrouvait subitement sa magie. La paix des très beaux soirs quand le calme vous envahit. Des odeurs de feux de bois, les tas de feuilles mortes que l'on faisait brûler et la voix de Paul de Morlay qui continuait à raconter des femmes, des pays, des voyages que nul autre que lui n'aurait pu inventer.

— Le dernier train, ç'a été celui de 1939...

Il avait fermé les yeux et, au son de sa voix, Lise avait compris que ce n'était pas la peine qu'elle mît en marche cette fois son petit magnétophone. Si l'aventure, la dernière et celle du dernier train qu'il allait maintenant lui dire, était peut-être la plus belle, c'était aussi la plus secrète : il l'entraînerait dans le plus secret de son secret, et elle voulait y demeurer seule avec lui.

— Je suis si bien avec vous... murmura-t-elle seulement comme

350

il se penchait vers elle pour lui demander s'il ne l'ennuyait pas, si elle n'avait pas froid, si elle ne souhaitait pas rentrer ; je suis si bien avec vous, et ça me semble si normal, si évident, que ce ne doit pas être normal !

Elle voulait dire : vous devez être un enchanteur, un magicien, pour qui les frontières mouvantes entre ce qui est normal et ce qui ne l'est pas sont aisément franchissables... Mais il ne répondit pas. Il fit le tour de la table et vint s'asseoir à côté d'elle, sur l'espèce de long canapé de rotin ou de paille tressée où elle était installée : Paul de Morlay n'avait plus d'âge. Et Barberine et Despinette, les deux petites bonnes aux jupons presque empesés s'étaient assises à leur tour dans l'ombre tout près d'eux. On entendait leur souffle dans le silence, une respiration un peu haletante. L'émotion... Qu'à elles trois elles aient eu − Lise, Barberine, Despinette − moins d'années que Paul de Morlay n'en comptait à lui seul était sans importance : l'ambassadeur, souriant et tendrement gai, n'avait, on l'a dit, plus d'âge.

− Le dernier train..., murmura Lise pour l'encourager à poursuivre.

Elle éprouvait pour celui qui parlait une tendresse qu'elle n'avait jamais connue.

− Le dernier train, oui.

La lune, sur cette partie redevenue glorieuse et riche de la Vénétie, se leva : elle éclairait les visages de quatre jeunes gens qui conversaient dans la nuit.

− Le dernier train a quitté Istanbul, le 1er septembre 1939.

Dans le hall de l'hôtel Pera régnait depuis plus de douze heures l'affolement d'avant les cataclysmes. On savait qu'un train, un train encore, allait traverser la Bulgarie et après, c'était l'incertitude la plus totale. Alors, tous ceux qui voulaient partir, tous ceux que l'Europe d'avant cette fin du monde dégorgeait par tous les pores comme une sueur brûlante et presque malsaine alors que ceux-là aussi, comme les autres, en étaient la sève et la faisaient vivre − tous, et Paul de Morlay parmi eux − avaient été pris de panique et cherchaient à partir. Prendre le dernier train.

Il y avait belle lurette qu'aux guichets de la gare de Stamboul on ne se donnait même plus la peine de répondre aux voyageurs en attente, et c'était dans le hall du Pera que se vendaient à prix d'or − que dis-je d'or ? de platine, de diamant ! − les quelques places que des revendeurs avisés avaient décidé de mettre sur le marché. Un petit homme qui ressemblait à Peter Lorre dans *Le Faucon maltais* s'affairait activement derrière un pan de son manteau sous le regard bonnasse mais redoutable d'un patron-garde du corps qui aurait pu, lui, s'appeler Sidney Greenstreet et sortir comme lui d'un film de Bogart. Toute l'atmosphère de ce dernier départ était d'ailleurs celle d'un film américain en noir et blanc des années quarante, avec son cortège d'espions, de filles dites de joie mais dans la débine, de barons slaves, d'étrangères perdues et de couples de vieillards qui doucement s'en allaient à la dérive. Et ça passait et repassait sous les lustres de cuivre, dans le brouhaha de piscine vide que répercutaient les mosaïques et autres si vraies byzantineries qu'on aurait pu les prendre pour fausses ; et ça criait, ça se déchirait le cœur. Il y avait tout : le petit couple modèle d'employés de bureau qui fuyait le navire en perdition — madame avait vendu ses bijoux ! — et l'officier nazi déguisé en commis voyageur mais que son manteau de cuir noir offrait à toutes les indiscrétions.

— Et j'étais là, moi, avec ma place réservée, ma cabine de première, mon billet dans la poche : j'attendais, à la main un roman de Giraudoux dont je ne me souviens plus si c'était *Siegfried* ou *Suzanne et le Pacifique :* un titre en tout cas prémonitoire ! J'attendais et je regardais.

Tout de suite, Paul de Morlay avait remarqué une femme. Oh ! il y en avait bien d'autres dans le hall de l'hôtel et peut-être de plus belles, de plus riches, de plus luxueusement vêtues, mais celle-ci n'avait pas vingt ans et elle était à l'image de tous les rêves que nous connaissons désormais à l'ambassadeur : une petite fille perdue au grand regard d'enfant. Et Paul de Morlay n'aurait dès lors pu en remarquer aucune autre. Elle était en grande conversation avec le sosie de Peter Lorre, et Morlay vit qu'elle sortait de son sac une liasse de billets, d'autres billets encore, tout ce que contenait son sac enfin, ajoutant pour faire bonne mesure quelques bijoux dont elle se dépouilla. Elle avait le visage aux abois d'un petit animal fragile, les lèvres charnues, les yeux cernés mais un regard à vous laisser pantelant d'avoir seulement été effleuré par lui : ce seul regard, déjà, avait touché Morlay. A jamais. Lorsqu'elle quitta le trafiquant, elle tenait serré dans sa main un ticket pour le dernier train, mais c'est bien tout ce qui lui restait. Comme un vieux couple dont l'ambassadeur avait oublié le nom — il les appellera les Schleyer : Ernst Schleyer était professeur d'histoire juive à Cracovie et avait cru, à la fin des années vingt, trouver un refuge à Berlin ; depuis, ils fuyaient. Comme Lena, la prostituée qui rêvait de retrouver Marseille. Comme cette superbe femme très pâle et au front haut de Garbo fatiguée qu'un monsieur aux tempes dégarnies et vêtu d'une pelisse trop épaisse pour la saison avait accompagnée à l'hôtel : tous l'avaient payé cher, le passage pour le dernier train !

Trois hommes avaient également retenu l'attention de Morlay. L'un d'entre eux, au long et beau visage sémite, le nez chaussé de minces lunettes dorées, avait avec un petit individu graisseux à l'inquiétant manteau de cuir noir — lui aussi ! — une conversation animée. Ou plus exactement, son interlocuteur semblait très animé : l'homme aux lunettes d'or, secoué, malmené presque, insulté peut-être, demeurait de marbre. Mieux : perdu très loin dans un rêve, il semblait sourire. Quant au dernier, c'était, sinon le baron balte qu'on pouvait imaginer dans un mélo pour midinettes, du moins — l'ambassadeur devait l'apprendre plus tard — un ancien officier de l'armée impériale russe mais qui haïssait plus encore l'ordre que les puissances de l'Axe étaient en train d'imposer à l'Europe que ces bolcheviks qui lui avaient pourtant pris ses terres et sa fortune — ils avaient peut-être aussi, et pour faire bonne mesure, pendu quelques ancêtres au lustre du grand salon — mais qui, eux au moins, étaient quand même russes. Il se tenait à l'écart de la foule, un sourire ambigu sur les lèvres.

Et l'ambassadeur l'avait dit : tout cela allait et venait, masse confuse, traversée de grooms des bagages à la main qui passaient en courant ou de porteurs de lettres urgentes qui n'arriveraient jamais à bon port. Chauffeurs, valets de cuisine, interprètes, drogmans, voire jeunes attachés d'ambassade venus dire adieu à une dernière maîtresse mais qui ne la retrouvaient plus dans la chambre où ils l'avaient laissée, envolée qu'elle était avec un plus offrant : c'était le tout-venant des jours d'avant le déluge. Mais parmi tous ces pauvres ou braves gens, misérables ou gredins, seul le regard de la jeune fille pâle aux yeux noirs et profonds avait vraiment retenu l'attention de Paul de Morlay. C'était hélas un temps où la misère des autres devenait chose si courante... Ministre plénipotentiaire en mission extraordinaire qui devait quitter Istanbul car il n'y avait plus personne pour l'écouter dans cette partie du monde, l'ambassadeur regagnait Paris et il avait appris la douleur, l'amertume, sinon la résignation : lorsqu'un mouvement de la foule emporta la jeune fille, il se replongea donc dans Giraudoux et faillit bien l'oublier tout à fait.

— Je devais cependant la revoir bientôt : de même que le couple Schleyer et que l'officier russe, la demi-mondaine et le Juif trop calme, de même que le couple de petits employés, elle faisait partie des victimes du faux Peter Lorre, c'est-à-dire d'un trafiquant à la petite semaine qui avait réussi le tour de force de vendre à prix de diamant des places dans un wagon qui n'existait pas.

La Compagnie des Wagons-Lits ferma les yeux, c'est-à-dire que le chef de train accepta que tous ceux qui avaient été bernés s'entassent dans les cabines de ceux des voyageurs qui disposaient comme Morlay de singles qu'ils voulaient bien partager. Et c'est ainsi que l'ambassadeur se retrouva avec Henry Wiesner — le monsieur flegmatique qu'un homme en noir insultait — et que tous les autres passagers presque clandestins se virent également éparpillés dans les sept vrais wagons du vrai train qui, débordant de voyageurs, n'en resta pas moins à quai car sa locomotive était en panne et que l'ingénieur qui aurait pu la réparer était reparti par le train précédent. L'avant-dernier train... Ainsi Paul de Morlay put-il aller jusqu'au wagon-bar lui aussi transformé en dortoir, et s'approcher de la jeune fille brune...

— Le dernier véritable voyage de cette vie-là allait commencer. Après, nous ne ferions plus que des sauts de puce, fût-ce en avion de part et d'autre de l'Atlantique. Et si, au cours de ce dernier trajet d'est en ouest à travers ce qui allait devenir un unique champ de bataille, il ne se passa presque rien, ce voyage allait demeurer présent dans mon cœur et dans ma mémoire à peu près autant que le premier que j'ai fait, jadis, par ce même Orient-Express. Lorsque je gagnais Budapest et mon poste de vice-consul et qu'à bord j'allais rencontrer Maria et Stéphanie : vous vous souvenez ?

Les yeux de Lise Bergaud brillaient. A mesure que Paul de Morlay parlait, elle sentait que le souffle de celui-ci, d'abord un peu rapide, comme lorsqu'il était fatigué, se calmait, et devenait plus régulier, plus paisible... On aurait dit que se souvenir de cette ultime aventure qu'il allait lui raconter lui apportait une manière de calme nouveau. C'était en somme l'aboutissement de tout ce qu'il lui avait raconté jusque-là. Et tous les trains de luxe qui avaient sillonné en tous sens l'Europe pendant les trente années qui avaient précédé — depuis le sourire de Maria, un peu figé, sur le quai de la gare de l'Est jusqu'à celui de Jane Belloc, plein de désarroi, à la frontière autrichienne — se retrouvaient en désordre, jetés en vrac et confondus dans ce dernier convoi — avant que d'autres trains, plombés ceux-là, les emmènent, les Schleyer, les Lena, leurs compagnons d'infortune, vers quels autres abattoirs ?

Mais il y avait plus que cela : de même que, parlant de la fulgurante, de la bouleversante Antonella, l'ambassadeur avait dit à Lise que celle-ci lui ressemblait ; de même dans le discours ému qu'il lui tenait sur la très jeune fille sombre dont il devait plus tard connaître le nom de Mina, Lise Bergaud sentait une succession de signes, de repères, de mouvements du cœur qui étaient comme des appels, des signes peut-être qui se seraient adressés à elle et qui l'atteignaient profondément. Cette allusion, ce sourire... Et à mesure que ce récit de l'ambassadeur allait se poursuivre, cette émotion croîtrait en elle. Comme si le vieux monsieur, tout en parlant pour elle, parlait aussi et surtout d'elle...

— Très vite, nous avons causé, poursuivit Morlay. Elle partageait la cabine de cette femme au front pâle et blanc de Greta Garbo qui se tenait à l'écart, au bar et, ainsi que je l'avais deviné, elle avait donné jusqu'à son dernier sou pour payer ce billet qui n'en n'était pas un.

Mina Kransky avait de longues mains aux doigts effilés de pianiste, elle était pianiste et juive et elle cherchait désespérément à fuir vers l'Amérique dont on lui avait dit que c'était un asile. Ses parents avaient disparu lorsqu'elle était encore toute petite fille, une nuit que des élèves officiers d'une école militaire de la ville avaient fait une descente sur le quartier où ils habitaient dans la banlieue de Lodz, et Mina, comme les Schleyer, avait très jeune appris la peur.

— Il n'y a que lorsque je joue du piano que je peux oublier...

Elle parla tout de suite de ce qu'elle aimait, Schubert, Liszt. — « qui a tout réinventé » — et jura sourdement de voir le parti national-socialiste allemand, ses chefs et ses chantres, s'approprier Wagner, qu'elle aimait aussi à la folie. Puis elle présenta à Paul de Morlay la voyageuse qui ressemblait à Garbo — c'était une Française, Wanda D. — et lui, de son côté, les présenta toutes deux à son compagnon de cabine, Henry Wiesner. L'officier russe, qui s'appelait Boris Toukachevski, vidait déjà sa première bouteille d'eau minérale à côté d'eux, car pour faire mentir les légendes et nier les stéréotypes, Boris Toukachevski ne buvait que de l'eau. Ils l'invitèrent à se joindre à eux et, dès lors, le

groupe qu'ils formaient ainsi devint un quintette que plus rien
– sauf la mort – ne devait faire éclater jusqu'au bout du voyage.
Bien sûr le couple Schleyer, la prostituée Lena, qui se vendit
sur un coup de poker à un banquier belge pour qui il n'était pas
de petit profit, continuèrent à croiser dans leurs parages –
l'ambassadeur verra, la rage au cœur, les Schleyer expulsés du
wagon lorsqu'ils passeront la frontière bulgare car il manquera
un tampon sur le passeport du professeur d'histoire juive et qu'on
allait bientôt mourir pour un cachet en moins, un tampon, une
étoile en trop – mais c'est entre eux cinq qu'ils conversèrent,
dînèrent et qu'ils en arrivèrent ainsi à s'aimer :

– Mais je ne veux pas vous faire languir plus longtemps. D'autant, je vous l'ai dit, qu'il ne se passa rien – ou presque – au
cours de ce dernier retour : avec un retard de dix heures sur
l'horaire prévu, le train quitta enfin Istanbul, transportant à
son bord quelque deux fois le nombre de passagers qu'il aurait
dû recevoir.

Et, sur les trois heures du matin, dans une voiture-restaurant
où traînaient les reliefs de ce qui n'avait été qu'un en-cas entre
deux gares – ah ! les festins d'autrefois sur la ligne ! Paul de
Morlay et ses amis en étaient réduits à se partager à cinq un
poulet froid – le chef de cuisine, mobilisé, avait dû rejoindre son
régiment l'avant-veille et monsieur Paul, notre maître à tous
ès-gastronomie à bord des express d'Orient avait pris sa retraite.

Mina, Wanda, Boris, Wiesner et l'ambassadeur lui-même
essayèrent d'imaginer ce que serait le monde du lendemain.
C'était à qui se ferait plus lyrique ou plus désespéré.

– La paix ! s'écriait Mina, qui avait bu tout ce que le Russe
avait refusé de vodka et de cognac, la paix ! Tout d'un coup, j'ai
envie de croire à la paix, moi ! Est-ce que c'est encore possible ?
Est-ce que vous me le permettez ?

Elle était ivre et désespérée. Belle à en pleurer, les yeux qui
brillaient de larmes. Mais Wiesner avait eu un imperceptible
sourire.

– La paix des cimetières, oui...

Le pli de sa bouche était amer et le visage de Wanda D. se
figea. Elle toussa et ses joues pâles devinrent très rouges, l'espace
d'une seconde.

– Il ne faut pas dire cela.

Wanda D. avait une voix rauque. Son regard croisa alors celui
de Wiesner : c'est à ce moment-là, et parce qu'elle l'avait entendu
prononcer les mots qu'il avait dits et qui l'atteignaient au plus
profond d'elle-même, que quelque chose passa entre eux. Comme

356

s'ils avaient l'un et l'autre deviné que le même danger — ou des dangers si proches — les entraînaient vers l'abîme. Mais le train, lui, les entraînait trop vite et dans trop de désordre pour qu'aucun d'eux n'ait vraiment le temps d'analyser ce qu'on appelle ses sentiments.

Plus tard, alors que presque tous les autres passagers avaient regagné leur cabine, les cinq compagnons de hasard étaient restés longtemps à parler. Le va-et-vient régulier du train, des sifflets dans la nuit, les lumières en veilleuse... Boris Toukachevski racontait aux autres ce qu'il avait entendu dire sur l'Allemagne hitlérienne : les communistes dans les camps, les Juifs déjà mis au ban d'une société qui n'en était plus une. La haine, les foules aveugles. Une synagogue en flammes, le feu, le sang... Ce qu'il nous restait à vivre quoi !

— Un jour, murmura-t-il, je me remettrai à boire.

Il voulait dire : lorsque cette misère, lorsque cette monstruosité auront été extirpées de la surface du monde, sinon de nos mémoires. Et la main de Mina, qui portait un verre à ses lèvres, a tremblé : cette fois encore, Paul de Morlay avait remarqué l'échange de deux regards. Puis il rentra dans sa cabine.

— J'imagine que sur le bord de la voie, le long des remblais, il y avait déjà des groupes d'hommes et de femmes, le visage pâle, les reins sciés par le gigantesque ballot de leurs maigres hardes, qui fuyaient eux aussi.

Henry Wiesner avait lui aussi regagné leur compartiment et, à son tour, il a parlé. Mais s'il a raconté son histoire, c'est peut-être seulement parce qu'il savait comme les autres que cette histoire était finie. Qu'elle s'arrêtait là. Il faisait partie de ces quelques hommes de science, cette poignée de physiciens et de chimistes qui avaient, peut-être sans le vouloir, découvert dans le secret de leur laboratoire l'une ou l'autre de ces armes à faire sauter le monde. Wiesner, lui, travaillait sur ce qu'on devait appeler l'eau lourde.

— Et puis un jour j'ai dit non, expliqua-t-il le plus calmement du monde.

Le jour où ceux qui le menaient, le monde, qu'ils soient d'un bord ou de l'autre, avaient voulu l'acheter pour accélérer encore l'explosion du grand « boum » final, Wiesner avait alors brûlé ses papiers, il avait oublié dans une chambre d'hôtel — Belgrade, Varna ? qui peut le dire ? — la clef de son coffre et il était parti. Mais depuis qu'il avait quitté Vienne, où il travaillait, des hommes étaient attachés à ses traces et ne le quittaient pas.

— Ce type en imperméable de cuir qui est dans le train...

Parce qu'il était lui aussi dans le train, l'agent nazi ou américain — Wiesner affectait de ne plus savoir lequel — qui avait doublé sa mise pour qu'il le suivît et qui, parce que le savant était juif, connaissait aussi mille et une techniques subtiles de chantage.

— Et vous allez où ? interrogea Paul de Morlay.

— Je ne sais pas...

Il était étendu sur la couchette supérieure, Morlay se disait qu'il avait gardé les yeux ouverts : c'était un temps où ils étaient quelques-uns quand même, comme Robert Miles, par exemple, à ne pas vouloir les fermer. Et dans un grand fracas de rails brûlés par la vitesse, les étincelles qui jaillissaient de l'acier nu sous les roues, le train s'est enfoncé dans la nuit.

— C'était, je vous ne le répéterai jamais assez, le dernier train. Nous n'avions que si peu de temps pour nous croiser !

Dans leur cabine, Mina et Wanda D. parlaient aussi ; le secret de Wanda, les autres ne devaient l'apprendre qu'au bout du voyage mais elle aussi, à sa manière, avait choisi la fuite. Elle allait de l'avant sans regarder derrière elle parce que ce qu'il y avait, derrière elle, c'était tout simplement sa vie.

— Elle était très pâle, au moment de se coucher, m'a dit Mina plus tard, et elle me parlait d'une plage au soleil où elle allait désormais vivre. Comme si c'était un rêve impossible auquel elle voulait quand même croire.

Mais elle toussait encore, Wanda D., et elle crachait déjà du sang : la petite tache de rouge étoilée dans le creux du mouchoir...

— Notre train — quelle hâte j'ai soudain à le voir arriver ! — ne transportait au fond que des morts en sursis et ç'allait être par deux ou trois coups de roulette russe qu'on choisirait les survivants.

Dans la nuit, les gares qui défilaient le long de la voie étaient les simples cabanes de bois de la plaine bulgare auxquelles s'accrochaient les ultimes espoirs de ceux qui espéraient que ce train s'arrêterait quand même et qui le voyaient passer sans seulement ralentir.

— Simplement, au moment de s'endormir, m'a encore raconté Mina, cette femme, Wanda, m'a dit que j'étais jolie...

Au matin, le dernier Orient-Express était pourtant arrêté : c'était une plaine nue et aucun signe de vie ne s'échappait des quelques masures — presque des baraques — dont les toits aplatis pour résister aux grands vents de l'hiver se détachaient à peine de la terre grise et jaunâtre où elles étaient à demi enterrées. Lorsque Paul de Morlay arriva dans le salon-bar pour tenter d'y boire quelque chose qui ressemblât à du thé ou à du café, celui-ci était rempli d'une horde de Tziganes endormis dans les fauteuils ou sous les tables ; au cours d'une halte précédente, ils avaient dû monter à bord et nul ne s'était trouvé là pour les en empêcher. Maintenant, le barman fatigué qui présidait aux destinées de la voiture, les regardait en haussant les épaules.

– Je ne vais tout de même pas les faire descendre.

C'était un Suisse de Smyrne dont la famille avait construit la ligne d'Andrinople à Sofia en des jours plus heureux. Mais ni lui, ni l'ambassadeur, ni les Tziganes eux-mêmes ne devaient savoir où ces derniers allaient. Simplement, comme les autres, ils s'étaient accrochés aux cuivres rutilants de ce train de luxe devenu wagon de juste avant l'enfer et qui roulait ou s'arrêtait, indifféremment, dans un chaos sans limite.

Seul, l'homme au manteau de cuir noir qui avait suivi Wiesner pour tenter de le convaincre de changer de train et de gagner Berlin, fumait un mince cigare à une extrémité du wagon et fulminait à mi-voix contre ce qu'il appelait cette vermine.

– Je me plaindrai à la Compagnie ! Je ferai un rapport.

Mais qui aurait été là pour l'entendre ? L'Orient-Express de jadis était devenu un train de réfugiés. Une demi-heure après, le train repartait pourtant, on avait servi à Morlay – par quel miracle ? – une tasse de vrai café et Boris Toukachevski, qui l'avait rejoint, caressait déjà le projet de tirer une balle dans la tête du nazi au manteau de cuir tout simplement parce qu'il ressemblait à Goebbels ou à Ribbentrop, il ne savait plus.

– Seulement, il faudrait avoir le courage de le faire ! murmura le Russe en vidant son nième verre d'eau minérale de ce début de matinée.

Morlay plaisanta :

– Il faudrait peut-être aussi avoir un revolver !

Il riait, mais Boris ne riait pas ; il sortit de la poche droite de son blazer aux armes décorées d'un collège britannique qui avait formé six générations de premiers ministres et autant de chambellans du tsar, un minuscule revolver au trop étincelant nickel mais dont la crosse était de nacre.

– Depuis trente ans, je ne fais pas deux pas dans la vie sans ce joujou à côté de moi.

L'eau de Vichy coulait à flots et nous étions de nouveaux amis.

A l'heure du déjeuner, dans un bruit de bois froissé, le train était bien reparti, mais il roulait à vingt à l'heure et, dans les gares où il s'arrêtait, c'étaient des troupeaux entiers d'hommes et de femmes aux abois qui se pendaient désormais aux portières pour demander du pain, un morceau de n'importe quoi qui se pût manger. Dans la foule de ces femmes vêtues de haillons multicolores, l'ambassadeur remarqua une gamine de quinze ans au regard farouche qui ressemblait à Mina Kransky. La jeune pianiste la vit aussi et son regard, alors, croisa celui de Morlay.

— Je crois que c'est à ce moment que Mina a compris ce que, toute une vie, j'avais été. Et si j'ai eu honte tandis que je tendais, par-dessus la tête de la foule, une poignée de billets verts et blancs à la gamine qui ne me remercia pas, qui ne sourit même pas en les recevant simplement dans ses deux mains ouvertes, je savais aussi que je ne pouvais pas ne pas avoir ce geste.

La main de Toukachevski s'était posée sur l'épaule de Mina Kransky. C'étaient les retrouvailles et la réconciliation pour l'éternité de la vieille Russie et d'une petite juive polonaise : l'homme au manteau de cuir en jura de dépit et il cracha par terre. Mais lorsqu'il revint à la charge auprès de Wiesner :

— A Berlin, vous aurez tous les assistants que vous voudrez, et un laboratoire hors de la ville... Des femmes.

Ce fut Wiesner qui jura — sans pour autant cracher par terre. C'est que déjà, à voix basse, il faisait avec Wanda — aussi perdue que lui car la clinique qui l'attendait elle ne valait guère mieux que le camp déjà tout prêt pour lui — des projets d'avenir. Ils parlaient de cette plage au soleil. D'une île... L'un s'était accroché à l'autre parce que le train qui les emportait ne conduisait plus nulle part. Que passent dès lors à travers des villes et des vies suspendues, des banlieues noires, des plaines grises, des frontières en sursis, les premiers trains de réfugiés ; que disparaissent à l'horizon du désastre à venir, les derniers moments de liberté : ces deux-là, du moins, s'étaient retrouvés.

Lise Bergaud interrompit à ce moment l'ambassadeur. Elle aurait voulu en savoir davantage sur cette Wanda, qui n'avait fait que traverser son existence l'espace d'un voyage en train qui allait durer quatre jours.

— Vous aviez compris, vous, qu'elle était malade ?

Lui dire qu'avec l'âge, l'ambassadeur devenu ministre plénipotentiaire mais aussi philosophe, avait appris à lire la joie, la vie, la santé ou la mort sur un visage ?

— Elle ne nous a rien dit. Mais alors que tout respirait en elle la femme riche, adulée, la maîtresse ou l'épouse de quelque grand de ce monde, il y avait quelque chose de si fou, de tellement improbable dans la façon qu'elle avait de découvrir d'un coup l'affection, la tendresse et les rêves de bonheur d'un petit professeur juif qui allait n'importe où, que n'importe qui aurait pu deviner que c'était sa façon à elle d'en finir un peu moins mal qu'elle n'avait commencé.

— Et lui, il savait ?

L'ambassadeur prit la main de Lise et cette fois ne la quitta plus.

— Henry Wiesner faisait partie de ces gens qui savent tout sans avoir jamais rien appris. Simplement, et comme elle, il refusait de voir.

... De voir le nazi au manteau de cuir qui l'abattrait probablement à la fin du voyage plutôt que de le laisser partir avec ses secrets attendre en Amérique ou même dans un coin perdu de France ou du Portugal où il se serait enterré, qu'on fasse sauter le monde sans lui.

— Non, je crois que si aucun des deux n'a dit la vérité à l'autre, c'était simplement parce que cette vérité soudain n'existait plus.

La main de Boris Toukachevski demeurait posée sur l'épaule de Mina, la petite Polonaise, et l'ambassadeur se sentait rempli d'une immense tendresse pour ces compagnons d'infortune qui racontaient au fond pour lui, sa dernière histoire.

— Mais cette Mina, elle..., continua Lise.

Paul de Morlay eut un petit sourire, tout entier à l'intérieur de lui-même.

— Attendez...

Soudain, le ton a brusquement changé. Des hommes sont montés à bord, avec des uniformes trop neufs et des armes automatiques, dans ce qui ressemblait à une gare frontière. C'est aujourd'hui Dragoman, une grosse ville avec son marché de paysannes brûlées par le vent et le soleil, ses boutiquiers paisibles derrière leurs volets de bois, ses fonctionnaires débonnaires. Mais en ce jour de 1939, ils n'avaient rien de débonnaire, les miliciens-soldats qui ont envahi le train. Et, en une masse confuse, tous les Tziganes ont dû quitter le train. Mais aussi les Schleyer et d'autres voyageurs encore qui n'avaient pas tous les tampons qu'il fallait sur leurs passeports.

– Nous étions parvenus à la frontière bulgaro-yougoslave.

C'est ainsi que les hommes en armes se sont approchés de Mina : elle non plus n'avait pas sur son passeport les cachets nécessaires. La discussion a été brève. L'ambassadeur tenta bien d'intervenir, il montra son passeport diplomatique, mais le regard froid qu'a jeté dessus l'officier qui commandait ce détachement avancé d'une police déjà presque politique était éloquent : tous les chiffons de papier de nos démocraties moribondes ne méritaient pas qu'on s'attardât sur eux.

Mina est descendue du train. Deux hommes l'entraînaient déjà avec les Schleyer, les Tziganes, les autres... Elle s'est retournée vers Morlay, vers ses amis et le train, qui allait repartir pour une illusion de liberté... Ses yeux étaient deux flammes noires.

– Attendez !

Une voix, une seule, s'était élevée. Une voix formidable et calme, sûre d'elle, toute roulante d'accent slave, et Boris Toukachevski a sauté sur le quai. Un bref moment, il a parlementé avec les soldats bulgares que le ton de sa voix paraissait avoir suffi à figer sur place. Puis, sans dire un mot, il a sorti ses papiers. Une note, une lettre aux cachets de cire rouge : un autre chiffon de papier.

– Jamais, murmura l'ambassadeur, jamais je n'ai su ce qu'était ce document-là. Mais les hommes se sont mis au garde-à-vous et l'ont salué.

Alors Toukachevski a marché jusqu'à Mina qui avait déjà disparu à l'angle de la gare et il est revenu avec elle, la tenant par le bras.

– Venez, a-t-il dit simplement.

Les soldats ont présenté les armes au couple qui remontait à bord. Aucun des autres voyageurs n'a rien osé demander à Boris Toukachevski mais ils savaient seulement que cet homme qui faisait profession de haïr si profondément les nazis et tous ceux qui, un jour ou l'autre, seraient à leur solde, avait néanmoins entre les mains de quoi les faire se découvrir et le saluer.

– Toukachevski, c'était son vrai nom ? interrogea Lise Bergaud.

Mais la main de l'ambassadeur se détacha un instant de la sienne, pour la reprendre tout aussitôt. Il avait esquissé un geste d'incertitude.

– Pourquoi vouloir le savoir ? Il avait sauvé Mina, c'est tout.

Les Schleyer, eux, les autres, comme les Tziganes, avaient été emmenés et le train était reparti. Qui les a jamais revus ?

On était entré en Yougoslavie, mais on passait des gares — Pirot, Bela, Nis — encore bondées de voyageurs qui ne partiraient jamais plus. Boris demeurait immobile aux côtés de Mina : on aurait dit qu'il l'avait épousée tant le couple qui s'était soudain formé à la gare frontière semblait brusquement indissoluble. Et Wiesner et Wanda avaient des silences au cours desquels tout, entre eux, était toujours dit.

— Je sais maintenant que le mari de Wanda l'avait quittée deux ans auparavant pour une danseuse et qu'elle avait elle-même un amant italien qui menait un train d'enfer dans tous les casinos de la Riviera mais, à simplement se taire aux côtés d'un physicien juif qui ne croyait plus en rien, elle recommençait, elle, à croire en la vie.

Alors Henry Wiesner se mit peu à peu à lui répondre vraiment lorsqu'elle lui parla de ces îles au soleil auxquelles elle continuait à rêver et dont elle prononçait les noms, comme une litanie. Majorque et Ibiza, la Sardaigne, quoi encore ?

— Oui, bien sûr, je vous accompagnerai...

Sans que personne s'en doutât, dans ce train qui ressemblait à une flèche perdue à travers l'Europe et où seul l'ambassadeur savait qu'il allait retrouver un bureau — bientôt ce serait Londres, où il suivrait le général de Gaulle, d'autres voyages encore, mais ce serait une autre histoire — Henry Wiesner et Wanda D. avaient choisi l'impossible, le rêve, la démesure. Malaga ou Madère ? qu'importait ! La chartreuse de Valdemosa qui avait abrité Chopin et George Sand était terre d'asile et Wiesner et Wanda étaient désormais très loin sur une île. L'une de ces îles qui sont asile justement parce qu'elles n'existent pas ailleurs que dans nos mémoires. Et l'homme en manteau de cuir noir avait beau ronger son frein ou peut-être caresser dans sa poche la crosse d'un gros revolver mat et lourd, il ne pouvait rien contre eux. D'ailleurs à lui aussi, Boris avait parlé... Mais si le nazi allait bientôt descendre du train — c'était vrai que lui-même ne pouvait plus *rien* contre Wiesner car le langage que lui avait tenu Toukachevski était sans équivoque —, un autre qui lui ressemblerait comme un frère prendrait sa relève, à Paris ou à Lausanne — ou même à Madère ou Ibiza ! Et tout allait continuer jusqu'à ce « boum » final qui mettrait fin à tout. Jusque-là, cependant, Henry Wiesner et Wanda D. étaient libres : c'était à Boris qu'ils devaient eux aussi cette liberté, et une liberté pareille, quand la mort traîne autour de vous ses guêtres nauséabondes, cela vaut bien d'être vécu. A n'importe quel prix, fût-ce sur une ligne de chemin de fer entre Bela et Nis, Nis et Zitovac, au milieu de rien.

— Mais qui était ce Boris, vous l'avez bien appris à la fin ?

Lise Bergaud voulait au moins savoir cela. Parce que le visage de l'ancien officier tsariste au coupe-file mystérieux qui ouvre toutes les portes, lui paraissait soudain dessiné d'un trait trop grossier.

— Je vous jure que cela non plus, je ne l'ai jamais su...

Il y a parfois des hommes ou des femmes qui passent près de vous : un geste leur suffit pour que tout s'apaise autour d'eux. Même si grondent en eux, quels orages...

— Et vous, vous regardiez, simplement ?

— Je regardais, oui...

L'ambassadeur le savait : le monde d'alors se partageait entre ceux qui levaient la main ou le fusil, et ceux qui regardaient. Pendant longtemps lui-même s'était borné à regarder, simplement, jusqu'à ce qu'à son tour il entrât en scène. Peut-être simplement parce qu'il avait découvert au fond du regard de Mina Kransky, frêle et blanche, une lumière trop vive qui brillait...

— A l'heure du dîner, Boris Toukachevski est venu me parler...

Le Russe n'avait rien dit de lui. Mais à travers le rideau serré des considérations noires, absolument noires, irrémédiablement noires qu'il avait pu faire sur l'Europe, sur le monde, sur leur avenir à tous, Paul de Morlay avait pu comprendre qu'exilé de la Biélorussie où il était né, il y avait encore gardé des liens, des attaches, de même qu'en Prusse ou en Poméranie il avait des amitiés. Et si la haine qu'il portait aux hommes au pouvoir en Allemagne était sans limite, il avait ses entrées quand même jusqu'à Berlin et dans les couloirs de la chancellerie du Reich.

Ce que Toukachevski ne savait pas, c'était que les hommes en faction au poste perdu de la plaine bulgare avaient téléphoné à Sofia et que, de Sofia, on avait précisément appelé Berlin...

— Depuis trente ans, j'ai l'impression d'être moi aussi un cadavre en sursis, avait-il lancé.

Puis sans que l'ambassadeur en marquât la moindre surprise car dans ce dernier train tout pouvait désormais arriver, Boris Toukachevski avait troqué sa bouteille de Vichy pour une carafe de vodka.

— Allons, murmura-t-il, je crois bien que j'ai compris que je ne le verrai pas, le jour où ce seront eux qui y passeront tous !

Coup sur coup, il vida trois verres : au premier il esquissa une grimace — cela faisait trente ans qu'il ne buvait plus — mais au second, son visage garda son sourire figé. Il avait retrouvé le goût de la vodka. Le troisième verre, il le savoura.

Près de lui, la tête enfoncée dans un coussin du pullman qui paraissait presque vide depuis que les Tziganes et autres Schleyer étaient descendus — il n'abritait plus que les voyageurs réguliers du train —, Mina Kransky dormait, les lèvres entrouvertes.

— C'est à cause de gamines comme cela qu'on a envie tout à la fois d'en finir une bonne fois pour toutes, ou alors de tout recommencer. Au choix...

Il en était à son sixième verre de vodka et Henry Wiesner et Wanda D. continuaient à rêver de la chartreuse de Valdemosa. Tandis que les noms de villes qui n'existaient pas apparaissaient sur les panneaux de gares fantômes... Varvarin, Paradin : quels Oustachis, l'arme au poing, rêvaient de quelle revanche au milieu de paysans indifférents, le regard voilé de misère ? Paradin et Cuprija : l'ambassadeur ne le savait pas, mais il la faisait, cette ligne, pour la dernière fois et le visage de Mina Kransky, ballotté par les cahots du wagon, était devenu le reflet et l'image de toute la détresse d'un monde qui s'en allait à la dérive. Pourquoi a-t-il fallu que ce visage soit si douloureusement beau dans le plus morne des univers ? Elle est vaste, la campagne à l'est de Belgrade... Lorsque Mina s'est réveillée, Boris Toukachevski avait regagné sa cabine et, pour la première fois, l'ambassadeur a vraiment parlé avec elle.

— Ce que nous avons pu nous dire, je ne vous le répéterai pas, car vous l'avez déjà trop bien deviné. Ce sont les mots que peuvent échanger un homme qui a déjà passé le versant de l'âge — je veux dire la cinquantaine ! — et une presque petite fille.

Mais des mots où l'on peut quand même déjà lire en filigrane tous les émois, les effusions, les élans qui seront bientôt ceux de la plus vive tendresse.

— Elle parlait si bien, aussi, de son piano, de sa musique...

Paul de Morlay, dans cette nuit vénitienne si loin de l'enfer sur rails qu'était la nuit du dernier train, se tut un moment. Le temps pour Lise Bergaud de dégager doucement sa main de la sienne et — geste absurde, fou, merveilleux, incompréhensible ! — de la poser simplement sur l'épaule de l'ambassadeur.

— Ne dites rien, Paul. Je sais cela, oui...

Alors il se retourna vers elle, d'un seul mouvement.

— Tu sais, hein ?

Il lui avait de nouveau dit *tu*.

A quoi bon dès lors évoquer ces moments-là ? C'est à peine

si Paul de Morlay était alors de quelques années plus jeune que Toukachevski, mais il avait confusément senti que, d'une certaine manière, le Russe lui avait confié la petite pianiste juive. Et l'envie qu'il avait d'elle était soudain devenue merveilleusement incestueuse. Aurait-il voulu y résister que le bonheur impossible qui s'était construit en quelques heures et en un millier de kilomètres entre ces deux autres étrangers absolus qu'étaient Wiesner et Wanda lui aurait redonné tous les espoirs du monde. Trois mois après, six mois tout au plus, et Wanda D. agoniserait sur un lit de clinique luxueusement privée, les poumons déchirés d'un mal au côté duquel elle avait si bien appris à vivre que c'était devenu un peu comme une vieille relation, un parent lointain qu'on tolère car on sait que, contre sa puissance, sa fortune, on ne peut rien. Quant à Henry Wiesner, attelé comme une bête à fabriquer la mort dans un laboratoire américain ou allemand — ou mort lui-même d'une balle dans la tête parce qu'il aurait précisément refusé de la fabriquer, cette mort — il serait lui aussi rayé de la liste de ceux qu'on dit vivants, puisque mesurer et doser la mort des autres, c'est une autre façon de mourir. Et pourtant l'un et l'autre, avec un sourire radieux, se mentaient, se mentaient éperdument — tandis que le train traversait la Yougoslavie pour se rapprocher, se rapprocher encore de la frontière italienne où tout se dénouerait. Témoin de cette rencontre entre deux vies en suspens, comment dès lors l'ambassadeur aurait-il pu refuser de s'abandonner lui aussi à l'éblouissement d'une autre rencontre dont les chatoiements soudain n'étaient qu'une forme de ce vertige — l'amour, n'est-ce pas ? — qui était sa raison de vivre. Avec Domodossola et Brigue au bout des rails.

Simplon-Orient-Express, Direct-Orient : la fin du voyage...

Sur le quai de Mestre, les policiers en armes qui attendaient Boris Toukachevski — un coup de téléphone de la frontière à Sofia, de Sofia à Berlin, de Berlin à Rome, de Rome à Venise et de Venise à Mestre avait suffi — savaient ce qu'était le papier aux multiples cachets et signatures que le Russe allait leur montrer. Mais ils savaient également que l'ordre était venu de très haut d'ignorer le papier, les cachets, les signatures. Ceux qui les avaient apposés au bas du laissez-passer magique avaient été fusillés vingt-quatre heures auparavant, ou croupissaient dans un camp en Silésie.

Lorsque le capitaine italien qui commandait le détachement qui avait reçu ses ordres de Berlin est passé devant le couple que formaient Wiesner et Wanda endormis côte à côte dans le wagon pullman, il n'a pas eu un regard pour eux. Pas un regard non plus pour le compartiment où Mina Kransky était étendue, un sourire de petite fille aux lèvres.

— Comme j'étais déjà levé, j'ai pu les voir se diriger tout droit vers la cabine de Toukachevski...

Les policiers avaient échangé quelques brèves paroles avec le conducteur et, du geste qui est celui de toutes les polices du monde, l'officier a frappé à la porte. Le coup de feu a retenti à l'intérieur avant même que le capitaine ait précisé qui il était.

Dans les mains de Boris Toukachevski, il y avait le petit revolver nickelé. Dans la cuvette du lavabo, il avait brûlé tous ses papiers, y compris le document aux cachets inutiles. Wiesner et Wanda avaient encore en face d'eux quelques semaines de bonheur, une bulle de savon soufflée au-dessus du vide. Boris Toukachevski mort, Mina Kransky, elle, était seule. Au fond, elle était déjà veuve.

— Que vouliez-vous que je fasse ?

Paul de Morlay avait eu le regard bien impénitent d'un écolier pris en faute.

— Vous l'avez emmenée avec vous, n'est-ce pas ?

Mina Kransky, petite biche pâle et fragile, petite veuve en larmes, Mina dont les doigts étaient ceux d'une pianiste et le cou, la nuque, ceux d'un petit animal aux abois...

— Je ne pouvais tout de même pas la laisser seule dans ce train. D'ailleurs, elle non plus ne savait pas où elle allait...

Il ne *pouvait* pas, mais il ne *voulait* pas non plus. Et si l'appel qu'il avait d'abord senti dans les yeux de la jeune fille brune au regard si brûlant aurait pu s'adresser à n'importe qui voudrait bien accepter de lui prendre la main, il avait très vite su que c'était pour lui, et pour lui seulement qu'elle aurait ce sourire, ces petites phrases courtes, les gestes de ses doigts qui caressaient les siens.

— Elle avait dix-neuf ans, j'en avais plus de cinquante, et nous sommes arrivés ensemble à Paris.

Stéphanie de Morlay vivait dans le grand appartement de l'avenue du Bois, elle attendait et savait tout comprendre : comme l'ambassadeur elle avait recueilli Mina Kransky. Et dans les jours qui allaient suivre la débâcle, tandis que Paul de Morlay s'em-

barquerait pour Londres, c'est Stéphanie elle-même qui insiste-
rait pour que Mina l'accompagnât dans cette grande maison du
Périgord où elles allaient vivre côte à côte pendant toute la
guerre.

– Mina n'est peut-être pas une grande, très grande pianiste,
mais elle joue divinement Liszt et Schubert. Et Stéphanie, qui n'y
voit plus très bien, aime l'entendre jouer Schumann. Alors, un
soir, Mina joue pour elle-même du Liszt et du Schubert, un autre
soir elle joue du Schumann pour Stéphanie, et toutes deux sont
très heureuses.

L'ambassadeur a parlé au présent. Le regard de Lise s'est posé
sur lui.

– Et vous ?

– Moi ? Je reviens passer tous mes hivers à Paris et je les
retrouve alors toutes deux. Je vais d'ailleurs bientôt rentrer puisque nous avons fini ce travail et que l'humidité descend tôt sur la
Vénétie. J'écouterai Mina et son piano, et Stéphanie me racontera
ce qu'elle a fait de tout l'été. Elle rencontre encore beaucoup de
jeunes gens.

L'avenue du Bois est devenue l'avenue Foch, les murs de l'appartement sont couverts de livres et Stéphanie écrit des souvenirs
qu'elle polit avec amour, comme une arme prête à tirer – à
tuer ! – contre tout ce qu'elle a, toute une vie, si superbement
haï.

– Elle sait vivre si intensément ! Savez-vous qu'en mai 68
elle a failli monter sur une barricade ?

La vieille dame de soixante-quinze ans brandissant le drapeau
rouge ? Pourquoi pas ? C'était après tout le geste instinctif d'une
Stéphanie Kovaks qui criait la liberté dans le premier train de
Budapest.

– Je suis sûr que ça lui plairait d'ailleurs de vous les raconter,
ses histoires ! Et que vous ne vous ennuieriez pas !

Sa dernière remarque, Paul de Morlay l'avait faite avec un
regard de côté, sur un ton un peu appuyé, un peu ironique,
comme s'il lançait une invitation. Mais Lise Bergaud était trop
consciente de tout ce qui s'échangeait au cours de cette nuit –
car c'était cela qui se déroulait cette nuit : une manière d'échange
– pour ne pas l'avoir senti. D'abord, elle se tut pourtant. On
aurait dit que la nuit entière se taisait autour d'eux. Jusqu'au
chant des cigales et des criquets dans les gigantesques platanes
sur la pelouse, ou dans les ifs encore vivants au-dessus des buis
taillés. Jusqu'au souffle très doux, très tendre, que retenaient

Barberine et Despinette, assises à quelques pas d'eux sur la balustrade de pierre blanche de la galerie.

Seul un gros papillon de nuit venait et revenait se cogner les ailes à la lampe qui éclairait la scène.

— Je suis sûr que vous ne vous ennuieriez pas !

C'était bien une invitation. Lise Bergaud regarda longuement le très vieux monsieur redevenu jeune homme qui venait de lui raconter quatre ou cinq moments, six moments de sa vie. En quelques mots très brefs, il lui avait proposé de continuer. Alors, Lise prit l'invitation pour ce qu'elle était, et elle y répondit.

— Et vous aussi, je crois que vous en auriez encore, des histoires, à me raconter.

Paul de Morlay sourit. Il était las, mais heureux, fatigué mais calme, serein. Tant de certitudes...

— Oui, et moi aussi, j'aurais encore beaucoup d'histoires à vous raconter.

Pendant quelques instants, Lise Bergaud ferma les yeux. Elle imagina la vie qui l'attendait à Paris. Cet homme qui l'avait quittée et qui était soudain devenu pour elle si peu de chose. Les Michel et les Daniel. Ses amis. Le journal pour lequel elle écrivait parfois des articles si superbement inutiles. Son éditeur. Les longues soirées vides à la Closerie des Lilas ou la Coupole et les compagnons de rencontre, ces paumés de la nuit qui ne s'endormaient qu'au matin dans un lit qu'ils ne connaissaient pas. Elle vit, revit tout cela, et plus encore. Et ce fut suffisant. Elle rouvrit les yeux.

— Vous n'auriez pas besoin d'une secrétaire ? De quelqu'un qui vous aiderait à classer vos papiers ? A retrouver le fil de toutes vos histoires ?

Elle voulait dire : quelqu'un qui habiterait près de vous, chez vous, près de Stéphanie, de Mina. De Barberine et de Despinette parce que Barberine et Despinette ne pouvaient aussi qu'être du voyage. Cela durerait six mois, un an, plus : ce serait cela, la vie. Et Paul de Morlay le comprit bien ainsi. Brusquement, et tel le jeune homme qu'il avait toujours été depuis leur première rencontre et le début de ce livre, il se redressa pour se retrouver debout devant elle.

— Pourquoi pas ?

Sa voix riait, mais ses yeux étaient graves.

— Pourquoi pas !

Elle avait répondu sur le même ton, debout à son tour. Alors il l'embrassa sur le front, la retint quelques instants serrée contre lui, puis se détacha d'elle.

– Sur ces bonnes résolutions, que je considère comme un contrat en bonne et due forme dont ce n'est même pas la peine de discuter les détails, je vais quand même aller me coucher.

Suivi de Barberine et de Despinette, il avait déjà quitté la véranda mais, à mi-hauteur du grand escalier qui conduisait à l'étage, il se retournait encore une fois.

– N'oubliez pas, tout de même, que je suis né en 1890 !

Lise Bergaud se promena toute la nuit dans le parc.

Trois jours plus tard, la grosse Bentley blanche conduite par le même chauffeur à la tête d'assassin repenti emmenait Lise et Paul de Morlay jusqu'à Venise. La campagne brillait des ultimes feux de l'automne et, le long de la route — et pour une dernière fois encore — les façades des villas néo-palladiennes l'emportaient sur les tours des gazomètres et les cheminées des usines.

Dans le train qui n'était qu'un petit express à deux voitures-lits, Lise Bergaud et l'ambassadeur occupaient les cabines 15 et 17, en milieu de voiture. Par quel miracle y avait-il dans le train de Paris un véritable wagon-restaurant avec un vrai menu comme il n'en existait qu'autrefois, bien des années auparavant, lorsque l'ambassadeur sillonnait l'Europe à la poursuite de sa jeunesse qui ne se décidait pas à le fuir ? Peut-être qu'à la manière de ces millionnaires de jadis qui allumaient leurs cigares avec des billets de vingt dollars, il l'avait simplement fait accrocher pour son usage personnel, ce dernier wagon de luxe, aux verres de Gallé, rescapé de toutes les casses et de tous les musées. Et les autres passagers qui allaient en profiter avec lui ne savaient pas que le voyage qu'ils feraient serait une sorte de retour au temps perdu. S'étonneraient-ils seulement de trouver caviar et foie gras à la place des steaks-pommes frites sur la carte qui leur était proposée ?

Padoue, Vicence, Vérone : c'était bien le chemin du retour. Des fresques de Giotto, des villas aux colonnades blanches, des amants à un balcon, et puis la nuit qui tombait sur la campagne rose et mauve, écarlate et violette, bientôt d'un bleu très sombre. Brescia, Trévise : le train brûlait les lumières éclatées des gares dans un long ululement qui ressemblait à un cri d'allégresse.

Assise en face de Paul de Morlay, Lise Bergaud rapportait avec elle un livre achevé — qui est celui-ci — mais elle ramenait surtout en elle une envie de vivre, de découvrir, de retrouver, qu'elle avait jusque-là toujours ignorée. Et elle souriait, comme elle n'avait peut-être jamais souri. Un autre sourire.

— J'ai téléphoné à Stéphanie et à Mina. Elles seront à la gare, remarqua l'ambassadeur avant de mordre dans un toast finement recouvert de foie de canard.

Et Lise, belle et blonde, jeune à ne pas y croire, éclata de rire : elle était devenue Stéphanie et Mina tout à la fois.

A la table voisine — elles avaient voulu laisser seuls Lise et l'ambassadeur — Barberine et Despinette dévoraient à belles dents les mêmes toasts au foie gras et éclataient du même rire, et bientôt le dernier fragment du dernier morceau de l'Orient-Express arriverait à Domodossola : c'est à la hauteur de Tonnerre ou de Joigny que le soleil se lèverait et demain serait un jour qui ne ressemblerait à aucun autre.

— Au fond, toutes les histoires que j'ai à vous raconter ne font que commencer..., murmura Paul de Morlay.

Table

Achevé d'imprimer
le 24-1-1980
par Mohndruck Gütersloh
pour France-Loisirs
N° d'éditeur 4827
Dépôt légal: 1e trimestre 1980
Imprimé en R.F.A.